新日本古典文学大系　明治編　18

坪内逍遥　二葉亭四迷集

青木稔弥
十川信介　校注

岩波書店刊行

編集委員
中野三敏
十川信介
延広真治
日野龍夫

題字　三藤観映

目次

解説

凡例

一　底本はそれぞれ次のとおりである。
『細君』『国民之友』第四巻第三十七号に掲載された初出（明治二十二年一月二日、民友社）。

『春風情話』単行本初版（明治十三年三月十六日版権免許、同年四月出版、中島精一刊）。

『稗史家略伝并に批評』『中央学術雑誌』（同攻会雑誌局）の第二十一号（明治十九年一月二十五日）・二十二号（同年二月十日）・二十四号（同年三月十日）・二十五号（同月二十五日）・二十六号（同年四月十日）・二十九号（同年五月二十五日）・三十四号（同年八月十日）・三十五号（同年八月二十五日）・三十九号（同年十月二十五日）にそれぞれ掲載された初出。

『浮雲』第一篇・第二篇は単行本初版（第一篇＝明治二十年四月九日版権免許、同年六月出版。第二篇＝同二十年十二月二十日版権免許、同二十一年二月出版。いずれも金港堂）、第三編は『都の花』（金港堂）の第十八号（第十三―十五回、明治二十二年七月七日）、第十九号（第十六・十七回、同月二十一日）、第二十号（第十八回、同年八月四日）、第二十一号（第十九回、同月十八日）にそれぞれ掲載された初出。なお、第一篇・第二篇は、日本近代文学館発行の復刻版（昭和四十八年五月、復刻底本は同館所蔵）を参照した。

二　本文表記は句読点、符号、仮名遣い、送り仮名、改行など、基本的に底本に従った。ただし、誤記や誤植、脱落と思われるものは、校注者による判断、および単行本や全集など他本によって訂正し、あるいは補った。その際、

凡　例

必要に応じて脚注で原文を示した。

1　句読点

（イ）句読点（、。゜）は原則として底本のままとし、校注者の判断により適宜句間を空けた。

2　符号

（イ）反復記号（〻　ヽ　ゝ　〱　々など）は原則として底本のままとした。

（ロ）圏点（。・、）、傍線（――）などは底本のままにした。

（ハ）「　」『　』（　）は原則として底本のままとした。

（ニ）……は二字分に統一した。

3　振り仮名

（イ）『細君』『稗史家略伝并に批評』の底本には限定的に振り仮名があるが、それ以外の難読の漢字には、校注者による振り仮名を歴史的仮名遣いによって（　）内に付した。

（ロ）『春風情話』『浮雲』の底本はほぼ総振り仮名であるが、校注者の判断により適宜割愛し、また必要に応じて校注者による振り仮名を歴史的仮名遣いによって（　）内に付した。

4　字体

（イ）漢字・仮名ともに、原則として現在通行の字体に改め、常用漢字表にある文字はその字体を用いた。

（例）撿→検　搆→構　摸→模

例外的に底本の字体をそのまま残したものもある。

（例）皈（帰）　耻（恥）　燈（灯）　躰（体）　〓（参らせ候）

（ロ）当時の慣用的な字遣いや当て字は、原則としてそのまま残し、必要に応じて注を付した。
（ハ）振り仮名と送り仮名が重複した箇所は、校注者の判断によりそのいずれかを削除した。

5　仮名遣い・清濁

（イ）仮名遣いは底本の通りとした。校注者による振り仮名は歴史的仮名遣いに従った。
（ロ）仮名の清濁は、校注者において補正した。ただし、清濁が当時と現代で異なる場合には、底本の清濁を保存し、必要に応じて注を付した。

6　改行後の文頭は、原則的に一字下げを施した。

7　明らかな誤字・脱字は適宜補正し、必要に応じて注を付した。

三　本書中には、今日の人権意識に照らして差別的と思われる不適当な表現・語句がある。これらは、現在使用すべきことばではないが、原文の歴史性を考慮してそのままとした。

四　脚注

1　脚注は、語釈や、人名・地名・風俗および文意の取りにくい箇所のほか、懸詞・縁語などの修辞、当て字など、解釈上参考となる事項に施した。また、『春風情話』については、原文と対照させ、翻訳の仕方に注目すべき主要な点にも注を付した。その際必要に応じて原文を示し、あるいは校注者による訳を示した。

2　脚注において、紙幅の都合で十分に解説し得ないものに、↓を付し、補注で詳述した。

3　本文や脚注を参照する際には、頁数と行、注番号によって示した。

4　引用文には、読み易さを考慮して適宜濁点を付し、漢文は可能な限り仮名交じりの読み下し文とした。

5　必要に応じて語や表現についての用例を示した。

6　必要に応じて図や写真を示した。『浮雲』には関連地図を付載した。

細《さい》君《くん》

坪内逍遙

青木稔弥 校注

〔底本〕雑誌『国民之友』第四巻第三十七号（明治二十二年一月二日）附録「藻塩草」欄の初出。『国民之友』には株式会社明治文献からの復刻版（昭和四十一年、同五十七年に明治文献資料刊行会より第二刷発行）がある。

〔諸本〕校訂本文として、『国民小説』（民友社発行）の初版（明治二十三年十月、印刷者は木村吉蔵、印刷所名なし）、三版（同二十六年三月、印刷者は島連太郎、印刷所は秀英社）、五版（同二十九年一月、印刷者は木村吉蔵、印刷所は文英社）と『逍遙選集』別冊第一（春陽堂・昭和二年九月初版、第一書房・同五十二年十二月復刻）を採用した。なお、『国民小説』の再版は初版と、四版は三版と印刷者・印刷所が同一である。『国民小説』の初版と三版は『明治期刊行物集成』の『文学・言語編』所収の早稲田大学蔵本のマイクロフィッシュ版、五版は『大宅壮一文庫創刊号コレクション』の『日本の雑誌 明治編』所収の大宅壮一文庫本の CD-ROM 版がある。

〔成立〕明治二十一年十一月初旬に起稿し、同年十二月十四日に脱稿（逍遙自選日記抄録『幾むかし』）。

〔梗概〕第一回 季節は秋、お邸へ奉公二日目の小間使である阿園が独りぼんやりと女中部屋で物思いしているシーンから始まる。女主人に奥へ呼ばれた十四歳の阿園は身の上を語る。両親を早く亡くし、十二歳の時にひきとられた叔母に厄介者扱いされ、十三歳より奉公した下宿屋で虐待された阿園は、お邸が気に入り、一生勤めたいと願う。家計が火の車であること等の悪口は本当にはしないが、主人の浮気の話のみは女主人を気の毒だと思う。阿さんに暇が出て、代わりの女中が来た十二月のある朝、老女の訪問があり、女主人は慌ただしく出掛ける。

第二回 実家に帰った女主人は、すっかり年老いて話の通じない父親との会話に困惑するが、継母（第一回に登場した老女）の訪問の目的が異母弟の不始末を処理するための金策であったことが明らかになる。女主人が用件を切り出せないでいるうちに、継母が帰宅、父親が漢学の教授に出て二人きりとなる。女主人は金策を断った詫びと、離縁したい旨を言うが、生さぬ仲の邪推から本当にはしてもらえず、うちしおれて夫の家へ帰宅する。

第三回 離婚を断念した女主人は夫に内緒での金策を決意、阿園に相談し、自分の衣類を質屋にやることにする。

第四回 阿園と女主人に悲劇的結末が訪れる。

細君[一]

春の屋主人[二]

第一回[三]　小間使と細君[四]

[五]引窓を引いて後は昏《くら》さ四方《はう》より掩《おほ》ひかゝり　[六]ランプの影は台所の天井に月の形を写したり、秋の日は[七]トップリ暮れて　柱に掛かる時計の音耳《みみ》につく程鳴《なり》ひゞく、けふもあるじはまだ役所より帰り来まさず　離れ坐敷の女隠居と縁者《みより》ときゝし[八]十七八の娘は近い所の寄席《よせ》[九]へ行き　頰《ほほ》の赤い女中も買物をとゝのへに外《そと》へ出《いで》ぬ　奥も台所も寂《ひつそ》として　[一〇]別《わ》けて新参ものゝ手持なさ　阿園《おその》は独りツクネンと[一一]女中部屋に物思ひ　此時《このとき》つか〳〵と出来《いできた》るは此邸《このやしき》にゐる[一二]書生なるべし長火鉢のそばへ突立《つつた》ち　湯呑と鉄瓶を左右にとりあげ　二三度[一三]おつかけて白湯《さゆ》を飲み、こちらへは見向きもせず畳を蹴《け》たてゝ帰り行くを　阿園は目を丸くして見送れり　跡は又一倍のさびしさ　耳につくは障紙《しやうじ》[一四]越しに板の間をかけまは[一五]るいたづらもの　阿園は怺《こら》へかねて立上《たちあが》り　障紙を開《あ》けて叱々《しつ〱》と逐《お》へば　膳棚へにげこみてキチ〳〵と笑ふ　膳棚を襲へば梁《はり》を走り　梁をおそへば姿をかく

一　元々は、夫が自分の妻のことを称した語だが、女性の配偶者一般を指すものとして使用されるようになった。↓補一。
二　坪内逍遙の雅号の一つ。「春の舎主人」「春のやおぼろ」「春の屋おぼろ」「春の屋朧」「はるのやおぼろ」等のバリエーションがある中で、最も一般的なもの。ただし、それらの号を坪内逍遙以外の人が使う場合もあるので注意を要する。
三　『春風情話』(明治十三年)では「回」ではなく「套」を使用したが、明治二十年前後では「回」の使用が一般的。副題も短くなる方向にある。
四　↓補二。
五　「ヒキマド　牽窓　**A sliding window in the roof**」(J. C. Hepburn『和英語林集成』第三版、明治十九年)。　六　嵯峨の屋おむろ『守銭奴の肚《しまりみせのはら》』(明治二十年)に「御神燈の影はいつしか障子よりすべり落て　半月の形を沓脱に印しぬ」、夏目漱石『琴のそら音』(明治三十八年)に「天井に丸くランプの影が幽かに写る」とある。
七　『逍遙選集』では「とつぷり」。以下、底本は片仮名だが『逍遙選集』は平仮名という異同が頻出するが、一々注しない。
八　当時の女性にとって十七、八歳は結婚適齢期。
九　↓補三。　一〇　普通でも心細いものだが、とりわけ。　一一　後出の「女部屋」(一〇頁五行)と同じもの。台所の近くにあることが多く、玄関脇には書生がいる男部屋がある。　一二　学海居士(依田学海)「国民之友二小説評　春の舎君小説細君」(『国民之友』四十一号、明治二十二年二月十二日)に「麁暴《そぼう》の人物に似た」るとある。
一三　続けざまに。　一四　障子。↓補四。
一五　ねずみ。鼠取り薬売りの売り声は「いたづら者は居ないかな」(平出鏗二郎『東京風俗志』上巻「売声と行商」、明治三十二年)である。↓補五。

し　障紙を閉《し》めて坐に戻れば　又いつの間《ま》にか憎い物音、逐《お》ひくたびれては起《た》ちもせずシヨンボリとして吐《と》[一]息《いき》をつき　何を思ひだしてかシク〳〵と泣居《なきゐ》たり「どうかしたのかへ」と思ひがけない優しい声に　娘はハツと心づき　見あぐる目の中に湛《たゝ》へし涙をまだ押《おし》ぬぐふひまもなし　知らぬ間《ま》に奥より来りし[二]は束髪に結《ゆ》ひし夫人[三]　阿園の顔をつく〴〵見て「誰も居ないから淋しからう　聞《きき》たい事もある　奥へ」といひさし　台所を見回《みま》はして先にたツて戻り行く　娘は急に泣顔《なきがほ》を直し　おそる〳〵跡につき　台所の次の間を通り　閾《しきゐ》のそばへ坐《すは》りしが　何となく改たまつて只[四]居住居《ゐずまい》が気にかゝる、まだきのふ来たばかり　[五]麁相《そさう》をした覚えはなけれど　叱られるのではあるまいか　言葉少《すく》なで意地のわるさうな、ニツコリともなさらぬが　若《も》し奥[六]さまの気に入らず　[七]さげられたらば如何《どう》しやう　[八]ゴクつぶしと叔母に叱られ　又つらい日を数へる事かと小さき心おちつかず

「園」　阿《お》[九]そのはビツクリして[一〇]「ハイ　「こちらへお這《はひ》り　と言へば　「ハイ「宅《うち》も大勢だから定めし骨が折れるであらう　辛抱が出来さうかへ　ト言はれる事はやさしけれど　気味のわるい淋しい調子　娘は尚《なほ》[一一]塵をひねり　「どういたしまして　トいふ心を半分口の中で答《こたふ》れば　「悲しさうに見えたが　どうか

一「といき(名)　大息、吐息、ためいき、おほいき A deep sigh groan」(高橋五郎『漢英対照いろは辞典』明治二十一年)。
二 西洋風の髪型。明治十八年に登場、手軽で経済的、衛生的なため流行。「(二)髪ヲタバヌルコト。(二)今、西洋婦人ノ結髪ノ風ヲ称スル語」(大槻文彦『言海』明治二十二―二十四年)。↓補六。

束　髪
(坪内逍遥『京わらんべ』明19)

三 織田純一郎『大阪紳士』(明治二十年)に「我国でも近来貴顕方の妻(さい)を夫人と云やうだ」。
四 「*Manner or posture in sitting*, izumai, iyô, suwariyô」(『和英語林集成』第三版)。
五 同時代の辞書類は「粗相」を見出し語とするが、「麁相」の使用例は、十返舎一九『東海道中膝栗毛』、式亭三馬『浮世風呂』、為永春水『春色梅児誉美』、三遊亭円朝『真景累ヶ淵』、尾崎紅葉『金色夜叉』等にある。
六 当時「奥さま」「御新造」「内儀」「嬶(かか)」等の呼称の区別は、一部に混乱はあるものの、現在より厳密。「奥さま」には、夫の高い地位、財産、数名の使用人が必要。明治二十一年十一月中旬、「第一回を書き終」った時点で、二葉亭四迷は「小間使と細君と相語る所佳し」(逍遥自選日記抄録『幾むかし』)と評している。
七 五頁一四行に、前任の小間使を「下げた」、即ち暇を出したとある。正式に雇われる前の試用期間(目見え)だから、不採用になったらどうし

おしか　気分でもわるいのなら何か薬でもあげやうか　ト前よりも一《（ひと）》しほやさしい問ひ、母に死別《（しにわか）》れてから此《（この）》一二年　悲しさとつらさとに埋められ　毎日のやうに泣いては居たれど　まだ一《（ひと）》たびも此様《（このやう）》な情《なさけ》深い言葉に出合はざりし阿園は[一二]総身《そうしん》に染《（し）》む嬉しさ　「有《（あり）》がたうございますが　どこもわるくは有《（あり）》ませぬ　ト言果《（いひは）》てゝ　心の中に此《（この）》やうな情深《なさけぶか》いお人を意地のわるさうなと思ツたは　あれはキッと見ちがひであらうと思ひ　見直す心にて貌《（かほ）》を上げ　今[一三]煙艸盆《（たばこぼん）》をひきよせる夫人の顔をジッと見る

年は廿五六　中背《ちうぜい》にて姿はよけれど　痩《（やせ）》がたと言ふよりは痩《（やせ）》すぎといふ[一四]爪《つま》はづれ　貌《（かほ）》はやつれ　色は青白く　[一五]額高く見えて目は少し凹み　眉も生際《はへぎは》もいと薄く　[一六]不人相といふではなけれど[一七]愛嬌は微塵《（みぢん）》もない　何処《どこ》かにありさうなと探しても　[一八]眼尻《まなじり》は少し釣上《（つりあが）》り　小《ちい》さい口元は緊《かた》しまり　額の上の青筋のみ只《（ただ）》あり〱と目について、どう見直しても、意地わるさうな、[一九]無味気な、陰気な、勢ひのない、アヽ大《（おほ）》かた御病身の奥さまであらう　お気の毒なと阿園は思ひぬ　「宅《うち》もモウひとり小間使がゐましたが訳《（わけ）》があッて下《さ》げたので　当分は忙《せわ》しからう　年は十四だといッたけネ　それにしては躰《がら》が大きい　トいひかけて　阿そのを見つめ　「おッかさんは有《ある》の　「ございません　「おとッさんは

ようかと心配しているのである。

八 無駄飯ぐらい。「労スルコト無ク、世ニ益スルコト無クシテ、徒ニ生活スル人ヲ罵ル語」（『言海』）。漢字を当てれば「穀潰し」だが、漢語として意識することなく、日常語として使用していることを示すための片仮名表記。

九 「阿園」に同じ。表記に必ずしも統一性がないのは、当時にあっては珍しくない。例えば、樋口一葉『たけくらべ』初出には「美登利」「みどり」「緑」の三様の表記がある。

一〇 会話文の鉤括弧に結びの「」」がないのは、当時としては、むしろ普通の表記。例えば、二葉亭四迷『浮雲』では、明治二十一年二月の第二編以前は「」」がほとんどないが、翌年七月からの第三編においては、原則として付される。

一一 恥ずかしがってもじもじ。「年は寄つても怖いは親…赤面し、塵をひねらぬばかり」（竹田出雲・並木千柳・三好松洛・竹田小出雲合作『菅原伝授手習鑑』）。

一二 「そうしん（名）総身　身ノウチノコラズ。カラダヂユウ。ソウミ」（『言海』）。「そうみ」の振り仮名も平行して使われている。逍遙閲・嵯峨の屋おむろ著『ひとよぎり』（明治二十年）など。

一三 →一八頁注一。

一四 「褄外れ…取リマハシ＝身ノコナシ。＝態度」（山田美妙『日本大辞書』明治二十五年）。

一五 『逍遙選集』は「頬高く」と改変。

一六 人相がよくない。悪い顔つき。

一七 当時、「愛嬌」と「愛敬」の使用頻度は同程度。

一八 底本は「眼屁」と誤植。

一九 『国民小説』初版は「無味気」だが、三版で「無気味」、『逍遙選集』で「不気味」となる。「無味気」は、逍遙閲・嵯峨の屋おむろの小説（明治二十一年）のタイトルでもある。

阿園は少し鼻をつまらせ　「おとッさんもござりませぬ　ト言ひつゝ怺《こら》へかねてうつむき　膝の上へ翻《こぼ》す涙、　夫人は[一]流し目に見やり　「それではお前はみなし子といふのだネ　誰《だれ》がお前の世話をするの　「叔母さんが　「可愛がッて呉《くれ》るのかへ

小間使は[二]たゆたへり　正直な[三]小供心にウソはいはれず　何と言はうと考《かん》がへれば　其《その》返辞を追《おひ》こしてモウ喉までも沸出《わきいづ》る悲しさ　泣《なく》まいと思へど怺へきれず　悲しくなッてうつむけば　夫人は[四]長煙管《ながぎせる》をしづかにはたき　暫《しば》しの間《あひだ》言葉なし　二三分過《すぎ》て煙管《きせる》を置き　「外《ほか》に力になる人はないの　「何にもござりません

[五]阿園は[六]きたない襦袢の袖を下よりひきだし　顔をそむけて目を拭《ぬぐ》ひぬ　上に着た[七]双子の袷《あはせ》の小奇麗《こぎれい》なるも哀《あはれ》なり　「今まではどういふ所にゐたの、邸《やしき》へ奉公した事があるかい　「イヽエ　お邸《やしき》はぞんじません　タッタ一度[八]下宿屋へト言《いひ》かけて　まだ曇り声　「その下宿屋といふは　どのやうならち　旦那と内儀《かみ》さんと　[九]お客さまは大ぜいなの　「お客さまが[一〇]通し十人位ござりまして間《ま》の数が七間《ま》　ソシテ女中はわたくし一個《ひとり》　[一一]ト言滑《いひすべ》らして噤《つぐ》む口。　夫人は[一二]別に気もつかず　「お内儀《かみ》さんはいくつ位、　[一三]廿六、　ソシテ外《ほか》には女中はなしで　お

一　後出の「長煙管をしづかにはたき」(七行)と同様に、阿園の涙に気づかないふりをしての動作。冷静さを装っている。「夫人はジッと流し目に父の面を眺め詰め」(二二頁一三行)ともあり、基本的に、夫人は感情表出が苦手なのである。
二　「たゆたふ(自)　猶予、ためらふ」(『いろは辞典』)。→二五頁注二八。
三　『国民小説』初版は「小供」だが、同三版・五版と『逍遙選集』は「子供」。
四　「長良宇の煙管」(→一八頁注三)に同じ。
五　底本は「何園」と誤植。
六　「襦袢の袖口で泪を拭いた」(二葉亭四迷『浮雲』第二編第十二回、明治二十一年)。
七　二子織。二本の糸を撚り合わせた二子糸を用いて織った綿織物。
八　→補七。
九　下宿人。「半下宿」は「不自由究屈」だが、「純粋下宿ナレバ此方ハ公然タル上客ニシテ、手ヲ敲キ大声ニ下女ヲ呼ビ廻ハシ、如何ナル挙動ヲナスモ差支ナク、主人ニ対シ憚カル所モナク、万事自由気儘ナリトス」(本富安四郎『地方生指針』明治二十年)。
一〇　七つの部屋に平均すれば十人の下宿人。「神田、本郷ノ如キ通例書生ノ居ル所ノ相場」は「四畳半或ハ六畳ノ間ニテ一ケ月ノ下宿料(食料、間代ヲ合ス)一人ニテ四円五十銭内外、二人ニテ四円内外」が「上等」、「一人ニテ四円内外、二人ニテ三円五十銭内外」が「中等」、「一人ニテ三円内外、二人ニテ二円五十銭内外ナル者ハ下等ニ属セリ」(『地方生指針』)。
一一　「女中はわたくし一個」は、夫人の「モウひとり小間使がゐましたが訳があッて下げたので当分は忙しからう」(五頁一四行)との言に対応する失言。

前とタツタ二人《ふたり》きり、よくマアそれで大勢のお客の世話が出来たもの　気苦労がなければこそ　ト自身にかたるやうに吐息《といき》つく、一四聴きひがめて　此方《こなた》は一五真地目《（まじめ）》「気楽どころではござりませぬ　それは〳〵六《むつ》かしい内儀《かみ》さんでござりました　旦那は養子でござりますので何事も内儀《かみ》さん任せ、それですから内儀《かみ》さんは我儘《（わがまま）》な事ばかり言ッて　少しでも気に入らぬと一六八釜《（やかま）》しい口小言《（くちこごと）》、摳《たゝ》いたり捻《つね》ッたり　朝は五時ごろから夜は早い時が一時ごろまで　坐ッてゐる間《ま》はないくらゐ　煮たきから拭掃除《ふきそうじ》　三度のお給仕　書生さんの使ひあるき　取次《（とりつぎ）》も洗濯も私しタツタひとり　つらいことでござりました　トつゝまず言ふも蔭言《（かげごと）》ならず　裏表《うらおもて》なき小供なり

もと此《（この）》一七少女は　自身にも言ひし通り頼《たよ》りなき孤子《みなしご》なり　十二の年より叔母に養はれ　十三の年奉公に遣《（や）》られ　四季折々の着物さへ人並《（ひとなみ）》にはきせられず給料は総《（すべ）》て叔母の餌食、されど叔母はまだあかず一八　ゴクつぶしと罵《（ののし）》りぬ　一九小間使としては愛くるしき貌《（かほ）》だちも二〇光彩を門に生ぜねば　叔母の心には不足なり二一左の腕の黒痣《くろあざ》の天然《うまれつき》ならぬを見るものは　此《（この）》二二二三年の艱難を思ひやり　此《（この）》子の二三堺界を不憫《（ふびん）》がれど　二四障《（さは）》らぬ神に祟《（たた）》りなしとて　進んで引《（ひき）》とらうといふものはなし　二五浮世に鬼はなけれど　浮世に神もなし　下宿屋の女房とても一通りの人間

一二　夫人には失言に気がつかぬ鈍感な所がある。
一三　夫人とほぼ同年齢（五頁八行）。夫人とは違い、幼い子供がいて、その世話もさせられていたか。
一四　悪い意味に聞きとって。
一五　当時は、「真面目」よりも「真地目」の表記の方がやや優勢。
一六　当時としては普通の表記。「八釜しう叱りたてる」（『稗史家略伝并に批評』〔本巻一八五頁九行〕）。
一七　現在の用法より対象年齢は広く、娘の意味にも使用する。
一八　満足せず。
一九　後出「品のない小さき天人」（一一二頁九行）が精一杯で、玉の輿に乗るほどの器量はない。
二〇　繁栄を家にもたらさないので。「可レ憐光彩生二門戸一　遂令三天下父母心　不レ重レ生レ男重レ生レ女」（白居易「長恨歌」）が原典。「光彩照寒門」（御伽草子『二十四孝』「郭巨」）や「光彩の栄耀、門戸に満ちて」（『太平記』巻三十七）は応用例。
二一　右利きの人間からの折檻か。
二二　叔母に引き取られる前の苦労も含まれるか。
二三　境遇。『国民小説』初版は「堺界」で、同三版・五版および『逍遙選集』は「境界」。「奴隷の堺界」（福沢諭吉『学問のすゝめ』第十六、明治九年）。
二四　諺。底本は「崇」だが、「祟」はしばしば「崇」と誤植される。
二五　「世間に鬼のなき譬へ」（「博奕は盗みの基昨日の続き」『読売新聞』明治十七年五月二十三日）。「世間に鬼はなし」（井原西鶴『好色一代女』）。

なれど　大《たい》まい五十銭の給料を益《やく》に立たずに与《や》る法なければ　益に立たせんと
て責使《せめつか》ふもツマリ嫁入[一]の下修行《したしゆぎやう》、当人の為《ため》を思ふての事　誰《だれ》[二]が憎まれ役を好ま
うぞ　と女房はいへりとぞ[三]　されどそれにも拘《かか》はらず　叔母は下宿屋の無法[四]を
腹立ち　遂《つひ》に無理やりに阿園をさげ　余所《よそ》へ奉公させう　と言ひぬ　阿園は思
はず涙にくれ　叔母を邪見《じやけん》[五]と思ッたは勿躰《もつたい》[六]なかッた　ト泣いて喜び　奉公とい
ふものは此位《このくらゐ》につらいのが並《なみ》の事と思ッたれど、シテ見ればさうでもないか
と「ゴクつぶし　ゴクドウ　いつまで叔母に苦労させる　ト小言[七]の雨のそゝ
ぐ中で未来を頼もしく思ひしが「それでは為方《しかた》がない　前借をきかぬ代り給
料を拾銭づゝふやさうから　園を元の通り戻して　ト下宿屋から中裁[八]の談判が
来た時には　阿園は又ギヨッとして叔母の顔をみつめたり　斯《か》うなッても流石《さすが》
は肉身《しんみ》[九]「大事の姪を十銭計《ばか》りで牛馬《うしうま》[一〇]にはさせられない　お邸《やしき》へ奉公させま
す　内儀《かみ》さんへ宜《よろ》しく　トはねつけた叔母の口上　阿園はまた有《あり》がた涙にくれ
此時《このとき》ばかりは叔母の尖《とが》[一一]ッた口附《くちつき》に位《くらゐ》があると思ひたり
　扨《さて》一月の給料七十銭の約束にて此邸へ来て見れば　叔母の慈愛をます〱知
りぬ　下宿屋とはちがふ大気《たいき》[一二]の邸、下宿屋にては「その」と[一三]なぐるやうに呼《よび》つ
けられしも「そのや」と和《やは》げて呼[一四]ばるゝさへ　小言[一五]に腫《は》れた小耳には春風の

一　嫁入後に必要なことを覚えるための修行。
二　逍遥の『此処やかしこ』（明治二十年）の「口上」に「地の文では人を譏《そし》らず　成るべく保庇《ばか》ふやうに批評する心得、ついては時々には無慈悲らしい事をもジッと当人の心を察して「頗る慈悲深い」と評することもあるべし」とある。
三　噂話として示す朧化表現。聞かされてもいるだろうが、阿園からの伝聞と考えなくてよい。
四　「道理ノナイコト。＝乱暴」（『日本大辞書』）。道理にはずれた人使いの荒さ。
五　当時、「邪見」「邪慳」「邪険」の使用例あり。「じやけん（名）邪見、よこしまのみこみ　又〔俗〕（形）なさけしらず、むごさ」（『いろは辞典』）。
六　「ばちがあたる　又をしき」（『いろは辞典』）。
七　口やかましい小言を聞かされているが、ひどい待遇の下宿屋奉公から逃れることができるので、明るい未来が待っていると思った。
八　『逍遥選集』では「仲裁」。「Reconciliation 講和、中裁」（井上哲次郎ら編『哲学字彙』初版、明治十四年）。
九　『逍遥選集』は「肉親」。「しんみ…親身（一）…甚ダ親シイ血統ノツヅキ」（『日本大辞書』）。
一〇　奴隷。娼妓解放令につながる、津田真道が公議所に提出した議案「人ヲ売買スルコトヲ、禁ズベキ議」（明治二年）に「奴婢ハ人ヲ牛馬ニ同ジウスルモノニシテ」とある。
一一　不満そうに口を尖らしているのを、普段ならいやなものであるのに、今回に限っては尊いもののように感じる。「位」は、品格、威厳で、後に旦那さまを評価した言の中に「何処となく位がある」（一〇頁九行）とある。
一二　「たいき（名）大気（一）空気。（二）心ノ寛キ

やうに思はれぬ　隠居所の用事は阿《(お)》とめといふ娘が取扱かひ　台所の水しわざも阿《(お)》さんが大概はしてしまふ　小間使の用事は下宿屋のつらさに比ぶれば何のマアこれが用事、極楽に行けばとて斯《(か)》う安楽ではあるまい　勿躰《(もつたい)》ない　三度[一六]のお惣菜《(そうざい)》　書生さんの喰《たべ》あらし　それで私は沢山といふて悪いか好《よ》からうか　心配は只《(ただ)》それきり　ケレドこんな不束《ふつゝか》[一七]な事で　奥さまや旦那さまのお気に入らうか　一生[一八]こゝに勤めたいと思へど　六《(むつ)》[一九]かしさうな奥さま　口へ出して仰《おつ》しやらぬだけ気心《きごゝろ》が分らない　下宿屋の内儀《かみ》さんを少し交《まぜ》たら勤めよいに　お邸と云ふものは顔で物いふところか　と苦労が教へし揣摩《(しま)》推察《(すいさつ)》[二〇]　十四にはませた娘なり

　小さき胸に斯《(か)》かる浪があらうとは気が附かねど　夫人は始終の履歴《ゆくたて》[二一]を無言にて聴終《(ききをは)》り　此時《(このとき)》淋しげに阿園を見やり　「それでは十三の年からしてそんなに苦労を為《(し)》たのかネエ　道理で躰《がら》は大きいが恐ろしく痩《(やせ)》て痛々しい　何処《どこ》にもつらい事は絶《(たえ)》ぬもの　併《(しか)》しお前はまだ小供　どんな宜《よ》い所へ縁づくかも知れない　よく辛抱をおし　世の中にはまだ〱つらい事があります　ト独言《ひとりごと》のやうな意見の言葉　阿園は嬉しく頭《あたま》をさげしが　心の中には解《げ》しかねて　之《(これ)》よりもつらい事とはどんな事であらうと思ひ　「年上《うへ》の人はどうかすると[二二]あんな事

コト。大度」と『言海』にあるが、『言海』は稿本版の段階では、「心ノ寛キコト」を(一)としていた。

一三 乱暴に呼び捨てにされていたのが。

一四 底本は「和ばるゝ」と誤植。

一五 小言を聞き過ぎて痛んだ耳には春風のように爽快に感じた。「こごと(小言)に」と「こみみ(小耳)に」、「はれ(腫れ)」と「はる(春)」と似た音を重ねることでリズム感を出している。

一六 「朝飯ハ味噌汁ニ漬物　午飯ハ漬物ニ茶ヅケ　晩餐ニハ其分限ニ応ジテ魚肉野菜ノ内一品ヲ用ユ可シ」(湖東小史『世帯論』明治二十年)。

一七 「ふつつか〔俗〕(形)　不束、ふゆきとどき、ぶてうはふ」(『いろは辞典』)。

一八 阿園は「奥さま」の言うような「どんな宜い所へ縁づくかも知れない」(一三行)との発想を持つことができる状況にない。

一九 「むづかしき(形)　六ケ敷、めんだう、かたき、あやうき、危篤」(『いろは辞典』)。『逍遙選集』は「むづかしさうな」。

二〇 「オシハカル。推察」(『日本大辞書』)。

二一 事のなりゆき。いきさつ。『当世書生気質』第四回では、「来歴」に「ゆくたて」の振り仮名がある。

二二 教訓、説教の類。

ばかし言ふけれど　小供だと思ツて欺《だま》すのではあるまいかとフラ〱と起る疑ひ　ア丶誰が此《この》やうな[一]廻《まは》り気《ぎ》を教へしぞ

去程《さるほど》に隠居も寄席がはねて[二]娘と共に帰りきたり　夜もはや[三]十二時と深《ふ》け行《ゆ》きたり　今晩も旦那はお帰りであるまい　[四]締《しま》りを為《し》てお寝よとの言附《いひつ》け　[五]御機嫌よろしくの口儀《こうぎ》もすみ　阿園は女部屋に退《さが》り　[六]赤ら顔の女中と枕を並べぬ　されど[七]色々の大事が気に為《な》つて寝つかれず　あの情深《なさけ》い奥さまは御病身なのでは有《ある》まいか　其《それ》にしてはお薬をあがる様子もなし、旦那さま、[八]存外に貧相なト思ひかけて自分で打消し　[九]お背《せ》は高し　大変な[一〇]学者といふ事　月給は沢山おとりなさる　手前はいくつだ　十四か　フーム　とおツしやツた何処《どこ》となく位があるエラさうなお人……お留さん……御隠居さん……阿園は暫《しば》らくは[一一]戸籍調べに余念なし「ア丶みんな善いお人らしい　阿《お》さんどんまで優しさうな　何《ど》うかして永年勤めたい　ほんとうに情深《なさけぶか》さうな奥さま　[一二]官員さまは斯《か》うも[一三]御用が多いものか　きのふもお宿《とま》り　けふもお留守　奥さまはお淋しからう　ヲヤモウ一時　アノ[一四]ボン〱は十円もするか、ほんとに立派なお邸《やしき》、どうぞ此家《こゝ》へ勤めたい　ト勤めたいを思ひ寝に　其夜は[一五]あどけなき夢を結びぬ
翌朝は[一六]日曜　殊に[一七]主人の留主《るす》なれば人々はまだ起き出でねど　阿園は[一八]独り甲《か》

一 色々と気を回しての心配や疑い。
二 三頁七行の「十七八の娘」に同じ。
三 「夜分ハ午後第十二時限リ閉席スベシ」（「寄席取締規則」第六条、明治十年）。 **四** 戸締り。
五 「御機嫌ようと挨拶」（夏目漱石『道草』大正四年）。「口儀」は口頭での挨拶。
六 三頁七行の「頬の赤い女中」に同じ。「赤ら顔」は、労働階級、田舎者、飲酒者の象徴としての使用が多い。
七 「一生こゝに勤めたい」（九頁六行）あるいはこの直後の「奥さまは御病身」かもしれないなど。
八 世間的評価に従って結局は否定してしまうのだが、直感の正しさがある。 **九** →補八。
一〇 研究者ではなく、高学歴の者程度の意味で使用している。→一九頁注一八。 **一一** 戸籍係がするような素姓調べに精を出している。
一二 「昔所謂お役人様、今の所謂官員さま、後の世になれば社会の公僕とか何とか名告るべき方々」（『浮雲』第二編第七回、明治二十一年）。
一三 例えば、大蔵省は「政府の大改革」「以前の旧に復して執務時間を六時間となし」「午前九時出頭午後三時退出と定め」（『東京経済雑誌』三八四号、明治二十年九月十日）ている。
一四 柱時計の値段の推定。価値判断としては正しいのだろうが、お金で苦労するがゆえの発想。
一五 子供らしい年相応の幸せな夢を見た。
一六 「諸官衙に勤仕する者は勿論銀行会社新聞社に至るまで大抵日曜日は休業」（仙堂散史「お賽日の宿下」『読売新聞』明治二十年一月十六日）。
一七 当時は「留主」と「留守」を併用。主人が留守の方が奉公人が気分的にも楽なのは普通。
一八 気に入られようと、はりきってのことだが、前の奉公先である下宿屋で当然のように要求されていた仕事量よりは少ないのであろう。

斐々々《(ひがひ)》しく早く起き出でゝ立働《(たちはた)》らく　[一九]やさしさうな阿さんが内々[二〇]つぶやくは耳に入らず　湯をわかし膳ごしらへをなし　阿さんが起出《(おきい)》でしころには用事のないに困り果て　奥庭から裏庭まで隈《(くま)》なく掃除に駆《(かけ)》まはる　「ヲヽ庭掃除[二一]なれば書生が為《し》ます　手水《(てうづ)》[二二]の水をとツて来て　ト隠居所の椽側[二三]から老女[二四]の声　「お早うござります　南のお椽側にモウ取《(とつ)》て置きました　「さうかい　感心に気がついた　ト褒《(ほめ)》られて　阿園の嬉しさ　「ほんとに此《(この)》かたも情深い

段々に居慣れて見れば　家中の人々一人《ひとり》として情深くなき人はなし　阿《(お)》[二五]とめといふ娘は病身にて口数をきかぬ代り人も善し　「親類ぶつて高ぶらぬがあの田舎者《ゐなかもの》の取得《とりえ》さ　ト阿さんは言へど　阿園は決してさうとは思はず　奥さまと中をよくし　隠居さまを大切にし　又よく働らき　情ぶかいト思へり　隠居は元より善人《よいひと》　只《(ただ)》阿とめばかりを連れて　けふ[二六]も物見《ものみ》　あすも芝居[二七]、これが少し気に入らねど　奥[二八]さまの外出嫌《そとでぎら》ひは持前《(もちまへ)》[二九]とやら　左《(さ)》すればこれも隠居さまのせいではあるまじ　長屋に住《すま》ツてゐる車屋夫婦　これも亦《(また)》善人　書生も一人《ひとり》あれど　これもまた善人　只《(ただ)》阿さんのみは割合に意地わるし　されど小言に慣《(なれ)》し耳は此女の小言を辛《つら》[三〇]いとは聴かず　姉さまがあらば斯《(か)》うも言ふであらうと思ひ、逆らはねば憎まれず　それに此《(この)》阿さん　人並《(ひとなみ)》の性分なり　なまけ根性と慾張《(よくばり)》根

一九 あくまでも、阿園の主観でしかなく、特にやさしいというわけではないが、ともすれば、小姑の嫁いびり的役割を受け持ちかねない「阿さんどんまで優しさうな」(一〇頁一一行)との感慨を受けたもの。 二〇 蒲団の中から寝ぼけた声でぶつぶつ苦情を言う。
二一 庭掃除がどの家でも書生の仕事かは疑問だが、「二人以上の、婢僕を使役する時は、殊更、日々の常務を、判然区別して、其争端を防ぎ、家事を整ふるを、最も緊要」(小林義則編『家政小学』明治十三年)という注意に反しているので、「婢僕を使役」する側の手抜かりはあるだろう。
二二 「てうづ(名) 手水、てあらひ、洗手(朝手顔を洗ふ事を重に謂ふ)」(『いろは辞典』)。
二三 底本は「椽測」と誤植。
二四 「女隠居」(三頁六行)、「御隠居」(一〇頁一〇行)に同じ。当時の感覚からすれば、四十歳を越せば「老婆」と呼ばれるのは普通のこと。
二五 阿留。以後「阿留」「阿とめ」が混在。このような表記の揺れは当時としては普通。
二六 「きのふは花見、けふは芝居」(三一頁九行)。「今日は劇場《(しば)》《(ゐ)》明日は花見と毎日浮れ歩行《(ある)》《(あ)》けば」(『読売新聞』明治十三年四月二十一日・二面)。花見は外、芝居は内での娯楽。
二七 当時は、実質上、歌舞伎のみ。「維新以前徳川の時代に江戸の芝居は払暁幕明きにして点燈前に打出しの慣行なりしが維新後今日の所にては午前又は午後より夜十時十一時に亘ることゝなれり」(中村善平『劇場改良法』明治十九年)。
二八 交友範囲の狭さや経済的理由により、外出しがたいのかもしれず、本当に外出嫌いかは不明。→補九。
二九 持って生まれた性分。
三〇 底本の振り仮名は「つつ」と誤植。

性とを悪魔の持前《(もちまへ)》となさば知らず　左《(さ)》なくば決して悪魔にはあらず　其故《それ(ゆゑ)》折々は手助《(て)だすけ》をされて腹をたち　ヱヽ小《こ》ましやくれたおセツカイ　トロへ出して独語《つぶや》けど　ツマリは自分の骨休めとなり　殊《(こと)》に蔭《(かげ)》の事で奥へは知れず　賞《(ほ)》められる時は自分も賞められ　さしたる損もない事故《(ゆゑ)》　果《(はて)》は大概の「おセツカイ」を阿園に為《さ》せて小言もいはず　只[一]つまみ食《ぐひ》の相伴《(しやうばん)》を承知せぬを怒れども　毎日少しづゝ[二]掠《(かす)》めるものを知ツてゐさうなれど言附《(いひつけ)》ぬを「感心なあの子」の美徳《とりえ》と思ひ　日に増し寛大に扱かひぬ　併《(しか)》しながら正当に評をすれば　斯《(か)》う感心によく働らき　見せびらかさぬ阿園の誠実　仮令《よし》人間に悪魔ありとも　どのやうな悪魔か　敢《(あへ)》て此娘につらく当らん　阿園は[三]品《ひん》のない小さき天人にてありしものをや

かくて[四]二月《(ふたつき)》ばかり立《(たつ)》うちに　家の内の事あら方《かた》は阿園の胸に入れり　お邸は斯《(か)》うしたものか知らねど　奥さまと旦那さまの間、疎遠なこと　[五]中のわるい従兄弟《いとこ》どしの如し　されど争論《いさかひ》をする声も聞えねば中の悪いのでは無かるべし　主人は相変らず留主勝《(るすがち)》　たま〳〵家に在れば来客絶《(たゆ)》ることなし　それ故[六]五月蠅《うるさき》か　けふは留主だと言へト言附《(いひつけ)》られし事幾《(いく)》たびもあり　或時《(あるとき)》ツイロが滑《すべ》り　お宅でございます　と客に答へて　[七]羽織を被流《(きなが)》せし四十格好の男を取次ぎ

一 阿園が、つまみ食を一緒になってすることを承知しないのを。

二 この場合は「つまみ食」だが、別の不正な横領もあるか。→三八頁注九。

三 第三回に「窈窕たる天人の舞ふ」(二九頁一〇行)とあり、『小説神髄』「主人公の設置」には「現実派は人間の形を画く画工の如く、理想派は天人を画く画工のごとし」とある。→七頁注一九。

四 小林義則『家政小学』は使用人が「僅か一ヶ月も過れば、忽ち変りて、表裡の違ひをなし、頗る粗慢にして、使役し難く、主人篤実の恩に報するに、詐欺不正を以てして、大ひに雇主の、不都合を醸す事、往々其例、少からず」という理由から「久しき日月を期して約定」する「弊」を説く。試用の期間を過ぎて、正式採用になっているのだろう。

五 「女夫《(めをと)》は、いとこほど似る」(『毛吹草』巻二)という情愛の深さとは逆の仲の悪い従兄弟同士のようだ。「総て、仲のわるい従兄弟同士のやうに、遠慮気なく余所々々しく待遇《(もてな)》す」(『浮雲』第三篇第十八回、明治二十二年)。

六 「五月蠅おもふたる」(高畠藍泉『怪化百物語』明治八年)。→四三六頁注五。

七 高利貸か。『当世書生気質』(明治十八—十九年)第四回に「近きころ某《(なにがし)》がいはれし言葉に。官員は娼妓と一般。一トたび官員となりたる時には足をぬくこと　いと〳〵難し。その故はいかにといふに。官員となれば　いかほどにても。金を貸すものが多かるから。自然に借財が殖行く訳なり。而して免職となる時には。四方八方の高利貸が。皆催促に来《(きた)》ることゆゑ。いやでもおうでも官員をば。止める訳にはゆかぬといはれき」とある。

し時には　恐ろしく主人は立腹し　夫人まで[八]傍杖《(そばづゑ)》の小言を貰ひぬ　阿園は蒼《(あを)》くなりてふるへ上《(あが)》りしが　別段の咎《(とがめ)》もなかりき　是《(これ)》より取次《(とりつぎ)》をするは阿園の大なる苦労の種となれり　又其外《(そのほか)》にも阿園の心配の元となりし事を言へば　月末の支払時なり　前の月には[九]十七日に出入《(でいり)》の商人が[一〇]通《かよひ》を〆《(しめ)》て持参せしが　今月よりは月末の払に定《き》めるから三十日に持《(もつ)》て来て　と夫人の言ひつけ　それ故其月《(そのつき)》は[一一]三十一日に惣《(すべ)》ての支払を取次《(とりつぎ)》しが　[一二]今月もまた暮《(くれ)》て、通帳が台所に堆《うづだ》かく　商人はお払を貰ひに来れども　[一三]奥よりはまだお金がさがらず　其度《たび》に取次をすれば　夫人の顔色常《(つね)》よりも一倍わるく　来月一所《(いっしょ)》にやる　今は少し都合があるとお言ひ　と例時《いつ》になく[一四]慳貪《(けんどん)》に言はれ　阿園は[一五]何故に延引《(えんいん)》するかをまだ疑ふに暇《いとま》あらず　夫人の不興を恐れ　恨めしい米屋　何の為にお勘定を急ぐのだらう　裏長屋ならば知らぬ事　何時《いつ》でも戴かれるものをと思ひたり　兎角《(とかく)》して[一六]又一月を過すうちに　阿さんは何《ど》うした訳にや[一七]俄かに暇《いとま》になり退《さが》りしが　其《(その)》[一八]二三日前より散々に無法な蔭口を言始《(いひはじめ)》ぬ　尋ねもせぬに色々の事を言へり、夫人は素《(も)》と相応な官員の娘にて[一九]師範学校をも卒業せし事　主人が書生上りなりしころ婚礼せし事　さういふ女書生だから台所の事は[二〇]真闇で　イヤに勘定の細かい癖に人を使ふ呼吸を知らず　[二一]目端《(めはし)》が少しもきかぬ癖に[二二]ヲツに世話を焼きたがる

八　とばっちり。
九　「十七日には借金取がお役所に詰掛る」(西村天囚『屑屋の籠』前編第三回、明治二十年)。
一〇　通い帳。掛け買いの月日・品名・金額などを記して、支払い時の覚えとする帳簿。
一一　一・三・五・七・八・十・十二月のいずれかということになるが、「秋の日」(三頁五行)から「二月ばかり立」った(一二頁一一行)月末なので、「其月」とは十月か。三十一月か。
一二　主人の方からは未だ支払い用のお金を下げ渡されていない。
一四　『日本大辞書』は「誤ッテ」「邪見」の意味に使われるとする。
一五　『逍遙選集』の振り仮名は「なぜ」。
一六　十一月末から十二月初めのことか。
一七　底本は「俄かは」と誤植。
一八　「暇になり退」る二、三日前。暇になることがわかってからの暴言。
一九　明治五年の学制公布の際、官立師範学校を創設、明治十九年の師範学校令により確立されたが、四年(のち五年)制の師範学校を『細君』執筆時の明治二十一年までに卒業できるはずはないから、想定されるのは明治七年設立の東京女子師範学校であろう。
二〇　『逍遙選集』では「真暗」で、振り仮名は「まっくら」。
二一　「物見テ善ク心付クコト」(稿本『言海』)。稿本版『言海』には、経費の都合等で、私家版以降では削除された項目がある。以下、同様に、それらの項目を「稿本『言海』」として掲出する。
二二　『逍遙選集』では「おつ」。「Otsuna ヲツナ adj. (coll.) Strange, odd, unusual, singular」(『和英語林集成』第三版)。「おつ(名)…(三)俗ニ、常ニ異ナルコト。…奇」(『言海』)。

事　夫人の母は後妻で、継母《ままはは》[一]で、気の附かぬウッカリ[二]で、一人《ひとり》の碌《ろく》でもなき実子のある事　今は里[三]かたは落《おち》ぶれて夫人からの仕送りにて　どうにか活計《くらし》をたつるといふ事　一躰《いったい》旦那は浮[四]気者で　色々のショ[五]イコミをして困りながら　其《その》癖《くせ》キレイに手を切るといふ器用な機転はなくた[六]べちらして歩くといふこと　先《せん》達《だつ》ても茶[七]屋女をドウカして五[八]十円手切《てぎれ》をとられたといふ事、今も毛[九]色の変《かは》ッた囲ゐものが有るとの事　また昔[一〇]からの借金が嵩《かさ》み[一一]内輪は立派な火の車　それに老耄《おいぼれ》[一二]の婆アさまが目[一三]も耳も利かぬ癖に外出《そとで》好《ずき》で[一四]チョビ〳〵と金をつかふので（[一五]芝居といッてもタカヾ鈍[一六]帳《どんちやう》位だアネ　入用《いりよう》は知れたものなれど）ケ[一七]チンボのお心よし　お独り御心配なさるといふ事　其外《そのほか》真《まこと》と思はれぬけ[一八]しからぬ事を聞《きき》しかど　前に挙げたりし箇条をさへ大《おほ》かたウソと思ひこみ　聞《きき》てもきかぬ阿園の耳には外の話は止《とま》らざりき　其中《そのうち》囲者《かこいもの》の一条だけは幾分かさうかと思ひ当り　奥さまを気の毒と思ひしが　借金の話は受《うけ》[一九]とらず　心はさうかと思ッても経験がさうだとは言ひきらず　夫程《それほど》困ッてお出《いで》なさらば　何であのやうな立派な服を召《めし》て[二〇]手車で毎日駆回《かけまは》ッたり　お客さまの有るたびに西[二一]洋料理の仕出しのと御馳走をなされう筈《はず》がない　旦那さまの御衣裳《めし》計《ばか》りでも箪笥《たんす》が幾棹《いくさを》　西洋箪笥が幾棹　お帽子計りでも幾つ　お靴ばかりでも幾足　馬車に乗ッてお

一　逍遙の『松のうち』の初出に「実《みう》の子でございませんと何にとなく万事に気が置けましてネ」（第十一回、『読売新聞』明治二十一年一月二十五日）との一節がある。継母のテーマを、うまく展開できなかったからであろうか、単行本化した時に「実の子でございませんと」の部分は削除された。　二「うつかり〔俗〕（形副）無心、不注意、うかうか」（『いろは辞典』）。
三　婚姻時、父は「相応な官員」であったが、婚姻後、「免職」「段々に零落れ」（三二頁一四行）たか。第一回脱稿時に、二葉亭四迷は「成るべくは細君と里方との関係を実際にして写すかたよからん」（逍遙自選日記抄録『幾むかし』）と述べた。
四　女性関係にだらしがない人間。
五　背負い込み。女性関係の面倒事。
六　色々な女性と次から次へと関係する。
七「茶屋女」は「茶屋ニ在テ客ニ給仕ナドスル女」（『日本大辞書』）で、「茶屋」は「総ベテ、飲食遊興等ノ客ヲ遇スル家」（『言海』）。
八　手切金の五十円は、深い関係になっていたのであれば、必ずしも高額なものではない。
九　学海居士（依田学海）「国民之友二小説評　春の舎君小説細君」（『国民之友』四十一号）に「読者に或は芸妓舞女の類かと思はしめ」とある。「囲ひ者」は「囲ッテオク妾。＝外妾（今、大方廃語トナル）」（『日本大辞書』）。
一〇「書生上り」（一三頁一四行）で、書生時代の借金もあるか。三二頁三行に「羽織袴一組にて社会に出し若武者の例とて今尚種々の負債多く」とある。
一一　家計は大変な赤字。「立派」は揶揄した表現。
一二「老女」への罵倒語。　一三　老衰で目も耳も不自由。　一四　少しずつ何度も。
一五「文の冗長に。なり行かんと。おそるゝ故に。

寄《より》なされた華族さまのお客さへあるものを、借金、人を馬鹿にした　旦那さまのお時計[二二]　あればかりでも二百円、借金、人を[二三]

小間使がから思《おも》ひ込《こみ》し信用は　度々《たびたび》払《はらひ》を催促しながら尚強《なほあな》がちには迫らぬ出入《でいり》の諸商人の口振《くちぶり》を聞《きき》て愈《いよい》よ堅くなりぬ　同じ催促のやうなれど下宿屋などの場合とは大《おほい》に違《ちが》へり　彼《あ》の場合にては借金取のかた手強《てごは》[二四]かりしが　此邸《このやしき》にては反対なり　是《これ》は借金でなき故と阿園は思へり

一二日過《すぎ》たれど　女中の代りまだ出来ず　阿とめは此頃より或る重い病にかゝり枕も上らねば手がかゝり　車屋の妻が台所の使ひ歩きを手伝へども　阿園の忙しさ限りなし　されども悪《わる》い顔もせぬ甲斐々々《かひがひ》しさを口では褒めねど　朝も夕も台所を襷《たすき》がけにてはたらく夫人　情《なさけ》は深い[二五]内井戸[二六]の水と一所に斟《く》[二七]んで知る　阿園は是《これ》より又一層《ひとしほ》夫人を慕ひ敬ひぬ

或朝やう〳〵慶庵《けいあん》[二八]より女中の代りを連来《つれきた》れり　兎も角も目見《めみ》えに居《ゐ》よとて其《その》女《をんな》を止め置き　先《ま》づ重立《おもだち》し出入《でいり》の店を一々教へて置くが宜《よ》い　と阿園は主人に言附《いひつけ》られ　九時過《すぎ》に立出《たちいづ》る時、門外にて五十近い羽織被《き》た見なれぬ婦人と行《ゆき》ちがひ　其人《そのひと》の邸へ入るのを見て　何者だらうと思ひながら　新参[二九]の女と共に其《その》まゝ所々を繞《めぐ》り歩《ある》き　出入[三〇]をも大かた教へし後　女中を慶庵に残し置き

わざと平常（つね）の物語のやうに写」（『当世書生気質』第四回）したのだが、部分的に阿さんの語で表現した。　一六「緞帳芝居」の略。引幕の使用が許されなかった小芝居への蔑称。『国民小説』『逍遙選集』も「鈍帳」で、須藤南翠『雛黄鸝』（明治二十一年）の第三回に「鈍帳芝居」との表記がある。「緞帳」は「（二）ひきまくニ対シテ、上カラ釣リオロス下等ナ幕。（三）下等ナ芝居。＝オデデコシバヰ」（『日本大辞書』）。

一七 夫人はけちで人がよいだけの無能力と罵倒。

一八『和英語林集成』第三版に「HEINOUS, a. Omoi, hidoi, futoi, keshikaranu」「INFAMOUS, a. Futoi, nikui, furachi na, keshikaranu」とある。「けしからぬ（形）可怪、わけのわからぬ Strange」（『いろは辞典』）。

一九 本当とは思わない。

二〇 自家用の人力車。　二一 逍遙日記『再遊京浪花』明治二十一年八月七日の条に「西洋料理は塩からくしてまづし」とある。

二二 懐中時計であろう。「胸先にかけ居たる金無垢鎖付きの懐中時計と天保銭の形ちを金無垢にて拵へたる飾り等にて二百円余の物を何時の間にかスリ取られ」（「スリ」『読売新聞』明治十九年十一月十六日）。

二三「人をつけにする（人を馬鹿にする）」の後半部は言葉にならなかった。「ヱー、人をつけへにした」（式亭三馬『浮世風呂』前編上）。

二四『逍遙選集』の振り仮名は「てづよ」。

二五 夫人の情と井戸の深いことを掛ける。

二六 台所用の井戸。通常、内井戸とは別に、庭には風呂等に使う外井戸がある。　二七 水を「汲む」と気持を斟酌する意の「くむ」とを掛ける。

二八 雇い人・奉公人の斡旋を職業とする人。口入れ屋。「雇人ノ請宿。（東京）」（『言海』）。

自身は先へ帰りしが　存外に[一]ひまどりて時刻は[二]已に十時を過《(すぎ)》たり　[三]奥には客のある躰《(てい)》ゆゑ態《(わざ)》と扣《(ひか)》へて　水仕事、昼の用意にかゝりしが　フト[四]聴く事の出来しゆゑ　[五]斟酌しても小供気に[六]ツカ〳〵奥へ近づきしが　夫人の居間には　[七]老女の声此時《(このとき)》少し高くなり　「イヽヱ何のお前　どうもかうも思やアしません　如何《どの》やうなよい方でも　暮となれば物入《(ものいり)》は多いならひ　一体わたしが了見ちがひ子に甘いから起ツた事　イヽヱ腹を立つ訳《(わけ)》はないのさ　トいふ声を聞きかけて様子は知らねど忍び足、今顔出しては悪《わろ》からうと　阿園は台所へ戻りしが　何の話かまだ分らず　[八]お居間へのお客といひ　奥さまへあの口振り　扨《(さて)》は[九]お里のお袋さまと察してもまだ分らず　然《さ》れど深くは気に掛けず　[一〇]惣菜《(そうざい)》の煮焼《にたき》　膳ごしらへ　[一一]忙しさうに駆《(かけ)》まはる

　いつの間に老女は帰りしか　夫人は阿園の後ろに立ち　「客があッて手伝はなんだ　慶庵から来たのはまだ帰らないの　ト言ふ顔を見上《(みあぐ)》れば　常よりもわるい血色、気は附《(つき)》ながら[一二]咎めもならず　新参の女は慶庵へ立寄り　何《いつ》れお昼前に参るとの事　と其[一三]事訳《(ことわけ)》を伝ふれば　夫人は[一四]点頭《(うなづ)》くのみ　言葉なく隠居所へ運ぶべき[一五]中食だけは自身に料理して盛《もり》などせり　其中《(そのうち)》に女中も帰り来り　夫人は奥へ退きしが　心地悪《わる》しとて中食はせず　阿園は深く気に懸けていろ〳〵に慰

二九 代りの新しく来た女中。
三〇 米屋、魚屋、酒屋などの出入りの諸商人。

以上一五頁

一 時間がかかって。
二 底本は「已に」と誤植。同じ誤植が後にもあるが、「巳」「已」「己」の混用は珍しくない。
三 奥の居間には客がある様子。
四 指示を仰がなければならないこと。
五 考えることはするのだが、まだまだ子供ゆえに考えが足りずに。
六 「尊大ニ構ヱ勢ヒヨク歩ミ寄ル体ノ形容」(『日本大辞書』)。『逍遥選集』は「ヅカヅカ」。
七 「五十近い羽織被た見なれぬ婦人」(一五頁一四行)のこと。
八 どこまで客を通すかは、親疎の程度によって違い、通常、親戚もしくは、それに準ずる人間、ごく親しい知人以外、居間までは通さない。
九 阿さんの言う「夫人の母は後妻で、継母で、気の附かぬウツカリで、一人の碌でもなき実子のある事」(一四頁一行)のうち「継母」までには思い至った。
一〇 昼食の用意。
一一 「忙しく」ではなく、「忙しさうに」と記すのは、登場人物と距離を置こうとする語り手の視点があるため。
一二 主人に対し、差し出がましい事は言えず。
一三 事情。「コトワケ」は「Explanation, apology」(『和英語林集成』第三版)。
一四 当時としては普通の用字。
一五 昼食。逍遥は『旅ごろも』の明治二十年一月二十九日掲載分で、「中食時」に「まんまどき」、「中食」に「ちうじき」の振り仮名を当てる。

さめんと思へども　[一六]取《とり》つく島《しま》なき淋しい眼附　阿園は只《ただ》心配だ〳〵と思へり

午後　夫人は隠居所へ行き　暫《しば》し[一七]何事か相談してありしが　急ぎ居間へ立戻り　忙しく衣裳を着換へ　阿園に言附《いひつけ》て[一八]車屋を呼ばせ　急用が出来たれば少しの間往《い》ツてくる　若《も》し旦那が帰られたら委細は隠居所へ言置《いひおい》たと　さうお言ひよ　と言ひ残し　浮かぬ躰《てい》にて立出《たちいづ》る　阿園は何となく気になれど　勿論問ふべき事でなし　玄関まで送り出、[一九]変な眼附して見送れり　長屋の車夫は主人の伴《とも》をして居らねば　近辺の車夫　[二〇]勢のなき夫人を載せ　勢ひよく駆け出だせり　[二一]お園はあみかけた[二二]毛糸物を手に持つたまゝウツカリと台所の障子へ寄りかゝり「何の用でどちらへお出でなさることか

第二回　親　子

夫人を乗せたる[二三]人力は　或る昔しの[二四]屋敷跡なる新開町へめぐり入れり「アゝ[二五]其処《そこ》でよい　ト気のない声に　車夫が心得て梶棒を下《おろ》せし所は　[二六]一軒立の格子作り　[二七]近頃の建物なれば見かけだけは小奇麗《こぎれい》なれど　壁のまだ墜《おち》ぬに柱は歪《ゆが》み　建附《たてつ》けには隙間《すきま》が出来　長持《ながもち》のせぬ廉普請《やすぶしん》　一時の利得に忙しきこれも世《せ》情《じやう》の見本なり　夫人は車夫を帰らせて力なげに開《ひら》く格子戸「御免なさい　ト

一六 阿園は近寄ることさえできない。「取付く島」は『浮雲』第二編第十一回のタイトルにもなっている。
一七 隠居に外出の許可をとった。
一八 奥さまの外出には、人力車が不可欠。
一九 主人のことが心配だが、それを表情に出すのは、差し出がましいとの思いがあるため。
二〇 元気のない夫人。「勢ひよく駆け出」す「近辺の車夫」と対照的。
二一 底本は「お圉」と誤植。
二二 底本は「毛系物」と誤植。
二三 人力車。『逍遙選集』の振り仮名は「くるま」。
二四 武家屋敷跡に作られた新しい町。
二五 元気のない声で、人力車の停止場所を指示。
二六 一戸建の格子戸造りの家。『逍遙選集』は「一軒建て」。「格子」は「家ノ建テ具ノ名。細イ木ヲ縦横ニ組ミアハセ、ソノ間ヲスカセテ拵ヘタ戸ノ類ヒ」（『日本大辞書』）。
二七 「棟梁は細く、四壁は薄く、天井は低くして屋根は疎なり」（田口卯吉「東京家屋の有様を改良する難からず」『続経済策』明治十八年執筆）。

言ひながら其儘《そのまま》玄関の障紙を開《あ》け　下駄脱《ぬ》ぎすてゝ奥へ通るに　我を出迎ふ人もなし　奥行の浅い家の中、玄関の正面は客坐敷　其次《そのつぎ》なるは主人の居間なり　居間には薄い坐り蒲団、創《きず》だらけの長火鉢、火壺《ひいれ》の欠けた[一]煙草盆、[二]繃帯《はうたい》した[三]長良宇《ながらう》の煙管《きせる》、漆《うるし》の剝《は》げし簞笥の外《ほか》に目につくものは古机　[四]お家流《いへりう》で書きかけし写し物が二三枚　[五]接遇顔《もてなし》に飛散るを　拾ひ集めて押鎮め　文鎮を上へ重しにして「ヲヤマア何処《どこ》へお出でなされたか　不用心な　ト独語《つぶや》けば　ニヤウーといふは異様《いやう》の挨拶　見返れば手飼の猫が[六]いつの間にか後《うしろ》へ来て裾にからむを　見返ッて只[七]其頭を撫でしのみ　尚《なほ》も四辺《あたり》を見廻すうち　[八]庭の方にて咳払ひ「ヲヤお父《とつ》さま　お庭ですか　ト声をかくれど返辞はなし「アヽお耳が遠くなツた　トつぶやきながら障紙を開け　向ふの方をさし窺《のぞ》けば　広くもあらぬ小庭の中に木鋏み採ッて庭作り余念もない後ろ影　[九]腰附は尚《なほ》達者なれど　綿入を被《き》てさへに痩《やせ》の見ゆる肩の尖《とが》り　鋏持つ手の顫《ふる》へるを　夫人はジツト見つめながら　急ぎ障紙を広く開け[一〇]椽側《えんがは》へ立出《たちいで》て「モシお父《とつ》さま　お無沙汰を　ト声をかくれば　[一一]胡乱《うさん》げに老人は[一二]ゆるゆる此方《こなた》を見かへり「ヲヽお[一三]種か　何時《いつ》来たのだ　[一四]何かアノ何が出掛《でかけ》て往ッたが行《ゆき》ちがツたか　ト言ひかけつゝ[一五]トツカハこなたへ歩み寄る「イヽヱお母《つか》さまに遇ひました　まだお帰りは有《あり》

一　喫煙用の火入れ・灰吹き等を載せる小さな箱。

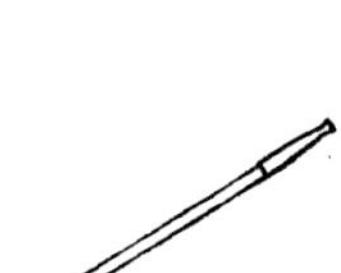

長らう
（『東京風俗志』中巻）

煙草盆
（武内桂舟画『当世書生気質』）

二　包帯。『国民小説』も「繃帯」。『逍遥選集』では「繃帯」となる。　三　「らう」の語源は地名のラオス（Laos）。「羅宇」の表記が一般的で、「煙管（キセル）ノ火皿ト吸口（すひくち）トノ間ヲ接グ竹管、矢竹ヲモチキル。又ラオ。ラオダケ。煙管竹」（『言海』）。「長らうは携帯用のものならず。古来浅草黒船町の村田此製造を以て名あり」（平出鏗二郎『東京風俗志』中巻「喫煙」、明治三十四年）。　四　「書法ノ名、伏見帝ノ皇子、青蓮院尊円法親王、能書ニオハシテ、書法一変セリ、其御座所ヨリイヘル称ニテ、正シクハ、御家一流トイフ」（『言海』）。江戸時代に公文書で使用された。　五　散らかっている様子を擬人法で表現し、滑稽さを醸し出している。　六　あだし野の友「春の舎主人の「細君」」（『女学雑誌』一四八号）は「趣向の上にて感服するは　第一に園と云ふ下婢　第二に猫と云ふ家畜　以上二つの傍（わき）を出して主人公を描がくの助けとせられたること　実に老手と云ふべし」とする。　七　普段ならば、頭を撫でる以上のこと、例えば、声をかける等をしているのであろう。　八　庭付きの家が中流以上の最低条件。例えば、樋口一葉の一家には「午後より更に山の手を尋ねばやといふ　庭のほしければなり」（日記「塵の中」明治二十六年七月十五日の条）との庭への執着がある。　九　腰は曲って

ませんか「まだ帰らぬが [一六]ソリヤよかツた マヽ此方《こつち》へ来るが宜《よ》い 久しく会はぬが変りはないか [一七]定夫さんは相替らず 愈々《いよいよ》 お役所は何だらうな ヤどうも違《ちが》ツたものだ モウ不断《しよつちう》噂ばかり ドウも[一八]学者だけに違《ちが》ツたものだ 例の[一九]昇等《しようとう》の一件はまだ何《どち》らとも決《き》まらないか 先達《せんだつ》ての話ではモウ直《すぐ》にも決まりさうで、ソヽ其《それ》を敷くがよい 冷《ひえ》るから〳〵 ウンニヤおれは有る [二〇]ケットがある ト話半分立《たつ》たり座《ゐ》たり 娘にすゝむる坐り蒲団 [二一]痛い程なる屑綿《くづわた》も親の誠に暖かいと思はぬか 夫人は浮かぬ貌《かほ》 悄然《せうぜん》として坐りたり

「それはさうと御隠居は達者かの 其方《そなた》からは聴かねども余所《よそ》から聴《きい》て感心した 小言もいはず 世話も焼かず 只《ただ》道楽は外出《そとで》計り [二二]何かに附けて其方《そなた》は仕合せ それにあの阿留とやら 善く出来たものだのう 己《おれ》が逢ツたのは先《せん》達《だつ》てが初めてだが あれならば[二三]兎角《とかう》はない、至極《しごく》温柔《おと》なしいと言ふ事だが これも別段変りはないか、ヱ [二四]血の道で……フン〳〵……さうか ヲヽそして忘れて居《ゐ》た 先達ツて贈ツて貰ツた彼《あ》の書《ほん》は大《たい》したものだ 流石《さすが》は定夫さんはヱライものだ 己《おれ》には十分には分らぬが ヤモウ此辺で大評判 [二五]明治以来の著作だと言ふこと 五千部程売れたといふが本当か ヱ 八千部、[二六]八千部とは恐ろしい、ホイ茶をやるのをツイ忘れて己《おれ》ばかり飲んでゐた ハヽヽ ナニサ是《これ》が

いないが、痩せて、手に震えが来ている老衰のありさまを。 **一〇** 底本は「擔側」と誤植。 **一一**「ウサン(名) 胡散〔胡論ノ転カ、或ハ烏散ナドトモ書ス〕 疑ヒ怪シムベキコト。可疑」(『言海』)。『逍遙選集』の振り仮名も「うさん」。 **一二**「緩緩 甚ダユルヤカニ。ウチクツロギテ。ユルリト」(『言海』)。 **一三** ここで始めて夫人の名前が出る。「お種」との表記は作品全体を通して第二回に三度出るのみ。他の回は全て「夫人」。逍遙の『外務大臣』第七回(『読売新聞』明治二十一年四月二十日)には、「例の通り口軽るに世間ばなし」をする束髪師(かみゆひ)の名に「おたね」が使われている。 **一四** 具体的内容を表現できないのは老衰の証拠。以下も同様な徴候が現れている。 **一五** あわてて。せかせかと。「トッカハ」は「Unexpectedly, suddenly. Syn. FUTO」(『和英語林集成』第三版)。 **一六** 行き違っていないことを確認しての言。 **一七** お種の夫。 **一八** ↓一〇頁注一〇。逍遙の『可憐嬢』(明治二十年。初出は『巣守の妻』明治十九—二十年)第十二回(「巣守の妻」では第十回)に「当今は洋学の世の中 学者が用ひられる世の中ゆゑ 是非とも洋学者で無くては月給は取れぬ」とある。 **一九**「等級ノノボルコト」(『言海』)。 **二〇**「ぶらんけつと…名。〔英語、Blanket〕。西洋風ノ毛布。＝氈。＝ケット」(『日本大辞書』)。『逍遙選集』では「毛布(ケット)」。 **二一** 使い古され、座ると痛いほどの、薄く、ささくれだった座蒲団の綿。 **二二** 色々な面で。 **二三** あれこれと苦情を言うようなことはない。 **二四**「血道(婦人病の惣称)」(『いろは辞典』)。 **二五**『逍遙選集』では「明治以来の名著」。 **二六**『細君』掲載の雑誌『国民之友』の発行部数は、「民友氏の述懐」(『国民之友』二十五号、明治二

宜《よ》い　これで飲みな、ソラ此茶碗は先達《せんだつ》て　ヱーソラ何処《どこ》で有ッたッけな　ヱーソレ[一]越後の何とやら言ッたッけ　定夫さんの土産に貰ッた　ソレ　アノ　ト頻《しき》りに眉を皺《しか》めながら　娘が止《と》むるを耳にも納《い》れず　震へる手にて掻探《かきさが》す古《ふる》簞笥の[二]金米糖《こんぺいとう》　これは貰ひ置きの古物《ふるもの》か　[三]持前の角《かど》もとれ甘くなりし父の気質　[四]一年毎に我《が》も弱り　[五]今を譏《そし》り昔を慕ひし其口《そのくち》は何処《どこ》へやら　滅法に若い者を褒めそやすも　娘の縁に繋《つな》がれてなり

[六]情が言はせる能弁に　口を入れる隙間《すきま》なく　情に塞《ふさ》がる胸を押へて　夫人は始終俯《うつ》むいて[七]話の緒《いとぐち》を求むるうち　急須へ二度目の湯をさし終り　「アヽソノ越後の何処《どこ》だッけ　ト[八]気をいらち　教へて呉《くれ》ト言ひさうな[九]面附《かほつき》も　夫人は[一〇]見ねば知《し》らぬ貌《かほ》　老人は漸くに[一一]眉を延ばし　「さうよ越後の[一二]斯波多《しばた》だッけの　ト骨折ッて思ひ出せど　答へなければ張合《はりあひ》脱《ぬ》け　「どうやら貌《かほ》の色が悪いやうだ[一三]風でもひきはせぬか　如何《どう》も俄《には》かに寒いから、ヱ　どうもせぬ　夫《それ》ならば好いが　[一四]お組《くみ》は如何《どう》したか　大変に遅い　昼前から出掛《でかけ》てまだ帰らん　馬鹿な何をして居やがる……何か馳走がして遣《や》りたいが　「おとッさま　飛《とん》だ事　他人がましい　其《そん》な御心配なさいますな　[一五]お土産を買ッて来る筈《はず》がツイ急いだので忘れて仕舞《しまつ》て　「それこそ真《ほんと》に余計なこッた　度々《たびたび》同じ事を言ふやうだが

十一年七月六日)によれば、創刊号は七五〇〇部で、第十号以降は一万部を超えている。なお、『小説神髄』の初出九分冊本は二〇〇部程度しか売れず、二冊本初版、同再版(明治二十年)も、始めに刷り置きしたものを流用していた。

以上一九頁

一　今の新潟県。出張旅行か。新潟県の人口は、明治二十一年末、一六七万人で全国一位。あるいは、夫である下河辺定夫の親族がいるかも知れない。↓注一二。

二　「〔西班牙語、果類ノ砂糖漬ノ義ナル Confeito (英語 Confect.)ノ訛〕干菓子ノ名」(『言海』)。

三　角が取れたのは、金米糖と父親の両方。金米糖は最初から甘いが、父親は角が取れて甘くなる。あだし野の友「春の舎主人の『細君』」(『女学雑誌』一四八号)は、「老父が愚なる所ろ」は「癖と云ふものを以て充満し」「其の癖丈けで運動する如し　生きたる人間は決して斯るものにあらじ」と批判する。

四　年一年と自己主張することが少なくなり。

五　昔は好かったという回顧の弁。老衰の証拠。

六　すぐ後の「情に塞がる胸」と対。

七　話のきっかけを捜している間に。

八　いらだって。後に「気を急燥ち」(二四頁五行)との表記がある。「いらつ」は「いらだつニ同ジ」、「いらだつ」は「苛立　急(セ)カス。イソガス。「気ヲー」」(『言海』)。

九　『逍遙選集』では「顔附」。

一〇　ずっとうつむいて、父親の様子を見ていないので、結果として、全く相手にしていない。

一一　安らかな気持になる。「今茲処(ここ)で身を退けば眉を伸べて喜ぶ者がそこらに沢山ある」(『浮雲』第三編第十九回、明治二十二年)。

一二　『逍遙選集』では「新発田」。新潟県新発田市。

[一六]毎月定夫さんの厄介になり　ト言ひかけて咳払ひ二ツ三ツつゞく隙《ひま》[一七]に　「他人がましい　改たまツて　ト喉まで出たる言葉をば　言ふに言はれぬ夫人の胸どういふ事を思ツてか淋しげに横を向き　ソツト溜息吐《つ》き居たり　老人は気が附かず　「それさへ有るに今日《けふ》は又とんだ事を言ツて遣《や》ツて　「サア其事《そのこと》に就きまして　「イヤどうも無心千万[一八]　決して其方《そなた》へ聞かせんでドウニカ為《し》たいものと気を揉《も》んだれど　去年も既に世話を掛け　又畳みかけて今年まで　「ナニ[一九]私《わたくし》の身の上さへ昔[二〇]の通りでありますれば少しも何《な》んで有《あり》ませんけれど　「其方《そなた》はさう言ツて呉れるけれど　何《いく》ら自分の女《むすめ》だからとて　縁附けば他家の人間さう〳〵は無心も言はれない　又言はれても言ふのが道でない　言ふまいとは思つたなれど　大方お組から話したであらう　与四[二一]めが相替らず　ソノ　何での　大概は聞いて呉《くれ》たであらうが　「ハイ　詳しう承はツて　是《これ》が去年の事であれば　「ヤツパリ[二二]其《その》去年の一件で　[二三]あの折《をり》[二四]五十丈《だけ》入《いれ》たので　残りの分は毎月々々月賦で返《か》へす筈に為《なつ》たなれど　実は面目ない事であれど　ツイ其《その》何での「イヽヱ　其事《そのこと》ではござりませぬ　去年のやうでござりますれば　ト又言ひかくるを早呑込《はやのみこみ》[二五]　老人は独り点頭《うなづ》き　「成程《なるほど》　さう言ツて呉《くれ》るのはどの位《くらゐ》嬉しいか分らぬが　洋行の留主中にも無心を言ひ　今年も亦《ま》た無心を言ひ　イヤ実に

明治十一年に旧米沢藩士保科謙吉が始めた新発田焼（米谷焼、保科焼とも言う）が土産にもらった茶碗か。越後の柴田氏は「新発田氏裔か、称斯波氏族」で、常陸の柴田氏は「称秀郷流氏族、下河辺氏流」（太田亮『姓氏家系辞書』昭和三十八年）。命名の仕方に何らかの連想が働いているかもしれない。

一三　風邪。

一四　継母の名。

一五　頻繁に帰っていないのなら、実家であっても土産を持って訪問するのが普通。

一六　毎月の仕送り。「落ぶれて夫人からの仕送りにて　どうにか活計をたつる」（一四頁二行）。

一七　「（四）事ヲ行フニ好キ時（ヲリ）。「一ヲ伺フ」機会」（『言海』）。

一八　「（二）俗ニ、心無ク憚リナク、人ニ物ヲ与ヘヨト請フコト」（『言海』）。

一九　鏑木清方は「家内の父は旗本」で、「わたし」「あたし」を「他の者にも使はせなかつた」（「明治の東京語」昭和十年、『鏑木清方文集』所収）と回想する。

二〇　「去年の事であれば」「去年のやうでござりますれば」との言が、すぐ後にあるので、「昔」はせいぜい一年のことか。

二一　異母弟。継母に「一人の碌でもなき実子のある事」（一四頁一行）。

二二　「ヤツパリ」は、娘の話とかみあっていない。

二三　「婿の方へ言ひ入れ」て、「五十円丈は用立」（三三頁七行）てもらった時。

二四　婿に援助してもらった五十円があったので、残りは月賦で返す約束が成立したのだが。

二五　見当違いの早合点。

[一]気の毒な　[二]留主中よりは定めし物入《（ものいり）》も多からうに　「其《（その）》物入は兎も角も　実は私はお父《とつ》さまに折入《（をりいつ）》てお願がござりまして　「ヱ　お願ひ　何だか己《おれ》で役に立つ事ならばだが　アヽ如何《どう》しやがツた　モウ帰ツて来さうなものだに　マア煎茶でもやるがいゝ　其中《（そのうち）》に何か何する　シカシ実に有難いことだ　お庇《かげ》で大きに安心した　お組は例の通り八釜《（やかま）》しくての　ヤレあなたは[三]気楽だの平気だのとヤどうも五月蠅《（うるさ）》く言ふが　如何《どう》して斯《（か）》う見えても中々《（なかなか）》何で　ト言ひつゝ　又も急須に湯をさし　「これもみんな定夫さんの[四]庇《（おかげ）》だ　[五]此間も学校での　ヲヽあの事をまだ言はなんだ　月給も今月から二円だけ殖《ふや》して呉《（くれ）》て、マア喜んで呉れるがよい　フト定夫さんの噂が出て　[六]己《おれ》の婿だとは知らぬと見えて世辞気《（せじけ）》なしで大変に賞めた　実は私《わたし》の婿だと言ツたが　其時は己《おれ》も[七]鼻が高くなツての　帰ツてからお組にも其事を話して……ヤ　格子戸が[八]開《あ》いたやうだ　お袋が帰ツたか

ト音もせぬのに[九]空耳《そらみゝ》の急《いそが》しさ　女《むすめ》の願《ねがひ》は忘れて仕まひ　独り頻《しきり》に喋口《（しやべ）》りゐる

[一〇]言ひそゝくれて　尚更《（なほさら）》にいふ潮時を失ひつゝ　夫人はジッと流し目に父の面《おもて》を眺め詰め　胸に[一一]こだはる四苦八苦を吐出《（はきだ）》さうか出すまいか　何《ど》うしたら宜《よ》からうと　心配を貌《（かほ）》に見せても悟ツて呉れぬもどかしさ

稍々《（やや）》有ツて又出直し　「只今申しましたお願ひは外の事でもござんせぬが

一　申し訳ないことで。
二　洋行から帰ってからの方が、交際費等がかさんで、出費が多いであろうに。
三　非難、批判されるだけの根拠は十分にあるが、継母の言い分にも狭量なところがある。
四　『国民小説』の初版も「庇」だが、同三版・五版と『逍遙選集』は「お庇」。
五　『逍遙選集』での振り仮名は「こなひだ」。
六　本当に知らなかったかどうかは不明。父親が見抜けなかった可能性は大いにあり、知っていて褒めたのならば、非常に効果的。
七　「鼻高シ」は「誉（ホマレ）ヲ得テ映（ハエ）アリ」（『言海』）。
八　底本は「間いた」と誤植。『国民小説』各版は「あいた」で、『逍遙選集』は「開いた」。「ガラく〳〵。格子戸開（ひら）きて入（い）りくる客あり」（『当世小説気質』第十八回）。
九　耳の悪い父親は、実際にはない物音を聞いて、落ち着きなく独り合点で動きまわっている。
一〇　言い損ねて。少し後にも「今も今とて言ひそゝくれ」（二二六頁九行）とあり、四八頁一六行にも「胸ギックリ　「お帰り遊ばせ」も言ひそゝくれ」とある。
一一　「さまたげになる、じやまをする To oppose, to object」（『いろは辞典』）。

ト言はうとしたる折も折　ガラ〳〵と[一二]開《あ》く格子戸は継母《けいぼ》の足音　又も[一三]話を見合《(みあは)》せぬ　[一四]それと知ッて[一五]ゴロつく猫を[一六]手持なさに[一七]かき寄すれど　すり脱《ぬ》けて駆け行けば　「[一八]エイ　うるさい　ト例《いつ》になく手荒く前へ[一九]はね飛《(とば)》し　ツヽと入る母のお組、父は始めて気が付いて　「ヲヽ遅かッた　如何《どう》したのだ　今ソノ何が　ト急《せ》き込んで[二〇]不足を言へば不足な顔　「如何《どう》した処《どころ》か　ト言ひかけて母も初めて心附き　「[二一]先刻は　ト小声にて挨拶をする女《むすめ》へ会釈、[二二]目ばかり光らせ坐に着くを　老人は気短かに「先刻から待ッて居た　何かお種に何したい　何か有るまいか　ト[二三]何尽し　母親は気の無さゝうに「さやう　何にしませう　お種さん何に為《し》やうネヱ　「どうぞモウお構ひなさらず、おッかさま　先刻は寔《(まこと)》に失礼を致しました　実は　「どう致しまして　お物入の多い所へトンダ事を言ッて嘸《(さぞ)》アノ何でありましたらう　「今もそれを言ッた事さ　外の時と違《ちが》ッてのう年の暮と言ふものは　ト口を挿《はさ》む老人を尻目に見遣《(みや)》ッて　「さうですとも[二四]貴方《あなた》は其通り御承知だけれども　[二五]私しは誠に[二六]愚昧ですから少しも先《(さき)》さまの事をお察し申さず　[二七]ヅウ〳〵しく推《(おし)》かけて往ッて　寔《(まこ)》とに無理な事ばかり言ッてト言ひさして　口先ばかりでホヽと笑ひ　「どうも済《(すみ)》ません　トいひ足して[二八]何やら言忘《(いひわす)》れたやうな顔附　老人は[二九]頓着なく「己《おれ》も其事《(そのこと)》を言ッたのさ　去年と

一二 底本と『国民小説』初版は「間く」と誤植。『国民小説』三版・五版は「開く」。
一三 話をすることを中断した。
一四 飼い主の継母が帰って来たこと。
一五 喉をごろごろと鳴らす。
一六 手持ち無沙汰に。
一七 お種は猫を近くに引き寄せようとしたが。
一八 継母は、いつもは可愛がる猫を邪険にはねつけて。学海居士(依田学海)「国民之友二小説評 春の舎君の小説細君」に「継母が不平に堪へざりし一条は極めて妙絶の文辞なれども 作者が著したる妹背鏡の お春が妻の姉に彷彿たり」とある。
一九 底本は「はぬ飛し」と誤植。
二〇 父親の非難する「不足」の言に対して、継母の「不足」を感じた不満顔。
二一 継母への娘の挨拶。
二二 表立って態度に出すわけにいかないが、目には不満の色がはっきり出ていて。
二三 老化の典型的症状とも言えるが、細かいことを言わずに事足りた亭主関白のなごりか。
二四 父親に対しての言だが、お種への当てつけにもなっている。
二五 『逍遙選集』は「わたくし」。
二六 『逍遙選集』の振り仮名は「ぐづ」。
二七 『言海』になく、『日本大辞書』は「方言」として登録。「〔づうづうハ、づぶといナドノ義ヲ似寄リノ音調カラ現シタ語〕。ヅブトイ。=フトイ。=横着デアル。=臆面ナクアル」。
二八 言い忘れたのではなく、言うことができないでいるがゆえの不満が残る顔付き。
二九 『逍遙選集』の振り仮名は「とんぢやく」。『言海』『日本大辞書』の読みも「とんぢやく」。

云ひ今年《ことし》と云ひ　与四の事で世話をかけて　「さうです　与四があの通りの大
馬鹿ですから　[一]与四の事計りで御厄介になツて　誠に本当に済まないこツて
真《まこと》に向ふさまは御尤《ごもつとも》で　ト[二]顫《ふる》へ声《ごゑ》にて言ふ母の貌《かほ》を見上《みあぐ》る[三]勇気も無し　斯《か》う
言ひたいと思ツても[四]胸に何やら大きなものが支《つか》へたやうな心持　夫人は覚えず
涙ぐむ、[五]斯《か》くとも父はまだ気附かず　又思ひ出す馳走の相談　敵手《あひて》が乗《のら》ねば気
を急燥《いら》ち　女《むすめ》が[六]止《とむ》るも聞かばこそ「己《おれ》が一寸《ちよつと》往ツて来る　ト立《たた》んとする時　格
子戸口「先生はお宅ですか　トウに時間に成《なり》ました　ト若い男の[七]不骨《ぶこつ》な声
老人は[八]ギツクリし　「ヤ　これは何であツた、[九]スススグに参る　只今《ただいま》参ると言
ツて下さい　ツイ丸で忘《わすれ》て居た

[一〇]当時此《この》老人　漢学の[一一]教授に雇はれ　[一二]近所の私学校へ通ひ居りしが　全く時間
を忘れしなり、催促をされてはじめて気が附き　気がついて大きに狼狽《うろた》へ
[一三]萎《しほ》れし女《むすめ》　膨れし妻女《さいぢよ》二人《ふたり》を騒がして袴《はかま》を穿《は》くやら羽織やら　[一四]「見ツとむない
から[一五]チヤン〱は脱《ぬい》でお出《いで》なされませ　と世話を焼かれる其下《そのした》から　[一六]そでなき
[一七]書物を取上げて　コレではないと又取替へ　[一八]懐《ふところ》膨らし艸履《ざうり》を[一九]かゝぐり、貌は
後ろを振返り　[二〇]「二時間過《たて》ば帰ツて来る　緩悠《ゆつくり》居ても今日《けふ》はよからう　帰途《かへり》に
何か言附《いひつけ》る　マア宜《よ》いは[二一]久し振りだ　帰るまで待《まつ》て居るがよい　ト言ひ〱

一「落ぶれて夫人からの仕送りにて　どうにか活計をた」(一四頁二行)てているのなら、「厄介にな」っているのは、与四の事のみではない。

二 怒りを抑えての声。

三「勇気も」の「も」に、あえて意味を見出すなら、現実に正対するどころか、こんな些細なことにさえ、向きあう勇気がない。

四 表現することができないものが数多くあって、心の中がすっきりしない状態。

五 このように明確な状態になっていても。

六 止めるのを聞かないで。

七「不骨、ぶつきらぼう、そこつ、ゐなかふうなる、無骨、粗俗、粗鹵」(『いろは辞典』)。『言海』『日本大辞書』は「無骨」のみ。『逍遥選集』では「武骨」。素朴な田舎者の形象だろうが、漢学の一般的イメージにも合致する。

八「礑(ハタ)ト支(ツカ)ヘタル状ニイフ語」(『言海』)。

九 あわてているがゆえに吃っている。

一〇「たうじ(名副) 当時、そのかみ、当年いま、現時」(『いろは辞典』)。

一一 現在、普通に言う大学等での教授、助教授ではなく、単に先生、講師程度の意味。

一二 明治十九年の三月から四月にかけて公布された、帝国大学令、師範学校令、小学校令、中学校令、および諸学校通則には合致しない漢学塾であろう。

一三「萎れし女」と「膨れし妻女」を対にして、滑稽味を出す。「さいぢよ(名) 妻女、つま、つれあひ、にようばう A wife」(『いろは辞典』)。

一四『逍遥選集』では「見ツともない」。

一五「(三)袖無シ羽織リ」(『日本大辞書』)。

一六 そうでない、見当はずれの書物を。「そでなき」に、袖の無い「チヤン〱」を掛けている。

一七『逍遥選集』の振り仮名は「ほん」。

表へ出行《いでゆ》きぬ
　曇りかゝりし冬の空　まだ二時なれど短かき日晷《ひあし》[二二]　片影《かたかげ》[二三]は既に昏《くら》くなり、沈[二四]んで聞えるは上野の鐘、気は尚更《なほさら》に重くなり　母が小用に立《たち》し間《ま》は只猫の脊を[二五]手まさぐり夫人は思ひに暮居《くれゐ》[二六]たり
「おツかさま　先刻は定めしお腹が立《たち》ましたらう　御免遊ばして下さいまし　実は其事に附きまして　モウお帰りになツたで有らうとお尋ね申しました処　まだお帰りがないとの事で　お父《とつ》さまへ其事をお話し申さうと思ひましたなれど　ト言懸《いひかく》れば　母親は怪訝《けゞん》な顔「ヲヤ　何かと思ツたら先刻《さつき》の事　トンダ事　何の私《わたし》が腹を立つ訳はない　何《ど》うしまして　私《わたし》の方にこそ無理は有《ある》お前さんの言ふ事を悪く取る訳は有《あり》ません「さう被仰《おつしやられ》ては誠に何でござりま す……おとツさまへは申し悪《にく》い事　どうぞおツかさま　あなたから宜《よ》いやうにおツしやツて「何の事か知りませんが　お父《とつ》さんへお前から言悪《いひにく》いやうな事私から言はれやう筈がない　スグ[二七]にお言ひなさるが宜《いゝ》ヤネ」　夫人は少し顔を赤くし　二三分躊躇《たゆた》[二八]ひぬ
　母親は煙草をつみ[二九]　長煙管《ながぎせる》[三〇]を取上《とりあげ》つゝ　吸はうとして貌《かほ》を皺《しか》め、舌打《したうち》をして一ツはたき、急に立ツて押入を手荒く引《ひき》あけ　反古《ほご》を荒々しく引摺りだして

一八　書物を入れて、懐を膨らまし。
一九　「かかぐる」は「タヨリ、近ヅク」（『日本大辞書』）。『逍遥選集』では「まさぐり」。目で見ないで、足でさがし。
二〇　往復の時間が必要なので、一時間程度、教えて帰って来るということか。
二一　「先達てが初めて」（一九頁一〇行）とある時以来か。
二二　「ひあし（名）日脚　晷　日ノ、空ヲ過ギ行クコト。　ヒカゲ」（『言海』）。
二三　「かたかげ」は夏の午後に建物の片側に出来る日陰(ひかげ)。夏の季語。
二四　二時の鐘が鳴った。毎時、上野の鐘を鳴らすことになっており、時計を持たぬ人には、時刻を知るほとんど唯一の手段。「上野の鐘の物すごさ」（四五頁一〇行）。「折から響く上野の鐘ボーン〇〇ボーン」（『当世書生気質』第十回）。
二五　「てまさぐり（名）手弄　手ニモテアソブコト」（『言海』）。
二六　『逍遥選集』は「暮れ居たり」。
二七　直接。
二八　→六頁注二。『浮雲』には、「躊躇」に「ためつ(て)」（第一編第三回、明治二十年）、「ためら(ツて)」（第一編第四回、明治二十年）、「ためらひ(ながら)」（第三編第十五回、明治二十二年）、「たゆた(ツた)」（第三編第十八回、明治二十二年）の振り仮名がある。
二九　『逍遥選集』では「摘(つま)み」。
三〇　「長良宇の煙管」（一八頁四行）に同じ。以下、平静を装う道具として使用されるが、その有様を観察することで、母親の動揺が、どの程度のものであるかが判明するように設定されている。

軈《やが》て元の坐に立戻り　手荒く紙を引裂いて、裂損《さきそこ》なツて舌打し　頻《しき》りに小《こ》撚《より》を撚《より》始めぬ　夫人は漸《やうや》く思ひ返し　又母の方に打向ひ　「お腹の立つは御尤《ごもつとも》でございますが　ト言ひかくるを口早に打消して　「馬鹿らしい　おこツちやア居《ゐ》ませんよ　可笑《おか》しい人だ　ト笑ひ声で口は言へども　笑はぬ目元気味悪《わる》し　夫人は尚《なほ》も押返《おしかへ》し　「それならば誠に嬉しうございます　お話と申しますは外《ほか》の事でも御坐りません　今迄はこんな事をお耳に入《いれ》たくはない事故《ことゆゑ》　苟《かりそめ》にもお話し申さず　それ故今《いま》不意に申しましては　定めしお父《とつ》さまは吃驚《びつくり》なされ　色々に考《かん》[一]がへて御心配もなされやうし　行末《ゆくすゑ》はどうならうと御[二]苦労をなされうかと　口までは出ても言ひ難《にく》く　今も今とて言[三]ひそゝくれ　其れゆゑおツかさまに此事をお留主の中《うち》に詳しく申し　おツかさまから宜《よ》いやうに　私[四]しの覚悟も申しますから　御心配なさらぬやうお話なされて戴きたく　ト決心しては淀みなく言ひ出る夫人の言葉　母親は煙管の掃除を為《し》ながら　流石《さすが》に余所《よそ》には聞[五]流さず　「何だか私[六]しに分らないが　聞いて置いて好い事なら遠慮なくお言ひなさい　ト言ひつゝ煙管を吹いて見て　又も小《こ》撚《より》を捻り居る　「おとツさまは私[七]くしを好い所へ縁附いた　仕[八]合せ者だと被仰《おつしやつ》て　能《よ》く気をつけて大事にせよと度々《たびく》の御[九]意見なれど　それは内輪の入[一〇]組《いりくみ》を少しも御存知がないからの事　私《わた》く

一『逍遥選集』では「考へて」。

二『逍遥選集』では「御苦労なされようか」。

三 →二二頁注一〇。

四『逍遥選集』では「私（わたし）の」。

五『逍遥選集』では「聞き流さず」。

六『逍遥選集』では「私しには」。

七『逍遥選集』では「私しを良い所へ」。以下の「私くし」も『逍遥選集』では「私し」。

八「しあはせ〔俗〕（名）仕合、境遇、めぐりあはせ また幸福、さいはひ Condition, one's lot」（『いろは辞典』）。

九『逍遥選集』では「御異見」。

一〇 入り組んだ複雑な事情。「兎角婦女子などに親んで居ると。思はぬ入組が興る」（『当世書生気質』第十一回）。

一一 四八頁四行の「突然」に「だしぬけ」の振り仮

しの身の上は　斯《(か)》う言ツては唐突《だしぬけ》[一一]でござりますが　寔《(まこと)》につらうござります　ト言ひさして言ひ淀む　母親はキツと見返り　何か言ひそうに口を動かし　鼻で息して何も言はず　奇麗になりし煙管をば尚《(なほ)》丁寧に拭《ふ》きゐたり

夫人は又言葉を続《(つ)》ぎ「外辺《うはべ》ばかりを御存じ故《(ゆゑ)》　お父《とつ》さまは私くしどもを安楽に暮してゐて　中も宜《(よ)》く　苦情もなく　苦労も無《(なか)》らうと思《(おぼ)》し召《(め)》してゞござりますれど　其《そん》な風で有《あつ》たのはホンの当座[一二]の一年だけ　洋行[一三]を　ト言ひかくるを母親は急[一四]に打消し「それは十分に分ツてゐます　大家《たいけ》[一五]は大家《たいけ》だけに色々な心配もつらい事も五月蠅《(うるさ)》い事もありませうとも　お父《とつ》さまは察しが無くても私しが察しなけりやならない訳　イヽヱさうさ[一六]　イヽヱさうしなけりや済まないのだけれど　御存知[一七]の通り空惣《うつかり》[一八]だからネヱ　好い年をしてもツイ何して　イヽヱお前さんはさう思ふまい、さう思ふだらうとも思やアしません、だが　イヽヱ私《わた》しが済《(すみ)》ません　自分の気が済まないのさ、ヱヽ此猫は五月蠅《(うるさ)》いと言ふに　ト寒さに膝を求めてくる猫を後ろへ投《はう》り出し　又気[一九]が附いて柔和《(にうわ)》[二〇]な顔「チヨイ[二一]と往《(い)》ツても能《(よ)》く分るよ　今は女中[二二]も一個《ひとり》のやうだし　姑《(しうとめ)》は有《ある》し　お留《(とめ)》さんは居《い》るし　色々気兼《(きがね)》も多からう、夫人は少し目を湿《うる》ませ俯《(うつ)》むきしが　思ひ返し「イヽヱ其様《そのやう》な気苦労なら　仮令《(たと)》ひ如何《どの》やうに苦痛《つら》からうとお耳に入れは致し

名がある。『当世書生気質』第十八回、『妹と背かゞみ』(明治十八―十九年)第四回では「唐突」に「だしぬけ」の振り仮名をつけている。「だしぬけ(名) 出抜 不意ニモノスルコト。唐突 突然」(『言海』)。

一二 『逍遙選集』では「当座一年」。

一三 洋行後に態度が変わったと言おうとしたのだろうが、子供が生まれていないことを考えると、洋行以前から、二人の中は冷めていたと考えるべきか。

一四 長々とした言い訳を聞かされるのが嫌で、母親は、夫人の話にかぶせるように話し始めた。

一五 「〔家、呉音〕漢語。富ミ又ハ貴イ家筋」(『日本大辞書』)。

一六 相手に口を挟ませないために先手を打っての言で、何度も繰り返すことで、相手が沈黙することを強いている。

一七 皮肉っぽく、卑下してみせているのだが、夫人の「内輪の入組を少しも御存知がない」(二六頁一六行)との発言を幾分か意識しているか。

一八 一四頁一行と四五頁七行に「ウッカリ」とある。「空惚」は「そらとぼけ」の読みが普通。

一九 感情的になっていることに気づいて。

二〇 「にこやか、ものやはらか」(『いろは辞典』)。

二一 「ちよいと〔俗〕(副) 一寸、しばし、すこし」(『いろは辞典』)。

二二 「家制改良せざるべからず」(『東京経済雑誌』三五三号社説、明治二十年二月五日)は「今日我邦一家内の組織は多く下女下男を使役せざれば用事を弁じ難きが如き仕組み」で、「茅屋の内に住し　破れたる机　禿げたる針箱の側に蟄居せる夫婦暮しの一家内に」も「下女」が「台所」の「片隅に屏息」するという。「大家」には、最低でも二人は必要。

ません　其《それ》よりは幾倍のつらさ　妻《さい》と言ふは名ばかりで　ト言ひさして　思はず[一]ハラ〳〵、落つる涙を恥かしと横を向いて暫らく無言　「私《わた》くしは離縁したうございます　ト[二]包括《ひつくるめ》たる大《おほ》とゞめ　流石《さすが》に母親も目を見張り　暫らくは顔を打守りぬ、双方共に黙然たり

[三]嗚呼《ああ》　世の中に邪推といふ悪者《わるもの》なくば人の心に波風は無からうものが　さうはならぬ浮世　母親は驚きから不審　不審から邪推と[四]回《まは》り転《まは》ツて　ヤツパリ継《まま》子根性《ここんじやう》　わたしへの面当《つらあて》半分離縁が為《し》たいと拗捩《すねる》のかト気をまはしたが緒《いとぐち》で　[五]黒雲のかゝりし心　[六]いツかな女《むすめ》の言葉をきかず　聴《きい》ても外《ほか》の意味に聴《きい》てしまへば此《この》相談は横へ外《そ》れ　夫人の言葉にも[七]ソツが出れば　母親は尚更《なほさら》の事　「よしんばさうで無いにもせよ　[八]二十六といふ年になツて出戻りをして　女教師に為《な》ツて　それで暮さうといふ気が知れない　成程《なるほど》お前は学者だから　外聞が[九]どうだとか斯《か》うだとかお言ひだが　妾《めかけ》の二三人は当然《あたりまへ》の事さ　言はゞ男の[一〇]働らき、よしお妾《めかけ》が出来やうとも　[一一]本妻は本妻　心掛次第で何《ど》うともなります　お前の[一二]悧怜《りかう》にも似合はない　其《そん》な事をおとツさまに言へば　如何様《どんな》に力を落して　如何様《どんな》に[一三]取越苦労をして……困るものは私しばかり　一躰《いつたい》こんな事は直接《じか》におとツさまに言《い》ツたはうが宜《よ》いのさ、どうせ出来ない相談なら　私しへ態《わざ》ツと話

一「はらはら（副）　瀾然、潸然（涙の出る貌）、さめざめ、ぽろぽろ」（『いろは辞典』）。

二 結論としての決定的発言。「ひっくるむ（動）引キ包括（ルク）ムノ音便。クルム」（稿本『言海』）。

三 以下、語り手の主観的発言。

四『逍遙選集』では「廻り転つて」。

五 疑惑を抱いた心。

六「いかな」の転。少しも。全く。

七「（二）テヲチ＝ヌケメ」（『日本大辞書』）。

八 明治二十一年七月の逍遙の日記に「後に「細君」の材料」となったと記す「有夫のやもめ」という話がある。「笑面子が熱海に宿りしに　隣れる左右の室にて二組の哀れなる親子のをれるあり　かたかたは廿六にて夫に死なれ　肺病遺伝せる男の子二人をもてり　かた〳〵は廿六にて夫に棄られ　兄に死別れたり　双方とも母親は老朽て歎きに沈めり」というものである。

九『逍遙選集』では「どうだ斯うだとお言ひだが」。

一〇「男の働（はたらき）とか云ふのだから、妾（めかけ）も楽（たのしみ）も可（よ）うございます」（尾崎紅葉『金色夜叉』後編（三）の六、『読売新聞』明治三十年九月三十日）。

一一『逍遙選集』では「本妻は本妻の心掛け次第で」。

一二 かしこさにふさわしくない。『逍遙選集』では「利巧（りこう）」。

一三「病気になる」とでも続くところか。

一四『逍遙選集』の振り仮名は「さいちう」だが、三九頁四行の「最中」には「もなか」の振り仮名を当てる。『旅ごろも』（『読売新聞』明治二十年一月―二月）の「霜枯の最中」（一月二十八日掲載）、「御相談の最中」（一月三十日掲載）の「最中」の振り仮名も「もなか」である。

一五「やうやう（副）　漸〔稍（ヤ）ノ延〕（一）オモムロニ進ミテ。次第ニ。ヤウヤク。ダンダンニ。

すには及ばない
此《この》やうな行違ひの最中[一四]へ帰ッてくる父親は　日がやうやうに[一五]舂《うすづ》[一六]きかけて空はいよ〳〵曇りし昏《く》らさに　涙ぐみし夫人のやうすも見えねば　格子戸を潜《くゞ》りしとき一調子《ひとてうし》高くなりし母親の声を聞きながら　耳遠ほければ並《なみ》の声に聞き　一向に頓着なく　「今[一七]丼《どんぶり》を持《もつ》てくる　お組　[一八]一銚子《ひとつ》つけて呉れ　きのふの残りがあるだらう　ト言ふうちに丼も来り　渋々ながら膳ごしらへに母親は立働らく、やがて膳も燗も出来たれど　喜んで喋舌《しやべ》るは父親ばかり、母は[一九]膨《ふく》れ、猫も膨れたり、かゝる時は猫が馳走にありつくなり

第三回　[二〇]とつおいつ

紫[二一]の雲靉靆《あいたい》[二二]と棚びき、有難き妙音[二三]ひゞき、窈窕《えうてう》[二四]たる天人の舞ふところをのみ極楽の店《みせ》[二五]がゝりと思ふ可《べか》らず　浅ましき[二六]田舎家《ゐなかや》の夕顔棚の下蔭《したかげ》にも安楽の光明はきらめくなり　[二七]三階造りの高殿《たかどの》に　銀燭の光、[二八]星を欺き　管絃《くわんげん》の声、沸《わ》くが如く　男女の[二九]さゞめき楽しむけはひ手に取るやうに聞ゆるとも　人間の春を此処《このところ》に買占《かひし》められしと気を揉《も》む勿《なか》れ　麗《うるは》しき花壇にも醜き蛇《へび》の蟠《わだかま》れば　煌《くわう》々《くわう》と耀《かゞや》くもの悉《ことごと》くは金にあらず　綺羅《きら》びやかに見ゆる袂《たもと》にも包むに余る憂《うき》

「やうやう夜モ明ケユクニ」（『言海』）。『逍遥選集』には「やうやくに」とある。
一六「うすつク…（舂）く（一）物ヲ臼デツク。（二）入リカカル（日ナドニ云フ）。「日西山ニうすつく」」（『日本大辞書』）。この季節、日没は五時前なので、約束通り二時間ほどで父親は帰ってきたということであろう。
一七 父親が「帰途に何か言附る」（二四頁一五行）とした店屋物で、鰻飯や五目ずしが定番。
一八 振り仮名は『逍遥選集』に拠る。「晩餐の膳の辺に一壜を添ふる」（三二頁一六行）習慣。
一九 母は不機嫌で膨れ、猫は、夫人が食べるはずだった分のおこぼれの御馳走で腹が膨れ。
二〇「名。〔取りつ置きつノ音便〕。ソハソハスル体ノ形容」（『日本大辞書』）。「adv. In doubt what to do, this way or that way」（『和英語林集成』第三版）。
二一 極楽浄土の雲。二二「たなびく、をぐらき」（『いろは辞典』）。「雲霞などの薄く靡くをいふ」（大宮宗司『日本辞林』明治二十六年）。
二三「菩薩が大慈悲の妙音」（坪内逍遥「烏有先生に答ふ」『早稲田文学』明治二十五年二月十五日）。
二四「ウルハシクタヲヤカデアルコト。「えうてうタル淑女」」（『日本大辞書』）。
二五 店構え。店を出している所。二六 浄瑠璃『絵本太功記』十段目「夕顔棚の段」を踏まえる。
二七 平屋が多い当時は、三階は高層建築。江戸時代は奢侈禁令で町家の三階建ては禁止。
二八 星に引けをとらず。「遠目から。星をあざむく高挑灯。昼かとばかり人はうつとりと詠める」（浄瑠璃『伽羅先代萩《めいぼくせんだいはぎ》』）。「星をあざむく燈火《ともしび》」（『当世書生気質』第十一回）。
二九「さざめく…磅（石の相触れる音するを謂ふ）また密語、ささやく」（『いろは辞典』）。

事《こと》あるべし　先祖の経験に伴《いつはり》なくば　幸福の神の定宿は無事平穏の境《さかい》にて　別《(わ)》けて長閑《のどか》なる胸の上は彼神《(かのかみ)》得意の[一]お旅所《(たびしよ)》なり　[二]鳳凰の炙《(あぶ)》りざかな、龍髄の羹《あつもの》、[三]人間は名を聞いても肉動けど　神さまは元より胃袋なく　誂織《あつらへをり》の[四]純子《(どんす)》の[五]蒲団も吾々は見て羨《(うらや)》めど、手足を持たぬ幸福は[六]撫牛《なでうし》と同じからねば　[七]彼処《かしこ》へ御輿《みこし》を移せよと神託ありし例《ためし》もなし、されば心の長閑《(のどか)》ならぬところ、昔より幸《さいはひ》を居らしめず、引合《(ひきあひ)》にするも古事《ふるごと》なれど　[八]驕《(おご)》る平家の奥殿にも蕭条《(せうでう)》たる秋風に枯るゝを恨みし艸《(くさ)》はありし、又[九]唐土《もろこし》の昔を思へば、絹張《(きぬばり)》の扇の力も浮いたる君王の心を招かず　帰らぬ夏を歎きしとか、人間の不仕合《(ふしあはせ)》と仕合《(しあは)》せは無論其時《(そのとき)》の運不運、理屈を言へば[一〇]鬚《(ひげ)》の有無にて差等のあらう筈はなけれど、さうばかりにも言へぬが浮世、格別に気の毒なるは鬚なき人の身の上なり、[一一]誰か束髪と共に女の味方が殖えしといふや　同権論を書く[一二]主人も[一三]原稿料を得し後まで竟《(つひ)》に持論を行はねば　細君はいつまでも頭《あたま》の上《あが》る時はなし　誠《まこと》に唐人のいひし通り　つまらぬ者は女なり、かよはい背中へ[一四]行路難《(かうろなん)》を負《(おは)》されて　[一五]五十年が其間《そのあひだ》、[一六]殿さまの言附通《(いひつけどほ)》り、右へ向け　左へ向け、束髪が宜《い》い　丸髷《(まるまげ)》に限る、洋服を着な　紋附にせよ、斯《(か)》うせい　あゝせいと無理難題、それをイヤといへば　[一七]曲事《(きよくじ)》也と大筆特書《(たいひつとくしよ)》した[一八]七去の定め三従の掟は廃《(すた)》れたれど　楽屋を窺《(うかが)》へば扨《(さて)》も〳〵なり、足るを

一 仮にとどまる所。　二 中国唐の李賀の詩「将進酒」に「龍を烹、鳳を庖して玉脂泣き」とあり、明代の通俗小説『西湖三塔記』にも「烹龍炮鳳玉脂泣」のように踏襲。　三 胃袋のある人間ならば、これらの珍味の名を聞いただけで、十分に欲望をかきたてられるが。　四 『国民小説』と『逍遙選集』も「純子」だが、『和英語林集成』第三版や『言海』等の同時代の辞書類は「緞子」。　五 底本は「薄団」と誤植。蒲団を敷いて祀る。　六 幸福を呼ぶ牛の置物。　七 菅原道真が牛を大切にしていた縁で、撫牛が天神社に祀られていることと関係するか。　八 平清盛の寵愛を失った祇王の歌「もえ出づるも枯るるも同じ野辺の草いづれか秋にあはではつべき」(『平家物語』巻一「祇王」)を踏まえる。　九 →補一〇。　一〇 鬚のあるのが男性で、次行「鬚なき人」は女性。　一一 誰も束髪の流行が女性の地位の向上に直結しているとは言わないだろう。「束髪」(→四頁注一二)は日本の西洋化の象徴的存在。　一二 筆者。次行の「細君」に対しての「主人」だが、ここは特定の個人ではなく、男性一般。　一三 原稿料を受け取るための「持論」で、実地に行う意志がなく、行動が伴わないので。　一四 白居易の新楽府「太行路」は「人、生まれて婦人の身となるなかれ」として「行路難」(世渡りの難しさ)を言う。　一五 →補一一。　一六 「旦那の如き身分の人を殿さまと呼ぶこと当節の流行」(「壱円紙幣の履歴ばなし」第十回、『読売新聞』明治二十三年二月十二日)で、以前ならば、「殿さま」の語を使う対象ではない男までが尊大に振る舞う。　一七 「クセゴト。法ニ違フコト。中古ノ武家ノ法律ノ語ニ、多クハ死罪ノ事トス」(『言海』)。　一八 →補一二。　一九 「〔めらはノ転〕。女ヲ賤シンデ呼ブ語。＝メロ」(『日本大辞書』)。　二〇 進歩的な考えを持っ

知らぬ女郎《めらう》[一九]と当人[二〇]は言ふべきが、[二一]シラ、マリヤスの跡継《あとつぎ》にシーザルを下されても悦ばぬが真《まこと》の自主、[二二]伊右衛門の家を出戻ツて[二三]鈴木主水に嫁ぎし女をお仕合せと言はれる事か言はれぬ事か　[二四]モシ考へても御覧《（ごらう）》じろと理屈を言ツても追附《おつつか》ず、昔し[二五]希臘《（ギリシア）》の碩学《（せきがく）》が我《が》を折《（をり）》しも茲《（ここ）》にあり　今も昔も依々《（いい）》として他人によるの弄《（もてあそ）》びと身を下す人の哀《（あはれ）》さよと独り女の肩を持たば　色気狂《（いろきちがひ）》とや嘲《あざけ》られん、嗚呼《（ああ）》女は[二六]朝顔の花の如し　恨《（うらみ）》は長く[二七]蔓に似たれど　盛《さかり》は恵《（めぐみ）》の露《（つゆ）》に濡れ　朝日待間《（まつま）》の只一時《とき》　短く脆《（もろ）》き命なり　見る目を奪ふ黒塗《（くろぬり）》馬車、舞踏会の花帽子、ダイヤモンドの指環、[二八]おかいこぐるみの不断着、左右に侍《（はべ）》る腰元の頭数《あたまかず》、新聞紙の雑報へ何爵夫人と書《（かか）》れし事、[二九]きのふは花見、けふは芝居……ア、此様《このやう》な事幾百《（いくひやく）》ありとも　只表部《うはべ》のみを[三〇]垣のぞきして努々《ゆめ〱》それを羨む勿《（なか）》れ、正真正銘の幸《さいはひ》は却《（かへ）》ツて余所《（よそ）》に彷徨《うろつ》くなり　[三一]経済雑誌の大爺は言はれたり　[三二]西洋風の文明は九尺二間の周囲にありと　ア、旨《（うま）》い事を言ツたものかな　男女同等の影法師もげに裏屋には立惑《（たちまど）》へど　[三三]破風《（はふ）》作り以上には気《け》も内証の昔風、[三四]襟善《（えりぜん）》好《ごのみ》の半襟に濺《（そそ）》ぐ[三五]身を知る雨垂《あまだれ》は　木綿布子に迸《（ほとば）》しる[三六]肱笠雨《（ひぢかさあめ）》よりつらしと知れ　探ればつらい〱浮世、嗚呼　これが[三七]本調子か　又は我流《がりう》の[三八]浮世節《うきよぶし》か

前回の話を続《（つ）》ぐ前に、夫人の内実を語るべし、夫人の夫《をつと》某《（なにがし）》と言ふは　当時

ているつもりの主人。**二一** スラ。以下、マリウス、シーザーとともに、ローマ帝国の権力者。いずれも専制的であるという点で変わりがない。↓補一三。**二二** 鶴屋南北『東海道四谷怪談』の民谷伊右衛門。女房お岩が、伊右衛門の不実に憤死する。**二三** 江戸内藤新宿橋本屋の遊女白糸と情死し、家名断絶となったと伝えられる武士。流行唄や盆踊唄、実録本、歌舞伎の題材として有名。**二四** 「人ヲ呼ビ掛ケル語(婦人ナドガ)」(『日本大辞書』)。「まうしノ約」(稿本『言海』)。**二五** 悪妻クサンティッペで有名なソクラテス。↓補一四。**二六** 「衰へぬれば朝顔の、日影待つ間の有様なり」(謡曲「葵上」)。**二七** 『逍遙選集』では「夢」。**二八** 「妻妾ともに絹布《(おかひこ)》ぐるめ。春は花。夏は納涼と遊びあるきて。外面を飾る黒塗り車。あくまで富裕に見えながら。その内幕は火の車」(『当世書生気質』第四回)。**二九** 「けふも物見　あすも芝居」(一一頁一一行)。**三〇** 垣根の間から中をのぞいて。ほんの一部だけを見て。**三一** 『東京経済雑誌』の田口卯吉。『逍遙選集』の振り仮名は「おとつさん」だが、四六頁八行・九行の「大爺」に「をぢさん」の振り仮名がある。**三二** 「九尺二間」は裏長屋の最底辺の住居。↓補一五。**三三** 稿本『言海』は最初「破風〔搏風ノ誤〕」としたが、後に「搏風〔或ハ破風〕」とする。「破風」は切妻造や入母屋造などの屋根につけられた合掌形の装飾板。また、それのついている所。「破風作り」に住める階級の人々には、男女同等の「ケハヒ」(『言海』の「気」の項)＝気配も無く、「ウチワ」(『言海』の「内証」の項)＝内側の様子は、昔のまま。**三四** 「襟善」は京都四条御旅町の半襟専門店。出張所が日本橋葺屋町にあった。「半襟は母親の好みと見えて。襟善の縫。色は紫。金糸をあしらひたる赤の縫あ

才子、学者、洋行済、日の出の官吏、評判よき著述家などいふ資格にて　[一]世間に名の聞えし紳士なり　年齢はまだ三十一二　其《その》容貌を言へば中の下なれど十六七の少女《こむすめ》にあらぬ者は　さる事を苦労にすべくもあらず　然乍《さりなが》ら[二]羽織袴一組にて社会に出《いで》し若武者の[三]例《ならひ》とて今尚《いまなほ》種々《いろいろ》の負債多く　其催促絶間《たえま》無ければ夫《をつと》に代る細君の身は間《ま》の悪《わる》き事も多かるべし　されど当世の紳士に連添《つれそ》ふものは　誰かさる筋を細君の義務と[四]観じ浮世のならひと諦めざらんや　且又《かつまた》[五]夫《をつと》は外出好にて　前回にも見えし通り大抵《たいてい》は家に留《とゞ》まらず、それこれつらき事多かるべけれど　昏《くら》き方《かた》計りを穿鑿《せんさく》せば極楽にも日あたりの厚薄は有《ある》べき道理、試《こころみ》に明るき方《かた》を見れば、姑はあれども　老朽《おいくち》て物の用に立《たた》ぬ替り、[六]蒼蠅《うるさ》き口《くち》小言《こごと》は殆《ほとん》ど言はず　小姑《こじうと》に似たる[七]血族《みより》の[八]少女《せうじよ》も、[九]意久地なく[一〇]働《はたらき》なく　加ふるに病身なれば　スコシ使ひにくき小間使も同じ事、主人《あるじ》が贔負《ひいき》せねばヒガムにも及ばず、[一一]摺《す》れる揉《もめ》るなどいふ種もなし、夫人の境遇は異口同音に幸福《しあはせ》と評し合へり

　里方はといふに、父の免職後段々に零落《おちぶ》れ、邸地も売払ひ[一二]山の手に移りしが　女《むすめ》よりの仕送《しおくり》と私塾より得る報酬とは　尚《なほ》[一三]借家《かりいへ》の躰裁《ていさい》に[一四]選好《えりごのみ》をなし、此《この》上《うへ》に[一五]写物《うつしもの》は[一六]太義なれば止《やめ》たしと贅沢を云ひ、[一七]末子を学校に入塾させ、且《かつ》晩餐の

り」(坪内逍遥『妹と背かゞみ』第三回、明治十九年)。　三五「身を知る雨」は涙のこと。『伊勢物語』一〇七段の歌「かずかずに思ひ思はず問ひがたみ身をしる雨は降りぞまされる」を踏まえる。

三六「肘笠雨　俄雨。肘ヲ笠ニスルトの義」(『日本大辞書』)。→補一六。　三七 三味線や胡弓の最も基本的な調弦法。ここでは、女性一般の宿命。

三八「ハヤリウタノフシ」(『日本大辞書』)。

以上三一頁

一 底本は「世聞」と誤植。　二 着ている着物のほか、何物も持っていない状態で。

三『逍遙選集』では「習ひ」。ありがちなこと。

四「(観)ず…仏経ノ語、心ニ浮カベテ、ヨクヨク考ヘテ見ル」(『日本大辞書』)。

五 評価としては「奥さまの外出嫌ひ」(一一頁一二行)と対極にあり、「隠居」の「道楽は外出」(一九頁九行)と共通するところがある。

六「蒼蠅(うるさ)し」は「五月蠅」ほどの使用頻度はないが、当時としては普通の用法。

七「血族」は「チスヂノ人」で、「みより」は「ウカラ。ミウチ。親族」(『言海』)。

八『逍遙選集』の振り仮名は「をとめ」。

九『逍遙選集』では「意気地」。

一〇『逍遙選集』では「働なく」が脱落。

一一 争いが起きてごたごたする。　一二 →補一七。

一三『逍遙選集』の振り仮名は「しやくか」。『言海』『日本大辞書』は、「しやくや」に「借屋」を当て、「しやくか」に「借家」、見出し語とする。

一四『逍遙選集』の振り仮名は「えりごのみ」。

一五 写字。→補一八。

一六「大儀」に同じ。『逍遙選集』では「太儀」。

一七『逍遙選集』の振り仮名は「すゑつこ」。

一八 分相応の誇りを維持しうる程度の豊かさ。その具体例が「晩餐」に「一壜」の晩酌が可能であ

膳の辺《ほとり》に一墁を添ふるに足るといへば、[一八]相応に立昇る煙の太《ふと》さを思ふべし　其中《(そのうち)》只一ッの苦労を言はば　件《(くだん)》の末子与四といふ向ふ見ず、今年《ことし》廿《はたち》の大人《をとな》となり　[一九]肉を喰飽《(くひあ)》きて茶屋をそゝり[二〇]会席を暴《あら》す口を持ち乍《(なが)》ら　今尚[二一]父母《ちゝはゝ》の臑《すね》をかぢり、[二二]已に先年の年末にも[二三]消極の大金を[二四]背負《せよ》ッて来て母の[二五]眼《まなこ》を見張《はら》させぬ

「姉さんは義理ある女《むすめ》、どうしてワタシから言はれやう　頼んで呉れとは何事ぞ　此《(この)》不孝者」と母は大泣《(おほなき)》に打泣《(うちなき)》しが　流石《(さすが)》は実母の慈悲深く　間《ま》の悪《わる》さを辛[二六]防して　[二七]トヾ婿の方へ言ひ入れしに　「全額は出来ねども五十円丈《(だけ)》は用立つべし　残りは月賦にして払ひ玉へ　との婿の[二八]深切《(しんせつ)》、其時《(そのとき)》は其《それ》にて事済《(ことすみ)》となりしが　子に甘き母の[二九]ぬかり、月賦を与四へ渡せしかば　[三〇]又候《(またぞろ)》今年《ことし》の暮となりて[三一]残り五十円は去年の儘《(まま)》、加ふるに別途の負債四十円(しかも不正な借財)が我子を苦むると聞きし時の驚き、此《(この)》「大不孝」と大泣《(おほなき)》に泣き　[三二]十行何十字何枚といふ小言の煤掃《(すすはらひ)》を一時にして[三三]豆の如き涙を落したれど　借金取と云ふ鬼は去らず　「五十円の[三四]旧口《ふるくち》は兎《(と)》も角《(かく)》もだけれど、一方は不正な借財、若《(も)》しか返さぬと僕は法律の罪人、お母《おつか》さま　それでは決心した　トいつの間にか熟達せし[三五]仮声《(こはいろ)》の調子で言はれて見れば　母親は蒼《(あを)》くなり、貌《(かほ)》を見つめて[三六]厳然《きつ》として　「此《(この)》不孝者、[三七]碌でなし、併《(しか)》しこんな事は二度と再び決して此上《(このうへ)》は為《し》ますまいな、モウ

ること。 **一九** 食欲よりも色気へと走り。「そそる」は「ゾメク。＝ウカレル」で、「ぞめく」は「騒イテ浮カレ歩ク」(『日本大辞書』)。
二〇 会席料理。上等な酒宴向きの料理。
二一 『逍遙選集』の振り仮名は「おや」。
二二 底本は「巳に」と誤植。↓一六頁注二。
二三 借金。「せうきよく　消極、陰極(電気に云ふ所) Negative pole」(『いろは辞典』)。
二四 『逍遙選集』での振り仮名は「しよ」。
二五 非常に驚かせた。 **二六** 近世後期から大正にかけての使用例多し。『国民小説』三版・五版、『逍遙選集』は「辛抱」と改変。
二七 「キハミ。キハマリ。ハテ」(稿本『言海』)。
二八 『逍遙選集』では「親切」。
二九 「ぬかル」は「〔ぬけ(抜)ノ義〕。油断デ失策スル」(『日本大辞書』)。確実に親の手で借金を返すことをしなかったために、月賦の金を与四に使いこませる結果になった。 **三〇** 「又候」は「ソノウヘニ。フタタビ」(稿本『言海』)。
三一 借金返済用に母親からもらった金を使いこんだので、未払い残額の五十円は、去年のまま残っている。 **三二** 年末に向けて最大限の小言を出し尽くして。「十行何十字何枚」は原稿の数え方、「煤掃」は歳末の大掃除。いくら大量でも、小言に原稿料は出ない。 **三三** 大粒の涙。節分の豆と違い、「鬼」は退散しない。
三四 『逍遙選集』での振り仮名は「きうぐち」。古い方の借金はさし迫ったものではないが。
三五 芝居がかった大げさな言い方。与四の遊蕩に耽った成果と言えるもので、母の対応も、それに合わせて、勢い、芝居がかることになる。
三六 『逍遙選集』では「儼然」。
三七 底本と『国民小説』初版は「碌」。稿本『言海』や『日本大辞書』では「陸」の字を当てる。

為《せ》ぬとならば　今度限りおトッさまとも相談し、姉さんの方《はう》へも話して見やうが、返事次第で口を出《だ》さぬ　と[一]団洲《(だんしう)》の女がたをキメて見ても　セリフの外に溢るゝ慈愛、嗚呼《(あゝ)》どの様《(やう)》な[二]稲荷町《(いなりちやう)》[三]か「イヽエ　又します」と返答を為《し》やうぞ

父は万事[四]空々寂々《(くうくうじやくじやく)》、苦楽共にお袋任せなれば　母の心労は比すべき物なし、相談相手はなし、貯《(たくはへ)》はなし、女《むすめ》とは言ふものゝ義理ある女《むすめ》「又もや今年も御無心ながらト　どの貌《(かほ)》で、どの口《(くち)》で言《(いは)》れやうと四苦八苦の苦《(くるし)》み、思《(おも)》ひ切《(きつ)》て我子の為に婿の家の閾《(しきゐ)》を跨《また》ぎし日は、間《ま》が悪《わる》く　心苦しく　[五]腸も絶ゆる計《(ばか)》りなりし

然るに　案外は女《むすめ》の口上なり、アヽこゝが俗にいふ継子根性《(ままここんじやう)》と言ふもの歟《(か)》「毎月々々仕贈《(しおくり)》を致します　其上《(そのうへ)》ならず昨年の年末には五十円といふ大金を出して上げた、それに何ぞや今年も亦《(また)》大金の無心、おとッ様のお為ならば知らぬ事、与四さんの尻拭《(しりぬぐひ)》はモウ御免蒙《(かうむ)》ります　ト決して口へは出さねども、さう言ツて居るらしいあの顔附、あの眼元、躰裁のよい言訳上手《(いひわけじやうず)》「色々申《(まう)》し悪《(にく)》い内実が有《(あり)》まして　私《わたくし》から[六]主人《あるじ》へはドウモ此事は言出《(いひだ)》し悪《(にく)》い、さりとて外《(ほか)》ならぬ逼《(せま)》ツた事、私《わたくし》の衣類小道具の[七]類《たぐひ》を一時ドウカして　ト真実めかし言廻《(いひまは)》したる口の憎さ「出来なければ出来ぬと言へ、キッパリ断《ことは》ツて呉れたらば時節柄[八]悪《わる》くは取らぬ、夫《それ》を殊更《(ことさら)》に[九]出来ない相談、成程此節《(なるほどこのせつ)》の若い者は、狡滑な、不実者、

一「団洲」は九代目市川団十郎の雅号。九代目団十郎は、女方では、政岡（『伽羅先代萩』）や岩藤（『加賀見山旧錦絵』）等の烈婦を得意とした。「団十郎をきめる」とは「かけあひごとなどで、きつぱり相手方を威圧するやうな態度に出ることを云ふ」（鏑木清方「明治の東京語」）。

二「ぺいぺいやくしやノ異名。芝居ノ楽屋ノソバニ稲荷ガ祭ツテアル、ソノ近クヲモトいなりまちト称へ、ココニぺいぺいやくしやガ居ルコトカラ転ジテ、ソコニ居ルぺいぺいやくしやノ名ニナツタ」（『日本大辞書』）。

三『国民小説』『逍遙選集』も「か」。「か」は反語。「仮令人間に悪魔ありとも　どのやうな悪魔か」（一二頁八行）とよく似た用法。

四「思慮ノ無クナルコト。＝何モ知ラズ、無茶苦茶デアルコト。―「くうくうじやくじやくノ人間、取ルニ足ラズ」」（『日本大辞書』）。

五『逍遙選集』の「腸」の振り仮名は「はらわた」。「はらわたをたつ　断腸（かなしき又あはれなる譬）」（『いろは辞典』）。

六『逍遙選集』の振り仮名は「しゆじん」。

七『逍遙選集』の振り仮名は「るゐ」。

八底本「抦」。当時は「柄」ではなく「抦」と表記することが多い。三六頁一行の「人抦」、四八頁四行・五〇頁七行の「折抦」も同様。

九質に入れることを継娘が匂わせたことに対し、上流階級では、普通、体面があるので、それは出来ない話だと継母は判断している。

不人情、ア丶[一〇]此様な目に会《あ》ふも[一一]必竟《(ひつきやう)》は与四めの為業《しわざ》ト心で泣《(なき)》て　素知らぬ顔、素知らぬ振《(ふり)》にて暇乞《(いとまごひ)》をなし　女《むすめ》の家を立出《(たちいで)》たり、他人ならば其足《(そのあし)》にて与四を蹴殺《けころ》し兼《(かね)》ぬ腹立《(はらだち)》なりしが　母だけに[一二]人力《じんりき》を散財し、従弟《いとこ》の家、姪の住居《すまゐ》、こゝ彼処《かしこ》と廻り歩き　二時近くまでも過《(すご)》せしが、[一三]継女《まゝむすめ》の噂をするが本意なりしか、無心を言ふが本意なりしか、[一四]結果より見れば[一五]分らぬ位、扨《(さて)》母は落胆し立腹し[一六]蒼腫《あおぶく》れに膨《(ふく)》れて家に帰れば　前回に見えし不首尾の始末、双方の思ふ事行違《(ゆきちが)》へば行違ふもの、夫人の心中は母の臆測とは[一七]雲泥の相違なりし

　夫人はまだ学校へ通ひし頃より[一八]負惜《(まけをし)》みの強いのと愛嬌の乏しいので人に知られ「あの様《(やう)》な気前では嫁入をしてからが如何《どう》でせう、何をいッても学問の外《(ほか)》に[一九]取所《(とりどころ)》のない人ですものを　ト器量自慢は[二〇]私《(ひそ)》かに譏《(そし)》り「教育の学問のと申しても女の学問は知れたもの、学問で台所は出来ませぬ、[二一]生中《(なまなか)》チットばかし見識があると、高くとまるのが女の持前《(もちまへ)》、権利だの同権だのと歯の浮く事を言はれると、余《(よ)》ッ程《(ほど)》の美人でも二度と見る気は出ぬものと　此間も[二二]宿《やど》のが言はれました　ト[二三]意気な細君の聞《(きこ)》えよがし、其《それ》や此《これ》やを聞く度《(たび)》に、見事立派に片附《かたづい》て[二四]鼻をアカして見せやうと　十六七迄は我《が》を張りぬ、扨《(さて)》十八九と空しく暮し　廿才《はたち》を疾《(と)》くに後《あと》にしても縁の定《きま》らぬもどかしさ、[二五]父母《ちゝはゝ》は言ふに及ばず　当人も気を[二六]揉《(もみ)》

一〇『逍遥選集』は「こんな」。

一一『逍遥選集』の振り仮名は「つまり」。

一二 普段ならば使わない人力車に乗って。

一三 以下、「結果より見れば分らぬ位」までを、夢の舎主人(石橋忍月)による評「春のや主人の『細君』」(『国民之友』三十九号、明治二十二年一月二十二日)は、「一行千金の価あり」とする。

一四 従弟や姪への金策は、もともと無理があり、継娘の悪口を言う機会にしかならなかった。

一五 底本は「分らね位」と誤植。

一六「あをぶくれ(名) 青脹、あをくふくれたる」(『いろは辞典』)だが、将来の不安で青く、不満で「膨れ」(二九頁七行)たというところか。

一七 比較できぬほどの大きな差違。

一八 しのぶ(巌本善治)「細君」(『女学雑誌』一四四号、明治二十二年一月十二日)が「一種の女学生固有の気質」とするもの。逍遥の『外務大臣』第五回に「負惜み強く邪推深き長後」(『読売新聞』明治二十一年四月十三日)とある。

一九「才芸ノ取リ用キルベキ所。取得。長所」(『言海』)。『逍遥選集』の振り仮名は「とりえ」。しのぶ(巌本善治)「細君」は「学問の外には取所のない」を「一種の女学生固有の気質」とする。

二〇『逍遥選集』は「竊(ひそ)か」。

二一「なまじひに」(『いろは辞典』)。

二二 夫のことを謙遜して言う語。「宿六」に通じる語だが、夫を軽んじているわけではない。

二三 愛嬌の乏しい夫人と対極にある同窓生。

二四「はなヲ明カセル　出シ抜イテ失望サセル」(『日本大辞書』)。

二五『逍遥選集』の振り仮名は「ふぼ」。

二六『逍遥選集』は「揉み初め」。

初《(はじ)》め「夫《をつと》の人柄には好《このみ》はない、只《(ただ)》中等より以上の宅《うち》へ縁附いて元の友達の顔が見たい、[一]出世の望のない人へ添ふのはつらいと[二]内々にて心配をせし願《(ねがひ)》が届き、父母の目的もそこに[三]在ればか　学者の妻《つま》と定まりしは廿二才の春にて[四]ありし、其《(その)》翌年より[五]三年越し、夫《をつと》は公用にて洋行せしが　其名は世の中に鳴渡《(なりわた)》りぬ、其著述《かきもの》が書籍となりて留主中《(るすちゆう)》に世に出《(いで)》たればなり、今は夫々《それぐ》に縁附いて　[六]夫人《をくさま》となり　[七]令閨《をくさん》となり　[八]御深窓《ごしんぞ》となりし昔の友達も　此書の好評には胸を撲《(うた)》れ、新しい種を捜さずば悪口の資本が覚束《(おぼつか)》ないと気を揉む程にて[九]有りしと言へば夫人の名誉は凄《(すさ)》まじかりき、凡《(およ)》そ女の宇宙と云ふは男のいふ宇宙とは同じからず、知己交遊の[一〇]聞見《(ぶんけん)》が女の全世界を作る者なり、されば交遊に笑はるれば婦人の名誉は泥に委《(まか)》し、知《(し)》り人《(びと)》に褒《(ほめ)》られ又羨《(うらや)》まるれば婦人は天へも上るべし、[一一]裏店《(うらだな)》にては此《(この)》世界、[一二]方《(はう)》二三町《(ちやう)》に過《(すぎ)》ざれど、中等以上にては人口幾百人を容《(い)》るゝに足る、此《(この)》区域の広がるに随ひ婦人の苦と楽は加はるなり、嗚呼《(ああ)》人の妻と為《(な)》りし後に　[一三]ローラン、[一四]ジャンダークの夢を語る気まぐれものは　小説の外には気《け》もない事なり

斯《(かく)》て主人《あるじ》は帰朝の後其名《(そのな)》ます〳〵世上に高く　官の用ひは言《(い)》ふも更《(さら)》なり「[一五]漫遊日誌」といふ新著述は[一六]殆《(ほとん)》ど紙《(かみ)》の値《ね》を狂はしぬ、然《(しか)》るに夫人の貌色《(かほいろ)》は其《(その)》

一　しのぶ(巌本善治)「細君」(『女学雑誌』一四四号)が「一種の女学生固有の気質」と指摘したものの一つ。　二『逍遥選集』の振り仮名は「ないない」。「ウチワニテ。ナイショ」(稿本『言海』)。

三『逍遥選集』は「在れば、」。

四『逍遥選集』は「ありき。」。

五　逍遥は『可憐嬢』(初出時のタイトルは「巣守の妻」)では、「官費で洋行」した夫を三年待つ「巣守の妻鳥」が「学問の上達」「人品の立優りし事」「孝行」等で、幸福になる筋立にする。

六『逍遥選集』の振り仮名は「おくさま」。「おくさま」は「旧幕頃マデハ社会ノ最モ上流ニアル向キニ限リ、此語ヲ用ヰタモノノ、今日ハ極メテ乱雑」(『日本大辞書』)。↓四頁注六。

七『逍遥選集』の振り仮名は「おくさん」。「おくさん」は「今日オモニ東京以外ノ地方出身ノ人ガツカフ」(『日本大辞書』)。

八「おくさま」は「中流ノ社会ニ向ツテモツカヒ、ツマリ従来ノごしんぞさまトオナジ程度トナツタ」(『日本大辞書』)。「御新造」は「今日デハ此語ヲ用ヰルノハ主ニ商人デ無ク、…然ルベキ技芸ナドニ由ツテ生活スル人ノ妻ナドニイフ。医者、画工、学者ナドノ類」(『日本大辞書』)。

九『逍遥選集』は「有りき」。

一〇「見聞」に同じ。『長崎聞見録』(寛政十二年)、『西洋聞見録』(明治二年)、『朝鮮聞見録』(明治八年)、『千島聞見録』(明治二十五年)等の書がある。「近ク耳目ノ聞見スル所ニ惑溺シテ事物ノ遠因ヲ索ルヲ知ラズ」(福沢諭吉『文明論之概略』巻之二第四章、明治八年)。

一一　下層階級、下層社会では。「裏店」は商家の裏側や路地などにある粗末な家。

一二　二、三町四方の範囲。「町」は距離の単位で、六十間、三六〇尺、一〇九メートル。

頃《ころ》より漸《やうや》く淋《さび》れ　[一七]「浮けば見識が下《さが》り、[一八]物言へば風《かぜ》をひき、笑へば税が出るといふ貌《かほ》、[一九]三世相《さんぜさう》が今出来れば　あの人の写真を送ツてやる　ト先《まづ》貌からして讒《ざん》訴《そ》を発明し八方へ触歩《ふれある》くは向ふ長屋の教員の細君、これも昔の友達といへばア丶口が五月蠅事《うるさきこと》かな

さるにても　何が為《ため》に夫人は離縁を思ひ立ちしか、前回の始末　母親の胸に[二〇]入兼《いりかね》しも道理なり、夫《をつと》に何の不都合有《あり》てト強《しひ》て証拠を問はれなば　夫人も其《その》答《こたへ》に迷ふべし、[二一]何故に夫《をつと》が不興なるかは当人も殆《ほとん》ど了解せざりき、夫《をつと》は二三ケ月以前より只訳《ただわけ》もなく機嫌わるく　物を言ふ事さへ稀《まれ》なれば、払《はらひ》の滞り、貸《かし》方《かた》の催促、其等《それら》の事を言《い》ひ出《いで》て夫《をつと》の指図を聴かんとすれば取別《とりわけ》て機嫌悪《わる》く　話は何時《いつ》も外へ飛散《とびち》り、近頃は物入《ものいり》が多過《おほすぎ》る、台所の入費が嵩《かさ》むで無いか　ト思ひがけぬ夫《をつと》の質問、兎《と》もすれば[二二]家政学の講義、夫人は[二三]毎《つね》に落第の[二四]切なさを感じたり、夫人は最早《もはや》小説を弄《もてあそ》ぶ[二五]十六七の娘にもあらず、又西洋の女にもあらねば、学校に在りし時とは違ひ同権又は愛情と云ふ事を[二六]雛形の通りには思はねども、身を徒《いたづ》らに[二七]巣守《すもり》となし空閨《くうけい》に眠ることを嬉《うれ》しとは思はず、又囲《かこ》いもの丶噂を聞《きき》ては慎み深き胸も躍《をど》り、妬《ねた》む訳ではなけれどもト幾たびも自身に[二八]分疎《いひわけ》して、口惜涙《くやしなみだ》に袂《たもと》を濡《ぬら》しぬ、さりながらさる悲しみは慣《なれ》ぬ程の事にて、日本の夫《をつと》は

一三 Madame Roland(一七五四-九三)。→補一九。
一四 ジャンヌ・ダルク。→補二〇。
一五 →補二一。
一六 売れ行きがよかった。「洛陽の紙価を高める」の故事を踏まえた表現。
一七 明るく振る舞えば、品位が落ち。「浮けば」から「送ツてやる」までが次々行の「長屋の教員の細君」の「八方へ触歩」いた内容。「愛嬌は微塵もな」(五頁一〇行)く、「言葉少な」(四頁九行)であることを讒訴の材料とした。
一八 「物言へば唇寒し秋の風」(松尾芭蕉)。
一九 (あなたが)三世相(占い)が今できるなら、あの人(お種)の顔写真を送ってやる。顔付きまでそしりの対象にした「長屋の教員の細君」の言。→補二二。
二〇 理解しにくかったのも。
二一 『逍遥選集』の振り仮名は「なぜ」。
二二 →補二三。
二三 『逍遥選集』の振り仮名は「たび」。
二四 『逍遥選集』では「術なさ」。
二五 十七歳・十八歳が当時の結婚適齢期だから、結婚に夢を持つことが可能な年齢の限界。
二六 「雛形、模型、ずけい、みせほん A pattern, model」(『いろは辞典』)。
二七 「卵ノ、皆孚(かへ)リテ巣立チタル後ニ、孚(かへ)ラデ巣ノ中ニ残レルモノ」(『言海』)のように取り残された存在となり、独り寂しく眠る。「巣守の妻鳥で日を送る身は如何(いか)に不楽(わび)しうも　心細く又悲しくもつらかりけん」(坪内逍遥『可憐嬢』第十六回、初出「巣守の妻」では第十三回)。
二八 「いひわけ(名) 言訳、弁解、まうしわけ、分疎、分解、疏解」(『いろは辞典』)。「ぶんそ(名) 分疎 イヒヒラキ。イヒワケ」(稿本『言海』)。

斯《(か)》うしたものト経験といふ物が教ふれば、成程《(なるほど)》と我から[一]観念し　最早《(もはや)》其事に就《(つき)》ては泣《(なか)》ねども、気の知れぬは夫《をつと》の素振《(そぶり)》なり、若《(も)》しやわたしを[二]邪魔物にして出て行けがしの扱ひかト気がついて見れば　[三]廻気《(まはりぎ)》も出て、学識、経験、修観《みえ》[四]、負惜《(まけをしみ)》、孝心、[五]女気《(をんなぎ)》、是等《(これら)》が一同に狭き胸に集《つど》ひ、[六]或《(あるひ)》は里方の零落を語り、或は夫《をつと》の有《(ある)》まじき[七]不道を非難し、或は旧《もと》の友達の嘲《(あざけ)》り笑《(わら)》ふ憎らしき顔を見せ、或は行末《(ゆくすゑ)》の頼《たよ》りなさと老《(おい)》たる父の失望と愁傷を目の前に描き出して心の切なさを増さしめぬ、夫人は眠り得で秋の長夜を泣明《(なきあ)》かせしも幾たびか

去程《(さるほど)》に　[八]好事門《(かうじ)》を出《(いで)》ぬに醜聞は万里を走るの例《なら》ひ、耳敏《はや》き　口悪《わる》き　[九]手の長き阿三《(おさん)》さへに　まだ充分に悟らぬうちに暇を出されし密事ありしが　何時《(いつ)》しかそれを夫人が知りぬ、阿三の暇《ひま》を出されしは必竟《(ひつきやう)》此秘密をほのかに知りし刑罰なりしが　当人は身に弱みあれば気が咎《(とが)》めてか気がつかず、其故《(それゆゑ)》[一〇]平生の口にも似ず何も口走らで下《さが》りしなり、さりながら[一一]長舌は女の持前《(もちまへ)》なるを　阿三一人《ひとり》遠ざけば安心と思ひし主人の了見は[一二]隣の鶏を絞殺して逢夜《あふよ》を永うせんと望む白痴《たわけ》に似たるべし、車夫の妻がお[一三]歳暮の答礼にツイ口走りしとは[一四]知らぬが学者　こゝが主人の価値《ねうち》かも知れず

夫人は此話を聞《(きき)》てより　外聞も孝行も打《(うち)》すてゝ一図《(いちづ)》に離縁したく思ひしが、

一「俗ニ、アキラメ」(『言海』)。

二 逍遥の『妹と背かゞみ』第四回に「兎に角細君を貰ふがいゝ。気に入らなければ追出すまでだ○邪魔になりやア離縁をするさ。日本じやア離縁は平常《(あたりまへ)》だ。かまふもんか」という田沼の発言がある。

三 気を回しての心配や疑い。

四『老子』の五十四章は「河上公以此作修観章」(『老子道徳経攷異』天保四年)。「行人ノ用心、修観ノ亀鏡也」(『沙石集』巻三「栂尾上人物語事」)。振り仮名が四箇所しか無い評論、夢の舎主人(石橋忍月)「春のや主人の『細君』」(『国民之友』三十九号)は、「みえ」の振り仮名をつけて「修観」を二度引用するが、二度めは「惨観」と誤植する。

五 女が自然に備えているとされる気質。女心。「男気」に対するもの。

六 夢の舎主人(石橋忍月)「春のや主人の『細君』」は「尋常の小説家」なら「狭き女の心にくよくよと…」などと表現する所だとして、「旧套を脱して面白」く、「殊に旧友の嘲り笑ふ顔を見せたるは照応ありて妙言ふ可からず」とする。

七「ぶだう(形) 無道、不道、みちならぬ、みちなき、よこしま、あしき」(『いろは辞典』)。

八「かうじ(名) 好キ事。善キ行ヒ。「好事門ヲ出デズ、悪事千里ヲ走ル」」(『言海』)。「人の善を掩ひ蔵し、人の悪を探り露《(あら)》すは流俗の情也、故に好事は彼に障《(さ)》へられて其門を出でず、悪事は以て彼に露されて忽ち千里に伝はるなり」(花房柳条『文学淵源 故諺字典』明治二十七年)。

九 手癖が悪い。盗みの癖がある。

一〇『逍遥選集』の振り仮名は「ひごろ」。

一一「多く物言ふこと。多言。「婦有長舌、維厲

尚《なほ》からみつく女気に[一五]二の足を踏む折も悪《わる》く里方よりの意外の無心、夫人は又心迷ひ、此《この》やうな場合を考へれば　向ふ見ずに[一六]離縁して苦労に苦労を重ぬるは、両親に対して済まぬ事、イツソ我慢して此儘《このまま》にト思ツて見たり迷ツて見たりトツヲイツの其《その》最《も》中《なか》に母は気短く腹を立ち　女《むすめ》の心のつらさをも察せず[一七]（ア、こゝが俗にいふ[一八]成さぬ中といふものか）　態《わざ》と腹立《はらだち》し風情を見せて　荒々しく畳を蹶《け》たて、立帰る姿の恨めしさ、又それを見ても斯《か》う〳〵と言ふに言はれぬ心の切なさ、夫人はあとに泣伏《なきふ》したり、[一九]昼後《ひるすぎ》になりてやう〳〵に思ひ直し、イツソ何事も打明《うちあけ》て離縁をするに優《ま》すことなし、さうせねば万事につけ、心にもない不和を生じ、[二〇]母さまを腹立たせ、自身にも此《この》つらさ、却《かへ》ツて親子の不幸の元、[二一]女教師を為《し》てなりとも糊口《ここう》の出来ぬ筈《はず》はない、笑ふ者は笑ふがよし、親の為なれば構はないト　幾たびも親の為なりト言訳《いひわけ》して、キツパリと決心し　車に乗りて里へ行きしは前に見えたりし通りなり、然《しか》るに其結果は案に相違し、女気も洋学も遂に儒学に勝たれしか、此身《このみ》はどのやうにならうとも父上《おとつさま》に安心させたし、我慢をしやうと心を定《き》め、夫人は其晩打萎《うちしほ》れ、[二二]冠《かむ》りし頭巾の裏《うら》を濡《ぬら》して、夫《をつと》の家へ帰りたり

其夜は主人も家にとゞまり、其上《そのうへ》に来客ありて　家内《かない》何となくさわだてば、

（ミダレ）之階（ジ）」」（稿本『言海』）。

一三『イソップ物語』に、一番鶏とともに働かされる使用人が、寝坊できると思って鶏を殺し、時間がわからなくなった主人に以前より早く起こされ、後悔するという類話がある。福沢英之助『訓蒙話草』（明治六年）四十六話「寡婦（ヤモメ）ニ仕ヘタル下婢ノ話」、『通俗 伊蘇普物語』（明治六年）巻三・九十八話「老寡婦（ごけばアさん）と雛婢（こおんな）の話」は、その翻訳。

一四「歳暮」、即ち「年ノ暮レノ遣ヒ物」（『日本大辞書』）への返礼として「秘密」を口走った。

一五 諺「知らぬが仏」を踏まえる。本来、学者というものは、物をよく知っているはずだが、えてして世間知にうといのが学者というもの。

一五「二の足を踏む折」に「折も悪く」を掛ける。迷い躊躇している時に、悪いタイミングで。

一六 底本は「離緑」と誤植。

一七 語り手の感想。

一八「ナサヌナカ n. Not related by birth, —as a step-mother and child」（『和英語林集成』第三版）。

一九『逍遙選集』の振り仮名による。四〇頁三行の「昼後」も同じ。

二〇『逍遙選集』の振り仮名は「おつか（さま）」。「お母（か）さま」（一八頁一六行）、「おツかさま」（二五頁五行）との表記もある。

二一 認識としては甘く、当時の女教師の口は狭き門である。ましてや、その他の道で生活の糧を得るのはたやすいことではない。

二二 顔を隠して泣いた涙で濡れた。

真夜中に及ぶまでは思案に暮るゝひまもなかりき、閨《(ねや)》の中に入りて後夫《おっと》のソバに臥《(ふ)》したれど　酔臥《(ゑひふ)》せし人を呼醒《(よびさま)》して相談をかけて見る勇気もなく、只独《(ただひとり)》胸を痛め　横になりても夢は結ばず、[一]ウツゝのやうに夜を明かし　扨《(さて)》翌日の昼《(ひる)》後《(すぎ)》となり夫人は斯《(か)》うと決心し　「夫《おっと》の手許《(てもと)》から出た躰《(てい)》にして、ワタシの手から幾分か、母さまへ渡さうト幾たびも自身に語り、箪笥のそばへ坐つて見て　抽《(ひき)》出《だ》しを引出して、我物《(わがもの)》ながら[二]四下《あたり》に気を置き、まづ夏物を幾重ね、拵《こしら》へし時の値段にて計算《つもり》をたてゝ出《だ》して見て、又仕舞ツて見て吐《と》息《いき》つき、[三]居間へ戻れど落着かぬ胸を押へて一ト思案　「イツソ旦那へ話して見やうか、出来ぬまでもト[四]未錬な気が迷ふをキツパリ打消しても　外《(ほか)》に[五]工夫は内証事を、軽薄者《けいはくもの》と知りつゝもあの喋舌女《おしゃべり》に打明けて頼むは誠に朽惜《くちをし》い、車夫《くるまや》の妻《つま》の外に相談相手は無い事か、媒介《なかうど》の某氏《なにがし》が今も尚《(なほ)》生きてあらば別に為様《(しやう)》もあらうものを、只[六]一個《ひとり》の相談相手も知《(し)》る辺《べ》の中にないと言ふは味気ない身の上ト夫人は[七]力なげ首し　煙草も吸はず塞《(ふさ)》ぎゐる　其耳元へ時計の音、夫人は数へて　「ヲヽモウ六時……沢山の[八]高《たか》でもなし、成らう事なら人には知らせず、間《ま》に合《(あは)》せて置きたいもの、イツソ阿園に言ひ含めてト思ツて見たり廃《よし》て見たり、兎角に心はきまらねど　思ひ切ツて「園や園　ト呼ぶ[九]声にだに力なし

一「〔俗〕まぼろし、幻」（『いろは辞典』）。

二「あたり」に「四下」は、「四辺」ほど多くはないが、当時としては、普通の用字法。まわりに神経を使って。誰も見ていないことを確認しているのである。

三『逍遥選集』では「居間へ戻れども」。

四「未錬とは果断なきを云ふ。『徒然草』に「未錬の狐ばけ損じけり」とあり」（花房柳条『文学淵源　故諺字典』）。『逍遥選集』は「未練」。

五 工夫は「無い」と「内証」を掛ける。

六 学海居士（依田学海）「国民之友二小説評　春の舎君小説細君」（『国民之友』四十一号）は、「下女」「車夫の妻」のみで、「久しく家に在りて心を知りたる」「書生の事に及ばざるは」不自然だとする。「媒介の某氏」はいない上に、姑は「老朽て物の用に立」たず、「意久地な」い親類の阿留は重病で手がかかるという設定は、阿園以外の相談相手が存在しえないように仕組んだもの。

七 力無げに投げ首し。「投げ首」は、思案にくれた時にする、首を前に傾ける動作。

八「額（物数の）、かさ、ほど、つもりだか Sum, amount」（『いろは辞典』）。

九『逍遥選集』は「声だに」。

「少し聞《きき》たい事があるが、アノお前知ツてゐるかへ、外《ほか》の事ではない、質屋[一〇]を　ト迂曲《まはりくど》いたづねやう、阿園は何の気もつかず「ハイよく存じて居ります る、[一一]叔母さんの遣《や》りますとこは[一二]上総屋《かづさや》といふ店《うち》ですけれど　ト言ひかけて不審《ふしん》気《げ》にジツト貌《かほ》を打守る、夫人は覚えず下を向き「その上総屋といふ店《うち》は爰《ここ》からはどのくらゐ、さう、[一三]八九町、叔母さんはそこへ始終やるの、初めて質を持《もつ》ていツてもお金を貸して呉《くれ》るのかへ「どうですか只今は、昔はズン〳〵貸しましたけれど「実は[一四]旦那さまに言はれぬ事で少しお金が要《いる》のだけれど、少しソノ何だから　ワタシの着物を遣《や》りたいが、如何《どう》したら貸さうか　ト[一五]負ふた子にも浅瀬の相談、淀《よど》みながら言ひ終れば、阿園はさして驚かず……勿論《もちろん》[一六]初手は驚きしが、旦那さまへ内々《ないない》とあるからは、手元に無いのは当りまへ、下宿屋にゐたところは亭主には内々といふ事を、幾度聞いたか知れぬくらゐ、お邸には内々が[一七]トント無いのと思ひしがヤハリあるのと思ひしのみ、素直なれば邪推はせず、[一八]忠精《まめ》だちて貌《かほ》を上げ「それならば叔母さんの名前を借《かり》て入れませうか、どの位でござります　ト思ひの外に場慣れた[一九]口前、夫人は少し安堵して「邸の名前を出さずに済むなら　それ程《ほど》都合な事はない、成《なる》べくならば四十円ト高《たか》を言はれて阿園はビツクリ、[二〇]目を丸くして聞直《ききなほ》しぬ

一〇「府下質商の数は大凡一千二百九十九戸(二十一年十二月調)」(永井良知『東京百事便』明治二十三年)。

一一 学海居士「国民之友二小説評 春の舎君小説細君」に「小婢の詞に己が叔母を呼びて叔母さんといへり　賤しき家の婦女子は主の前を憚らず己が親族に敬語を加ふれども　これはこの家にやゝ住慣れたる婢にして　然も利発者なるものなれば　この過は有まじきかと思へり」とある。

一二 ありふれた屋号で、本屋や呉服商などにもある。「上総屋丈六とて世にしられし。所で指折の小間物屋」(坪内逍遙『妹と背かゞみ』第八回)。

一三 九〇〇メートル前後。→三六頁注一一。

一四『逍遙選集』は「旦那さまには」。

一五 諺「負うた子に教えられて浅瀬を渡る」。

一六「ハジメ。＝最初」(『日本大辞書』)。

一七「一向ニ。サラサラニ。絶エテ」(『言海』)。

一八『逍遙選集』は「忠誠」。「忠精義列楠氏と異なるなし」(東条琴台『先哲叢談』続編巻二、明治十六年)。

一九「モノイヒブリ。ハナシブリ」(『言海』)。

二〇 金額の多さに驚いて目を大きく見開いて。「沢山の高でもなし」(四〇頁一三行)との夫人の認識と大きく異なる反応である。

「その様《(やう)》な大金では帳面《かよひ》[一]がなくては貸しますまい、叔母さんを呼んで話しませうか　ト質《しち》には慣れた阿園の注意、夫人は又もさし俯《(うつ)》むき、他人に相談する位ならかう気を揉むにも及ばぬ事、気の知れぬ阿園の叔母、ハテどうしやうかト再度の思案　「只《(ただ)》名を借りた計《(ばか)》りでは渡しては呉《(くれ)》まいか、成《(なる)》べくならば余所《よそ》外《ほか》へは内々にして済《すま》したい、四十円出来なければ三十円でも為方《(しかた)》がないが　ト言ひかけて耳[二]を欹《た》て椽側の方《かた》へ振向くは　姑《(しうとめ)》の咳《せき》が聞えし故《(ゆゑ)》なり　「どうですか知りませねど　持《もつ》て行《いつ》て見ませうか　ト阿園が言へば　夫人はうなづき、台所[三]に気を置きながら　又立上《(たちあが)》り立寄《(たちよ)》ツて　簞笥《(たんす)》の中より以前の衣類、夏秋合せて十品《(とをしな)》ばかり、取《(とり)》いだしつゝ包ませたり、夫人と言へど　嫁入後は夢にだに見ぬ爪《つめ》[四]の星、回《(めぐ)》[五]りあはせのわるい着物と不断の衣裳を除却《とりのけ》ては　古着ばかりの乏しい貯蓄《たくはへ》[六]、其中《(そのうち)》の良き品を斯《(か)》う残忍に取出して質庫《しちぐら》[七]へやる心の中　男の知らぬ苦《(くるし)》みなるべし

阿園は夕暗《ゆふやみ》にまぎれ、買物に行く振《(ふり)》をして包《(つつみ)》を抱き立出《(たちいで)》たり、跡に夫人は何となく気[八]が咎めてか落着《(おちつ)》かず、罪を犯せし心地なり、幸ひ今宵《(こよひ)》は土曜にて　例《れい》[九]によれば外泊日《とまりのひ》　夫の帰り来らぬは却《(かへ)》ツて好《よ》しと喜[一〇]びし、アヽ内密といふ事は徳[一一]の賊とも言ふべきか

一　身元を保証するために必要。明治十七年に質屋取締条例が施行されている。「質物台帳ニハ警察官ニ於テ質物、貸金、質入主及質入受戻入換ノ年月日ヲ調査スルニ差支ナキ様記載スベシ但証人ヲ要スルトキハ質入及証人ノ実印ヲ押捺セシメ置クベシ」(「質屋取締条例」第三条)。

二　「耳ヲ立ツ」は「心ヲ付ケテ聴ク。傾聴」。「欹」は「そばだつ…一端ヲ上ゲ起コス。「耳ヲ―」「枕ヲ―」」(『言海』)。

三　台所の様子に気を使いながら。

四　爪に出来る白い斑点。吉兆とされる。「爪に白い星が出来ると衣類が出来る　西洋では人より物を貰ふといふ」(菊田宣暢『格言俚諺辞典』大正六年)。

五　『逍遙選集』は「廻り合せ」。

六　底本は「貯畜」と誤植。

七　『逍遙選集』は、振り仮名は「しちぐら」のままで「質屋」と改変。

八　『逍遙選集』は「気が咎めて落着かず」。

九　「イツモノ通リデアル」(『日本大辞書』)。

一〇　『逍遙選集』は「喜びぬ。」。

一一　「徳」に害をなすものである。「名誉は人の賊なり、喧伝は徳の賊なり」(東条琴台『先哲叢談』後編巻五、文政十三年)。

待つ程もなく息せいて走り帰る小間使「奥さま只今……質屋へ恰《ちやう》ど往きましたら　トロ走るを急に押へ「コレサ小さい声でおいひ、ヱ　貸したかへ、置いて来たの「アノ[一二]お召物《(めしもの)》を見せましたが、アノ大変に損《いた》んでゐると言ツて、アノ十八円にしかつけません、そしてアノ大金だからと言ツて　帳面《(かよひ)》を持《(もつ)》て来なければ貸されないと申しました、如何《(どう)》しやうかと思ひましたら　叔母さんの宅《うち》へ不断《しよつちゆう》来ます清五郎といふ植木屋[一三]が恰《ちやう》ど店へ来あはせて、色々様子を聴きますから　内々でザツト話しますと、それなら己《おれ》が往ツて叔母さんの帳面をソツト借りて来てやらうけれど、併《(しか)》し四十円と被仰《おつしやつ》たを十八円でお間《ま》にあふか、聴いて来てからが宜《よ》からうとさう言ひましたから帰ツて来ました、どうしませう　ト喘《あゑ》ぎゐる、夫人は始終眉に皺、青くなり又赤くなり、やう〳〵に気を静め「植木屋は何処《どこ》の者、此辺《(このへん)》の者ではないの、さう、駒込[一四]　トいひさして、覚えず太い息をつき「着物は質屋へ預けて来たの、さう……アヽ如何《どう》しやうか　セメテ二十五円なくてはト思ひ余ツて独語《ひとりごと》、思はず簞笥《(たんす)》を見返りたり

夫人は俄かに気づきし躰《(てい)》「ヲヤ表門が開《あい》たやうだ、ヱ　書生さんが帰ツたの、さう……お前　一寸離室《はなれ》へ往ツて隠居さまを見て来ておくれ、何ぞ御用はありはせぬか、アヽそこをチヤント閉《し》めていツて　ト言へば　阿園は心得て台

一二「今、専ラ、衣服ノ敬称」(『言海』)。

一三「府下植木商の総数は二百二十五(明治廿一年十二月調)」(永井良知『東京百事便』)。

一四 植木屋の多い土地。現在の豊島区駒込のあたり。宮川久治郎『東京著名録』(明治二十一年)に登録する植木屋四十のうち、三十一までが駒込。

所の方へ出行きぬ、夫人は力なげに立上《たちあが》り、又も簞笥に近づいて盗むやうに取だす冬衣[一]、二枚重ねを袖にて隠し　急がはしげに坐に戻り、手早く風呂敷に包めども　包むに余るは女気《をんなぎ》なり

「奥さま　阿留《おとめ》さんが少しよいからお粥をこしらへて上《あげ》てくれと御隠居さまが被仰《おつしやい》ましたが、お米[二]からにしませうか　ト阿園が問へば　夫人は見返り「それは今ワタシが行ツて　阿三に言附《いひつけ》てこしらへさせる……お前はアノ気の毒だが　モウ一度何へ往《い》ツて……これを持ツて往ツておくれ、二十五円も出来たらばそれでよいから置いて来て　トひそめき[三]ながら吩咐《いひつ》[四]けぬ

心得て阿園は又も出でゝゆく、夫人は跡に溜息つきベ[五]ッタリと坐りしが、心附いて立《たち》あがり、台所へ立出《たちいづ》れば　白河夜船《しらかはよふね》[六]と居眠る下女、呼起《よびおこ》して粥の用意、隠居所と台所を往きつもどりつ働く間《あいだ》も、心は阿園の跡を追ひ質屋のあたりをさまよふなるべし、物言はぬ夫人の素振、不機嫌ゆゑと見てとれば阿留は流石《さすが》に心苦しく「ワタクシが自身で拵《こしら》へます　お構ひなされず　ト辞義[七]しても返事のなき不平[八]の顔附　「さう腹の立つ位[九]なら放棄《うつちやつ》て置《おい》て呉《くれ》[一〇]たがよい、介抱には及びませぬ　ト意久地《いくぢ》がなくても女は女、口には言はねど瘦我慢[一一]、それのみならず　昼以来顔出しもせぬ嫁の不実を炬燵《こたつ》[一二]に語る姑の僻見《ひがみ》、あゝ如何《どん》な善い女

一『逍遙選集』は「冬着」。

二「粥」は、「飯ヲ再ビ煮ル」（『言海』）ことによっても作ることができる。

三「ひそめく…密語　ヒソヒソト語ル。ササヤク」（『言海』）。

四『春風情話』（本巻一〇八頁七行）、『浮雲』（第三編第十六回、明治二十二年。本巻四一四頁一〇行）など、「吩咐」を「いひつける」とする例は数多い。ちなみに、混沌舎主人「三人笑語序」（二本亭松風『三人笑語』明治二十年）の「吩咐」には「いはるゝ」の振り仮名があり、大槻文彦「語法指南」（『言海』明治二十二年）は「アツラフル」と読ませる。

五 気が抜けてすわりこんだが、気を取り直して立ち上がり。

六 ぐっすりと寝込んで、何もわからないこと。「白川夜船」とも。「白河夜船の夢驚かされ」（菊池香鬢『時勢走馬燈』明治二十年）。「白河夜船ノ高鼾キ」（柴垣馥『金言一万集』明治二十四年）。

七『逍遙選集』は「辞儀」。「辞儀」は「辞退。＝謙遜。　＝エンリヨ」（『日本大辞書』）。

八 普段でも愛嬌不足である上、今は質屋に心が行って全く余裕がないので、阿留に「不平」らしき顔付きと認識される態度となっている。

九『逍遙選集』は「位ゐ」。

一〇『逍遙選集』は「くれた」。

一一「力ノ足ラヌニ、強ヒテスルコト」（『言海』）。「瘦我慢の見識」（『当世書生気質』第四回）。

一二 ぶつぶつと下を向いて不満を言っている。

でも廻り気は其持前《そのもちまへ》　から思はうかあう思はうかと気に懸けたらば限りはあるまじ

[一三]この様な事に[一四]かゝづらひ、少し待つ気の弛《ゆる》みし間《ま》に、時計は疾《と》くに九時を過ぎたり　阿園は如何《どう》した事であらう、夫人は急に胸轟《むねとゞろ》き　気にかけて考へれば浮び出づる[一五]百妄想、時計の針の進むにつれ　[一六]「若《も》しや」ト思ふ疑ひは次第々々に重みを増し　蓐《とこ》さへとらせず[一七]ショ ンボリと消へ行く炭を眺めつめ　「正直だと思ひ込み　ウッカリあれを遣《や》ツたものゝト思ひかけて思ひ直し　「マサカそのやうな事はあるまい　それにしても帰りの遅さ、[一八]若《も》しやトフット思ひつけば　我ながらゾッとして　思はず顔は蒼ざめぬ　雨戸を叩く木がらしに　[一九]ひらめく障紙の音寒く　[二〇]上野の鐘の物すごさ

[二一]第四回　[二二]乱　脈

「コラ　泣いてゐては分らん、手前は一躰何処《どこ》の者だ、ヱ　何を奪《と》られたのだ、コレサ怪我も何も為《し》たのではないワ、ヱ　何を奪《と》られたと言ふに、ヱ　金、沢山か、ナニ　二十五円、手前は[二三]下婢か、ヱ　邸《やしき》はどこだ、ヱ　[二四]下河辺《しもかうべ》、此横町の……ヱ　三十四番地……

一三 気まずい雰囲気の中での家事。
一四 「かかづらふ」は「事ニカカハル。カカリアフ」(『言海』)こと。
一五 『逍遥選集』の振り仮名は「まうざう」。明治二十年代においては、「まうざう」もしくは「もうざう」との振り仮名が付されるのが普通。
一六 阿園が持ち逃げしたのではないかとの疑い。
一七 「ショ ンボリと」は「消へ行く」と「眺めつめ」の双方にかかる。
一八 阿園に凶事が起こったとの予感が走った。学海居士(依田学海)「国民之友二小説評 春の舎君小説細君」(『国民之友』四十一号)に「この回結末に 若しやトフット思ひつけば 我れながらゾッとして 思はず顔は蒼ざめぬ の一段 その人を見るが如く入神の筆と謂ふべし」とある。
一九 「ヒラヒラス。或ハ光リ、或ハ光ラズ。(旗色、電光、燈火、剣光ナドニ)」(『言海』)。
二〇 →二五頁注二四。
二一 「十二月の初に第三回を脱稿す、初手は三回結局の積なりしが ふと思ひつきて一回を加へ小間使を殺すことゝせり」(逍遥自選日記抄録『幾むかし』)。
二二 「乱レテ弁別ナキコト。乱雑」(『言海』)。
二三 『逍遥選集』の振り仮名は「げぢよ」。
二四 ここで初めて「下河辺」の姓が出る。下総国に下河辺氏(秀郷流藤原氏)により成立した下河辺荘があり、子孫に、源頼朝配下の御家人となり、下河辺荘司を安堵された下河辺行平がいる。下河辺行平は安永二年(一七七三)初演の歌舞伎『御摂《ごひいき》勧進帳』に登場する。→二〇頁注一二。

[一]養牛所の[二]柵の辺《ほとり》に巡行の[三]巡査に介抱され　[四]コヾミながら泣入るは小間使の阿園なり、人通りは殆《ほとん》ど絶え　時は已[五]に十時を過ぎ　遠吠《とほゞへ》の犬の声物淋しく聞こえたり

阿園の此躰《このてい》は何故と問ふに、先刻夫人に吩咐《いひつ》けられ二たび質屋へ赴きしにまだ清五郎は帰り来ねば　品物は見せたれど質代は手に入らず、拠《よんどころ》なく待つうちに時刻は次第に移り行き　疾《は》やいつしかに九時を過《すぎ》たり、阿園は頻《しきり》に気を揉《も》みて立[六]ちつ居つして待つうちに　叔母の家の隣家《となり》の小児《こども》、金チヤンといふ[七]ワンパク者《もの》、息を切ツて入来《いりきた》り、大爺《をぢさん》に頼まれたからコレを持ツて来たよ　ト言ひ　投出《なげだ》すは通帳《かよひてう》「ヲヤ大爺《をぢさん》は　ト尋ぬれば　用が出来て駒込へ帰ツて往ツてしまツたから、それで[八]乃公《おいら》が来たの　トいふ、阿園はそれに気も止《と》めず、急ぎ件《くだん》の通帳《かよひ》にて二十五円だけ金子《きんす》を請取《うけと》り、紙に包みて懐中し、片時も早く邸へ帰り奥さまの手へ渡さうと気が急《せ》けば足も急《せ》き「用心をしておいでなさいよ」　ト心附ける番頭の言葉も聴かず駆出《かけいだ》し、息せき帰る新開町、此辺《あたり》は山の手なれど　追々《おひおひ》に開けたれば右も左も家[九]居なり、大《おほ》かたは町に異ならねど　只其《その》あひだ一町ばかり、[一〇]片側町《かたかはまち》に似たるがあり、一方は養牛場、家居はあれど人気《ひとけ》に遠く、一方は邸跡、今尚《いまなほ》新築の基礎もなく、九時過《すぎ》は人通り疎《まばら》にて少し

一　当時、牧場の類は東京市内に散在していたが、「人家稠密の所なれば牛飼場(うしかひば)ありては自然不潔を生じて」との理由から順次「人家を離れた濶(ひろ)き場所にて飼養せよ」(「牛乳業差止」『読売新聞』明治十九年一月二十四日)ということになりつつあった。

二　『逍遙選集』では「畑」。

三　「明治七年二月五日警視庁に巡査を置き邏卒番人を廃す」(松本徳太郎編『明治宝鑑』「警察庁沿革摘要」明治二十五年)。明治八年三月七日の東京を除く府県太政官達第二十九号「行政警察規則」に「従前捕亡吏取締組番人等ノ名称ヲ廃シ邏卒ト改称可致(いたすべく)此旨相達候事(このむねあひたつしそろこと)」とあり、同年十月二十四日の同第一八三号で「邏卒ト有之候(これありそろ)ハ総テ巡査ト改正」される。

四　「こごむ」は「かがむニ同ジ」(『言海』)。

五　底本は「巳に」。→一六頁注二。

六　立ったり座ったりして。

七　『言海』に「小児ニイフ語。わつぱノ条ヲ見ヨ」とあり、「わつぱ」は「童(ワラハ)ノ音便約、童子ヲ罵リ呼ブ語。「小ー」」とある。

八　「乃公(だいこう)」は「我(ワレ)ニ同ジ、自尊シテイフ。(漢文ニ)」(『言海』)。「おいら」は「(一)ワレラ。(二)〔転ジテ、オモニ〕ワレ。＝ジブン」で、「少シ傲慢デ且ツ下品ナロブリニツカフ。オモニ云フノハスベテ余リ文字ナドノ思想ノ無イモノデ、東京デモマダ全ク八廃語トナラヌ。去リナガラ極メテ少数ノ、ソレラ下等ノ部類ニ行ハレル」(『日本大辞書』)。

九　「スマヒ。＝ヂユウキヨ」(『日本大辞書』)。→五〇頁注一一。

一〇　道の片側だけに家が立ち並ぶ町。

寂《さび》れし所なり、阿園《おその》が此処《こゝ》へ来りし時は　夜風《よかぜ》颯《さつ》と吹落《ふきおと》し　其寒さ肌を斫《き》り、星も叢雲《むらくも》[一一]に蔽はれて人の影だに見え分《わか》ず、遥か向ふに孤立せる只《ただ》一基の街燈は[一二]闇《やみ》を照して物凄く　何処《いづこ》を行くか夜商人《よあきうど》[一三]の凍れる如き呼売る声は暗澹たる虚空[一四]に冴えわたれり、阿園はされど平気にてチョコ〳〵走りに走りゆく　其右側の[一五]曲《まは》り角《かど》よりヌツと出《いで》たる曲者《くせもの》あり、突然《いきなり》阿園に突当り　キヤツと叫ぶ懐中《ふところ》へ物をも言はずさし込む手先、金の包を引攫《ひつつか》めば　阿園はビツクリ　一生懸命「アレー泥棒　ト叫びつゝ武者振《むしやぶり》つくを突倒《つきたふ》し、逃出すを追縋《おひすが》り、又シガミ着《つ》けば　彼方《かなた》も狼狽《うろた》へ、手荒く胸を突《つき》とばせば　[一六]究所を中《あて》られウンと一声、阿園はそこへ悶絶す、賊は忽ち雲[一七]かすみ

稍《やや》あツて喚《よ》[一八]ぶ声に目を見ひらけば巡査の介抱、阿園は今尚《いまなほ》[一九]歯の根はあはず、[二〇]畏ろしさに身は顫《ふる》へ　問はれても答へ得ず、只オロ〳〵と打泣きしが　段々に気が附けば　怖《こわ》さよりも凄《すご》さよりも　何といツて言訳《いひわけ》せう、お邸へ帰られぬア丶何とせうト惑乱し　又伏[二一]沈み打泣けり

「泣いてゐれば金が出るか、帰ツて其通《そのとほ》り言へばよい、奪《と》られたものは為方《しかた》がない、ヱ　叔母さんがドウしたと、サヽそんな事を言ふ奴《やつ》があるか……一躰小供に大金を持たして夜中に出すといふが不心得だ……コレサ　マア　歩けと

一一 「群ガリタル雲」（稿本『言海』）。
一二 星が叢雲に隠れて、人の影さえ判別困難な闇夜で、街燈のみが頼りとの設定。逍遙の『細君』第三回脱稿は、明治二十一年十二月初めで、その三日は旧暦の十一月一日に当たるので、第四回のこのあたりを執筆していたのは、まさに、そのような夜歩きに適さなかった時期である。
一三 底本の振り仮名は「よあきうぞ」と誤植。「霜夜の鐘の冴えたるに、「鍋焼うどん、蕎麦ウヤウー」の声のいと眠れるが如くに幽かなるは物哀れなり」（平出鏗二郎『東京風俗志』上巻「売声と行商」）。
一四 「こくう（名）虚空、おほぞら」（『いろは辞典』）。『逍遙選集』の振り仮名は「きよくう」だが、『言海』『日本大辞書』の見出し語は「こくう」で、「虚空」を当てている。
一五 『逍遙選集』の振り仮名は「まが」。
一六 『国民小説』初版は底本と同じだが、同三版・五版は「急所」。『逍遙選集』は「灸所」。「キウシヨ　禁所」（『和英語林集成』第三版）。
一七 「雲かすみに逃し」（狸昇記『大阪錦画日々新聞』六十号、明治八年）。「後ろ髪引く別れを乗せてにくや車屋雲かすみ」（志賀廼家編『四季情歌林』明治十八年）。
一八 『逍遙選集』は「呼ぶ」。
一九 「歯の根も合ずして震ひ居るのみ」（山々亭有人記『東京日々新聞錦絵』九四四号、明治八年）。
二〇 『逍遙選集』は「怖ろしさ」。
二一 『逍遙選集』は「伏沈みて打泣けり。」。

いへば、それでは斯《(か)》らしてやる、己《おれ》が邸まで送ッてやる、己が其事《(そのこと)》を言ふてやるから　コレ一所に来い、来いといふに

巡査は阿園を伴ひて下河辺の門を叩き、云々《(しかじか)》と仔細を語り、阿園を書生に引渡して立去らんとせし其折柄《(そのをりから)》[一]、車の音を轟《(とどろ)》かし　例[二]にたがひ突然《だしぬけ》に立帰るは主人なり、玄関口にて聴くともなく巡査の言葉をフト聞きつけ　暫《(しば)》[三]し其場に佇《(たたず)》めり

我家《わがいへ》の小間使が賊に遇ひしと聞くや否や、扨《(さて)》こそト胸躍《(むねをど)》り　玄関の次の間《ま》まで忍《(しの)》び出《いで》て立聴《(たちぎき)》せし夫人は　最初の驚きのまだ収まらぬに又吃驚《びつくり》、思ひも寄らぬ夫《をつと》の帰宅、前の珍事[四]は先刻より「ア丶不注意な事をした　若《(も)》しや変事が無ければよいト窃《(ひそ)》かに畏《(おそ)》れ危《(あや)》ぶみたれば、無事に帰りし阿園を見てまだしも心落《(おち)》着《(つき)》しが、夫《をつと》が今頃帰らうとは万に一ツも思はざりし、何故《(なにゆゑ)》に此夜中に小供を使に出《だ》したかト……何故に二十五円……其金は何処《どこ》から出たト　若《(も)》し聴かれたらば何とせん、我物《(わがもの)》とはいへど　我儘《(わがまま)》に相談もせず　聞いても見ず　質に遣《(や)》りしと言ふ時は……ア丶何と返辞[五]をしたものかト気が咎めては　トツオイツ、思ひ乱る丶鼻前《はなさき》[六]を　激[七]しき酒気に先を逐《(お)》はせ、怒気《(どき)》を含んでツ丶と通る、夫《をつと》の素振に胸ギツクリ　「お帰り遊ばせ」も言ひそ丶くれ、済まぬ顔して背《あと》に踵《つ》き、扨《(さて)》

一　丁度、その時。
二　帰宅する前に連絡が、いつもならばある、という意味ではない。民間の電話開通は明治二十三年だから、帰宅直前の連絡は、特別な時にだけ、使用人を先に帰らす等の方法でなされたはず。土曜日は「例によれば外泊日」（四二頁一四行）だが、その「例によ」らない例外が、「突然」との感を、夫人にもたらした。
三　普段ならば、すぐに家に入るのだが、いつもと違う様子に聞き耳を立てた。
四　「変事（下学集）。＝椿事」（『日本大辞書』）。「前の珍事」は「我家の小間使が賊に遇ひし」こと、後の珍事は、土曜日に夫が帰宅したこと。
五　『逍遙選集』も「返辞」。『いろは辞典』は「返事」のみだが、『言海』『日本大辞書』は「返事」「返辞」の二つの漢字を当てている。
六　「（一）鼻ノ端。鼻尖（二）目ノ前。目前」（『言海』）。
七　夫人の目前を、先に酒の匂いが鼻先をかすめて行き、その後を怒った夫自身が通る。
八　手をついて。「会釈し手をつかへ」（並木千柳・三好松洛・竹田小出雲合作『夏祭浪花鑑』）。「しづかに障子をあけて手をつかへ、只今といふ美声」（田沢稲舟『医学修行』明治二十八年）。
九　いつもは、くつろぐために、和服に着替える。
一〇　煙草に火をつけようとしたが、無理だったので、いらだっている。夫を迎える用意が出来ていないので、火はないが、火鉢自身に非は無

奥の間へ入りし後、顔見合せて手を[八]つかへ　会釈をすれど夫《をつと》は無言、洋[九]服の
儘《(まま)》胡坐《あぐら》をカキ　此方《こなた》へは見向きもせず　巻煙草を取《(とり)》いだし　[一〇]火の無き火鉢へ
さし入れて　灰を手暴《(てあら)》くかきまし、顔を皺《(しか)》めて怒りの舌打、凄まじからぬ物音
も　彼《(か)》の風[一一]の音鶴の声、夫人は胸をつかるゝ思ひ、急がはしく立上《(たちあが)》り台所へか
け行けば　女部屋の片隅《(かたすみ)》にションボリとして小さくなり歔欷《すゝりなき》[一二]する阿園のソバ
に　居眠りの夢を破られし　新参の阿三《(おさん)》の寝惚顔《(ねぼけがほ)》、ラムプの光微昏《ほのくら》く　隙洩《(すきも)》る
風の音寂《さび》し

　阿園は夫人の顔を見て　悲しくつらく言訳《(いひわけ)》[一三]なく　[一四]いざり出でゝクド〳〵と
鼻啜《(はなすゝ)》りつゝ泣《(なき)》わぶれど、溢《(あふ)》るゝ涙に大かたの　言葉は溺れて余所《(よそ)》へは聞えず、
夫人は夫《をつと》の不機嫌を　けふばかりは道理《ことわり》と　自身の弱みが言張れば、勝気《(かちき)》だけ
に気は沈み、[一五]本心こゝにあらざれば　阿園の詫《(わび)》る泣声《(なきごゑ)》の　仮令《よし》[一六]聞えても他の事
に　意を注ぐべき余地もなし、[一七]立働《(たちはたら)》くをウツカリと　只徒《(いたづ)》らに眺め居る　阿
三をさへに呼びたてず、[一八]消火壺《ひけしつぼ》より一掬《ひとすく》ひ　[一九]消炭《けしずみ》取だし[二〇]火斗《じうのう》へ入れ、見かへり
もせず、奥へ行く、其《(その)》うしろ影を悲しげに　阿園は見送り泣伏《(なきふ)》せど、[二一]忙然とし
て空《くう》を見つめ　阿園のソバに坐りし下女は　慰めもせねば問ひもせず　又いつ
しかに点頭《うなづ》[二二]くなるべし

いので、火鉢に当たるのは不当との意もあるか。
一一 風声鶴唳《(ふうせいかくれい)》。些細なことにも、びくびくすること。「十万ノ勇士風声鶴唳ヲ聞テ走ルコトアリ」(福沢諭吉『文明論之概略』明治八年)。
一二 「歔欷《(きょき)》」は「スヽリ泣キシテナゲクコト」(『日本大辞書』)。
一三 言い訳する言葉もなく、申し訳なく思うので。
一四 「いざり(形名) 躄、臀行、坐行、膝行、あしなへ」(『いろは辞典』)。
一五 「真《(マコト)》ノ心。正気。本気。(迷ヒタル又ハ狂ヒタル心ニ対ス)」(『言海』)。
一六 たとえ聞こえていても。敗北感の大きさに心的余裕が全くなく、まわりが皆目見えない状態にあるのだが、阿園は無視されたと感じている。
一七 夫人が働いているのを、ぼんやり見ていて、本来なら、自分が働くべきことに気づかない。
一八 「蓋アル壺、薪ノ熾火《(オキビ)》ヲ密閉シテ、消炭ヲ作ル」(『言海』)。
一九 「薪ノ火ヲ消シテ拵ヘタ炭、急ニ火ヲオコス時ナドニ用ヰル」(『日本大辞書』)。
二〇 『逍遙選集』の振り仮名も「じうのう」。「じふのう(名) 火斗、ひとり、火鐽 A fire shovel」(『いろは辞典』)、「十能〔五徳ニ対シテイフ語カ〕炭火ヲ盛リテ運ブ器、銅鉄製ニテ、木柄アリ」(『言海』)。
二一 阿三の動作。「忙然たる事小一時間」(山々亭有人記『東京日々新聞錦絵』九四四号)。「暫く忙然としていた」(二葉亭四迷『めぐりあひ』明治二十二年)。『逍遙選集』では「茫然」。
二二 居眠りを始めるだろう。起きている間は「慰めも」「問ひも」しないが、寝てしまえば、相槌を打っているかのように見えるだろう。

「何の為《(ため)》に使ひに出した　ト[一]案にたがはず[二]目に角《(かど)》たて　尚《(なほ)》洋服を脱《ぬ》ぎもせで坐蒲団《すはりぶとん》に坐りしまゝ　[三]意味深げなる夫《をつと》の詰問、覚悟はしても轟《(とどろ)》く胸、夫人はジツと[四]押鎮《(おししづ)》め、蔵《かく》すはます〳〵道に有らねば　真《まこと》の事を打明けて　言ふより外《(ほか)》に詮方《(せんかた)》なしト思へど　流石《(さすが)》に躊躇《たゆた》ふ女気《をんなぎ》、やう〳〵に心を定め、[五]悪びれまじと思へども　いひ渋《(しぶ)》りいひ淀《(よど)》み　「里方に逃れがたい逼迫《ひつぱく》の入用《いりやう》が出来《しゆつたい》し　是非三十か四十ばかり用だてゝ貰ひたしと思ひがけぬ母の無心、時も時、年の暮、物入の多い折柄《(をりから)》に　一度のみならず二度の無心、申《(まう)》し上《(あげ)》るも余りと思ひ、済まぬ事とは存じながら　斯様《(かやう)》々々の手続にて　ワタクシの衣類をば先刻質屋へやりました　ト言ひかくるを聞《(きき)》も果《(はて)》ず　主人は乍《(たちま)》ち目の色変へ　「ナニ　質へやツた　質物にした、怪《(け)》しからん　不埒至極《(ふらちしごく)》　ト[六]破裂弾の破れし如き思ひの外《(ほか)》の激しき腹立《(はらだち)》、夫人は思はず[七]クワツとして　事の仔細を聴きもせず　[八]アンマリナと恨めしく、さりとて其身に[九]ヒケあれば　「お腹立は道理なれど　ドウゾお免《(ゆる)》しなされて　ト言はんとするを打消して　「詫《(わび)》さへすれば、よいと思ふか、財産は皆夫《をつと》のもの、仮令《よしんば》別であらうとも　[一〇]名誉は兎《(と)》に角《(かく)》同じことだ、手前が不埒《(ふらち)》を行へば　ツマリ[一一]乃公《をれ》の外聞不名誉、夫《をつと》の辱《はぢ》を[一二]仕出来《しでか》いて　御免《(ごめん)》なさいで済むと思ふか、二十五円は何の為《(ため)》に　何処《どこ》から取ツた　如何《どう》いふ金ト　若《(も)》し警察で

一　予想通り。
二　「立腹の様子で目に角立てて」（黒岩涙香『幽霊塔』明治三十四年）。
三　表面に現れないものを奥に持っていそうな。意味深長な。優位に立っているので、どのような反応をするか、手ぐすね引いて待っている。
四　冷静になろうと、気持を押さえて。
五　『言海』に「わるがる」は「わろびるニ同ジ」で、「わろびる」は「醜キ状トナル。臆シテ見苦シクナル。ワルビル。醜態」とある。
六　「此ほど小石川砲兵工廠にていろ〳〵研究の上発明新造されし破裂弾は敵中にて破裂する時は百尺の距離に居る者は皆な触れ斃さるゝほどのものなりと云ふ」（「破裂弾」『読売新聞』明治十八年十二月二十三日）。
七　「スベテ、ニハカニ怒リ立ツ体ニイフ語」（『日本大辞書』）。
八　「サリトハあんまりナ御心」（『日本大辞書』）。
九　「勝負ニ負クルコト。マケ。オクレ」（『言海』）。
一〇　質屋を利用することが妻の名誉となる場合もある。例えば、「細君の働き」（『読売新聞』明治十九年十二月十八日）は「反物を買ふ振をして出入の呉服屋を招き人知ず（ひとしれず）我衣類を質に入れ五十円余り調へ夫の洋服を新調」したことを美談として紹介する。
一一　『逍遙選集』の振り仮名は「おれ」。「おれ」を『言海』は「今、多クハ下輩ニ対シテ用ヰル」とし、『日本大辞書』は「今多ク下等人ノ口ニイフ」とする。→四六頁注八。
一二　『逍遙選集』では「仕出来して」。

調べたら　何といふ、何と答へる、下河辺が質を入れる、忽《たちま》ち世間へパッとする、乃公《をれ》の身分に係はる恥だ、実に怪《け》しからん　非常な不埒だ、一躰《いったい》手前が一三生意気だ、一四生兵法《なまびやうほふ》は大創《おほきず》の元《もと》といふが、生意気に少し計《ばか》り権利だとか財産だとか間違ツた事を聴《きき》かぢツて　自分の財産だト思ふだらうが……ヱ　そんな事は思はない、思はないものがナゼ黙《だま》ツて、ナゼ独断で抵当にした……ヱ　それだからおわびをする、詫《わび》さへすればそれで済むか、不名誉が消滅するか、馬鹿な話だ、知りもせん癖に権利だとか財産だとか……これだから一五女子と小人……所謂《いはゆる》猿智慧だ、乃公《をれ》は英国に久しくゐたが　英国にもこんな事は決してない、一六仏にもない、独逸《ドイツ》にもない……不都合極まツた話だ、擅《ほしいまま》に財産を持出すのみか　非常なおそろしい不名誉だ……ヱ　済まない、済まないは知れた事さ……ナニ　申《まう》し上《あげ》やうと思ツたけれど、ナゼさう思ツて相談しない……ヱ　申したツて出来なからう、出来なからうとは何だ、一七ダメだらうと如何《どう》して知ツた、手前は一八占者《うらなひしや》か、如何《どう》して知ツた、コリヤ聞《きき》たい、聞《きき》ませうよ……ナニ　切迫した急用だから……ヱ　いつ帰るか分らないから、昨夜現に居たではないか、ナゼ言はない、ナゼ相談をかけなかツた、前後矛盾した話だ、それに一日や一晩位《くらゐ》、延《のば》されんといふ事はなからう、ナゼ乃公《をれ》の帰りを待たんか……ヱ　今夜

一三　逍遥は、『賢女伝』の「緒言」（明治二十年）で、具体的な模範を示すことをしなければ、「生意気でもなく　因循でもなく　不活発過ぎるでもなく　学問を沢山して、しとやかに、優美に、恰ど真中を往くが宜いといふ」との「教訓」は「空なる」ものでしかないと批判する。

一四　「生兵法、なまものしり」（『いろは辞典』）。「生兵法大疵の基」とは「所謂生意気を慎めとの義なり」（高宮感斎『俚諺通解』明治三十二年）。

一五　「女子と小人とは養ひ難し」（花房柳条『文学淵源　故諺字典』）。もともとは『論語』陽貨篇を典拠とする。

一六　フランス。『逍遥選集』の振り仮名は「ふつ」。五七頁五行には「仏国」とある。

一七　『逍遥選集』は「ダメだらう」。

一八　「ウラナヒジヤ　ト者」（『和英語林集成』第三版）。『逍遥選集』の振り仮名も「うらなひじや」だが、『言海』『日本大辞書』は、「うらなひしや」に「占者」を当てて見出し語とする。

は泊るだらう、如何《どう》してさう仮り[一]定めた、コリヤ聞《きき》たい、是非聞かう……ナニ土曜日がどうしたと……ヱ　よく泊る、よく泊るのがナゼわるいか、ヱ　悪いとは決して思はん、思はないものがナゼいツた、ヱ　言はない、現に今言ツたではないか、前後矛盾した話だ、不埒千万な、失敬極まる、一躰……

我心に弱みあれば　夫人は幾たびも分解《いひわけ》[二]を言はんとしても言《い》ひ淀《よど》み、偶々《たまたま》[三]言へば言伏《いひふせ》られ、そんな無理なと思ふ程　平素《ふだん》の事まで胸に湧き、口惜さに息つまり、悲しさに舌縮み、目に溢れくる涙[四]の滝、泣くまいとハンケチ[五]にて押へても押へきれず、泣出したさを呑《のみ》こみ噛《かみ》しめ、ツイ怺《こら》へかねてむせび泣《なき》、嗚呼《ああ》言ひたいが言はれない、さう被仰《おツしやる》はアナタが無法、かういふ訳でかうだから　ワタクシも悪《わる》いけれど、一躰を言へばアナタもまたアンマリな事があります　ト口の端《はた》まで浮んでも　何《ど》れから先へ言ふべきか、纏《まと》まらねば口へは出ず、言ひたい議論も確かな証拠も山のやうにあるけれど、只《ただ》無茶苦茶に錯乱し、悲しさとクヤしさが只訳《ただわけ》もなく先にたち、沸《わき》[六]かへる情《じやう》に理は顛倒、言違《いひちが》へては[七]ヤリ込められ、言ひ伏せられてはクワツとして、幾百言《いくひやくげん》の言訳《いひわけ》に代るは涙ばかりなり

阿園《おその》は始終台所に　ションボリとして泣居《なきゐ》しが、フト耳に入る旦那の声、い

一『逍遙選集』では「仮りに」。

二「分解（一）トキワカツコト。（二）説キ明スコト。イヒワケ」（稿本『言海』）。『逍遙選集』では「弁解」。↓三七頁注二八。

三「マレニ。＝タマニ。＝タマサカニ」（『日本大辞書』）。

四「かき口説（くど）き、歎き弥（や）ます涙の滝」（曲亭馬琴『椿説弓張月』続編巻二、文化五年）。

五「［英語、Hand-kerchief ノ訛リ］西洋ノ手拭ヒ。方形デ絹、きやらこナド種種。＝ハンカチイフ」（『日本大辞書』）。

六 感情に溺れてしまい、理詰めの議論は、すっかり駄目になり。

七「やりこめる［俗］（他）遣込、いひこむる、いひかつ、緘口」（『いろは辞典』）。

つもには似ぬ腹立声《(はらだちごゑ)》、科《とが》[八]を持つ身は我事と　思へばつらく又怖《こわ》く、如何《どう》なる事と気にかけて　聞けば夫人の詫《(わ)》ぶる声、此身《(このみ)》の事から奥さまにまで　難儀[九]をかけては尚《(なほ)》すまぬ、皆ワタクシが悪い故　トあそこへ往《(い)》ツて詫《(わび)》やうか、お暇《ひま》の出るは屹度《きつと》なれど　お金を償《まど》へとおツしやツたら、何とせう如何《どう》せうト　また気にかゝる身の行末《(ゆくすゑ)》、下宿屋に在りしころ　買物にでゝウツカリと五[一〇]十銭の銀貨を失《な》くし　叔母に償《まど》ツて貰ひし時、どんなに叔母に折檻されしか、それを思へば身はふるへ、二十五円の大金と思ふたびに悚然《ぞつ》として　怖《こわ》さ悲しさ言訳《(いひわけ)》なさ、[一一]宇宙《うちう》を迷ふ心と共に身もあこがれ[一二]て　行くともなく、我れ知らず奥へゆき、襖《(ふすま)》の蔭に小さくなり　ウツトリ[一三]として立聞けば　夫人は半ば泣声にて、何事か淀みながら言ふを　言はせぬ主人の立腹　「ヱヽ講釈[一四]は聴きたくない、そんな事は百も承知、妻の権利がどうしたと、生意気な、囂《やか》ましい、ヱヽ失敬な、黙れと言へば」……

啜《(すす)》り泣《(な)》く夫人の声、立上る主人のけはひ……「コレ　誰《だれ》かゐんか[一五]　庄助[一六]を呼べ、コラ車を呼べといふに」……　玄関口にて罵る主人、駆出《(かけい)》づる書生の下駄音、表門の開く響、やゝ暫《(しばら)》くして忙急《あはたゞ》しく人力車を挽《(ひ)》き出《だ》す音、忽《(たちまち)》にして轆《(ろく)》[一七]々轆々《(ろくろくろく)》、夜の霜已[一八]に降り道凍[一九]りたれば　音《をと》冴えて遠くなり又遠くなり……陰《いん》に

八 罪、あやまち。「小供に大金を持たして夜中に出すといふが不心得だ」(四七頁一六行)と、巡査が言うようには居直ることができない。
九 底本と『国民小説』は「難義」。
一〇 銀貨は一円、五十銭、二十銭、十銭の四種類。
一一 「宇ハ天地四方、宙ハ古往今来」(『言海』)。『逍遥選集』では「中有」。
一二 さまよい出る。「アコガレル　狂浮」(『和英語林集成』第三版)。「あこがれる(自)　狂岩、狂浮、憧、こがれまよふ」(『いろは辞典』)。
一三 「気ヲ喪(ウシ)ナ(ナ)ヘル状ニイフ語」(『言海』)。「恍惚(夢の如き心地をいふ)」(『いろは辞典』)。
一四 「そんな講釈は聞かんでもいゝ。値段はいくらだ」(夏目漱石『吾輩は猫である』五、明治三十八年)。
一五 いないか。
一六 自家用人力車の車夫の名。
一七 「ろくろく(形)　轆轆(断えざるの義) Continual, constant」(『いろは辞典』)。
一八 底本は「巳に」。↓一六頁注二。
一九 道が凍って、音のエネルギーが吸収されにくいので、鋭く研ぎ澄まされた音が遠くまで伝わるが、その音が段々遠くなり。

籠りて鳴渡る《なりわた》一時の鐘の余波《なごり》[一]に混じ、いつしか車の音は消え、只《ただ》すゝり泣く女の声のみ耳元近く聞えたり

阿園はソッと襖を開け「モシ奥さま ト泣声にていひいひ向ふ[二]をさし覗《のぞ》けば、夫人はラムプへ背向《そがひ》[三]になり 目にハンケチを押しあてゝ 身を顫《ふる》はしつゝ泣きゐたり、頭を下げ手をついて ヲド〱と詫ぶれども 見かへりもせぬ夫人のつれなさ、阿園は又も胸迫まり 泣出《なきだ》したさを呑みこんで、恐る〱前へ進み、又頭をさげ手をついて「奥さま……モシ奥さま ト啜り泣き、夫人は聴かず 身を顫《ふる》はし、残忍な腹立声「エヽ彼方《あつち》へいきな と言へば、そこをチヤント閉《し》めるんだ ト言ひさして又泣居たり

阿園はワツと泣きたさを噛《かみ》しめて身を退《すさ》[四]り 怺《こら》へかねて片袖を顔に押当て啜り泣き、[五]コリズマに又おろ〱「まことに不調法[六]を致しました、ドウゾ御勘[七]忍……御勘忍なされて……奥さま……モシ奥さま……「エヽ そこを閉《し》めて置きな と言へば

小さき胸をつんざく[八]一ト声、夫人は急に立上り襖をピツシヤリ閉《し》め切れば、阿園がワツト泣伏す声、始めてハツト心づき「アヽ詫《わび》を言ひに来たのかト気がつかぬにはあらねども 身の現在の悲しさに、胸は溢《あふ》れ気は[九]ムシヤクシヤ、

一 逍遥の『自由太刀余波鋭鋒』(明治十七年)は、「じゆうのたちなごりのきれあじ」との読みが与えられている。
二 むこうを覗くと。
三 「そがひ…〔そ(背)むかひ(向)ノ義〕…後ノ方ヲ見セテアルコト」(『日本大辞書』)。
四 一〇頁五行と一三頁一二行での振り仮名は「さが」。
五 「不懲〔まハ助語、或云、懲リズ争(ズマヒ)ニ、ノ約カト〕前ノ失敗(シクジリ)ニモ懲リズシテ。シヤウコリモナク」(『言海』)。
六 「アヤマチ。疎忽」(『言海』)。
七 『逍遥選集』では「堪忍」。
八 「〔突キ裂ク、ノ音便〕突キテ裂ク。強ク破ル」(『言海』)。
九 稿本『言海』に、「むさくさニ同ジ」で、「むさくさ」は「(一)穢(ムサ)ク乱レテ。ムシヤクシヤ。(二)思ヒ煩ハシク。ムシヤクシヤ。煩悶」とある。

他人を思ふ[一〇]ヒマもなく　其儘《(そのまま)》そこに突伏して　身を揉《(も)》みもがき袖を嚙み[一一]　「ドウ考へてもアンマリな、無理でかためて出て行けと　言はぬばかりの今の言ひかた、ドウセ出[一二]される位なら　此方《こっち》から自分で出《で》る、外聞も世間も介意《かま》[一三]うものか、若《(も)》しそうなれば　父上《おとッさま》がお力落しと思へばこそ　幾たびも我慢して　ジット怺《(こら)》へて見たもの丶、モウ斯《(か)》うなれば為方《(しかた)》がない、何事も打明《(うちあけ)》て[一四]　アシタいッて宅《うち》へ話し、コチラから出てしまふ、外聞も何もか[一五]まうものかト坐蒲団《すはりぶとん》[一六]にしがみつき　泣きつつ口説きつつ身をふるはし、前[一七]後正躰ながき夜の白[一八]むも知らぬ歎きなり

いつしかに夜明を告《(つぐ)》る鶏《とり》の声々　し[一九]の丶めの薄明り　[二〇]はや戸の隙[二一]に著《いちじる》し、行《(ゆく)》末《すゑ》の頼みなき身は　新しく明けゆく空《そら》も何楽《なにたのし》[二二]み、力なげに起直《(おきなほ)》り、襟《(えり)》かきあはし姿をつくろひ、起《た丶》んとしたる足元へ　すべり落《(おち)》るハンケチは　幾千行の涙に湿《しめ》り、萎垂《しほた》れて色変れり、夫《をつと》[二三]が洋行せし年に買取《かひとり》し舶来品、洗ひざらして不断のハンケチ、これも我身の薄命に　似たと思へばムラ〳〵と　また湧きかへる無量の恨、我身も重く萎垂《しほた》れて　椽側のかたへ立出《(たちいづ)》れば　此処《こ丶》かしこにて繰《(く)》る雨戸、常《(つね)》は嬉しく聞く音にも　今朝《けさ》は心の浮きた丶ねど、通宵《よもすがら》泣明し　思ひ定めし決心は、今は益《ます〳〵》固くなり　愈《いよ〳〵》斯《(か)》うと心を据え、明日《あす》とも言はず今日《けふ》直《すぐ》

一〇 心の余裕。
一一 「もがく…苦ミ悶エテ、手足ヲ動カス。アガク。ノタウツ。悶躁」(『言海』)。
一二 離縁される。
一三 『逍遙選集』は「介意ふものか」。底本の仮名遣い「う」が間違っているわけではなく、音便表現。
一四 「(一)朝。＝サウテウ」(『日本大辞書』)。朝早く、実家に帰り、訳を話して。
一五 注一二の「介意うものか」と同様。
一六 『逍遙選集』の振り仮名は「ざぶとん」。
一七 前後正体が「な(無)」く、「長(なが)」き夜。
一八 「白む」「知らぬ」と、「しら」の音を重ね、リズム感を出している。
一九 「東雲…アカツキ。アケボノ。暁天」(『言海』)。
二〇 「既ニ。疾クニ。モハヤ」(『言海』)。
二一 『逍遙選集』の振り仮名は「すき」。
二二 何か楽しいことがあろうか、ありはしない。
二三 夫の土産ではなく、留守中に自ら買った高級な輸入品のハンカチーフ。ほんの一時、ささやかな贅沢ができたということだろう。↓五二頁注五。

に里方へ赴きて　一伍一什《(いちぶしじふ)》[一]を悉《(くは)》しく語り、表向きに離縁すべし　外《(ほか)》に為様《(しやう)》はなきものを　不実な夫《をつと》にいつまでか身を任せつゝ居《を》られうぞ　と決心してはわるびれず、貌色《(かほいろ)》は全く蒼ざめて　死したる人の如くなれど、泣腫《なきはら》せし瞼《まぶた》にも　今は涙の雫《しづく》はなし

雨戸を一枚繰りかけて　何物を見るともなく、夫人は庭を見つめたり、ダシヌケ[二]に忙急《あはたゞ》しく息をきツて駆け来る下女　「奥さま　奥さま　ト異常の音声、ギヨツとして見返れば　顔の色は灰の如く、唇は全く色を失ひ、目の色変《かは》り口を開《あ》[三]き、阿三《(おさん)》は向ふに突立《つゝた》てり

「井戸へ……井戸へ……　「ヱ　井戸がどうしたの　「阿園さんが……身を投[四]げて……

鳥歌ひ花笑ふ[五]楽しき春の朝《あした》といふとも、斯《(か)》かる忌まはしき報知《しらせ》を聞かば　惨憺たる朝《あした》とならざらんや、まして霜柱《しもばしら》物凄く　朔風[六]枯梢《(こせう)》を泣かしむる、裏枯《(うらがれ)》果《(は)》てし年の暮、不和、無情、憂愁、怨恨、暗涙のむらがり掩《(おほ)》へる苦痛の宿に、冷尽《ひへつく》しシヤチコバリ[七]凍れる如き孤児[八]の死骸……嗚呼《(ああ)》少女は何故《(なにゆゑ)》に身を殺せしか、袖袂より滴《(したた)》り落《(おつ)》る氷の如き冷たき水が　涙の形見を示せるのみ

＊　＊　＊　＊

一 一部始終。事の始めから終りまで。顚末。
二 「不意。=突然」(『日本大辞書』)。
三 『逍遙選集』の振り仮名は「ひら」。
四 生活範囲の狭い当時の女性にとって、井戸は、最も普通の自殺場所。「裏の井戸へ身を投(げな)やうと。そつと夜の十二時頃に忍んで庭口から泣(いな)て出る」(坪内逍遥『可憐嬢』第四回、初出「巣守の妻」では第三回)。

「裏の井戸へ身を投やうと」する少女
(『巣守の妻』明19)

五 「鳥歌花舞」(欧陽修「豊楽亭遊春詩」)。前途に希望を抱いていた阿園であったが、「たまきはる命しなねばこの園の花咲く春に逢ひにけらしも」(『良寛歌集』)というわけにはいかなかった。
六 「[北方曰二朔方一] 北風(キタカゼ)」(『言海』)。
七 がちがちに固くなって。『日本大辞書』は「しやちほこばる」を立項、用例として「死骸ガしやちほこばる」を掲げる。
八 『逍遙選集』の振り仮名は「みなしご」。

[九]其年の末の八日、夫人は離縁となり里へ戻りぬ、薄命なる少女が編《あみ》[一〇]かけし手袋は今尚《いまなほ》夫人の手に残れり、同じころ　阿園の叔母は其筋《そのすぢ》[一一]の嫌疑を受けしがやがて赦《ゆる》されて家に帰れり、彼《か》[一二]の金を奪ひしは叔母の情夫清五郎なりしとなり[一三]

翌年の春　下河辺は再び娶《めと》れり、後妻となりしは……阿三《おさん》の噂せし毛色の変ツた囲者《かこひもの》……曾《かつ》て同人の跡[一四]を慕ひ仏国[一五]より来りし婦人なりとは

九　十二月二十八日。
一〇　第一回末尾の「あみかけた毛糸物」(一七頁八行)と照応。夫人あての遺書が残されていて、そこに手袋のことが、あるいは、記されていたか。
一一　警察。
一二　あの金。『逍遙選集』の振り仮名は「か」。
一三　『逍遙選集』は「なりきとなり」。
一四　『舞姫』のモデル視されるドイツ女性が森林太郎を追って来日したのと同様の事例は、他にもあったようで、「友人であり、専門学校の教師仲間である有賀長雄の家庭内の事情を暴露したものだという」「評判が立った」(稲垣達郎・岡保生編『座談会 坪内逍遙研究』昭和五十一年での柳田泉の発言)。
一五　阿三が噂した(一四頁五行)通りの、文字通り、毛髪の色がちがっている婦人。

スコット原著
坪内逍遙訳

春《しゅん》風《ぷう》情《じょう》話《わ》

青木稔弥 校注

〔**底本**〕明治十三年四月出版の初版第一編（第二編以降の発行はない）。青木稔弥蔵本を底本とし、早稲田大学演劇博物館蔵本の複刻版『明治初期翻訳文学選』（昭和五十三年、雄松堂）所収本と、左記諸本の複刻版を参照した。

〔**諸本**〕『明治文化全集』「翻訳文芸篇」（昭和二年初版、同四十二年複刻）所収と『逍遙選集』別冊二（昭和二年十二月初版、同五十二年複刻）。

〔**原文**〕サー・ウォルター・スコット（Sir Walter Scott）の『ラマームーアの花嫁 *The Bride of Lammermoor*』（一八一九年）。逍遙が使用した版は確定できないが、翻訳本文に影響するほどの本文異同はない。注釈には、Everyman's library 版を利用し、適宜、Edinburgh edition of the Waverley novels の J. H. Alexander による本文校異と注釈（一九九五年）を参照した。

〔**梗概**〕「ウェーバリー小説群（Waverley novels）」の総称でよばれているスコットの歴史小説の第八作の翻訳だが、全三十五章の第二章（Chapter 2）から第五章（Chapter 5）の途中までを訳した第一編のみで中絶。

第壱套　スコットランド南東、イースト・ロージアン（East Lothian）にあるレイヴンスウッド（Ravenswood）の城と領地はかつて同名のレイヴンスウッド家のものであったが、一六八九年の名誉革命で大きく負けを取り、今はアシュトン（Ashton）家の支配下にある。物語は憤死したレイヴンスウッド家の当主アラン（Allan）の葬礼が掌璽官であるウィリアム・アシュトン（Sir William Ashton）の意を体した役人の妨害を受けることに始まる。喪主である息子のエドガー（Edgar）は断固とした態度で強行し、参列者の前でアシュトン家への復讐を誓う。

第二套　翌日、ウィリアムは報告を聞き、告訴も考えたが、レイヴンスウッド家の復讐の歴史が脳裏をよぎり、保留する。心優しい穏和な愛娘のルシイ（Lucy）と散歩に出たウィリアムは配下の森林の番人ノーマン（Norman）からエドガーの秀でた武芸と武勇伝を聞かされる。

第三套　ルシイの勧めで、レイヴンスウッド家に仕えた老婆アリス（Alice）を訪ねたウィリアムは、忠告を受け、レイヴンスウッド家の恐ろしさを痛感する。

第四套　アリスの家からの帰り、暴れ牛に襲われたウィリアムとルシイは、危機一髪で見知らぬ若者に助けられる。二人きりになった何かいわくありげな若者とルシイの間には愛が芽生えそうな気配である。

〔**校注者付記**〕底本の版面上部にある訳者による注釈は、〈　〉内に小字で、本文の該当箇所に示した。

春風情話　序

[一]春風のそよ〳〵と吹《ふき》わたれば[二]　[三]空の色もいつしかとけしきばみて　[四]四方の梢そこはかとなう打《うち》けぶり　[五]雪間の草もわかやかにもえ出《いで》　[六]をちこちの山のは青みわたり　うらゝかにかすみそめて　おのづから心のびやかにおぼゆるを　まして[七]柳のまだまゆにこもりたるがゆら〳〵と動くなどは　[八]みどり子が[九]ふりわけ髪かとあやまたれ　うめの花のさかりなるが枝も[一〇]しみゝに咲《さき》みだれたる　にほひある雪かと疑はれて　いとも〳〵をかしう[一一]けうあり　さればこのたちかはりゆくけしきを見ば　[一二]なべての人心の　谷間の水[一三]とぢこもりむすぼゝれたらむも　深みどり色[一四]そはりゆく池の面のごとくとけわたりて　おもしろくのみこそなりもてゆくめれ　かくて後[一五]　物おもひなき身の花によろこび　なさけあるこゝろの月に楽しみ　時につけをりにふれつゝよろこび楽しみつぎ〳〵にいでくめれど　立《たち》かへりて其《その》はじめをしもおもひめぐらせば　たゞ[一六]春風の誘ひみちびくによりてなりけり　こゝに[一七]我友《わがとも》橘のぬし　こたび春風情話といふ書をしも物せられたるが　その[一八]原《もと》つふみは　英吉利《イギリス》といふ国のくに人[一九]蘇格《スコット》といふ人のあら

一「春風がそよ〳〵と、福は内へとこの宿へ、鬼は外へと梅が香かをる、オヤ雨か、雪か、まゝよ〳〵、今夜もあしたもゐつづけせう、生姜酒」という本調子の小唄がある。→補一。　二 序文に濁点は全くない。校注者が補ったもの。以下も同様。→凡例。　三 小川為次郎(→六二頁注一五)自身のものかどうかは不明だが、底本では筆跡がそのまま印刷に付され判読し難い所もあるので、先行する二種の翻刻、『明治文化全集』「翻訳文芸篇」(昭和二年十月)所収のものと『逍遙選集』別冊二(同年十二月)所収のものとの間に本文異同がある。おおむね後者が正しい。この部分、前者は「野の色」と翻刻し、常套的表現からはずれる。「空ものどかにそよ〳〵と」(長唄「梅の栄」)。　四「四方の梢そこはかとなうけぶりわたれるほど」(『源氏物語』「若紫」)。　五『明治文化全集』では「雲間の草」。　六「遠近、あなたこなた」(高橋五郎『漢英対照 いろは辞典』明治二十一年)。　七「柳などをかしきこそさらなれ、それもまだ繭に籠もりたるはをかし」(『枕草子』「三月三日は」)。　八「みどりこ(名) 嬰児、孩子、赤子、あかご、ちひさきこ」(『いろは辞典』)。　九 男児・女児の髪型の一。「ふりわけがみ(名) 振分髪、放髪(頭上にて二つに分ちたる髪)」(『いろは辞典』)。　一〇 よく茂って。　一一 興。おもしろみ。　一二『明治文化全集』では「すべて」。　一三 氷が張って固くなることと思い屈し鬱になることとの両意を掛ける。　一四 色が添わりゆく。色が濃くなってゆく。　一五『明治文化全集』は「浮」。『逍遙選集』別冊二は「のち」。　一六「吹く春風に誘ひくる」(常磐津「松の羽衣」)。　一七 小川為次郎は「橘槐二郎君の舎兄顕三君の友人であった」(高田早苗『半峰昔ばなし』昭和二年)。→七〇頁注二。　一八 原文。『ラマームーア

はしゝものにて　いろ〳〵おもしろく　題の名におふ春風の吹《ふき》そむるあしたより　野山の青みわたれる　[一]梅のはなのかぐはしき香にゝほひ　柳の露の玉と光れる　鶯の初音の[二]えんにをかしきなど　かぞへあげむもなか〳〵つたなき筆に尽すべうもあらずなん　さるを　橘のぬしの[三]たへなる筆もて見るが如くに訳し物せられたれば　青みわたれる野山より　梅のにほひ香《かをり》　柳の露の玉なせる鶯の音のをかしきも一きはたちまさりて　めづらかにもおもしろくも[四]あんなるは　いとも〳〵いみじう[五]おむがしきわざになむ　かゝれば　[六]ながめかきくらす夏の日　み雪降積《ふりつも》る冬の夜など　このふみうちひらきよみ見ば　[七]思ひくしむすぼゝれたらんこゝろも　[八]春風吹わたりて池の氷をとくらむやうに　おのづから[九]はるけゆき　楽しさいはむかたなかるべし　[一〇]此にこれらをこそ　[一一]みやきひくあづさのやまの梓《あづさ》[一二]にゐりて　[一三]をのゝえのながきよにつたへむにはあらまほしきふみといふべけれ

[一四]明治十三年の四月　[一五]小川為次郎しるす

の花嫁』(一八一九年)。→六三頁注一七。

一九 Walter Scott(一七七一―一八三二)。イギリスの小説家・詩人。エジンバラ生まれ。『湖上の美人』『ミドロージアンの心臓』『アイバンホー』などの作がある。

以上六一頁

一 梅の花が芳しい香りで匂い。

二 つややかで風情があり。

三 巧妙なる。

四 動詞「有り」に断定の助動詞「なり」の連体形がついた「あるなる」の音便形。

五 形容詞「おむがし」の連体形。よろこばしい。『逍遙選集』別冊二では「をかしき」。

六 「眺め」と「長雨」を掛ける。長雨が降って陰鬱な気分になる夏の日中。

七 思い屈し。陰鬱な気分で閉鎖的な心も。

八 「袖ひぢてむすびし水のこほれるを春立つけふの風やとくらん」(『古今和歌集』春上・紀貫之)。

九 晴れてゆき。　一〇 『明治文化全集』では「げに」。

一一 『千載和歌集』羇旅歌に「あづさの山にて」詠んだ能因法師の歌「宮木ひくあづさの杣をかきわけてなにはのうらをとほざかりぬる」がある。

一二 出版して。「梓」は板木。

一三 仙人の囲碁を見物している間に斧の柄が腐るほど長い年月が過ぎていたという『述異記』(斉の祖沖之撰)にある晋の王質の故事により、「斧の柄の長き」と続けた。

一四 奥付に「明治十三年三月十六日版権免許　同年四月出版」とあるので、出版間際の執筆ということになる。

一五 嘉永四年(一八五一)―大正十四年(一九二五)。→補二。

一六 当時の用法としては、文学者に近い。

一七 Sir Walter Scott が執筆した *The Bride of*

春風情話　附言

この書《ふみ》は英国《あいこく》の文章家《ぶんしやうか》[一六]公《ソル》、[一七]欧垂、蘇格《オレータルスコット》のものしたるランマルムールといふものにて　[一八]むねとは[一九]エドガル烏　林《レベンスウード》といふものと[二〇]瑠紫《ルシイ》といふ女のことをしるしその物語《ものがたり》[二一]　[二二]因果応報《いんぐわおうはう》のことわりにもとづき　人情《にんじやう》のこまかなるふしぐ〳〵　[二三]世の手ぶりのさまぐ〳〵なる[二四]けぢめをも　あはれにをかしく取《とり》なし　[二五]心ゆくばかりに書《か》き写《うつ》して　いとも〳〵おもしろき双紙《さうし》なり　かつその書《かき》ざまもすこぶる我国《わがくに》にてもてはやす[二六]伝記《でんき》小説《せうせつ》に似たれば　これを読み見ん人は　[二七]八重《やゑ》の汐路《しほぢ》をへだて　よろづのさまことなる国にても　[二八]物のあわれの[二九]いたりふかきくまはなほたがへることなくて　そをうつせる小説《せうせつ》の類《たぐひ》も　[三〇]じねんにおもむきをおなじくせるを知りぬべし　ことにこの書《ふみ》は同氏《どうし》[三一]の著述《ちよじゆつ》おほきが中にも　とりわけすぐれたる名あるものにて　いはゆる[三二]悲壮《ひさう》《ツラヂジー》の躰《てい》とて　悲哀《ひあい》をもて一篇《いつぺん》の主意《しゆい》とし[三三]言葉《ことば》の花《はな》ことにうるはしく　[三四]筆《ふで》の文《あや》もいとめでたく　その[三五]こゝろむけの巧《たくみ》なるにいたりては　げに[三六]一唱三嘆《いつしやうさんだん》の妙《めう》ありとやいふべからん　されど僕《おのれ》がつたなき筆《ふで》もて書《か》きうつしつれば　今《いま》は[三七]金玉《きんぎよく》の声《こゑ》も[三八]瓦礫《ぐわれき》の響《ひゞき》とかわりゆきたらんと

Lammermoor. →六一頁注一八・一九。

一八 主として。

一九 Edgar Ravenswood. 以後「レベンスウィード」と「レベンスウード」の振り仮名が混在。

二〇 Lucy. 以後「ルシイ」の振り仮名が大半だが、六六頁・六九頁では「ルシー」。

二一 →補三。　二二「小説の旨とするところは専ら人情世態にあり…人の世の因果の秘密を見るが如くに描き出して見えがたきものを見えしむるを其本分とはなす」（『小説神髄』「小説総論」）。

二三 世の中のならわし。世間のしきたり。

二四 相違。区別。　二五 十分満足するまで。

二六「時代小説」の意味で使用。曲亭馬琴の『椿説弓張月』や『南総里見八犬伝』が念頭にある。『逍遙選集』別冊二で「伝奇小説」と改変。

二七 はるかな海路。「八重の潮は霞籠め、蓬が島にや通ふらん」（『新曲浦島』明治三十七年）。

二八 →補四。

二九「何のいたり深き隈（くま）はなけれど」（『源氏物語』「若紫」）。「くま」は奥まって隠れた所。

三〇「おのづから」（『いろは辞典』）。

三一 スコットには二十六編の長編小説がある。

三二 悲劇。逍遙は『小説神髄』「小説の変遷」で、「悲壮体の伝奇小説もとより我が国にも多くあれども其実ありて其名な」し、と言う。

三三 美しく華やかな言葉。

三四 文章の技巧、言い回し。

三五 発想。着眼。　三六「ひとたびとなへみたびなげく（詩文章をほむる詞）」（『いろは辞典』）。逍遙は、その変形である「一読三歎」の語を『当世書生気質』（明治十八―十九年）の角書に用いた。

三七「金玉の声玲瓏たり」（『太平記』巻四）。

三八「美玉を瓦礫の下に列せむとする」（『小説神髄』「小説の変遷」）。

いとはづかし

僕《おのれ》　この書《ふみ》を訳《うつ》すに　原書《もとつふみ》のまゝにてはなかく〳〵にきゝにくゝさとりがたきふし[一]はたおほければ　その[二]大意《たいい》をのみ訳《うつ》しとりたるも[三]かつぐ〳〵あり　しかはあれど　[四]後段《こうだん》の伏案《ふくあん》　前章《ぜんしやう》の照応《せうおう》とも見ゆめる所にはかならず心《こゝろ》を用《もち》ゐて　一字《いちじ》一句《いつく》といふともおろそかにせず　また言葉《ことば》も幼童《をさなきひと》のこゝろゑやすからんをむねとしつれば　ひたすらに[五]めやすく耳ぢかきをゑらびとり　[六]あらたに画図《ぐわと》をさへ添へて　文中《ぶんちゆう》の心《こゝろ》をしらしむる助《たすけ》とこそはしたれ　されどその画図《ぐわと》は　僕《おのれ》が[七]さかしらもてつくり出でたるものなれば　文中《ぶんちゆう》の意味《いみ》とはいたくたがへりの疑《うたがひ》をおこし　[八]うちかたぶきをこづく人も[九]かつはありなめど　そはかゝらんすぢ[一〇]ものせんには[一一]さりがたきしわざぞと　みゆるしたまひねかし

この物語《ものがたり》は蘇格蘭《スコツトランド》といふ王国《わうこく》にてありしことなり　そも〳〵蘇格蘭《スコツトランド》といふは　大英島《ダイエイタウ》の北部《ほくぶ》にありて　むかしは独《どく》立したる王国《わうこく》なりしが　[一二]一千六百年の頃《ころ》よりはじめて英吉利国《イギリスコク》と合併《がふへい》して　そが[一三]政《まつりごと》をうくることゝはなれり　こは今《いま》の世《よ》の幼童《をさなきひと》はたれも〳〵いとよくこゝろゑたることなれど　[一四]なほとをにひとついぶかしくおもはん人のためにとて　かくは[一五]驚《おどろか》しおくにこそ

[一六]訳者識

一「はた」は、やはり。

二実際の翻訳は、全体として見れば逐語訳に近いが、大幅に省略したり、固有名詞を省略したところがある。

三どうにかこうにか。とりあえず。

四↓補五。

五翻訳の文体としては読本のスタイルを踏襲しているので、白話語彙が多く、その漢字表記は一般の人々に馴染み深いものではないだろうが、その漢字のほぼすべてに付された振り仮名は口語に近く、耳近いものとは言えるだろう。

六口絵、挿絵の類は独自の判断で作製したとするが、疑問が残る。各挿絵に付した注参照。

七賢しら。利口ぶってのおせっかいで。

八疑問視し、馬鹿げたもののように思う。

九一方では。

一〇ある動作をする。ある物事を行う。ここでは翻訳する。

一一避けがたい。

一二ジェームス六世(一五六六-一六二五)。「一六〇三年…メレーの子ゼームス第六世王　蘇国より英民に迎えられて英国王となりゼームス一世と称せられ　此に於て乎英蘇合併して一王国となれり」(坪内雄蔵講義『史学』「近世史」明治二十年)。↓七三頁注二〇。

一三支配を受ける。

一四明治五年(一八七二)の「学制」、明治十二年(一八七九)の「教育令」による義務教育の普及によって、世界地理、歴史の大概は、幼い世代なら知っているという前提だが、無理があることは逍遙も承知していて、十人に一人ぐらいは知らない人もいるだろうから、と続けた。

一五注意を喚起する。

一六「訳筆を執ったのは明治十二年の冬季休業の

春風情話第壱篇目次[一七]

第壱套[一八]
　紅涙霑(うるホス)レ襟(ふるどりでノユフベ)古堡ノ夕[一九][二〇]
　白刃閃(ヒラメク)レ空葬(ハフル)ニ場(ハ)ノ曉(アカツキ)
　弾レ琴(シテ)瑠(ル)シー紫(そじ)ル吐ニ哀情一
　寄レ猟(セテニノルマン)騎(そジ)ル曼(マン)譏(ル)ニ文弱一

第弐套[二一]
　説ニ山水少婦(ヒテ)誘ニ家君一[二二]
　弁前轍(タラチワ)老(ゴルッカサ)嫗誡ニ驕吏一

第参套[二三]
　飛(とばシテ)銃丸壮夫救ニ危窮一[二四]

第四套[二五]
　没ニ山井一妖婦遺ニ禍孽(わざはひ)一[二六]

目次終

[一七] 原文にない目次を付するのは、読本のスタイルでもあるが、出版書肆の意向が大きく作用していると考えるべきであろう。
→補六。
[一八] 第壱套は原文の第二章に該当。
[一九]「紅涙」は血の涙。
[二〇] 七一頁六行・七六頁九行の「古堡」の振り仮名に拠る。
[二一] 原文第三章に該当。
[二二] 原文第四章に該当。
[二三]「家君(かくん)」は一家の長。自分の父。「タラチヲ」は父親。元々は母親を意味する「たらちね(足乳根・垂乳根)」が両親の意味で使われるようになり、「たらちめ(母)」「たらちを(父)」という区別する語が生じた。
[二四] 原文第五章に該当。
[二五] 人間を惑わす、なまめかしく美しい女性。
[二六] あえて訓読みすれば「わざはひ」だが、対句になっている「危窮」は「ききう」である可能性が高いから、音読みすべきであろう。

間(病兄看護の片手間)という…報酬は第一篇だけで十円か十五円であったという…先生の語るところによれば、この訳の刊行は全く偶然で、始めから出版する意図に成ったものではなかった。これが出版となったのは、いずれかといえば、小川氏の校閲や橘顕三の名などが効目を見せたからであったらしい」(柳田泉『若き坪内逍遙』昭和三十五年)。

巻中姓氏目次[一]

〔国王〕惹迷斯《ゼームス》[二]　〔貴族〕公《ソル》[三]、維廉《ウヰリヤム》、阿朱遁《アシュトン》 掌璽官[四]と称す、阿朱遁は姓、維廉は名なり、 阿蘭《アルラン》[五]、烏林《レベンスウイード》 阿蘭は名、烏林は姓、 令門士《レイモンド》[六] 公《ソル》[七]、惹爾児錠心《ジョルジロックハート》 錠心は名、惹爾児は姓、 〔武士〕威童苅《エドガル》[八]、烏林《レベンスウイード》 姓名共順序前に同じ 約翰《ジョン》[九]、知須令《チスレイ》 〔猟官〕騎曼《ノルマン》[一〇] 〔婦人〕正室《レディ》、阿朱遁《アシュトン》 正室は婦人の尊称にして、爰に令室、阿朱遁といへるは、恰も我国にて北条の奥方[一一]といへるに同じ、 瑠紫《ルシー》[一二]、阿朱遁《アシュトン》 阿朱遁は姓、瑠紫は名なり、譬ば[一三]北条時姫といふにおなじ、 蟻巣媼《アリスノウバ》[一四]　雅児《ベビー》[一五]　妖婦 獰夜奴《ネイヤド》[一六]　〔僧〕除鬼霊《ジャケレイ》[一七]

姓氏目次終

一 原文にも『花柳春話』にも、このような「姓氏」一覧はない。ここでは、口絵の登場人物紹介をも含めて、合巻・読本のスタイルに倣っていると考えるべきだろう。
二 James. 七三頁三行に登場。
三 Sir William Ashton.
四 Lord Keeper の訳語として採用。「掌璽官」は正確には「Lord Keeper of the seales」(J. C. Hepburn『和英語林集成』第三版、明治十九年)で、seal は王・領主などが公文書に使用した印章。→六八頁注一。
五 Allan Lord Ravenswood. 七一―七五頁に登場。
六 Raymond. 一二一―一二六頁に登場。
七 Sir George Lockhart. 一一四―一一五頁に登場。
八 Edgar Ravenswood.
九 John Chiesley. 一一四―一一五頁に登場。
一〇 Norman. 九五―一〇〇頁に登場。
一一 北条時政の後妻、牧の方を想定。時政は牧の方と謀って将軍源実朝を廃し初代執権となった。逍遙には戯曲『牧の方』(明治二十九―三十年)がある。
一二 Lucy Ashton.
一三 浄瑠璃『近江源氏先陣館』(近松半二・八民平七・松田才二・三好松洛ら合作。明和六年〔一七六九〕初演)、『鎌倉三代記』(近松半二作と推定。天明元年〔一七八一〕初演)の人物。北条時政の娘。
一四 Alice. 一〇五―一一六頁に登場。
一五 Babie. 一〇八頁に登場。
一六 Naiad. 一二一―一二六頁に登場。
一七 Father Zachary. 一二二―一二五頁に登場。本文中の表記は「邪鬼霊」和尚」。

威童苅《エドガル》鳥林《レベンスウイード》

人呼《テ》称《ス》二 一八鳥林《レベンスウイード》の長《ワサト》一

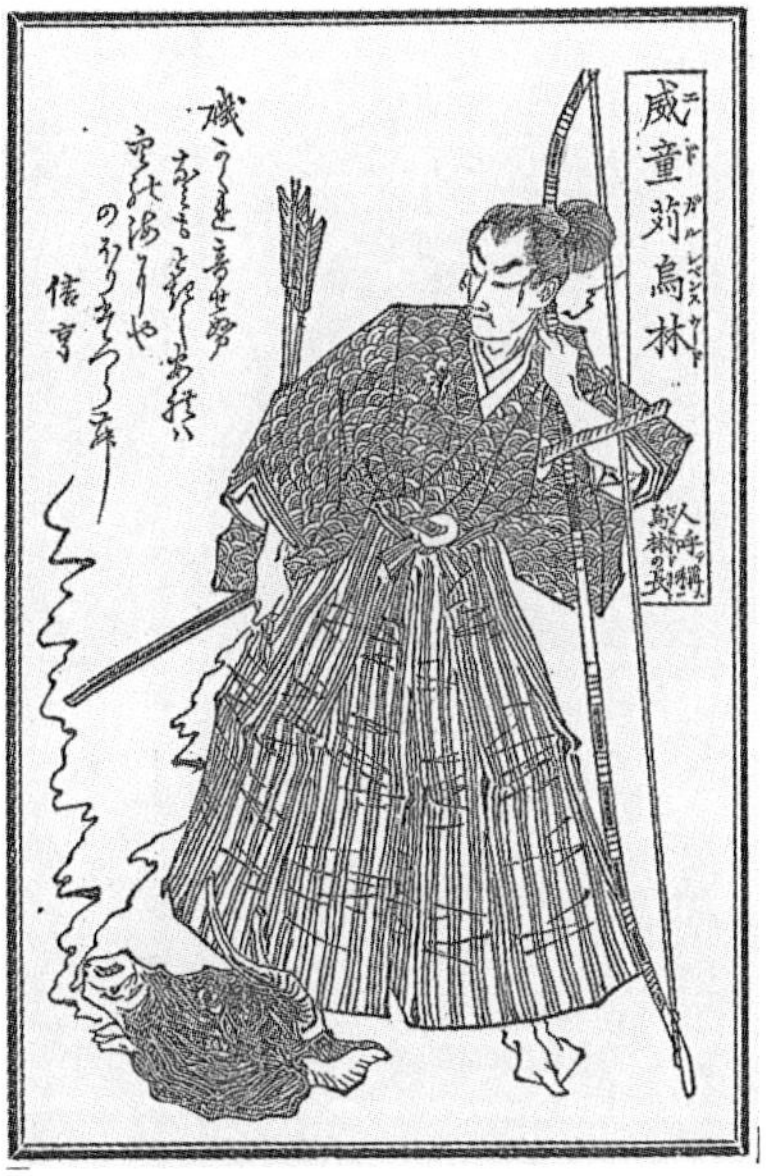

一九磯がくれ　音せぬ

なみも　ときしあれば

空の海にや

のぼりたつらむ

二〇信亭

一八 the Master of Ravenswood.

一九 出典不明。磯に隠れ音のしない波も時が来れば空の海に昇り立つことだろう。今は不遇だが、才能を発揮できる時節になれば、大空高く羽ばたくだろう。「空の海に雲の浪たち月の舟星の林にこぎかくる見ゆ」(『拾遺和歌集』雑上・柿本人麿。『万葉集』巻七では「天の海に…」)。

二〇 不明。

絵　足下に牛の頭がある。第四套の情景。ただし、江戸時代風にしたために、持っている武具が異なる。

一　掌璽官《シヤウジノツカサ》
維廉阿朱遁《ウヰリヤムアシユトン》
令門士《レイモンド》
妖婦獰夜奴《ネイヤド》
蟻巣《アリス》の媼《ウバ》

絵　口絵は両端の人物が対話する第三套の場面に、第四套で回想される中央の二人の邂逅が重ね合わせられた形になっていて、「妖婦」との表現は、例えば、『南総里見八犬伝』での玉梓の里見家への呪いがそうであるように、子々孫々まで災いが及ぶことで、よりふさわしくなる。

一　挿画部分で「掌璽官」に付される振り仮名は「シヤウジヅカサ」（八九頁）、「シヤウジツカサ」（一〇六頁・一一九頁）と、小異があるものの、「官」を「ツカサ」もしくは「ヅカサ」とする点は共通する。本文部分は一貫して「しやうじくわん」で、「官」は「くわん」と読ませる。

瑠《ル》紫《シー》阿《ア》朱《シュ》遁《トン》

応需[二] 季参[三]

二 依頼者から特別な注文、要請があったこと、即ち「応需がき」であることを明記したもの。自序の「あらたに」「さかしらもてつくり出でたる」「画図を」「添へ」たと符合する。→六四頁注六。
三 年参。号は亭斎。月岡(歌川、大蘇)芳年の門人。菊亭香水『世路日記』(明治十七年)や三遊亭円朝『牡丹燈籠』(同年)などの挿絵を執筆。

絵 木村毅「翻訳文学雑考」(『早稲田文学』大正十四年七月)に「挿絵には芝居の照手姫でも見るやうな花簪の満艦飾の美人」との評がある。

春風情話第壱篇[一]

英国　ソル、ヲルタル、スコット　原著

日本　橘[二]顕三　訳述

第壱套

紅[三]-涙霑《ス》レ襟《ヲ》古-堡《ノ》夕
白-刃閃《メク》レ空《ニ》-葬-場暁

[四]聞道《きくならく》、[五]往昔《そのかみ》「蘇格蘭《スコットランド》」州《しう》の[六]東《ひがし》、「魯志安《ロシアン》」の山陰《さんいん》なる、要衝《えうしよう》の地《ち》に「鳥林《レベンスウード》」と云ふ一箇《ひとつ》の堅城《けんじやう》あり、これが城主《じやうしゆ》の名《な》は、同《おな》じく「鳥林《レベンスウード》」と呼《よび》て、遠《とほ》き上《かみ》つ世《よ》よりその系統綿々《けいとうめん〱》として断《た》えず、[七]家門《かもん》富み栄《さか》えて、[八]平彪武《ヘイヒユーム》、[九]素因遁《スヰントン》、[一〇]道暗《ダウグラス》、なんど呼《よ》ばるゝ当国《たうごく》の名高《なだか》き豪族《がうぞく》と、[一一]累世《るゐせい》[一二]秦晋《しんしん》《あんぐみ》の縁《よしみ》を結《むす》び、権勢《けんせい》肩を並ぶるものなく、世《よ》に知《し》られたる門閥《いへがら》なり、但《たゞ》し這些《これら》の豪族の[一三]興廃存亡《こうはいそんばう》につきては、云《い》ふべき事も少からねど、[一四]そは大方《おほかた》「蘇《ソ》国《コク》《スコツトランド》」の[一五]青史《せいし》に載《の》せて委細《つまびらか》なるゆゑ、[一六]今《いま》はくだ〱しきを厭《いと》ひて省《はぶ》きつ、さて這《こ》の「鳥林《レベンスウード》」の古城《こじやう》といへるは「[一七]蘇格蘭《スコットランド》」の南東《みなみひがし》に位《くらゐ》して、「[一八]丸巣《マルス》」山《ざん》と「魯志安《ロシヤン》」山《ざん》の間《あひだ》にあり、要害《えうがい》堅固《けんご》の城地《じやうち》なれば、[一九]内乱外患《ないらんぐわいくわん》の度毎《たびごと》に、敵《てき》の勝敗《しやうはい》、味方《みかた》の存亡《そんばう》、すべて此地《このち》

一　「風吹き烏的生活が祟りをなして十五年の卒業試験に落第し、これではならんわいとやゝ真面目になりかけた時分の試訳が二種あつた。其一が『該撒奇談』であり、其二がスコットの『ブライド・オブ・ランマームーア』一部分の訳である」(坪内逍遙「回憶漫談」『早稲田文学』大正十四年七月)。

二　「在学中の出版であつたので、故橘顕三氏(静二氏の父)の名を借りて、『春風情話』といふ題名で世に出した」(坪内逍遙「回憶漫談」)。「午後赤坂表三丁目橘静二へ哀悼、父顕三の死」(「逍遙日記」大正六年四月十一日の条、『未刊・逍遙資料集』一、一九九九年)。↓六一頁注一七。

三　送り仮名、振り仮名等、目次部分との異同が散見する。原文には対句風の題目の代わりに、『ヘンリー六世』第二部の一節がある。

四　聞いていることには。「ならく」は伝聞推定の助動詞「なり」のク語法。

五　原文は in former times. ↓補七。

六　原文は East Lothian.「東魯志安」とすべき。

七　原文には a race of powerful and warlike barons とあり、有力であること以外に好戦的な家柄であることが明示されている。

八　原文は Hays と Humes で、二つの家の名。

九　Swintons. 底本の振り仮名は「スサントン」。

10　Douglasse.　一一　代々。世々。

一二　原文は had intermarried with. 中国春秋時代の秦・晋の両国が世々婚姻をなしたことから婚姻関係を持つ意に用いる成語。「秦晋　秦国ト晋国ト世(よ)、婚姻ヲ為ス」(璩崑玉『古今類書纂要』享保十四年)。一一七頁一二行には「いもせ」の振り仮名がある。「晋秦の好(よしみ)」(曲亭馬琴『椿説弓張月』前編巻二、文化四年)。

一三　「興廃存亡」の原文は feats.

の得喪《とくさう》にありて、しば〳〵戦争の衢《ちまた》となり、敵軍《てきぐん》のこの城を攻《せ》め囲《かこ》みしことも多《おほ》かりしが、[二〇]城兵毎《じやうへいつね》によく之《（これ）》を守《まも》り[二一]をさ〳〵敗《やぶれ》を取りしことなかりき、さるに[二二]千六百年の中頃《なかごろ》より「烏　林《レベンスウード》」の家門漸次《かもんしだい》に衰微《すゐび》なし「英国《エイコク》《イギリス》」[二三]大変革《だいへんかく》の時に及びては、城主《じやうしゆ》の権勢《いきほひ》いよ〳〵衰《おとろ》へ、この要害《えうがい》を保《たも》つことあたはず、遂《つひ》に累《るゐ》代住馴《だいすみなれ》し山間《さんかん》の古城《こじやう》を捨てゝ、[二四]久後什麼《ゆくすゑいか》に定《さだ》めなき「日耳曼海《ゼルマンカイ》」の海岸《かいがん》なる[二五]「聖阿部《セントアツブ》」の大岬《みさき》と「眼口《アイマス》」村《そん》の間《あひだ》なる、[二六]いと僻幽《へきゆう》なる古堡《ふるとりで》へ退去《たいきよ》してぞすまひたる、時《とき》に城主《じやうしゆ》の所有《しよゆう》たる荘園《さうゑん》とては、唯《たゞ》この地《ち》に属したる[二七]荒邈《くわうばく》たる牧場《ぼくじやう》の存《そん》するのみなりき、さりながら、時の「烏　林《レベンスウイード》」侯《コウ》は[二八]生《うま》れ得《え》て心性猛《こゝろざまたけ》く、不敵の人なれば、[二九]偺《か》く其家門衰微《そのかもんすゐび》して、権勢往昔《いきほひむかし》に同じからぬも、聊《すこし》も屈する色なく、[三〇]一千六百八十九年の騒乱《さうらん》には、又[三一]弱《じやく》を扶《たす》け強《きやう》に抗《かう》し、屢々《しば〳〵》合戦に及びたりしが、運命拙《つたな》く竟《つひ》に戦負《たゝかひま》け、辛《から》くして原《もと》の領地は失はざるも、その[三二]家名《かめい》は痛《いた》く擯斥《しりぞけ》られ、遂《つひ》に爵位《しやくゐ》さへ奪《うばゝ》れて見《み》る影《かげ》なき体《てい》に零落したりけり、かゝりしかば　[三三]是《これ》より後《のち》は城主《じやうしゆ》の昔《むかし》を偲《しぬ》び、こを慕《した》へるにあらざれば、城主《じやうしゆ》をたゝへて初《はじ》めのごとく「烏　林《レベンスウード》」の侯《きみ》といふものなかりけり、偺而《かくて》「烏　林《レベンスウード》」は不幸にして戦負《たゝかひま》け、かゝる恥辱《ちじよく》を蒙《かうむ》りしに、其心術《そのこゝろざま》の驕《おご》れること　なほ昔《むかし》に異《こと》ならず、家《いへ》の衰微《すゐび》の源《みなもと》を、偏《ひと》へに一個《いつこ》の人に帰《き》して之を怨《うらむ》こと限《かぎ》りなし、そもそ

一四 →補八。
一五 「せいし（名）　青史、あをびやうし（官府の記録本）　Blue books」（『いろは辞典』）。
一六 原文には「省きつ」までに該当する文はない。
一七 原文は the south-eastern province of Scotland.　一八 →補九。
一九 原文は both in foreign war and domestic discord.
二〇 →補一〇。　二一 ほとんど。まったく。
二二 原文は the middle of the 17th century.『逍遙選集』別冊二も「千六百年の中頃」だが、千六百年代の中頃とすべきところ。
二三 ピューリタン革命（一六四〇-六〇）。清教徒革命とも言う。内乱を伴う政治変革で、イギリスは一時、君主政が否定され共和政となった。
二四 「什麼」は白話語彙だが、幸田露伴や夏目漱石など、明治期の使用例は多い。原文は on the lonely and boisterous German Ocean.
二五 原文は between Saint Abb's Head and the village of Eyemouth.
二六 原文は a lonely and sea-beaten tower.
二七 原文は A black domain of wild pasture-land.
二八 「生れ得て」は天性。生まれつき。原文には「不敵の人なれば」までに該当する文がない。
二九 →補一一。
三〇 原文は the civil war of 1689. 名誉革命。
三一 原文は he had espoused the sinking side.
三二 原文は his blood had been attainted, and his title abolished.「Attaint…穢（ケガ）ス。腐ラス」（棚橋一郎『英和双解字典』明治十八年）。「Title…爵（クラヒ）」（永峰秀樹『華英字典』明治十四年）。
三三 →補一二。

の人は何者《なにもの》ぞや、其名《そのな》[一]を「公《ソル》、維廉《ウヰリヤム》、阿朱遁《アシュトン》」と呼做《よびな》して、曩《さき》に「烏林《レベンスウード》」の領地を買受《かひうけ》たる者なり、其遠祖《とほつおや》を探《たづ》ねれば、「烏林《レベンスウード》」よりは遥《はるか》に等下《しなくだ》りて名もなき寒族《かんぞく》[二]なりしが、那《か》[三]の騒乱《さうらん》（一千六百八十九年の乱）の折《をり》に際し、僥倖《さいはひ》によりて功を立て、豪富《がうふ》の身となりしが、後《のち》次第に成《な》り登《のぼ》りて掌璽官《しやうじくわん》[四]の尊《たふと》き位《くらゐ》に経《へ》あがり、幾派《いくは》ともしれぬ政党の、互に[五]せめぎきしろへる「蘇国《ソコク》」の万機《ばんき》[六]を預《あづか》りて、いと巧《たくみ》に制御《せいぎよ》すること、譬《たとへ》ば[七]波《は》濤《たう》定《さだ》めなき水面《みのも》に臨《のぞ》みて老練《らうれん》[八]なる漁翁《ぎよおう》の魚《うを》を捕《とら》ふる如し、且又巧《かつまたたくみ》に財宝を得《え》て、巧《たくみ》に之を増殖《ぞうしよく》し、富貴《ふうき》二《ふた》ツながら兼得《かねえ》て自己《おのれ》が威権《いきほひ》をます方便《てだて》とぞなしたりける、かくて前《さき》の「烏林《レベンスウード》」の城主《じやうしゆ》は掌璽官《しやうじくわん》を痛《いた》く怨み、その鬱憤《うつぷん》を散《さん》ぜんと謀《はか》ること年頃《としごろ》になりぬ、是《こ》れ掌璽官《しやうじくわん》に不正行事《まさなきおこなひ》[九]ありて、かゝる怨《うらみ》を結《むす》びたることか、あるひは城主《じやうしゆ》の、仮令《たとひ》[一〇]公平なる約束より出でたりとも、自己《おのれ》が累世《るゐせい》所領せし土地を他人《たにん》に譲《ゆづ》るを、妬《ねた》[一一]し、朽惜《くちを》[一二]しと思ふ一向心《ひたぶるこゝろ》[一三]より、かゝる争端《あらそひ》[一四]を生《しやう》じたる歟《（か）》、衆人《もろびと》その起《おこ》りを知るものなかりけり、されど、陽《おもて》[一五]は富貴《ふうき》に面従《おもね》るも、陰《ひそか》に之を誹謗《ひばう》するはまた人情[一六]の常《つね》なれば、世《よ》の人《ひと》多くは云《い》へらく、掌璽官《しやうじくわん》は「烏林《レベンスウード》」の領地を譲り受くる其前年《そのさきつとし》故《ゆゑ》ありて若干《そこばく》の金子《きんす》を貸したることあり、されば黄金《こがね》の威光あるまゝに、不正事《まさなきこと》してその領地を買ひ取りたるにやあらん、加之《しかのみならず》、前《さき》の城主《じやうしゆ》は　その性原来《さがもとより》[一七]軽卒にして思慮なき

一 原文は、この時点では姓名を明記していない。
二 身分が低く貧しい家柄。「楠正成…河内ノ一小寒族ヨリ起リ」（福沢諭吉『文明論之概略』二、明治十八年）。
三 原文には the great civil wars とのみあり、「一千六百八十九年（底本は「一千八百八十九年」と誤植）の乱」は訳者の付した注。
四 原文は had held high offices in the state.→六六頁注四。
五 互いに対立して激しく競争する。
六 政治上の多くの重要な事柄。
七 原文は the troubled waters.
八 原文は skilful fisher.
九 原文は good cause for the enmity で、本作では訳されずに終わった後章で、政変があれば無効になる契約であることが明らかになる。
一〇 原文は just and fair purchase.
一一 原文は the vindictive spirit and envy.「Vindictive…復讐ヲ好ム。怨恨ヲ懐ク」（『英和双解字典』）。
一二 「朽惜」は、建部綾足や曲亭馬琴に用例があり、逍遙自身も『細君』の四〇頁一〇行、『稗史家略伝并に批評』の一八〇頁七行、「演劇改良会の創立をきいて卑見を述ぶ」（『劇場改良法』明治十九年）等ごく普通に使っている表記だが、ここでは「朽ちる（家が没落する）」の「くち」と「口惜しき」の「くち」を掛けているかもしれない。
一三 いちずに思いつめた心。「一向」には、九一頁八行・一二二頁三行の振り仮名は「ひたぶる」だが、八一頁一行・九一頁四行・一一四頁三行・一三一頁六行は「ひたすら」。
一四 原文は the quarrel.
一五 原文は slander the wealthy in their absence, as to flatter them in their presence.「オモネル…To flatter」（『和英語林集成』第三

ものなれば、[一八]今這奸智《いまこのかんち》に老《た》けたる文吏《ぶんり》に対し争論《さうろん》せんこと思ひもよらず、かの[一九]蟷《たう》螂《らう》が斧《をの》を振《ふる》ふと云ひけん諺《ことはざ》も引出《ひきいで》られて　いと危《あやふ》きことなりなど、密《ひそか》に眉《まゆ》を顰《ひそ》むるものもありしとぞ、この時恰《あたか》も[二〇]当国《たうごく》の御門《みかど》「惹迷斯《ゼームス》」王《わう》「英国《エイコク》」の王位《わうゐ》を襲《つが》せ給ひて彼国《かのくに》に移らせおはしましゝかば　[二一]国政総《すべ》て[二二]権貴《けんき》の門《もん》に出《い》で、万機《ばんき》皆勢家《せいか》の手にあらずといふことなし、夫《そ》れ国《くに》に主君なくして国政《こくせい》貴族の擅《ほしいまゝ》にする所なれば、おのづから政道に非曲《よこしま》多く、[二三]万民塗炭《ばんみんとたん》に苦しむは、古往今来《こわうこんらい》何《いづれ》の国《くに》も免《まぬか》れ難《がた》き必然《ひつぜん》の理《り》なり、況《まし》てや当王国《このわうこく》の如き　政事《せいじ》の党派《たうは》数多《あまた》ありて、貴族各〻《おのおの》党《たう》を結《むす》び、其身《そのみ》の利欲を逞《たくまし》くせんとて　強《きやう》に諂《へつら》ひ、弱《じやく》を虐《しひた》げ、非義《ひぎ》無道《ぶだう》の政《まつりごと》を行《おこな》ふ国にては、権門勢家《けんもんせいか》の輩《ともがら》その威権《ゐけん》を弄《もてあそ》びて小弱《せうじやく》なるものを侮《あなど》り不正行事《まさなきおこなひ》をすること珍《めづら》しからぬことなれば、[二四]今回《こたび》の事も掌璽官《しやうじくわん》が威権《いきほひ》あるまゝ「烏林《レベンスウード》」を[二五]矯誣《しひな》して、その所領をば欺《あざむ》き奪《うば》ひしにはあらずやなど疑《うたが》ふものも多かり、[二六]且又掌璽官《かつまたしやうじくわん》が[二七]内室《ないしつ》は其名《そのな》を某《なにがし》と呼做《よびな》し、女子《をなご》に[二八]似気《にげ》なき賢《さか》しき性質《うまれ》にて頗《すこぶ》る[二九]胆略《たんりやく》あるものなれば、たとひ掌璽官《しやうじくわん》は怯弱《きよじやく》にしてかゝる非道《ひだう》を好まぬも、この女立代《をんなたちかは》りて此等《これら》の事はなしつべく思はる、その上《うへ》に又[三〇]「正室《レディ》」の親里《おやざと》は、「阿朱遁《アシュトン》」家《け》には立勝《たちまさ》りて世《よ》に知られたる[三一]家門《いへがら》なれば　「正室《レディ》」は常《つね》にこれをしも身《み》の光栄《くわうゑい》を増すべき方便《てだて》とこそはなしたりけれ、そもく「正室《レディ》、阿朱遁《アシュトン》」

版）。「Slander…誹謗スル」（『英和双解字典』）。

一六 原文は the greater part of the public…held a less charitable opinion.

一七 原文は the hot, fiery, and imprudent character.

一八 原文は the cool lawyer and able politician.

一九 「蟷螂が斧を以て隆車に向ふ　己れが分際を知らずして、弱き者が強き者に勝たんとするに喩ふ」（花房柳条『文学淵源 故諺字典』明治二十七年）。原文は involved in legal toils and pecuniary snares で、法律金銭の両面で罠に落ちたという。

二〇 「当国」は「蘇格蘭（スコットランド）」、次行「彼国」は「英国（イングランド）」を指す。「惹迷斯王」→六四頁注一二。なお、名誉革命により追放されたスコットランド王、ジェームス七世（一六三三–一七〇一）はフランスに亡命し、「英国」の王位に就いていない。

二一 この直前までは比較的逐語訳に近いものがあったが、当時の情勢を述べた部分は大胆な要約をして、掌璽官の一家の話に直結させている。

二二 権力を持ち、高い地位にある家の人々。「権門勢家の輩」（九行）にほぼ同じ。

二三 泥にまみれ火に焼かれること。転じて、苦痛に満ちた境遇。底本は「途炭」と誤植。

二四 →補一三。　二五 誣（し）ることをなして。話をでっちあげて罰して。　二六 →補一四。

二七 貴人の妻を敬って言う語。令室。

二八 ふさわしくない。似つかわしくない。

二九 物事に動じない胆力とすぐれたはかりごとをなす才知。

三〇 原文は Lady Ashton was of a family more distinguished than that of her lord.

三一 →補一五。

は其容貌《そのかたち》世《よ》に勝《す》ぐれ、若き時[一]は頗る美人《びじん》の聞《きこ》え高かりしが、今ははやすがれ[二]の花となりて稍《やゝ》その色衰《おとろ》へたれど、なほ芙蓉《(ふよう)》[三]の眸《まなじり》、翡翠《ひすひ》[四]の鬂《びん》、昔《むかし》の面影《おもかげ》思《おも》ひ遣《やら》れて人を動かす風情《ふぜい》あり、又巧婦《かうふ》[五]の濃情《のうじやう》といへらん諺《ことはざ》にかなひて頗《すこぶ》る好色《かうしよく》[六]の性《さが》なれど、深く[七]自《みづか》ら戒慎《つゝしみ》て、その瑕疵《かし》《きず》を掩《おほ》ひ蔵《かく》し悪声を蒙《かう》むることなく、その才智を善用してをさ〲内助の賢《けん》ありと称《たゝ》へられたりき、且賓客《かつまらうど》を管待《もてなす》に礼儀の厚きは[八]いふもさらなり　その動作挙止《たちゐふるまひ》の婉柔《しとやか》なる　之を見るもの歎称《たんしよう》[九]せざるはなかりき、されど「正室《レディ》」の本意《ほんい》はこゝにあらず、只顧自己《ひたすらおのれ》[一〇]が幸福《さいはい》と一家の利益を欲するものから、其外面《そのおもて》は恪《か》くまでに謙遜卑譲《けんそんひじやう》を旨《むね》として、姆儀淑徳《ぼぎしゆくとく》《おんなのとくぎ》を飾れども、その内心は傲然《がうぜん》として人を侮《あなどる》の意《い》あり、されば心《こゝろ》[一一]ある輩《ともがら》は「正室《レディ》」に対面する毎《ごと》に其動作《そのふるまひ》を不審《いぶかり》て疑心《ぎしん》を抱《いだ》くものも多く、又勢《いきほひ》なき輩《ともがら》に至《いた》りては、その[一二]敏捷《すゝどき》才智に怖《おそれ》を懐《いだ》き「正室《レディ》」の命ずる事としいへば之を推辞《いなむ》に道なくて、[一三]只得《ぜひ》なく従《したが》ふものも多かり、かく「正室《レディ》」は夫《をうと》なる「維廉阿朱遁《ウヰリヤムアシユトン》」の身に[一四]威勢《いきほひ》あるも半《なかば》はその身の才智によることゆゑ、妻としいへど、かの威権遥《いきほひはるか》に「維廉《ウヰリヤム》」の上《うへ》に出《い》で　心《こゝろ》の中常《うちつね》[一五]に夫《をうと》を賤《いやしむ》の意《い》あり、又「維廉《ウヰリヤム》」も面《おもて》には妻を愛《いつくし》み敬《うやま》ふの意《い》を表《ひやう》すれど、内心密《ひそか》にその才智の及《およ》び難《がた》きを嫉《にく》むなるべし、さりながら「正室《レディ》」も「維廉《ウヰリヤム》」も望むところは同じく是《こ》れ一家の栄花を擅《ほしいまゝ》に

一 原文は still stately and majestic in her appearance で、容貌については「Stately…華麗ナル」「majestic…威厳アル」(『英和双解字典』)であることを述べるのみである。
二 「すがれる(自) 末枯、するになる、おとろへる」(『いろは辞典』)。
三 ハスの花のように美しい目もと。「眉の匂ひ、芙蓉の眸、丹花の唇」(『太平記』巻二十一)。「芙蓉の眦(まなじり)衰へて」(近松門左衛門『夕霧阿波鳴渡』正徳二年)。
四 カワセミの羽のようにつややかで長く美しい髪。緑の黒髪。↓補一六。
五 「巧婦」は、通常、裁縫に巧みな女性の意で用いられるが、ここでは、巧猾(狡猾)な婦人の意か。「諺にかなひて」まで、原文に該当する文はない。諺としては「悪女(あくぢよ)の深情(ふかなさけ)」(為永春水『春色辰巳園』天保四年)が普通で、容貌が悪い女、悪女以外の諺は不明。
六 原文は strong powers and violent passions で、特に好色というわけではない。↓補一七。
七 原文は経験の教えだとする。experience had taught her to employ the one, and to conceal.
八 言うまでもない。
九 原文は most valued in Scotland at the period.
一〇 白話語彙。↓補一八。
一一 原文は the sharp-judging and malignant public are not easily imposed upon by outward show. malignant は「悪シキ心底ナル」で、impose は「欺ク」(『英和双解字典』)。
一二 『逍遙選集』別冊二の振り仮名も「すゝどき」。「すすどき(形)…するどい」(『いろは辞典』)。
一三 仕方なく。「只得」は『西遊記』『水滸伝』『三国志演義』『紅楼夢』等に用例のある白話語彙。

せんといふ一箇《いつこ》の私慾に過《すぎ》ざれば、乳水《にうすゐ》の情《じやう》、求めずして相合《あひがつ》し、共《とも》に扶《たす》けて念願をいかで遂《とげ》んと思ひけり、[一六]はじめ「維廉《ウキリヤム》」と「正室《レディ》」の間《あひだ》にまうけたる男女《なんによ》の子供あまたありしが、多くは夭折《はやくみまか》りて　今《いま》は三人《みたり》のみ残りけり、[一七]長子《ちやうし》は男《をとこ》にして「短王《ショルトー》」と呼《よ》ぶ、当時《このとき》は故《ゆゑ》ありて他国《たこく》に旅行し家《いへ》には居《を》らざりき、次は女子《をなご》にて「瑠紫《ルシイ》」と呼《よ》び　今年十七になりつ、末《すゑ》を[一八]「顕理《ヘンリイ》」と云《い》ひて　姉「瑠紫《ルシイ》」には三年《みとせ》幼《をさな》き童《わらは》なり、「瑠紫《ルシイ》」「顕理《ヘンリイ》」の両人《ふたり》は父母《ふぼ》に随行《したがひ》て[一九]当国《このくに》の議院幷《ならび》に内閣の集議会《しふぎくわい》ある時には[二〇]「恵仁張《エジンバル》」府《ふ》に移り住み、又ある時は[二一]「烏林《レベンスウード》」の古城《こじやう》に住《すま》ふことも多かりしとぞ、[二二]案下某生再説《それはさておきこゝにまた》　[二三]前《さき》の城主《じやうしゆ》「阿蘭《アルラン》、烏林《レベンスウード》」は一度掌璽官《ひとたびしやうじくわん》と争論《さうろん》を生《しやう》じてより憤懣《ふんまん》常《つね》に休《や》むときなく、数々《しば〳〵》[二四]公《おほやけ》の場《には》に対決して是非《ぜひ》の審判《さばき》を仰《あふ》ぎしも　其度毎《そのたびごと》に利なくして、思ひし事も[二五]奈摩余美《なまよみ》の甲斐《かひ》なき負《まけ》となりければ、その怨骨髄《うらみこつずゐ》に徹《てつ》し、悲憤《ひふん》を霽《はら》さんすべもなく、積《つも》りつもりて病《やまひ》となり、遂《つひ》には枕《まくら》もあがらずなりけるが、月日《つきひ》を経《ふ》るまゝに弥《いよ》〳〵重《おも》りて、今《いま》ははや頼《たのみ》すくなくなりにけり、さるに、かゝる苦しき息《いき》の中《うち》にも那《か》の「維廉《ウキリヤム》」の事はわすれやらず、この怨《うらみ》死して報《むく》いてんなど常《つね》に罵《のゝし》り叫《さけ》びけるが、[二六]定命《ぢやうみやう》しからしむる所か、某月某日《それのつきそれのひ》竟《つひ》に[二七]墓《はか》なくなりにけり、かゝりしかば、[二八]「阿蘭《アルラン》」が一子《いつし》「威童苅《エドガル》」は父が最期《さいご》の情態《ありさま》を見て且《かつ》は悲《かなし》み且《かつ》は憤《いきどほ》り、独《ひと》

一四 原文は fortunes が her talents and address に大きく影響されるとする。
一五 →補一九。
一六 原文は Their union was crowned with several children, of whom three survived.
一七 →補二〇。
一八 九二頁一行の振り仮名は「ヘンリー」。
一九 原文は during the sessions of the Scottish Parliament and Privy-council. Privy-council は顧問院(国王の私的顧問官の集合体)。
二〇 Edinburgh(エジンバラ)。Scotland 王国の首都。
二一 原文は the old Gothic castle of Ravenswood.
二二 原文は改行するのみだが、読本等の話題を転ずる時の決まり文句を挿入。→補二一。
二三 →補二二。
二四 法廷で争った。原文は wage ineffectual war で、ineffectual(「功用ナキ。…虚シキ」『英和双解字典』)争いを遂行した。
二五 「なまよみ」は「甲斐」にかかる枕詞。「奈摩余美乃甲斐」(『万葉集』巻三・作者不詳)。『南総里見八犬伝』第六十八回には「奈末与美の甲斐州」との表記がある。
二六 定められた寿命が尽きたからか。
二七 死ぬ。亡くなる。「墓なく息は絶えにけり」(『朝野新聞』明治十一年三月二日)。「玉の緒の／絶えて墓なく失する身」(ゝ山仙士(外山正一)「抜刀隊」『新体詩抄』初編、明治十五年)。

り心《こゝろ》に思ふやう、我父君《わがちゝぎみ》おん病《やまひ》の起《おこ》りは　かの「掌璽官《しやうじくわん》」に領地を奪《うば》はれ、その凌辱《はづかしめ》を蒙《かう》むりしを痛《いた》く悔《くや》しと思召《おぼしめ》し、重《かさな》る怨《うらみ》の結《むす》ぼれて解《と》けざるより生《しやう》じつひにかく哀《かな》しきことゝはなり玉ひき、さればかの「掌璽官《しやうじくわん》」は我が為に[一]不倶《ふぐ》戴天《たいてん》の親《おや》の仇《あだ》、彼奴《かやつ》を殺《ころ》すは孝子《かうし》の道なり、いかで彼奴《かやつ》を亡《ほろぼ》して亡父君《なきちゝぎみ》の怨魂《えんこん》を慰《なぐさ》め奉《たてまつ》らばやと、親に別るゝ悲《かなし》さに又口惜《くちをし》さ打交《うちまぜ》て、歯《は》を切《くひしば》り、拳《こぶし》を堅《かた》め、悲歎の涙せきあへず、[二]いさち泣《なき》たる[三]丈夫《ますらを》がその復讐《ふくしう》の志《こゝろざし》は、次の日起《おこ》りたる思《おも》ひ掛《がけ》なき事よりして　愈々《いよ〳〵》堅くなりにけり、[四]時に北風梢《ほくふうこずゑ》を掃《はら》ひ、落葉《らくえふ》地上に堆《うづたか》き[五]霜月《かんなづき》の中頃《なかつころ》、[六]蒼渺《さうびやう》たる「日耳曼《ゼルマン》」海《かい》の岸頭《がんとう》に霧いと深く立籠《たてこめ》て、稍明離《やゝあけはな》るゝ早旦《あさまだき》、[七]荒果《あれはて》たる古堡《ふるとりで》の大門《おほもんさ》左右《ゆう》へ押開《おしひら》き、一度其名《ひとたびそのな》轟《とゞろ》きし「烏林《レベンスウード》」が葬礼《のべのおくり》、儀《ぎ》式全《しきまつた》く整ひて、練《ね》り出《いだ》したる行装《ありさま》は、流石《さすが》に昔《むかし》の名残《なごり》とて、結構壮《けつこうさう》麗《れい》いはん方《かた》なし、[八]家々《いへ〳〵》の旗章《はた》は朝風《あさかぜ》に飜《ひるがへ》り、紋印目標《もんじるしめじるし》なんどは[九]朝日の影《かげ》に映じ、吉野の山の春の花、竜田《たつた》の川《かは》の秋の暮《くれ》も此《これ》には過ぎじと見えたりけり、之《（これ）》に続きて門内《もんない》より[一〇]繰出《くりいだ》したるは[一一]当国《たうごく》に名《な》ある豪族貴《がうぞくき》人《にん》の輩《ともがら》、いろ〳〵の装束して馬に跨《またが》り打《うた》せたり、それが背辺《あとべ》にそひ行《ゆ》くは是《これ》なん[一二]伶官《れいくわん》の一群《ひとむれ》にて、[一三]縮緬《ちりめん》をもて製《つく》りたる旗どもあまた押立《おしたて》て、[一四]寥亮《りやうりやう》たる喇叭《らつぱ》の声《こゑ》、[一五]煙嵐蒼波《えんらんさうは》に流れ、[一六]鼕々《とう〳〵》たる太鼓の音《ね》、[一七]寒山空谷《かんざんくうこく》に響き、いとゞ哀《あはれ》をそへたりけり、[一八]幾百人《いくひやくにん》とも数へが

一　底本の振り仮名は「ふぐさいてん」と誤植。
二　動詞「いさつ」の連用形。泣きさけぶ。
三　九六頁一六行の「丈夫」の振り仮名は「をとこ」。
四　→補二四。
五　「霜月」は陰暦十一月の異称で、「かんなづき」は陰暦十月の異称。原文(→補二四)では十一月。「霜月の上澣」(九五頁六行)以前のはずだから、「霜月」は「神無月」の誤りとすれば、つじつまが合う。
六　青々と、はてしなく広がる。
七　原文は the portals of the ancient and half-ruinous tower.
八　→補二五。
九　原文にはない表現。「朝日に輝くところは吉野龍田の花紅葉」(近松半二ら『妹背山婦女庭訓』明和八年)。
10　底本は「操」。
一一　原文は The principal gentry of the country.
一二　「伶官」は「楽人、音楽師」(『いろは辞典』)。
一三　原文は banners of crape.
一四　「りやうりやう」は「むねいっぱい、かなしき」(『いろは辞典』)。「喇叭」の原文は Trumpets.
一五　山中の霧と青い波。
一六　太鼓や波の音の形容に使う語。どんどん。
一七　草木が枯れて寒々とした冬の山と人けのないさびしい谷。
一八　原文は An immense train of inferior mourners and menials.

たき送《おくり》の人は、今日《けふ》を晴《はれ》とぞ出立《いでたち》て最後の方に引続《ひきつゞ》き　宛然織《さながらおり》なしたる錦《にしき》の如く爛然《らんぜん》として眼《まなこ》を奪《うば》ふ、その行装《ぎやうさう》の盛《さかん》なる　実《じつ》に前代未聞の奇観にして　見る人互《たがひ》に[一九]あざみ驚《おどろ》きけり、かくて衆人《もろびと》は[二〇]寺院に着《ちやく》したりければ、「[二一]蘇《ソ》国《コク》」大教師《だいきやうし》管轄《しはい》の僧官《そうくわん》某《なにがし》すなはち立迎《たちむか》へて「鳥　林《レベンスウード》」の柩《ひつぎ》を受取《うけと》り、やがて[二二]経巻《きやうかん》を開きて柩《ひつぎ》に臨《のぞ》みて読《よみ》あげんとこそなしたりけれ、[二三]原此国《もとこのくに》の法則《おきて》として、かゝる僧官《はふし》を葬礼《さうれい》に用《(もちゐ)》ることを許さず　況《まし》てや柩《ひつぎ》に臨《のぞ》みて恁《か》く経文《きやうもん》を読むなんど原来当国《もとよりこのくに》の慣習《ならはし》ならねど、これなん「阿蘭鳥　林《アルランレベンスウード》」が[二四]死期際《いまはのきは》に言遺《いひのこ》したる深[二五]き願《ねがひ》にて、其一族《そのいちぞく》たる「[二六]堂利《トウリイ》」党《たう》の貴族共《きぞくども》は　其頃騎党《そのころきたう》と自《みづか》ら称《たゝ》へ、いと威権《いきほひ》ある族《やから》なれば　異義なく之を承諾《うけが》ひ　恁《か》くは儀式《ぎしき》を設《まう》けたるなり、こゝにまた「[二七]不勒斯比得《プレスビタリヤン》」宗《しゆう》の寺司《てらづかさ》等は此事《このこと》を聞《き》き　甚《いみ》じき不敬《ふけい》なりとし、心中痛《しんちゆういた》く怒《いか》りて　即時《そくじ》に事の顚末《もとすゑ》を掌璽官《しやうじくわん》に報告《つげし》らせ、[二八]とく有司《やくにん》を遣《つかは》して　かゝる不敬の儀《ぎ》式《しき》をば、戒《いまし》め給へと請《こ》ひたりけり、[二九]此時《このとき》しも僧官《はふし》は柩《ひつぎ》に向《むか》ひて、はや読経《どくきやう》せんとするほどに　事の非常を警《いまし》めんと出張《しゆつちやう》なしける[三〇]有司某《やくにんなにがし》、[三一]端《はし》なくも[三二]物具《ものゝぐ》もて身を堅めたるあまたの夥兵《くみこ》を左右《さゆう》に随《したが》へ、むらゝゝと進《すゝ》み入《い》りつゝ　声高《こゑたか》やかに[三三]止れやッと、制したり、慮《はか》らざりける此声《このこゑ》にふり返《かへ》りたる[三四]衆人《もろびと》は、或《あるひ》は駭《おどろ》き、或《あるひ》は怒《いか》り、身構へなしける其中《そのうち》にも　[三五]世《よ》の人呼《ひとよん》で「鳥　林《レベンスウード》」の長《おさ》と称《しよう》する

一九　意外なことにあきれ驚き。
二〇　原文は the chapel.
二一　原文は a priest of the English communion.
二二　経文を記した巻物。
二三　原文は the law of the time.
二四　原文は in his last illness.
二五　原文は the desire.
二六　原文は the tory gentlemen, or cavaliers. トーリー党は一六七九年に革命に反対し組織された王権支持派で、現在の保守党の前身。cavalier は「a partisan, knight, royalist 英雄。騎士」(『英和双解字典』)で、ここでは「騎党」と訳されている。
二七　原文は The presbyterian church-judicatory. Presbyterian church (長老派教会)はスコットランド教会が所属するカルヴァンの系統をひくキリスト教プロテスタントの一派。
二八　→補二六。
二九　原文は when the clergyman had opened his prayer-book.
三〇　原文は an officer of the law.
三一　何のきっかけもなく。思いがけず。
三二　原文は some armed men. 武具で身を堅めた配下の者。「組子」が一般的だが、「夥兵(くみこ)」の用例が曲亭馬琴にある。
三三　原文は be silent.
三四　→補二七。
三五　原文は Edgar, popularly called the Master of Ravenswood.

「威童苅《エドガル》」は[一]享年《きやうねん》二十歳《はたち》の若者なるに、[二]父「阿蘭《アルラン》」が死期際《いまはのきは》、遺言《ゆゐごん》したる儀式《ぎしき》をば妨碍《さまたげ》らるゝと思ふからは、[三]いかで暫時《しばし》も堪《こら》ふべき、憤然《ふんぜん》として獅子の怒《いかり》をなし　駭《おどろ》き立《たち》たる衆人《もろびと》を押排《おしひら》きつゝ跳《をど》り出《いで》、[四]刀《かたな》の柄《つか》を破多《はた》〳〵と掌《たなごゝろ》もて打鳴《うちなら》し、有司《やくにん》を儼《きつ》と睨《にら》まへたる眼《まなこ》は　さながら朱《しゆ》を注《そゝ》ぎたる如く、[五]怒《いか》れる声を振立《ふりたて》て　疾《と》く読上《よみあ》げよと急《いそ》がせたり、有司《やくにん》某《なにがし》大《おほい》に怒《いか》り、尚《なほ》も烈しく僧官《はふし》に向《むか》ひ罵《のゝし》り止《や》めんとする程《ほど》に、[六]四方《しはう》を取《とり》まく「烏　林《レベンスウード》」の一族共《いちぞくども》　氷の如き刃《やいば》を一同《いちどう》にぬき放し、[七]スハトいはゞ切《きつ》てかゝらん光景《ありさま》なれば、流石《さすが》にこれと抵抗《あらがひ》かね[八]汚目《をめ》〳〵として口を噤《つぐ》み、[九]尻退《しりごみ》なしてぞ居《ゐ》たりけるが、[一〇]肚裏《はらのうち》には[一一]遠からずこの返報《へんはう》をなすべしと、無念の拳《こぶし》を握《にぎ》りけり、[一二]かゝる騒動《さうどう》に　先刻《せんこく》よりあるひは駭《おどろ》き、あるひは惶《おそ》れ、忙然《ばうぜん》として立《たち》たりける僧官　某《なにがし》　その面色《めんしよく》を土の如く、如何《いかゞ》はせんと思へども　進退《しんたい》こゝに谷《きはま》りて、逃《のが》るべうもあらざれば、漸《やうや》く思ひ返《かへ》しつゝ[一三]心《こゝろ》ならずも言葉《ことば》急《せは》しく、用意なしたる経文《きやうもん》を[一四]はじめよりして終《をはり》まで、あますことなく読上《よみあげ》たり、その傍《かたはら》には「烏　林《レベンスウード》」の一族共《いちぞくども》、白刃《しらは》を取りて立《たち》並《なら》び、[一五]怒色《どしよく》面《おもて》に露《あらは》れて、[一六]寄らば切らんの光景《ありさま》なるは　かゝる悲歎の場《には》に於てまたあるまじき風情《ふぜい》なり、かゝる中《なか》に「威童苅《エドガル》」のみは今《いま》ぞ[一七]親子《おやこ》が一世《いつせ》の別離《わかれ》と思へば、さきの怒《いかり》はいつしか消《き》え失《う》せ、たゞ[一八]愀然《しうぜん》としてさしうつむき、読経《どきやう》の

一　原文は a youth of about twenty years of age.「享年」は「當(当)年」の誤植か。
二　原文には、「思ふからは」までに該当する記述はない。
三　どうして少しの間でも我慢することができようか。できはしない。
四　原文は clapped his hand on his sword.
五　原文は commanded the clergyman to proceed で、「怒れる声を振立て」に該当する文はない。
六　原文は an hundred swords at once glittered in the air で、「四方を取まく「烏林」の一族共」に該当する文はない。
七　「すは」は突然の出来事に驚いて発する語。「すはと云はば、打放さんその勢ひ」(近松門左衛門『国性爺合戦』正徳五年)。「すはといはゞ刺留（さしとめ）んと」(『椿説弓張月』前編巻一、文化四年)。
八　動詞「怖(お)める」の連用形を重ねた語。恥知らずにも、不名誉を意気地なく受け入れて。
九　ためらって。逡巡して。原文は stood aloof.
一〇　「はらのうち」と読ませる語は、他に「肚裡」(八五頁一五行)と「肚の裏」(一一四頁三行)がある。
一一　原文は You'll rue the day that clogs me with this answer. Rue は「後悔スル」、clog は「妨ル」(『英和双解字典』)。
一二　原文には、この前に The scene was worthy of an artist's pencil と、画になる場面だとの話し手の感想がある。
一三　原文は hastily and unwillingly で、「心ならずも」が後。
一四　原文は spoke dust to dust, and ashes to ashes で、「灰は灰に、塵は塵に」との経文を読

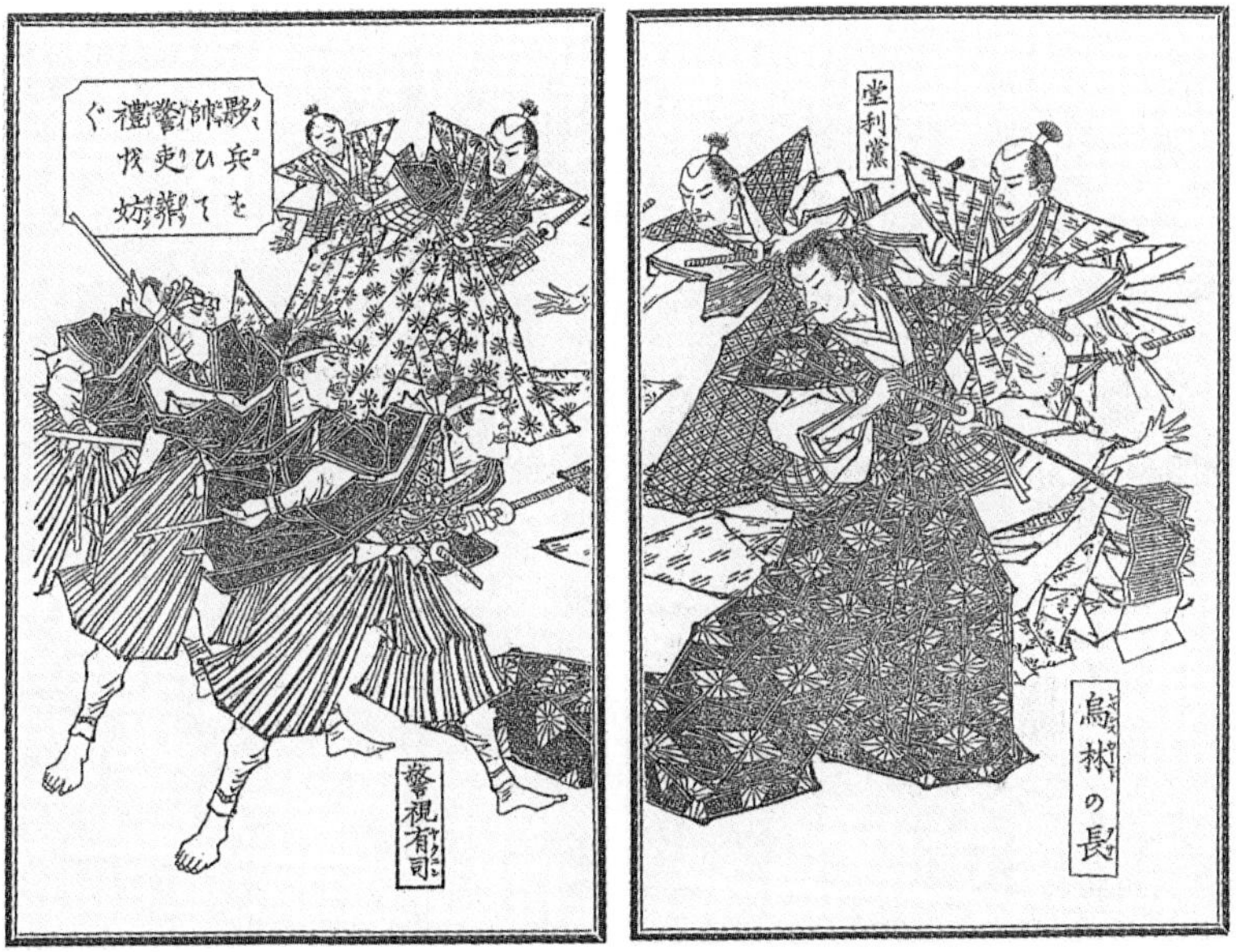

烏林《レベンスウード》の長《ヲサ》

堂利党

警視有司《ヤクニン》

夥兵《クミコ》を帥《ヒキ》ひて

警吏《ケイリ》

葬礼《サウレイ》を妨《サマタ》ぐ

み上げたのである。

一五 原文は more in anger than in sorrow で、悲しみよりも怒りとある。

一六 原文は the drawn swords which they brandished forming a violent contrast with their deep mourning habits で、より具体的に、喪服と対照的な武器を帯びた様子だという。

一七 原文は almost his only friend(ほとんど唯一の友人)が先祖の墓に入るとする。

一八 うれいにうち沈んで。「愀然としてうち歎き」(『椿説弓張月』後編巻四、文化五年)。

絵 「警視」の語は本文中になく、「警視(警察の事務を司る人の官名)」(『いろは辞典』)では、「夥兵」との語や江戸時代風の挿絵とのバランスが悪い。また、振り仮名は、固有名詞のみならず、普通名詞までが片仮名表記で、本文とは違う原理が働いている。

了《をは》るを待《ま》ち居《ゐ》たり、かくて程《ほど》なく読経《どきやう》了《をは》り、[一]其余《そのよ》の儀式《ぎしき》すべて皆式《かた》の如くに取《と》り行《おこな》ひたれば、一族《いちぞく》なりける某《なにがし》は徐《やを》ら「威童苅《エドガル》」に対向《うちむか》ひ、もはや父君《ちゝぎみ》のおん遺体《なきがら》に最後の礼《れい》を行《おこな》ひ給へと、いはんとするに「威童苅《エドガル》」は深き悲歎《なげき》に[二]面色《めんしよく》青醒《あをざ》め、力なげなる容体《ありさま》なれば、[三]うち驚《おどろ》きつゝ歩み寄り、扶《たす》けて[四]那方《こなた》へ伴《ともな》はんと　いと忠実《まめやか》にものするを、[五]静《しづか》に会釈《えしやく》し、やをら身《み》を起《おこ》し　[六]端然《たんぜん》と墓前《ぼぜん》にひざまづき、涙はなくて従容《しとやか》に最後の礼《れい》を行ひたるは、いと[七]殊勝《しゆしやう》にぞ見えたりける、かくて後《のち》[八]大《おほ》きやかなる石をもて墳墓《ふんぼ》の上にすゑおき、軈《やが》て[九]廟門《びやうもん》を鎖《とざ》し　鍵《かぎ》は「威童苅《エドガル》」取《と》り納《をさ》めけり、さて埋葬の儀式《ぎしき》全《まつた》く了《をは》りければ、此場《このば》に集《つど》ひつる[一〇]衆人《ひとぐ》は相伴《つれ》だちて寺院を出《いで》、帰《かへ》り去《さ》らんとなしつる折《をり》しも、「威童苅《エドガル》」は[一一]不図《ふと》立停《たちどま》り、突然《とつぜん》として声振立《こゑふりた》て、[一二]ヤヨ君達《きみたち》　[一三]いふ由《よし》あり、[一四]霎時《しばし》歩《あゆ》みを停《とゞ》め給へ、君達《きみたち》　今日《けふ》しも過去《すぎさり》し親姻《うから》の為《ため》に大方《おほかた》ならぬ力《ちから》を尽《つく》し給ひつるが、総《すべ》て葬礼《さうれい》の折柄《をりから》には家相当《いへさうたう》の儀式《ぎしき》を営《いとな》み、その[一五]崇敬《そうけい》を表《ひやう》するは、是《こ》れ[一六]万国の通規《つうき》にて、たとひ[一七]微賤《いやしき》耶蘇教《やそきやう》の信徒《しんと》なりとも、制禁《せいきん》せらるべき道理《だうり》なし、さるを口惜《くちを》しきかな、[一八]我国《わがくに》の中《うち》にて、さまで卑賤《ひせん》の家門《いへがら》ならぬ、諸君《しよくん》の親姻《うから》の葬儀《さうぎ》には、世間普《せけんふ》通《つう》の習法《ならひ》すら、行ひがたきことゝなり、空《むな》しく冤《うらみ》を呑《の》んで止《やま》んとせしを、諸君《しよくん》が不撓《たゆまぬ》勇気に依り、稍《やうや》く世間《せけん》に面目《めんぼく》ある礼式《れいしき》を行《おこな》ひ、亡父《ばうふ》が願《ねがひ》を果《はた》したるは

一　原文には、すべての儀式(all rites)が型通りに(duly)とある。
二　原文は deadly pale.
三　原文は He stept to the youth and offered his assistance で、「うち驚きつゝ」に当たる語はない。
四　→補二八。
五　原文は by a mute motion, Edgar Ravenswood rejected.
六　姿勢などが乱れないできちんとして。原文は Firmly.
七　けなげに。感心に。原文に該当する語はない。
八　原文は The stone was laid on the sepulchre で、受身表現になっている。
九　原文は the door of the aisle was locked で、aisle は「寺院(ﾃﾗ)ノ廻廊」(『英和双解字典』)。
一〇　原文は the crowd left the chapel.
一一　原文は paused on the steps which led to its Gothic chancel で、立ち止まった場所を明示。
一二　原文は Gentlemen and friends で、呼び掛けの語「ヤヨ」に該当する語はない。
一三　原文には「霎時歩みを停め給へ」に該当する文はない。
一四　白話語彙。曲亭馬琴も頻用する。→補二九。
一五　明治期までは「そうけい」が普通の読み。「たふとみあがめる」(『いろは辞典』)。
一六　原文は in other countries(他の国々では)。
一七　原文は the meanest Christian.
一八　原文は not certainly sprung of the meanest house in Scotland.
一九　原文は in sorrow and tears, in silence and in reverence. sorrow は「悲哀」、reverence は「恭敬　崇敬(ｿｳｹｲ)」(『英和双解字典』)。
二〇　原文は bailiffs and ruffians. bailiff は「官

自家《おのれ》が身にとりこよなき喜《よろこび》なり、唯恨《たゞうら》むらくは　[一九]一向《ひたすら》に恭敬悲哀《きやうけいひあい》を宗《むね》とすべき場《には》において、[二〇]よしなき鼠輩《そはい》に激せられ、憤怒《ふんど》の態《かたち》をあらはして、不孝《ふかう》の譏《そしり》を[二一]招《まね》ぎしこそ、かへすぐ〜も遺恨なれ、[二二]遮莫《さもあらばあれ》、[二三]今回《こたび》の毒箭《どくせん》、誰箙《たがえびら》より来《きた》りし歟《(か)》、自家《おのれ》[二四]とくよりその原《もと》を知れり、[二五]かゝる非道《ひだう》の所業《しわざ》もて、我《われ》を苦《くるし》めんと謀《はか》るもの、我《わが》父君を[二六]黄泉《よみぢ》の客《きやく》とならしめし、[二七]奸奴《かんど》にあらで他《た》にあらじ、彼奴《かやつ》が我身《わがみ》と我家《わがいへ》に、蒙《かうむ》らせたる[二八]禍《わざはひ》は、[二九]蒼海《さうかい》よりもなほ深く、泰山《たいさん》よりもなほ高し、[三〇]この恨《うらみ》を報《むく》いずば、皇天《くわうてん》いかで我身《わがみ》をゆるさん、いかに、君達《きみたち》　さは思《おぼ》さずやと、怨《うらみ》を含み慨然《がいぜん》と述出《のべいだ》したる壮夫《さうふ》の述懐《じゆつくわい》、聞《き》く者みな[三一]「烏　林《レベンスウード》」が勇気に感じ、賞歎已《やま》ざりけるが、[三二]そが中には、密《ひそか》に眉《まゆ》を顰《ひそ》めて後難《こうなん》いかゞと危《あや》ぶむものもありしとぞ、さて　[三三]夕日の影《かげ》、山《やま》の端《は》をてらし、列《つら》をはなれし雁《かりがね》の、飛《と》び行《ゆ》くさへ覚《おぼ》束《つか》なき夕暮《ゆうぐれ》となりければ、皆諸共《みなもろとも》にいそぎつゝ、「日耳曼《ゼルマン》」海《かい》の岸近《きしちか》き[三四]堡《とりで》にこそは帰《かへ》り着《つ》きけれ、[三五]原当国《もとこのくに》の慣習《ならひ》とて、葬送《さうそう》を了《をは》りつる後《のち》には其悲《そのかなしみ》を散《さん》ずるため、家《いへ》に帰りて盛宴《せいゑん》を張り、娯楽を尽《つく》すこととなり、かゝりしかば「威童苅《エドガル》」も国《くに》の慣習《ならひ》に従《したが》ひて、恁《か》くは衆人《もろびと》を招《まね》ぎ酒宴《しゆえん》を催す[三六]ものから、名《な》は今《いま》もなほ「烏　林《レベンスウード》」の長《おさ》としいへど、[三七]其実《そのじつ》は[三八]寒窶《かんろう》にして家《いへ》に[三九]東西《もの》なく、式《かた》の如くに盛宴《せいえん》を張ることを得ざりつれば、[四〇]心《こゝろ》ばかりの饗応《きやうおう》なりと　[四一]親《みづか》ら盃盤《はいばん》の間《あひだ》に立《たち》て手《て》に

吏(トリ カタ) 地方官」（永峰秀樹『華英字典』明治十四年）。「Ruffian…凶手。盗賊。悪漢。匪徒」（『英和双解字典』）。
二一 『逍遙選集』別冊二も「招き」ではなく「招ぎ」。近世中期以降、「招ぎ」の表記が、ごく普通。
二二 『稗史家略伝并に批評』に使用例がある（→一七六頁注七）。→補三〇。
二三 原文は I know from what quiver this arrow hath come forth.「Quiver, s. a case for arrow 箙」（『英和双解字典』）。hath は has の古態。「毒箭」は毒矢。　二四 →補二六。
二五 →補三一。原文には葬式を妨害したことの「非道」さを言うのみで、「我父君を…」に該当する文はない。
二六 冥土、あの世の住人。「泉下にいます父君」（八三頁一三行）。　二七 よこしまで悪賢いやつ。
二八 原文は the ruin and disgrace で、「Ruin…瓦解」と「Disgrace…恥辱」（『英和双解字典』）。
二九 原文には、「なほ高し」までに該当する文はない。→補三二。　三〇 →補三三。
三一 以下「勇気に感じ」まで、原文に該当する文はない。　三二 →補三四。
三三 原文には「岸近き」までに該当する文はない。
三四 原文は the tower. →七六頁注六。
三五 →補三五。　三六 ものの。
三七 底本の振り仮名は「じゆつ」。　三八 原文は the limited revenues（わずかな所得）。
三九 白話語彙。物品または金銭。「物を称して東西となす」（方以智『通雅』巻十九、康熙五年）。
四〇 原文は on the present occasion it was fully observed（現状で可能な限りの御馳走）。
四一 →補三六。原文には「されど自己は…酔のすゝむにしたがひては」（八二頁一行）に該当する文はない。

[一]瓶子《へいじ》をとり、[二]彼方此方《かなたこなた》に勧《すゝ》め回《めぐ》りて、いと叮嚀《ねんごろ》に管待《もてな》したり、[三]されど自己《おのれ》はいと深き、歎《なげ》きの海《うみ》の波風《なみかぜ》の、長閑《のどか》ならねば、[四]しかすがに、手に酒盃《さかづき》を取るだに物憂《ものう》く、心《こゝろ》の中《うち》は千万無量《せんまんむりやう》、その悲《かなしさ》を衆人《もろびと》は、知るや、知らずや、一同に酔《あひ》を尽《つく》してざれ興《きやう》し、酔《あひ》のすゝむにしたがひては　長《をさ》「威童苅」の事なり　が孝勇《かうゆう》を称《たゝ》へ、更に憚《はゞか》る所なく悪口雑言《あくこうざふごん》もて「掌璽官《しやうじくわん》」を罵《のゝし》るものも多かりき、這等《これら》の言葉《ことば》を「威童苅《エドガル》」は、[五]黙然《もくぜん》として聞居《きゝゐ》たりしが、心《こゝろ》の裏《うち》に思へらく、此奴輩《こやつら》[六]饗応《きやうおう》になるまゝに我《われ》に面諛《おもねり》て、かゝるよしなきことをいへど、是《こ》れ譬《たと》へば酒盃《さかづき》の縁《ふち》に浮《うか》ぶ、紅《くれなゐ》なる泡《あは》の如し、何《なん》ぞことに益《えき》あらん、[七]噫益《あなよう》なし、益《よう》なしと思《おも》へど、[八]些《ちつ》とも面色《おもて》にあらはさず、心地《こゝち》よげに管待《もてなす》にぞ、席に居並《ゐなら》ぶ客人《まらうど》も、いつか崩《くづ》れて酒盃《さかづき》を、さしつ、おさへつ、飲むさまは、[九]長鯨《ちやうげい》の百川《ひやくせん》を吸《すふ》とよみたりけん詩《からうた》にもかよひて、いとすさまじき光景《ありさま》なり、[一〇]須臾《しゆゆ》にして[一一]玉山倒《ぎよくさんたふ》れ、[一二]金盞《きんさん》尽《つ》き、[一三]衆人《もろびと》歓《くわん》を尽《つく》して[一四]いざ退《まか》らんと立上《たちあが》り、歩《あゆ》み行《ゆ》く体《さま》は[一五]浜千鳥《はまちどり》、一歩《いつぽ》は低く、一歩《いつぽ》は高く、[一六]蹌々踉々《さう〳〵ろう〳〵》として定《さだ》まらず、或《あるひ》は閾《しきゐ》に蹶《つまづ》きて、サツとひらく玻璃障子《がらすしやうじ》と無端《はしなく》も、出会頭《であひがしら》に打《う》つ項《うなじ》、[一七]あな憎《にく》やこの障子《しやうじ》、あな憎《にく》や[一八]掌璽官《しやうじくわん》、いでこの如く行《おこな》ひくれんと、拳《こぶし》を挙《あげ》て打ち叩くも、[一九]時《とき》にとりてはよき秀句《しゆうく》、今日《けふ》の彼奴《かやつ》が所業《ふるまひ》は　傍若無人《ばうじやくぶじん》の仕方なり、[二〇]是《これ》をしも忍ぶべくんば、いづれをか忍ぶべから

一　酒を入れて、つぐのに用いる器。徳利(とくり)。
二　→補三七。　三　以下「酔のすゝむにしたがひては」(四行)まで、原文に該当する文はない。
四　副詞「しか」に動詞「す」と助詞「がに」を付したもの。そうは言うものの。さすがに。
五　原文は with dark and sullen で、sullen は「気鬱ナル。不平ナル。渋面ノ」(『英和双解字典』)。一〇八頁一〇行と一一六頁一四行の「黙然」の振り仮名は「もくねん」。「モクネン　黙然」(『和英語林集成』第三版)。
六　原文は the crimson bubbles on the brink of the goblet. crimson は「濃紅色」、goblet は「酒盞(さかづき)」(『英和双解字典』)。
七　「あな」は喜怒哀楽を強く感じた時に思わず発する声。ああ。「噫(あ)歓(よろこば)し。嘻(あな)愛(めで)たし」(『南総里見八犬伝』第百回)。　八　以下「玉山倒れ」(一一行)まで、原文に該当する文はない。
九　杜甫の詩「飲中八仙歌」に「飲むこと長鯨の百川を吸ふが如し」とある有様に似て。　一〇　「しばらく」(『いろは辞典』)。　一一　李白の詩「襄陽歌」に「玉山自(おの)づから倒る　人の推すに非ず」とある。竹林の七賢の一人、嵆康が酒に酔うと玉山が倒れるようだったという故事に拠るもの。
一二　原文の the last flask was emptied が該当。「FLASK, Furasuko, tokuri」(『和英語林集成』第三版)。「金盞」は、黄金の杯。
一三　以下「猿に似たり」(八三頁三行)まで、原文に該当する文はない。
一四　以下、芝居仕立てに五七調で構成し、浄瑠璃・歌舞伎で言う茶利場(ちやりば)の効果を出す。
一五　浜辺に来る千鳥。和歌の世界では「行方もしらぬ」などと続くことが多い。酒に酔って足元のあやしい「千鳥足」と「浜千鳥」とを掛ける。
一六　よろめく様子。　一七　ああ憎らしい。

ざらん、もしこのまゝに免《ゆる》し措《おか》ば、[二一]和《わ》君《ぎみ》の恥辱《ちじよく》、我恥辱《わがちじよく》　[二二]ヤヨや御心定《みこゝろさだ》め給へ、及ばずながら我輩《われ〳〵》も、御味方《おんみかた》つかまつらん、必ずともに御心《みこゝろ》安かれ、[二三]ヤヨヤゝこと、[二四]弥酔《いやよひ》の、[二五]弥生《やよひ》の桜それならで、[二六]花より赤き面色《つらつき》は、[二七]熟柿《じゆくし》を食《くら》ふ猿《ましら》に似たり、さらば〳〵と[二八]諸声《もろこゑ》に　辞《いとま》を告《つげ》て各自恣《おのがじし》、家路《いへぢ》をさして帰《かへ》り行《ゆ》きけり、かゝる後《あと》に「威童苅《エドガル》」は　[二九]ひとり嘲笑《あざわら》ひつゝ、彼奴等《かやつら》酒にうかされて　ようなき[三〇]讒語《たはこと》を吐けども、要緊《まさか》の折《をり》の用にたつべき奴原《やつばら》ならず、噫《あなう》五月蠅《るさ》のことやと思へば、心中《しんちゆう》いよ〳〵楽しまず、やがて閨房《ふしど》に入りたれど、なほ[三一]既往久後《きしかたゆくすゑ》のこと思ひつゞけて、流石《さすが》に[三二]いもねられず、崩《くづ》れたる窓よりさし入るゝ[三三]月影《つきかげ》は、誰《たが》まことをか照《てら》すらんと打托《うちかこ》たれ、音信《おとづる》る波の音には、[三四]人心《じんしん》の反覆波瀾《はんぷくはらん》の如しといひつることとさへ思《おも》ひ出《いで》られて、いとゞ[三五]あはれを真十鏡《ますかゞみ》、くもらぬ胸に雲霧《くもきり》の晴るゝ間《ま》なきも誰業《たがわざ》ぞ、奸奴《かんど》の為《ため》に[三六]延葛《はふくず》の、弥遠永《いやとほなが》く栄《さか》え来《こ》し、我家《わがいへ》をしも汚《けが》されて、汚目《をめ》ゝゝ《〳〵》として世《よ》に在らば、云甲斐《いひがひ》なしとや人もおもはん、とてもかくても剣太刀《つるぎたち》、いよゝ研《と》ぎつゝ怨《うらみ》ある、醜《しこ》の奴《やつこ》を亡《ほろ》ぼさずば、[三七]泉下《せんか》にいます父《ちゝ》君《ぎみ》に、[三八]まうしとくべき言葉《ことば》なし、さなり〳〵と[三九]壮夫《ますらを》が、不覚の涙止《とゞ》めあへず、[四〇]夜一夜《よひとよ》悶《もだゑ》かなしみ、[四一]わりなくなきしづみをり、まことや「[四二]子羔《シカウ》」は親を失ひて血に泣きつと、そは事なくして終《をはり》つる人の子にこそあれ、仇《かたき》のために身を亡《ほろぼ》し、

一八　障子の「しょうじ」という発音から連想した。
一九　場合によっては時宜に適った巧みな文句。普段ならば、ありふれた地口、駄洒落。
二〇　これほどのことさえ忍耐することができるというのなら、何を忍ぶことができないというのか。これ以上の恥辱はない。
二一　親しみの気持を込めて呼び掛ける語。あなた。　二二　呼び掛けの声。感動詞「やよ」＋詠嘆の助詞「や」。やあ。やい。おい。
二三　以下、ヤヨの音を重ねてリズム感を出す。
二四　いよいよ、ますますの酔い。
二五　「いやよい」の音から三月・弥生を連想し、それをほんのり桜色に酔う顔に結びつけた。
二六　ほんのり桜色どころではない真っ赤な顔色。
二七　「世に、酒によいたる人ほど熟柿くさきものはなしと云」（柳沢淇園『ひとりね』享保十年）。↓『浮雲』三三九頁注七。猿と柿の組合せは猿蟹合戦で、猿の顔の赤さは酔いを連想。
二八　『逍遙選集』別冊二の振り仮名も「もろこゑ」。
二九　原文は with an air of contempt which he could scarce conceal（軽蔑の気持をほとんど隠すことができない様子で）。　三〇　『逍遙選集』別冊二の振り仮名は「たはごと」だが、当時は「タハコト」（『和英語林集成』第三版）が優勢。
三一　↓補三八。　三二　寝も寝られず。眠ることもできない。　三三　明月が夜の闇を照らすように真如の理が迷妄を破ることを言う成語「真如の月」がある。　三四　「人情の翻覆すること波瀾に似たり」（琴亭主人『唐詩作加那』二編、明治二年）。
三五　あわれを「増す」と「ます鏡」（立派な鏡）とを掛ける。↓補三九。月を鏡に見たてているので、縁語として「くもらぬ」「雲霧の晴るゝ間」が出る。
三六　↓補四〇。　三七　黄泉の下。↓八一頁注二六。
三八　申し解く。申し開く。弁明する。釈明する。

千歳《せんさい》の遺恨を呑んで、[一]下ゆく水のいたづらになりにし人の子となりては、[二]杜鵑《ほとゝぎす》の血を吐き[三]猿《ましら》の腸《はらわた》を断《た》つも　その悲《かなし》みにくらべて中々《なか〱》におろかなることなりかし、

第二套

弾《シテ》レ琴《ヲ》瑠紫吐《ク》二衷情《ヲ》一
寄《セテ》レ猟《ニ》騎曼識《ル》二文弱《ヲ》一

[四]却説《かへってとく》　有司某《やくにんなにがし》は[五]不慮《ゆくりな》く「[六]威童苅《エドガル》」が輩《ともがら》に妨碍《さまたげ》られて、職務《やくめ》を果《はた》さゞるのみか、彼《かれ》が勇気に圧《あつ》せられて、痛《いた》く[七]面目《めんぼく》を失ひたりければ、急ぎ[八]明旦《あくるあさ》　掌璽官《しやうじくわん》の館《たち》なる「烏　林《レベンスウード》」の古城《こじやう》に至《いた》り、掌璽官《しやうじくわん》に対面《たいめん》して[九]縡云々《ことしかく》と報《つ》げつ、時しも「維　廉《ウヰリヤム》、阿朱遁《アシユトン》」は[一〇]書斎《しよさい》に在《あり》て　何《なに》に歟《(か)》あらん、物書認《ものかきしたゝ》めて居たりけり、抑《そもく》ゝ是書斎《このしよさい》と云ふは、[一一]往昔当城《そのかみたうじやう》の饗応《きやうおう》の間《ま》にてありければ、画《えが》きたる家々《いへく》の徽章《もん》は、今尚《いまなほ》「[一二]西班牙《イスパニヤ》」産《さん》の栗《くり》の板にて造《つく》りたる円天井《まるてんじやう》、あるひは[一三]硝子《がらす》の絵障子《ゑしやうじ》に残りて、往時《わうじ》のおもかげ偲《しぬ》ばるゝ様《さま》なり、[一四]最長《いとなが》やかなる書棚《しよだな》には[一五]幾百巻《いくひやくかん》とも算《かぞ》へしられぬ書《ふみ》ども置き並べたるが、画障子《ゑしやうじ》より侵入《さしいる》る[一六]日影《ひかげ》に映《えい》じて、[一七]遠き蕃山《はやま》に春《うすつ》ける、斜暉《ゆうひのかげ》とも見えておかし、[一八]柏《かし》の木《き》をもて造《つく》りたる卓《つくゑ》は書机《ふづくゑ》に相対《あひたい》して、[一九]夥多《あまた》の書簡《しよかん》、文牒類《かきものるゐ》、あるひは羊《ひつじ》の皮紙《かはがみ》に書きたる文《ふみ》など、堆高《うづだか》きまで積做《つみな》し

三九　↓補四一。　四〇　↓補四二。
四一　どうしようもなく苦しく。
四二　孔子の弟子。服喪すること三年、泣血した。

以上八三頁

一　「下行く水の　上に出でず　我が思ふ心　安からぬかも」(『万葉集』巻九・田辺福麿歌集)。
二　自らの誤解から弟を殺してしまった兄がホトトギスとなって「弟恋し」と血を吐きながら鳴いたという民間伝承がある。
三　捕らえられた子猿を追って来た母猿が息絶えた時、腸がずたずたに断ち切れていたという『世説新語』「黜免《ちゆつめん》」に見える「断腸の思い」。子を思う母の情の強さも、父を思う「威童苅」の悲しみに比べれば物の数でないだろう。
四　話を転じてほかのことを説き始める時に用いる語。原文に該当する文はない。↓補二一。
五　思いがけず。
六　底本は「威苅童」と誤植。
七　原文は authority.
八　原文は On the morning after the funeral.
九　事情。
一〇　原文は a spacious library(広い書斎)。
一一　原文は once a banquetting-room in the old Castle of Ravenswood.
一二　原文は the carved roof, which was vaulted with Spanish chestnut.
一三　原文は the stained glass of the casement.
一四　原文は the long rows of shelves.
一五　↓補四三。
一六　原文は a dim yet rich light(ほの暗いが、豊かな光)。「日影」は日の光。
一七　以下「斜暉とも見えておかし」まで、原文に該当する文はない。
一八　原文は the massive oaken table and read-

たるは、累々《るゐ〳〵》として小岳《こをか》にも似《に》たり、這広《このひろ》やかなる書斎は、「阿朱遁《アシュトン》」が常《つね》に閉籠《とぢこも》りて所要《しよえう》を果《はた》す処《ところ》にて、二〇哀懽《あいくわん》苦楽《くらく》、通《すべ》て皆此処《こゝ》に生《しやう》じて、此処《こゝ》に消《せう》する二一燕居《えんきよ》の室《しつ》なり、そも「維廉《ウヰリヤム》、阿朱遁《アシュトン》」は二二其為人《そのひとゝなり》軒昂《けだかく》して、外貌《ぐわいばう》より評《ひやう》する時は　一国《いつこく》の政機《せいき》を取り、よく万人《ばんにん》を二三撫育《ぶいく》する、度量《どりやう》あるべく思はるれど、其実《そのじつ》二四は其面《そのおもて》に異《ことな》り、二五卑怯《ひきよ》にして臨機《りんき》果断《くわだん》の明《めい》なく、強《きやう》を畏れ、弱《じやく》を侮《あなど》る小人《せうじん》なり、されば一朝《いつちやう》の二六面善《おもしり》に至《いた》りては　其外貌《そのぐわいばう》に眩《くらま》されて、立地《たちどころ》に之《（これ）》を察《さつ》すること能《あた》はざれど、久《ひさ》しく交《まじはり》を結《むす》ぶ時は　其失《そのしつ》、蔽《おほ》ふによしなく、二七此人《このひと》にして此性質《このさが》あるを歎《たん》ぜざるものなかりしとぞ、　二八閑話休題《あだしごとはさておきつ》「阿朱遁《アシュトン》」は二九那《か》の喪礼《さうれい》の場《には》にて「威童苅《エドガル》」が輩《ともがら》が三〇寺法《じはう》に悖《そむ》き、剰《あまつさ》へ公《おほやけ》の法《おきて》を破《やぶ》り暴慢無礼《ぼうまんぶれい》の振舞《ふるまひ》に及びたるより、彼等《かれら》が悪口雑言《あくこうざふごん》もて飽迄己《あくまでおのれ》を罵《のゝし》りたる条々《すぢ〳〵》まで、此日《このひ》の三一一十五十《いちぶしじゆう》を告《つぐ》るがまゝに聞了《きゝをは》り、三二驚《おどろ》きたる気色《けしき》もなくて、三三更《さら》に尚此騒動《なほこのさうどう》の際《あひだ》某《なにがし》が耳《みゝ》を留《とゞ》めて聞《きゝ》得《え》たりける、口演《こうじやう》の始終《はじめをはり》、あるひは暴言《ばうごん》の微細《びさい》の件《くだり》、残る所なく听了《きゝをは》りて、仔細《しさい》に之を書留《かきとゞ》め、当日《このひ》の縡《こと》に付て後《のち》の三四照験人《あかしひと》となるべき、其席《そのせき》に列《つらな》りたる、甲乙《たれかれ》の名《な》などたづね問ひつゝ、軈《やが》て記《しる》し終《をへ》て、照跡《あとかた》已《すで》に斯《かく》のごとくなれば、三五「烏　林《レベンスウード》」の運命我随意《わがこゝろのまゝ》ならざるなし、三六愉快ゝゝ《〳〵》と、肚裡《はらのうち》にうち笑《ゑみ》つるを色《いろ》にも出《いだ》さず、即《すなはち》某《なにがし》を厚労《あつくねぎら》ひて外《と》の方《かた》へ立出《たちいで》しめ、以前の如くに戸を閉《とぢ》て

ing-desk（どっしりしたオーク製の卓と書机）。oaken は「樫製（カシツクリ）ノ」（『英和双解字典』）。
一九 原文は lay a confused mass of letters, petitions, and parchments. confuse を「堆高きまで積做したるは、累々として小岳にも似たり」と表現した。
二〇 原文は the pleasure at once and plague of Sir William Ashton's life. plague は「疫病。苦難。難儀」（『英和双解字典』）。
二一 「燕居、やすみをる、閑居」（『いろは辞典』）。
二二 →補四四。
二三 底本の振り仮名は「ぶゆく」。
二四 底本の振り仮名は「じゆつ」。
二五 原文は something vacillating and uncertain in his resolution で、vacillate は「揺動（ヨウドウ）スル。変意（ヘンイ）スル。…因循スル」（『英和双解字典』）。
二六 →補四五。
二七 →補四六。
二八 原文は改行するのみだが、「案下某生再説」（→七五頁注二二）と同様。→補二一。
二九 →補四七。
三〇 →補四八。
三一 →補四九。
三二 原文は with great apparent composure で、あくまでも外見上のことである。
三三 →補五〇。
三四 accusation（告訴）の際に必要な人。
三五 原文は he was now master of the remaining fortune, and even the personal liberty, of young Ravenswood.
三六 以下「色にも出さず」まで、原文に該当する文はない。

[一]沈思《しあん》すること半晌《はんとき》あまり、[二]俄《にはか》に計策《けいさく》を得《え》たるが如く突然として椅子《いす》を離《はな》れ立上《たちあが》りしが、又更に独《ひと》り打頷《うちうなづ》き、[三]豎児《こせがれ》濫《みだり》に虎威を侵して我掌《たなごゝろ》に入るからは、彼奴《かやつ》が死生存亡《しせいそんばう》、[四]我方寸《わがはうすん》の中にあり、彼奴《かやつ》が父の[五]執拗《かたくな》にして非道《ひだう》なる、[六]其《その》絶命の期《きは》までも、尚左右《なほかにかく》と我に抵抗《あらがひ》、我性質《せいしつ》の怯弱《きよじやく》なるを[七]奇貨《きくわ》とし、[八]公《おほやけ》の場《には》に幾度《いくたび》となく我を引出《ひきいだ》し、執念《しふね》くたゝりをなしたる遺恨、霽《はら》すべきやうなかりしに、[九]其子《そのこ》「威童苅《エドガル》」が愚《おろか》なる、今日《けふ》しも自《みづか》ら此枉災《このわざはひ》を引起《ひきおこ》したる、譬《たとへ》ば船未《いま》だ港《みなと》を離《はな》れず、誤《あやま》つて破船《はせん》なしたる如し、仮令陸地《たとへくがち》に寄《よら》まくすとも、上潮時《あげしほどき》を失《あやま》りたれば、其意《そのい》を遂《とぐ》べき便《よすが》はあらじ、[一〇]我適纔書留《わがいまがたかきとめ》たる条々《すぢ〴〵》もて[一一]内閣へ訴へなば、彼奴《かやつ》が存亡一時《そんばういちじ》に決し、いかにその罪料《ざいくわ》を宥《なだ》めらるゝとも、償金《しやうきん》の沙汰《さた》にや及ばれん、さらずは必ず「[一二]恵心張《エジンバル》」の牢獄《らうごく》あるひは「黒　巣《ブラックネック》」の囚舎《ひとや》に送《おく》り下《くだ》さるべし、又我身《わがみ》いたく之を論ぜば、叛逆人《はんぎやくにん》とせられて其元《そのかうべ》すら刎《はね》られん、さはいへ、[一三]彼《かれ》を殺《ころ》さんは我好《わがこの》む所にあらねば、彼《かれ》たとひ懐《ふところ》に入るとも、我将《われは》た[一四]猟士《さつを》の仁《じん》に倣《なら》ひて、その殊死《しざい》をや宥《なだ》めてん、さりながら、彼《かれ》もし免《ゆる》されて再《ふたゝ》び自由を得《う》るに至らば、必ず我《われ》を怨《うら》みて、その仇《あだ》を報《むく》いんとこそ謀《はか》るべけれ、今《いま》もしや国中《こくちゆう》に怨《うらみ》を抱《いだ》く徒尠《とすく》なからず、我《わが》国政を誹謗して常《つね》に叛逆《はんぎやく》の芽《きざし》あるに、「威童苅《エドガル》」が[一五]報讐《はうしゆう》の意《い》あるに乗《じよう》じて、之を誘《いざな》ひ謀反《むほん》の方便《てだて》となす時は、[一六]由々敷《ゆゝしき》

一　原文は for a moment in deep meditation で、「半晌あまり(一時間余)」ほど長い時間ではない。→一二七頁注一八。
二　原文は take a sudden and energetic resolution(突然のエネルギッシュな決断をして)。
三　→補五一。原文に「濫に虎威を侵して」に該当する文はない。
四　胸の中。心の中。心臓の大きさは一寸四方と考えられていたことによる。
五　原文は the determined and dogged obstinacy(断固としたがんこな強情)。
六　→補五二。
七　珍しい財貨。利用すれば思わぬ利益を得られそうな物事や機会。
八　原文は embroiled me in law-suits(訴訟に巻き込んだ)。
九　→補五三。原文に「仮令…便はあらじ」(七一八行)に該当する文はない。
一〇　今し方。丁度。「適纔」は白話語彙。『三国志演義』等に用例がある。
一一　原文は the Privy-council. →七五頁注一九。
一二　原文は Edinburgh or Blackness Castle.
一三　→補五四。原文では God が許すか許さないかを問題にしている。→八一頁注三〇・補三三。
一四　原文には「宥めてん」までに該当する文はない。「さつを(名)猟者、かりし、かりびと、かりうど」(『いろは辞典』)。「窮鳥懐に入れば猟者も殺すこと能はず　所謂「鬼の目にも涙」にて猛悪なるものも亦惻隠の心を動すことなきに非るをいふ」(干河岸貫一『俗諺辞林』明治三十四年)。
一五　→補五五。
一六　「ゆゆしき」との振り仮名は「忌々敷」(一一二六頁一五行)にもある。

大事をや惹出《ひきいだ》さん、却什麼《さていか》にせば可《よか》らんやと、我《われ》に問ひ、我《われ》に答へて、其将来《そのゆくさき》を推測《おしはか》れば、心神爰《こゝ》に乱れて、[17]左右《さう》なく進退《しんたい》を定《さだ》めかね、喟嘆《といき》を吐《つ》いて居《ゐ》たりけるが、先《ま》づ此日《このひ》暴動の始終《しじゆう》を内閣へ訴へおかばやと、再《ふたゝ》び[18]文机《ふづくゑ》に倚《よ》り、聞《きゝ》しがまゝ筆《ふで》に任《まか》せて書記《かきしる》すに、[19]無礼《ぶれい》の言辞《ことば》にいたりては、开《そ》を殊更《ことさら》に[20]己《おの》が言語《ことば》もていはずして、自《みづか》ら其《その》乱暴の見《あらは》るべき文字《もんじ》を選出《えりい》で、辞《ことば》を陳《つら》ね、文《ぶん》を成すに、適当の文字《もじ》なきに困《こう》じ果《は》て、[21]心《こゝろ》ともなく見上《みあげ》たる、其頭上《とうじやう》の壁間《へきかん》に彫做《ほりな》したる、「烏林《レベンスウード》」の[22]紋章《もんどころ》に不図《ふと》眼《まなこ》とゞまり、愕然と筆《ふで》擲《なげす》て、しばし茫然《ばうぜん》として居たりけり、そも這《この》「烏林《レベンスウード》」の紋章《もんどころ》は[23]黒き雄牛《をうし》の元《かうべ》にして、[24]俟《まつ》二時到《ときのいたる》一といへる三個《みつ》の文字《もんじ》を彫添《ほりそへ》たり、[25]其濫觴《そのらんしやう》を尋《たづぬ》るに　往昔《そのかみ》[26]千三百年の頃《ころ》かとよ「[27]烏林《レベンスウード》」の遠祖《とほつおや》某《なにがし》と云《い》ふ者　其敵《てき》に[28]戦《たゝか》ひ負《まけ》て城地共《じやうちとも》に奪《うば》れけり、恁而後《かくてのち》某《なにがし》は[29]甲処乙処《こゝかしこ》に飄流《さまよひ》て、争《いか》で此恥辱《このちじよく》を雪《すゝが》ばやと、[30]時《とき》の到《いた》るを俟《まち》たりしに、[31]或時《あるとき》城中《じやうちゆう》に饗宴《きやうえん》ありて、[32]防禦の備《そなへ》の怠《おこた》りたるを窃《ひそか》に知らするものあり、因《より》て打《うち》もらされたる家臣良等《いへのこらうどう》を呼集《よびつど》へ、[33]主従《しゆじゆう》僅《わづか》に二三十人、各〻《（おのおの）》姿をやつし城中《じやうちゆう》へ入込《いりこみ》たり、去《さる》程《ほど》に[34]城主某《じやうしゆなにがし》はかゝる計略《けいりやく》ありとは神ならぬ身の知《し》るに由《よし》なく、家臣《かしん》に対《むか》ひて声高《こゑたか》やかに、[35]用意の酒宴を疾《と》く開《ひらか》ずやと、急がせ命ずる言葉《ことば》の下《した》より、[36]縫師《ぬひし》となりて入込たる、前《さき》の城主某《じやうしゆなにがし》は跳《をど》り出《いで》て[37]大音《だいおん》あげ、時《とき》の到《いた》るを俟《まつ》こと久《ひさ》しと、

一七 ためらわずに。あれこれと言うことなく。
一八 九一頁一一行では「ふづくゑ」と濁る。
一九 原文は such expressions as might infer his culpability（過失あることを推論する語句）。
二〇 原文は without seeming directly to urge it（主観的判断を直接に表現せずに）。
二一 原文は in a pause of his task.
二二 原文は the crest of the family.
二三 原文は a black bull's head.
二四 原文は I bide my time.
二五 「はじまり、起原、根本」（『いろは辞典』）。
二六 原文は in the thirteenth century.
二七 原文は a Malisius de Ravenswood.
二八 底本の振り仮名は「たゝ」。
二九 原文には「雪ばやと」までに該当する文はなく、a powerful usurper…had for a while enjoyed his spoils in quiet. At length とある。
三〇 原文は had watched his opportunity.
三一 原文は on the eve of a costly banquet.
三二 原文には密通者に関する言及はない。
三三 原文は with a small band of faithful retainers（少数の忠実な家臣の一団を従えて）。
三四 原文は the temporary master of the castle（当時の城主）。
三五 原文は the expected feast.
三六 原文は the disguise of a sewer. sewer には裁縫師以外に給仕人頭（head waiter）の意がある。
三七 原文は in a stern voice.

叫《さけ》びつゝ、[一]血祭《ちまつり》と倣《なし》たる雄牛《をうし》の元《かうべ》をもて、食机《しよくき》の上《うへ》へ投出《なげだ》したり、噫《あな》やと驚《おどろ》く程もなく、[二]これを合図《あひづ》に彼方此方《かなたこなた》の隅々《すみ〴〵》より、現《あらは》れ出《いで》たる家臣良等《いへのこらうどう》 各ゝ刃《やいば》を振閃《ふりめ》かして、打《うつ》太刀《たち》風《かぜ》に[三]城主《じやうしゆ》をはじめ、これに従《したが》ふ城兵《じやうへい》は、皆残りなく討《うた》れけり、かくて[四]一度《ひとたび》敵手《てきしゆ》に奪《うば》ゝれたる城地 再《ふたゝ》び某の手に復《かへ》りて、威権《ゐけん》昔《むかし》に弥増《いやま》し、年老《としお》ゆるまで栄《さか》えしとぞ、かゝる昔《むかし》の例《ためし》なん、此時《このとき》[五]卒然《そつぜん》として「阿朱遁《アシユトン》」の心《こゝろ》の裏《うち》に浮《うか》みければ、[六]窃《ひそか》に心に快《こゝろよか》らず、書《かき》かけつる訴状を其儘《そのまゝ》にして巻収《まきをさ》め、[七]背後《しりへ》なる手《て》箪子《たんす》へ他《ほか》の覚書《おぼえがき》と共に収めて[八]緊《しか》と[九]洋錠《からぢやう》をおろし、風のまに〳〵開く戸に やをら居間より出《いで》て、彼方此方《かなたこなた》と逍遥《せうえう》なし 母屋と書斎の間《あひだ》なる[一〇]「古時短《ゴジツク》」風《ふう》に作りたる小部屋《こべや》の傍《あたり》を過《すぐ》る折《をり》しも、声清亮《こゑせいりやう》としていと妙《たへ》に、[一一]琴《こと》掻鳴《かきなら》すは 愛女《まなご》なる「瑠紫《ルシイ》、阿朱遁《アシユトン》」の部屋《へや》なりけり、[一二]さらぬだに[一三]弾《しらぶ》る人の面《おも》影《かげ》見えずして、[一四]妙《たへ》なる管絃《いとたけ》の音色《ねいろ》のみ聞《きこ》ゆるは、[一五]青葉の陰《かげ》に鶯《うぐひす》の春を惜《をし》むがごとく、いと奥ゆかしきものなるに、況《まし》てや最愛なる女《むすめ》が心《こゝろ》をこめて弾《ひ》く爪音《つまおと》に、「維廉《ウヰリヤム》、阿朱遁《アシユトン》」はいとゞ興《きよう》ある心地《こゝち》せられ、心《こゝろ》ともなく立止《たちどま》り、聞《き》くとは知るや[一六]白糸《しらいと》の、浮世《うきよ》の色《いろ》に染《そま》らざる清《きよ》き声《こゑ》にて「瑠紫《ルシイ》」が唄《うた》ふは、

　[一七]蘆原《あしはら》の人事《ひとごと》しげき世《よ》の中《なか》を、心静《こゝろしづか》に住《す》みをへて、[一八]目《め》もあや糸《いと》のうるはしき、色さへ身には秋の野《の》の、[一九]鶉衣《うづらごろも》とうとましく、かゞやく玉《たま》の盃《さかづき》も、手にやは

一 原文は the ancient symbol of death.
二 原文は The explosion of the conspiracy took place upon the signal.
三 原文は the usurper and his followers（簒奪者とその配下の者）。
四 以下「栄えしとぞ」まで、原文に該当する文はない。
五 原文は came immediately home to the breast and conscience of the Lord Keeper.
六 この部分の原文には Lord Keeper の心理についての言及はないが、錠をおろした後、逍遥するシーンでは as if for the purpose of collecting his ideas とある。
七 原文は a cabinet which stood beside him.
八 原文は carefully locking.
九 西洋錠。明治期の日本人なら、南京(ナンキン)錠を連想する可能性が高いが、原文には錠に関する具体的記述はない。
一〇 原文は a large Gothic anteroom. 一二一頁三行に「古時矩」とある。
一一 原文は lute. リュートは弦楽器の一種で、広義には棹と共鳴胴をもち、弦を指ではじくことによって音を出すすべての楽器を意味するが、狭義には棹が短めの琵琶型の楽器を言う。
一二 そうでなくてさえ。
一三 原文は the performers are concealed.
一四 原文は Music…affects us with a pleasure mingled with surprise. mingle は「交(マゼ)ル。…混和スル」（『英和双解字典』）。
一五 原文は reminds us of the natural concert of birds among the leafy bowers. bower は「涼亭。園亭」（『英和双解字典』）。
一六 「白」と「知らず」を掛ける。→補五六。
一七 日本の異名としても用いられ、歌の世界で

瑠紫阿朱遁

掌璽官《シヤウジヅカサ》

二〇 糸肉《シニク》の美音《ビオン》

暗に掌璽官《ツカサ》を惹《ヒ》く

は「蘆原のしげき」のように使われることがある。「蘆原のことば茂くてかひなげに世にすむ我と人も見るがに」(上田秋成『藤簍冊子(つづらぶみ)』文化二年)。→補五七。

一八 目もあやな綾糸。「めもあやに(副) 見ルニ奇(アヤ)シク。目モキラキラスルマデニ」(『言海』)。

一九 「鶉」は秋の景物。「鶉衣」は、つぎはぎした衣、すりきれて短くなった衣で、綾の衣とは対照的存在。「鶉衣」「うとまし」と続ける。

二〇 弦楽器の音と唄う声。「肉」は肉声。

絵 瑠紫が持っている楽器は琵琶。八八頁九行に「琴」とあるが、「琴」の語は弦楽器の総称としても使用される。単に「琴」とするよりも原文のリュートに近いものだが、「洋琴」(九〇頁九行)であるとは言えない。

とらじ、[一]生憎《あやにく》に、生《おひ》も茂《しげ》れる言《こと》の葉《は》を、[二]賤《しづ》がもろ手に苅《かり》すてゝ、妙《たへ》なる音《ね》をも松風の、他所《よそ》の調《しらべ》と聞《き》くからは、[三]ゆめ[四]空蟬《うつせみ》の人《ひと》の世《よ》の、果敢《はか》なき富《とみ》も何《なに》かせん、心《こゝろ》も身《み》をも安《やす》らかに、仇《あだ》し思《おも》ひのなかりせば、憂《う》きこと多き浮《うき》世《よ》さへ　楽しかりけり、天地《あめつち》も、われから広く、月日《つきひ》さへ、長閑《のどか》なりけり、かくてあらば、操《かく》る[五]拷縄《たぐなは》の弥長《いやなが》く、この世《よ》の外《ほか》の世《よ》をや　経《へ》ぬべき、

[六]と唄《うた》ひ了《をは》れば、「阿朱遁《アシュトン》」はやがて歩《あゆみ》よりて　間《あはひ》の扉押開《とびらおしひら》き「瑠紫《ルシイ》」の部屋《へや》に入《いり》たりける、もと[七]此唱歌《このしやうか》は[八]浮屠氏《ふとし》の所謂諸行無常《いはゆるしよぎやうむじやう》の教《をしへ》をば、数句《すうく》の中《うち》に含ませ悟道《ごだう》を示したるものなれば、天稟温柔《さがをんじゆう》なる「瑠紫《ルシイ》」が意《い》にはいたく適《かな》ひ、こよなくこれを愛して、折《をり》〳〵洋琴《やうきん》に合《あは》せ、其無聊《つれ〴〵》を慰むるよすがとはなしけり、[九]そも〳〵この「瑠紫《ルシイ》」と云ふは、その性質《うまれだち》い[一〇]と美麗容顔《うるはしきかほばせ》[一一]の白《しろ》く艶《つやゝ》かにして微紅《うすくれなゐ》を帯びたるは、[一二]一輪《いちりん》の薔薇《しやうび》《ばらのはな》、[一三]朝露《ちやうろ》に悩[一四]むが如く、嬌姿《かたち》の嬝娜《なよやか》にして羞《はぢ》らいたるさまは、[一五]堤上《ていじやう》の新柳《しんりゆう》、烟《けぶり》を罩《こ》むるが如し、[一六]鸞髻《らんけい》《つむり》は盤〳〵《ばん〳〵》として、翠雲《すゐうん》を堆《つ》み、[一七]蛾眉《がび》《まゆ》は淡然《たんぜん》として、[一八]彎月《わんげつ》を払ふ、[一九]纎〳〵《せん〳〵》《ほそき》たる十指《じつし》は、[二〇]玉《たま》もて造《つく》りたる筍《たかんな》の如く、清晶《せいしやう》《きよき》たる双眸《さうばう》《ひとみ》は、秋の夜の[二一]編珠《へんしゆ》《ほし》に似たり、その声音《こゑ》の朗亮《ほがらか》なるを聞《きゝ》ては、仏《ほとけ》の国《くに》にありとかいふめる、[二二]迦陵頻伽《かりやうびんが》もかくやと思はれ、[二三]嬋娟《せんけん》として歩《ほ》を移《うつ》せば、金蓮足下《きんれんそくか》に生《しやう》ずるかと怪《あやし》まる、実《じつ》に昔人《むかしのひと》の[二四]沈魚落雁《ちんぎよらくがん》、閉月羞花《へいげつしゆうくわ》と云ひた

一　思う通りいかない時に使う語。
二　身分の低い者が両手で。
三　決して。
四　「人」にかかる枕詞。
五　「なが（長）」にかかる枕詞。「拷縄」は楮(こうぞ)の繊維でつくった縄で、古い時代は濁らず、「たくなは」とするのが普通。
六　→補五八。原文には「歩よりて、間の扉押開き」に該当する文はない。
七　原文は The words she had chosen seemed peculiarly adapted to her character で、「天稟」に「適」うとのみ述べて、「浮屠氏」以下「よすがとはなしけり」（九—一〇行）に該当する具体的内容を示す文はない。
八　梵語 Buddha の音訳。悟りに達した人、仏陀のこと。限定して釈迦牟尼を指すことが多い。
九　→補五九。
一〇　「性質」と「容顔」の両方にかかっている。
一一　以下、「瑠紫」が美人であることを形容する文辞が続くが、原文は、頭髪（Her locks）に言及するのみで、該当する文は全くない。
一二　多くのものの中で、ただ一つ異彩を放つ紅一点の薔薇。「万緑叢中紅一点」（王安石「詠柘榴」）。薔薇は the queens of flowers（花の女王）と呼ばれ、赤い薔薇の花言葉は love（愛）。
一三　命のはかなさを朝露の消えやすいさまにたとえた。「浮雲人生朝露ノ歎ヲ為サヾルヲ得ズ」（福沢諭吉『文明論之概略』四）。
一四　底本は「脳む」と誤植。
一五　土手に植えられた新芽の萌え出た柳が霞や靄(もや)に包みこまれているかのようだ。→補六〇。
一六　美しい髪は、くるくると巻いてみどりの雲を積み重ねたようで。

りしも、かゝる人をや称《たゝ》へけんと、其の容貌《かたち》のあでやかなるを、[二五]愛《め》でくつがへらざるものはあらざりけり、されど、其[二六]心術温順《こゝろざまをんじゆん》に過《すぎ》て、前《まへ》にもいへる如く、外目《よそめ》よりは動作《ふるまひ》の稍《やく》ゝ怯弱《きよじやく》に見ゆるゆゑに、余りに善柔《ぜんじゆう》なりなどいふものもあり、さるからに、「瑠紫《ルシイ》」は一向《ひたすら》に清間《せいかん》をのみ喜びて、[二七]世《よ》の福《さいはひ》を欲《ほっ》せざれば、また歓楽《たのしみ》を楽《ねが》ふことなく、唯独《たゞひとり》に安《やす》んじて、事なかれかしと思ふのみ、善《よ》きも、悪《あ》しきも、意《い》とせざれば、[二八]外観《よそめ》よりして見る時は、自《おのづか》らいと不楽《わび》しげにして、年老《としおい》たる婦人《ふじん》の如し、さりながら幼稚頃《をさなきころ》より父の[二九]鍾愛大方《しやうあいおほかた》ならねば、「瑠紫《ルシイ》」が愛《めづ》ることゝしいへば、其意《い》に任《まか》せずといふことなし、[三〇]その為人《ひとゝなる》に従《したが》ひて、一向《ひたぶる》に荒唐無稽《くわうたうむけい》の説を好み、往古《むかし》の作物語《つくりものがたり》稗史《ひなぶみ》なんど読むを、こよなき娯《たのしみ》となし、ある時は[三一]自己《おの》が子舎《へや》なる離亭《はなれざしき》に閉籠《とぢこも》り、またある時は[三二]「瑠紫亭《ルシイテイ》」と自《みづか》ら其名《な》を命じたる、木《き》陰《かげを》小暗《ぐら》き東屋《あづまや》に、一人文机《ひとりふづくゑ》に打対《うちむか》ひて、種々《くさぐ》の書類《ふみども》繙《ひもと》き、過来《すぎこ》し方《かた》の事跡を考《かんが》へ、偶《たまく》ゝ佳境《かきやう》に入るときは、自《みづか》ら其地《そのち》に臨《のぞ》みて、書中《しよちゆう》の人に相対《あひたい》し、相伴《あひともな》へる心地《こゝち》して、余念なく消光《くらす》ことも多かり、かく其性質《さが》いたく父母《ふぼ》兄弟《きやうだい》に異《こと》なれど、父「維廉《ウヰリヤム》、阿朱遁《アシュトン》」は深くこれを鍾[三三]愛《いつくし》みて、たゞ掌中《しやうちゆう》の珠玉《たま》の如くに思ひけり、又[三四]兄《あに》なりける「短王《ショルトー》」は、其心術勇猛《そのこゝろざまたけく》、武道を好み、豁達《くわつたつ》なる壮士《ますらを》なれど、「瑠紫《ルシイ》」を愛することと父に異《こと》なることなく、二《に》なきもの

一七 蛾の触角のような三日月形の眉。美人の眉を形容する常套句。
一八 弓形をしている月。弓張月。弦月(げつん)。
一九 美しい手を形容する常套句。ほっそりしてしなやかな十本の指。底本の右振り仮名は「しんく」と誤植。
二〇 「玉筍」は美しい筍。美しい指を形容する語。
二一 星々。
二二 仏教で雪山または極楽にいるという想像上の鳥。
二三 美人を評する常套句。→補六一。
二四 美人を評する常套句。→補六二。
二五 愛し可愛がらないものはなかった。「くつがへる」は動詞に添えてその意味を強める語。
二六 原文には in the last degree gentle, soft, timid, and feminine(極度に温和で、柔和で、臆病で、柔弱)とある。
二七 現世での幸福。
二八 以下「年老たる婦人の如し」まで、原文に該当する文はない。
二九 底本は「鐘愛」と誤植。明治期においては「鐘」と「鍾」の混用は珍しいことではない。
三〇 →補六三。
三一 原文は her retired chamber.
三二 原文は the woodland bower which she had chosen for her own, and called after her name.
三三 底本は「鐘愛」と誤植。→注二九。『当世書生気質』第四回に「愛鍾(めでいつくし)みて」とある。
三四 →補六四。原文には「短王」という名は示されていない。→九二頁注一二。

と思へり、しかのみならず、まだあげまき[一]の童《わらは》なる、弟《おとうと》[二]「顕理《ヘンリー》」の姉を愛《あい》し慕《した》ふこと、父母《ふぼ》にもまさりて、痛《いたは》しげなり、偶ゝ《たま〳〵》小鳥狩《とりがり》[三]などして些《いさゝか》の猟物《えもの》を得《う》るだに、帰りては姉に誇り示し、その肉を分《わか》ちて食《く》はしめ、又学芸《がくげい》[四]の師《し》にて、物《もの》あらがひなどする時は、必《かなら》ず帰りて姉の指揮《さしづ》に従《したが》ふが如き、その苦楽を共《とも》にせざることとなし、さるからに「瑠紫《ルシイ》」[五]もまた弟《をとうと》を憐《あわれ》み愛《いつくし》みて些少《いさゝか》の事にも心《こゝろ》を留《と》めて教へ導くこと、父母《ふぼ》も及ばざる所あり、斯迄《かくまで》父同胞《おやはらから》に愛せらるゝ「瑠紫《ルシイ》」なれど、母「正室《レディイ》、阿朱遁《アシユトン》」のみは、そが善柔寡断《ぜんじゆうくわだん》[六]にして動作《ふるまひ》の女々《めゝ》敷《しき》を深く賤《いやし》[七]み、常《つね》に「瑠紫《ルシイ》」を目《もく》して「蘭丸守《ランマルムール》」[八]牧場の名の牧乙女《うしかひをんな》と呼做《よびな》しけり〈総て牧乙女《うしかひをんな》は柔弱にして気力なきもの多きが故に　かくは瑠紫を仇名せしものなるべし〉、傍《かたはら》よりして之を見れば、かくまで孝順《かうじゆん》にして直《すなほ》なるを、真実《まこと》の母の、かく仇名《あだな》をさへ負《おは》しむるは、最訝《いといぶ》[九]かしきに似たれども、「正室《レディイ》、阿朱遁《アシユトン》」は其性《そのさが》厭迄《あくまで》雄々敷《をゝしく》、前にもいへる如く、夫《をつと》「維廉《ウヰリヤム》」すら一歩を譲る婦人《ふじん》なれば、「瑠紫《ルシイ》」が更《さら》に活[一〇]潑の気力なきをいと甲斐《かひ》なしとうち憾《うら》みて、唯《たゞ》長子《ちやうし》[一一]なる「短王《シヨルトー》」が卓然《たくぜん》として人を凌《しの》ぐ精神《せいしん》あるをのみ愛《め》で喜《よろこ》び、これを憐《あわれ》むこと限《かぎ》りなし、「正室《レディ》」常《つね》に謂《いへ》らく、長子《ちやうし》[一二]「短王《シヨルトー》」は久後《ゆくすゑ》名をも挙げ　我《わが》「阿朱遁《アシユトン》」の家《いへ》をば興《おこ》すべき器量ある者なり、それにひきかへ、「瑠紫《ルシイ》」[一三]は世《よ》に交《まじは》り、多《おほく》の上《うへ》に立《たち》て人なみ

一　原文は an age when trifles chiefly occupied his mind（些細なことが主として心を支配している年齢）。→『稗史家略伝并に批評』一八六頁注一一。
二　原文は Her younger brother…made her the confidante of all his pleasures and anxieties.「Confidante…心服者。信友。知心ノ人」（『英和双解字典』）。
三　原文は his success in field-sports.
四　原文は his quarrels with his tutor and instructors（教員助手や教師たちとの口論）。
五　→補六五。原文ではここで初めて Henry の名が出る。
六　善良で気が弱く、決断力に欠けること。「善柔」の語は九一頁三行に既出。→補六六。
七　原文は in derision（嘲笑して）。
八　原文は Lammermoor Shepherdess.
九　原文は impossible.
一〇　原文は feebleness of mind であるがゆえの softness of temper だとする。
一一　→補六七。
一二　→補六八。原文ではここで初めて Sholto の名が出る。
一三　原文は Poor Lucy is unfit for courts, or crowded halls.

〱の世《よ》を経《へ》んこと覚束《おぼつか》なし、されば彼《かれ》がためには、[一四]無為《むゐ》安楽《あんらく》にして世に交《まじは》ること稀《まれ》なる、[一五]郷士《がうし》なんどに嫁《とつが》せなば　こよなき幸《さいはひ》ならめ、かゝれば又女《むすめ》も　算《かず》限《かぎり》なき、[一六]浮世《うきよ》の苦労を免《まぬか》れて、長閑《のどか》なる月日《つきひ》を送ることを得《う》べし、仮令《たとひ》[一七]少しの苦労あらんとも、そは夫《をつと》が[一八]山猟《かり》に出《い》で落馬せしたぐひに過ぎざるべし、そも〱[一九]我夫《わがをつと》の掌璽官《しやうじくわん》なる尊《たふと》き位《くらゐ》に登らせ玉ひしは、尚輓近《まだちかごろ》のことなるに、我方《わがかた》よりして威勢《いきほひ》を示し、人を抑ふるにあらざりせば、いかで永く位《くらゐ》を保《たも》つことを得べき、[二〇]代々《よゝ》相襲《あひつぎ》たる門閥《いへがら》には、人自ら腰を折りて命《めい》を用ゐるといへども、[二一]新《あらた》に成《な》り出《いで》たるものは、人常《ひとつね》にこれを嫉《にく》みて、あしさまにもてなすものなり、さるからに「[二二]瑠紫《ルシイ》」の如き、殊《こと》に女々《めゝ》敷女子《しきをなご》は、牧畜《うしか》ふ場《には》の主《あるじ》か、或《あるひ》は女僧院《あまでら》の庵《あん》主《しゆ》などにこそせめ、争《いかで》か圧制もて、人の尊敬《そんきやう》を受《う》る気力のあるべき、[二三]吾儕宿世《わがみすくせ》拙《つたな》くして、男子《をのこ》は二人の外《ほか》なければ、女《むすめ》「瑠紫《ルシイ》」を第三の男子《をのこ》と思ひて養育《やしなひ》つるに、その甲斐《かひ》なく、かく世《よ》に越《こえ》て女々《めゝ》敷《しき》は、いと心苦《こゝろぐる》しきことなり、されどこれもまた前世《さきのよ》に定《さだま》りつる[二四]要束《やくそく》と思へば、詮方《せんかた》なし、唯女《たゞむすめ》の為《ため》には、温良《をんりやう》にして[二五]紛華《ふんくわ》を厭《いと》ふ人を得《え》て夫《をつと》に持たしめなば、[二六]妹脊《いもせ》の中に浪風《なみかぜ》なく、世《よ》を安《やす》らかに送ることを得べしなど、流石《さすが》に[二七]焼野《やけの》の雉子《きゞす》、夜《よる》の鶴《つる》、[二八]子《こ》ゆゑの闇《やみ》に迷《まよ》ひつゝ、いろ〱に「瑠紫《ルシイ》」が後来《ゆくすゑ》を案《あん》じ煩《わづら》ひけり、実《げ》に[二九]子《こ》を視《み》ること親《おや》に若《しか》ず、

一四 原文は every comfort.
一五 原文は country laird.
一六 原文は without an effort on her own part.
一七 原文は the tender apprehension.
一八 原文は break his neck in a fox-chase（狐狩りで首を折る）。
一九 原文は The Lord Keeper's dignity is yet new.
二〇 →補六九。
二一 →補七〇。
二二 →補七一。
二三 不幸な運に生まれついて。原文は Heaven refused us a third boy. →補三三。
二四 約束。『史記』や『漢書』に用例がある。
二五 派手なこと。俗事を離れた「清間」（九一頁四行）とは正反対。原文は ambition が low であること。
二六 愛し合う女と男。夫婦。
二七 「焼野の雉子夜の鶴子を思はぬ親はなしと世の諺」（『朝野新聞』明治十二年八月十八日・二面）。
二八 「人の親の心は闇にあらねども子を思ふ道に迷ひぬるかな」（『古今和歌六帖』第二・藤原兼輔）。「親の慈悲心子ゆゑの闇」（近松柳・近松湖水軒・近松千葉軒合作『絵本太功記』寛政十一年）。
二九 「子を見ること親に如かず　管子に子を知るは父に如くはなし、臣を知るは君に如くはなし、といふに出で、子の性質を詳知するは親に如く者なし」（干河岸貫一『俗諺辞林』明治三十四年）。

「正室《レディ》」の云ふ所一々《いち〳〵》当《あた》れるに似たれども、尚《なほ》[一]一点の[二]誤察《ごさつ》ありて、「瑠紫《ルシイ》」が[三]かゝる温順《をんじゆん》なる心術《こゝろざま》に似もやらず、中《うち》に[四]鋭利《えいり》の質《しつ》を具《そな》へ、[五]恰《あたか》も古《いにしへ》の予言者《よごんしや》が云へる果実《くわじつ》《このみ》の如く、其[六]機《き》に臨《のぞ》みては、一夜の中に卒然《そつぜん》と破裂し、[七]不慮《はからざり》ける一条《いちぢやう》の珍事を未来に生《しやう》ぜんとは、少しも心付《こゝろづか》ざりけり、即《すなはち》「[八]瑠紫《ルシイ》」が平生《へいぜい》の動作《ふるまひ》を見れば、宛然《さながら》清泉《せいせん》の[九]潺湲《せんくわん》として流るゝが如く、少しも畏《おそ》るべきさまなしといへども、誰《たれ》か知らん、[一〇]下流に嶄巌《ざんぐわん》あり、[一一]静水《せいすゐ》此《こゝ》に至《いたり》てか俄然《がぜん》として砕《くだ》け、[一二]怒騰震掉《どたうしんたく》、[一三]霹靂《へきれき》の勢《いきほひ》を作《なさ》んとは、[一四]看官《くわんくわん》力《つと》めて倦《うむ》ことなく、巻《まき》を重《かさ》ぬるに至《いた》りなば、自らに是《これ》を会得し玉ふべし、閑話休題《あだしごとはさておきつ》「維廉《ウヰリヤム》、阿朱遁《アシュトン》」は「瑠紫《ルシイ》」の子舎《へや》の戸《と》押開《おしひら》き、進《すゝ》み入《いり》つゝ眉打《まゆうち》ひそめ、[一五]ヤヨ「瑠紫《ルシイ》」[一六]方僅《いま》[一七]阿女《おこと》が歌ひつる唱歌《うた》は、[一八]昔時《むかし》さるべき雅人《みやびゝと》のものしたるもの歟《(か)》、又は阿女《おこと》が世《よ》の女子《をなご》は男子《をとこ》に嫁《とつぎ》て、その教《をしへ》を受《うく》るまでは、[一九]浮世《うきよ》の幸福《さいはひ》すべて[二〇]かいやりすてゝ[二一]仇《あだ》なる行《おこなひ》すべからずといひ伝《つた》へたる[二二]世《よ》の教《をしへ》を、物《もの》の音《ね》に合《あは》するために詠《ゑい》じたるもの歟、そはとまれかくまれ、阿女《おこと》は[二三]年尚嫩若《としなほうらわか》きに、かゝる唱歌《うた》うたひて、まだ見も知らぬ世《よ》の中《なか》の、善《よし》、悪《あし》、論《あげつ》らふは、人聞《ひとぎゝ》も[二四]後目《うしろめ》たし、若《も》し阿女《おこと》が心意《こゝろ》を知らぬ人の洩聞《もれき》かば、異《け》しき少女《をとめ》と誹謗《そしり》もせん、其等《それら》のこと、心《こゝろ》して慎《つゝし》み玉へやと、苦々《にが〳〵》しげに説諭《ときしめ》せば、「[二五]瑠紫《ルシイ》」は今更心恥《いまさらうらはづか》しく、赤らむ顔《かほ》は[二六]茜刺《あかねさす》、日《ひ》の入《い》る峯《みね》の夕暮《ゆふぐれ》に似て、

一　原文は in estimating the feelings of her daughter（娘の感情を評価する際に）。
二　誤った推察。
三　原文は under a semblance of extreme indifference（極度の無関心の外見の下で）。
四　原文は nourished the germ of those passions（情熱の芽生えに栄養を与えていた）。
五　↓補七二。
六　原文は sometimes spring up in one night.
七　↓補七三。
八　↓補七四。
九　底本の振り仮名は「ねんくわん」。
一〇　原文は it glides downwards to the waterfall!「嶄巌」は高く険しい岩。
一一　原文は smoothness of current.
一二　荒れ狂い高く上がって地を激しく震わせ。『逍遥選集』別冊二の振り仮名は「どとうしんたく」。「掉」の音読みはテウまたはトウ、ジョウでタクとは読まない。
一三　雷が激しく鳴つて、大きな音が響き渡るような情勢を招こうとは（誰が知るであろうか。知りはしない）。
一四　「看官」は読者。読本等で読者に呼び掛けるスタイルを模している。
一五　原文は So Lucy. ↓八三頁注二二。
一六　↓補七五。
一七　「おこと（代名詞）汝、なんぢ」（『いろは辞典』）。
一八　↓補七六。
一九　原文は the pleasures of life.
二〇　はらい捨てて。あきらめて。
二一　不誠実で浮気な行動。
二二　原文は the fashion of fair maidens（清らかな乙女の流儀）。
二三　「嫩若《うらわか》き童男童女」（『小説神髄』「小説の裨益」）。

[二七]説《とき》(時)解《わけ》(分)難《かね》て口隠《くちぐも》り、(申《さる》)むづかしき所以《ゆゑ》ありて、唱《うた》ひ(酉《とり》)たるものには侍《はべ》らず、たゞ心《こゝろ》づきなく弾《かなで》しのみ、免《ゆる》させ玉へと勧解《うちわぶ》れば、「阿朱遁《アシュトン》」も強《しひ》てはいはず、女《むすめ》をすゝめて館《やかた》を立出《たちい》で、傍近《あたりちか》き山の麓より、広き野中《なか》を東西《あちこち》と逍遥《そゞろあるき》をなしたりけり、[二八]前《まへ》にもいへる如く「烏　林《レベンスウード》」の城郭は小高《こだか》き岳《をか》の頂《いたゞき》にありて、背《うしろ》には鬱蒼《うつさう》たる深林《しんりん》を負《お》ひ、[二九]前《まへ》は席《むしろ》を展《のべ》たる如き曠郊《ひろきの》なるに、時《とき》しも[三〇]霜月《しもつき》の上澣《はじめつかた》なりければ、満眼《まんぐわん》の景色蕭然《けいしよくしやうぜん》として哀《あは》れなること限《かぎ》りなし、[三一]鴉《からす》の三《み》つ四《よ》つ二《ふた》つなんど飛びゆくは、何《いか》なる枝に今宵の宿を頼むらん、[三二]返照《へんしやう》に[三三]微醺《びくん》を帯びて、紫《むらさき》だちたる山《やま》の端《は》は、埰《だ》翠《すゐ》[三四]寒山《かんざん》遠く、沈紅夕照微《ちんこうせきしやうび》なりと打諳《うちあん》ずべく、痩せたる木《き》どもに散り残りたる霜葉《もみちば》は、二月《にぐわつ》の花よりもうるはしく、[三五]諸越《もろこし》のから[三六]紅《くれなゐ》を、我日《わがひ》の本《もと》の大和錦《やまとにしき》に織《お》り做《な》したるが如し、疎林《そりん》の間《あひだ》に野水《やすゐ》の[三七]縈紆《えいう》として流るゝは、[三八]一疋《いつぴき》の白練《はくれん》かとも疑《うたが》はれ、群集《むれつど》ひたる小羊《こひつじ》の、水涯《みぎは》に沿《そひ》て遊ぶめるは、爛班《らんばん》として残雪《ざんせつ》の遠径《ゑんけい》にあるに似たり、常《つね》に視熟《みなれ》し郊山《のやま》すら、此日《このひ》は殊更美妍《ことさらうらゝか》に、いと興《きよう》ある心地《こゝち》して、「阿朱遁《アシュトン》」父子《おやこ》は手に手をとり、行《ゆく》ともなしに、野中《のなか》ふる路《みち》、[三九]とり〴〵なる景色《けしき》を打詠《うちなが》めつゝ歩みゆきけり、その時[四〇]忽人声《たちまちひとこゑ》して、[四一]相公《との》さまゝゝと呼《よ》ぶ者あり、誰《たれ》なるらんと見返《みかへ》れば、[四二]これなん猟場官《かりばつかさ》「騎曼《ノルマン》」と云ふ男《をとこ》あり、此日も山猟《かり》[四三]にや出たりけん、[四四]一人《ひとり》の童《わらは》に猟犬《かりいぬ》牽《ひか》

二四　後の事が気にかかる。気がひける。
二五　↓補七七。
二六　「日」にかかる枕詞。茜色に照り映える。
二七　原文は disclaim(否認する)。弁明しにくくて言い淀み、そのような難しい理由があって唱っていたわけではなくて。時分(日没の時間)は申の刻(午後四時頃)から酉の刻(午後六時頃)。
二八　原文は as we have noticed.
二九　以下「残雪の遠径にあるに似たり」(一二行)まで、原文に該当する文はない。
三〇　七六頁八行「霜月の中頃」に矛盾する。↓七六頁注五。
三一　↓補七八。
三二　夕日の輝き。夕映え。
三三　ほろよいの様子で。
三四　↓補七九。
三五　唐の国。「越」はもともとは中国の一地方だが、「諸越」の訓読みでもある「もろこし」と共に中国全土を意味するようになった。
三六　紅葉は唐紅色に染まる。大和錦は唐錦に対し、日本で織った錦。凡河内躬恒「神無月紅葉のときは大和にて唐紅にみゆる佐保山」(『躬恒集』)。
三七　くねくねと曲って。
三八　「疋」は織物を数える単位。白い練絹(ねりぎぬ)。「数条の水簾…一匹の白練を曳くに異ならず」(末広鉄腸『雪中梅』明治十九年)。
三九　↓補八〇。
四〇　↓補八一。
四一　↓補八二。
四二　以下「男あり」まで、原文に該当する文はない。
四三　原文は intent on sylvan sport.
四四　原文は a hound led in leash by his boy.

せ、己《おのれ》[一]は手に十字弓《じふじきゆう》を持ちたり、近づくまゝに「維廉《ウヰリヤム》」は声掛《こゑかけ》て、[二]こはめづらし「騎曼《ノルマン》」、今日《けふ》しも例《れい》の山猟《かり》なる歟、いかに、我為《わがため》に鹿《しか》の向股《むかもゝ》一箇《ひとつ》を得《え》させてんやと云へば、「騎曼《ノルマン》」小腰《こごし》をかゞめ額着《ぬかづき》つゝ、貴命《おふせ》承《うけたまは》りぬ、己《おのれ》が獲《え》たる肉を君《きみ》に奉《たてまつる》は、いと栄《はえ》ある[三]造化《しあはせ》なり、いで己《おのれ》が猟《かり》する為体《さま》を、御覧《ごらん》じ給はれかしと請《こは》れて、「阿朱遁《アシユトン》」何心《なにごゝろ》なく、[四]「瑠紫《ルシイ》」の方《かた》を見返《みかへ》れば、常《つね》より忌《いめ》る山猟《やまがり》を、いかで目前《まのあたり》見らるべき、あらずもがなと思ふ心、その面《おもて》に顕《あらは》れ、不興《ふきやう》気《げ》なる顔《かほ》して居《ゐ》るを見て、[五]由《よし》なき事をいひてけりと心付ければ、「阿朱遁《アシユトン》」は俄《にはか》に言葉《ことば》を改めて、否々《いな〳〵》、今射取《いまいとり》てよといふにはあらず、又こそ頼《たの》まめ、今日《けふ》にはあらずといひまぎらすを、「騎曼《ノルマン》」は、[六]肩そびやかして呵々《かや〳〵》と打笑《うちわら》ひ、[七]开《そ》はまた興《きよう》なき辞《こと》に候《さむら》ふ、近来《ちかごろ》のやうに[八]殿達《とのたち》の猟《かり》御覧《ごらん》じにおはさぬはいかなる故《ゆゑ》ぞ、若《も》し[九]郎君《わかとの》〈郎君は短王をいふなり〉の帰らせ玉はゞ、佸計《かうばか》りにはあるまじけれど、それさへ今は在《おは》さねば、己等《おのれら》の[一〇]竈《かまど》に烟《けぶり》や絶《た》え候ふべき、[一一]「春利《ハルリー》」君《きみ》〈春利とは顕理《（ヘンリー）》の事なり〉は[一二]性質《うまれだち》、世《よ》の童《わらはべ》に勝《すぐ》れ給ひて山猟《かり》を好みておはしますを、彼《か》の[一三]益《えき》もなき「羅甸《ラテン》」とか謂《い》ふ文字《もんじ》を読《よま》しめ、館《やかた》の中に閉籠《とぢこめ》て置《おか》せ給ふは、[一四]御後年《おんゆくすゑ》の為《ため》はなはだ心許《こゝろもと》なく候ふ　[一五]是《これ》と比《くら》べて見るときは、前《さき》の領主の在《いま》しゝ折《をり》は、面白きこと多かりき、[一六]兎《うさぎ》一疋射取《いと》りても、丈夫《をとこ》はおろか、童《わらは》まで打欣《うちよろこ》びて見に

一　原文は with his cross-bow over his arm.
二　原文は Going to shoot us a piece of venison, Norman ? で、a piece of venison（一切れの鹿肉）以外のことは述べていない。
三　幸福。「自然」の意ではなく「幸福」の意での使用は白話語彙。→補八三。
四　→補八四。
五　くだらないこと。
六　原文は The forester shrugged his shoulders で、「呵々と打笑ひ」とまでは記していない。
七　原文は It was a disheartening thing.
八　原文は none of the gentles came down to see the sport.
九　原文は Mr Sholto would be soon hame. hame はスコットランド方言で、home のこと。以下、Norman の発言にはスコットランド方言が頻出する。
一〇　原文は might shut up his shop entirely.
一一　Mr Harry.
一二　→補八五。
一三　原文は Latin nonsense.
一四　原文は there would be a hopeful lad lost, and no making a man of him.
一五　原文は It was not so…in Lord Ravenswood's time.
一六　原文は the buck. →九八頁注二。
一七　→補八六。
一八　功労に対して贈られた金貨。九七頁一三行の「円金」の振り仮名は「ゑんきん」だが、九九頁六行・七行の「円金」は「まろがね」。

来り、[一七]しかのみならず、その用《もち》ゐたる山太刀《やまがたな》を、那《か》の方《かた》ざまへまゐらすれば、[一八]円金《ゑんきん》の被物《かづけもの》を賜《たまは》らぬことなかりき、さればこそ、今《いま》も元《もと》の領主の郎君《わかとの》なる「威童苅《エドガル》」君《きみ》は、[一九]古《いにしへ》の「釣人練《ツリストレム》」にもをさ〳〵劣るまじき達人にて、もし那《か》の君《きみ》が銃《つゝ》とりて、猟《かり》に出《いで》させ玉ふときは、目《め》に触れたる野獣《けもの》逃《のが》るべき道なし、さるを此地《このち》へ来《く》るときは、かゝる[二〇]尤《けや》けき弓取《ゆみとり》を見ることなきはいと本意《ほい》なしと、[二一]心《こゝろ》も形《かたち》に異《こと》ならぬ、無骨《ぶこつ》の者の常《つね》として、領主が聞《き》くも憚《はゞか》らず、己《おの》が[二二]利益《りえき》の少《すくな》きまゝ、[二三]うめき出《いで》たる述懐《じゆつくわい》を、聞《きか》ぬ振《ふり》する「維廉《ウヰリヤム》」も、かく目前《まのあたり》に云《いは》れては、流石《さすが》に心に快からず、此奴《こやつ》正《まさ》しく貴人《きにん》[二四]には一芸とも云ふべき山猟《やまがり》を、我《わが》好まぬを物惜《ものをしむ》などするとや思ひ取りて、かくは人によそへて嘲《あざ》けるならん、憎さも憎しと思ふものから、当時《たうじ》の慣習《ならひ》として、猟師《さつを》をば痛《いた》く尊《たふと》び、貴人《きにん》すらこれと論争《あらがふ》ことをよしとせざれば、[二五]憤《いかり》をおさへて[二六]完爾《にっこ》と打《うち》ゑみ、汝《なんぢ》が日頃《ひごろ》の手練《しゆれん》を見ざるは、いと本意《ほい》なき辞《こと》なれど、今日《けふ》しも別《べつ》に去《さ》り難《がた》き所要《しよえう》あれば、意《こゝろ》に任《まか》せがたし、[二七]こはあまりに些少《いさゝか》なれど、汝《なんぢ》に取らするなりと、銭嚢《ぜにいれ》より円金《ゑんきん》一箇《ひとつ》取《とり》出《いだ》して与ふれば、慾に目《め》のなき猟場官《かりばつかさ》、[二八]宛然《さながら》都《みやこ》の手振《てぶり》に馴《なれ》ぬ、[二九]田舎住居《ゐなかずまゐ》の[三〇]大尽《だいじん》より、二倍の宿価《はたご》を恵まれし、逆旅主人《やどのあるじ》のそれならで、[三一]溢《こぼ》るゝまでに笑《ゑみ》かまけ、幾度《いくたび》となく押戴《おしいたゞ》き、涎《よだれ》と共《とも》に懐《ふところ》に収《をさ》め果《は》てゝさていふやう、[三二]こは相公《との》さま、思

一九 原文は a better hunter since Tristrem's time. Tristrem はトリスタン。フランスを中心に広くヨーロッパに流布した恋愛伝説の主人公で、Isolde(イゾルデ)との悲恋で有名。

二〇 きわだって優れた武士。

二一 以下「無骨の者の常として」まで、原文に該当する文はない。

二二 原文は for not possessing the taste for sport.

二三 →補八七。

二四 →補八八。

二五 原文は only smiled and replied, he had something else to think upon to-day than killing deer で、「汝が日頃の…辞なれど」に該当する文はない。

二六 一〇七頁一四行の「蟻巣」も「完爾とうち笑みつゝ」で、当時の典型的表現をそのままに採用したもの。

二七 原文は meantime, taking out his purse, he gave the ranger a dollar for his encouragement(しばらくして、財布を取りだし、御料林管理人に激励代わりに一ドル与えた)。

二八 原文は as the waiter of a fashionable hotel receives double his proper fee from the hand of a country gentleman で、宿屋の主人ではなく、使用人がチップをもらうレベルの話としている。

二九 『逍遙選集』別冊二の振り仮名は「いなかずまゐ」。

三〇 底本の振り仮名は「たいじん」。「だいじん [俗]（名）大尽(金満家を謂ふ)」(『いろは辞典』)。

三一 手放しで笑って。→補八九。

三二 底本は「くは」と誤植。『逍遙選集』別冊二の本文に拠る。

ひよらざる賜《たまもの》をたまはり、己《おの》が身《み》にとりいみじき御恵《みとく》にこそ侍《はべ》れ、されど[一]価《あたひ》はかくたまはる物《もの》から、獲《えもの》のあるなしは　あらかじめ、定《さだ》め難《がた》ければ、もし[二]獲《えもの》なきときは何《なに》もて相公《との》に報《むく》いまつらんと、その事のみ今日《けふ》より一つの心《こゝろ》かゝりに候ふ、[三]さりながら、其等《それら》の事は己《おの》が申《まう》すまでもなく候やらんなど、飽《あく》まで慾深き言葉《ことば》を打消《うちけ》し、苦笑《にがわらひ》して、[四]然《しか》思はんも理《ことわり》なれど、[五]後《のち》に至《いた》らば自《おのづか》ら我意《わがい》の知るゝ時こそあらめ、よしなき事にな心《こゝろ》を痛《いた》めそと云へば、「騎曼《ノルマン》」頭《かうべ》を掻《か》き如何《いか》なる訳《わけ》歟、己《おのれ》には綷審《ことつまびらか》にわからねど、宣《のたま》ふ如くに後《のち》にや知れん、开《そ》は兎《と》もあれ角《かく》もあれ、己《おのれ》の弓もて覘《ねらひ》を謬《あやま》ることなくば、膩肉《じにく》《あぶら》みち〱たる獲《えもの》を相公《との》へまゐらせんこと[六]唯瞬間《たゞときのま》にあるべし、待《また》せ給へといひ終《をは》りて、会釈なしつゝ行《ゆか》まくするを「維廉《ウヰリヤム》」はあわたゞしく呼止《よびと》め、ヤヨ「騎曼《ノルマン》」、汝《なんぢ》が[七]今《いま》しもいひつる、「烏林《レベンスウード》」の若長《わかおさ》は、世《よ》の人《ひと》の称《たゝ》ふる如く武勇に秀《ひいで》たる若者なりやと問《とは》れて、[八]「騎曼《ノルマン》」[九]さん候《さむろ》ふ、武芸は原来《もとより》己がまうすまでもなき事にて候ふ、先年《さきつとし》[一〇]己《おの》が「椿噬《チユンゲム》」の猟場守《かりばもり》して[一一]侍《はべ》りし頃《ころ》、[一二]領主に従《したが》ひて猟《かり》せしことの候ひき、その時[一三]大鹿《おほしか》一つ荒出《あれいだ》して、勢宛然《いきほひさながら》古猪《ふるゐ》の如く、[一四]追夫《せこ》を飛越《とびこ》えかけたほし、領主の前《まへ》へ走《はし》り来《きた》り、噫《あは》や飛掛《とびかゝ》らんとする程に　猟《かり》に、なれたる猟士等《さつをら》も　気《き》を呑《のま》れて、驚《おどろ》くのみ、あれよ〱と云ふばかり、近寄《ちかよ》る者もあらざりしに、

一　原文は Your honour is the bad paymaster… who pays before it is due（受け取るべき物を手にしないうちに支払をするのは名誉ある会計ではない）。

二　原文は What would you do were I to miss the buck after you have paid me my wood-fee? で、ここでの「獲」は the buck. the buck は「兎」（九六頁一六行）、「大鹿」（九八頁一四行）と訳されている。

三　以下「打消し」まで、原文に該当する文はない。

四　以下「よしなき事にな心を痛めそ（つまらないことに心を痛めるな）」までは「維廉」の言葉。

五　原文は I suppose…you would hardly guess what I mean.

六　ほんの少しの時間で。つかのまのうちに。

七　→補九〇。

八　原文は Brave?—brave enough, I warrant ye.

九　そうでございます。

一〇　原文は I was in the wood at Tyninghame.

一一　底本は「待りし」と誤植。

一二　原文は when there was a sort of gallants hunting with my lord.

一三　→補九一。

一四　「せこ（名）勢子、列卒、かりこ、かりたてにん」（『いろは辞典』）。

「烏林《レベンスウード》」の郎君《わかとの》のみ　あわつる諸人《しよにん》を[一五]かなぐりやり、つと駆寄《かけよ》り給ふ歟と、見る間《ま》するどき刃《やいば》の下《もと》に、大鹿《おほしか》は忽地後足薙《たちまちあとあしなぎ》たふされて、地上へ磆《だう》と倒《たふ》れたりき、[一六]此折《このをり》は尚那人《なほかのひと》には年歯《よはひ》二八《はち》に過《すぎ》ずとこそ承《うけたまは》りて候ひしかと、いと[一七]ほこりがに物語《ものがた》るを、「阿朱遁《アシユトン》」は聞了《きゝをはり》て、打《うち》うなづきつゝ　さらば鳥銃《てつぽう》は如何《いかに》、こもまた巧《たくみ》なりやと、[一八]半《なかば》いはせず眼《め》を見張り、[一九]那《か》の人《ひと》の鳥銃《てつぽう》をしも巧《たくみ》に射給ふは　己《おのれ》が指《ゆび》の間《あひだ》に[二〇]円金《まろがね》を挟《はさ》ませ、こを的《まと》として百歩《ひやくぽ》の外《ほか》にて打《うち》ぬき給ふべし、されど、己《おの》が身《み》にとりて些《いさゝか》も危《あやふ》きことなければ、又円金《まろがね》をとりかへて　再《ふたゝ》び的《まと》に立《た》ち申《まうす》べし、こをもてもその手練《しゆれん》の大方《おほかた》を推測《おしはか》り見給ふべし、かくても相公《とのの》には那《か》の人《ひと》を拙《つたな》しと[二一]さみし給ふ歟、如何《いか》に候ふと、[二二]息巻《いきまき》つゝいふを制して、[二三]否《いな》〳〵、寔《まこと》に上手なり、誰《た》が其《それ》をしも拙《つたな》しといはん、実《げ》に稀有《けう》なる勇者かな、さばれ、はからざる長譚《ながものがたり》に、[二四]心《こゝろ》つきなく汝《なんぢ》が職業《しごと》を妨《さまた》げたり、又こそあはめ、さらばよと「瑠紫《ルシイ》」が手をひき立別《たちわか》れ、ゆくを背《そびら》に[二五]「騎曼《ノルマン》」は、童《わらは》を伴《ともな》ひ「維廉《ウキリヤム》」の　来《きた》りし方《かた》をたどりつゝ、[二六]だみたる声音《こわね》はり上《あげ》て、唱《うた》ふ言葉《ことば》も深山《みやま》木《ぎ》の、育てるまゝに飾《かざり》なく、其意志《そのこゝろ》さへ知られけり、

[二七]有明《ありあけ》の鐘《かね》の響《ひゞき》や山寺《やまでら》の、行《おこな》ひ人《びと》の心《こゝろ》には、諸行無常《しよぎやうむじやう》と聞《きこ》ゆらん、まだ覚《さ》めやらぬ手枕《たまくら》の、[二八]夢央《ゆめなかば》なる仇人《あだびと》は、愛別離苦《あいべつりく》や托《かこつ》らん、[二九]喇叭《らつぱ》の声《こゑ》と諸共《もろとも》に、

一五 荒々しくかき分けて。
一六 原文は He was but sixteen then, bless his heart!「年歯二八」は十六歳。
一七 誇らかに。誇らしげに。得意そうに。
一八 「眼を見張り」まで、原文に該当する文はない。
一九 原文は He'll strike this silver dollar out from between my finger and thumb at fourscore yards, and I'll hold it out for a gold merk. merk はスコットランド方言で、mark のこと。
二〇 →九七頁注一八。
二一 見下げる。軽んじる。
二二 息づかいを荒くして激しく怒る。ひどく憤慨する。
二三 原文は but we keep you from your sport, Norman—good morrow, good Norman.
二四 注意が足りなくて。考えが回らないで。
二五 原文は humming his rustic roundelay（いなか者らしい質朴な歌を口ずさみながら）のみで、「童を伴ひ」に該当する文はなく、「唱ふ言葉も深山木の、育てるまゝに飾なく、其意志さへ知られけり」も rustic（いなか者らしい）にあわせて創作したもの。
二六 低く歯切れの悪い耳ざわりな声。だみ声。
二七 →補九二。原文に「諸行無常」に該当する文はない。
二八 原文は The abbot may sleep で、abbot は「和尚頭（テラノヂウジ）」（『華英字典』）だから、「仇人…」は無理がある。
二九 原文は bugle で trumpet より小さく、弁はない。

家立出《いへたちいづ》る猟士《さつを》[一]には、東雲空《しのゝめぞら》[二]ぞおのが時、東雲空《しのゝめぞら》ぞおのが時、「微流望《ヒルホプ》」山《ざん》に鹿出《しかいで》ぬ、兎《うさぎ》も出《いで》ぬ、[三]みづらゆふ、矮樹《わかき》の下《もと》に獣《けだもの》も、群《む》れ遊《あそ》ぶめり、百草《もゝくさ》の、花さく野辺《のべ》の、花百合《はなゆり》の、花より白き[四]狭雄鹿《さをしか》も、今《いま》こそ出《いで》て遊びつゝ、

おのが姿やほこるらめ、おのが姿やほこるらめ、

と唄《うた》ふ声《こゑ》さへ西東《にしひがし》、間《あは》ひ遥《はるか》になるまゝに、[五]木梢《こずゑ》を渡《わた》る、木枯《こがらし》に、妨《さまた》げられてやがて聞《きこ》えずなりしかば、「維廉《ウヰリヤム》」は、「瑠紫《ルシイ》」に向《むか》ひて声打《こゑうち》ひそめ、[六]阿女《おこと》は生平《つね》より人《ひと》の履歴《うへ》を探《さぐ》り聞《き》くことを好みつるが、[七]「騎曼《ノルマン》」の「烏林《レベンスウード》」に仕《つか》へしことは聞《きゝ》しことなきや、若《も》しさる理由《わけ》のなきならば、[八]なでふ彼奴《かやつ》が斯迄《かくまで》に、彼《かれ》を誉《ほむ》るのすぢあらん　思ひあたれることはなきや、あらば話して聞《きか》せよと問《とは》れて、「瑠紫《ルシイ》」は打《うち》あんじ、さればにて侍《はべ》るなり、[九]吾儕《わなみ》も楚《しか》とは知り侍らねど、[一〇]彼《か》の「騎曼《ノルマン》」は総角《あげまき》の頃《ころ》より「烏林《レベンスウード》」に仕《つか》へ、後《のち》には「陳東《レジントン》」の猟場守《かりばもり》を務《つと》めしよし、風《ほのか》に聞《きゝ》しこと侍りしかど、开《そ》は実《まこと》なりやよくは知り侍らず、若《も》し先《さき》の領主なる「烏林《レベンスウード》」の来歴《こしかた》を尋《たづ》ね知らまく思《おぼ》し給はゞ、「蟻巣《アリス》」の媼《うば》に問《とは》せ給へ、[一一]彼《か》れこそ能《よ》く知りて侍るらめといふを聞取《きゝと》り、其は何故《なにゆゑ》ぞ、先《さき》の領主の来歴《こしかた》を聞《きゝ》て何等《なにら》の用になすと、問返《とひかへ》されて「瑠紫《ルシイ》」は首《かうべ》を打振《うちふ》り、开《そ》は何故《なにゆゑ》歟　吾儕《わらは》も知り侍らねど、たゞ先刻《せんこく》も父上が「騎曼《ノルマン》」に向《むか》ひ給ひ「烏林《レベンスウード》」

一 原文は the yeoman で、gentleman より低い地位の freeholder（自由所有権保有者）。
二 明け方の空。
三 原文に「みづらゆふ」に該当する文はない。「紅豆 さゝげ…関東にて大角豆（ささげ）の短く生るものをみづらと呼…童装束の時は総角（あげまき）とて、みづらゆふと有。今みづらさゝげといふものゝたばねたるも童子の髪に似たり。これによる歟」（越谷吾山『物類称呼』安永四年）。
四 原文は doe で雌鹿だから、誤訳がある。
五 原文は when the yeoman's song had died on the wind で、「「維廉」は…声打ひそめ」に該当する文はない。
六 →補九三。
七 →補九四。
八 「なにといふ」の転。どうして（…するであろうか）。「なでふ和殿を資（たすけ）ざらんや」（『南総里見八犬伝』第百十三回）。
九 原文は I am not quite so faithful a chronicler（私はとても正確な記録者とは言えない）。
一〇 原文は I believe that Norman once served here while a boy, and before he went to Ledington, whence you hired him で、「それから父上が彼を雇用した」の一文がある。「陳東」の振り仮名は、底本の一字めは判読不能で、『明治文化全集』は「ジントン」、『逍遙選集』別冊二では「チジントン」とある。
一一 原文は old Alice is the best authority.

の性来《うまれたち》をいろ〳〵と問《とは》せ給ひし故《ゆゑ》、さてなん斯《かく》は申しつるといへば、「阿朱遁《アシュトン》」苦笑《にがわらひ》して、[12]开《そ》はまた痛《いた》き[13]邪猜《じやすゐ》なり、[14]しかしながら、今阿女《いまおこと》がいひつる「蟻巣《アリス》」とはまた何《いか》なる者ぞ聞《きか》まほし、凡《およ》そ阿女《おこと》は我《わが》土地に住《すまゐ》する老女《おうな》にて[15]面善《しら》ぬはあらざるべし、いかに然《さ》はあらずやと問《とは》れて、「瑠紫《ルシイ》」は点頭《うちうな》づき[16]命《のたま》ふ如くに侍り、[17]ようなき業《わざ》とは思ひ侍れど、此世《このよ》に頼少《たのみすくな》き者共《ものども》と思へば、自《おのづ》から[18]強面《つれなく》もてなし難《がた》く侍るなり、开《そ》は兎《と》もかくも問《とは》せ給ふ「蟻巣《アリス》」の嫗《うば》は、目《め》は盲《し》ひ、年《とし》さへいたく寄《よ》りて、薄命《はくめい》なる者に侍れど、その性質《さが》は[19]老女《おうな》の中《うち》の帝《みかど》とも称《たゝ》へつべき稀有《けう》の人品《ひとがら》にて、もし目前《まのあたり》あはせ給はゞ、父上とても必《かなら》ずその心《こゝろ》の敏捷《さとき》に驚《おどろ》き、[20]人《ひと》の心《こゝろ》を見透《みすか》す術《じゆつ》を得《え》たる者とやなし給はん、[21]吾儕《わらは》はとくより那《か》の嫗《うば》を目盲《めしひ》とは知りて侍れど、尚逢《なほあ》ふごとに顔色《おもて》を見透《みすか》さるゝ心地《こゝち》して、[22]袖もて顔《かほ》を掩《おほ》ふ程に侍り、今日《けふ》しも父上よき序《ついで》に侍れば、「蟻巣《アリス》」の嫗《うば》を訪《とは》せ給へ、[23]通常《よのつね》の盲人《めしひ》にかはり其人品《ひとがら》の並々《なみ〳〵》ならぬと心《こゝろ》の敏捷《さとき》を見給はゞ、思ひ合せ給ふ所も侍らん、喃《なう》父上、[24]嫗《うば》の住居《すまゐ》は是処《こゝ》よりはほど近し、此方《こなた》へ来《き》ませと、先《さき》に立《たつ》を推止《おしとゞ》めつゝ、「瑠紫《ルシイ》」よ、そは[25]よしなき業《わざ》なり、止《やみ》ね〳〵、余《わ》が尋《たづ》ねつるは其事《そのこと》ならず、「蟻巣《アリス》」とやらんは先《さき》の領主に何《いか》なる縁故《ちなみ》あるものか　阿女《おこと》は其由縁《そのゆゑよし》を聞《きか》かずやと問《とは》れて、暫《しば》し打案《うちあん》じ、正《まさ》しく乳母《うば》にてありしと聞《きゝ》侍りき、

一二 原文は Pshaw, child! で、Pshaw は「人ヲ賤悪スル詞(コト)」(『英和双解字典』)。
一三 「邪推」の表記が一般的で、「猜」に「すゐ」の音はない。→補九五。
一四 原文は yet immediately added で、「しかしながら(yet)」は地の文。
一五 八五頁六行の「面善」の振り仮名は「おもしり」。→補四五。
一六 原文は To be sure I do, or how could I help the old creatures when they are in hard times?
一七 無益な行為。八二頁八行に「益(よう)なし」とある。
一八 →補九六。
一九 →補九七。
二〇 「西洋の国には。Mind-reading(読心)といふ事ありて。他の肚を読む女性のあるあり」(『未来の夢』第八回、明治十九年)。
二一 原文は though she has been blind these twenty years.
二二 原文は I often cover my face, or turn it away.
二三 原文は a blind and paralytic old woman(盲目で中風の婦人)。
二四 原文は we are not a quarter of a mile from her cottage(我々は彼女の家から四分の一マイルの所にいる)。
二五 →九八頁注四。

嫗《うば》の此地《このち》に留《とゞま》りしは、二人の実孫《うまご》が父上に仕《つか》へまつりしゆゑなりとぞ、こは嫗《うば》よりたしかに聞《き》きたるにあらねど、時世《ときよ》の変遷《かはり》を打嘆《うちなげ》き、元《もと》のこといひ出《い》でゝ、折々《をり〳〵》[一]打《うち》かこち侍るもて大方推量《おほかたすゐりやう》し侍りきと語《かた》れば「阿朱遁《アシュトン》」眉打顰《まゆうちひそ》め、心得《こゝろえ》難《かた》き老婆《らうば》かな、[二]其身《そのみ》は勿論《もちろん》子供まで、我恩沢《わがおんたく》を受けながら、怨《うらみ》がましく世《よ》をかこつは　いと理《わり》なしとつぶやくを、「瑠紫《ルシイ》」は[三]然《さ》こそと慰めて、宣《のたま》ふ処《ところ》いと理《ことわり》に侍れども、[四]寔《まこと》を申《まう》さば父上にもおん過失《あやまち》なきにあらじ、又[五]嫗《うば》は其性《そのさが》慾寡《すくな》く、正《たゞ》しき道のみ愛《めづ》るものゆゑ、餓《うゑ》を扶《たすく》る料《りやう》にとて、黄金《こがね》を恵む人ありとも、不義の宝は手にだに触れず、さりとて　誠《まこと》を以《もつ》て交《まじは》れば其赤心《そのまごゝろ》をあらはして、[六]何《なに》くれと己《おの》が知りつることを物語《ものがたり》し侍るに、[七]其弁舌《そのべんぜつ》の爽《さはや》かなる、世《よ》並々《なみ〳〵》の老人《らうじん》の昔語《むかしがたり》をするには似ず、いと興《きよう》ある事にて侍り、[八]殊更《ことさら》に「烏　林《レベンスウード》」は嫗《うば》が仕《つか》へし主家《しゆうか》にしあれば、そが来歴《らいれき》に就《つい》ては親《みづか》ら見聞《みきゝ》したりしことを折々《をり〳〵》いひ出《いづ》る事も侍りき、[九]されば父上　親《みづか》ら嫗《うば》の家《いへ》を訪問《とむらひ》給はで、其辱《そのかたじけ》なきに感じ、且《かつ》は常々《つね〴〵》よりの御恵《おんめぐみ》を喜び、必《かなら》ず他人《たにん》にはなすよりは、悉《くは》しきことを告《つげ》まゐらせん、[一〇]喃《なう》父上、彼所《かしこ》へ行《ゆ》きて「蟻巣《アリス》」の嫗《うば》を訪《とは》せ玉へと先《さき》に立《た》ち、案内《あない》をすれば　[一一]さすがに辞《いな》み難《かね》て、冬枯《ふゆがれ》の樹《こ》の間《ま》の径《みち》を親と子が、手に手をとりて諸共《もろとも》に、「蟻巣《アリス》」の家《いへ》へとさして行《ゆき》ぬ、

一　ぐちをこぼし。
二　→補九八。
三　原文には「Indeed と答えた」とあるのみで、「慰めて」に該当する文はない。
四　原文は I am certain you do old Alice injustice.
五　原文は She has nothing mercenary about her, and would not accept a penny in charity, if it were to save her from being starved で、「正しき道のみ愛るものゆゑ」と「不義の宝は…其赤心をあらはして」に該当する文はない。
六　→補九九。
七　以下「いと興ある事にて侍り」まで、原文に該当する文はない。
八　→補一〇〇。
九　以下「其辱なきに感じ」まで、原文に該当する文はない。
一〇　原文は Do, sir, come and see old Alice.
一一　原文は with the freedom of an indulged daughter, she dragged on the Lord Keeper in the direction she desired で、「冬枯の樹の間の径」に該当する文はない。
一二　目次部分では「第参套」。以下、送り仮名、振り仮名等、目次部分との異同が散見する。
一三　原文では対句風の題目の代わりに Edmund Spenser（エドマンド・スペンサー）の *The Faerie Queene*（『神仙女王』一五九〇—九六年）の一節が提示されている。
一四　目次部分では「誠」。
一五　原文は Lucy acted as her father's guide.
一六　原文は was generally an inhabitant of the city of Edinburgh で、普段はエジンバラに居るとする。

第[一二]三套

説《テ》[一三]二山水一《ヲ》少婦誘《フ》二家君一《ヲ》
弁《ジテ》二前轍一《ヲ》老媼諷《（よ）ム》[一四]二驕吏一《ヲ》

かくて「瑠紫《ルシイ》」は父「維廉《ウキリヤム》」を伴《ともな》ひながら、[一五]こゝは何《なに》といふ所に侍り、かしこはしかぐ〵の古跡の由《よし》など、其処等《そこら》指示《さししめ》しつゝ案内《あない》するに「維廉《ウキリヤム》、阿朱遁《アシユトン》」は[一六]先頃此地《さきごろこのち》に移《うつ》り住《すみ》しといへども、公事《こうじ》の為《ため》に閑暇《かんか》を得《え》ず、自己《おのれ》が領地の内《うち》とはいへど、大方《おほかた》は見《み》も聞《きゝ》もせざりし場所ゆゑ、「瑠紫《ルシイ》」が告《つぐ》る言葉毎《ことばごと》に奇《めづら》しからずといふことなし、[一七]然《しか》るに「瑠紫《ルシイ》」は曩《さき》に母親に従《したがひ》て移り住み、全夏《ひとなつ》を此所《こゝ》に過《すぐ》しつるに　[一八]又自己《おのれ》が好める業《わざ》とて、[一九]意《こゝろ》の如《ゆ》くまゝに彼方此方《こゝかしこ》と逍遥《せうえう》し、山水《さんすゐ》の奇《き》を探《さぐ》りたれば、[二〇]荊棘《けいきよく》の縦《あと》を没《うづ》めたる野辺《のべ》の小径《こみち》、松風の響《ひゞき》に和《くわ》する瀑布《たきつせ》はいふもさらなり、怪巌《くわいぐわん》争ひ立ち、[二一]老木蓊鬱《らうぼくおううつ》たる幽谷《ゆうこく》の隅々《すみぐ》まで、通《なべ》て得知《えし》らざるはなかりけり、正《まさ》に是《こ》れ

[二二]郊山幾十里《かうさんいくじふり》　[二三]行尽　西又東《かうじんすせいまたとう》

閑話休題《あだしごとはさておきて》「[二四]維廉《ウキリヤム》、阿朱遁《アシユトン》」は　天性山泉《てんせいさんせん》を愛し、情《じやう》を[二五]煙霞《えんか》に寄《よ》する[二六]雅客《がかく》なるに、まして[二七]花とも見、月とも詠《なが》むる最愛《さいあい》の女《むすめ》が、その[二八]臂《ひぢ》にすがりつゝ、いと愛らしげに話すさまを見るにつけても、その楽《たのしみ》似るものなく、[二九]実《げ》に[三〇]塵界《じんくわい》を離《はな》

一七 →補一〇一。
一八 原文は taste（好み）とともに want of any other amusement（他に娯楽がなかったこと）を理由に挙げている。
一九 原文は by her frequent rambles（頻繁にあてのない散歩をして）。
二〇 →補一〇二。
二一 草木がこんもりと茂った、奥深く静かな谷。
二二 原文は And every bosky bourne from side to side という John Milton（ジョン・ミルトン）の仮面劇 *Comus*（『コーマス』一六三四年）の一節を引用する。逍遥は「大正五年歳晩」、「三十余年前の昔…を憶ひ起した。…なつかしい作なのである」（菱沼平治訳『仮面劇コーマス』大正五年）と回想している。bosky bourne（樹木におおわれた細流）と「郊山」（九五頁一二行では「のやま」の振り仮名が付されている）の違いがある。
二三 「歩みて行尽（ゆきつく）る所まで到らん」（『旅ごろも』明治十九年十二月二十八日の条、『読売新聞』明治二十年二月二日）。
二四 原文は the Lord Keeper was not indifferent to the beauties of nature.
二五 自然の風景。「煙霞の痼疾（自然の風景を愛し旅を好む習癖）」との成句がある。
二六 風雅を理解し愛好する人。風流を解する人。
二七 原文は the beautiful, simple, and interesting girl.
二八 原文は hanging on his arm with filial fondness. filial は「孝。孝順」（『華英字典』）。
二九 以下「愛で称へけり」（一〇四頁一行）まで、原文に該当する文はない。
三〇 汚れた俗世間の煩わしさから遠く離れて。「塵界（じんがい）の栄利」「塵界（じんかい）の外」（『小説神髄』「小説の裨益」）。

れ来《き》て仙郷《せんきやう》に入《いり》たる心地《こゝち》して、ひたすら[一]奇《き》也《なり》ゝゝと愛《め》で称《たゝ》へけり、「瑠紫《ルシイ》」も今日《けふ》は父に伴《ともな》ふことゆゑ、常《つね》にはましてうれしげにて、[二]年経《としへ》たる木《き》の下《もと》を過《よ》ぎりては、仰《あふ》ぎて長《たけ》の高《たかさ》を算《かぞ》へ、伏《ふし》て周囲《めぐり》の太《ふと》さを計《はか》り、又[三]咲《さ》き後《おく》れたる[四]寒菊《かんぎく》の霜《しも》に傲《おご》れる枝を見ては、[五]かざしの料《りやう》にとて　かけ寄《より》て手《た》折《をる》など、余念なく楽《たのし》めるさま　いと[六]労痛《らうたげ》なり、かくて　[七]羊腸《やうちやう》として限《かぎ》りなき、谷間《たにま》の小《こ》径《みち》をたどりゆけば、[八]或《あるひ》は老樹《らうじゆ》生《お》ひ茂《しげ》りて、日影《ひかげ》を翳《かく》し、古苔《こたい》乱髪《らんはつ》の如く木上《もくじやう》より垂れて衣《ころも》を霑《うるほ》す処《ところ》もあり、或《あるひ》は水石《すゐせき》冷々《れい〱》として[九]佩環《はいくわん》を鳴《なら》すが如く、[一〇]裳《もすそ》を褰《かゝげ》て之《(これ)》に臨《のぞ》めば、澄然《ちやうぜん》として鏡の如き流《ながれ》あり、[一一]ゆき〱て前山《ぜんさん》の巓《いたゞき》に達しぬ、此《こゝ》に至《いたり》て顧《かへり》みれば、[一二]遠山《ゑんざん》は縹緲《ひやうびやう》として翠色《すゐしよく》滴《したゝ》るが如く、雲樹《うんじゆ》は[一三]杳然《えうぜん》として[一四]烟篆《えんてん》を罩《こ》めて有無《いうむ》の間《あひだ》に隠映《いんえい》す、四望《しばう》みな画図《ぐわと》の如く、筆《ふで》にも言葉《ことば》にも写しがたき景色《けいしよく》なれば、親子《おやこ》はしばし此処《こゝ》に立止《たちどま》り、四方《よも》の詠《ながめ》に立《たち》はなれがたく、行手《ゆくて》の道も打忘《うちわす》れたるさまなり、やゝありて、「瑠紫《ルシイ》」は「維廉《ウヰリヤム》」に打向《うちむか》ひ、喃《なう》父君《ちゝぎみ》、告げまつりたる「蟻巣《アリス》」の家《いへ》はもはや程《ほど》もなし、いざまゐらなんと　かひ〴〵しく先《さき》に立ち[一五]麓《ふもと》の路《みち》に添《そ》ひ行《ゆ》けば、げに[一六]行来《ゆきき》の人《ひと》の足跡《あしあと》もしるゝ、艸《くさ》さへ無下《むげ》に踏《ふみ》くだゝれて、住人《すむひと》近しと知られたり、恪《かく》て行《ゆ》くこと半町計《はんちやうばか》り、但《と》見《み》れば、[一七]前面《むかひ》の谷蔭《たにかげ》に、[一八]危然《きぜん》たる断巌《だんぐわん》を脊《そびら》に片拿《かたどり》て締掛《むすびかけ》たる一軒の陋屋《ろうおく》あり、[一九]屋壁《おくへき》は頽然《たいぜん》として崩《くづ》れ落《お》

一　底本は「奇也ゝゝ愛で称へけり」。『逍遙選集』別冊二の本文に拠る。
二　以下「太さを計り」までは、原文 admire the size of some ancient oak を敷衍したもの。
三　以下「かけ寄て手折」まで、原文に該当する文はない。
四　菊の園芸品種。花も葉も小形。霜に強く、十二月から翌年一月にかけて黄色い花を咲かせる。別名「霜見草」。冬まで開花を続ける晩生の菊を指すこともある。↓補一〇三。
五　頭髪や冠に挿す材料にしようとして。
六　「らういたし」が音変化した形容詞「らうたし」に接尾語「げ」がついたもの。いとおしい。かわいらしい。
七　原文は path developing its maze from glen or dingle.
八　以下「鏡の如き流あり」(八行)まで、原文に該当する文はない。　九　佩玉(身分の高い人が腰につけて飾りとした玉)につけた環。「松風、佩環を鳴す」(白居易「将発洛中答令狐相公詩」)。
一〇　「もすそを高くかゝげたる事、あたかも水を渡る時のごとし」(『太平記』巻四)。
一一　→補一〇四。
一二　→補一〇五。
一三　遠くに、かすかに見えるさま。底本の振り仮名は「きやうぜん」。　一四　篆煙。篆字のように細く曲がりくねって立ち昇る煙。
一五　原文は on turning from the little hill.
一六　原文は the daily step of the infirm inmate (虚弱な住人による日々の足跡)。
一七　原文は embosomed in a deep and obscure dell(深く暗い小さい谷に囲まれて)。
一八　→補一〇六。
一九　→補一〇七。

ち、[二〇]華門《ひつもん》は傾斜して草萊《さうらい》[二一]に埋《うづも》れたり、[二二]その中《うち》より細煙《さいえん》の繊々《せん〳〵》[二三]として立颺《たちのぼ》るは、さながら「伊太利《イタリー》」国《こく》の奇跡なる「孟買《モンベイ》[二四]」の古街《こぐわい》を望むがごとし、家《いへ》の前《まへ》にはさゝやかなる園庭《ゑんてい》を設《まう》け、木どもあまた樹做《うゑな》し、その周囲《めぐり》に遶《めぐ》らしたる柴垣《しばがき》の、彼方此方《かなたこなた》に懸《かけ》わたしたる蜂の巣は、主《あるじ》の媼《うば》が世《よ》をわたる方術《てだて》[二五]とこそ知られたれ、この蜂の巣の傍《かたはら》なる年古《としふり》[二六]たる樺《かば》の木《き》の根《ね》に、宛然女神《さながらにょじん》[二七]「寿陀《ジュダ》」姫《ひめ》の棕櫚《しゅろ》の木《き》の下《もと》に坐《ざ》したる如く、端然《たんぜん》[二八]として坐《ざ》を占《しめ》たるは、是《これ》なん「蟻巣《アリス》」なり、今《いま》その形躰《かたち》を見るに、長《たけ》高くして眉秀《まゆひい》[二九]で、童顔《どうがん》[三〇]なほ玉《たま》の如くに匂《にほ》ひ、昔時《むかし》[三一]羅裙《くん》を拖《ひ》き宝髻《はうけい》[三二]を粧《よそほ》ひし面影《おもかげ》さへ、思ひやられてあはれなり、白髪《はくはつ》[三三]は肩のあたりまで打垂《うちた》れ、朝霜《あさしも》の鬢辺《びんへん》に置くが如く、身体《からだ》は峭然《せうぜん》[三四]として骨露《ほねあらは》れ、漁村《ぎよそん》の松の枝疎々《まばら》なるに似たり、[三五]着たる衣服は荒栲《あらたへ》の、手織《ており》の布《ぬの》と見ゆれども、岩井《いはゐ》の清水《しみづ》にや晒《さら》したりけん、洒然《さいぜん》[三六]としていと清潔《きよげ》なり、双眼《さうがん》は長《なが》く盲《しひ》て、物《もの》[三七]の白黒《あいろ》もわかたねど、[三八]その心《こゝろ》の明《あきら》かなるは、燦然《さんぜん》として日月《じつげつ》の天《てん》に懸《かゝ》るが如く、これに向《むかひ》て道《だう》理《り》を語《かた》れば、岩間《いはま》の泉《いづみ》のはしるが如く、滔々《たう〳〵》として滞淳《よどみ》なし、これに向《むかひ》て未来をとへば　燭《しよく》を照らしてト《うら》ふ如く、的然《てきぜん》として験《しるし》あり、世事《せいじ》[三九]の得失《とくしつ》　人物の臧《ざう》[四〇]否《ひ》、その云ふ所みな犂然《りぜん》[四一]として肯綮《かうけい》[四二]に中《あた》り、かの庖丁《はうてい》の牛を解《と》くとか云《いひ》つる喩《ふること》さへ引出《ひきい》づべうおもはる、誠《まこと》やふと打見《うちみ》やりたるさまにては、[四三]みづはぐむ

二〇 柴または竹の枝折戸(しおりど)。貧しい家の門の代名詞的に使用する。 二一 おい茂った雑草。
二二 原文は The thin blue smoke rose from it in a light column で、「伊太利…」の言及はない。
二三 底本の振り仮名は「しん〳〵」と誤植。↓九〇頁注一九。
二四 ポンペイ。↓補一〇八。
二五 ↓補一〇九。
二六 原文は unusual magnitude and age(並はずれて巨大で樹齢を重ねた)。
二七 誤訳がある。↓補一一〇。
二八 原文は with an air at once of majesty and of dejection(威厳と落胆とが混在した態度で)。
二九 以下「あはれなり」まで、原文には、堂々とした(commanding)とのみあるのを大幅に敷衍。
三〇 子供のような若々しい顔つき。「老翁…童顔白髪凡(よのつね)ならず」(『椿説弓張月』後編巻四、文化五年)。 三一 うすものの衣裳。好い暮らしをしていたことを言う。↓補九七。
三二 「山花、宝髻に挿(さしはさ)み、石竹、羅衣を繡(ぬ)す」(李白「宮中行楽詞」其一)。「宝髻」は金銀珠玉の髪飾りをつけた髻(もとどり)。
三三 ↓補一一一。 三四 細くとがって。
三五 ↓補一一二。
三六 さっぱりとあかぬけしたさま。『逍遥選集』別冊二の振り仮名も「さいぜん」。
三七 物の区別が全くできないが。「あいろ」は「あやいろ(文色)」の音変化。
三八 原文は、周囲の雑音とは距離を置いての a ruminating posture(沈思黙考する姿勢)を述べるだけで、「風標容貌なり」(一〇七頁三行)までの大仰な絶賛に該当する本文はない。
三九 俗世間での成功と失敗。 四〇 善悪。
四一 すっきりとしていて。『逍遥選集』別冊二の

瑠紫《ルシイ》に誘《イザナ》はれて
掌璽官《シヤウジツカサ》
蟻巣《アリス》の媼《ウバ》を訪《ト》ふ

掌璽官《ヅカサ》

瑠紫《ルシイ》

蟻巣《アリス》の媼《ウバ》

絵　アリスの風貌は「童顔」（一〇五頁七行）とは全く異なるが、この挿絵の方が、和服であることを除けば、むしろ原文の描写に近い。

振り仮名も「りぜん」。 **四二** 批判が的確で、「庖丁解牛」の故事を思い起こさせる。「庖丁、文恵君の為に牛を解く…技、肯綮を経ること未だ嘗てあらず」（『荘子』養生主篇）。
四三 非常に年老いて。→補一一三。

——以上一〇五頁

一「寒菊」の誤植か。→一〇四頁注四。
二「歳寒くして、然る後に松柏の彫（しぼ）むに後（おく）るるを知る」（『論語』子罕）。

まで老《おい》さらぼへる老婆《らうば》なれど、その心《こゝろ》の雄々《をゝ》しきこと　おのづから面貌《おもて》にあらはれ、いさゝかも衰《おとろ》へたる容色《かたち》なし、[一]蘭菊《らんきく》の朝《あした》の霜《しも》に傲《おご》り、[二]松柏《しようはく》の歳寒《さいかん》を貫《つらぬ》くといふこそ　この老婆《らうば》の上《うへ》には似たれど、いとさはやかなる風標容貌《すがたかたち》なり、然《さる》程《ほど》に[三]「瑠紫《ルシイ》」は柴《しば》の門《と》に歩《あゆ》み寄《より》て掛錠《かけがね》を脱《はづ》し、那方《かなた》に打対《うちむか》ひ、[四]ヤヨ嫗《うば》　汝《なんぢ》に遇《あ》ひ給はんとて、[五]家尊《かぞ》の大人《うし》の来《き》ましたりといへば、老女《らうじよ》は[六]振返《ふりかへ》り、頭《かしら》を此方《こなた》へ傾《かたむ》けて、[七]然宣《しかのたま》ふは「瑠紫《ルシイ》」君《きみ》にておはすよ、父公《ちゝきみ》にも来《きた》らせ給ひたるとな、よくこそ来《き》ましたれ、先《ま》づこなたへと請《しやう》ずれば、「阿朱遁《アシユトン》」は先刻《せんこく》より跡辺《あとべ》にありて、[八]「蟻巣《アリス》」の老嫗《うば》が容貌風姿《すがたかたち》の尋常《じんじやう》ならぬに痛《いた》く驚《おどろ》き、[九]如何《いか》なる縡《こと》をいふやらん、聞《きか》まほしと思ひければ、[一〇]徐庭《やをらには》の中《なか》に進《すゝ》み入《いり》て、[一一]喃老婆《なうらうば》、今日《けふ》は殊更《ことさら》[一二]美好《うらゝか》にて　汝《なんぢ》が手飼《てがひ》の蜂の為《ため》にはこよなき天気にこそといふを、「蟻巣《アリス》」はうち聞《きゝ》て、[一三]現《げ》に君《きみ》の仰《あふせ》の如く、先頃《さきごろ》とはことかわり、今日《けふ》は朝より日和《ひより》もよく、風あたりさへ柔《やはらか》に、いと長閑《のどか》に侍《はべ》りたりといへば、「阿朱遁《アシユトン》」打頷《うちうなづ》き、[一四]喃老婆《なうらうば》、汝親《なんぢみづか》ら此等《これら》の蜂を飼養《やしな》ふにはあらざるべし、こはいかにして養《やしな》ふぞや、聞《きか》まほしと問掛《とひかけ》られ、「蟻巣《アリス》」は完爾《につこ》とうち笑《ゑみ》みつゝ、[一五]开《そ》は国王の民《たみ》を治《をさむ》るに、臣《しん》下《か》に命《めい》じて政《まつりごと》をせしめ給ふ如く、代《かわ》る者ありて養《やしな》ひ侍り、[一六]幸《さいはひ》にして婆々《ばゝ》も臣下には事欠《ことかゝ》ず、既にこゝにも一人《ひとり》は侍《はべ》りと、[一七]襟《えり》の辺《へん》に懸《かけ》たりける、白銀《しろかね》を以《も》て

三　原文は Lucy undid the latch of the little garden gate, and solicited the old woman's attention（ルシイは小さな庭園の門の掛け金をはずし、老婆の注意を喚起した）。「柴の門」は「篳門」（一〇五頁一行）と同じもの。

四　原文は My father, Alice, is come to see you.

五　「かぞ」は父を指す古語。「家尊」は父を敬って言う語。

六　原文は turning and inclining her head towards her visitors.

七　「請ずれば」までは、原文に He is welcome, Miss Ashton, and so are you とのみあるのを敷衍したもの。

八　原文は struck with the outward appearance of Alice.

九　原文は the Lord Keeper…was somewhat curious to know if her conversation would correspond with it.

一〇　原文に「進み入て」までに該当する文はない。

一一　原文は This is a fine morning for your bee-hives, mother.

一二　底本は「美奸」と誤植。

一三　原文は I believe so, my lord, …I feel the air breathe milder than of late.

一四　原文は You do not…take charge of these bees yourself, mother—how do you manage them?

一五　原文は By delegates, as kings do their subjects.

一六　原文は I am fortunate in a prime minister—Here, Babie.

一七　原文は She whistled on a small silver call which hung around her neck.

製《つく》りたる、呼子《よぶこ》の笛《ふえ》[一]当時此地にては家人を呼ぶに必ず呼子の笛を用ゐたりを拿出《とりいで》つゝ、一ト声二タ声吹鳴《ふきなら》せば、唯《あい》と応《いら》へて[二]母屋《おもや》の中《うち》より走《はし》り出《いで》たるは、年歯《よはひ》三五《さんご》計《ばかり》なる乙女《おとめ》なり、其名《そのな》を、「雅児《ベビイ》」と呼《よ》びて　衣服髪結《かみあげ》など「蟻巣《アリス》」が目盲《めしひ》なるまゝに、[三]左《さ》まで麗《うるは》しといふにはあらざれど、斯《かゝ》る[四]山家《やまが》の乙女《をとめ》とは思はれぬまで清《きよ》[五]げなり、「蟻巣《アリス》」はこれに打向《うちむか》ひ、ヤヨ「雅児《ベビイ》」、賓客《まらうど》の御坐《おはし》たるに、[六]蒸餅《ぱん》と蜜とをまゐらせよ、清《きよ》げなるを撰《えら》みて疾《と》くまゐらせなば、[七]進止《たちふるまひ》の無礼《ぶらい》なるは恕《ゆる》させ給ふべし、疾《と》くせよかしと[八]吩咐《いひつく》れば、「雅児《ベビイ》」は唯々《ゐゝ》と[九]額附《ぬかづき》つゝ奥《おく》の方《かた》へ入《い》り、霎時《しばらく》ありて、蜜と蒸餅《ぱん》とを[一〇]木《き》の葉《は》に盛《も》りて持《も》ち来《きた》り、卒聞食《いざきこしめせ》とて勧《すゝ》めたり、「維廉《ウヰリヤム》、阿朱遁《アシュトン》」は　先刻《せんこく》より側《かたはら》なる[一一]木《き》の根《ね》に腰《こし》うち掛《かけ》て、尚《なほ》も話譚《はなし》を長《なが》めばやと、思ふものから　何事《なにごと》を言出《いひいだ》さんにも話柄《はなしぐさ》のあらざるに困《こう》じ果て、[一二]しばし黙然《もくねん》として居たりしが　再《ふたゝ》び「蟻巣《アリス》」にうち対《むか》ひ、喃老婆《なうらうば》、汝《なんぢ》はこゝに住居《すまゐ》して、幾多《いくばく》の年《とし》をか経《へ》たりつると問へば、「蟻巣《アリス》」は打案《うちあん》じ、[一三]さればにて侍るなり、婆々《ばゝ》が始めて「烏林《レベンスウード》」の領主に見《まみ》えたてまつりしを数《かぞ》ふれば、はや六十年《むそとせ》可《ばかり》になりもや仕《つかまつ》らんと、言ふを聞《きゝ》つゝ[一四]「阿朱遁《アシュトン》」は眉《まゆ》うちひそめ、[一五]今汝《いまなんぢ》の物《もの》いふ所をきけば、其語音《そのこわね》少《すこ》しく異《こと》なる所あり、思ふに汝《なんぢ》は此土地《このとち》にて生《うまれ》たる者にあらざるべし、さに侍り、婆々《ばゝ》は「英吉利《イギリス》」にて生《うまれ》たるものにて侍り、然《さ》あらんとこそ思

一 原文は sometimes.
二 原文は Babie, a girl of fifteen, made her appearance from the hut.「年歯三五」は十五歳。
三 原文は cleanly arrayed（きれいに盛装している）状態ではないとする。
四 原文には「山家の乙女」に該当する語はない。
五 原文は neatness（こぎれいな）。
六 原文は some bread and honey.
七 原文は awkwardness（不器用）。
八 →『細君』四四頁注四。
九 原文は in a lobster-like gesture（ロブスターのようなしぐさで）。
一〇 原文は on a plantain leaf.
一一 原文は on the decayed trunk of a felled tree（切り倒された木の朽ちた幹に）。
一二 原文は after a pause. →補二九。
一三 原文は It is now nearly sixty years since I first knew Ravenswood.
一四 →補一一四。
一五 原文は You are not, I should judge by your accent, of this country originally.
一六 原文は Yet you seem attached to this country as if it were your own.
一七 底本は「待る」と誤植。
一八 原文は It is here…that I have drank the cup of joy and of sorrow which Heaven destined for me.
一九 「呉」と「暮れ」を掛ける。「呉竹のうきふしを人にいひ、よし野川をひきて世中をうらみきつ

ひたれ、[一六]さるに汝《なんぢ》が此地《このち》を深く慕《した》ふは　別《べち》にまた故《ゆゑ》ある絆《こと》ならめ、其等《それら》の仔細《しさい》聞《きか》まほし、さればにて[一七]侍るかし、それには色々《いろ〱》深き事由《ゆゑよし》の侍るなり、抑《そも〱》婆々《ばゝ》[一八]が世《よ》に出《いで》て、今日《けふ》と暮《くら》し、明日《あす》と過《すご》して、[一九]呉竹《くれたけ》の、世《よ》のうきふしに身《み》を委《まか》せ、喜楽《たのしみ》と、悲哀《かなしみ》とに会《あ》ひては、泣《なき》もし、笑《わら》ひもしたるは、通《なべ》て此地《このち》にて侍り、又[二〇]人並《ひとなみ》に勝《すぐ》れたる夫《をつと》をもち[二一]比翼連枝《ひよくれんし》の誓《ちかひ》をこめ、二十歳《はたとせ》あまり諸共《もろとも》に暮《くら》し侍りしも此地《このち》なり、それのみには侍らず、[二二]二人が中《なか》に[二三]手束杖老《たつかつゑおい》の力《ちから》と思ひつる、六人《むたり》の子供をもうけたるも亦此処《またこゝ》にして、[二四]力草《ちからぐさ》、後《のち》の頼《たのみ》もその甲斐《かひ》なく、[二五]六人《むたり》の子供を[二六]先立《さきだゝ》せたるも又此処《またこのところ》にて侍るかし、又其上《そのうへ》に　彼等《かれら》は皆那処《かしこ》に見ゆる山寺《やまでら》の、ほとりに近く[二七]哥方《うたかた》の、墓《はか》なき跡《あと》を留《とゞ》めて侍れば、いとゞ此処《こゝ》をば離《はな》れがたし、[二八]子供等《ら》生《いき》て居《を》りし日《ひ》すら、子供の領地に住《すまひ》し身《み》の、恁《か》う成果《なりはて》たる今《いま》に及び、子供の領地をあら[二九]垣《がき》の、外《よそ》なる里《さと》に此婆々《このばゝ》が、住《すむ》べき所は侍らずかしと、[三〇]涙なけれどおのづから、声打曇《こゑうちくも》り説出《ときいだ》す、老婆《らうば》の述懐《じゆつくわい》、掌璽官《しやうじくわん》は聞了《きゝをは》りて、彼方《かなた》此方《こなた》を見回《みまわ》しながら、[三一]喃老婆《なうらうば》、汝《なんぢ》が此住居《このすまゐ》は無下《むげ》に荒《あれ》たるならずやといへば、傍《かたはら》より「瑠紫《ルシイ》」は寄添《よりそひ》て、[三二]喃《なう》父上、然思《しかおぼ》し給はゞ、少《すこし》も早く老婆《らうば》がために、是《こ》を修繕《つゞらせ》て与《あた》へ給へといふを、「蟻巣《アリス》」は押止《おしと》めて、「[三三]瑠紫《ルシイ》」君《きみ》、そは[三四]ようなきおん心《こゝろ》もちゐにこそ、いかに荒《あれ》たる家《いへ》なりとも、末長《すゑなが》からぬ此婆々《このばゝ》が、生《いき》ある

る」(『古今和歌集』仮名序)。
二〇 原文は I was here the wife of an upright and affectionate husband for more than twenty years.
二一 男女の深い契りを言う「比翼の鳥、連理の枝」の変形。『逍遥選集』別冊二も「比翼連枝」だが、「比翼連理」が一般的表現。
二二 原文は I was here the mother of six promising children.
二三 手に握り持つ杖。
二四 鷹が捕らえた鳥が飛び立つのを防ぐために片方の足でつかむ草が「力草」で、この地に踏みとどまるのに力と頼むもの。
二五 原文は it was here that God deprived me of all these blessings—it was here they died.
二六 底本の振り仮名は「さきたゞ」と誤植。
二七 「うたかた」は泡沫。消えやすい泡のように儚(はかな)くなって、埋葬(原文に chapel, they lie all buried とある)しているので。「哥方」は、「三味線方」に対して唄を専門とする「唄方」で、「歌い手の墓」の意を持たせようとしたか。↓七五頁注二七。
二八 ↓補一一五。
二九 「よそ(外)」にかかる枕詞。「荒垣」は編目の粗(あら)い垣根。
三〇 以下「老婆の述懐」まで、原文に該当する文はない。
三一 原文は But your house…is miserably ruinous.
三二 原文は Do, my dear father,…give orders to make it better,—that is, if you think it proper.
三三 ↓補一一六。
三四 ↓一〇一頁注一七。

中《うち》は持《もち》もこらへん、唯打捨《たゞうちすて》て置《おか》せ玉へと、いふをも聞《きか》ず「瑠紫《ルシイ》」は首《かうべ》を打振《うちふ》り、[一]然《さ》ないひそ、[二]汝《なんぢ》も昔《むかし》は栄華《ときめき》て、家富《いへとみ》たりし身なりときく、さるを今更《いまさら》貧窮《まづし》とて、かゝるいぶせき艸《くさ》[三]の屋《や》に、老《おい》たるものが住《すま》はるべきと、半《なかば》いはせず 喃姫上《なうひめうへ》、[四]开《そ》はまた痛《いた》く道に違《たが》へり、婆々《ばゝ》が身には却《なか〱》に、かゝるいぶせき住居《すまゐ》こそ 心安《こゝろやす》く侍るなれ、貧《ひん》[五]に沈み、患苦《くわんく》に会ふも、此婆々《このばゝ》の節操《こゝろざし》撓《たゆ》まずば、傾《かたむ》[六]ける軒《のき》、朽《くち》たる柱も 却《なか〱》に高楼大廈《かうろうたいか》[七]に立《たち》まさりて、基礎堅固《いしずゑかたく》侍るべしと、偏執《かたくな》[八]に言《い》ひ破《やぶ》りたる老女《おうな》の言葉《ことば》を、傍聞《かたへきゝ》する「維廉《ウヰリヤム》」は 再《ふたゝ》び言葉《ことば》を、出《いだ》し、「蟻巣《アリス》」にうち対《むか》ひていへるやう、汝《なんぢ》は年齢《よはひ》高きまゝ世《よ》[九]の変遷《へんせん》を見聞《けんぶん》せしこと定《さだ》めて多かるべし、されば、世間《せけん》の事物《じぶつ》、一盛一衰《いつせいいつするゐ》の理《ことわり》にもれず、盛《さか》んなるものゝ必《かなら》ず衰《おとろ》へ、勢《いきほひ》あるものゝ必《かなら》ず亡《ほろ》ぶは、始めよりして定《さだ》まれることゝ悟《さと》りてもあらめと、[一〇]「蟻巣《アリス》」が偏《ひとへ》に「烏林《レベンスウード》」の前《さき》の領主を追慕《ついぼ》する心《こゝろ》の言葉《ことば》に見《あらは》るゝを、心憎《こゝろにく》しと思ひければ、恁《か》くいひかくるを「蟻巣《アリス》」は打消《うちけ》し、否《いな》[一一]、さることは知り侍らず、唯徳《たゞとく》[一二]をもて恩《おん》に報《むく》ゆといふ古人《こじん》の戒《いましめ》も侍れば、落花《らくくわ》[一三]に意《こゝろ》あれば、流水《りうすゐ》も自《じ》然《ねん》にその情《じやう》に感じて、恩《おん》に報《むく》いんの心生《こゝろしやう》ずることにて侍りと、答《こたふ》る言葉《ことば》に「維廉《ウヰリヤム》」は打案《うちあん》じつゝ言葉《ことば》を改め、さはいへ、星霜《としつき》経《ふ》るまゝに、世上《せじやう》の事物《じぶつ》に変遷《かはり》を生《しやう》ずるは、汝《なんぢ》も知りてあるべし、[一四]さればにて侍り、今君《いまきみ》の憩《いこ》はせ給ふ老《おい》

一 どうかそういうことは言わないで下さい。
二 原文は you once had a much better house, and were rich, and now in your old age to live in this hovel! hovel は「廠。草房。小屋」(『華英字典』)。
三 きたない粗末な家。むさくるしい草ぶきの家。
四 以下「心安く侍るなれ」までは、原文の It is as good as I deserve を敷衍したもの。
五 →補一一七。
六 原文は it must have been strong enough, and the rest of this old frame has no right to call itself weaker.
七 大きく立派な建物。
八 以下「年齢高きまゝ」(八行)まで、原文に該当する文はない。
九 →補一一八。
一〇 以下「心憎しと思ひければ」まで、原文に該当する文はない。
一一 原文は It has taught me to endure them, my lord(辛抱強く我慢することを教えた)と述べるのみで、「唯徳をもて…恩に報いんの心生ずることにて」(一三―一四行)の言はない。
一二 「直きを以て怨みに報い、徳を以て徳に報いん」(『論語』憲問)。
一三 落花流水。ここでは君臣間の情の交流だが、男女間の愛情に用いられることが多い。
一四 →補一一九。
一五 底本には「まに〳〵に」とある。
一六 かまどで燃やされてしまうに違いない。
一七 原文は I hoped my eyes might not witness the downfall of the tree which overshadowed my dwelling(私は自分の住みかを保護している木が倒れることを目撃することがないよう願っていた)。

木《き》も、後《のち》にはいつか枯果《かれは》てゝ、風の[一五]まに〳〵朽折《くづを》るゝか、さらずば情《こゝろ》なき斧《をの》の刃《は》にかゝりて、[一六]竈下《さうか》の烟《けぶり》と消《きえ》ぬべし、この事を思ひめぐらせば、[一七]かく生《お》ひ茂《しげ》りて此艸《このくさ》の家《や》を打掩《うちおほ》ひ、[一八]霰《あられ》たばしる冬の夜の風をもさへぎり、[一九]照《て》りはためける夏の日《ひ》の日《ひ》影《かげ》をも洩《もら》さゞる恵《めぐみ》に対し、いかで陽炎《かげろひ》の息《いき》ある中《うち》には、そのあはれなる成果《なりはて》を見ずもがなと、楽《ねが》ひて侍るなりと聞《きい》て「阿朱遁《アシユトン》」打《うち》うなづき、[二〇]然《さ》もあるべし、道理《ことわり》なり、仮令《たとひ》汝《なんぢ》が佸《か》くまでに、[二一]前《さき》の領主を慕《した》ふとて、我心《わがこゝろ》には[二二]仔《し》細《さい》あらじ、[二三]忠臣《ちゆうしん》は二君《じくん》に仕《つか》へず、貞女《ていじよ》は両夫《りやうふ》に見《まみ》えずと聞《き》けば、汝《なんぢ》が前《さき》の領主を慕《した》ふは、[二四]根元《もと》を忘れぬ忠義の誠心《せいしん》、深く感ずる所なり、[二五]嗚呼《あゝ》汝《なんぢ》の如き忠臣《ちゆうしん》のありながら、「烏　林《レベンスウード》」の衰亡せしは、[二六]天命《てんめい》のしからしむる所か、実《げ》に是非《ぜひ》なき次第なり、[二七]唯此上《たゞこのうへ》はいつまでも、我《われ》を[二八]老《おい》の友垣《ともがき》と思ひ、心《こゝろ》のどかに余命《よめい》を楽《たのし》むべし、汝《なんぢ》の住居《すまゐ》も遠からず、人に命じて繕《つくろは》せん、必《かなら》ず心《こゝろ》わろく思ふべからずと貞実《まめやか》にいひ聞《きか》するを打消《うちけ》して、[二九]否必《いなかなら》ずともに打捨《うちすて》ておかせ給へ、[三〇]婆々《ばゝ》の如くに年老《としおい》ては、今更別《いまさらべつ》に望《のぞみ》も侍らず、まして尊《たふと》きおん方《かた》に交《まじは》り　奉《たてまつら》んは　[三一]おほけなき心地《こゝち》せられて、[三二]心《こゝろ》のおかるゝ業《わざ》に侍り、かく浅からぬ御恵《おんめぐみ》を、無下《むげ》に辞《いな》み奉《たてまつ》るはさりがたき大罪《たいざい》に侍れど、何事《なにごと》も老《おい》の偏僻《ひがみ》とみゆるし給ひて、心《こゝろ》のまゝになさしめ給へ、今君《いまきみ》の宣《のたま》ひつる御言葉《みことば》は、婆々《ばゝ》の身にとり　海山《うみやま》よりもな

一八 霰が勢いよく降ってくる。→補一二〇。
一九 カンカンと照りつける。
二〇 原文は you had reason.
二一 原文は you will lose any interest with me, for looking back with regret to the days when another family possessed my estates(他の一族がこの地を支配していた日々を哀惜し追憶する念から私に対する関心を失しているのだろう)。
二二 さしつかえない。異議はない。
二三 「忠臣は二君に事(つか)えず、貞女は二夫を更(あらた)めず」(『史記』田単伝)。
二四 原文は I respect your gratitude(あなたの恩を感じる気持には敬意を払う)。gratitude は「感恩之意」(『華英字典』)。
二五 以下「実に是非なき次第なり」(九一一〇行)まで、原文に該当する文はない。
二六 「太閤の代のほど、神祖なにの御つゝがもわたらせ給はざりし事、天命のしからしむる所也」(新井白石『折たく柴の記』享保元年)。
二七 原文は I will order some repairs on your cottage, and I hope we shall live to be friends, when we know each other better(あなたの家を補修するように命令を出し、お互いをよく知り合い、友達として暮らして行きたいと願っています)。
二八 年老いてからの友達。
二九 原文は Those of my age…make no new friends.「必ずともに」は、絶対に、どんなことがあっても。
三〇 →補一二一。
三一 身のほどをわきまえない行為だとの思いがして。底本は「おほけなれ心地」と誤植。
三二 気がねが多い。心が平安ではおれない。

ほ深く、限《かぎ》りなき恩恵《みとく》と存《ぞん》じ侍れど、貧しきながら婆々《ばゝ》が身も、今目前《いまのあたり》足らざる物《もの》の侍らねば、君《きみ》の御恵《みとく》を受《うく》べきすぢなし、唯打《たゞうち》すてゝ閣《おか》せ給はゞ、却也《なか〱》に心安《こゝろやす》きことに侍りと艶《つや》なくいへば、「維廉《ウヰリヤム》」は[一]不覚嗟嘆《おぼえずさたん》なし、[二]然《しか》いふならば詮方《せんかた》なし、現《げ》にや汝《なんぢ》は[三]見たるにましたる[四]女丈夫《によじやうぶ》なり、唯此上《たゞこのうへ》は[五]汝《なんぢ》が[六]桑楡《さうゆ》の地《ち》として、末長《すゑなが》く此地《このち》を与へん、心《こゝろ》しづかに住《すみ》をへよと[七]まめだちていへば「蟻巣《アリス》」がいはく、[八]开《そ》はもとよりの願《ねがひ》に侍り、されど[九]此事《このこと》は前《まへ》の領主の領地をば君《きみ》に譲りまゐらせし時、既《すで》に誓書《せいしよ》の中《うち》に認《したゝ》めおかれしと正《まさ》しく覚えて侍れども、あまりに些細《いさゝか》の事柄《こと》ゆゑ、君《きみ》には忘れ給ひしならんと、[一〇]さあらぬ体《てい》にいひ出《い》づれば、「維廉《ウヰリヤム》」は[一一]少《すこ》しく慌《あわ》てたる面地《おもゝち》にて、顔赤《かほあか》らめつゝ言葉《ことば》せはしく、[一二]然《さ》なり然《さ》なり、忘れたり、実《げ》にさる約束のありつるよ〈訳者曰く　思ふに　はじめ烏林が掌璽官に領地を売渡せし折　此山間の小国だけは蟻巣に生涯与へ置き給れといふ条約ありしものなるべし〉、[一三]おもふに汝《なんぢ》が先刻《せんこく》よりの言葉《ことば》をきけば、前《さき》の領主を慕《した》ふの情《じやう》深く、其跡《そのあとつ》襲げる我等《われら》より、扶助《たすけ》を受《うく》るを屑《いさぎよ》しとせざるに似たりといふを打消《うちけ》し、[一四]こは勿体《もつたい》なき仰《あふせ》なり、いかで君《きみ》の御恵《おんめぐみ》をおろそかに存《ぞん》ずべき、たゞ貧しきながら今日《けふ》の[一五]たつきに事欠《ことかゝ》ねば、さしあたりてのおん恵《めぐみ》を辞《いな》び奉《まつ》りしのみ、[一六]明日《あす》だにしれぬ[一七]ほけ人《びと》の、立《たち》よる影《かげ》もなき身にて、なでふいつまでも偏固《かたくな》なることまうすべき、さ

一　ああと言って嘆き。
二　原文は Well then, …at least allow me to say（それでは、一言だけ言わせて下さい）。
三　原文は a woman of sense and education beyond your appearance（外見以上の分別と教養を有した女性）。
四　『逍遙選集』別冊二の振り仮名は「によじよう ぶ」。「ヂョジョウフ　女丈夫」（『和英語林集成』第三版）。
五　原文は I hope you will continue to reside on this property of mine rent-free for your life（あなたが死ぬまで賃貸料なしの私の所有地に住み続けることを願う）。
六　「桑楡（老年をいふ）」（『いろは辞典』）。
七　まじめくさって。誠実そうに。
八　原文は I hope I shall.
九　→補一二二。
一〇　なんでもない様子で。底本は「さはらぬ体」。『逍遙選集』別冊二に拠る。原文は composedly（冷静に）。
一一　原文は somewhat confused.「面地」の振り仮名、底本は「おもゝぢ」と誤植。
一二　原文は I remember—I recollect.
一三　→補一二三。
一四　原文は Far from it, my lord; I am grateful for the benefits which I decline（とんでもないことです。辞退しましたが、私のために考えていただいたことにはありがたく思っています）。
一五　方便(たつき)。生活の手段。生計。
一六　底本は「昨日」と誤植。
一七　『逍遙選集』別冊二では「ぼけ人」。

はさりながら、[一八]我君《わがきみ》の、かくまで此身《このみ》を憐《あはれ》み給ふ、その御心《みこゝろ》のありがたさに、今一言《いまひとこと》を献《たてまつ》りて[一九]海嶽《かいぐわく》の鴻恩《こうおん》に報《むく》い奉《たてまつ》らん、聞《きか》せ給へと坐《ざ》を改《あらたむ》れば [二〇]「阿朱遁《アシュトン》」眉《まゆ》を顰《ひそ》め、「蟻巣《アリス》」の面《おもて》をうちまもりつゝ言語《ことば》なし、「蟻巣《アリス》」は小膝《こひざ》をすゝませ[二一]言葉《ことば》を正《たゞし》うし、密《しのび》やかに云《い》ひ出《いづ》るやう、[二二]喃君《なうきみ》、[二三]何事《なにごと》を行《おこな》はせ給ふにも よく〱御心《みこゝろ》を用ゐて、慎《つゝしみ》み給へ、君《きみ》には既《すで》に石《いし》を抱《いだ》きて淵《ふち》に臨《のぞ》むが如き、危《あやう》き身にて御坐《おはし》ましぬと言《い》はれて、「阿朱遁《アシュトン》」[二四]心中《しんちゆう》に さては国家の一大事《いちだいじ》起《おこ》りたるならんと痛《いた》く打驚《うちおどろ》き、顔色《かほいろ》さへ前《まへ》に異《ことな》りて、[二五]开《そ》はまた如何《いか》なる事なるぞ、何《なに》か怪《あや》しき企《くはだて》をするものありや、国家を乱す反逆《はんぎやく》なる歟《(か)》、但《たゞ》しは一揆《いつき》強訴《がうそ》の輩《ともがら》歟、[二六]さることには侍らず、能《よ》く考《かんが》へても御覧《ごらん》ぜよ、さる恐《おそ》ろしき企《くはだて》をなすべき者、何《なに》とて己《おのれ》ごとき老婆《らうば》にその事柄《ことがら》を漏《もら》し侍らん、[二七]婆々《ばゝ》が只今申上《たゞいままうしあげ》んと存《ぞん》ずるは、かゝるすぢの事には侍らず、たゞ「烏林《レベンスウード》」の事にて侍り、側《ほのか》に承《うけたまは》り侍れば、[二八]君《きみ》には那《か》の一族《いちぞく》を痛《いた》く悪《にく》ませ給ひて、苛虐《かぎやく》の接遇《あつかひ》し給ひしよし、[二九]君にもかねて知《しろ》しめつらん、那《か》の一族《いちぞく》は世《よ》に名高《なだか》き、いと恐《おそ》るべき族《やから》なるに、[三〇]況《まし》てや進《しん》退此《たいこゝ》に谷《きはま》り、苛虐《かぎやく》の苦《くるしみ》に堪《た》へざる時は、窮鼠《きうそ》反《かへつ》て猫を嚙《か》むの喩《たとへ》にもれず、如何《いか》なる不慮《ふりよ》の禍災《わざはひ》を起《おこ》さんも計《はか》り難《がた》し、开《そ》を勉めて御心《みこゝろ》に秘《ひ》めおき給へと、聞《きゝ》て「阿朱遁《アシュトン》」眼《まなこ》を見張《みは》り、[三一]心得《こゝろえ》がたき人の風声《うはさ》を聞《きく》ものかな、[三二]彼《かれ》と我《われ》との争論《あらそひ》を

一八 原文は I wish I could pay you for offering them better than by what I am now about to say（提供しようとなされたものにかなわぬまでも、お礼に一言申し上げたいと思います）。
一九 非常に大きな恩恵。
二〇 原文は The Lord Keeper looked at her in some surprise, but said not a word.
二一 原文は in an impressive and solemn tone（印象的で厳粛な調子で）。
二二 原文は My lord.
二三 原文は take care what you do—you are on the brink of a precipice（行動に注意して下さい。絶壁の縁にいます）。
二四 原文は his mind reverting to the political circumstances of the country（心を国の政治状況へと戻しつつ）で、「痛く打驚き、顔色さへ前に異りて」に該当する文はない。
二五 原文は has any thing come to your knowledge—any plot or conspiracy ?（何か陰謀や謀略についての情報があるのですか）。
二六 →補一二四。
二七 原文は My warning is of another kind.
二八 原文は You have driven matters hard on with the house of Ravenswood.
二九 原文は Believe a true tale—they are a fierce house.
三〇 原文は and there is danger in dealing with men when they become desperate（その上に死に物狂いになった人々の扱いには危険がある）。
三一 合点がゆかない世間の風評を聞くことだな。原文は Tush（ちぇっ）。
三二 原文は what has been between us has been the work of the law, not my doing.

判決せしは我国《わがくに》の法律にありて、我《わが》あづかり知る所にあらず、故《ゆゑ》に若我方《もしわがかた》にいふべき理《すぢ》あらば、公《おほやけ》の法《おきて》に従《したが》ひ、世《よ》の人《ひと》の知る所にて彼《かれ》を責《せ》むべし、[一]何《なん》ぞ卑怯《ひきよ》なる仕業《しわざ》もて隠《ひそか》に彼等《かれら》を苦《くるし》ませんや、开《そ》を我《われ》をのみ一向《ひたすら》にあしきものとなし、世人《せじん》のかゝる風聞《ふうぶん》をするはいと〳〵[二]便《びん》なしと、[三]啣言《かごと》がましく陳《ちん》ずるを、「蟻巣《アリス》」は打聞《うちきゝ》て　[四]現《げ》に左《さ》もあるべき縡《こと》に侍る、仁恵《じんけい》あつき君《きみ》の御心《みこゝろ》にて、さる非道《ひだう》を行《おこな》ひ給ふ筈《はづ》もなし、[五]されど他人《たにん》は然様《さやう》には考《かんが》へ侍らず、もし不幸《ふかう》にして都合《つがふ》よき方便《てだて》を見出《みいだ》し得《え》ざる時は、可《よき》も不可《あしき》も通《なべ》て搔遣《かいやり》すて、我意《がい》に任《まか》せて道ならぬ縡《こと》を謀《はか》るものも多かり、[六]ヤヨ何《なに》といふ、さては[七]那《か》の「烏林《レベンスウード》」は執念《しふねく》も我《われ》を怨《うら》みて復讐《ふくしう》を謀《はか》るといふ歟と、[八]息巻《いきまく》を押止《おしと》めて、声《こゑ》を励《はげ》まし　[九]天神地祇《てんじんちぎ》も照覧《しやうらん》あれ、「烏林《レベンスウード》」の君《きみ》　いかでさる非曲《よこしま》なる行為《おこなひ》をなすべき、[一〇]婆々《ばゝ》は唯《たゞ》彼《か》の郎君《わかとの》の志操《こゝろばせ》衆人《しゆうじん》に超越《こえ》て、[一一]天性英邁《てんせいえいまい》にて在《おは》するを知れども、其余《そのよ》の事は知り侍らず、[一二]否《いな》、それのみにあらず、彼《か》の郎君《わかとの》は度量《どりやう》広く、[一三]異略《いりやく》を蓄《たくは》ふる御方《おんかた》なり、[一四]さはいへ、彼《か》の郎君《わかとの》も「烏林《レベンスウード》」の子孫《しそん》なれば、時《とき》の到《いた》るを俟《まつ》や、俟《また》ずや、そは婆々《ばゝ》にも定《さだ》め難《がた》かり、喃君《なうきみ》、[一五]ゆめゆめ御心《みこゝろ》して「錠心公《ロックハルト》」〈錠心公は其名を惹爾児といふ　[一六]集議庁の長官なり　[一七]故ありて烏林の一族なる約翰知須令の為に暗殺せらる〉の末路《まつろ》を忘れ給ふなと説示《ときしめ》せば、「[一八]阿朱遁《アシュトン》」は流石《さすが》に心安《こゝろやす》からず、茫然《ばうぜん》として酔《ゑ》へるが如

一　以下「啣言がましく陳ずる」(四行)まで、原文に該当する文はない。
二　不都合だ。あってはならないことだ。
三　恨みごと。愚痴。
四　原文には Ay とのみあり、「筈もなし」まで、原文に該当する文はない。
五　原文は but they may think otherwise, and take the law into their ownhand, when they fail of other means of redress(しかし、彼らは違うように考えて、不正を矯正する方法が他にない時は、法律を自分の都合に合わせてしまうかもしれません)。
六　原文は What mean you?
七　原文は Young Ravenswood would not have recourse to personal violence?(レイヴンスウッドの若者が私的暴力を頼みとするというのか)。
八　以下「声を励まし」まで、原文に該当する文はない。
九　原文は God forbid I should say so(神に誓ってそのようなことは言っていません)。「天神地祇」は、すべての神々。「天神」は高天原の神、もしくは、その系列の神で、「地祇」は土着の神。
一〇　原文は I know nothing of the youth but what is honourable and open—honourable and open, said I?
一一　生まれながらに特別に抜きん出た才知を持っておられること。
一二　原文は I should have added, free, generous, noble.
一三　なみなみならずすぐれた知恵。
一四　原文は but he is still a Ravenswood, and may bide his time. →八七頁注二四。
一五　原文は remember the fate of Sir George

く、言葉《ことば》はなくて聞居《きゝゐ》たり、「[一九]蟻巣《アリス》」は尚《なほ》も言葉《ことば》を正《たゞ》し、「[二〇]錠心公《ロックハルト》」を暗殺《あんさつ》したる「知須令《ヂスレイ》」の、「烏林《レベンスウード》」の親族《うから》なりしは君《きみ》にも兼《かね》て知《しろ》しめしつらん、那《か》[二一]の「知須令《ヂスレイ》」が其始《そのはじ》め此企《このくはだて》をなしゝ折、「烏林《レベンスウード》」の大広間《おほひろま》に多くの人を招《まね》き寄《よ》せ、決然《けつぜん》として誓《ちかひ》ていへらく、若余《もしわれ》こたびの志《こゝろざし》を得《え》遂《とげ》ず、敵《かたき》を撃洩《うちもら》さば、再《ふたゝ》び諸人《しよにん》と面《おもて》を会《あは》せじと、これを側《かたへ》に聞居《きゝゐ》たりし、[二二]この婆々《ばゝ》も流石《さすが》にこらへかね、人の譏《そしり》もかへりみず、多くの中《うち》よりすゝみ出《い》で、さていひけるやう、[二三]さる恐《おそ》ろしき御企《おんくはだて》を此世《このよ》において行《おこな》ひ給はゞ、未来に至《いた》り神々《かみ〳〵》に、いかに弁解《いひわけ》なし給ふと、半《なかば》いはせず「知須令《ヂスレイ》」は、眼《まなこ》を怒《いか》らしはッたと睨《ねめ》つけ、愚痴《おろか》なることいふものかな、[二四]我今生《わがこんじやう》の罪障《つみとが》は、何《なん》ぞこれのみに止《とゞま》らんや、あの世《よ》に至《いた》らば是迄《これまで》に、作りし罪障《つみ》ともろ共に、今度《こたび》の罪《つみ》も謝《しや》せんのみ、此期《このご》に臨《のぞ》んで彼是《かれこれ》いふは無用なりと、怒《いかり》をふくみていひ放《はなち》たる、那《か》[二五]の「知須令《ヂスレイ》」が凄《すさま》じき面《おもて》は、今《いま》も忘れやらず侍り、[二六]さればこそ、我君《わがきみ》にもおん権勢《いきほひ》に任《まか》せ給ひ、那《か》の一族《いちぞく》の怨《うらみ》を受け　不慮《ふりよ》の危難《きなん》に遇《あ》ひ給はゞ、八《や》千《ち》度《たび》悔《く》ゆとも及ぶべからず、「[二七]烏林《レベンスウード》」に「知須令《ヂスレイ》」の血脈《ちすぢ》存《のこ》りてある上《うへ》は、如何《いか》なる折《をり》に、如何《いか》なる業《わざ》を仕出《しいだ》さんも計《はか》りがたし、必《かなら》ずともに御心《みこゝろ》ゆるし給ふなと、[二八]心《こゝろ》の底《そこ》は知れねども、説得《ときえ》て理《り》ある老婆《らうば》の弁論《べんろん》、[二九]意表《いひやう》に出《いで》たる「阿朱遁《アシュトン》」は、心《こゝろ》弥々《いよ〳〵》安《やす》からず、[三〇]昔今《むかしいま》の例《ためし》ども思《おも》

Lockhart.

一六 原注に President of the Court of Session（最高民事裁判所長）とある。

一七 原注に拠ると、一六八九年、裁判所の調停案に不満な John Chiesley は the High Street of Edinburgh（エジンバラの大通り）で Lockhart を射殺した。

一八 原文は The Lord Keeper started as she called to his recollection a tragedy so deep and so recent.

一九 原文は The old woman proceeded.

二〇 原文は Chiesley, who did the deed, was a relative of Lord Ravenswood.

二一 →補一二五。

二二 原文は I could not keep silence, though to speak ill became my station（発言することは自分の立場を危うくすることであったが、黙っていることはできなかった）。

二三 原文は You are devising a dreadful crime …for which you must reckon before the judgment-seat.

二四 原文は I must reckon then for many things, and will reckon for this also.

二五 原文は Never shall I forget his look.

二六 原文は Therefore I may well say beware of pressing a desperate man with the hand of authority.

二七 →補一二六。

二八 原文は either intentionally or by accident.

二九 予想外の言葉に出会（でくわ）した。

三〇 →補一二七。

ひ出《いだ》して考《かんが》ふるに、戦国《せんごく》の余習《よしふ》とて、此頃《このころ》に至《いた》りても尚暗殺刺客《なほあんさつしかく》の迹《あと》を断《た》ちたるにあらざりければ、悚然《しようぜん》[一]として　心裏《こゝろのうち》[二]大《おほい》に恐怖《きようふ》の念《ねん》を生《しやう》じたれど、色[三]にも見せず言葉《ことば》みじかに「烏　林《レベンスウード》」の徳《とく》を称《たゝ》へ、さる曲事《まさなきこと》[四]なしつべき人にはあらじと、沈着《おちつい》ていひまぎらしたる言葉《ことば》の調子《ちやうし》、面《おもて》と共《とも》に変《へん》ずるを、聡《さと》き老婆《らうば》に知られじと、[五]答《こたへ》も俟《また》ずいそがはしく別辞《わかれ》を告《つげ》て走《はし》り出《い》でけり

第四套

[六]飛《シテ》二銃丸《ヲ》一壮夫救《フ》二危窮《ヲ》一
没《シテ》二山井《ニ》一妖婦遺《ス》二禍孽《ヲ》一

然程《さるほど》に「掌璽官《しやうじくわん》」は「蟻巣《アリス》」の家《いへ》を立出《たちい》でたれど、[七]心中快々《しんちゆうあう〳〵》として楽《たのし》まず、足《あし》に信《まか》せて　家路《いへぢ》の方《かた》へ[八]三町《さんちやう》あまり戻《もど》りけるに、[九]その性温柔《せいおんじゆう》なる「瑠紫《ルシイ》」は、父の物思《ものおも》はしき顔色《がんしよく》を見て、大方《おほかた》は其心意《そのこゝろね》を察《さつ》するものから、兎《と》してやよけん、角《かく》してと定《さだ》め難《かね》たる胸の中《うち》は、実《げ》に[一〇]おだまきにくる[一一]糸の、いと心苦《こゝろぐる》しくて「蟻巣《アリス》」が言葉《ことば》を思《おも》ひ出《いだ》せば、父の身上甚《みのうへはなは》だ覚束《おぼつか》なく、物《もの》いふさへ心憂《こゝろう》くて、たゞ黙然《もくねん》と父のあとべに従《したが》ひつゝ　帰りの路《みち》をたどりゆきぬ、かくて猟場《かりば》に近くなりける頃《ころ》「阿朱遁《アシユトン》」は[一二]振返《ふりかへ》りて「瑠紫《ルシイ》」の顔《かほ》を見、[一三]阿女《おこと》はいかゞせるぞ、[一四]心地《こゝち》やあしき、先刻《さき》にはかはりて物《もの》をもいはず、顔色《かほいろ》さへ青ざめて、いと不楽《わび》

一 底本の振り仮名は「しょうん」。初版の複刻版は「悚」の旁の部分が「東」になっているが、振り仮名は「しょうぜん」。
二 原文では、具体的に「烏林」が仕出すかもしれない復讐への恐怖を言う。→補一二八。
三 原文は His voice was changed in its accent as he replied to her, that the Master of Ravenswood was a man of honour.
四 尋常でないこと。よくないこと。
五 原文は having hastily uttered these expressions, he rose and left the place without waiting for a reply.
六 原文では Is she a Capulet?／O dear account! my life is my foe's debt.／SHAKESPEARE という『ロミオとジュリエット』の一節が掲げられ、以後の物語の行く末が暗示されている。「キャピュレットの女（むすめ）か？　おゝ怖（おそろ）しい勘定狂はせ！　予（おれ）の命は、こりやもう敵（かたき）からの借物（かりもの）ぢやわ」（坪内逍遙訳『ロミオとジュリエット』明治四十三年）。
七 原文は in profound silence（心底から沈黙して）。
八 原文は nearly a quarter of a mile（四分の一マイル近く）で、「三町あまり」とほぼ同じ。約三五〇メートル。
九 原文では、生まれつきの性格以外に、従順さを強いた当時の教育のために声を掛けることができないのだとする。→補一二九。
一〇 つむいだ麻糸を、中空にして丸く巻きつけたもの。「くりかえす」の縁語として使う。
一一 「繰る糸」の「糸」から非常にという意味の「いと」の語を出した。
一二 原文は turning suddenly around and breaking silence.

しげなりととがめられて、今更《いまさら》に答へかねつゝ居《ゐ》たりけり、そもく当時《たうじ》の慣習《ならひ》として、年若《としわか》き婦人《をなご》は世間《せけん》の事に係《かゝ》づらひて、人に対して意見を述《のぶ》るを痛《いた》く戒《いまし》めつ、仮令偶《たとひたまさか》には[一五]あからさまに思へるふしを人に告《つぐ》ることありとも、人の強《しひ》て求むるにあらざれば、なさゞる風《ふう》にて、唯何事《たゞなにごと》も慎《つゝし》み深《ふか》きをもて少女《をとめ》の徳《とく》とせり、かゝれば「瑠紫《ルシイ》」[一六]も　その事故《わけ》を明白《あからさま》にいひ難《かね》て、答《こたへ》に困《こう》じけるが、但見《とみ》れば、前《むかふ》なる小岳《こをか》の辺《ほとり》に野牛《のうし》の群居《むれゐ》たるあり、これを見て、娘心《むすめごゝろ》によき東西《もの》得《え》たりと打欣《うちよろこ》びつゝ、実《まこと》しやかに云《い》ひけるやう、吾儕《わらは》は先程《さきほど》より那所《かしこ》に群《むれ》集《つど》ふ野牛《のうし》の、荒出《あれいだ》すこともやあらんと思へば怖《おそろし》く思《おぼ》えて、物《もの》いふも心憂《こゝろう》く侍りといふ、「瑠紫《ルシイ》」[一七]は日毎《ひごと》に此辺《このへん》を往復《ゆきかひ》て　野牛《のうし》などは常《つね》に見馴《みなれ》たれば、其心《そのこゝろ》には少しも恐《おそろ》しくは思はねど、疾《と》くいらへ難《かね》て　[一八]かりそめにかくいひまぎらしたる一時《いちじ》の言葉《ことば》も、当時終《そのときつひ》[一九]に実事《まこと》となり、不思議なりける一条《いちぢやう》の危難《きなん》を生《しやう》じ　且《かつ》奇《あや》しき秦晋《いもせ》[二〇]を結《むす》ぶ源《みなもと》とはなりけり、その時「維廉《ウキリヤム》、阿朱遁《アシユトン》」は「瑠紫《ルシイ》」の答《こたへ》を聞《きゝ》もあへず、又例《れい》の臆病《おくびやう》よと諫《いさ》め諭《さと》さんと思へる折《をり》しも　「瑠紫《ルシイ》」[二一]が着たる紅《くれなゐ》の袿衣《うちぎ》の色にや驚《おどろ》きけん、或《あるひ》は他《た》に物《もの》ありて、暴虐心《あらびこゝろ》を生《しやう》ぜしめけん、遥《はるか》あなたの艸生茂《くさおひしげ》れる小岳《こをか》の上《うへ》より、恐《おそ》ろしげなる一箇《いつか》の野牛《のうし》、突然として群《むれ》を離《はな》れ、[二二]落葉《おちば》を蹴立《けたて》て飛来《とびきた》るは、さながら砲丸《はうぐわん》の迸《ほどばし》るが如く、[二三]この勢《いきほひ》を見て「阿朱遁《アシユトン》」

一三 以下「いと不楽しげなり」までは、原文の Why do you look so pale, Lucy? を敷衍したもの。
一四 底本の振り仮名は「こゝろち」と誤植。
一五 はっきりと。
一六 原文は Lucy was bound to appear ignorant of the meaning of all that had passed betwixt Alice and her father.
一七 原文は she had been familiarized with the appearance of the wild cattle, during her walks in the chase.
一八 軽々しく、いいかげんに。
一九 原文は On the present occasion, however, she speedily found cause for real terror で、「奇しき秦晋を結ぶ」ことには言及していない。
二〇 底本は「泰晋」と誤植。→七〇頁注一二。
二一 原文は the scarlet colour of Miss Ashton's screen or mantle.
二二 原文は tearing up the sand with his horns, as if to lash himself up into rage and violence（まるで狂暴な憤怒に駆り立てられたかのように、角突き立て砂を巻き上げ突進し）。
二三 原文は observed the animal's demeanour.「Demeanour…態度」(『英和双解字典』)。

[一]愕然《がくぜん》として打《うち》おどろき、あなやと[二]ばかり居《ゐ》たりけるが、やがて心付《こゝろつ》き、先《ま》づ「瑠紫《ルシイ》」に怪我《けが》あらせじと、足早《あしばや》にこれが手《て》を採《と》り逃《のがれ》んとすれば、[三]牛はます〱気《き》を得《え》て、その勢恰《いきほひあたか》も烈風《れつぷう》の如く、[四]驀地《まつしぐら》に追《おひ》かけ来《きた》りて遁《のが》るべう透《すき》もあらざりけり、こゝに及んで「阿朱遁《アシユトン》」は進退已《しんたいすで》に究《きはま》りて、如何《いかゞ》はせんと思ひながらも、[五]子を思ふ暗《やみ》の親心《おやごゝろ》、[六]尚《なほ》も「瑠紫《ルシイ》」を励《はげま》しつゝ、手をひき足を早めて[七]直《ひた》走《ばしり》に逃《のがれ》たりけり、[八]かゝりしかば「瑠紫《ルシイ》」は不慮《ふりよ》の危難《きなん》に目《め》も暗《く》れ、魂《たましひ》も身《み》に添《そは》ず、夢路《ゆめぢ》をたどる心地《こゝち》して、父の臂《かひな》に取縋《とりすがり》、命限《いのちかぎ》りに走りけるが、忽《たちまち》[九]路傍《みちばた》の石に蹶《つまづ》きて、地上《ちじやう》にハタと倒臥《たふれふし》ぬ、[一〇]これを見て「阿朱遁《アシユトン》」の慌惑《あわつ》ること限《かぎ》りなく、抱《いだ》きおこし負《おは》んとするに、程《ほど》もあらせずくだんの牛は、[一一]刃《やいば》の如き角《つの》を振立《ふりた》て、[一二]間二《あはひに》三反許《さんだんばかり》に逼《せま》りたり、[一三]「維廉《ウヰリヤム》」も[一四]今《いま》は恁《か》うよと思ひたれば、忽地《たちまち》に身《み》を飜《ひるがへ》し、荒牛《あれうし》と「瑠紫《ルシイ》」の間《あひだ》に立塞《たちふさが》り、身をもて之が楯《たて》となし、争《いか》で愛女《まなご》を助《たす》けばやと、思ふものから生憎《あやにく》に、[一五]身《み》に寸鉄《すんてつ》も帯《おび》ざれば、[一六]あはや野牛《のうし》の角先《つのさき》にかゝり、親子《おやこ》両人《ふたり》は死せんと見えしに、[一七]彼時遅《かのときおそ》し、此時早《このときはや》し、前《むかふ》の森の中《なか》よりして、どうと放《はな》てる鉄砲《てつぱう》に、[一八]くだんの大牛《おほうし》は頸《うなじ》の辺撃貫《あたりうちぬ》かれ、さしもに猛《たけ》き獣《けもの》なれども、究所《きうしよ》の痛手《いたで》に霎時《しばし》も得堪《えた》へず、[一九]一ト声吼《こゑもう》と叫《さけ》びつゝ、その儘息《まゝいき》は断《た》え果《はて》けり、「維廉《ウヰリヤム》」は此景勢《このありさま》を見て　争《いか》で再《ふたゝ》び喫驚《おどろ》かざらん、[二〇]昏迷《きをうしな》ひて倒《たふ》れ

一 以下「やがて」まで、原文に該当する文はない。
二 底本は「はがり」と誤植。
三 →補一三〇。
四 原文は Assailed by a danger so imminent, firmer courage than that ofthe Lord Keeper might have given way.「驀地」は激しい勢いで。『和英語林集成』第三版は「マッシクラニ 驀地」で、清音。
五 原文は paternal tenderness, “love strong as death,” supported him. →九三頁注二八。
六 原文は He continued to support and drag onward his daughter.
七 休まずひたすら走って。
八 原文は until, her fears altogether depriving her of the power of flight, she sunk down by his side.
九 一二二頁三行の「路傍」には「みちのべ」の振り仮名がある。
一〇 原文には assist her to escape とのみある。
一一 原文の抽象的な its brutal fury（野獣の激怒）を具体的動作で表現した。
一二 原文は within a few yards of them で、一ヤードは〇・九メートル強。一反は一一メートル弱。
一三 原文は he turned round and placed himself betwixt her and the raging animal.
一四 「今はかうと思ひしかば」（『椿説弓張月』後編巻四、文化五年）。
一五 原文は The Lord Keeper had no weapons.「寸鉄」は小さい刃物。「身に寸鉄を帯ざれば」（『椿説弓張月』拾遺巻二、文化七年）。
一六 原文は It seemed inevitable that the father or daughter, or both, should have fallen victims to the impending danger.
一七 原文は when a shot from the neighbouring

二一姓名未ﾚ詳

掌璽官

二二暴牛《アレウシ》を撃殺《ウチコロ》して
壮夫《マスラヲ》
掌璽官《シヤウジツカサ》 父子《オヤコ》を救《スク》
ふ

瑠紫

thicket arrested the progress of the animal.

一八 原文は He was so truly struck between the junction of the spine with the skull(牛は頭蓋骨と脊椎骨の接合点を寸分たがわず撃たれた)。

一九 原文は Stumbling forward with a hideous bellow(ぞっとする声で鳴きながら前のめりによろめいて)。bellow は「to roar like a bull…鳴く。哮《ホユ》(ル)」(『英和双解字典』)。

二〇 原文は Lucy lay senseless on the ground, insensible of the wonderful deliverance which she had experienced(ルシイは、すばらしい救助を経験したことを意識できず、地に意識不明で横たわっていた)。

二一 原文の the stranger を訳したもの。

二二 本文中には「荒牛」が二例あるが、「暴牛」の表記はない。

絵　一二〇頁一三行あたりの情景。

たる、「瑠紫《ルーシイ》」が事をも打忘《うちわす》れ、[二]甚麼《いか》なる故《ゆゑ》にてこの危急《ききふ》を免《まぬか》れたるか、かくまで猛《たけ》り狂《くる》ひたる野牛《のうし》の、如何《いか》にして目《め》の前《まへ》に打倒《うちたふ》れたるか、その事由《ゆゑよし》を定《さだ》め難《かね》つゝ、霎時《しばし》[三]野牛《のうし》の屍《しかばね》をうちまもり茫然《ばうぜん》として居《ゐ》たりけるが、又更《またさら》に、今《いま》の響《ひゞき》は雷《いかづち》の音《おと》にもあらず、さるにても不審《いぶか》しきことなりと、心《こゝろ》ともなく四方《しはう》を見やりたるに、はるか那方《かなた》の森の中《うち》より、現《あらは》れ出《いで》たる一箇《いつこ》の壮夫《ますらを》あり、手に一挺《いつちやう》の[四]小銃《こづゝ》を携《たづさ》へ、悠然《ゆうぜん》としてこなたを見やり、あゆみもやらず立《たち》たりけり、「阿朱遁《アシュトン》」之(これ)を見てはじめて事《こと》の情《こゝろ》を察《さつ》し、こゝに及んでまた女《むすめ》「瑠紫《ルシイ》」が息絶《いきた》えたるを知り、驚《おどろ》く事《こと》物に似ず、那《か》の壮夫《ますらを》は[五]一定《いちぢやう》[六]自己《おのれ》が部下なる猟場官《かりばつかさ》の一人《いちにん》にてあらんずらんと思《おも》ひ定《さだ》め、これを招《まねき》て介抱《かいはう》させんと、声高《こゑたか》やかに[七]呼《よば》はひつゝ、手もてさし招《まね》きければ、[八]壮夫《ますらを》は遥《はるか》にこれを見て、少しも猶予《いうよ》せず足を早めて此方《こなた》へ歩み近づきたり、さても[九]「阿朱遁《アシュトン》」は近くなるまゝこの男《をとこ》をよく〳〵見れば、思《おも》ふに違《たが》ひ見《み》も知《し》らざる人なり、[一〇]遮莫《さもあらばあれ》危急《ききふ》の折《をり》なれば、人を撰《えら》ぶに遑《いとま》あらんや、[一一]危急《ききふ》を救《すくは》れたる謝礼《よろこび》さへ述《のぶ》るに暇《いとま》なく、則《すなは》ちその男子《おとこ》に向《むか》ひ、ヤヨ若者、[一二]和郎《わろ》願《ねがは》くはこの女《をんな》を抱《いだい》て近傍《きんばう》の水ある処《ところ》に連行《つれゆき》て給(た)べ、我等《われら》は那辺《かしこ》へ走《はしり》ゆきて、別《べつ》に人をば雇《やと》ひて来《こ》ん、必《かなら》ず頼《たのみ》しぞといひもあへず、「蟻巣《アリス》」の家《いへ》へと走行《はしりゆき》けり、かゝりし程《ほど》に[一三]壮夫《ますらを》は、流石《さすが》に之を振捨《ふりすて》かねて、[一四]倒《たふ》れ伏《ふし》たる

一 →補一三一。　二 「捕稠(とりこめ)たるは甚麼(かい)なる故ぞ」(『南総里見八犬伝』第八十二回)。
三 原文は he might have supposed the bull had been arrested in its career by a thunderbolt (牛は稲妻に倒されたのかもしれないと考えた)。
四 原文は a short gun or musquetoon（短銃かマスケット銃）。
五 きっと。　六 原文は one of his foresters.
七 何らかの誤植がある。『逍遙選集』別冊二は「呼び」で、「呼」の振り仮名は「よ」。「ヨバハル喚…To cry out, call aloud, call to」(『和英語林集成』第三版)だと考えれば、「呼はり」の誤植。
八 原文は The huntsman approached them accordingly.
九 原文は the Lord Keeper saw he was a stranger.
一〇 原文は but was too much agitated to make any farther remarks.
一一 原文は In a few hurried words, he directed the shooter…to carry the young lady to a neighbouring fountain, while he went back to Alice's hut to procure more aid.
一二 おまえ。男性を親しみを込めて呼ぶ語。
一三 原文は The man…did not seem inclined to leave his good work half finished.
一四 原文は He raised Lucy from the ground in his arms.
一五 原文は conveying her through the glades of the forest by paths with which he seemed well acquainted.
一六 →補一三二。
一七 原文は a plentiful and pellucid fountain(水量豊富で透明な泉)。
一八 原文は had been once covered in, screen-

「瑠紫《ルシイ》」を抱《いだ》き起《おこ》し、[一五]肩にかけつゝ[一六]宛然《あたかも》地理に馴《なれ》たるものゝ如く、林中《りんちゆう》の道をたどりて、行《ゆ》くこと未《いま》だ数町《すうちやう》ならず、森蔭《もりかげ》より[一七]湧《わ》き出《いづ》る泉《いづみ》の許《もと》に至《いた》り、やがて「瑠紫《ルシイ》」をおろして休《やす》らひたり、さてこの泉《いづみ》は、[一八]上《うへ》に美麗《びれい》なる[一九]「古時矩《ゴジック》」風《ふう》の上覆《うはや》を設《まう》け、周囲《めぐり》にはいろ〳〵の人物鳥獣《じんぶつちやうじゆう》の像《かた》など彫刻《きざみ》たる、石《いし》の垣《かき》を打《うち》周廻《めぐら》したれど、年久《としひさ》しくなりければ　[二〇]上覆《うはや》の屋根《やね》も半《なかば》は朽《くち》て、[二一]瓦《かはら》の間《あひだ》より草生《くさお》ひ出《い》で、柱《はしら》はゆがみて、蔦《つた》かづら這《は》ひ茂《しげ》れり、蠟石《らふせき》にて製造《つくり》たる水溜鉢《みづためばち》も今《いま》は半砕《なかばくだ》け、[二二]青苔鬖々《せいたいしん〳〵》として乱髪《らんはつ》の如くに生《お》ひたり、[二三]たゞ今《いま》も昔《むかし》にかはらざるは水の色のみにて、幾尺《いくしやく》とも知れぬ巌穴《がんけつ》より湧《わ》き出《い》で、その色は恰《あたか》も[二四]碧瑠璃《へきるり》を鎔《とか》したるが如く、水鉢《みづばち》より左右《さいう》に溢《あふ》れ落《お》ちて流れゆく音は、[二五]琴《こと》を操《あやど》るに似たり、[二六]抑《そも〳〵》何故《なにゆゑ》にこの泉《いづみ》はかく結構《けつかう》を尽《つく》したる建物《たてもの》にて飾《かざ》りつるか、これを[二七]里老《りらう》の口《こう》碑《ひ》に聞《き》くに、往昔《そのかみ》[二八]「令門士《レイモンド》」といひける「烏林《レベンスウード》」の領主ありけり、一日《あるひ》このあたりの山に出《いで》て猟狩《かりくら》なしける帰るさ、件《くだん》の泉《いづみ》の辺《ほとり》をよぎりしに、一箇《ひとり》の美《び》人《じん》に遇《あ》ひたり、年《とし》の頃《ころ》は二《に》八可《はちばかり》にもやなるべからん、顔《かほばせ》は秋の月も妬《ねた》むべく、[二九]細腰《さいえう》は春の柳も羞《はづ》べし　今《いま》領主の来《きた》るを見て、最羞《いとはづ》かしげに物言《ものい》い掛《かけ》たる容姿《さま》は、正《まさ》に是《こ》れ春鶯《しゆんあう》の谷《たに》を出《い》でゝ、梅花《ばいくわ》の陰《かげ》に囀《さへづ》るが如く、[三〇]楚王《そわう》の夢《ゆめ》に契《ちぎ》りし神《しん》女《によ》もかくや、昔名高《むかしなだか》かりし[三一]「恵世矢《エゼリヤ》」姫《ひめ》もこの女《をんな》には優《まさ》らじと「令門士《レイモンド》」は

ed and decorated with architectural ornament of a Gothic character.

一九 底本も『逍遙選集』別冊二の振り仮名も「コジック」だが、八八頁九行の「古時短」の振り仮名「ゴジック」に合わせて改変。

二〇 原文は the vault（アーチ形天井のようなおおい）。

二一 底本は「瓦ら」。『逍遙選集』別冊二の表記を採用。以下「乱髪の如くに生ひたり」（七行）まで、原文には the Gothic front ruined and demolished とのみある。

二二 「鬖」は、乱れ髪、長い髪。「しん」の音もあるが、「さん」の方が普通。

二三 原文は the stream burst forth from the recess of the earth in open day, and winded its way among the broken sculpture and moss-grown stones which lay in confusion around its source で、「その色は…に似たり」に該当する文はない。

二四 「碧瑠璃」は青々と澄んだ水のたとえとして使われる語で、注二三の moss-grown stones より連想を得た表現か。

二五 琴を巧みに演奏する。

二六 原文は Tradition…had ascribed a cause of peculiar veneration to this fountain.

二七 その土地に昔から住んでいる老人が伝承する言い伝え。「里老の口碑に伝（つた）ふる所なり」（『椿説弓張月』残編「為朝神社并（ならびに）南島地名弁略」、文化八年）。

二八 →補一三三。

二九 「細腰」は細くてしなやかな女性の腰つきを言い、それを形容する語に「柳腰」がある。

三〇 男女が情を交わすことを意味する故事に「巫山の雲雨」がある。「巫山の雨」「巫山の雲」「巫山の夢」「朝雲暮雨」とも言う。→補一三四。

三一 原文は like a second Egeria（第二のエゼリ

我《われ》を忘《わす》れて立留《たちとま》り、暫時《しばし》恍惚《くわうこつ》として居《ゐ》たりしが、我古昔《われむかし》の[一]「沼君《ヌーマ》」〈沼君《ヌマ》は恵世矢《エセリヤ》姫《ひめ》の情人なり〉ならぬもかゝる佳人《みやびめ》を妻《つま》とせずは領主の権勢《いきほひ》なきに似たり、争《いか》で[二]物言《ものい》ふ路傍《みちのべ》の花を手折《たをり》て詠《なが》めばやと一向心《ひたぶるこゝろ》を起《おこ》し、理《わり》なく口説《くどき》寄りけるに、彼《か》の美人《をんな》いかに思ひけん、[三]否《いな》にはあらぬ稲舟《いなぶね》の、誘《さそ》ふ水《みづ》あらばの風情《ふぜい》にて、流石《さすが》に心強《こゝろつよ》くもてなさず、引《ひ》かるゝまゝに寄添《よりそひ》て、遂《つひ》に怪《あや》しの夢《ゆめ》を結《むす》びたりけり、[四]恁而後《かくてのち》、「令門士《レイモンド》」は其移《そのうつ》り香《が》を忘《わす》れ難《かね》て、数々《しばしば》泉《いづみ》の辺《ほとり》に来《きた》りて那《か》の美人《をんな》を尋《たづ》ねけるに、美人《をんな》もその心《こゝろ》を知りて、常《つね》に「令門士《レイモンド》」が来《きた》るを俟《ま》てり、されど甚麼《いか》なる故《ゆゑ》にか、[五]必《かなら》ず泉《いづみ》の辺《ほとり》を離《はな》れず、来《きた》るも去《さ》るもいつも水涯《みぎは》にして、また[六]相逢《あひあ》ふには火曜日の[七]彼誰《たそがれ》をもて定《さだ》めの時《とき》とせり、奇怪《きくわい》なるはそれのみにあらず、[八]この美人《をんな》　領主に誓《ちか》ひていへらく、我儕《わらは》いひ難《かた》く、又去《さ》り難《かた》き理由《ゆゑ》ありて、君《きみ》に逢《あ》ひまゐらするも　那里《かしこ》の山寺《やまでら》にて夕暮《ゆふぐれ》の鐘《かね》を打出《うちいだ》さば、それを限《かぎ》りに当日《そのひ》は別《わかれ》れ奉《たてまつる》べし、开《そ》をかねてより御心《みこゝろ》に覚えておかせ給はれかしと、[九]怪《あや》しげなる願《ねがひ》さへ、迷《まよ》ひ初《そめ》たる心《こゝろ》には、いと憎《にく》からぬことに覚え、怪《あや》しき事とも心附《こゝろづか》ざりき、[一〇]爾後《そののち》[一一]領主は当国《このくに》の宗旨《しゆうし》の掟《おきて》に随《したが》ひて　那《か》の山寺《やまでら》の主《あるじ》なる、「邪鬼霊《ヂヤケレイ》」和尚《おしやう》に懺悔《ざんげ》をせし折《をり》、言《こと》の終《をはり》に云々《しかじか》と、那《か》の美人《をんな》に会遇《くわいぐう》して奇縁《きゑん》を結《むす》びし[一二]顛末《てんまつ》を、和尚《おしやう》が前《まへ》にて述《のべ》ければ　[一三]和尚《おしやう》は聞《きく》より眉《まゆ》に皺《しは》よせ、打案《うちあん》ずるこ

ヤのように)で、エゼリヤは Numa に宗教上の儀式等を教えたとされる水の精。底本の振り仮名は「ヱゼリや」、『逍遙選集』別冊二の振り仮名は「エゼリヤ」。

以上一二一頁

一 古代ローマ二代目の王。Numa(?－紀元前六七三?)。↓一二一頁注三一。
二 美人の称として「解語の花」という語がある。
三 「最上川のぼればくだる稲舟のいなにはあらずこの月ばかり」(『古今和歌集』東歌)と「わびぬれば身を浮草の根をたえて誘ふ水あらばいなんとぞ思ふ」(同・仮名序・小野小町)に拠る。
四 原文は They met frequently afterwards, and always at sunset, the charms of the nymph's mind completing the conquest which her beauty had begun, and the mystery of the intrigue adding zest to both.
五 原文は She always appeared and disappeared close by the fountain.
六 原文は They met only once a week; Friday was the appointed day で、金曜日とする。
七 原文は at sunset. →注四。
八 原文は she explained to the Lord of Ravenswood, that they were under the necessity of separating so soon as the bell of a chapel.
九 以下「心附ざりき」(一四行)まで、原文に該当する文はない。
一〇 底本は「示後」と誤植。
一一 原文は In the course of his confession, the Baron of Ravenswood entrusted the hermit with the secret of this singular amour.
一二 七七頁一一行の「顛末」の振り仮名は「もとすゑ」。

とやゝありて、領主の面色《おもて》をうちまもり、いと忠実《まめやか》に諫《いさ》めていへらく、嗚呼《あゝ》危《あやう》哉《いかな》危《あやう》哉《いかな》　君《きみ》には既《すで》に魔神《まじん》の為《ため》に魅《み》せられ給ひぬ　今《いま》より随即《たゞち》に迷《まよ》ひの雲《くも》を掻攘《かきはら》ひて、正《たゞ》しき道にかへらせ給へ　さらずは　千金《せんきん》の御体《おんみ》はおろか、不死《ふし》の精神《たましひ》さへ悪神《あくじん》の為《ため》に害《そこな》はれ給ふべし、[一四]君《きみ》には知らせ給はずや、那《か》の美人《たをやめ》は[一五]黒《こく》暗魔《あんま》国《こく》に名《な》もしるき、「獰夜奴《ネイヤド》」と呼《よ》ぶ女《め》神《がみ》にて、原来《もとより》人間界《にんげんくわい》の者《もの》には候《さむら》はず、さるからに、君《きみ》の御目《おんめ》には容貌美麗《ようばうびれい》にして、実《げ》に絶世《ぜつせい》の美人《びじん》と見ゆれども、其《その》真実《まこと》の姿は、夜叉般若《やしやはんにや》にも立超《たちこえ》て、恐《おそ》ろしきさまに候《さむらふ》なり、則《すなはち》其容貌《そのかたち》は云々《しか〱》、其心術《そのこゝろざま》は箇様々々《かやう〱》と、弁舌《べんぜつ》水の流るゝ如く、那《か》の「獰夜奴《ネイヤド》」の真《まこと》の姿《すがた》の恐《おそ》ろしきことを、今目《いまめ》の前《まへ》に見る如く、説明《ときあか》しける和尚《おしやう》の言葉《ことば》を、聞尽《きゝつく》しても中々《なか〱》に、迷《まよ》ひの雲《くも》の霽難《はれかね》て、[一六]「令門士《レイモンド》」は半《なかば》は信じ、半《なかば》は疑《うたが》ひ、はか〲しく答《こたへ》だにせざりければ、「邪鬼霊《ジヤケレイ》」は[一七]言甲斐《いひがひ》なしと苛立《いらだち》て、再《ふたゝ》び領主に向《むか》ひていへらく、かくまで審《つまびらか》に由縁《ゆゑよし》を告《つげ》まつりても、御心《みこゝろ》の迷《まよ》ひ霽《はれ》 給《（たまは）》ずば、またいふべき由《よし》なければ、何事《なにごと》も君《きみ》の御為《おんため》なれば、[一八]君《きみ》の此次《このつぎ》に彼《か》の婦人《をんな》に逢《あ》ひ給はん時、我寺《わがてら》の暮《くれ》の鐘《かね》を一時遅《ひとゝきおそ》く撞《つ》くべし、其時拙僧《せつそう》の稟《まう》せることの偽《いつはり》ならぬを知らせ給へ、[一九]妖魔《えうま》は必《かなら》ず定《さだ》めつる時を過《すご》す時は、[二〇]仮形《かけい》の妖術《えうじゆつ》立《たち》どころに破《やぶ》れて、真《まこと》の姿《すがた》をあらはし申《まう》すべし、這《こ》は昔《むかし》より[二一]名高《なだか》き儒士達《はかせたち》の申残《まうしのこ》せることにして、拙僧《せつそう》の

一三 原文は Father Zachary drew the necessary and obvious consequence, that his patron was enveloped in the toils of Satan, and in danger of destruction both to body and soul.

一四 原文は He urged these perils to the Baron with all the force of monkish rhetoric, and described, in the most frightful colours で、あらゆるレトリックを駆使して危険を力説し、ぞっとするような言葉で説明した。以下「説明しける和尚の言葉」(九行)まで、原文では the apparently lovely Naiad(外見上は愛らしいネイヤド)が the kingdom of darkness の一員だと述べるのみ。

一五 the kingdom of darkness は the kingdom of heaven(天国)の対極にあるもの。

一六 原文は The lover listened with obstinate incredulity.

一七 以下「いふべき由なければど」(一二一一三行)まで、原文に該当する文はない。

一八 原文は on their next interview the vespers bell should be rung at half an hour later than usual.

一九 原文は the Evil One, thus seduced to remain behind the appointed hour, would assume her true shape.

二〇 人を惑わす怪しい変身の術。

二一 原文では具体的に Malleus, Maleficarum, Sprengerus, Remigius の名を挙げている。

憶測《さかしら》には候はず、君《きみ》ゆめ〳〵疑《うたが》ひ給はで、先《ま》づ拙僧《せつそう》の申《まう》す所《ところ》を試《こゝろ》みさせ給へと、始終《はじめをはり》[一]審明《つまびらか》なりける言語《ことば》に疑《うたが》ふべうもあらざれば、[二]「令門士《レイモンド》」は漸《やうや》く領諾《うなづき》、和尚《おしやう》の言語《ことば》に従《したが》ふものから、[三]尚肚《なほはら》の裏《うち》には嘲笑《あざわら》ひて、此奴《こやつ》賢明《さかしら》ぶりて　かく実《まこと》しやかに彼女《かのをんな》のことを告《つ》ぐれども、然《さ》る道理《だうり》あるべきやは、遠からずして美人《たをやめ》は真《まこと》の人間《にんげん》なるよしを知らしめ、鼻明《はなあか》せてんと思ひつゝ、最慇懃《いとねんごろ》に辞《いとま》を告《つげ》て、当日《そのひ》は館《やかた》へ帰りけり、恁而後《かくてのち》、[四]かねて契《ちぎ》りつる時来《きた》りければ、領主は再《ふたゝ》び美人《たをやめ》と泉《いづみ》の畔《ほとり》に出逢《いであひ》て、平常《つね》の如くに打語《うちかた》らひけり、実《げ》[五]に此二人《このふたり》は逢瀬《あふせ》まれなる身にしあれば、積《つも》る思ひも中々《なかく》に尽《つき》がたく、逢《あ》はぬまの苦《くる》さを語《かた》り、墓《はか》なき別《わかれ》の悲《かな》しみをかこち、[六]末《すゑ》の松山《まつやま》、[七]松《まつ》の色《いろ》によそへてかはらぬ心《こゝろ》を見せ、[八]八百日《やほか》ゆく浜《はま》の真砂《まさご》、限《かぎ》りなき数《かず》にかけて尽《つき》せぬ契《ちぎり》をこめ、果《はて》は女《をんな》も男《をとこ》も言葉《ことば》はなくて、たゞ泣居《なきゐ》たり、誠《まこと》や、[九]梓弓《あづさゆみ》はりてゆるべぬ[一〇]壮夫《ますらを》すら、恋《こひ》には弱《よわ》る習《ならひ》とか、まして女《をんな》の一筋《ひとすぢ》に、来《こ》し方《かた》、行末《ゆくすゑ》、うれしさ、かなしさ、とりよそへて考《かんが》ふれば、[一一]草《くさ》葉《ば》の床《とこ》におく露《つゆ》も、衣《ころも》の袖《そで》をしぼるよすがとはなりけり、[一二]こゝに又「邪鬼霊《ジャケレイ》」和尚《おしやう》は、前《さき》の日《ひ》領主に約《やく》せし如く、時来《とききた》れども黄昏《ゆふぐれ》の鐘《かね》を撞《つか》ざりければ、此日《このひ》は常《つね》には増して時間《とき》いと長《なが》かり、されど[一三]女《をんな》の行移挙止《たちゐふるまひ》、別《べつ》に変《かは》りし様《さま》もあらざりければ、[一四]領主はいよ〳〵「邪鬼霊《ジャケレイ》」がいへりしことを実《まこと》とせず、女《をんな》を疑《うたが》ふ

一　九八頁七行・一二三頁一二行の「審」は、一文字で「つまびらか」の振り仮名。
二　原文は Raymond of Ravenswood acquiesced in the experiment, not incurious concerning the issue.
三　原文は though confident it would disappoint the expectations of the hermit.
四　原文は On the appointed hour the lovers met.
五　以下「よすがとはなりけり」（一三行）まで、原文に該当する文はない。
六　「契りきなかたみに袖をしぼりつつ末の松山浪越さじとは」（『百人一首』清原元輔）。
七　「君が世のためしに何を思はまし変はらぬ松の色なかりせば」（西行『山家集』）。
八　「八百日行く浜の真砂も我が恋にあにまさらじか沖つ島守」（『万葉集』巻四・笠女郎）。
九　「梓弓引きて許さずあらませばかかる恋には逢はざらましを」（『万葉集』巻十一・柿本人麻呂）。
一〇　「目に見えぬおに神をもあはれと思はせ、をとこをむなの中をもやはらげ、たけきもののふの心をもなぐさむるは歌なり」（『古今和歌集』仮名序）。
一一　「ひとりぬる床は草葉にあらねども秋くるよひは露けかりけり」（『古今和歌集』秋上・よみ人しらず）。
一二　原文は their interview was protracted beyond that at which they usually parted, by the delay of the priest to ring his usual curfew.
一三　原文は No change took place upon the nymph's outward form.
一四　以下「打かたらひて居たりし」（一二五頁一行）まで、原文に該当する文はない。

心《こゝろ》はなくて、尚《なほ》打かたらひて居《ゐ》たりしに、[一五]日《ひ》ははや山《やま》の端《は》に没《かく》れて、遠き山は青黛《まゆずみ》の如く、近き山は霧《きり》わたりて、やゝ黄昏《たそがれ》の時となりぬ、この時、彼《か》の婦人《をんな》は定《さだ》めの時《とき》を過《すご》したりと心附《こゝろづ》きてや、そのまゝに 噫《あな》やと計《ばか》り身《み》を起《おこ》し、抱《いだ》きしめたる「令門士《レイモンド》」の、双手《もろて》を取《とり》て振放《ふりはな》ち、叫《さけ》ぶ一声《ひとこゑ》悲《かな》しげに、さらばに侍るといひもあへず、泉《いづみ》の内《うち》へ飛びこみけり、[一六]「令門士《レイモンド》」はこれを見て、抱《いだ》き止《とゞ》めんすべもなく、たゞ慌《あわ》て驚《おどろ》くのみなりしが、やゝありて、泉《いづみ》の傍《ほとり》へ走りより、眼《まなこ》を定《さだ》めて中《うち》を見れば、怪《あやし》むべし、[一七]涌《わ》き出《いづ》る水は忽《たちまち》に紅《べに》を流すが如く、血をもて赤く染做《そめな》したり、この有様《ありさま》に「令門士《レイモンド》」は、[一八]霎時《しばし》愀然《しゆうぜん》と泉《いづみ》のほとりを去《さ》りあへず、嘆息《たんそく》することあまたゝび、熟《つら〳〵》心《こゝろ》に思《おも》ふやう、[一九]我《われ》「邪鬼霊《ジャケレイ》」和尚《おしやう》の慫慂《すゝめ》にまかせ、よしなき疑《うたがひ》を起《おこ》し、魔物《まもの》にもあれ、鬼《おに》にもあれ、罪《つみ》なき者を偽計《ぎけい》を以て殺《ころ》したるは[二〇]生涯《しやうがい》の誤《あやまり》なり、悔《くい》てかへらぬ事ながら、さぞや彼女《かのをんな》は 情《なさけ》なき所業《しわざ》と、我《われ》を恨《うら》みつらんなど、ありしことゞも思ひつゞけ、快々《あう〳〵》として楽《たのし》まず、館《やかた》へかへりて「獰夜奴《ネイヤド》」が、跡叮嚀《あとねんごろ》に吊《とむら》ひけり、かくて後《のち》、「令門士《レイモンド》」は「獰夜奴《ネイヤド》」が世《よ》にありし面影《おもかげ》忘れかね、夜《よ》は夢《ゆめ》の中《うち》に見、昼《ひる》は幻影《まぼろし》の如く目《め》にそひて、[二一]展転《てんてん》の思去《おもひさ》りがたく、たゞ鬱々《うつ〳〵》とのみ暮《くら》し居《ゐ》たりしが、暮《くら》すともなく[二二]二三《にさん》ケ月《つき》を経《へ》たり、時《とき》に隣国《りんごく》と已《や》むを得《え》ざることより[二三]釁《ひま》を開《ひら》き、親《みづか》ら

一五 →補一三五。

一六 以下「怪むべし」(七行)まで、原文に該当する文はない。

一七 原文は The bubbles occasioned by her descent were crimsoned with blood as they arose.

一八 以下「心に思ふやう」まで、原文には Baron(領主)は distract(混乱し)infer(推測した)とあるのみ。

一九 原文は his ill-judged curiosity had occasioned the death of this interesting and mysterious being.

二〇 原文は The remorse which he felt, as well as the recollection of her charms, proved the penance of his future life(良心の呵責と彼女の魅力を思い出すことは以後の彼の人生を苦行と化した)とのみあり、「情なき所業と、我を恨みつらん」(一一—一二行)や「夜は夢の中に見、昼は幻影の如く目にそひて、展転の思去りがたく」(一四—一五行)に該当する文はない。

二一 眠れずに思い悩むこと。輾転反側。

二二 以下、一二六頁二行の「消え失せけり」までに該当する原文は he lost in the battle of Flodden not many months after のみ。フロデンはイングランド北東部ノーサンバランド州の丘で、一五一三年九月九日のフロデンの戦いにスコットランド軍は大敗、ジェームズ四世と多数の貴族が戦死した。

二三 争い。

「風露田《フロデン》」といふ処まで出陣《しゆつぢん》なしたりしが、其戦利《そのたゝかひり》なくして、重《おも》き金瘡《てきず》を蒙《かうむ》り、遂《つひ》に墓《はか》なくも「風露田《フロデン》」村《そん》の朝露《あさつゆ》と消《き》え失《う》せけり、これより先《さ》き、[一]「令門士《レイモンド》」は「獰夜奴《ネイヤド》」の菩提《ぼだい》のため　那女《かのをんな》の飛《と》び入りたる泉《いづみ》に上覆《うはや》を建造《つく》り、[二]玉垣《たまがき》を結《ゆ》ひ廻《めぐ》らし、結構壮麗《けつかうさうれい》[三]を尽《つく》したりしが、其後《そののち》は「烏林《レベンスウード》」の家《いへ》も衰《おとろ》へ、別《べつ》に修理《しゆうり》するものもなかりければ、年経《としふ》るまゝに荒果《あれは》てゝ、既《すで》に此頃《このころ》に至《いた》りては、見る影《かげ》もなくなりにけり、[四]かくて「烏林《レベンスウード》」の家《いへ》は「令門士《レイモンド》」の戦没《うちじに》せしより次第に衰《おとろ》へて、竟《つひ》に滅亡《めつばう》に至《いた》りしとぞ、[五]こはこれ里老《りらう》の口碑《こうひ》に伝《つた》へ来《こ》し、怪《あやし》の譚《ものがたり》なれば、稍《や》[六]〻知識《ざえ》ある輩《ともがら》は、あるひは之を駁《ばく》[七]していへらく、この譚《ものがたり》は原来《もとより》取《と》るに足《た》らざる附会《ふくわい》[八]の説《せつ》なり、唯其実《たゞそのまこと》とする所は、領主「令門士《レイモンド》」が嫉妬《しつと》の念《こゝろ》より、[九]其室某《そのしつなにがし》を件《くだん》の泉《いづみ》の傍《かたはら》にて殺害《せつがい》したることありき、その時某《なにがし》の血の泉《いづみ》に流《なが》れ入《い》りて、その水紅色《くれなゐ》に変《かは》りしを、好事《かうず》の者のさかしらに、かくはいひもてはやしゝならんと云《い》へり、[一〇]あるひは又《また》、此事《このこと》は往古《そのかみ》の邪宗神代記《へいでんまいそろじー》に載《のせ》たる事にて「令門士《レイモンド》」の時世《じせい》にはあらずといふ者もあり、[一一]異説《いせつ》紛《とりぐ》々にして定《さだ》まらざるも、要《えう》するに大同小異《だいどうしやうい》にして、衆口通《しゆうこうすべ》ていへらく、[一二]件《くだん》の泉《いづみ》は「烏林《レベンスウード》」の家《いへ》には忌《ゆ》々《ゝ》敷崇《しきたゝり》をするものにて、其家《そのいへ》の子孫たる者は此《こ》の泉《いづみ》に近づくだに大《おほい》なる禍《わざはひ》あり、ましてこれを汲《く》み、これを飲《の》むに至《いた》らば、必《かなら》ず

一 原文は in memory of his Naiad, he had previously ornamented the fountain in which she appeared to reside, and secured its waters from profanation or pollution, by the small vaulted building of which the fragments still remained scattered around it で、「其後は…修理するものもなかりければ」(四―五行)は訳者による補足説明。

二 神社の周囲に巡らした垣。 三 底本も『逍遙選集』別冊二も「荘麗」だが、七六頁一〇行の「結構壮麗いはん方なし」に合わせて改変した。

四 原文は From this period the house of Ravenswood was supposed to have dated its decay.

五 原文は Such was the generally received legend. 六 原文は some, who would seem wiser than the vulgar.

七 原文は explained. 八 こじつけの説。

九 原文は a beautiful maid of plebeian rank, the mistress of this Raymond(レイモンドの妻となった平民階級出身の娘)。

一〇 原文は Others imagined that the tale had a more remote origin in the ancient heathen mythology.

一一 原文は All however agreed で、however の一語が「異説紛々…大同小異にして」に該当。

一二 原文は the spot was fatal to the Ravenswood family.

一三 原文は as for a Grahame to wear green, a Bruce to kill a spider, or a St. Clair to cross the Ord on a Monday で、「不汲の泉」に該当する語はなく、緑を身につけることを縁起が悪いとしたグレアムについての訳はない。

一四 スコットランド王のロバート・ブルース

その身《み》を喪《うしな》ふことあるべしと、[一三]さるからに、この泉《いづみ》を「不汲の泉《クマズイヅミ》」と呼《よ》び、「鳥林《レベンスウード》」の家《いへ》に対しては、猶《なほ》[一四]「武龍巣《ブルース》」侯《こう》の遠孫《ゑんそん》の蜘蛛《くも》を殺《ころ》し、[一五]「聖呉箭《セントクレヤ》」の一族《いちぞく》の月曜日に「折渡《ヲルト》」河《が》を渡《わた》るに同じく、いと恐《おそ》るべきことゝせり、[一六]苒説休題《すぎつることはさておきつ》「瑠紫《ルシイ》、阿朱遁《アシユトン》」は得知《えし》らぬ男《をとこ》に扶《たす》けられて、泉《いづみ》の傍《ほとり》まで到《いた》り着《つき》しが、此時《このとき》まで自己《おのれ》に復《かへ》りし体《てい》なければ、那《か》の壮夫《ますらを》は甲斐《かひ》〳〵しく「瑠紫《ルシイ》」が被《き》たる[一七]袿衣《うちぎ》の裾《すそ》を水《みづ》に浸《ひた》し、「瑠紫《ルシイ》」の口にそゝぎ入《い》れて介抱《かいはう》すること[一八]半晌《はんとき》あまり、其水喉《そのみづのんど》に通《とほ》りたりけん、「瑠紫《ルシイ》」は忽然《こつぜん》として息吹返《いきふきかへ》し、あたりを見まはす[一九]うつくしさ、花の容顔《かんばせ》色青《いろあを》ざめ、鬢《びん》の毛《け》は打乱《うちみだ》れて、宛然《あたかも》水精《すゐせい》「獰夜奴《ネイヤド》」が、其恋人《そのこひびと》に見顕《みあらは》され、名残惜《なごりをし》み面影《おもかげ》も、恪《かく》やとばかり思はるゝ、[二〇]欹斜《ゆがめ》る柱に倚《よ》りかゝりて、袿衣《うちぎ》の裾《すそ》のしどけなく、水《みづ》に[二一]浸《ひたり》てないがしなるは、[二二]雨に[二三]悩める花の陰《かげ》に、深山鶯《みやまうぐひす》[二四]かいひそめ、囀《さへづ》りかぬる風情《ふぜい》あり、「瑠紫《ルシイ》」は霎時《しばし》茫然《ばうぜん》と、死生《しせい》の間《あひだ》を弁難《わきかね》て居《ゐ》たりしが、[二五]軈《やが》て自己《おのれ》に復《かへ》りけん、[二六]父君《ちゝぎみ》や在《いま》すと、彼方此方《かなたこなた》眼《め》の限《かぎ》り見回《みまは》せど、更《さら》にその影《かげ》をも見ざりければ、此《こ》はいかでなり給ひつると、悲《かな》しさ、惶《こは》さこき混《まぜ》て、父君《ちゝぎみ》〳〵と泣《な》き叫《さけ》ぶも道理《ことわり》なり、[二七]壮夫《ますらを》これをうち聞《きゝ》て、姫君心安《ひめぎみこゝろやす》く思ひ給へ、[二八]「阿朱遁《アシユトン》」ぬしは恙《つゝが》なし、程《ほど》なく此所《こゝ》へ来《きた》らせ給はんと、[二九]いふを半《なかば》も聞《きゝ》あへず、然《しか》いはるゝは寔《まこと》なりや、否寔《いなまこと》にはあ

Robert Bruce（一二七四―一三二九）。蜘蛛が失敗に懲りずに挑戦することに勇気を得て、一三一四年、イングランド軍を破りスコットランドの独立を保ったことから、スコットランドではブルース姓を名乗るものは蜘蛛を殺すことを罪悪と考えていた。 一五 月曜日にオルド河を渡り、四十人の部下を率いてフロデンの戦い（↓一二五頁注二二）に参戦したウイリアム・シンクレア William Sinclair は惨敗、戦死した。

一六 底本は「苒」の「止」を「上」と誤植。「苒」は「前」の古字。『逍遙選集』別冊二は「旧説休題」。『明治文化全集』では「過説休題」。↓補二一。

一七 底本の振り仮名は「うちき」だが、他の二例の表記を尊重して「うちぎ」とした。

一八 原文には after her long and almost deadly swoon（長くほとんど死人同様の気絶の後に）とあり、具体的時間の記載はない。底本は「半响」と誤植。↓八六頁注一。

一九 ↓補一三六。 二〇 原文は the ruined wall.

二一 「浸てないがしろなる」の誤植か。『逍遙選集』別冊二は「浸らしめつるさま」。

二二 美人がうちしおれた姿を形容する語に「海棠の雨を含める（帯びたる）風情」がある。「立ば芍薬　すはれば牡丹　笑へば桜のさきかかり　泣ば海棠に春の雨　小野小町か楊貴妃か」（『読売新聞』明治八年六月十七日・一面二段）。

二三 底本は「脳」と誤植。

二四 ひっそり隠れて囀ることができないでいる。

二五 ↓補一三七。

二六 原文は She looked around—he was no where to be seen.

二七 以下「心安く思ひ給へ」まで、原文に該当する文はない。

二八 原文は Sir William is safe, …perfectly

らざるべし、[一]前《さき》には荒牛《あれうし》追逼《おひせま》り、逃《のが》るゝ道《みち》もあらざりしを、怎《いかで》か父君《ちゝぎみ》恙《つゝが》なくおはしまさん、いで我儕《わらは》親《みづか》ら那処《かしこ》へ行《ゆ》き、父君《ちゝぎみ》の安危《あんき》を定《さだ》めてんと、立《たち》あがらまくする程に、[二]疲《つか》れ果《はて》たる手弱女《たをやめ》の、争《いか》でか一歩も歩行《あゆま》るべき、[三]忽《たちま》ち小石《こいし》に蹶《つまづ》きて、あはや倒《たふ》れんとこそしたりけれ、傍《かたはら》に居《ゐ》たる壮夫《ますらを》は、先刻《せんこく》より此為体《このていたらく》を見るといへども、[四]心《こゝろ》に深き理由《わけ》やありけん、扶《たす》けんともせで居《ゐ》たりけるが、この有様《ありさま》にこらへかね、やがて走《はし》り寄《より》て抱《いだ》きとめつゝ、徐《やをら》再《ふたゝ》び元《もと》の処《ところ》へ坐《ざ》せしめて、これに向《むかひ》ていへるやう、「阿朱遁《アシユトン》」主《ぬし》は[五]天《てん》の助《たすけ》ありて不思議に危難《きなん》を免《まぬか》れ給ひたれば、程《ほど》なく此所へ来《き》ますべし、[六]ようなき事に心《こゝろ》を痛《いた》め、病《やまひ》を起《おこ》さば却《かへつ》て父《ちゝ》君《ぎみ》への不孝《ふかう》ならん、和君《わぎみ》は一度《ひとたび》息絶《いきたえ》て、身体《しんたい》甚《はなは》だ疲れたれば、歩行《ほかう》をなすはあしかるべし、今霎時《いましばらく》を打念《うちねん》じて、[七]家人《いへびと》の来《きた》るを俟《また》せ給へと、[八]言葉《ことば》やさしく慰《なぐさ》めたり、[九]登時《そのとき》「瑠紫《ルシイ》、阿朱遁《アシユトン》」は全《また》く自己《おのれ》の心《こゝろ》に復《かへ》り、[一〇]爰《こゝ》にはじめて眸《ひとみ》を定《さだ》めて那《か》の壮夫《ますらを》を熟々《つくぐ》見るに、[一一]思《おも》ひ掛《が》けなき人品《ひとがら》にて、もとの根《ね》ざしも賤《いや》しからぬ、[一二]皂羅紗《くろらしや》の猟場衣裳《かりばいしやう》を身《み》に着《ちやく》し、[一三]「門手呂《モンテロ》」と呼《よ》び付《つ》けたる、猟場帽子《かりばばうし》を目深《まぶか》に冠《かぶ》り、額《ひたひ》に垂《た》るゝ黒羽《くろはね》の、[一四]飾《かざり》も憎《にく》し慭《なまじひ》に、壮夫《ますらを》が面《おもて》を覆《おほ》ひ隠《かく》して、全《また》く見ることを得《え》ざれども、[一五]年《とし》の頃《ころ》は二十《はたち》あまりになりもやしつらん、[一六]色は雪《ゆき》も恥《は》づるばかりにて、鼻筋《はなすぢ》とほり眉秀《まゆひい》で、顔《かほ》の匂《にほひ》いとあでやかに、風采《さまかたち》のなつかしさ、気《け》

safe, and will be with you instantly.

二九 原文には「いふを半も聞あへず」に該当する文はない。

――以上一二七頁

一 原文は the bull was close by us—do not stop me—I must go to seek my father.

二 原文は her strength was so much exhausted, that, far from possessing the power to execute her purpose(あまりに疲れていたので、目的遂行するだけの力を持っていなかった)。

三 原文は she must have fallen against the stone on which she had leant, probably not without sustaining serious injury(もたれかかっていた石の上に倒れて、あやうく大怪我をするところであった)。

四 原文は with a momentary reluctance(瞬間、気が進まない様子で)。

五 原文は Fate has singularly preserved him(運命は奇妙にも彼を保護した)。

六 原文は Do not make yourself anxious on his account で、「病を…不孝ならん」に該当する文はない。

七 原文は until you have some assistance more suitable than mine(私より適任の援助者が来るまで)。 八 原文には「言葉やさしく慰めたり」に該当する文はない。

九 曲亭馬琴が『南総里見八犬伝』等で多用する語。

一〇 原文は naturally(自然と)。 一一 以下「賤しからぬ」まで、原文に該当する文はない。

一二 原文は A shooting-dress of dark green, richly laced with gold.

一三 原文は A Montero cap and a black feather drooped over the wearer's brow.

一四 原文は partly concealed his features which,

高《だか》けれども猛《たけ》からず、婉柔《なよやか》なれど自《おのづ》から雄《を》々《ゝ》しきふしのあらはれて、青柳《あをやぎ》の烟《けぶり》に籠《こも》る春の月、錦木《にしきゞ》の色に映《うつ》れる秋の山も、此人《このひと》の姿には及ぶまじと思はれたり、[一七]されどいかなる憂《う》き事やありけん、[一八]いと不楽《わびしげ》にて物思《ものおもひ》に沈《しづ》むが如く見《み》ゆめるは、[一九]外《よそ》の見《み》る目《め》も覚束《おぼつか》なくて、深き子細《しさい》のあることゝおしはからる、かくて「瑠紫《ルシイ》」は　霎時《しばし》が程《ほど》は那《か》の人《ひと》を[二〇]あからめもせず打守《うちまも》り居たりつるが　[二一]その物《もの》いひたるけはひなど此世《このよ》の人《ひと》としも覚えず、[二二]ゆかしさ限《かぎ》りなくて、不図《ふと》見やりたる顔付《かほつき》を、かなたよりも同《おな》じ心《こゝろ》に見返《みかへ》されて、我《われ》ながらはしたなき心地《こゝち》せられ、ハッと赤らむ紅葉《もみぢば》の、うら恥《はづ》かしくその儘《まゝ》に、さしうつむきてしばし物《もの》も得言《えい》はざりしが、[二三]恪《かく》ては果《はて》じと漸々《やう〱》に、思ひかへして頭《かうべ》をもたげ、深山《みやま》鶯《うぐひす》密音《しのびね》に、打《うち》ほのめかしていへるやう、今日《けふ》の危《あやふ》き枉災《まがつひ》を免《まぬか》れ侍りしは正《まさ》しく君《きみ》の御恩《みとく》なるべし、その礼《よろこび》は艶《つや》なき言《こと》の葉《は》にては申《まう》し尽《つく》しがたく侍りと、額衝《ぬかづき》つゝいひ出《いづ》るを、壮夫《ますらを》は聞《きか》ぬ振《ふり》して[二四]声高《こゑたか》やかに、[二五]姫君真《ひめぎみまこと》の心《こゝろ》に復《かへ》り給ひつるか、[二六]嗚呼《あゝ》今日《けふ》しも君《きみ》なかりせば、おん身が父君《ちゝぎみ》は已《すで》に死し給ひぬらん、現《げ》にや君《きみ》は父君《ちゝぎみ》の護神《まもりがみ》にてありつるよ、いざ自己《おのれ》はまかり去《さ》るべし、君《きみ》には[二七]今霎時打《いましばらくうち》のどめて、家人《いへびと》の来《き》たるを待ち給へと、言放《いひはな》ちつゝ立去《たちさら》んとするを「瑠紫《ルシイ》」は慌《あわ》てゝ押止《おしと》め、[二八]こは何事《なにごと》の御心《みこゝろ》にかなはぬことありて、かう情《なさけ》なくは振捨《ふりす》て給ふ

so far as seen, were dark, regular, and full of majestic（一部は隠されているが、見えているかぎりでは、浅黒く整った威厳に満ちた顔立ちをしていた）。

一五 原文に年齢の記載はない。→七八頁注一。

一六 原文は dark で、色白とは正反対。→注一四。

一七 原文は though somewhat sullen（いくぶんか不機嫌そうだが）。

一八 原文は Some secret sorrow, or the brooding spirit of some moody passion（秘密の悲しみ、もしくは陰鬱な情熱を伴った考え込む魂）。

一九 原文は it was not easy to gaze on the stranger without a secret impression either of pity or fear, or at least of doubt and curiosity allied to both.

二〇 わき見することなく。「凝然（ぢッ）とあからめもせず青色の壁紙と壜を眺めてゐた」（二葉亭四迷『血笑記』断篇第二、明治四十一年）。

二一 原文には「その物いひたる…限りなくて」に該当する文はない。

二二 非常に心がひかれて。

二三 →補一三八。

二四 原文では abruptly（唐突に）、the deep melody of his voice（低い声）で。

二五 以下「復り給ひつるか」まで、原文に該当する文はない。

二六 原文の I leave you to the protection of those to whom you have been this day a guardian angel の後半部を訳したもの。

二七 原文は Lucy was surprised at the ambiguity of his language で、ambiguity は「一字両意。不審。曖昧」（『英和双解字典』）。

二八 →補一三九。

か、もしも我儕《わらは》に無礼《むらい》の罪《つみ》あらば不足者《たらはぬもの》の所業《しわざ》ぞと　まげて許容《ゆる》させ給ひ、父なるものゝ参《まゐ》らんまで、今《いま》しばらく俟《また》せ給はゞ、此上《このうへ》のよろこびに侍らん、海[一]より深き御恩《ごおん》を受け、その謝礼《かしこまり》をも申《まう》しあへず、剰《あまつさへ》その人の御名《おな》さへ承《うけたまは》らずして別《わか》れ奉《たてまつ》らば　父なるものゝ来《きた》らん時、申解《まうしとく》べきすぢ侍らず、[二]ヤヨ喃々《なうなう》と強《あながち》に、[三]引動《ひきうごか》せる袂《たもと》にも、少女心《をとめごゝろ》の真実《まこと》見えて、そのいとほしさ限《かぎ》りなし、此《この》時壮夫《ときますらを》は言葉《ことば》[四]すゞどに答へていへらく、[五]名《な》を名宣《なのら》んはもとよりようなし、[六]和君《わぎみ》の父は掌璽官《しやうじくわん》の位《くらゐ》におはせば、この国中《こくちゆう》に住《すま》ふものを、殺《ころ》さんも生《いか》さんも心《こゝろ》のまゝになしつべし、いはんや人の姓名《せいめい》をや、知らんとおぼさば　何時《なんどき》にても、知り給はんに事欠《ことかゝ》じ、そを我口《わがくち》より明白《あからさま》に吐《は》き出《いだ》さんは無益《むえき》なりと、いふに[七]「瑠紫《ルシイ》」は言葉《ことば》を改《あらた》め、[八]こは情《なさけ》なき御言葉《みことば》かな、[九]蛇《じや》は隋侯《ずゐこう》の為《ため》に珠《たま》を献《けん》じ、[一〇]雀《すゞめ》は揚氏《やうし》の恩《おん》を忘れず、玉環《ぎよくくわん》を啣《ふく》んで報《むく》ゆとこそ聞《きゝ》き侍りしか、まして人たるもの　誰《たれ》か恩《おん》を蒙《かう》むりて、そをおろそかに思ひ侍らん、我儕《わらは》の父愚鈍《ぐどん》なりといへども、掌璽官《しやうじくわん》の職《つかさ》をもつかさどれるものなれば、かゝらん道理《すぢ》いさゝかは心得《こゝろえ》ても侍らめ、さるを　から無下《むげ》に言放《いひはな》ちて、振捨《ふりす》て給はんずる御心《みこゝろ》こそ怨《うら》めしけれ、さりながら、父は今《いま》しも猛獣《まうじゆう》のために失《うしな》はれて、再《ふたゝび》こゝには来《きた》らざるを、君《きみ》には疾《とく》にはしろしめし、我儕《わらは》を賺《すか》して取残《とりのこ》し給はん御心《みこゝろ》か、[一一]何《なに》にもあれ、父

一　→一一三頁注一九。
二　以下「そのいとほしさ限りなし」まで、原文に該当する文はない。
三　底本の振り仮名は「ひきうご」。振り仮名「か」、もしくは送り仮名「か」の誤脱。
四　原文には answered とのみある。「すずどに」は形容詞「スヾイ… Active, quick, energetic, smart」(『和英語林集成』第三版)を副詞風に使用したもの。
五　原文は My name is unnecessary.
六　原文は your father—I would rather say Sir William Ashton—will learn it soon enough, for all the pleasure it will afford him.
七　原文は said Lucy earnestly.
八　以下「怨めしけれ」(一四—一五行)まで、原文には You mistake him…you do not know my father とあるのみである。
九　中国六朝時代の干宝の志怪書『捜神記』巻二十に、傷を負った大蛇が、救ってくれた隋侯の恩を忘れず、一年後、礼として明るく光る珠をくわえて来たという話がある。
一〇　鄙遊燕『和漢故事文選』(正徳五年)に、怪我をして地に墜ちた黄雀が、飛べるようになるまで百余日保護してくれた後漢の揚宝への恩を忘れず、玉環を銜んで報いたという話がある。
一一　原文は When she had caught this idea, she started from the ground, and endeavoured to press towards the avenue in which the accident had taken place.
一二　原文は the stranger, though he seemed to hesitate between the desire to assist and the wish to leave her, was obliged, in common humanity, to oppose her both by entreaty and action(助けたいとの思いと別れたいとの

が身《み》の上心許《うへこゝろもと》なし、我儕《わらは》はいざと言《いひ》ながら、「瑠紫《ルシイ》」はスックと立上《たちあが》り、もと来《き》し方《かた》へ行《ゆか》んとするを、一二壮夫《ますらを》さすがに見捨《みすて》かねて、立塞《たちふさが》りつゝ声《こゑ》を励《はげま》し、一三こは聞《きゝ》わけなし　姫君《ひめぎみ》、我何《われなん》の理由《わけ》ありて和君《わぎみ》を欺《あざむか》ん、一四前《まへ》にも度々《たびく》いひつる如く、父君《ちゝぎみ》は全《まつた》く恙《つゝが》なし、さるを慭《なまじひ》に疑《うたが》ひて、再猛獣《ふたゝびまうじゆう》の群集《むれつどふ》危《あやふ》き処《ところ》へ行《ゆか》んとするは、愚《おろか》とやいはん、頑僻《かたくな》とやいはん、ようなき所業《しわざ》はせぬものなり、止《とゞま》り給へと諫《いさ》むるを、一五理《ことわり》とは聞《きゝ》ながら、一六又かたへには父の安危《あんき》の心《こゝろ》もとなく、一向《ひたすら》行《ゆか》んと角《すま》ひつるを、一七壮夫《ますらを》おさへて些《すこ》しも動《うごか》さず、かくまでいふも聞解《きゝわけ》なく、一八彼処《かしこ》へ行《ゆか》んと思ひ給はゞ、我其人《われそのひと》にあらざれど、君《きみ》を伴《ともな》ひまゐらせん、一九瓜田《くわでん》に履《くつ》を納《い》れず、李下《りか》に冠《かんむり》を正《たゞ》さずとは古人《こじん》の戒《いましめ》なれど、さしせまりたるこの有様《ありさま》、これを守《まも》らん暇《いとま》なし、二〇いざ来《き》給《たま》へと先《さき》に立ち、二一行《ゆか》んとすれば「瑠紫《ルシイ》」はよろこび、無礼《なめげ》なる言葉《ことのは》を腹立《はらだち》給ふこともなく、我儕《わらは》を扶《たす》けて父君《ちゝぎみ》の、おはさん処《ところ》へ連行《つれゆ》き給はんとは、御恩《みとく》の上《うへ》の御恩《みとく》に侍り、たゞこの上《うへ》は何事《なにこと》も、深切《ねんごろ》なる仰《あふせ》に従《したが》ひ、二二かへさひいなまんやうもなしと、彼《か》の壮夫《ますらを》が臂《ひぢ》にすがり、風に靡《なび》ける糸薄《いとすゝき》、よろめく足《あし》もしなやかに、もと来《き》し路《みち》を半町《はんちやう》あまりも行《ゆ》きけるに、忽地那方《たちまちかなた》に人《ひと》声《こゑ》して、進み近づく者ありけり、そも二三此者《このもの》は何人《なんびと》ならん、又壮夫《ますらを》は何者《なにもの》ぞ、そは二四次篇《じへん》の始《はじめ》にいたりて説《と》くべし

思いの間で躊躇していたが、自然な人情からやむをえず懇願の言葉と行動で止めようとした)。

一三 原文は On the word of a gentleman, madam, I tell you the truth.

一四 原文に「前にも度々いひつる如く」に該当する文はない。

一五 原文は having once adopted the idea that her father was still in danger, she pressed forwards in spite of him.　一六 その一方で。

一七 以下「聞解なく」まで、原文に該当する文はない。

一八 原文の if you will go, accept my arm, though I am not the person who can with most propriety offer you support を訳した形になっているが、原文では適任者ではないことをほのめかした壮夫に対し、Lucy は if you be a man…if you be a gentleman, assist me to find my father—You shall not leave me—you must go with me—he is dying perhaps while we are talking here と述べて、押し切ってしまう。

一九 「君子は未然に防ぐ　嫌疑の間に処(を)らず　瓜田不レ納レ履　李下不レ正レ冠」(古楽府「君子行」)。

二〇 原文は Then, without listening to excuse or apology, and holding fast by the stranger's arm…she was urging, and almost dragging him forward で、Lucy の強引さが勝って行くことになったのである。

二一 以下、原文に該当する文はない。Chapter 5 の半分強までを訳して第一編は終わったことになる。

二二 底本も『逍遥選集』別冊二も「かへさび」。動詞「返さふ」の連用形。辞退して。

春風情話第一編　終

三三　読本等で読者に呼び掛けるスタイルを模している。「この人は誰ぞ。…更に次の巻の端（はじめ）に解（かと）なん」（『南総里見八犬伝』第二輯巻之五末尾）。

三四　「次篇」は、Sir William Ashton came up, followed by the female attendant of blind Alice, and by two woodcutters, whom he had summoned from their occupation to his assistance の場面から始まるはずであったが、「次篇」の出版はなく、また、別の機会もないままに、未完に終わる。この後の展開は、助けを呼んで帰ってきた Sir William Ashton に the stranger は I am the Master of Ravenswood と宣言して姿を消す。やがて恋仲になった Lucy と Edgar Ravenswood は婚約するが、宿敵の間柄にある両家の融和は成功せず、悲劇を迎えるというものである。

——以上一三一頁

坪内逍遙

稗《はい》史《し》家《か》略《りやく》伝《でん》幷《ならび》に批《ひ》評《ひよう》

青木稔弥 校注

〔底本〕雑誌『中央学術雑誌』。明治十九年、左記のように断続的に掲載。第二十一号（一月二十五日）に「為永春水略伝」。第二十二号（二月十日）・第二十四号（三月十日）・第二十五号（三月二十五日）に「為永春水の批評」。第二十五号と第二十六号（四月十日）に「式亭三馬略伝」。第二十六号と第二十九号（五月二十五日）に「式亭三馬評判」。第二十九号に「柳亭種彦略伝」。第三十四号（八月十日）と第三十九号（十月二十五日）に「柳亭種彦の評判」。第三十五号（八月二十五日）に「曲亭馬琴の伝」。第三十九号に「曲亭馬琴の評判」。

〔諸本〕『逍遥選集』に未収録。『近代文学評論大系』第一巻「明治期Ⅰ」（昭和四十六年）に抄録されたことがあるのみで、「式亭三馬略伝」「柳亭種彦略伝」「曲亭馬琴の伝」「曲亭馬琴の評判」については初出誌以来、今回が初の翻印。なお、『中央学術雑誌』には、東京大学法学部附属明治新聞雑誌文庫本を底本としたマイクロフィルム版『明治期学術・言論雑誌集成』（一九八七年）所収の復刻版がある。

〔概要〕小説改良の説は賑やかだが、レベルの低い小説と見識のない批評家の現状を批判し、為永春水らの略伝の紹介と評判が、現状打破に役立つのだと説く。芸術の本質を理解し、古今の著述物を評判するのに必要な批評法として中江篤介訳『維氏美学』を抄出する。為永春水、式亭三馬、柳亭種彦の略伝は『誠抜只録』五十八巻を主たる材源とする関根只誠からの聞き書きで、曲亭馬琴の伝は雑誌『魯文珍報』（明治十一年）に掲載されたものの再録。

為永春水は、人情本に巧みで、男性を描くのが下手であることや見識の低いところがあるものの、主実稗史家（Realist）として評判できるとする。

式亭三馬は洒落本と滑稽本に本領があり、「上々吉」位の滑稽家（Humorist）で、小説家（Novelist）ではないとする。

柳亭種彦は、色々な美点があるが、小説家ではなく、「外形」ばかりを大事にする翻案家の道楽仕事だとする。

曲亭馬琴は小説の進歩に最も貢献し、その奨誡小説は、欧米の作家にも負けず、東西無比、古今独歩、空前絶対だと絶賛するが、中絶したので、具体的な論証はない。

十返舎一九と山東京伝については、予定のみで、全くの手つかずで終わった。

○[一]稗史《はいし》家略伝《かりやくでん》并《ならび》に批評

春のや主人

[二]文運隆盛の然《しか》らしむる所か　近来[三]小説改良の説漸《やう》やく世上に喧《かまびす》しく　所謂《いはゆる》[四]小新聞の紙上に於ては　公《おほやけ》に小説数篇を掲載する世の中とはなりぬ　随つて[五]坊間にも屢《しばし》ば[六]新稗史の出《いづ》るを見れども　[七]未だ斬新[八]穿奇《せんき》古人を凌《しの》ぐといふ傑作を見ず　偶《たまたま》高尚めかす作あれども　[九]見識ありて意匠に乏しく　小説を以て見るべからず　人情を写すの妙と脚色を構ふるの巧にいたりては　[一〇]春水曲亭に及ばざること遠し　蓋《けだ》し当今[一一]デモ稗史家は　生中《なまなか》[一二]実用主義のみに拘泥して　妄《みだり》に見識ぶる癖あるが故に　[一三]稗史の真髄を取《とり》ちがへて　機械的の作に泥《なづ》むに因《よ》るなり　所謂見識家の説に曰く　春水は猥褻《わいせつ》　馬琴は[一四]牽強《けんきやう》　[一五]三馬は陋俗　[一六]京伝は無識と　一言にして是非を抹殺し　曾《かつ》て妥当なる評を下さず　あるひは其文章の[一七]俗言体なるを以て　或《あるひ》は其脚色の[一八]荒唐なるを以て　之《これ》を稗史家視せざるに至る　是豈《これあに》無法なる評判にあらずや　[一九]蛇《じや》の道はへびとやらん　[二〇]水中の趣は魚にあらずして誰かはしるべき　凡《およ》そ専門家を[二一]評判せん

一『中央学術雑誌』第二十一号の目次は「稗史家略伝並ニ批評」。「稗史家」は戯作者と小説家を含めた呼称。→補一。
二「文運」は学問・文物が栄える気運。→補二。
三 玩球少年(中島勝義)「稗史小説ノ利益ヲ論ズ」(『鳳鳴新誌』明治十四年六月二十三日)。無位真人「小説稗史の本分を論ず」(明治十八年)など。→補三。
四「所謂大新聞」は「政治新聞」、「所謂小新聞」は「社会新聞」(「大新聞と小新聞」『読売新聞』明治二十年十月十二日)で、小新聞には、振り仮名、挿画があり、雑報記事を物語化した無署名の「続き物」は明治八年頃から掲載されているが、小説の流行とともに署名入りの小説が必須化する。→補四。
五 まちなか。市中。
六 一四四頁一一行、一六三頁九行・一六行、一七五頁三行の「稗史」に「よみほん」の振り仮名がある。「くさざうし」の同時代例もある(→一八七頁注三四)。→補五。
七 →補六。
八 奇を穿《がう》つこと。珍しい趣向。
九 理念、思想が先行し、作品を構成する趣向に欠けるところがある政治小説を主として念頭に置いている。→補七。
一〇 為永春水(一三七頁以下)、曲亭馬琴(一八六頁以下)。→補八。
一一「主実稗史家(Realist)」(一四八頁一一行)と対極の存在。「デモ」は「未熟」の意の「根詞」(山田美妙『日本大辞書』明治二十五年)。半峰居士(高田早苗)「当世書生気質の批評」其三・上(『中央学術雑誌』第二十二号、明治十九年二月十日)に「我日本のデモ小説」とある。
一二 逍遙の「愛佗痴子大人の御注意を謝しまつる」(『自由燈』明治十八年七月三十日)に「小説を以て「ユースフル・アート」(実用技)と同視し美術を以て専らに政事家の機械となさまくする実用専門家の妄言なり」とある。
一三「文章の巧拙は稗史に大関係ありとはいへど　稗史の真

とすれば　まづよく其《その》専門の本体を定め　且又《かつまた》其専門の難易を悟りて　而して後に評判をなすべし　[一]一班の些瑕《さか》を認めて全豹《ぜんぺう》を貶《へん》するが如きは　真の批評家の取らざる所なり　予　性来[二]稗史癖《はいしへき》あり　且《かつ》や戯《たはむれ》に稗史を綴りて　世間の[三]嘲噱《てうきやく》を招きし事あり　予が稗史壇の古人を見るや　まんざら他人とは思はざるなり　[四]転々《うたた》同感の憾《うらみ》なき能《あた》はず　古人の為に[五]陸続《りくぞく》略伝を叙して　予が[六]管見の評判をも加へんと思ふ　読者幸《さいはひ》に無用視せずして　[七]向後《かうご》小説家を評するに当りて多少参考に供したまはゞ　記者の幸《さいはひ》甚しからん

第一[八]　為永春水幷に評判

第二　式亭三馬幷に評判

第三　柳亭種彦幷に評判

第四　曲亭馬琴幷に評判

第五　十[九]返舎一九幷に評判

第六　山東京伝幷に評判

髄とはいひがたきものなり」(一七六頁八行)、「真髄」たる人情」(一七九頁一〇行)。 **一四** 牽強付会。無理に理屈をつけたこじつけ。「曲亭派の故事附勧懲牽強きわまりたる人情」(一七八頁一三行)。 **一五** 式亭三馬。→一五五頁以下。 **一六** 宝暦十一年(一七六一)―文化十三年(一八一六)。江戸時代後期の戯作者、浮世絵師。→一八六頁一三行以降。 **一七** 「平談俗話に用ふる言語」である「俗言」のみの文体。「所謂俗文体」も「地には雅言をも交へ用」(『小説神髄』「文体論」)いる。 **一八** 「荒唐」は、でたらめ。→補九。 **一九** 愛佗痴子「当世書生気質の評判記」(『自由燈』明治十八年七月二十八日)に「書生気質と申す小説は実(げ)に蛇の道は蛇とやら多少学士の御履歴まで想像せらるゝ心地して」とある。 **二〇** あまりに身近だと、かえって気がつかず、「魚、水中に在つて水を知らず、人、塵中に在つて塵を知らず」(松葉軒東井編『たとへづくし』)ということもあるが、やはりその道の者でなければ…。 **二一** 批評して判断すること。「凡そ事物をするには、まづ其事物を解剖して其結構《そのくみたて》を知りたる上にてさて評判を下しつべし」(『小説神髄』「小説の裨益」)。

以上一三五頁

一 諺「一斑を見て全豹を評す」(物事の一部を見てその全体を推量すること)を踏まえる。「些瑕」は、些細な欠点。「猶些瑕あるをもて美玉を瓦礫の下に列せむとするがごとし」(『小説神髄』「小説の変遷」)。 **二** 「おのれ幼稚《おさなき》より稗史を嗜みていとまある毎に稗史を閲して貴き光陰を浪費《つひや》すこと已に十余年」(『小説神髄』「小説神髄緒言」)。 **三** 後出(一五三頁六行)にも振り仮名はないが、『小説神髄』の「小説法則総論」と「時代小説の脚色」の章では「あざけり」の振り

○為永春水略伝[一〇]

通称[一一]鶺鴒《ささき》正輔といふ　本姓は佐々木　名は貞高　はじめは書賈《しよこ》[一二]にして越前屋長次郎といふ　壮[一三]にして式亭三馬の門に入《いり》て三鷺と号し　後《のち》[一四]二世振鷺亭《しんろてい》と号す　又故人楚満人《そまひと》[一五]が女《むすめ》に乞ひて楚満人の戯号を嗣ぎ　二代目南仙笑楚満人と呼ばれたりしが　故《ゆゑ》あつて其《その》号をかへし　文政十一年　為永春水と改む　数々《しばしば》居所を換へぬ　はじめは橋町[一六]或は通油町《とほりあぶらちやう》[一七]に住し　又弁慶橋[一八]に住す　牛嶋[一九]に移り　下谷池の端に移る　因《よつ》て蓮池庵の号あり　竟《つひ》に神田多町[二〇]に住す　中頃糶書《せどり》[二一]となりしが　程《ほど》なく廃業して講談師となり　金龍山人と呼ばれぬ（此頃《このころ》浅草寺の地内に住《すま》へり）　著書次第に行はるゝに至りて　又舌耕《ぜつかう》[二二]の業を廃し　専ら戯述[二三]にのみ従事なしたり　然るに天保十三年の春　公[二四]より咎《とが》を蒙りて手鎖[二五]中に没す　時[二六]に天保十三年七月なり

当時[二七]　公儀よりの申渡は左の如し

神田多町壱丁目五郎兵衛店

為永春水事　長　次　郎

其方儀　絵本双紙の類　風俗之為に不相成《あひならず》　猥ケ間《みだりがま》敷事《しきこと》　又は異説等書綴

仮名がある。**五** 絶えまなく続々と。**四** ますます。甚だしく。**六** 狭い見解、見識。自分の見解等をへりくだって言う。**七**「今ヨリ後。コノノチ」（大槻文彦『言海』明治二十二―二十四年）。「我が幼稚なる後進者流の向後の便利に供するため」（『小説神髄』「小説脚色の法則」）。**八** →補一〇。**九** 黄表紙・滑稽本・合巻作者。明和二年（一七六五）―天保二年（一八三一）。**一〇** 関根只誠『誠垓只録』五拾八巻所収の「為永春水」の全文を、ほぼそのまま利用した形になっている。一三八頁四行までは本欄、一三八頁六行の「予が若年の頃」以下一三九頁二行の「死すと聞けり」までは欄外の記事である（→一三八頁注四・補一一）。以下、五拾八巻からの引用は、原則として『誠垓只録』とした。**一一** →補一一。**一二** 書籍商。**一三** 働き盛りの頃。三馬の門人となったのは三十歳頃。**一四** 初世の振露亭は生年未詳で文政二年（一八一九）頃没の洒落本・読本作者。**一五** 南仙笑楚満人。寛延二年（一七四九）―文化四年（一八〇七）。黄表紙・合巻作者。**一六** 現、中央区東日本橋。**一七** 現、中央区日本橋大伝馬町。**一八** 現、千代田区岩本町。**一九** 現、墨田区向島。**二〇** 現、千代田区神田多町。**二一** 同業者の中間に立ち、売買の取次等をして口銭を取ること。またそれを業とする人。**二二** 弁舌によって生計を立てること。春水の場合は講談。**二三** 戯作の著述。**二四** 公儀。幕府。将軍家。**二五** 江戸時代に使用された、支配階層以外に対しての刑罰もしくは未決拘禁用の手錠。罪人の両手にかけて封印する。春水の場合は手鎖五十日。**二六**『誠垓只録』には「于時天保十三年寅七月十三日死す」とある。→補一二。**二七**『誠垓只録』には「天保十三壬寅年六月九日　落悪咎手鎖申渡／神田多町壱丁目／五郎兵衛店」とある。

り候作《さく》出し候義　無用可致旨町触相背《むようにいたすべきむねのまちぶれにあひそむ》き　[一]地本屋《ぢほんや》共より　誂《あつらへ》候とて人情本と唱《となへ》候小冊物著作致《いたし》[二]　右之内には婦女の勧善にも可相成《あひなるべし》と心得違《こころえちがひ》致《いたし》　不束之事《ふつつかのこと》ども書顕《かきあらは》し　剰《あまつさ》へ遊女放蕩之体を絵入に仕組遣し　[三]手間賃請取《うけとり》候段不埒《ふらち》に付　手鎖《てぐさり》申付る

（以上[四]関根《せきね》只誠《しせい》翁の[五]誠垓只録《せいがいしろく》より抄録す）

[六]関根只誠翁曰く　予が若年の頃　慥《たしか》に天保十一年の十月頃歟《か》と覚ゆ　[七]下谷《したや》山下の[八]床店《とこみせ》にて　為永春水　[九]乾坤房良斎と割看板にて　書出しに春水　留《と》めに良斎　真中《まんなか》に世話講談人情話と認《したた》めてあるを見たり　木戸銭は[一〇]廿八銅を払ひて入《いり》て見れば　聴衆僅《わづか》に十四五人にて[一一]寂寞たり　其日は良斎計《ばか》り出席にて　為永は出ず　又翌日行《ゆき》しに　此日は両人とも出席にて其《その》講談を聴くを得たり　良斎はもと落語家なれば　老《おい》たりと雖《いへど》も能弁にて聴くに[一二]うまず　春水は訥弁《とつべん》にて　是《これ》も[一三]七十余の老人ゆへ　音色も低く誠に聞苦《ききぐる》しかりし　殊に[一四]梅暦を講ぜしかば　題と人と相適《あひかな》はず　一層索然《さくぜん》たる趣ありし　されども其人柄を見るに極《ごく》意気なる梅干老爺にて　頭は白髪まじりのチョン髷《まげ》にて　[一五]はけ先を散らし　衣服は派手なる縞柄にて　帯は[一六]八端掛《はつたんが》ケの細きを結べり　[一七]いかさま人情本の作者ならんとは　誰の目にも見ゆる人物也　[一八]其後　[一九]御改革の砌《みぎり》南町奉行腰

一　錦絵や草双紙などの安価な本を扱う本屋。書物屋・物之本屋の対語。読本などで高価な格調の高い書物を扱った書物問屋と対語の地本問屋とほぼ同義。　二　標的となったのは、おそらく「梅暦より幾十巻か編数を重ねしを這所（ここ）に全く局を結」（版元文永堂主人）んだという『春色梅美婦禰（しゆんしよくうめみぶね）』（天保十二―十三年）で、例えば第二回に「世の中は、迷ふといふが実意にて、悟り顔に万事を消（け）なすは、余り可愛きものにあらず。…色情（いろ）は主ある女の外は少し迷って看（みる）もよし」とある。　三　当時は原稿料との意識が稀薄。→一六〇頁注二。

四　文政八年（一八二五）―明治二十六年（一八九三）。関根正直・黙庵の父。逍遥は「当時の戯作と劇と遊女町と火事師の歴史にかけては東京中でたつた一人と噂されてゐた」「博識家」と評価し、「一時は少くとも月に一度は翁を訪ねて、主として文化文政度の戯作者連の伝記に就いて質問した」（坪内逍遥「失明当時の馬琴と其家庭の暗雲」『改造』大正八年四月）。　五　→補一三。

六　→補一四。　七　現、台東区上野。

八　移動式の小さい店。

九　明和六年（一七六九）―万延元年（一八六〇）。「乾坤坊良斎」が正しい。『誠垓只録』五拾八巻にも「乾坤房良斎」とある。『誠垓只録』百七拾壱巻・弐百六巻では「乾坤坊良斎」。→補一五。

一〇　銅貨で二十八文。

一一　『誠垓只録』では「寂莫」。

一二　倦まず。退屈せず。

一三　春水は寛政二年（一七九〇）の生まれだから、「五十」とあるべきところだが、『誠垓只録』にも「七十余の老人」とある。ただし、当時の感覚からすれば、五十歳でも十分に老人。

一四　人情本『春色梅児誉美』。天保三―四年刊。

掛にて見し時には　[二〇]水腫《すいしゆ》を病みて　駕籠《かご》にて手鎖《てぐさり》改めに出《いで》しを見て気の毒に思へり　此《この》手鎖中に死すと聞けり[二一]云々

為永春水の批評（承前）

[二二]春のや主人曰く　予は春水の総評を下すにさきだち　五月蝿《うるさく》も[二三]分説せで叶《かな》はぬ事あり　即ち批評法の梗概　是《これ》なり　夫《そ》れ[二四]我国は文華の国なり　仮《かり》にも学芸と名づけらるゝ者は　一《いつ》とて備はらぬはなき程なれども　特《ひと》り批評法の一事に於ては　専ら支那の風を伝へしが故歟《か》　或は文章家の顰《ひそみ》に泥《なづ》みて　[二五]伝奇稗官を批評するにも　只管《ひたすら》詞句にのみ眼を注ぎて隻句片言の巧拙を論じ　或は儒者めきし意見を抱きて著作の道徳を論難なし　[二六]美術の本体を問はざる者あり　されば春水の作などを評して学者の唱道する所を聞けば　[二七]春水の作は野鄙[二八]猥褻風俗を紊《みだ》り道義を壊《やぶ》る　男女の衷情を描きいだして　或は[二九]霊活《れいくわつ》なる所もあれども　要するに淫婦[三〇]遊冶郎《いうやらう》の情話　[三一]誨淫導慾《くわいいんだうよく》の書　もとより巧拙を論ずるにたらずと[三二]一言抹《まつ》し去《さ》るが多きぞかし　是等《これら》は取るにたらぬ妄言《ばうげん》なれども　憾《うら》むらくは御国《みくに》の文学いまだ此点には幼稚にして　美術の何たるをも明《あきら》めざるから此語の[三三]誣妄《ふばう》なるを悟れる族《やから》は十中一人だもあるまじとぞ思ふ　是《これ》予が[三四]春水を評

一五 頭の頂に束ねた髪の先端。　一六 「八段掛」「八反掛」とも表記する。八丈島産の絹織物の一。　一七 「ナルホド。＝マコトニ。＝イカニモ」（『日本大辞書』）。　一八 『誠垓只録』では、この前に「良斎…いやしく見ゆる人物也　後に聞けば此二老人何か物あらそひしてけりと聞けり」とある。　一九 天保改革。　二〇 リンパ液循環の障害によっておこる病変の一つ。　二一 ↓補一五。　二二 述べる内容が本論そのものではないので、このような断り書きをなした。『当世書生気質』の「活眼家（みごうしや）に怪まれんかと些（ちよ）と分解（いひわけ）を添へ」る「作者曰く」（第六回、明治十八年）と同様の性質のもの。　二三 『小説神髄』「脚色の法則」に「いひわけ」、『浮世風呂』四編に「せりふ」の振り仮名がある。　二四 我が国は文章・文芸のはなやかな国。「唐山は文華の国…皇朝の如きは…原は武国…稗史小説どころでは無かりし」（木村黙老『国字小説通』「稗史古今の差別」嘉永二年）と対照的な認識。　二五 「伝記稗官」は、物語、小説。↓補一六。　二六 芸術の本来の姿。「美術」は現在の「芸術」に近い使われ方である。　二七 ↓補一七。　二八 底本は「猥褻」と誤植。　二九 生き生きとして活発である。　三〇 遊び人。放蕩者。　三一 みだらなことを教え、欲望を増幅させる書。　三二 一言で全否定する。　三三 根拠のない誹謗。　三四 逍遥は「概世士伝はしがき」（『概世士伝』明治十八年）で「春水翁の価値につきてもおのれおのづから別論あれども」と述べていた。

するに臨みて　最も難渋《なんじふ》する所以《ゆゑん》なりかし　[一]已に[二]小説神髄の下巻に於ていくらか此事をば論じにたれども　該書は故《ゆゑ》[三]ありて世に出《いで》ざれば　五月蠅《うるさく》も再びいはでは叶はず　さりとて予が議論を繰返さんこと　予もまた頗る倦果《うみはて》たれば　幸ひ同感の意見を抱ける仏人[四]ウベロン氏の議論を掲げて　[五]一円《ひとまど》俗脳の謬妄を排除し　後に本評に及ばんとす　予敢《あへ》て冗文を好むにあらねど　実際不便利を感ずればなり　読者諸君　乞ふ　本評の延引《えんいん》を咎めたまふなかれ　扨又《さてまた》[六]具眼の博識たちも　評者の困難を察したまひて　批評の序を察[七]るを許したまへ

(上略)　[八]凡ソ詩ノ貴ブ可《べ》キハ　其詞句ノ[九]瑰麗《くわいれい》ニシテ　意趣ノ霊活ナルニ在ルノミ　其余ハ必ズシモ問フ所ニ非ズ　且ツ凡ソ文芸ノ作ヲ賞鑑スルニ於テ　吾人自ラ有スル所ノ道徳若《もし》クハ智識ヲ以テ之ヲ断シテ　絶エテ作者ノ感情如何《いかん》ヲ問ハザルトキハ　其弊ヤ　[一〇]茫乎《ばうこ》トシテ拠ル所無キニ至ラン　世ノ[一一]僻説ヲ為ス者　動《やや》モスレバ輙《すなは》チ云フ　文芸ノ優劣ハ本《も》ト[一二]評定スルヲ得可《うべ》キ者ニ非ズ　何トナレバ　嗜好ナル者ハ人々異ナルヲ以テ　甲ノ美トスル所ハ　或ハ乙ノ不美トスル所ナルヲ以テナリト　是《ここ》ニ於テ乎《か》　専ラ讃称スル者ノ多寡ニ由《より》テ[一三]軒輊《けんち》ヲ定メント欲ス　顧《おも》フニ　此論ノ如キハ[一四]繆戻《びうれい》ノ甚ダシキ者ナリ　夫《そ》レ鑑賞ノ識ハ[一五]庸人ノ有スル所ニ非ズ　然ルヲ専ラ衆評ノ数

一 底本は「己に」と誤植。→『細君』一六頁注二。

二『小説神髄』の初版は松月堂刊の九分冊で、第四分冊までが上巻、第五分冊以降が下巻。分冊化は松月堂の都合によるもので、明治十九年三月の第四分冊の時点では全十冊の予定。次行「此事をば論じ…」→補一八。

三『小説神髄』は最初、東京稗史出版社から出版の予定であったが、「失敗」(逍遙自選日記抄録『幾むかし』明治十八年五月十七日の条)に終わった。春のや隠居おぼろ「小説を論じて書生形気の主意に及ぶ」(『自由燈』明治十八年八月四日)に「書肆に差支生じて未だ発売にいたらず」との言がある。

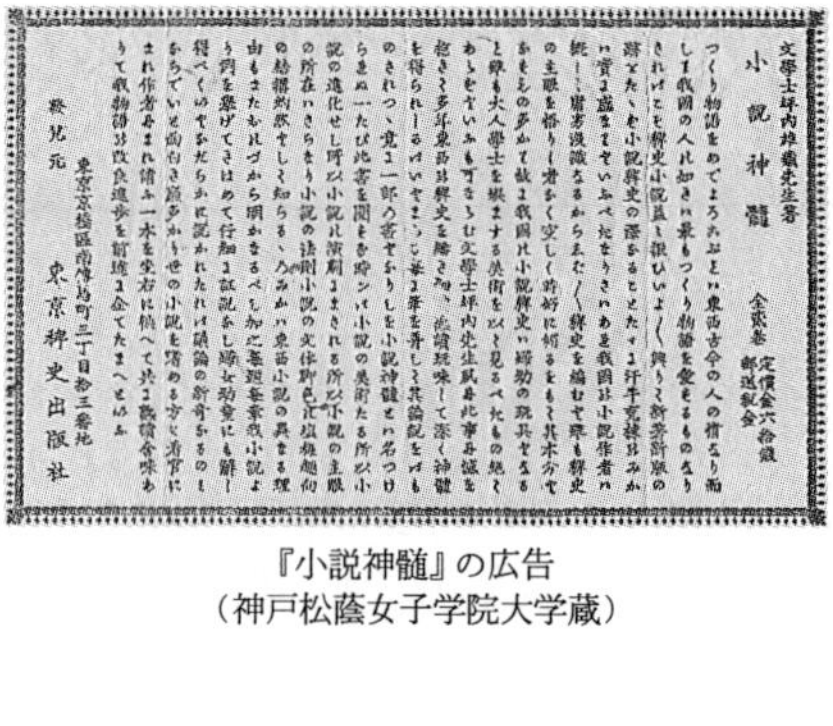
文學士坪内雄藏先生著
小説神髄
全壹巻　定價金六拾錢　郵送税金
發兌元　東京京橋區南傳馬町三丁目拾三番地　東京稗史出版社

『小説神髄』の広告
(神戸松蔭女子学院大学蔵)

四 兆民中江篤介訳『維氏美学』全二冊(文部省編輯局蔵版、明治十六―十七年)のことで、「此ノ書原本　題シテ「エステチック」(Esthétique)

ヲ以テ之《これ》ヲ決スルコト　議院ノ事条[一六]ノ如クセント欲スルハ　妄ニ非ザレバ狂ナリ　然レドモ一タビ作者ノ感情ヲ去リテ別ニ尺度ヲ求《もとめ》ント欲スルトキハ　其弊終《つひ》ニ此謬戻ニ至ルヲ免レズ　(中略)[一七]　苟《いやしく》モ賞鑒家[一八]ヲ以テ自ラ任ズルトキハ　宜《よろし》ク務《つとめ》テ是《これ》ニ注意シ　痛ク自ラ戒メテ　苟モ作物ヲ賞玩スルトキハ　力ノ及ブ所　其作者ノ才能如何ヲ観察シテ　其他ノ旨趣[一九]ハ問ハザルコトヲ求ム可キナリ　是《かく》ノ如クスルトキハ　庶《ねがは》クハ　美学ノ道理益々《ますます》明ニシテ　其判断公平《こうへい》ニ近キコトヲ得ン　[二〇]夫レ美学ト道徳トハ　固《もと》ヨリ其旨趣ヲ異ニスト雖モ　然レドモ此ヲ以テ必ズ此二者ヲ分割シテ終《つひ》ニ相合《あひがつ》ス可《べか》ラズト為ストキハ　亦《また》謬戻ヲ免レズ　予ヲ以テ之ヲ観ルニ　美学ヲ以テ専ラ形貌ノ美ニ基セント欲スルハ　固《もと》ヨリ非ナリ　美学ヲ以テ専ラ道徳ノ美ニ基セント欲スルモ亦非ナリ　然レドモ作家タル者　若《も》シ専ラ其才能ヲ発揮スルニ注意シテ絶エテ意ヲ道徳ニ注《とど》メズ　専ラ奇異ノ旨趣ヲ模写シテ絶エテ人情ヲ問ハザルトキハ　亦中庸ヲ得タリト為サズ　之ヲ例ヘバ　人物ヲ模写スルガ如キ　若シ一意[二一]ニ兇猛残忍ノ状ヲ叙シテ　絶エテ善良仁厚ノ態ヲ写サズ　或ハ其趣向ニ於テ専ラ逆乱ニ比シ[二二]残暴ニ党シテ　善類ヲシテ摧折[二三]シ尽キシムルガ如キハ　甚ダ良好ノ手段ニ非ズ　設《たと》ヒ作者常ニ此《かく》

ト曰ヘリ即チ美学ノ義ニシテ法朗西《フランス》国技芸新報社長ユージェンヌ、ウェロン（E. Véron）氏の著述なり」（中江篤介識）とある。→補一九。

五 ひとまず。『小説神髄』の末尾に「一団《ひとまど》筆をこゝに止めて」とある。

六 眼識を有する物知り。「将来の小説は、従来の小説とおなじからず婦女童幼に媚ぶるよりはむしろ具眼者に訴ふるを其本分ともなす」（『小説神髄』「脚色《みしく》の法則」）。

七 『小説神髄』には「さと」の振り仮名がある。

八 以下、『維氏美学』下冊第二部第七篇「詩学」の第三章「私愛ノ念〇文芸ノ作ヲ評スルニ於ケル私愛ノ念ノ力」より二箇所、五二五―五二六頁と、五二九―五三一頁を抄出。『維氏美学』にある句点を省略していることを除けば、ほぼ『維氏美学』通り。→補二〇。

九 すぐれて美しいこと。

一〇 つかみどころがなく、ぼんやりとしていて。

一一 かたよった正当でない説。

一二 皆で相談して決めること。

一三 優劣。 一四 「びうれい（形）　謬戻、あやまりもとる　Refractory, perverse」（高橋五郎『漢英対照　いろは辞典』明治二十一年）。

一五 凡庸な人。

一六 議案。

一七 →補二一。

一八 『維氏美学』では「賞鑑家」。一四二頁八行の「賞鑒家」も同じく「賞鑑家」。

一九 事柄の意味。

二〇 『維氏美学』では改行している。

二一 ひたすら。

二二 したしみ。「党シ」とほぼ同意。

二三 「摧折、くじきをる　To break off」（『いろは辞典』）。

ノ如クナルモ　其芸術ノ上ヨリシテ言フトキハ固《もと》ヨリ間[一]然ス可キ無シト雖モ　独リ心ニ愧《は》ヅルコト無キヲ得ン乎《や》　且《か》ツ夫《そ》レ善ヲ好ミ悪ヲ悪《にく》ムコトハ人ノ人タル所以《ゆゑん》ニシテ　修[二]身ノ業　此《これ》ニ由《より》テ立チ　治国ノ道　此ニ由リテ存ス　此レ天下ノ尤モ重ンズ可キ所ナリ　故ニ作者其《その》美学上ノ感情意趣ヲ発揮スルニ於テ　幷《あは》セテ意ヲ是《ここ》ニ用フルトキハ　其光誉モ益々《ますます》遠近ニ馳スルヲ致ス　即チ看客ニ在ルモ　其目ヲ怡《よろこ》バシ心ヲ楽マシムルノ間ニ於テ自ラ以テ戒ムル有リテ　斯《これ》ニ因《より》テ夫《か》ノ道徳ノ域ニ躋《のぼ》ルコトヲ得バ　其利益タル蓋《けだ》シ鮮[三]少ナラズ　但《ただし》賞鑒家ニ在リテ飽クマデ注意ス可キ有リ　他ニ非ズ　夫《か》ノ道徳ノ美ト芸術ノ美トヲ以テ一般ニ看做《みな》シテ　作者ヲシテ冤[四]ヲ蒙ラシメザルニ在リ（下[五]略）

氏　また理[六]学と詩歌との差別を論じて　竟《つひ》に稗官に論及していへらく

[七]又稗史ノ如キハ　其詩ト類スル者　更《さら》ニ多シ　蓋シ稗史ノ物タル　旨趣ヨリ　結構ヨリ　作者皆之《これ》ヲ造作シ、[八]　又其人物ノ性質ヲ模写シテ　或ハ寛厚ナラシメ　或ハ剛直ナラシメ　或ハ怯懦　或ハ姦詐　種々ノ情性皆一々其想像ヲ以テ之ヲ描写ス　此レ其所為　何ゾ詩人ノ業ニ異ナラン　（又[九]曰）詩ノ旨趣タル　他ノ諸芸ト同《おなじ》ク人心ヲ感ズルヲ以テ主ト為シテ　条理ヲ究窮

一　非難すべき欠点はない。
二　「心正しくして后《のち》に身修《さを》まる。身修まりて后に家斉《とと》のふ。家斉ひて后に国治まる。国治まりて后に天下平らかなり」（『大学』）。
三　きわめて少ないこと。
四　無実の罪で非難されることのないようにする。
五　→補二二。
六　「理学化学ノ類、総ベテ物理ヲ講ズル諸科ト雖モ、其中亦詩家ノ感情ト相類スル者有リ…然リト雖モ、此中亦相異ナル所以ノ者有リ、此レ固ヨリ知ラザル可ラズ、蓋シ此等諸学科ニ在リテハ、其人ヲ感ジ自ラ感ズルコト、初ヨリ旨趣ト為ス所ニ非ズシテ、特ニ偶然之ヲ得ルニ過ギズ、若夫レ詩人ニ至リテハ、理ヲ説テ人ヲ喩シ、及ビ人ニ益スルコトハ其目的ニ非ズシテ、唯人ヲ感ジ人ヲ怡バシムルコトヲ是レ求ム、此レ其異ナル所以ナリ」（『維氏美学』下冊第二部第七篇「詩学」第四章「詩ノ語○諸韻ヲ用ヒザル詩○詩ノ境界」）。「「フィロゾロフィー」ハ希臘言ニシテ世或ハ訳シテ哲学ト為ス、固ヨリ不可ナル無シ、余ハ則チ易経窮理ノ語ニ拠リ更ニ訳シテ理学ト為スモ意ハ則チ相同ジ」（中江篤介『理学鉤言』明治十九年）と、当時、既に使われている「哲学」ではなく、あえて「理学」を philosophy の訳語として採用する。
七　『維氏美学』下冊第二部第七篇第四章の五五五頁より抄出。注五（→補二二）に引用した『維氏美学』の後続部分。
八　底本の通り。以下、『維氏美学』の引用部分以外にある「、」についても底本の通り。
九　『維氏美学』下冊第二部第七篇第四章の五五九頁より抄出。

スルガ如キハ其緒余ナリ　故ニ美学上ノ理論ヲ以テ言フトキハ　「ポヱームヂダクチック」（[一〇]議論体ノ詩）ハ畢竟之《これ》ヲ第二着ニ置カザルヲ得ズ[一一]（又曰）[一二]今ノ稗史家ノ其文ヲ属スルヤ　苟《いやしく》モ適切ナル文字ハ皆之《これ》ヲ用ヒテ　絶エテ諱避《きひ》セズ　是ヲ以テ[一三]糞溲尻腋《ふんしうかうえき》等ノ語　動《やや》モスレバ文中ニ見ユ　昔ノ作者ハ文字ヲ用フルニ於テ極《きはめ》テ意ヲ致シ　糞溲尻腋等ノ語[一四]ニ論ナク　其甚キ者ハ狗豚等ノ字ト雖ドモ亦避ケテ用ヒザリキ　（[一五]中略）[一六]其後ニ至リ　公衆読者　眼界漸次ニ[一七]発開シテ　読誦ノ間　如何ノ字面有ルモ絶エテ怪異ヲ致サズ　唯《ただ》意義ノ明ナルコトヲ是レ求メテ其他ヲ問ハズ　是ニ於テ作者モ亦自ラ戒メズシテ　専ラ適切ナル字面ヲ求メテ[一八]顧憚《こたん》スル所無キヲ致セリ　然レドモ今ノ博士家ノ徒　猶ホ是ニ察セズ　其文字ヲ用フルヤ　曰ク　此《この》字ハ俗ナリ　彼《かの》字ハ雅ナリ　彼字ハ意義[一九]雋永《せんえい》ナリ　此字ハ意義　太《はなはだ》[二〇]切直ナリト　是ニ於テ意義ノ晦渋《くわいじふ》ナルヲ顧ミズシテ　唯《ただ》字句ノ美麗ナルコトヲ是レ求ム　嗚呼《ああ》何ゾ愚迷ノ甚キヤ（下略）

嗚呼　[二一]ウベロン氏の議論の如きは真に批評家の言といふべく真の美学家の声といふべし　世の批評家を以て任ずる人々　乞ふ　此議論を[二二]服膺《ふくよう》して後に古今の著述物を評判なすべし　又大方《おほかた》の読者諸君も　よく〳〵此議論を含味し去り

一〇『維氏美学』のこの部分には「（議論体ノ詩）」はないが、直前の「独リ詩ニ至リテハ文字ヲ以テ之ヲ将《もち》フガ故ニ、議論モ亦其区域中ノ一事ナリ、即チ「ポヱームヂダクチック」ノ一体ノ如キハ、正サニ事物ノ条理ヲ推シテ人ノ智識ニ告論スル所以ナリ」の「ポヱームヂダクチック」に付されていた割注が「（議論体ノ詩）」である。

一一『維氏美学』では「他無シ、此一体ニ在リテハ、詩モ亦一等ヲ降リテ殆ド散文ト隣接スルガ故ナリ、然レドモ古今詩人ノ此一体ニ於テ大名ヲ発シテ其作ノ人目ヲ震燿スル者鮮カラズ、…人口ニ膾炙スルコト枚挙ニ遑アラズ」と続く。

一二『維氏美学』下冊第二部第七篇「詩学」第六章「詩学ニ係リ道徳并ニ心性ノ学ノ進歩〇稗官」の五九一―五九二頁より抄出。冒頭部分は、『維氏美学』では「今ノ作者其文ヲ属スル、苟モ」。

一三 汚物と、その関連語。

一四『維氏美学』も「ニ」。「ハ」とあるべきところか。

一五『維氏美学』では「即チビユッフォンノ如キハ其文論中ニ於テ云ヘリ、凡ソ文字意義ノ広汎ナル者ハ自ラ雅致有リ、適切ナル者ハ露骨ノ病有リ…」と続く。

一六『維氏美学』下冊第二部第七篇第六章の五九二―五九三頁より抄出。

一七『維氏美学』では「開発」。

一八 心にかけ、はばかる。

一九 意味深長ですばらしい。

二〇 適切で正しい。

二一 →補二三。

二二 しっかりと心にとどめて。

て　扨《さて》予が批評を読《よみ》たまふべし

扨々《さてさて》長々しき枕《マクラ》論文、読者は甚しく倦《うみ》たまひけめ　いざや本評に取《とり》かゝりて　予が管見をば開陳すべし　英の[一]亜《ア》ヂソン翁曾《かつ》て曰く　[二]真の批評家の本分とする所は秀処《しうしよ》を摘発して読者に示すにあり　妄《みだり》に[三]誹毀《ひき》するは其任《そのにん》にあらずと　此言《このげん》当れりや当らざるか　予が今断定すべき場所にはあらねど　兎《と》に角《かく》秀処よりはじむべきは批評の順序なりと思はるれば　予はまづ春水の[四]功徳を評して後に其過失に及ばんとす　読者　乞ふ　之《これ》を諒せよ　　（以下次号）

○[五]為永春水の批評（承前）

春水の著述　一種にして足らず。[六]情史あり　稗史あり　所謂《いはゆる》洒落本をかきたる事あり　[七]臭冊子《くさざうし》　[八]合巻の類《たぐひ》も綴りぬ　されども春水が其名を得たるは専ら人情の冊子にあり　他の臭冊子　稗史《よみほん》の如きは所謂《いはゆる》片手間の内職にして　得意の著作なりといふべからず　故に為永の[九]本事を知るには専ら人情本に依らざるべからず　是《これ》予が為永を評するに当りて専ら情史を取る所以《ゆゑん》なりかし

聞《きく》ならく　英吉利《イギリス》の「[一〇]李《リ》チヤアドソン」は　はじめ女性達の[一一]代書人《ふみかき》となりて　屢々《しばしば》[一二]師直《もろなほ》に頼まれたる兼好《けんかう》其人の役廻りをなしぬ　さればおのづから人

一四四

一　Joseph Addison（一六七二—一七一九）。イギリスのエッセイスト・詩人・劇作家・政治家。

二　→補二四。　三　悪事・醜行などをあばいて、他人の名誉をきずつける。

四　「Beneficence 功徳、善行、恩沢」（井上哲次郎『哲学字彙』初版、明治十四年）。「功徳 n. Merit, good works」（J. C. Hepburn『和英語林集成』第三版、明治十九年）。

五　『中央学術雑誌』第二十四号の目次には「為永春水の評判」とある。「（承前）」の語はない。

六　『小説神髄』や『慨世士伝』（『慨世士伝はしがき』）の「情史」に「にんじやうぼん」と「じやうし」の二種類の振り仮名がある。

七　木村黙老『国字小説通』「稗史古今の差別」に「草双紙…素より価、賤しき物なる故、紙も下品の半紙に下直の墨を用ひて板を摺たれば、其香いかにも臭ければ世間にて臭草紙とい」うとある。

八　→一五九頁一行以降。

九　本来の仕事。「聯絡せる意匠をものして夢幻の演劇を写し出すを真の小説家の本事とする也」（一六五頁二行）。

一〇　Samuel Richardson（一六八九—一七六一）。小説家。

一一　→補二五。

一二　→一九五頁注一一・一五・二〇。

一三　『太平記』巻二十一「塩冶判官讒死事」に「師直…度重《タビカサナ》ラバナサケニヨハルコトモコソアレ、文《フミ》ヲヤリテミバヤトテ、兼好ト云ケル能書ノ遁世者ヲ呼寄《ヨビヨセ》テ」とある。

一四　→補二六。　一四　→一三八頁注一四。

一五　「きしやう（名）気性、こころね、気象 Temper, disposition」（『いろは辞典』）。

一六　高田早苗。→補二七。　一七　「恐らくは」は底本にはないが、『中央学術雑誌』第二十五号掲載

情を明らめ　わけて婦女の情に通ぜしかば　後に小説家となるに及びて女子の情態を写すに妙なる　遠く及ぶものもなかりしとぞ　我《わが》為永春水は　果して如何やうなる経歴の人歟《か》　前の略伝にてはしる由《よし》もなけれど　[一三]女子の衷情を穿《うが》つに妙なる　恐らく「李チヤアドソン」に優るとも劣らじ　仮《かり》に[一四]梅暦につきて言はん歟《か》　篇中の女性十数人　おの〳〵特別の[一五]気象を備へて　一人々々に差別はあれども　さりとて奇癖といふ程にもあらねば　[一六]半峯居士に見すればとて　これらは[一七]恐らくは叱りたまはじ　譬《たとへ》ば[一八]お蝶といふ人物を見ずや　言語といひ挙動といひ　如何にも無心気《むしんげ》にあどけなくて　さながら[一九]恍惚それ自身が人に成りたるかと思はるゝ程なり　されども年だけに了見ありて　時々思ひよらぬ慧語を発して[二〇]五尺の[二一]丹次郎を窘《たしな》むるなど　いかさま色気のある娘と思はる　只《ただ》あどけなく慕ふのみならば　[二二]坊ちやんだかお蝶だか　[二三]ほと〳〵其区別をつけがたからんに　間々《まま》如才なき振舞《ふるまひ》あるゆゑ　如何にも色気深く思はるゝぞかし、これが尋常の作者なりせば[二四]オボコの情のみを写すべきに　左《さ》もせざりしは[二五]老手といふべし　其他[二六]お房といひ紅楓《もみぢ》といひ　共に素人の娘なるに　お蝶と性質はまるで異なり　[二七]紅楓の温厚は屋敷風なるが為歟《か》　否　それのみとはいふべからず　言葉尠《すくな》きと謹深《つつしみぶか》きと其《その》しとやかなる挙動とにて自然に其気質の[二八]しらるゝ也

の「前号正誤」に「(三十一葉十四行の)叱り玉はじノ上恐らくはノ四字ヲ脱ス」により増補。

一八『春色梅児誉美』において、丹次郎の許嫁お長は、丹次郎のために娘義太夫竹蝶吉となるが、種々の問題が解決し、丹次郎と夫婦になる。

一九「恍惚、ほれぼれ、うつとり、こころとろける」(『いろは辞典』)。

二〇「五尺」は実際の身長ではなく、一人の人間程度の意味。「一寸の舌に五尺の身を損ず」(皆虚編『世話焼草』明和二年)という諺もある。

二一↓補二八。

二二↓補二九。

二三「今少シニテ。スンデノコトニ。音便ニ、ホトンド」(『言海』)。↓補三〇。

二四「おぼこ〔俗〕(形) 阿蒙児、恍惚子、あどけなき Simple, inexperienced (as. a girl)」(『いろは辞典』)。「梅暦を読みてお蝶のオボコ風。米八の意気な風　画き尽して残す所なし　丹次郎の身の上も嗚呼また羨ましい哉と一読三歎せらるゝ人あり」(竹の舎主人(饗庭篁村)「春色梅ごよみ」『出版月評』明治二十年九月)。

二五「老手、なれたるひと、熟練家、てなれ Old hand, experienced hand」(『いろは辞典』)。

二六お房は「お房といふ新子の伝は、永代談語といふ中本六冊　近日出板いたし候」という『春色辰巳園』後編巻之五(天保五年)に初登場し、『春色英対暖語』(天保九年)、『春色梅美婦禰』で、紅楓の名で屋敷奉公をしている異母姉、お糸との、峰次郎をめぐっての三角関係に悩む。

二七「はら立しさも角ずれぬ、世間知らずの奥勤め、こゝが生娘の生根なるべし」(『春色英対暖語』巻之四・第七回)。

二八底本は「しらるゝも」。『中央学術雑誌』第二十五号掲載の「前号正誤」により訂正。

お房は尋常の娘なるのみ　すこし蓮葉《はすは》的《てき》[一]にこしらへたるのみ　別に上出来といふにもあらねど　お蝶と区別せしは巧《たくみ》なりといふべし　米八《よねはち》[二]　仇吉《あだきち》[三]　増吉《ますきち》[四]等は皆　同社会の歌《うた》ひ女《め》[五]なり　而《しか》るに其気質の相異《あひこと》なる　馬琴[六]の八犬士にゆづらじとぞ見ゆ　米八[七]の侠慧《けふけい》にして　而も情に脆《もろ》き　仇吉の浮薄なるが如くでんぽう[八]なるが如く　但し其心の純良なる　増吉の信切《しんせつ》[九]にしておとなしやかなる　各々判然とかきわけたるは　是又《これまた》老練といわざるべけんや　翻《ひるがへ》つて八幡鐘[一〇]を見るに　秀八は米八と同じからず　梅吉は仇吉の反対ともいふべし　お柳[一一]は紅楓に似ず　お直はお房と異なり　嗚呼　為永は何者にて斯《かく》[一二]は手弱女の腹をばゐぐるや　嘗《かつ》て腕守《うでまもり》[一三]と身を変じて女子の懐《ふところ》に出入せし歟《か》　将又《はたまた》下紐《したひも》[一四]の後の身なるかも　嫉《や》妬《か》ざるを得ざる次第にこそ　英人某　嘗《かつ》て笠頓《リットン》[一五]を評して曰く　人物を組織するの才　笠頓、須《ス》[一六]コットに及ばざるや遠し　須コットの人物は高遠奇偉　ほとほと端睨[一七]すべからざるもの[一八]あり　されども女性を写すの妙は（恋情の秘密を穿ち之を霊活に叙するの妙は）独《ひとり》笠頓の専《もつぱら》にする所　英の小説家多しと雖も　此《この》特別なる伎倆に於ては恐らく笠頓に及ぶものなからん　須コットの恋情を写すや　概《おほむ》ね皮相をのみ写してやみぬ　いまだ人物の肺肝[一九]にたち入り真の女子の情を穿ちし事なし　笠頓はしからず　自家の実験を土台として而して

一「はすは（名）〔斜端の意か、或云、蓮葉ノ義、一葉ヅツ飛除キテ寄リ添ハヌ意ヨリイフト、牽強ナラム〕。（一）処女（ムスメ）ナドノ性質、身持ノ落チツカヌヲイフ語」（『言海』）。「万事思慮の浅き又は形容の軽率なる凡て「はすわ」と云」（喜多川守貞『守貞謾稿』「娼家下」嘉永六年）。

二『春色梅児誉美』に登場する深川芸者。丹次郎と恋仲で、最終的に丹次郎の妾となる。

三 米八の朋輩で、丹次郎と恋仲になる。「丹次郎と仇吉が色情（いろごと）は、ちよつとしたることにて、とちがらなれば論じ給ふな」（『春色梅児誉美』三編第四十八齣）。

四 仇吉と懇意な深川芸者。「仇「まことに増吉さんは嬉しいヨ△丹「ほんに信切な人だのう」（『春色辰巳園』初編第三回）。『春色英対暖語』で、お柳（柳川）と宗次郎をめぐっての恋愛劇を演じる。

五 芸者。『春色梅児誉美』は「唄女（うたひめ）」。『春色辰巳園』や『春暁八幡佳年』（天保七—九年）の「唄女」には「げいしや」と「はおり」の読みがある。

六 →補三一。

七「恋の敵（かたき）と仇吉が常に妬し米八」（『春色辰巳園』四編第十条）が「仇吉の病気難渋」（同上第九条）を救う。仇吉は「米八が実意わすれぬ為」、「丹次郎の種を出産し、その名をお米となづけ」る（同上第十二条）。「侠慧」は義侠心に富んでいてかしこいこと。

八 伝法。勇み肌。

九 親切。当時としては普通の表記。逍遙日記明治二十年八月五日の条に「信切なる男なり」とある。

一〇『春暁八幡佳年』。柳吉の子を産む梅吉とその世話をする秀八は深川芸者だが、弥三郎をめぐっての秀八の恋敵は料亭の養女お君で、梅吉の恋敵は素人娘のお直である。

一一 お柳は「歳齢（としごろ）は十八九、少し勇肌（きやん）には見ゆれども、実意は厚く浮薄（うはき）なる行状（おこなひ）なんどはなかりしが、此程文次郎といふ男の

女子の情を写せしゆゑ　翁の稗史中にいでたる者は　[二〇]情郎は更なり　情婦と雖ども[二一]宛然《あんぜん》活動する計《ばか》りに思はる云々といへり　予は其儘《そのまま》に此語を奪ひて我《わが》春水に加へんとするなり　春水の馬琴に於《おけ》るは（此一点よりいふ時には）猶《なほ》笠頓の須コットに於るがごとし　馬琴　脚色に巧なりといへども　女性の情態を写すの伎倆は遥《はるか》に春水に及ばざるものあり　是等は殊更にいひいでずとも　善く小説を読得る族《やから》は　夙《つと》に会得したる事なるべし

春水を[二二]非する者　或は曰く　春水の人物は凡劣陋野《ぼんれつろうや》　読者を感ぜしむる性質なしと　是《これ》　小説家に二種類在《あり》て結構甚しく相異《あひこと》なるをば嘗《かつ》てしらぬ者のいふ所也　[二三]已に此辺の事につきては半峯居士[二四]も説かれたれば　茲《ここ》に繰返すは蛇足に似たれど　三馬　一九抔《など》を評する折にも始終[二五]入要《にふえう》なる論拠にあなれば　再び搔《かい》つまんで論じておくべし

むかし[二六]デホウが魯敏孫《ロビンソン》クルウソウを著すや[二七]　其話の筋真《しん》に逼《せま》る　人皆争ふて其妙を称す　[二八]批評家は曰く　デホウの小説は tale（話《はなし》）といふべし　novel[二九]（小説）といふべからず　蓋《けだ》しあまり凡庸なる人物のみにて　殊に一篇の主公と見るべき魯敏孫其人《そのひと》の如きも只《ただ》境遇の奇異なりしのみなり　若《も》し其[三〇]主《ぬし》を代へんと思はゞ　之を水夫として妨《さまたげ》なく　[三一]巾着切《きんちやくきり》として不都合なく　又商人[三二]として苦

為に、心をうつして終には勘当をうけ」（『春色英対暖語』）、後に遊女柳川となる。→注四。

一三『春風情話』第四套に「疲れ果たる手弱女（たをやめ）」（一二八頁三行）とある。

一三「腕貫（ウデヌキ）ニ、神仏ノ守札ヲ包ミ込メタルモノ」（『言海』）。『日本大辞書』は「此語今日ハオホカタ廃語トナル」とする。

一四 下紐の生まれかわり。底本は「下紐の役」。『中央学術雑誌』第二十五号の「前号正誤」により訂正。「下紐」は小袖の上に結ぶ帯で、下紐を解くのは男女が深い関係になることを意味する。

一五 Edward George Earle Bulwer-Lytton（一八〇三-七三）。→補三二。

一六 →『春風情話』六一頁注一九。

一七「睨」は「倪」に通じるが、「端倪」の表記が当時としても普通。『日本大辞書』は「端倪」は「推測」の意とし、「神龍其威端倪スベカラズ」との用例を掲げる。春のやおぼろ「祝詞」に「畏友紫瀾大人は…筆鋒は縦横自在…変幻無究神出鬼没ほとんど凡眼もて端倪しがたし」（『浪華新聞』明治十九年八月十四日）とある。

一八 底本は「のもあり」。『中央学術雑誌』第二十五号の「前号正誤」により訂正。

一九「はらのうち、はらわた」（『いろは辞典』）。

二〇『当世書生気質』第十三回に「情郎（いろをとこ）」「情婦（いろをんな）」とある。

二一「サナガラ。＝チヤウド」（『日本大辞書』）。

二二 非とする。「是（ぜ）」の反対。

二三 底本は「己に」と誤植。　二四 →補三三。

二五 入用。「御入要ならば差上ませう」（春のや主人「貴重なる新聞紙を借用して」『読売新聞』明治二十年四月九日）。

二六 Daniel Defoe「ダニエル、デホウ（一千六百六十一年生同七百三十一年死）…物語を著せ

しかるまじ　其故《そのゆゑ》は　誰にてもあれ魯敏孫其人の如き地位に臨まば魯敏孫其人の如く行ふべければなりと　之を要するに　デホウの如きは　[一]ありさうなる事件を叙したるものにて　ありさうなる人物を作りたるにはあらず

因云《ちなみにいふ》　爰《ここ》にありさうなるといふは　[二]打見《うちみ》は奇怪なるが如しといへども随分道理から考へれば　世間にありさうなといふ意味なり

[三]李《リ》チヤアドソン　「デホウ」の後にいで丶大《おほい》に稗史を綴り　専ら人物に意を注ぎて　第一ありさうなる人物を写しぬ　是《これ》両大家の異なる所也　知らず　春水の著作の如きは　抑《そ》も此両家のいづれに似たりや　思ふに春水の著作の如きは全く此二者と異なる者なり　春水はありさうなる事件も写さず　又ありさうなる人物もつくらず　寧《むし》ろ現にある事件を[四]擬作し　又は[五]現にある人物を作れり　所謂《いはゆる》主実稗史家（Realist）といふものにて　彼《か》の理想家とは異なる者なり　さりとてお隣のお嬢さま　若《もし》くは[六]横町の[七]ドラ八　ブチ吉　又はわが知《しり》たる娼婦なんどを　其儘《そのまま》写したりし訳《わけ》にてはあらねど　現にありふれたる人間をとりて之をば標準になしたりしをいふ也　[八]彼《か》の八行を標準とする馬琴流義　[九]理論を基本とする李《リ》チヤアドソン若《もし》くは須《ス》コツトの流義とは異《ことなり》也　而して此二様の流義の中孰《いづれ》が優れりやといふ事の如きは　爰《ここ》に格段なる要用もなけれど　い

しは一千七百十九年（我享保四年）を始とす　有名なる「ロビンソン漂流記」は実に英国小説の曙光にてありしなり」（坪内朧「英国小説之変遷」『新小説』明治二十二年六月）。

二七 底本は「着」。『中央学術雑誌』第二十五号の「前号正誤」により訂正。

二八 →補三四。　二九 「小説すなはち那（ノ）ベルに至りては之れと異なり　世の人情と風俗をば写すを以て主脳となし　平常世間にあるべきやうなる事柄をもて材料とし而して趣向を設くるものなり」（『小説神髄』「小説の変遷」）。

三〇 →補三五。　三一 「往来（ユキキ）ノ人ノ巾着、懐中物ナドヲ切リ取ル小盗人。スリ。チボ。攫徒」（『言海』）。　三二 底本は「商」と誤植。

以上一四七頁

一 坪内朧「英国小説之変遷」に「小説の眼目は性情の弁別にあ」るが、「漂流記」の「面白み」は「事柄にありて人物の性情に存せざる」とある。

二 ちょっと見。

三 →一四四頁注一〇。

四 似せて作り。

五 「想像の力をもて此人界にあるべきやうなる種々の性質をば撰り集めて程よく之を調合なし以て人物を造るの法…英の数コット翁をはじめとして十八世紀の小説家はおほむね此派の者なるべし　笠頓翁の如きも頗る此流れを汲むものに似たり」（『小説神髄』「主人公の設置」）。

六 「よこちやう　横町、傍巷、陋巷、曲巷、かたはらのちひさきまち」（『いろは辞典』）。『和英語林集成』の見出し語は「ヨコチヤウ」で、『言海』『日本大辞書』は「よこまち」。

七 ありふれていそうな芸妓の名を猫に関連した語で表現したもの。「猫」は芸妓を意味する隠語。

八 →一四六頁注六・補三一。

づれが難《かた》きやといふ事の如きは　我《わが》春水の名誉にも係《かか》れば爰《ここ》に一言せで叶ひがたし　予は曰ふ　主実小説は最も難し[一〇]　何を以てか之《これ》を謂ふ　曰く　仁義とか礼智信とか　箇様《かやう》の立派なる後楯《うしろだて》を荷《にな》ひて　扨《さて》人物を作るときには　たとへ人情には背くといふとも　読人《よむひと》[一一]燦爛たる楯に眩してそゞろに人物の気象を敬慕し　為に同感を起《おこ》すことあり　然るに今や之に反して　他の主実的の流義を採らん歟　人物どれも〳〵欠点多くて　才あるかと思へば徳すくなく　勇ありと思へば智乏《とぼ》しく　故に此種類の稗史にして読者[一二]の同感を牽《ひ》かんとせば　是非とも文章を巧妙にし隠微[一三]秘密なる情態を穿《うが》ちて以て読者をして感ぜしめずば　功を奏する事難[一四]かるべし　理想小説[一五]の志を得て　主実家年久しく賤しめられしも　蓋《けだ》し因縁ある事といふべし　春水はもと狎邪《かふじや》[一六]の細人　識浅く学すくなし　而《しか》るに尚《なほ》此旨を奉じて虚名を一世に博したりしは　豈《あ》に賞すべきの事にあらずや

評者或は曰ふ　春水が情を描くの筆　妙は誠に妙なりと雖ども　惜《をし》むらくは千篇一律　どれもこれも男女の痴談。貧すれば身売《みうり》。究[一七]すれば裏店住居《うらだなずまひ》。芸者は皆信切《しんせつ》。男は皆薄情。加ふるに意匠浅劣　人物陋野　ちとも取るべきの廉《かど》なきが如しと　予　答へていふ　趣[一八]向の一轍なるは咎むるにたらず　蓋し趣向

九「泰西の国々にも勧懲をもて主眼とせし作家或は尠しとせず　英国にありて有名なる李チャアドソンをもて尤となすべし」(坪内逍遙『慨世士伝』「慨世士伝はしがき」)。
一〇『小説神髄』「小説の種類」で「二種」に分類する「勧懲小説」と「模写小説」が、それぞれ本稿での「理想小説」と「主実小説」に近い概念。
一一「in his shield, That sparkled　彼れが持てる楯の面に　その楯　燦爛たり」(アルフレッド・テニソン『シャロットの妖姫』坪内逍遙訳、明治二十七年)。
一二 底本には「隠微読者」とある。『中央学術雑誌』第二十五号の「前号正誤」により「隠微」を削除。
一三『中央学術雑誌』第二十五号の「前号正誤」の「秘密なる情態ノ上隠微ノ二字ヲ脱ス」により、底本にない「隠微」を増補。
一四 底本は「雖かるべし」と誤植。
一五 理想小説が望み通りの名声を得て。
一六 心邪(よこしま)で賤しき人。
一七 窮乏。貧窮。
一八「同案の趣向となるは承知して　これを改めず。また北方を好(この)んじて辰巳の方は耳にもふれるを嫌ふ息子も八幡佳年を見て楽むは穴を穿たず人情をしるすゆゑなり」(『春暁八幡佳年』第三篇「序文に換る附言」)。

は本尊にあらざればなり　よしや其趣向は同一なりとも　人物の結構相犯《あひをか》さずば　是《これ》なかく〳〵に老手といふべし　之《これ》を痴話なりとて罵《ののし》る族《やから》は美術と道学[一]とを同視するものなり　この義は別にしていふべき事なり　稗史[二]の巧拙を評するには要なし　予が不満足を抱く所は遥《はるか》に此般《しはん》[三]の批評と異なり　請ふ　一ツ二ツ之をいはん

春水の瑕瑾《かきん》[四]　一にしてたらず　半峯居士[五]の御叱《おしかり》にはあらねど　与三《よさ》其人ともいひたき程なり　先《まづ》第一に人物を論ぜん　上文[六]頻《しきり》に口を極めて春水老人の人物を称揚しながら　今更人物を悪くいふは甚だをかしらしう思はれんが　爰《ここ》に悪くいふは女性にはあらず　重《おも》に男性の人物をいふ也　見よ　春水の男主公を　丹次郎[七]と峯次郎[八]と弥三郎[九]と柳吉。と何等《なんら》の如何様《いかやう》なる。どんなどのやうなる差別ありや。予が眼をもて之を見れば　丹次郎は峯次郎の粋になりたる也　弥三郎は殆ど丹次郎其人《そのひと》也　而して柳吉といへる男は前の三人とは血筋らしく之を精神上の四ツ子といはむも決して誣言《ふげん》なりと思はれざるなり　成程《なるほど》此外の色男は多少相異なる所はあれども　それも性質から異なりたるにはあらで唯々《ただ》其habit[一〇]（気習）の異なりたるのみ。あまり似た人が多きにあらずや。かくいへば或はいはん　余所《よそ》外《ほか》の事は暫く措き　総て[一一]恋情に関する事には誰もく〳〵

一「道学 n. Moral philosophy」（『和英語林集成』第三版）。「あんまり外形に泥（なづ）み過ぎて真理を殺されては迷惑な次第　美術と道学とを混同して単に見掛ばかり麗しうして全然（まるきり）甘味（うまみ）のなき者にされては我々美術狂は哭（な）きたくなるなり…真理を殺して美術を風教の奴隷にされては　いかにも心外にて朽惜しき事なり」（春の家おぼろ「演劇改良会の創立をきいて卑見を述ぶ」『劇場改良法』明治十九年十月）。

二 底本は「裨史」と誤植。

三 このような。『小説神髄』「小説の主眼」では「此般」に「このはん」の振り仮名がある。

四 欠点。

五 半峰居士「当世書生気質の批評」其三・上に「当世書生気質の瑕瑾…うち疵あり　きり疵あり　鉄砲疵に似たる刀疵あり　今一々之を暴露して大方の諸君子に示すあらば彼の江戸のおやぢに勘当を受けたりと称する与三郎其人の如く」とある。与三郎は切られ与三として有名な三世瀬川如皐『与話情浮名横櫛（よわなさけうきなのよこぐし）』の人物。

六 前に記した文章。『小説神髄』「脚色の法則」に二例あり、振り仮名は「じやうぶん」。

七 ↓一四五頁注一八・二一（補二八）。

八 ↓一四五頁注二六。

九 弥三郎・柳吉↓一四六頁注一〇。

一〇「Habit 気習」（『哲学字彙』初版）。

一一 底本は「偖て」。『中央学術雑誌』第二十五号の「前号正誤」により訂正。

一二『春風情話』第二套に「呵々（かや）と打笑ひ」（九六頁九行）とあるように、大声で笑う形容に使う。「ほほ（わらふこゑ）」（『いろは辞典』）。

同じ事なり　かはりのなき所が人情也　而して為永の人情冊子は専ら情事をのみ写せる也　故にどれも〳〵色気の事のみ　彼此《かれこれ》同じやうに見受らるゝも元来其筈《そのはず》の事なりかしと　呵々《かか》[一二]間違ッたる弁解なるかな　然《しか》らば何故に女性の方にもそれと同様の事はなきぞ　イヤサ人情と申す者はいかさま同[一三]轍かも図[一四]られねど　其手続まで同[一五]様とは　ちと信じにくき事にぞある。よしや同一ぞと許した所が　態々《わざわざ》同一なる筋のみ選ぶは甚だ拙手段といはざるを得ず　之を要するに　為永の如きは一科専門の小説家　否《いな》片輪者といふべきなり　只《ただ》女性にのみ精《くは》しうして　其他を穿《うが》ち得ざるものとやいはまし　（以下次号）

○為[一六]永春水の批判（承前）

第[一七]二の瑕瑾は生中《なまなか》[一八]に勧懲を気取《きどり》たる事也　夫《そ》れ勧[一九]懲主義なるものは概して理想小説に伴ふべきものにて　主実小説には折合ひあしきものなり　決して折《をり》あはぬといふにはあらねど　巧《たくみ》に折《をり》あはすことほと[二〇]〳〵難し　むしろ諷[二一]刺主義を取るにしかず　諷刺主義とは如何なる者ぞ　曰《いはく》　男女の浅墓《あさはか》なる行を写し若《もし》くは笑ふべき廉々《かどかど》を描きて暗に一世を諷刺するの法にて　最も主実家には適したる者なり　しかるに為永の学識なき　諷刺と奨[二二]誡との区別をしらず　他の馬琴

[一二]同一の道をたどるもの。「同轍同趣向」（『小説神髄』「小説神髄緒言」）。「同脈同轍」（同「主人公の設置」）。

[一四]底本は「図らねど」。『中央学術雑誌』第二十五号の「前号正誤」により訂正。

[一五]底本は「同人」。『中央学術雑誌』第二十五号の「前号正誤」により訂正。

[一六]『中央学術雑誌』第二十五号の目次には「為永春水の評判（承前）」とある。「明治十九年三月廿日　此夜中央学術雑誌の原稿春水の評を終り三馬の略伝を叙す」（逍遙自選日記抄録『幾むかし』）。

[一七]底本には、タイトルとこの文の間に「前号正誤」がある。

[一八]「生中、なまじひに、すこしばかり」（『いろは辞典』）。

[一九]「人情本の作者の元祖」と自称し、自著を「甘きを以て幼きを導く」「教訓の一助」（『春暁八幡佳年』第三篇「序文に換る附言」）とする。「男女の婬楽を誡むる」「勧善懲悪の世話狂言」（三亭春馬「春色辰巳園序」）が公的立場。

[二〇]「殆(ほとほと)写しいだすに忍びざるものあり」（『当世書生気質』第三回）。↓一四五頁注二三。

[二一]「最初に一定の標準を設けて常に此目安に事物を照して扱後をかしければ笑ふ…諷誡ともいひ誹刺ともいふ…西洋で申せばスヰフト流なり」（坪内逍遙「妄に詼謔を事とする勿れ」『中央学術雑誌』明治十九年十一月二十五日）。

[二二]奨励と訓誡。「小説を其主意より見て区分すれば二種(ふたくさ)あり　曰く勧懲　曰く模写即ち是(これ)なり　勧懲小説は英語にては「ダイダチック。ノベル」と称して　専ら奨誡を主眼として人物を仮作(つく)り　脚色(しくみ)を構へて世を諷誡せんとつとむる物なり」（『小説神髄』「小説の種類」）。

派の顰《ひそみ》にならひて　生中《なまなか》奨誡を気取《きどり》たるが故に　却《かへつ》て風俗と徳義とを毀損し且又《かつまた》其作をも汚したるなり　凡《およそ》奨誡の主意を奉じて稗史を編みいでんと思ふならば　是非とも標準となるべき人をば其篇中に設けざるべからず。否《いな》　設くる方《かた》有効なるべし　蓋《けだ》し[一]忠信を誨《をし》ふるにも　又は孝貞を教ふるにも　燦[二]たる実例を示すをもて最も通俗の良法とすればなり　しかるに春水の本意たるや　元来現実を写すにある故　其篇中の人物といへば　懦弱《だじやく》[三]無節操の男子にあらずば[四]稚蒙《ちもう》凡劣の婦女子のみ也　適々《たまたま》貞婦とか孝女とかたゝへて　作者が牽強[五]の筆先にて強《しひ》て[六]もてはやせる乙女輩《ばら》と雖も　多くは浮佻《ふてう》[七]なる婦女子にして　所謂実《じつ》があるといふに止まり　脩[八]身の模範となるべうもあらず　それをば為永は口を極めて貞[九]婦よ節婦よとほ[一〇]めそやして　さながら世の人を誨《をし》へ貌《がほ》にいへり。さればこそ　結[一一]局にはいつでも都合よくめでたく収《をさま》り　始めは淫婦なりと見えたる女も　又は妬婦の如く思はれし婦人も　翻然《ほんぜん》手の裏を反すやうに　恰《あたか》も仙術にて化《ばか》したらんやうに貞女に変るものも屢々《しばしば》あり　是豈《これあに》人情に戻《もと》るにあらずや心理に悖背《はいはい》[一二]する理屈にあらずや　されども此事は一[一三]班の疵なり　著作の眼目とも思はれざるゆゑ大《おほい》に其作をば汚さゞらんが　作者の名の為には惜まざるを得ず　生中に奨誡を気取らざりせばこゝらの非理屈もあらざるべければ　其猥褻

一　「勧善止悪の鑑となし、忠信貞孝の道自然応報の正しきを会得なして、身ををさむるの一品となし給へ」(『春暁八幡佳年』第二篇「序」)。
二　目にもあざやかな。かがやかしく、あきらかな。
三　意気地なしで節操のない。
四　幼稚で道理にくらい。
五　牽強付会。↓一三五頁注一四。
六　「もてはやす(他)　持囃、持賞、ほめたてる」(『いろは辞典』)。
七　浮気で軽はずみである。
八　↓一四二頁注二。
九　例えば、『春色梅児誉美』第十三齣に「四人女流、おの〱その風姿異なれども、貞烈いさぎよくして大丈夫(ますらを)に恥(はぢ)…満尾(めでたし〱)の時にいたりて、婦徳正しくよく其男を守りて、失(あやまち)なきを見るべし」とある。
一〇　「ほめそやす(他)　褒奨、ほめたてる、喝采」(『いろは辞典』)。
一一　話の結末。
一二　もとる。さからう。
一三　一部分。
一四　底本は「倚」。『中央学術雑誌』第二十六号の「前号正誤」により訂正。
一五　紫式部の『源氏物語』。「源語のすこぶる猥褻なりしも　また　これ藤原氏専権以来の文弱の

と鄙陋とに[一四]係らず（[一五]式部の源語　[一六]フヒルヂングの「トムジョンズ」の如く　当時の淫靡なりし風俗を写せる）一部の好稗史といひつべきに　間々《まま》不理屈なる賛辞を下して[一七]真地目《まじめ》に淫奔女をほめたてたるゆゑ　作者の見識の低きも知られてほと〱読むに堪へぬ心地ぞする　[一八]ヂッケンスの輩　巧《たくみ》に[一九]諷諫の筆を弄して　愚人を善良なる人といひなし　賤夫を紳士などゝ嘲りしかど　それとこれとは趣かはれり　これは真地目にての賛辞《ほめことば》なり　彼れは[二〇]嘲噱《てうきやく》の虚賛《あだぼめ》なり　其巧拙と優劣とは元来いはずしても明かなるべし　春水　艸葉《くさば》の陰にて　嗚呼《ああ》むごい事をいふ人だ　ありやア言訳《いひわけ》にかいたのである　世間は淫猥の冊子を好み官は淫猥の著述を禁ず　書肆は売《うり》たがる　予は金がほしい　拠《よんどころ》なく故事つけて　淫婦を貞女[二一]らしう書倣《かきな》したるのみト　[二二]（春のや主人曰く　噫《ああ》）

　春水の瑕瑾　穿鑿《せんさく》せば尚《なほ》これのみにはあらざるべし　されどもあまり長く評するも五月蠅《うるさ》し　予は[二三]批評の終に臨んで　例の世の人の[二四]喋々《てふてふ》する徳義の一点をば論じおくべし　已に前段にもいひし如く　春水が世間に罵らるゝは専ら猥褻なる情態を写して[二五]淫事を誨《をし》へ貌《がほ》に綴《つづり》たる事也　されども世の人の了見《れうけん》狭き只管《ひたすら》此醜処に目をとゞめて他の秀でたる所をば論せず　一棒粉砕に打《うち》こわすゆゑに　前には様々なる理屈をもちだし大《おほい》に春水を弁護せしが　最早《もはや》其秀処も

弊のしからしめしものなり」（『小説神髄』「小説の裨益」）。

一六 フィールディング Henry Fielding（一七〇七―五四）。イギリスの小説家。『トム・ジョーンズ *The History of Tom Jones, a Foundling*』（一七四九年）は代表的諷刺小説。フィールディングの「趣向の猥雑を」「排斥するものは多」い（『小説神髄』「文体論」）。

一七 『細君』にも使用例あり（→七頁二行）。当時は、「真面目」よりも「真地目」の表記の方がやや優勢。

一八 ディケンズ Charles Dickens（一八一二―七〇）。「自分はこの頃ヂッケンズが好きで彼のいろいろな作物を愛読してゐた、殊に少年を主人公にした「オリヴァ・トウィスト」「ディヴィッド・カッパアフヒールド」「ニコラス・ニクルビイ」などが気に入つてゐた」（「『此処やかしこ』そのほか」『国語と国文学』昭和九年八月）。「埜ケンスの著したる比クキック平パルスの如きは純然たる快活小説…およそ滑稽戯謔の秘訣は端厳倨傲高尚なるものと粗魯賤劣鄙猥なるものとを巧に交へて叙するにあり…賤しげなるものを高尚なるものゝやうにいひなすなんども笑ひを博すべき一方なり」（『小説神髄』「脚色の法則」）。

一九 諷刺をまじえた諧謔。

二〇 あざけり大いに笑う。嘲笑。→一三六頁注三。

二一 底本は「らゝしう」と誤植。

二二 底本には「（」がない。

二三 底本は「此評」と誤植。

二四 「多言（ベシャ）リテ喧シ。クチヤカマシ」（『言海』）。

二五 「為永春水ノ著ニ係ル梅暦等…徒ラニ痴情ヲ醸発セシムル者」（丹羽純一郎『花柳春話』附録、明治十二年）。

[一]啓《ひら》き尽《つく》して弁護の必要も終りたれば　今や主人もまた敵方となりて著作の不道徳に論及せんとす。但し尋常の論者に同じく無暗《むやみ》に野卑なりとて罵るにはあらず　確たる理屈ありて罵るなり　汝春水よ　霊あらばつく〴〵観念して聴聞せよ

[二]長次郎事春水　其方《そのはう》の破廉恥罪三ヶ条あり

（第一）古人も[三]已に語るべからずといひたる[四]閨中の隠微を写しいだしたる事

（第二）真純の恋情と獣情とを混同し　専ら獣欲を描きいだして　以て恋情を描きたりと[五]思惟したる事

（第三）[六]小説家の本分は読者の感情に訴ふるにあり　しかるに其方は其本分を誤り　[七]彼《か》の春画家の領分たる陋劣猥褻なる獣情に訴へ　以て世《よ》の好《このみ》に[八]佞媚《ねいび》せし事

第一と第三とは越権の所置なり　よしや[九]美学と道学とを区別すればとて　小説家の決して許さゞる所也　蓋し小説家の範囲を越《こゆ》れば也　第二は其罪悪やゝ軽しといへども　[一〇]観察狭隘といふ宣告はまぬがれがたし　之《これ》を要するに　其方は女性の獣情と遊冶《いうや》の情態に通じたる者也　[一一]花柳の稗史家といふべき也　物にたとへて之《これ》をいへば　猶《なほ》[一二]浮世画師といふものに似たり　[一三]狩野家　土佐家とは

一「ひらく…啓」（『いろは辞典』）。
二 以下、奉行所、白洲で判決を言い渡す体裁。
三 底本は「己に」。 四 底本は「閨中隠微」。『中央学術雑誌』第二十六号の「前号正誤」により訂正。
五「しゐ〔する〕」（自） 思惟（しゆゐ）、おもんみる、おもふ」（『いろは辞典』）。
六「人　野蛮にあらざるよりは皆風流の妙想を娯み高雅の現象を愛せざるなし…見て喜び…見て楽む…此感情に投合してもて人心を楽ましむるは即ち美術家の務にして我が小説家の目的なり」（『小説神髄』「小説の裨益」）。
七「春画」は性の秘戯をあらわに描いた扇情的な絵で、枕絵、枕草子《まくらぞうし》、艶本、ワ印《じるし》とも称せられる。大半の浮世絵師が手がけているが、無款か変名を用いることが多く、特定の「春画家」の名が逍遙の脳裏にあるわけではない。
八「佞媚（hetsurai）」（『和英語林集成』第三版）。
九 一四一頁七行に「美学ト道徳」、一五〇頁二行に「美術と道学」とある。↓一五〇頁注一。
一〇「遊冶郎」（一三九頁一二行）に同じ。
一一 花柳界。芸者や遊女の社会。
一二 浮世絵の美術的価値が認められない時代ゆえの低い評価。注七に記した春画家と浮世絵師の区分の曖昧さや明治期に入っての錦絵新聞の低俗さも逍遙の念頭にあるであろう。
一三 室町期から明治初期にかけての日本画の代表的流派、狩野派と土佐派を形成した家。
一四 春水の評判を終える意思を、寄席等で先客に対し、入れ換えを促す声で示した。
一五 白洲の雰囲気を命令口調で出して終わる。
一六 一五九頁七行に「関根只誠翁の作者伝」に拠るとしているが、現存の『誠垓只録』五拾八巻の「式亭三馬」とは、叙述の順序が違い、本文にも異同がある。

並称しがたし　美術のまがひものといふべき也　尚《なほ》いふべきことあまたあれど
も　[一四]先《せん》さまお替りの時来りぬれば　[一五]一先《ひとまづ》其方は下《さが》りませい。
(畢)

○[一六]式亭三馬略伝

[一七]氏を菊地　名を久徳　字を太輔　通称西宮太助といひ式亭三馬と号す　本町庵　四季亭　洒落斎。哆囉哩楼。遊戯堂等　みな其《その》別号なり

父を菊地茂兵衛といふ　八丈島為朝神社の祠官　菊地某の子也　茂兵衛　故ありて江戸に移住し　三馬を[一八]浅草田原町に生めり　三馬　幼少の頃　[一九]本石町《ほんこくちやう》四丁目の[二〇]書肆[二一]翫月堂の小僧也　[二二]頗る奇才あり　十七八才のころ始めて戯作をなしぬ　後《のち》[二三]山下町の書賈万屋太治右衛門(蘭香堂)の婿となりしが　配偶の女、身まかりて後　其家を去りて[二四]四日市に古本類を商ふ小店を開き　其比《そのころ》より専ら戯作をなしぬ　後又《のちまた》[二五]石町《こくちやう》新道に移り　遂に[二六]本町二丁目に[二七]居《きよ》を卜《ぼく》して　[二八]薬を鬻《ひさ》ぐをもてなりはひとなしぬ

寛政十一年　[二九]俠《きやん》太平記向《むかう》鉢巻といふ書を著しゝに　[三〇]所謂俠者《いさみ》どもの怒る所となり　遂に官府に訴へられ　三馬は軽からぬ罪をば得つ　幾干《いくばく》もなく釈《ゆる》され

一七 「式亭先生。姓菊地。名久徳。字太輔。俗称西宮太助。式亭三馬其号也」(式亭三馬『古今百馬鹿』文化十一年に付した春亭三暁の跋)。『誠垓只録』は「通称菊地太助と云 号を本町 又四季山人亭 洒落斎…遊戯堂の号あり」だが、只誠旧蔵『歌俳百人集』には「三馬は菊地氏　名太輔字久徳　別号游戯道人…通称西宮太輔」とある。
一八 『誠垓只録』は「浅草金龍山の麓の産」の右横に朱で「安永四年浅草田原町三丁目に生る」とある。現在は安永五年(一七七六)誕生説が有力。
一九 現、中央区日本橋本町。
二〇 「肆」は「肆」に通じる字。『誠垓只録』では「書賀」。
二一 「翫月堂は予が妻の父なり。俗称堀野屋仁兵衛(旧称小倉屋金兵衛、後改仁兵衛、再改家号為堀野屋) 予九歳の冬より十七歳の秋まで此家に養はれ、甚だ恩のある人なり、仍て文化元年より其家の後室を養ひ、後其娘を妻とし今尚存せり、此家は二代目仁兵衛相続して、後文化元年本石町の家頽廃す」(朝倉無声が記録した式亭三馬旧蔵の洒落本『誰が袖日記』天明五年刊に付された三馬の識語。山崎麓『日本小説書目年表』昭和四年)。
二二 『誠垓只録』では「長ずるに随ひ頗る」。
二三 現、中央区銀座。
二四 江戸日本橋の南詰、現在の中央区日本橋一丁目。
二五 本石町(→注一九)。
二六 現、中央区日本橋室町。
二七 地相をうらなって住むことに決め。卜宅。
二八 『誠垓只録』には「薬を…なしぬ」に該当する部分なし。「大坂の町人某甲が江戸掛店の売薬中絶したるを再興すとて　これを三馬に委ねしかば　遂に本町二丁目に開店しけり」(曲亭馬琴『近世物之本江戸作者部類』天保五年)。
二九 黄表紙。三巻。
三〇 「よ組の人足等怒りて…手鎖五十日にして赦免せられけり」(曲亭馬琴『近世物之本江戸作者部類』)。

て後　其父《そのちち》甚しく将来を憂へて　しば〳〵著作の業を廃すべし[一]と諭《さと》しぬ。しかれども三馬は曾《かつ》て聴かず　間一年を隔て　また新しき戯作をなしゝに　虚名は前年より更に高く　ますく〳〵世に評判よろしかりしが　尋《つい》で雷太郎《いかづちたらう》[二](合巻の名)の出《いづ》るに及びて　三馬の名いよ〳〵都鄙[三]にしられぬ

[四]文政五年閏正月六日　病《やみ》て死す　享年四十八　深川雲光院に葬る[五]　仏号を歓誉喜楽奏天信士といふ　辞世の句なりとていひ伝へたるは

　善もせず悪もつくらず死《しぬ》る身は
　　地蔵もほめず閻魔《えんま》しからず

[六]三馬嘗《かつ》て人に語りて曰く　我伯母は[七]太守公の奥殿に仕へまゐらせければ　予幼き比《ころ》　伯母へ対面のため奥殿へ至る毎に　好む所の道なれば傍にありあふ冊子を取《とり》て読むを　其席に来合はしたる人々がいひけるやう　此童子　歳に似気《にげ》なく書を読むこと拙《つたな》からず　今の程より斯《かく》文才あれば後には如何《いか》なるものにならんづらんなどいはれしが　[八]十三四歳の比《ころ》にはあらゆる戯曲本をも読尽《よみつく》し[九]　十六七歳の時戯作《げさく》の志あり　[一〇]十八歳にして始めて[一一]天道浮世之出星操《てんたううきよのしゆつせいぐり》といふ小冊を著し上梓しぬ　是は[一二]寛政六年の春也　此冊子を作るのはじめ　夜寐るにも衾《ふすま》の袖より手をいだして稿をなしたり　斯《かく》て其成れる後　みづから雅号をつけんと

一　底本は「癈」。『誠垓只録』では「戯作の業を廃せよと諭ども」。
二　底本は「雷太部」と誤植。『雷太郎強悪物語』。合巻。文化三年刊。
三　都と田舎。全国。
四　『誠垓只録』との異同はないが、『近世物之本江戸作者部類』には「文政五年壬午の春閏正月十六日に没ス　享年四十七歳」とある。
五　現、江東区三好。浄土宗。→一六一頁注一六。
六　『誠垓只録』には「大人みづから物語ていへらく」とし、割注して「雪麿の話」とある。「雪麿」は墨川亭雪麿。「越後高田の人　通称田中善三郎　墨川亭月麿の門に入り画を学ぶ　後戯作を兼たり　安政三辰年十二月五日歿す　歳六十　白金台町九丁目妙縁寺に葬る」(関根只誠『名人忌辰録』明治二十七年)。
七　一六二頁二行に「一説に姉とも　また従兄とも」とあるが、不倒生(水谷不倒)「式亭三馬(上)」(『早稲田文学』明治二十六年十二月十日)には「『早稲田文学』記者曰ふ…親戚の女中…件の女中は三馬が姉なりともいひ従姉なりきともいふ…故関根翁いはれき」とある。
八　『誠垓只録』は「十四五歳の比までに数多の戯曲本をもことごとくよみつくし十八歳にして独立にて始て」だが、岩本活東子『戯作六家撰』には「十三五歳の頃までに数多の戯曲本をもことごとく覧竭し十六七歳のころ戯作の志あり十八歳にして独立にて始て…」とある。「私儀独立つて十八歳の春より戯作者となり」(式亭三馬『敵討安達太郎山』文化三年)。
九　底本は「読書し」。『中央学術雑誌』第二十六号の「前号正誤」により訂正。
一〇　安永四年誕生説はどうにも計算は合わないが、安永五年誕生説(→一五五頁注一八)ならば、

て　さるべきと思へる号[一三]三ツ四ツを小《ちひさ》き紙にかきつけ　其紙を小《ちひさ》くおし捻《ひね》りて手づから傍に投《なげ》て　それを又拾ひとり　得たる所の捻《ひね》り紙《がみ》を開くに　かきつけありし戯号は即ち式亭にてありしかば　是にて心を決し　遂に此号を用ひたりしと云々

[一四]三馬に二代目芝全交になるべしとすゝむる人ありけれども　三馬答へて　業に拙くて徒《いたづら》に古人の名を汚さんは本意にあらずとて辞《いな》みけると聞《きこ》えぬ　されば自著の[一五]楽屋通及び(馬[一六]笑が作の)[一七]廓節要《くるわせつえう》にも　式亭三馬儀　古人芝全交の遺言に付《つき》　此度《このたび》より二代目の全交と可相成筈《あひなるべきはず》に候得共《さふらへども》　いやしき妄作を以て古人の高名をけがすは恐有《おそれあり》と存じ　いまだ改名は不仕《つかまつらず》差ひかへ罷在《まかりあり》候　猶《なほ》不相替《あひかはらず》全交俤と被思召《おぼしめされ》云々としるせり

[一八]三馬著作に敏捷にして　稿を草する時三日三夜にして[一九]凡《およそ》六七巻又は八九巻の書を[二〇]脱成すること屢々《しばしば》なり　故に巻尾に三日三夜急案とことわりたる冊子も多し　[二一]文化のはじめには書肆の三馬に稿本を乞ふ者特に多く　其約束の期に後《おく》れ責《せめ》らるゝに苦《くるし》みて　五日或は七日程づゝ其書肆の許《もと》にいたり　一室を借て艸稿《さうかう》を[二二]起《おこ》しゝとなり　例へばけふまで某甲の楼にあれば　あすは某乙の離れ坐敷にゆき　こゝかしこめぐりめぐりて　尚《なほ》それにても手の届かで約束に後れ

「数え十八歳の寛政五年に執筆を開始し、その翌年に始めて」と考えて計算は合う。

一一『天道浮世出星繰』。黄表紙。三巻。表紙に「てんとうきよのでづかひ」の振り仮名がある。↓補三六。

一二『誠垓只録』は「天道浮世之出星繰」に割注して「三冊豊国画西宮板寛政六寅歳刊行」。

一三『誠垓只録』『戯作六家撰』とも「両三名」。

一四『誠垓只録』では、上部欄外にある記事で、「大人に二代目芝全交になるべしと進る人ありけれども業に拙くして古人の名を汚さんもいかゞとて止けるよしをきけり　著述の楽室通…」とある。「芝全交」は黄表紙作家。寛延三年(一七五〇)—寛政五年(一七九三)。文政八年(一八二五)に晋米斎玉粒が二世芝全交を嗣いだ。

一五『俳優楽室通(やくしやがくやつう)』。寛政十一年刊。
一六　楽亭馬笑。生没年未詳。式亭三馬の門人。「楽山人とも号す　浅草田町土手下に住す　四代目竹本倉太夫といふ」(岩本活東子『戯作者小伝』安政三年)。
一七　楽亭馬笑『廓節要』。洒落本。寛政十一年刊。式亭三馬の序がある。
一八『誠垓只録』は「また大人が冊子の稿を…」。

一九『誠垓只録』は「凡七巻或は十巻の物」だが、『戯作六家撰』は「凡六七巻或は八九巻の物」。

二〇　脱稿。

二一『誠垓只録』に「文化の始　合巻読本倶に流行せしころは三馬豊国等は諸方の書肆に」、不倒生「式亭三馬(上)」に「『早稲田文学』記者曰ふ…文化のはじめ書肆の三馬に…違約を責めらるゝ苦しさに果は二三日行衛知らず成りしこともありとか、故関根翁の随筆に見えたり」とある。
二二　底本は「越しゝとなり」。岩本活東子『戯作六家撰』では「成しまたは絵を画きぬとなり」。

たる書肆には　責《せめ》らるゝを苦《くるし》みて其行衛《ゆくへ》をしらせず　後にやう〳〵にてそれが方へ廻りゆく程なりしといへり

[一]ある時　[二]墨川亭(戯作者)　三馬に語りていふ　[三]我友《わがとも》なにがしといふが講義にて源氏物語末摘花の巻を聴《きき》つるが　是《これ》はいさゝか戯作の[四]幇助にもなりなんやと問ひければ　三馬答へて　我物語は[五]諸物語中の[六]翹楚《げうそ》なれば　人々多く和文辞を綴るに幇助とせざるものなしといへども　戯作者の[七]素意はさるむづかしきものにあらず　[八]和殿《わどの》も今より戯作をなして心を慰めんとの考《かんがへ》あらば　源語一部の講釈を漏《もら》さず聴くには及ばず　源語の事も[九]水滸の事も少しづゝ[一〇]聞《きき》はつりし事あらば　似つこらしき事を取做《とりな》して[一一]巧《たくみ》に書《かか》んこそ戯作者の[一二]働きとする所なれ　余りに源語にこりすぎて[一三]カヤ〳〵と笑ひ[一四]サヤ〳〵とくりひらきなどのたぐひ　[一五]生《なま》ごなしの源氏風《ぶり》は[一六]聞くもうるさしとて　手を拍《うち》て笑ひたり(春のや主人曰く　噫《ああ》)

[一七]三馬が自筆の日記の中に曰く「[一八]赤本は一冊の紙数[一九]五張《ちやう》に限りて　二冊物三冊物なりしが　文化初年の頃より敵討の趣向流行して　吾友《わがとも》南仙笑楚満人　敵討物を著作して大に行はる　此時に五冊物六冊物を作りて　前篇後篇と冊を分けてひさぐ事となりぬ　おのれ三馬　敵討のさうしは嫌いなりしが　西宮のす

一 不倒生「式亭三馬(上)」に「『早稲田文学』記者曰ふ、三馬が学問を蔑如したること　論者の言の如し　或時の事なりけり　同代の戯作者墨川亭　三馬に問ふ　我れ近ごろ『源氏物語』末摘花の巻の講義を聴きつるが…手を拍ちて笑ひき云々、これも故関根翁の話なり」とある。 二 底本と『誠垓只録』は「黒川亭」と誤記。墨川亭雪麿のこと。→一五六頁注六。 三 『誠垓只録』と『戯作六家撰』では「吾友なる光房」。 四 たすけ。 五 『誠垓只録』と『戯作六家撰』では「素物語もの〻随一」。 六 「衆ニ抽ンデテ、最モ勝レタルコト」(『言海』)。 七 前々から抱いている思い。かねてからの願い。 八 あなた。「わどの」は「対等ナルニイフ」(『言海』)。 九 『水滸伝』。「水滸様の堅くろしきを聞て。一向高尚なる書ぞと思ひ。源語風の優艶なるを読みて。専ら清雅なりと心得るは。まつたく皮相のみに拘泥して。美術の真髄をば知らざるが為なり」(坪内逍遥『妹と背鏡』はしがき、明治十八年)。 一〇 「ききはつる」は「ききかじる To hear a little or indistinctly」(『いろは辞典』)。 一一 『誠垓只録』は「知りたりふりに」。 一二 『誠垓只録』には「我戯作者の専らとする処」とある。 一三 「かの鬼かや〳〵とうち笑ひて」(建部綾足『西山物語』巻之中「あやしの巻」明和五年)。綾足は「俗に即して雅をなす」(金竜敬雄序「西山物語序」)との方法意識から、『西山物語』は、古言をちりばめ、その出処を示す。→一五一頁注一二。 一四 「さや〳〵と、手はやく巻て」(曲亭馬琴『近世説美少年録』第六回、文政十一年)。 一五 生半可に消化した。 一六 『誠垓只録』には「聞もうるさし　戯作者の腹といふものは　只屋台見世の売物にひとしくなんでも聞ことゝとり雑ておかんこそ本意なれと

〻めに任せて[二〇]（本材木町一丁目書肆西宮新六）　始て[二一]敵討絵双紙を編み　且《かつ》は絵冊子合巻といふものを始《はじめ》たり　合巻とは五冊物を一巻に合巻して売る也　されば合巻の[二二]権輿《けんよ》は　作者にては予が工風《くふう》　版元にては西宮が家に発《おこ》る　文化三年の春発兌《はつだ》したる「雷太郎強悪物語」十冊物を前後二篇となして　合巻二冊に分けて売出しけるが　大に世に行はれて幸《さいはひ》を得たり　去程《さるほど》に合巻は表紙外題の数も繁からず製作も便利なればとて　其翌年より冊子問屋残らず合巻となりて」云々といへり（以上[二三]関根只誠翁の作者伝より抄出す）

[二四]三馬は頗る疳癪持《かんしやくもち》にて了見の狭[二五]かりし男と見えたり　書肆又は画工など〻屢々《しばしば》争論せし事もありたり　ある年の事なりけり　通油町の[二六]鶴屋喜右衛門の家にて　作者　画工などを饗応せし事ありし　三馬　京伝の徒　みな其席に列《つらな》りしが　宴闌《たけなは》に及《およ》びしころ　[二七]西村屋与八と云者《いふもの》（書肆）　盃を京伝に与ふるとて京伝先生とよびたりしが　後又《のちまた》三馬に盃を属して　[二八]三馬子お一ッといひたりしかば　三馬怫然《ふつぜん》と色《いろ》を作《な》して　たちまち大声に叱呼《しつこ》して曰く　京伝を先生と称し予を三馬子といふは如何《いかん》　[二九]江戸気象の作者といふは予を除いていづこにかある云々と罵り　ほと〱大騒ぎとなりしとか（関根只誠翁の話）

又嘗《かつ》て西宮新六が雷太郎物語の当《あた》り振舞《ぶるまひ》にて

て　手を打て笑ひたりといふ」とある。
一七 →補三七。 一八 狭義には、その表紙の色から命名された幼童向けの絵本のことだが、広義には黄表紙以前の草双紙全般を指し、ここでは後者の意。 一九 五丁。十頁。
二〇 現、中央区日本橋。 二一 『敵討安達太郎山』。黄表紙。五巻。文化三年刊。
二二 「物事ノハジマリ。オコリ」（『言海』）。
二三 関根只誠自身が「作者伝」と称していたかどうかは不明。→一五五頁注一六。
二四 →補三八。 二五 底本は「挟かりし」と誤植。
二六 屋号は仙鶴堂。式亭三馬の読本『阿古義物語』（→一六四頁注一）や柳亭種彦の『修紫田舎源氏』（→一六九頁注一四）等を出版した。

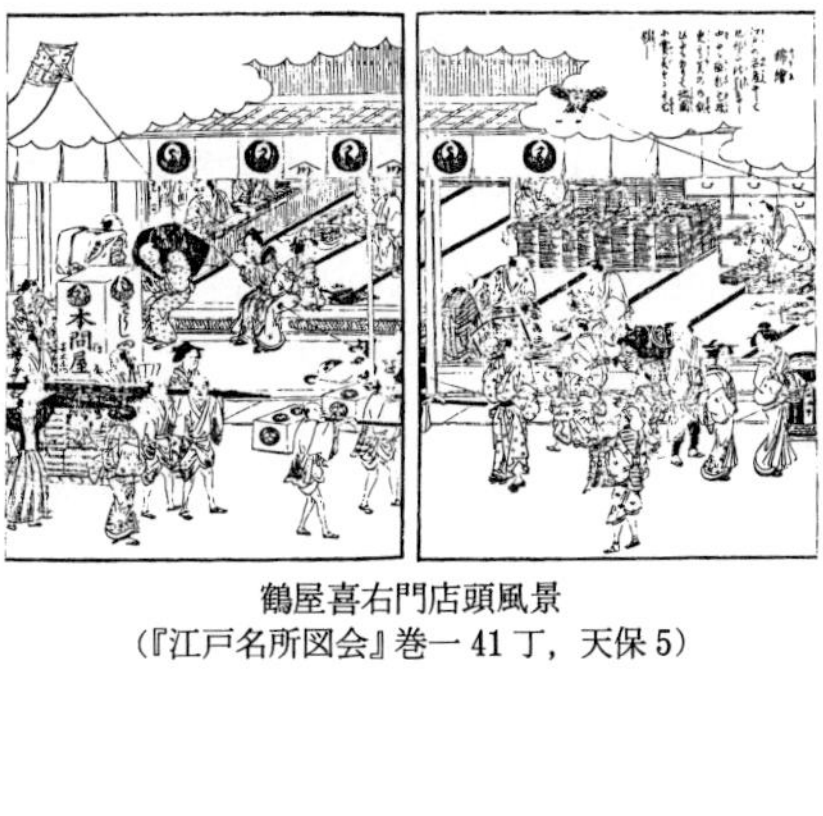

鶴屋喜右門店頭風景
（『江戸名所図会』巻一 41 丁，天保 5）

二七 「二代目西村屋与八（鱗形屋孫兵衛の二男にて西村屋の養子になりしもの也）が初て思ひ起

因にいふ　京伝の娼妓絹《しやうぎきぬ》[一]ぶるひ以前には作料《さくれう》[二]といふ事なし　大方は品物を贈りたりしと聞く　又当り振舞といふ事ありて　著作に当り物ありたる折には　其書肆　作者への礼心にて　作者　画工などの取巻《とりまき》をして劇場又は遊女屋におもむき　若《もし》くは船遊びに出る事あり

他の書肆某と諸共《もろとも》に　作者三馬を伴ひて新吉原[三]の廓にいたりぬ。折しも弥生の中頃とて桜は爛漫[四]と咲乱れて　景色の面白[五]さいはん方《かた》なし　さらぬだに色《いろ》[六]里《ざと》に入れば心浮きたつならひなるに　況《まし》てや此《この》好時節に遭遇せしをや　三馬も[七]我しらず心浮かれて　互に打戯れて仲の町[八]をさゞめき[九]ゆきぬ。会々《たまたま》西宮新六は何事を感じたりけん　「シカシ先生　かうやつて爰《ここ》で遊ぶも実はムダなこツてありますね」といひぬ　三馬之《これ》を聴《きき》てグツと腹たて　「ムダならお気の毒だ。帰りませう。直《すぐ》に帰りませう」といひつゝスタ〳〵と帰りかゝれば　新六おどろきておしとゞめながら　「今のは冗談なり　戯《たはむれ》なり　許したまへ」とて詫《わぶ》れどもきかず　三馬は急ぎ足に走りさるを　書肆はあへぎあへぎあとを追ふて遂に大門《おほもん》のほとりまで来りぬ　三馬は穿ちたりし雪駄《せつた》[一〇]をぬぎておのが懐《ふところ》の中《うち》におさめ　やがて又再びかけいだすを　新六やう〳〵追《おひ》すがりて　又さま〴〵になだめながら　「何故お雪駄をばぬぎたまふや」と問ふに　三馬顧みて答へ

して　くささうしを小半紙に摺りて三冊物四冊物六冊物を二冊三冊の合巻にして売出せしが婦幼の為　いとうるはしき摺りつけ表紙をかけて売出せしが婦幼の為によろこばれていたく行れしかば　是より後地本問屋等みな合巻摺付標紙にせざるもなし」（曲亭馬琴『近世物之本江戸作者部類』）。

二六　三馬の『鬼児島名誉仇討《おにこしまほまれのあだうち》』（文化五年）巻末の版元西宮新六による紹介文に「式亭主人　姓は菊地　名は太輔…一に四季山人と称し。遊戯道人と唱ふるたぐひ　おの〳〵一時の戯号也。世挙《こぞりて》三馬子と呼び。いまだ名氏《うぢな のり》をあきらめず」とある。

二九　江戸っ子気質。『読売新聞』明治十八年三月一日に「江戸子《えどツこ》の気象」との記事がある。

以上一五九頁

一『娼妓絹籭』。洒落本。寛政三年刊。山東京伝は『戯作者撰集』によると、肴代として金一両を受け取り、その後は一部あたり金一分から二分の原稿料を得ている。

二　原稿料。「昔は今の如く作者の作料染賃などゝなづけて潤筆を取事なかりし」（岩本活東子『戯作六家撰』）だが、なかったのは文字に対してであって、画工に対しては以前から支払われていた。

三　吉原遊廓。江戸唯一の公許の遊里として開設された吉原（現、中央区人形町付近）は、明暦の大火で焼亡し、浅草寺の奥の山谷《さんや》地区に移転して再開以後、「新吉原」と呼ばれる。

四　爛漫。今がまっさかりで、あざやかに。

五　底本は「面白き」。『中央学術雑誌』第二十六号の「前号正誤」により訂正。

六「花街、いろまち、遊廓、淫肆、女閭、遊里」（『いろは辞典』）。

七　底本は「三馬我しらず」。『中央学術雑誌』第二

ていふやう「これも穿《は》いてゐるはムダなこッてす」遂にスタ〳〵と走りさりぬ云々　又以て三馬の為人《ひととなり》をしるに足るべし（同前）[一一]

〇式亭三馬略伝（承前）

春[一二]のや主人白《まう》す　前号の略伝は　いそがしきまゝ咄嗟《とつさ》の間《ま》にはしりがきせしかば　ふと間違へたる事実もあれば　また洩《もれ》たりし事柄も多し　往《いぬ》る日《ひ》　関根只誠翁より　わざ〳〵懇篤なる書簡を寄せて其誤を正されたれば　こゝにあらためて洩《もれ》たりしを載す

式[一三]亭三馬には辞世なし　三馬病《やまひ》危篤なるに及びて　ある人ひそかに其枕辺に居寄りて「さる事もあるまじけれど　万一の変あらんには　高名、大人の如くにして辞世の詠なきは遺憾にあらずや　一言いひ残したまはずや　といひしに　三馬憤然と打腹立《うちはらだち》て「辞世をよめとや　余はまだ死なざる也　争《いか》でわれ死ぬべきぞ　といひつゝ　其男の面を目がけて枕を搔《かい》つかみて抛《なげ》つけたり云々　斯《かく》て其儘《そのまま》[一四]に身まかりたりしゆゑ　辞世のなかりしは勿論の事也　「善[一五]もせず悪もつくらず」云々の歌は　当時の医師須藤某の為に三馬が頼まれてよみたりし歌也　又三馬の菩提所は雲光院[一六]地中長源院なり

十六号の「前号正誤」により訂正。
八 新吉原の中央、入口である大門から京町までを貫く通り。
九 がやがやと騒ぎ。
一〇 草履の裏に革を張ったものを言うが、草履一般を指す場合もある。
一一 一五九頁一五行の「（関根只誠翁の話）」に同じ。
一二 底本には、タイトルとこの文の間に「前号正誤」がある。
一三 『早稲田文学』記者曰ふ、俗に三馬が辞世として伝へたる「善もせず…」といふ歌は当時の医師須藤某の為に三馬が頼まれて詠みたりし狂歌也、三馬には辞世といふものなし、故関根翁の説に曰はく　三馬の病危篤なりしや　或人ひそかに其の枕辺に居寄りて…三馬憤然として「辞世をよめとや　余はまだ死なざる也　いかで我れ死すべきぞ」といひもあへず其男の面を目がけて枕を搔つかみて抛つけき云々」（不倒生「式亭三馬（上）」）。
一四 身罷る。死ぬ。底本は「身まがり」と誤植。
一五 →一五六頁七行。「柳島なる妙見の境内に建たる碑面…文政二年己卯三月上院建之〇七十五翁〇須藤多宮自詠〇応需本町庵三馬書〇碑の裏面に如此あり　安政七庚申閏三月一日記活東子」（『戯作六家撰』）。
一六 『誠垓只録』は「深川雲光院に葬」の「に葬」に朱を入れ、「地中長源院葬」としている。→一五六頁注五。

　三馬が其戯作[一]浮世風呂などにて　[二]諸侯の奥向勤《おくむきづとめ》の女房などの情態　又は表《おもて》向《むき》の詞　さては内証の雑話等をよく穿《うが》ちたり　是《これ》は[三]三馬の親族中に(一説に姉とも　また従兄とも)御殿向を勤居《つとめゐ》たる者ありて　三馬も折々は其方へ音信《おとづ》れ　扨《さて》こそ其隠微に通暁したるなれ　彼《か》の浮世風呂の中なる[四]御殿下りの母子の問答は穿《うがち》の妙に入《いり》たるものとて　其筋の者だにも舌を巻きぬ云々

　三馬はじめは[五]焉馬の弟子也　[六]頗る酒《さけ》の上《うへ》があしかりしかば　師に禁酒の証文をとられたる事　[七]雀庵の筆記に見えたり云々

　嘗《かつ》てある若輩のもの三馬の方へ来りて　弟子に成《なり》たき由いひいれしに　三馬曰く　戯作者になるものは多く[八]はじだらくの[九]懶惰者也　それには　いくらか金も使ひ花街に遊び遊芸などもしらでは叶はず　俗にいふ[一〇]馬鹿者のする事也　しらず　足下もまた其心得あるや　遊芸はそも何々を修められしやト[一一]頭《あたま》で馬鹿にして問ひけるに　彼者《かのもの》[一二]まじめにて　別にこれといふ長技もなし　舞蹈は少しばかり習ひし事あり　三馬も[一三]まぢめにて　然らば踊りて見すべし　但し我家には[一四]地弾《ぢびき》もをらねば　[一五]且《かつ》うたひ且《かつ》踊りてよといふ　彼者《かのもの》[一六]車輪《しやりん》になりて机の前にて歌ひながら踊りたり　三馬をかしさを忍びてほめて曰く　その位の腕前あるに戯作者とは思《おも》ひ付《つき》わるし　[一七]幇間にならんには立派に其名をも揚《あげ》らるべし　お

一　文化六年に初編と二編、同九年に三編、同十年に四編刊。　二　大名。
三　↓一五六頁注七。　四　「いぬ「お宿下りでございますか　きぢ「ハイ、三夜泊りにお隙を頂きました」(『浮世風呂』二編上)。
五　烏亭焉馬。寛保三年(一七四三)—文政五年(一八二二)。狂歌師・戯作者。落語を自作自演し、落語中興の祖と言われる。「三馬の号は唐来参和と焉馬を慕ひてなりともいふ」(『誠垓只録』)。
六　「『早稲田文学』記者曰ふ、三馬は実に酒癖の悪かりし男也　故関根翁の話に…雀庵が筆記に見えたり云々」(不倒生「式亭三馬(上)」)。
七　加藤雀庵。寛政八年(一七九六=異説がある)—明治八年(一八七五)。↓補三九。
八　「自堕落　志ノ堅固ナラヌコト。身持ノ取締リナキコト。フシダラ。放縦」(『言海』)。
九　山田美妙『武蔵野』下(明治二十年)に「なまけもの」の振り仮名がある。逍遙は「懶惰漢」(「野二馬と懶惰漢」『名古屋新聞』明治十六年一月二十一日)、「懶惰生」(『当世書生気質』第十二回)を「なまけもの」と読ませる。『旅ごろも』(『読売新聞』明治二十年二月四日掲載分)に「懶惰生」は「ぶしやうもの」とある。　一〇　「馬鹿者だといふ浮名」(山東京伝『江戸生艶気樺焼』天明五年)。
一一　最初。　一二　『小説神髄』には「厳正」(「小説の種類」)と「老実」(「脚色の法則」)に「まじめ」の振り仮名がある。↓一五三頁注一七。
一三　「まじめ」との区別は特に認められないが、一八〇頁一三行にも「まぢめ」の表記がある。
一四　舞踊の際に唄の地を弾く伴奏者。
一五　歌いながら踊れ。　一六　「車輪ニナル。奮ヒテ働ク」(『言海』)。　一七　「妄に詼諧を事とする勿れ」(『中央学術雑誌』明治十九年十一月二十五日)は「幇間」に「たいこ」の振り仮名がある。後のれ紹介の書をまゐらせん　むしろ幇間になりたまへといふ　彼者悦びて頼みしかば　三馬之《これ》を桜川某方へ遣はしぬ　彼者《かのもの》後に桜川新好（後に新幸）と呼ばれて　当時有名なる太鼓持となりし云々

（以上総《すべ》て関根翁より聞く　此他尚《なほ》聞得たる事実あまたあれども　さまで興なければ爰《ここ》には省く　此筋の事をしらむと思ふ人は直《ただち》に翁が門を叩きたまふべし　翁は近代の事蹟の活字典也[一八]　殊に芝居道には劇神仙[一九]の名あり　徳川氏以降の事にて翁の知らぬ事は殆ど稀也　問ふに随《したがひ》て答弁懸河[二〇]の如し　翁の名都下《とか》に轟《とどろき》たりといへども　地方の人の為に婆言《ばげん》[二一]をなすのみ）

三馬の著書甚だ多し　洒落本　滑稽本　艸冊子《くさざうし》　稗史《よみほん》　おの〳〵そこばく[二二]を著したり　就中《なかんづく》[二三]洒落本と滑稽本とは三馬が名をなしたる所以の者なり　浮世風呂　浮世床[二四]の二書は（一九[二五]の膝栗毛[二六]を除きたらんには）我空前の滑稽本なるべし　其他　四十八癖[二七]　酩酊気質《なまゑひかたぎ》[二八]　七癖上戸《ななくせじやうご》[二九]　客者《かくしや》[三〇]評判記　百馬鹿[三一]　訓蒙図彙《きんもうづゐ》[三二]等の戯述あれども　要するに浮世風呂　浮世床に及ばず。又洒落本は　辰巳婦言[三三]　船頭深語[三四]等を以て冠となすべし　其余は京伝[三五]　一九の粕のみ　殊更に評判を要せざるが如し　臭冊子《くさざうし》は　雷太郎物語[三六]　坂東太郎強盗譚《ばんどうたらうがうたうものがたり》[三七]　等其《その》[三八]尤なるもの也　是又《これまた》婦女児童のもてあそびなり　而《しか》も京伝のともがらに劣れり　稗史《よみほん》は

出「太鼓持」（一六三頁三行）と同じ。
一八 生き字引。　walking dictionary.
一九 「名は正亮　只誠と号し七兵衛と称す　江戸の人なり…世に平民文学の称を得られたり…劇神仙と呼ばれたり」（小中村清矩「関根只誠翁の性行」、関根只誠編『名人忌辰録』明治二十七年）。
二〇 「けんがのべん（名）　懸河弁　極めて能弁なるを称する語」（『言海』）。
二一 老婆心からの発言。
二二 「いくらか（未定の数）」（『いろは辞典』）。
二三 『誠垓只録』の『阿古義物語』に関する本文上部欄外に朱で「三馬ハ赤本も小本も読本もかきたれども滑稽本を得意とす　中にも浮世風呂文化六年出版して大に行はる」とある。
二四 文化十年に初編、同十一年に二編刊。三編は、滝亭鯉丈の執筆で、文政六年刊。
二五 十返舎一九。→一三六頁注九。
二六 『東海道中膝栗毛』。享和二年―文化六年刊。→補四〇。
二七 滑稽本。全四編で、文化九・十・十四・十五年刊。予告のみで作品化されない「癖」がある。
二八 『無而七癖（なくてななくせ）酩酊気質』。滑稽本。文化三年刊。
二九 『当世七癖上戸』。滑稽本。文化七年刊。
三〇 滑稽本。『三芝居客者評判記』。文化八年刊。
三一 滑稽本。『古今百馬鹿』。文化十一年刊。
三二 『戯場（しばゐ）訓蒙図彙』。滑稽本。享和三年刊。
三三 洒落本。寛政十年刊。「石場妓談（せきじやうぎだん）」と角書。
三四 正しくは『船頭深話』。洒落本。内容は「辰巳婦言第二集」（上之巻題箋）もしくは「辰巳婦言後編」（内題）。自序に「御馴染の四季山人　七年ぶりにて小本を作」とある。文化三年刊。
三五 その他の洒落本は山東京伝の、滑稽本は十返舎一九の残りかすのようなものなので。
三六 『雷太郎強悪物語』（→一五六頁注二一）に同じ。
三七 合巻。文政七―八年刊。
三八 三馬の合巻の中で上出来のものである。

[一]阿漕《あこぎ》物語　さては[二]魁草紙《さきがけざうし》（梅精奇談《ばいせいきだん》）　其重《おも》なる者也　是《これ》も臭冊子の大人びたるに似て批評家の[三]歯牙《しが》にかくるにたらず　「[四]敵討ものは嫌ひなりし」云々と三馬みづからもいひぬ、稗史　臭冊子は其得意にてあらざりしなるべし　されば浮世風呂　浮世床幷《ならび》に[五]辰巳婦言　船頭深語等　此《この》四六種の戯作をとりて之《これ》を此作者の腕前と見做して　扨《さて》ひとまとめに評を下すも　さまでに不条理の評判とは思はず

（以下嗣出）

○式亭三馬評判（前号の続き）

[六]熟《つらつ》ら[七]惟《おもんみ》るに　式亭三馬叟は「[八]上々吉」位の滑稽家（Humorist）といふべく未だ小説家（Novelist）といふ可《べか》らざる也　何を以て乎《か》左様に申すぞ　請ふ　お[九]邪魔様ながら其旨《そのむね》一と通り申し述べん　[一〇]若夫《もしそれ》小説家と申すものは　[一一]単に人情の秘蘊《ひうん》を穿《うが》ちて真理（Truth）のある所を示しだにすれば夫《それ》にて足れりといふ者にてはなし　[一二]別に一脈の意匠を設けて色々様々なる因果をして隔離しがたきやう関係せしめて　恰《あたか》も縷々《るる》として断絶せぬ話譚《はなし》をものせずては叶ひがたし　学問的の言葉をもていはゞ　小説はさながら有機物の如し　甲回と乙回と丙回と丁回との間に[一三]纏綿《てんめん》離れがたき関係ありて　所謂《いはゆる》有機的の作用のあるあり　只《ただ》に一[一四]

一　謡曲「阿漕」等を踏まえた作品で、『戯作六家撰』と『誠垓只録』に「読本に阿古義物語といへる五巻あり…一陽斎豊国…繍絵…半より末国貞」とある。前編、文化七年刊。後編は為永春水作で、文化九年刊。→一五九頁注二六。

二　三馬没後の文政八年刊。「梅精奇談」は角書。『戯作六家撰』『誠垓只録』に記事がある。

三　「しがニ懸ク」は「トリタテテ云フ」（『日本大辞書』）こと。「評判を要せざる」（一六三頁一四行）に同じ。

四　「おのれ敵討のさうしは嫌ひなりし」（『式亭雑記』）。『誠垓只録』「式亭三馬」の「式亭三馬日記」では抄出されていない部分である。

五　底本は「辰己」と誤植。

六　「つらつら（副）熟、倩、くはしく、こまかにWell, maturely; thoughtfully」（『いろは辞典』）。

七　「おもんみる…惟…〔思ヒ試（み）ル、ノ音便〕ツラツラ思ふ」（『言海』）。

八　評判記類での位付け。十分に合格だが、最上位ではない。極上々吉、真上々吉等が上位にあり、例えば、曲亭馬琴答述・殿村三枝園批評・櫟亭琴魚考訂『犬夷評判記』（文政元年）では、大上々吉、至上々吉の下に上々吉が位置する。

九　底本は「邪广」。

一〇　そもそも。

一一　「真正（まこと）の小説にも　主として男女の相思をとけども　彼の為永派の作者の如くに　いふ可からざる隠微を穿ちて卑猥の状をば写さんとはせず　たゞ人情の秘蘊をあばきて　心理学者がときもらせる心理を仔細に見えしむるのみ」（『小説神髄』「小説の裨益」）。「秘蘊」は最も大切なもの。秘訣。奥義。

一二　「人生の批判と見るべき小説…一大奇想の糸

回の文章のみを除き去るも　尚且《なほかつ》全篇に損害を及ぼし因果の構造を知りがたからしむ　猶《なほ》[一五]一指を切り一眼を毀《こぼ》てば　人を片輪者となすが如し　斯様《かやう》に聯[一六]絡せる意匠をものして夢幻の演劇を写し出すを真の小説家の本事とする也　此種類の意匠を名づけて　唯一の意匠とも将《は》た統[一七]一の意匠ともいふ也（Unity of plan）　滑稽家といふ者は之《これ》と異なり　其真理を探るの妙と其情態を穿つの巧《たくみ》は屢々《しばしば》小説家を凌《しの》ぐといへども　元来其《その》手段が同じからねば意匠の統一をば意とする事なく　或は日記の如く或は紀行の如く　一時一ヶ所の情態をば支離滅裂に写しいだすものなり　然るに御国人《みくにびと》は此《この》区別に暗く　仮[一八]空の人物だに写し出せば総じて小説ぞと思惟するに似たり　こは又分類に拙《つたな》き沙汰也　西鶴の如き三馬の如きは　寧《むし》ろ滑稽家の亜流なるものなり　彼の「浮世風呂」や「浮世床」や　果して統一なる意匠より成れりや　因果相関して離れざる乎《か》　第一章と第三章と脈絡相通じて分ち難き乎　試《こころみ》に一部分を削り去らば　為に全篇を損害するや　予は「不」の字をもて答へざるを得ざるなり　管々《くだくだ》しう説くは面倒なれば一々挙例してはいはざれども　少しく潜[一九]心せば何人にも知れなん　夫《そ》れ「浮世風呂」「浮世床」は鋏《はさみ》小がたなもて切るまでにも及ばず　鋭きマナコをもてチョイと睨まば　忽地《たちまち》バラ〱と分裂して二十三十の「穿[二〇]ち話」となる

を繰りて巧に人間の情を織なし　限なく窮《きはまり》なき隠妙不可思議なる因源《みなもと》よりして又かぎりなく定まりなき駁雑多端《しゆじゆさまざま》なる結果をしも　いと美《うるは》しく編いだして　此人生の因果の秘密を見るがごとくに　いとあらはに説明」（『小説神髄』「小説の主眼」）。

一三　「からみつく」（『いろは辞典』）。

一四　「一点半分ヲ変ズレバ則《すなはち》各分子交互ノ関係ニ影響シ忽チ全体ノ感ヲ失フニ至ラン　今夫レ人ノ頭ヲ断タバ其肺其胃及ビ凡百ノ機関復タ故《もと》ノ如クナルコト能ハズ　頓ニ死シテ且ツ壊レン…各分子互ニ内面ノ関係ヲ保チ終始相依テ常ニ完全唯一ノ感覚ヲ生ズルモノ之ヲ美術ノ妙想ト謂フ」（フエノロサ述・大森惟中筆記『美術真説』明治十五年）。

一五　「ちやうど、あたかも」（『いろは辞典』）。

一六　「格別に緊要ならざる時と処より説起《ときおこ》して　次第に細微の模様を叙し　愈々出て愈々妙なる佳境に読者を誘《いざな》ひつゝ　さながら当時の実況をば今眼のあたりに見るが如き夢幻の思想を抱かしむる　是小説家の伎倆になん」（『小説神髄』「時代小説の脚色」）。

一七　「小説を綴るに当りて最もゆるかせにすべからざることは脈絡通徹といふ事なり…篇中の事物巨細となく互に脈絡を相通じて相隔離せざるをいふなり」（『小説神髄』「脚色の法則」）。「脚色《しくみ》の統一」（同「主人公の設置」）。

一八　この時期の逍遙は「仮空」と「架空」を併用。

一九　心を落ち着けてじっくりと考える。沈思。「細心潜心して含味せよかし」（春のやおぼろ「再び末松君に質す」『読売新聞』明治十九年十月二十六日）。

二〇　普通には知られていないことを巧みにとらえた話。

べし 二日三日宛《づつ》間を隔てゝ 浮世の「アラ」[一]といふ表題にて当時の新聞紙へ登載せば 一ッ一ッにても興あるべし

（お邪魔[二]ながら馬琴の八犬伝 さては春水の梅暦を斯様《かやう》に別々に登録いたして 尚且《なほかつ》[三]興情《きようじやう》を促し得べきや 否《いな》読者をして解せしむるを得るや）

しからば「浮世風呂」と「浮世床」は「穿ち話」の纂集也 決して小説にはあらざるぞかし 然るを小説のやうに思はしむるは「風呂」の字「床」の字のお庇《かげ》に因《よ》るのみ 物に譬へて之《これ》をいはゞ「ヒヨットコ」の仮面 お多福の面 さては不倒翁[四] お山人形[五] 乃至《ないし》は犬張子[六] お馬のたぐひを大きな風呂敷に包みたるに似たらん 風呂敷に包みたるお庇《かげ》を以て 種々雑多なる翫弄物[七]をば一所に翫覧《ぐわんらん》する楽みはあれども さりとて必ずしも一所に見ずとも「オモチャ[八]」は依然として「オモチャ」なるべく 一々別々に見たればとて 奇は奇。麗は麗。ねうちは別段に替らぬ事也 例の[九]科語《せりふ》をもて之《これ》をいはゞ 全体無機的の構造に成りて有機の作用を欠く者とやいはん 之を要するに 三馬の小説は決して真成[一〇]の小説にあらず「風呂敷包的」の物語也 否《いな》滑稽家の文章なるのみ（平賀鳩渓[一一]の小説の如きも 予が見解もて論ずる時には概して此《この》類派に近きもの也） 故に三馬叟《そう》[一二]を評するに当りて之《これ》を小説家と諡《おくりな》していへば 甚だ申《まう》し兼《かね》

一「アヤマチ」「ヤリソコナヒ」の意で、用例は「人ノあらヲ見付ケル」（『日本大辞書』）。 二 底本は「邪广」。 三 おもしろいと思う気持。「此結局の悲話なるもの若し前段に関係なき不慮偶然の事ならむ歟 見る者さながら手に持ちたる物を取られし心地をして 其興情の何とやらむ索然たるをば覚えつべし」（『小説神髄』「小説の変遷」）。 四「ふたうをう 不倒翁、おきあがりこばうし（小児の玩弄物）」（『いろは辞典』）。 五 本来、人形浄瑠璃の女役の人形であるが、ここでは、子供が遊ぶ姉様人形のこと。 六「一種ノ玩弄物…オモニ、婚礼、又ハ小児誕生ノ式ニ用キル。…ハリコデックル。…イハユルこまいぬノ転化シタモノ」（『日本大辞書』）。 七 玩弄物。もてあそぶもの。おもちゃ。 八 ↓補四一。 九「学問的の言葉をもていはゞ」（一六四頁一三行）を言い換えたもの。 一〇「ノベル即ち真成の小説」（『小説神髄』「小説の変遷」）。 一一 平賀源内。風来山人。享保十三年（一七二八）―安永八年（一七七九）。↓補四二。 一二 翁。老年男子の敬称。 一三「式亭を気取つて間の抜たる卑俚稗官陸続文壇にツヾレを競ひ無鉄炮に嘲笑し無標準に叱咤し徒らに作家の卑野なるを示し自家の見識の十銭の定価よりも低かるべきを知らしむ」（坪内雄蔵「極美小説の事につきて」『社会之顕象』明治二十一年四月）。 一四「ういやつ〔俗〕優奴、かんしんなやつ（臣僕等を賞するに言ふ詞）」（『いろは辞典』）。 一五 洒落本。一冊。寛政十年刊。底本は「辰巳」と誤植。 一六 京伝の洒落本を圧倒し。 一七 滑稽本の『浮世風呂』と『浮世床』は。 一八『膝栗毛』という栗毛の馬が逃げ出すに違いなく。「十返舎が道中膝栗毛馳せ出て、千里にはしりしよりその尻馬多く出づ」（加藤雀庵『さへづり草』「流れ

た事にてはあれど意匠浅薄と譏《そし》らざるを得ず　但し滑稽家と崇《あが》めたてまつれば[一三]明治の戯作者などはズッと及ばぬ（前後に其比例甚だ乏しき）大した感心な奇人で奇才で。稀者《まれもの》。[一四]ウイ奴《やつ》。嫉《ねた》むべき男。洒落《しや》れた人間ぞといはざる可《べか》らず　見よ　[一五]辰巳婦言の腕前は遥《はるか》に[一六]京伝の「ウガチ」を圧し　[一七]「風呂」と「床」との諷誡は[一八]一九の膝栗毛を走らしむべく　また風来をも顰ましむべし　就中《なかんづく》[一九]辰巳婦言は多少脚色も統一に近く[二〇]「ヨッ程」小説気を含みたる故　其[二一]おイシイこと[二二]西王母の桃の如し（評者実はたべた事なけれど）　苦いやうで甘くからいやうで酸《す》く　有るが如く無きが如く　[二三]喃《なん》とも呵《か》ともいひがたき味ぞかし　[二四]深河言葉の比喩（Metaphor[二五]）と譬喩（Simile[二六]）に当たる。[二七]沙翁も生《いき》て居らば利用せむと思ふべく　[二八]三人情郎の穿ちの如きは　曾て髯奴《ぜんど》[二九]ばらの知らぬ所なり　憾《うらむ》らくは式亭三馬は[三〇]辰巳婦言の一組（Series）をもて知られずして　寧ろ浮世床　浮世風呂に其名を知られたるが如くなる事を[三一]トサ　べたほめに称誉[三二]したれど　こは是《これ》滑稽家と謚《おくりな》していふ也　決して稗史家とたたへては言はず　三馬を稗史家となさむとするには　是非とも前章にて排斥なしたる[三三]魁冊子《さきがけざうし》　阿漕《あこぎ》物語乃至《ないし》は臭《くさ》冊子《ざうし》を取らざる可《べか》らず　[三四]さしては三馬叟は（気の毒ながら大人気なくも）坊ちゃんのお相手也　おぢやうちゃんのお伽役《とぎやく》也　さては[三五]お神さんのお太鼓持のみ

一九 底本は「辰己」と誤植。二〇 よっぽど。余程。二一 桃源境である遊里の成果を桃と見立てる。二二「西王母…西方極楽無量寿仏の化現…はかりなき命の仙人となるぞめでたき。されば園生に植うる桃の。三千年に一度花咲き実なる此木の仙薬となるぞ不思議なる」（謡曲「東方朔」）。二三 桜亭花痩「どんく節ノ説」（『団々珍聞』明治十九年七月三十一日）に「氷ヤ氷。氷水ガ一杯五十喃呵タル声」とある。二四 深川言葉。「廓通の目より見ば外国夷狄の如くなれば言語も…耳立ば其鄙俚を改ず…其儘に出して片言の誤を正さず」（『辰巳婦言』）。二五「s. a figure of speech 比喩。譬言」（棚橋一郎『英和双解字典』明治十八年）。二六 底本はSemile.「s. a comparison for illustration 譬喩。比擬。類似」（『英和双解字典』）。二七 シェークスピア William Shakespeare（一五六四－一六一六）。逍遙には『該撤奇談《しいざるきだん》』自由太刀余波鋭鋒《じいうのたちなごりのきれあぢ》』（明治十七年）と『斑烈多《はむれつと》物語』（『中央学術雑誌』九号・十一号、明治十八年七月十日・八月十日）の翻訳があり、後にシェークスピアの全訳を二度にわたり行なった。二八「此書の趣。女郎一人に三客の意味を穿ち嘘と実《まこと》の迷悟を示す」（『辰巳婦言』）。二九 もともとは口ひげの多い人を罵る語。逍遙は『内地雑居未来の夢』（明治十九年四月－十月）第十二回で「三四の英商と魯国の富豪」を「髯商等」「髯奴輩」と表現している。三〇 底本は「辰己」と誤植。三一 昔話等の末尾に用いられる典型的表現。堅い論理的文章を口語的表現で和らげてみせた。三二「しやうよ（名）称誉　賞誉　ホムルコト。ホメタタフルコト」（『言海』）。三三『魁草紙』（→一六四頁注二）に同じ。三四 読本・合巻を評価対象とした時は。三五『日本大辞書』に「お

歯牙《しが》に掛《かく》るべき限《かぎり》にあらず　「さりとは又惨酷な評判　当時の境遇を足下は知らぬ歟《か》　[一]操觚者《さうこしや》は時と推移《おしうつ》る者じや　モソット[二]粋察して評判しやれ」と或は弁護さしやる向きもあらうが　評者は[三]いかな〳〵聴《きき》ませぬぞや　夫れ文章家と申す者は　本来太鼓持の親類でもなければ児童に恩を受けた因縁もなし　[四]ハテサ見識をグット高くし特立独行する積《つもり》が　当然其《その》著作の巧拙によりては[五]万古《ばんこ》の評判の定まる事　まことに重大なるおん事にて候　いかに巧妙なる筆才ありとも　証拠を残さずして[六]黄泉《よみ》にまゐれば　余義なく批評家は世にしれたる（[七]acknowledged）つまらぬ者（[八]Inferior production）を取りて鑑定する也　現に[九]人質《ひとがら》の善悪だに　[一〇]行事《おこなひ》の善悪にて定まるぞかし　況《まし》てや著作家の巧拙をや　総じて七八部の著述を読めば大方《おほかた》筆力はわかるもの也　将《は》た見識も見えるものぞや　我《わが》式亭三馬が意匠の統一に拙き事は　よしや「風呂」「床」等にはあらはれぬも　他の臭冊子にて明白也　[一一]弁護無用　ひかえさつしやい

[一二]柳亭種彦略伝

種彦は　姓は源　名は知久　[一三]愛雀軒または足薪翁と号す　又修紫楼の号ある

かみさん」は「人ノ妻ヲ敬ッテ呼ブ語。普通ニ商人、職人ナドニ限ッテ云フ」とある。「女房…世間の神さんたち」(春のやおぼろ「粋教の活用」『読売新聞』明治十八年六月三日)。

以上一六七頁

一 文筆業に従事する人。一七六頁六行に「操觚家」とある。「人生の大機関をばいと詳細《つまびらか》に察《さと》り得るは　もと容易《たやす》からぬ業《わざ》にしあれば　浅識非才の操觚者流の得てなすべうもあらざるなり」(『小説神髄』「小説の主眼」)。
二 粋をきかして推察する。逍遙には『読売新聞』に掲載した一連の粋論、「粋論緒言」(明治十八年五月十五日)、「粋の釈義」(明治十八年五月十七―十九日)、「粋教の活用」、「粋教の活用第三」」(明治十八年三月二十六日)がある。
三 「如何《イカ》《ガ》ナリヲ重ネ言ヒテ、諾《ウベ》《ナ》ハヌ意ニ言フ語。イカデ、イカデ」(『言海』)。
四 はてさて。驚いたり当惑した時に発する語。
五 遠い昔から今にいたるまで。「永世。永久」(『言海』)。 六 「冥土」(『日本大辞書』)。
七 「Acknowledge 認。承認」(永峰秀樹『華英字典』明治十四年)。
八 「Inferior 亜。次。卑。下等」(『華英字典』)。
九 『小説神髄』に、「人質《ひと》《がら》に相応せぬ学問智識」(「脚色の法則」)、「非凡異常の人質《ひと》《がら》」(「主人公の設置」)、「頗る正廉の人質《じん》《しつ》」(「主人公の設置」)等の用例がある。
一〇 『春風情話』に「不正行事《まさなき》《おこなひ》」(七二頁九行、七三頁一〇行)の用例がある。 一一 春水の時と同様に、奉行所等で判決を言い渡す芝居がかった体裁を模して幕とした。↓一五五頁注一五。
一二 以下、『誠垓只録』五拾八巻「柳亭種彦」に拠るところが大きい。 一三 「柳千種うゑて薪にたるといふ語にて、足薪となのらんとして、その

は[一四]田舎源氏（偐紫）が大《おほい》に行はれたるに因《よ》りて也　通称は[一五]高屋彦四郎といひぬ
所謂《いはゆる》旗本の士也　食禄三百俵を領しぬ　其先《そのせん》は横手氏　甲州の士なりしとい
ふ　漢画を学び　後《のち》俳諧の古調を好み　また川柳が俳風を嗜《たしな》みて秀吟多し　柳[一六]
の風成と戯号せしは　幼きころ疳癪強くて兎に角に腹立《はらたて》怒りしかば　其父《そのちち》教訓
して一句を作りぬ

　風に天窓《あたま》はられて睡《ねむ》る柳かな

是《これ》より身を慎みしと云々

又[一七]天明風の狂歌を嗜みて　狂号を柳の風成といふ　後改めて心《こころ》の種俊《たねとし》と号
しぬ　蓋《けだ》し「[一八]大和歌は人の心を種として」云々といへるに因るとぞ
其比《そのころ》　下谷《したや》辺に[一九]三彦と唱へらるゝ者ありけり　[二〇]種彦即ち其《その》随一なり（他の二
人の姓名を失す）　初め柳の風成といへるに因りて柳亭と号しぬ　俗称彦四郎
といへるが故に　種俊の彦々と呼ばれしかば　竟《つひ》に種俊の俊の字を省きて　戯
号を種彦と定めけるといふ
又有名なる[二一]三ツ彦の印は　[二二]翁壮年のころ深く[二三]演劇を好みたりしが　殊に三代
目の秀佳（[二四]坂東三津五郎）を贔負《ひいき》し　巧みに其技芸をさへ模擬したりといふ　翁[二五]
は其容姿も優美にして　[二六]音吐《おんと》進止《しんし》　頗る坂三津に髣髴たりしかば　素人狂言又

語の本書をわすれつとてなのらず。たゞ還魂紙料の序に一つのせられたるのみ。愛雀軒といふ。庭に米をまきて雀のよるをたのしむ」（笠亭仙果『よしなし言』第四篇、文政十二年）。

一四『偐紫田舎源氏《にせむらさきいなかげんじ》』。文政十二年から翌年にかけて三十八編まで刊行。歌川国貞画。三十九編と四十編は草稿のまま今に伝わる。

一五『誠垓只録』は、始め「高谷」としたのを朱で「高屋」と訂正。

一六『誠垓只録』では「柳亭種彦と戯名せしは」。

一七「天明調」とも言う。天明年間（一七八一―八九）の江戸狂歌界は唐衣橘洲《からころもきつしゅう》と四方赤良《よものあから》を中心に展開し、種彦は橘洲に師事していた。

一八底本は「大和歌は」の後に「」」がある。「大和歌は人の心を種としてよろづのことの葉とぞなれりける」（『古今和歌集』仮名序）。

一九『誠垓只録』には「他二人ハ未知」との割注がある。「師橘洲の社に、ふたりの彦四郎と称せる人あり。故に先生をば表して種の彦どのといひし」（荻野梅塢『柳亭先生伝』天保十四年）。

二〇『誠垓只録』では「種彦も其壱人にて」。

二一→補四三。

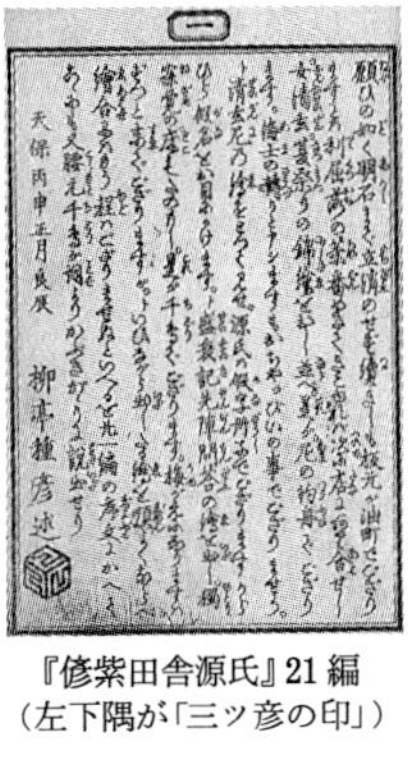

『偐紫田舎源氏』21編
（左下隅が「三ツ彦の印」）

二二『誠垓只録』では「先生」。

二三『誠垓只録』では「戯場」。

二四歌舞伎役者。屋号は代々大和屋。「秀佳」と

は茶番狂言　所作事などにては　坂三津其儘《そのまま》にも見られにたり　故に交遊の連中にて三ツ彦々々々と呼びたりしが　いつしか号の如く成《なり》もてゆき　例の三ツ彦の印形もできぬ

又平生茄子《なす》形の硯を用ひぬ　其蓋《そのふた》に自詠の狂歌を彫らせたり　其歌に

名人になれ〳〵茄子と思へども

兎に角へタははなれざりけり

天保十三年寅六月廿五日「田舎源氏」忌諱《きき》[一]に触るゝ所ありて　わざはひ作者の身にふりかゝらんとせしに　支配頭[二]永井五右衛門の仁恵にてあやふく懲罰をまぬかれたり　其次第をいはむに　同日永井五右衛門　彦四郎[三]を呼出して　其方《そのはう》に柳亭種彦とやらん申者《まうすもの》　久しく厄介に相成《あひなり》居ると申すが　右の者　由《よし》なき戯述致《いたしさふらふ》候事　はなはだ宜しからぬ次第に付　早速外へ遣はし　以後戯作相《あひ》やめさせ可申《まうすべし》

[四]云々といひわたしぬ　当時戯作者の不自由なりし事　之《これ》をもてもしるべきなり

同年七月十八日　身まかりぬ[五]　齢六十歳なりしと聞ゆ

辞世

散るものと定まる秋の柳かな

の俳名を持つのは三世で、初世の子。安永四年(一七七五)—天保二年(一八三一)。

二五『誠抜只録』は「髣髴たりしかば」までなし。

二六 音声、立ち居振る舞い。

以上一六九頁

一 忌みきらわれる部分があって、人の機嫌をそこない。

二「種彦もまた『水揚帳』といふ春画について調べあり　幸ひに旗下の士とて組頭の計ひにて左るもの組下に候はずよく〳〵尋ね申すべしと云まぎらして呼上にはならざりし」(饗庭篁村「文化文政度の小説家(続)」『史海』明治二十五年七月)。

三 奉行所としては、彦四郎と柳亭種彦とが同一人であるということを知らないという前提での呼び出しである。

四 底本は二字下げになっている。

五 宮武外骨『改訂増補 筆禍史』(明治四十四年初版、大正十五年増補)は「種彦は病死に非ずとして自殺なりとの説あり」として「大槻翁の談」を紹介する。

六『誠抜只録』は、上部欄外に墨で「辞世二句あり」「源氏の人々の…大かた秋なり／とありて」と、「我も秋」云々の句を記載する。

七 現、港区赤坂。

八『誠抜只録』では「平河山」。

（[一六]一説に因れば別に一首あり）
源氏の人々のうせ玉ひしも大かた秋なり
我も秋六十帖を名残かな
法名は芳寛院殿勇誉心禅居士といふ　赤坂[七]一ツ木[八]平阿山浄土寺に葬る（以上例の関根翁の作者伝に因る）

翁は[九]坂東秀佳（三津五郎）を甚しく贔負《ひいき》せしかど　[一〇]生涯知交とはならずしてやみぬ　加之《しかのみならず》頗る好劇家なりしにも係《かかは》らず　平生《へいぜい》家人をして役者の紋附《つき》たる手拭　簪《かんざし》　其他の器物などを用ひしめず　堅く旗本の士風を守りて甚だ謹厚なる人なりしとぞ

[一一]田舎源氏大《おほい》に世に行はれて　翁が病《やまひ》危篤なりと聞えしとき　本丸[一二]広敷《ひろしき》の女中数名は田舎源氏の絶えんことを歎きて各々《おのおの》信仰するところの神仏へ祈願し[一三]「護魔」[一四]「百度」などをさゝげたるもありし　其中《そのなか》に重き職を勤めたりし名を松恵といふ女中ありしが　[一五]堀の内妙法寺へ七日の間代参《だいさん》をたて祈禱を修し　金子《きんす》若干を納めたりし　就《つき》てをかしきは　彼《か》の田舎源氏の臭冊子を奉書紙に包み更にうや〳〵しく封をなして之《これ》を[一六]祖師堂の厨子の前に供へ　僧侶数人をして毎日おごそかに禱《いの》らしめしかば　人々やう〳〵に疑念を抱きて色々様々なる噂を

九 三世坂東三津五郎。↓一六九頁注二四。
一〇 不倒生（水谷不倒）は、「柳亭種彦（上）」（『早稲田文学』明治二十七年三月二十五日）で「何かの書き入れにありしを写しをきたるが今書名を忘れつ」としつつ、「種彦芝居者と交はりけるより取調べられ」との「一説」を紹介したが、「柳亭種彦（下）」（『早稲田文学』明治二十七年四月十日）では、この「生涯芝居者とは交らず」との挿話を根拠に、「打消」した。
一一 以下、『誠垓只録』に該当記事はないが、不倒生（水谷不倒）「柳亭種彦（下）」は「大に行はれたり」（一七三頁四行）までの記事を「故関根只誠翁の随筆によ」り、紹介する。
一二 「諸侯が妻妾を置きし室」（『いろは辞典』）。
一三 護摩。諸神への供物を火に投じ、天変地異や病難の消滅などを祈願する密教系の信仰。
一四 百度参り。お百度を踏む。特定の神仏に毎日百度参詣する祈願で、日に百度参る略式もある。
一五 「堀の内妙法寺…都鄙の貴賤日毎にこゝに詣して百度参等片時絶る事なし」（斎藤月岑ら『江戸名所図会』天保五年・七年）。十返舎一九に『誹語堀之内詣』（文化十二年）がある。「東武堀の内に垂迹ある。祖師日蓮大ぼさつは。此宗門の本主として。道徳自在妙用不思議の霊験まします」（上之巻）。「堀の内」は東京都杉並区。
一六 その寺の開山、開基、もしくは宗派の開祖の像を安置する堂。「東京の迷信（二十八）張御符（はりごふう）（諸病）」に「堀の内妙法寺の祖師堂から出る、此の御符を借受けて病人の枕元に貼置き、七日目毎に剝して上へ〳〵と貼上る、廿一日目には速（すみやか）に病気平癒なすこと妙法の功力疑ひあるべからず」（『東京朝日新聞』明治四十年十二月二日）とある。

なせしが　中には呪咀《しゆそ》[一]ならんといひ出《いで》し者あり　遂に隠《かく》し目附《めつけ》[二]の点検する事となりしが　豈図《あにはか》らん源氏の臭冊子《くさざうし》がいでたりければ　其場《そのば》は大笑ひで事すみしが　此事《このこと》いつしかに広敷にきこえて　松恵はこれが為に暇《いとま》となりぬ　笑止ともまたをかしとも

又八丁堀[三]の組屋敷にて此冊子を専ら求めて人々かまびすしく取沙汰《とりざた》せり　仁杉某といふ人　此書の風俗に害あらんを憂へて　時に和学[四]をもて聞えたりける柯堂翁[五]を招待して源氏物語の講釈を乞ひ　組の女中どもに聴かせんずと企図せり　淫猥の風を矯正せんことを期せしなるべし　やがて若干の自財を費やし　色々あらかじめ用意をして　女中に其所存を伝へたりしに　女中ばらは思へらく　種彦の田舎源氏は元来翻案ぞと伝《つた》へきゝぬ。それだにあれ程に面白ければ本元の源氏物語とやらんは定めし今一層面白かるべし　是非に聴《きき》たしとの懇望なれば　仁杉某もシタリ[六]貌《がほ》して早速講莚《かうえん》[七]を開きたりしに　最初は聴衆大《おほ》入《いり》にて其数《そのかず》五六十にあまりたりし　某は大悦気《たいえつげ》[八]にて　茶菓子取出《とりいだ》してもてなしつゝ　明晩も早く来会あれよと女中に一々に言ひ伝へて　其夜は散々《ちりぢり》に帰り去りぬ　翌晩の講莚には二十五六人に減じたり　其次会には僅《わづか》六人の聴衆あるのみ　某甚しく失望して自身に催促に出向きたりしに　或は風邪或は差支《さしつかへ》あ

一 当時は「しゆそ」の読みが普通。「呪咀、のろひ、いのり」（『いろは辞典』）。
二 江戸幕府の役職の一つ。大名の動静や市井の実情などの探索にあたった役人。
三 江戸時代は町奉行所の与力・同心の組屋敷があった。現、中央区八丁堀。森鷗外『護持院原の敵討』（大正二年）に「与力仁杉八右衛門」が登場する。
四 国学。
五 井上文雄。寛政十二年（一八〇〇）―明治四年（一八七一）。歌人・国学者。田安家侍医。通称は元真、号は歌堂、柯堂、調鶴。岸本由豆流等に師事。
六 「得意顔…でかしがほ」（『いろは辞典』）。
七 「カウシヤクヲスル席」（『日本大辞書』）。
八 不倒生（水谷不倒）「柳亭種彦（下）」では「悦喜に堪へず」。

りなど答へて　終《つひ》に来らずしてやみたりしかば　講義も三夜にして立消《たちぎえ》となりぬ　某覚えずも太息して

「成程《なるほど》[九]　能[一〇]よりも芝居が流行《はや》るのも尤《もつとも》だ

また此頃　源氏香　源氏鮨　源氏煎餅　源氏そば等の称　大に行はれたり[一一]（人形町の源氏茶漬は古《いにし》へよりありたり）　[一二]また以て田舎源氏の人気を博したるを見るべきなり

或時《あるとき》[一三]翁のはなしに　戯作者も俳優も傾城《けいせい》[一四]にひとし　譬へば傾城は顔のみ美しければとて　所謂《いはゆる》張もなく意気地もなく　また髪の飾り衣装の綺羅なければ兎角《とかく》客人のつかぬものなり　俳優[一五]もまた然《しか》ぞかし　男附《をとこつき》もよく芸も未熟ならずとても　是《これ》[一六]また愛嬌と綺羅なければ到底見物がよろこばねば　いつしか人の為に憎まるゝも　贔負を得ることは稀なるべし　[一七]戯作者の身の上も甚だ之《これ》に似たる事あるなり　よしや本来が上手なりとも趣向が面白く出来たりとも　挿絵を拙《つたな》き手で画かるゝ歟《か》　悪き彫工の手にかゝる歟　外題《げだい》の体裁まで宜しからぬ歟　それこれ醜き事多かる時には　為に全体まで醜くなり　当りを取り得ること極めて難し云々

又いはく　後に上手と人にいはるゝ者は　未熟なる初《はじめ》より其器《そのうつは》幾分かあら

九 底本は二字下げになっている。

一〇 不倒生「柳亭種彦(下)」は「能狂言よりも」。

一一 長谷川町の茶漬屋として知られているものに同じ。長谷川町は人形町の隣町である。不倒生「柳亭種彦(下)」に「源氏茶漬」への言及はない。

一二 不倒生「柳亭種彦(下)」には、「源氏なる冠詞を物名に附すること流行しけるにより、一層種彦は其の筋の注目するところとなり、遂に嫌忌をひきぬとぞ、是等はまことに有難迷惑といふべし」とし、「種彦が源氏の力は、六樹園石川雅望の講義を聴き、また加藤美樹が註を施しゝ『湖月抄』に因るといへり」と述べて、「故関根只誠翁の随録による」「事蹟」の紹介を終える。

一三 以下、「こは是墨川亭の話也」(一七四頁一二行)まで、『戯作六家撰』に所収されている記事と同内容。

一四 遊女。

一五 『戯作六家撰』では「又戯子も男つきよく芸も…」。「男附」は男ぶり。

一六 『戯作六家撰』は「是もまた　衣装の綺羅と諸人愛嬌を専らとせざれば見物がよろこばず　人にくみて贔負の客なし」。

一七 『戯作六家撰』は「此理に似て戯作者も全体は上手にてよく綴るといへども　拙き画工に画がゝれ悪き彫工の手にかゝり外題ともに悪しければ　栄なくして売れず　当りをとる事かたかるべし」。

はるゝなり　爰《ここ》に一ッの話あり　昔の名人と呼ばれし俳優[一]元祖中村仲蔵（秀鶴後《のち》中山小十郎）は　其《その》はじめ芸道未熟にて　俗にいふ「[二]ハイ〳〵」を勤め[三]蔵衣装の素袍《すはう》[四]にて「[五]並び大名」に出たりしが　[六]粘こわき麻の素袍なれば　二日三日着れば[七]粘落《おち》て皺《しわ》多くいと見苦し　外の俳優は楽屋に入れば件《くだん》の麻素袍をぬぎすてたるまゝ絶えて顧る者もなきを　秀鶴一人のみ思ふ所ありて　自ら其《その》素袍に[八]水のしを加へて甚だ叮嚀《ていねい》に畳みおきて　扨《さて》着用して出勤せしかば　列坐の俳優等と並びし折　一際目《ひときは》にたちて立派に見え　自然上手らしく見物にも見えたり　是《これ》なん秀鶴が人に目をつけられしはじめにして　終《つひ》に上人ともなり昇りしなり　戯作者とならむとするにも　斯様《かやう》の心懸《こころがけ》肝要也　些細の事柄にも心を用ひ　一句一章の端文といへども決しておろそかには書《かく》まじきものなり　叮嚀反復して筋の通るやうにかくこそよけれ　画刻もまた工風《くふう》すべき事なり云々　こは是《これ》墨川亭の話也

或人の曰く　[九]京伝の洒落本は半可通《はんかつう》の評よし　[一〇]曲亭の情話はあまり義理づめにて人情に違へり　三馬は源内の句調に似て　どうやら悪《にく》まれ口《ぐち》のやう也　[一一]一九は只《ただ》洒落者にて　愛嬌はたつぷりなり　柳亭は兎角読者に媚びて　只管《ひたすら》悪《にく》まれまじ悪まれまじと思へりと云々（以上総て只誠翁の直話）

一　元文元年（一七三六）―寛政二年（一七九〇）。「秀鶴」は俳名。五世中山小十郎の養子。

二　「はいはい役者」の略。下っぱの役者。『戯作六家撰』は「はい〳〵にて顔を赤く隈どり蔵衣装の素袍にて並び大名に出しが」。

三　興業主から下級の俳優に貸与するための衣裳。「毎日、芝居の蔵に納め置き、又明朝出し渡すなり」（大田南畝『一話一言』）。

四　武家の代表的衣服の一種。平士《ひらざむらい》や陪臣の礼服。

五　大名姿に扮し、一種の背景のように大勢が並んでいるだけの役。

六　「糊」と「粘」は同意で使われることがある。糊をしっかりつけて形を整えた。

七　→補四四。

八　皺を伸ばすように湿り気を加えて。

九　山東京伝の創作した艶二郎像は好評で、よく知らないのに知っているように振る舞う「己惚《ウヌボレ》ナル客」である半可通の代名詞「青楼ノ通句」（山東京伝『通言総籬』天明七年）となった。「艶次郎ばつかりいふ」（笹浦鈴成『大通契語』寛政十二年）のように使われている。

一〇　三勝・半七の『三七全伝南柯夢』（文化五年）、お染・久松の『松染情史秋七草』（文化六年）、お夏・清十郎の『常夏草紙』（文化七年）などの浄瑠璃・歌舞伎に取材した合巻。

一一　「一九性洒落にして俗務に汲々たらず」（西村宇吉『新編稗史通』明治十六年）。

一二　『邯鄲諸国物語』。二十編。天保五年―安政三年刊。天保十二年の八編までが種彦作で、残りは笠亭仙果作。十二編まで歌川国貞画。未完。

一三　『正本製』。十二編。文化十二年―天保二年刊。歌川国貞画。

一四　『誂染《あつらへぞめ》遠山鹿子』。十二編。天保元―七

翁は合巻をもて其名を博しぬ　著述五十余部あるが中に　最も著名なるは　田舎源氏　諸[一二]国物語　正[一三]本《しやうほん》じたて　遠[一四]山鹿子《とほやまかのこ》等なり　稗史《よみほん》ぶりに綴りなしたるは　浅[一五]間嶽面影草紙　同[一六]後篇逢州執着譚《あうしうしふちやくものがたり》　阿[一七]波鳴門　怪[一八]談霜夜《しもよ》の星《ほし》　綟[一九]手摺昔木偶《もぢてすりむかしにんぎやう》等なり

此外《このほか》近古の風俗器財などを穿鑿することを好みて著したる随筆　一にして足らず　有益なる者も尠《すくな》からず　其尤《そのいう》なる者は　用[二〇]捨箱　還[二一]魂紙料《くわんこんしれう》　骨董ほりかへ　足薪翁百話(此《この》二書写[二二]本にて存す)

浄[二三]瑠理文体に綴りなしたる者には「勢[二四]田《せた》の橋龍女《りうによ》の本地」といふ著述あり　人情本風に編成したる者には「縁[二五]結《えんむすび》月下の菊」といふ著あり　(未完)

柳亭種彦の評判

柳亭種彦は艸冊子の大[二六]君《おほきみ》なり　今の戯作者の本[二七]尊の随一なり　其[二八]文体の妙[二九]《たへ》なるをいへば　名[三〇]にしおふ風[三一]の柳の如く　姿[三二]たよ〳〵と優しげなれど　枝振《えだぶり》すな

一五 読本。三巻三冊。文化六年刊。蘭斎北嵩画。
一六 読本。五巻五冊。文化九年刊。蘭斎北嵩画。
一七 『阿波之鳴門』。読本。五巻五冊。文化五年刊。葛飾北斎画。
一八 『近世怪談霜夜星』。読本。五巻五冊。文化五年刊。葛飾北斎画。
一九 読本。五巻五冊。文化五年刊。柳川重信画。
二〇 底本は「用舎箱」と誤植。随筆。三巻三冊。天保十二年刊。
二一 随筆。二巻二冊。文政九年刊。版心に「すきかえし」とある。
二二 他に『足薪翁後百話』『足薪翁記』などが写本で伝わる。
二三 「わざと院本体に訳せし…全文意味の通じ易きを専要とし浄留理にてすめ易き所は之にしたがひ台辞(せりふ)にして解し易き所は又之に従ふ」(坪内逍遙『自由太刀余波鋭鋒』「附言」明治十七年)。当時の逍遙は「浄瑠璃」「浄瑠理」等の表記を併用している。
二四 『勢田橋龍女本地』。読本。三巻三冊。文化八年刊。種彦自身は「新に読本浄瑠璃とはいふなり」と述べる。
二五 『縁結月下菊』。人情本。三編六冊。天保十年刊。歌川国貞画。
二六 「(一)帝王ノ称。(二)諸王ノ称」(『言海』)。
二七 中心人物。「マダム、ロウラン…ジロンヂンの本尊と仰がれ　さながら其党派の領袖と尊まれ古今空絶なる偉業をなした」(逍遙自身の手になる『朗蘭夫人伝』の広告文、『通俗学芸志林』明治十九年九月)。
二八 以下、『古今和歌集』仮名序、特に六歌仙評に似せた文体を採用する。↓一六九頁注一八。
二九 「おどろくほどよき」(『いろは辞典』)。

ほにしてくねれる[一]様なく醜き形なきはいとめでたし　宗々《むねむね》[二]しき漢文は曾《かつ》て見たる事もなき者だに　物しらぬ女わらべだに　翁の仮名がきの文章としいへば皆もてはやして喜び読む　其げしやすき[三]に因ることなんめり　学識にとめる大人才子も　時に此翁の文句を誦して今人《こんじん》及ばずとほめたゝふ事は　是《これ》また優雅なるをめづる[四]に因るべし　されば文章の上より評さば（豪宕《がうたう》[五]活潑なる気脈に乏しく　悲壮勇偉ならぬ憾《うら》みはあれども）　まことに此翁は非凡の操觚家《さうこか》[六]　最も平易文に巧なる人なり　彼《か》の英吉利の「デホー」の翁もこれにはまさらじと吾も思ふ　遮莫《さもあらばあれ》[七]　文章の巧拙は稗史に大関係ありとはいへど　稗史の真髄とはいひがたきものなり　故に種彦を稗史家として評を下さむずる時に於ては　宜しく此事は度外に置きて専ら人間の真理を模写する翁の筆力のみあげつらふべきなり　こはもと言はずともの事也とは思へど　今の世の中は藪睨《やぶにら》[八]みが多くて意外の勘《かん》たがへをする人もあれば　一応このやうに断りておくなり

世の人の種彦を評判するを聞くに　大方《おほかた》の人は曰く　飜案の霊活なる　挿絵の巧緻なる　脚色の駁雑[九]にして而《しか》も貫徹せる　古来戯作者は多しと雖《いへど》も曾て此翁に優りたるはあらずト　此評や詢《まこと》によし　吾も賛同と唱へざるを得ず　されども退いて考ふれば　これらはなか〳〵に小説家の為には名誉とたゝへつべき

三〇「なにしおふ」は「なにおふニ同ジ」で、「なにおふ」は「身ニ其名ヲ付ク。名ノ意ニ相応(ハッ フサ)シキ名ヲ持タリ」(『言海』)。

三一「堅気のものにて風の柳となびきもせず」(『読売新聞』明治八年五月二十五日)。

三二「力ノ無イ体ノ形容」(『日本大辞書』)。

以上一七五頁

一「くねる…(一)クネクネシクスル。スネル。(二)ウネウネスル。ウネル。紆曲」(『言海』)。

二「むねむねし…宗トアルベシ。中ニ重立チタリ。タシカナリ」(『言海』)。

三 解し易き。わかりやすい。

四「めづ…愛[褒メ出ヅ、ノ略ト云、イカガ]…思ヒ慕ヒテ惚(ホ)ル」(『言海』)。

五 小さな事に拘らない雄大さ。豪放。「雅文体はすなはち倭文なり　其質優柔にして閑雅…惜しいかな活潑豪宕の気なし…風にもまるゝ柳の如し」(『小説神髄』「文体論」)。

六 →一六八頁注一。

七「ドウデアラウト」(『日本大辞書』)。

八「やぶにらみ…邪睨」(『いろは辞典』)。

九 雑駁。違う性格のものが入りまじっていること。

評判にはあらずて　寧《むし》ろ不名誉なる悪評ともいふべし　若夫《もしそれ》小説家の本事とい一〇つぱ　先人尚《なほ》いまだ発揮し得ざりし新奇の一一妙想を写しいだして真理の在る所を示すにあり　彼《か》の哲学者が脳髄を病まして刻苦焦慮して解剖せる真理を　所謂包合して有《あり》の儘《まま》に活かして紙の上に描くにあり　斯《かか》れば万端に一二発明を主として陳腐を嫌ふ心なからざる可《べか》らず　然るを若《も》し之《これ》に反して　古人が一三已に既に写し置きし真理をわづかに「一四外形」のみ変更して之を又更に写しいださば　果して其分にかなふべきや　他人がこしらへたる人形の衣服をおのれが工風《くふう》をもて取《とり》換《かへ》たりとて　之をおのが作といひ得べき歟《か》　甚だ覚束《おぼつか》なき事なりといふべし　若《もし》くは新しくおのれが工風で一箇の人形を工風したる時　之に先人が工風したる至妙の服装を被《かぶ》らしめなば　件《くだん》の人形に関する名誉を全然現作者が占取し得べきや　是《これ》また疑はしき事共にあらずや　今や種彦の著述を見るに　「正本仕立」といひ「諸国物語」といひ「田舎源氏」といひ「遠山鹿子」といひ　多少翻案に外ならざる者なり　翁其人も憾《うらむ》らくは稗史の何たるを解せざりし故にわざ〳〵翻案に思《おもひ》を焦《こが》しつ　且《かつ》は翻案の妙なるを以てみづから誇りたりし者の如し　さればこそあれ「一五正本仕立」の如きは　巧《たくみ》は巧なるに相違なけれど唯に翻案が巧なるのみ　概して近松派の浄瑠理を一六梭とし　当時の正本を一七緯経と

一〇 「芝居デイフ語。いへばト同ジ義。カヲツヨメ、耳ニ立ツヤウニイフモノ」(『日本大辞書』)。
一一 →一六四頁注一四。
一二 「始めて工夫し見出すこと。＝創造」で、「怜悧」の意味では「今既ニ廃語」(『日本大辞書』)。
一三 底本は「己に」と誤植。
一四 「外形主義」を批判した逍遥は「俗人が見ては味のない物へ美妙な味つけるが美術家の腕なり」(「河竹翁よ乞ふ外形を重んずる勿れ」『読売新聞』明治十九年十一月二十六日)と述べる。→一五〇頁注一。
一五 第一義的には書名(→一七五頁注一三)だが、「正本仕立」は「演劇ノ脚本ヲ絵入リニ草双紙体ニ綴ツタモノ」(『日本大辞書』)で、「河竹翁よ乞ふ外形を重んずる勿れ」(→注一四)で言う「芝居道の本意にそむける錦絵流義」ということになる。「演劇(しばゐ)てふ美術に於ては成るべく外形を二の町(まち)にして専ら絵の及ばぬ所をあらはし力めて偶像(にんぎやう)もて示しがたき隠微を示すやうに丹精すべき」だからである。
一六 「ひ…梭…機ニ緯糸ヲ巻イタくだ(筟)ヲ入レル具」「をさ…梭…機ノ具。竹ヲ列ネテ櫛形ヲ成シタモノ。経糸ヲ整ヘルニ用ヰル」(『日本大辞書』)。
一七 「緯」はよこ糸。「経」はたて糸。

して新規に[一]織出《おりいだ》せる段物《たんもの》に過ぎねば　「成程《なるほど》面白く翻し得たる者かな　いかさま斯《か》う換へたは思《おも》ひ附《つき》ぞかし」ト　斯様《かやう》に冷淡に評判するより外には一言も下しがたきなり　「田舎源氏」の長篇はまことに当代の傑作にして　翁の優雅なる筆ならずは争《いか》でか斯《かく》までには翻し得べき　曲亭の筆巧《たくみ》なりといへども　春水の筆艶《えん》なりと雖も　若《も》し曲亭をして此任《この》に当らしめば妙に理屈詰《りくつづめ》に失しつべく　為永をして之《これ》に当らしめば変に下品なる[二]光君《ひかるきみ》をや出さん　「田舎源氏」の翻案は翁と相俟《あひま》つて成出《なりいで》し者なり　翁にあらざりせば何人《なんびと》かなし得ん　されども。　然れども。　悲しやこれも又翻案のみ　爰《ここ》ぞ[三]未通女《をとめこ》の[四]情合《じやうあひ》なる　斯《かく》てこそ[五]中年増《ちゆうどしま》の人情なめれ　[六]雲の上近き佳人《たをやめ》はいかさま此様に思ふならん　姫君は現《げ》にや斯《かく》こそあらめ　老女の恋の情は成程。　いかさま。　げに。　こんな風で斯様《かやう》な具合ト一々感心する所を探れば　概《おほむ》ね原本より得たりし者にて作者の想像より成りたるにはあらず　偶々《たまたま》骨を折りて此翁が[七]みづから発明せし情合にいたれば　いづれも曲亭派の故事附《こじつけ》勧懲牽強《けんきやう》きわまりたる人情が多かり　[八]源氏が藤壺と忍びあふ事は原書を其儘《そのまま》に写しいださば（徳義の評論は　しばらく置き）[九]淫《いん》佚《いつ》貴公子の本色に叶ひて　真理を描くといふ廉《かど》よりいへばまことに完全なる者ならんに　[一〇]国家のおほんために。　父君のために。　山名某をあざむかむが為に。

一　底本は「識出」と誤植。

二　『源氏物語』の主人公。『修紫田舎源氏』は「室町御所を大内に比し、足利光氏(みつうぢ)といふ作り名して光君に擬へ」(二編)る。

三　未婚の少女。

四　愛情。「非情の物の名をさへに恨めしく思ひてうちかこつ所なか〳〵に淡き乙女の情合らしく見えていぢらし」(『小説神髄』「文体論」)。

五　「chû-doshima, a middle-aged woman」(『和英語林集成』第三版)。中年増よりさらに年長が大年増(おほどしま)。年増を『言海』『日本大辞書』『和英語林集成』は二十歳以上四十歳、『いろは辞典』は「二十五歳位以上四十五歳位以下」とする。

六　宮中の美人。「うんかくのむすめ(雲客の娘)」(『修紫田舎源氏』二編上)。

七　例えば「作者申す。此昼顔は後涼殿の更衣によりて綴りたれど、曲者に殺されしことは全く己が戯作なり」(『修紫田舎源氏』初編上)で、「わが手に掛けしは昼顔殿…寝間の違ひで主同然の、人を殺した因果が巡り、又も臥所の間違ひで、妹の刃で死ぬるも因縁」という「趣向」(同二編上)がある。

八　「足利義正の別室　藤の方　藤壺の宮に比」し、「足利次郎光氏　光君に比(ひす)」(『修紫田舎源氏』二編)。

九　「淫佚なる風俗を譏りて醜き情態の一斑を描くも強(あながち)ち咎るにも及ばざるのみか其写す所真理に適はゞこれらもなか〳〵にめで度(たき)事なり」(春のや主人「春のや主人の小説」『女学叢誌』明治十九年八月二十五日)。

一〇　「宗全を欺く手立てといひながら、現在父の愛妾と忍び会ひ…宗全が事ありしを幸ひに藤の方に恋慕と見せ…身持ちを惰弱となし…兄義尚に家国を譲らすべき心」(『修紫田舎源氏』二編

一寸《ちよつと》狂言にした事也とすれば言語道断なる非人情の話。後に賢明もて知られつべき源氏の生《お》ひ立《たち》とは思ひ難き事なり　其他「空蟬《うつせみ》」[一一]の「空衣《からぎぬ》」の如きもたとへ戯れのわざくれ[一二]にもせよ　妹の身代りに化粧三昧[一三]　呆《あき》れ果《は》つべき振舞《ふるまひ》也　貞女の情操とは撞着して後の「空衣」とは別人のやうなり　之を要するに此本の人物は概して非人情の人間にして化物[一四]一般の族《やから》多く　其時其時の都合によりて色々様々に心持が変るなり　否《いな》性質まで豹変するかと思はる　されば公平に評判して件の「偽紫田舎源氏」[一五]は　内に原書より得たる妙想を含蓄[一六]するに係《かかは》らず「外部」は甚しく醜き者なり　「外形」は頗る不手際なる者なり　稗史の本分に違ひたる者なり　全く[一七]小説にあらずといふべし　而して此翁の名誉なる者は特《ひと》り「外形」たる翻案に存して　彼の「真髄」たる人情にあらず　されば偽紫田舎源氏は　いか程贔負目《ひいきめ》で見たればとて　之を小説の正面より見れば絶えて価のなき者といふべし　しかるに世の人が之を称して馬琴の「犬伝」[一八]と並唱[一九]するは　そも又如何《いか》やうなる道理に因るや　他なし　世の人が不文[二〇]にして　所謂小説家[二一]と翻案家とは画然《くわくぜん》相異なる所あるを曾て夢想せぬに因る事ぞかし　さればこそ今日にても　わづかに文章の体裁を閲《けみ》して「あだし事は扨《さて》置く」とか「めり」とか「なん」とか「こそ」とか「てふ」とか　すこしくや

下)。

一一 「仁木喜代之介の妻空衣　うつ蟬に比(ひ)」(『修紫田舎源氏』三編上)。

一二 悪戯。いたずら。

一三 空衣は「継娘の村荻と同じほどなる年頃」で、継子川次郎が「妹の迎ひに早う〳〵」とあせるのに助け船を出して「村荻が振袖を、わたしが着かへて眉をも作り娘ぢやと偽つて、お通ひを勤むる」。「空衣が身の災難、もとは主君を戯れに偽りしより起こりしり」(『修紫田舎源氏』三編下)である。

一四 化物の仲間同様のもの多く。「八犬伝中の八士の如きは仁義八行の化物にて決して人間とはいひ難かり」(『小説神髄』「小説の主眼」)。

一五 正確には「修紫田舎源氏」で、逍遙も一六九頁一行に「修紫」としているが、種彦自身が「偽紫の今の式部」「贋紫の今式部　石屋の二階にこもりて田舎源氏を編(つゞる)」(初編)と記している。

一六 底本は「含畜」と誤植。

一七 「人情を写せばとて其皮相のみを写したるものは未だ之を真の小説とはいふべからず　其骨髄を穿つに及びて　はじめて小説の小説たるを見るなり」(『小説神髄』「小説の主眼」)。

一八 曲亭馬琴の読本『南総里見八犬伝』の略称。文化十一年(一八一四)―天保十三年(一八四二)刊。

一九 「種彦は田舎源氏に其名をとゞろかし馬琴は八犬伝に誉をとゞめぬ」(『小説神髄』「小説神髄緒言」)。

二〇 学問や芸術に対する認識が浅薄なこと。

二一 『小説神髄』「小説神髄緒言」で、「翻案」に「やきなほし」の振り仮名をつけ、「戯作者といはるゝ輩」の大半は「翻案家」で、「作者をもつて見るべきものは」いないと述べる。種彦の合巻に『翻案(やきなほし)道中双六』(文政四年)がある。

わらに綴りてあれば直ちに其文を小説也と思ひて　[一]捧腹絶倒的の(否)笑止千万なる(否)[二]憮然自失　[三]悵然《ちやうぜん》嗟嘆すべき意外の評言をも下すとぞ聞く　甚しきに至りては　[四]三国誌　[五]太平記　若《もし》くは[六]東漸史　[七]経世偉勲を稗史小説ぞと心得たるもありと歟《か》　勢ひかくの如き世の中なるゆゑ　争《いか》でか予が所謂《いはゆる》小説家と所謂《いはゆる》翻案家の相違せるを知るべき　嗚呼《ああ》今の世の小説作者は　実以《まこともつ》て[八]あやかり者なり　又以て[九]憫然《びんぜん》なる者かな　嗚呼《ああ》世上の小説作者よ　箇様《かやう》な文盲なる社会に生れて稗史の壇上に立出《たちいで》たる事をいづれも有難しと[一〇]ことほがれよ　又朽惜《くちを》しと歎息なされよ。エ　何が故に有難きぞ。ハテ。どんな詰《つま》らなき物をかきても　少しく[一一]政事めかし高尚めかせば　人が兎《と》やかうと褒貶してまづ〱一応は読んで呉《くれ》る故なり　何が故に朽惜しきぞ。ハテ。如何程《いかほど》に想像の力を費やし　[一二]先轍《せんてつ》をふまず　[一三]糟粕《さうはく》をねぶらず　古人を総体に排斥して[一四]卓立《たくりつ》創造する所ありても矢張《やはり》一様に混同視されて[一五]玉石其価《そのあたひ》を一にすればなり　斯様《かやう》なる境遇に現はれたればこそ件の艸冊子も名誉を得て立派な小説ぞといはるれども　厳然まぢめにて評を下せば「極めて面白き翻案冊子」なるのみ　おなじく翻案の気味あればとて馬琴の「犬伝」とは同視しがたし　[一六]かれは大体を仮借《かしや》せしのみ　これは神髄を借用したるなり　其差は一目して知り得べきなり　其他有名なる諸国物

一「ほうふく(名)　捧腹　大ニ笑フコト」(『言海』)。「捧腹にも堪へざる程の愚を働たる」(福沢諭吉『学問のすゝめ』十四編、明治八年)。
二 意外な出来事に呆然として無気力の状態になってしまうこと。
三「帳然嗟嘆」は失望して悲しみ嘆くこと。
四『三国志』とあるべきところだが、ここでは、中国西晋の陳寿著の正史ではなく、羅貫中による明初の白話小説『三国志通俗演義』。簡略化した『絵本三国誌』の類の氾濫も一因だろうが、当時、「志」と「誌」の混用はごく普通のこと。
五 日本南北朝期の歴史を描いた軍記物語。成立は十四世紀後半。人形浄瑠璃や歌舞伎への影響は大きく、数多くの「太平記物」がある。
六 藤田茂吉著『文明東漸史』。明治十七年刊。史論。十八年に再版が出ている。
七 尾崎行雄著。全二冊。明治十九年刊。伝記。
八「似タモノ。=感ジテ似タモノ。=運命ノ同ジクアルモノ」(『日本大辞書』)。
九 あわれむべき者。
一〇「ことほぐ…言祝　詞ニテ祝(ホ)グ。祝フ。コトブク。賀　寿」(『言海』)。
一一 当時、「政事」と「政治」は混用されている。「政事小説」(『小説神髄』「小説の種類」)。
一二 先人が既に実行している方法、流儀。
一三 残りかす。「古人の糟粕をば嘗めむとするにはあらざめれどもと其範囲広からねば覚えず同轍同趣向の稗史をものする」(『小説神髄』「小説神髄緒言」)。
一四「すぐるる」(『いろは辞典』)。
一五 玉石混淆して、よいものも悪いものも同価値に見なしてしまうからだ。
一六『南総里見八犬伝』は大枠の部分で便宜的に近いものを利用しただけであるのに対し、「翻

語も　おさ〳〵「其磧《きせき》」[一七]より趣向を借りうけ真理を浄瑠理より借りたりしと覚し　たまたま此翁の発明に係る妙想なきにしもあらずと雖も　所謂fancy[一八]（思ひ附）に類する者多く　一寸《ちよつと》読者をして悦ばしむるのみ　久しう感動する力量に乏し　語を換へて悉《くは》しういへば　わづかに其文を読む間のみ読者を感動する力あれども　一旦其《その》冊子を閉ぢたらんには忽地《たちまち》感情を消滅して　絶えて読みし人の脳髄のうちに些少の印像《いんざう》[一九]をも残さゞる者なり　真の想像（imagination）は決して然らず　書物を抛棄《はうき》したる後と雖も長く読者をして其感を維持せしめさながら夢幻界に逍遥して今尚《いまなほ》[二〇]篇中の人物と共に談話するが如く思はしむる者なり　譬へば女わらべが「お岩」[二一]の怨霊の演劇を観るや　家に帰りたりし後と雖も尚《なほ》其姿を見るやうに思ひて独《ひとり》で暗き居間にゆき得ざるにあらずや　是《これ》なん「イマジネーション」の働《はたらき》にして「お岩」の演劇の霊活なるに因るなり

然るに種彦の著作を見れば　終始此様なる「イマジネーション」に乏しく　悲哀なる所も哀切ならず　勇壮なる所も激切ならず　ほんのお茶番[二二]のわざくれのやうなり　蓋《けだ》し只管《ひたすら》に翻案を主として　丁稚《でつち》[二三]久松を殿さまに仕立《したて》　殿さま某を町人に作りて　以て喝采を得んと試み　余計の骨折に根気を費やし　稗史の肝《かん》腎《じん》を余所《よそ》にしたるに因る歟《か》

案冊子」は元になった作品の精神そのものを仮借（借用）している。

一七 底本は「其蹟」と誤植。江島其磧『其磧諸国物語』。浮世草子。寛保四年刊。『邯鄲諸国物語』（→一七五頁注一二）の序に「西鶴諸国ばなし（一名大下馬）其磧諸国物語等にならひて」とあり、その「遠江の巻」（笠亭仙果作）は『其磧諸国物語』の巻二を翻案したもの。

一八 「オモヒツキ　思附　n. A fancy」（『和英語林集成』第三版）。

一九 「印象」とも表記する。仏教語。鏡などに映った形。

二〇 底本は「扁」と誤植。

二一 鶴屋南北『東海道四谷怪談』（文政八年刊）。『東海道四谷怪談』は実録『四谷雑談実録』を素材とするが、同種の『夜津屋雑たん』を翻案した種彦の『近世怪談霜夜星』（→一七五頁注一八）より二十年近く遅い成立。

二二 退屈しのぎの戯れ。

二三 『正本製』（→一七五頁注一三）の七―九編は、「一年がはりおそめ久松」で、丁稚の久松と油屋の娘お染が登場。

更に他の瑕瑾をとりいだして示さば　毎《つね》に正本の趣向に泥《なづ》みて　只管《ひたすら》眼《まなこ》にのみ訴へたる事なり　真成の演劇はしばらく措き　我国従[一]来の演劇の如きは専ら眼と耳に訴へたる者にて「肚《はら》[二]」を示すことは極めて稀なり　されども小説は之に反して　影なく形なき真理を写して之《これ》を活動して示すべきものなり　故に外形の美麗と新奇は決して重立《おもだち》たる事にてはなし　然るに此翁は其辺をば思はず　稗史と演劇とを同じやうに心得　「見栄《みばえ》」専一に工風《くふう》を凝らして総ての艸冊子を綴りたるゆゑ　翁のものしたる小説の如きは文の必要を感ぜざるが多かり　殊に其挿[三]絵に手をこめしことゆゑ　少しく注意して絵様を見れば文意は読まずして察し得べきなり　現に予が如き艸冊子狂は　大概絵のみを見て文意を知るなり　さりとて他の作者の及ばぬまでに無双に巧緻なる絵組《ゑぐみ》を成せしは種彦其人の想像に出たり　これをも悪くいふはヒ[四]ガ事ならんト　或は弁護なさる人もあらんが　左様にいはるゝのがなか〳〵に「ヒガ」事なり　いかさま此翁を下絵師としていはゞ無[五]双《むさう》のお上手かも図られねど　翁を小説家と位附《くらゐづ》けて評せば　件の巧緻なる挿絵なる者は却ッて大瑕瑾の種とこそなれ　其故はいかにといはんに　幾度も申すとほり　凡そ稗史家といはるゝ者は絵画に写しがたき妙想を描きてそれを活動して見すればこそ美術の随一ともたゝへらるゝに

一「皿々郷談の芝居…単に外形の折檻のみ…馬琴が綴りたる皿々郷談の方には細かき平生の待遇(あしらひ)より区々たるイヤミまでも写してあるゆゑ…覚えず同感して落涙するなり　嗚呼兎角皇国(みくに)の芝居は外部(うはべ)の痛切のみ重んずるが故に却ッて其味の薄くなるなり…ほとんど浮世絵と同様なものなり　外部が主であるゆゑ絵にもかけるなり」(坪内逍遙「河竹翁よ乞ふ世間の好尚(このみ)に媚る勿れ」『読売新聞』明治十九年十一月十九日)。

二　心の中。考えていること。

三　作者が挿絵の下絵を書くのは普通のことで、明治以降も続く慣習。逍遙自身も『当世書生気質』や『内地雑居未来の夢』の下絵を執筆した(→補一九)。小説の挿絵からの独立が問題となるのは、もう少し後で、この時点では作者自身の挿絵への過大な労力を不可だとするのみ。

四「僻事、あやまり」(『いろは辞典』)。

五「ムサウ　無双」(『和英語林集成』第三版)。「むさう(形)　無双(ぶさう)、ならびなき、ふたつなき」(『いろは辞典』)。

絵画に画き得べき真理のみを写さば件《くだん》の効能は跡形ならなりて無下《むげ》に価《あたひ》なき者となればなり　　（未完）

〇[六]柳亭種彦の評判（接三十四号）

以上　此翁の著作に関して　忌《い》まず会釈もせず申述《まうしの》べし批評は　褒貶其孰《そのいづ》れが多かりしかと問はゞ　無論[七]貝辺に流れたりしやうなり　柳亭贔負《ひいき》の方々は勿論　[八]絵冊子熱心の誦読社会は　定めし過酷なり、乱暴なり、あんまりナサケないトうめかれけん　今更申し過ぎて失礼至極　甚だ[九]お気文字《きもじ》にて候かし　されども[一〇]春の舎が批評する所は　偏《ひとへ》に此翁の著作に係れり　決して此翁の批評にははべらず　翁の小説の[一一]材力の如きは　実際いか程にて有之《これあり》けん　それらは春のやの知る所にあらず　只々《ただただ》其遺作にあらはれたる、稗史艸冊子にあらはれたる、翁の才力をば評せしのみなり　万一柳亭の翁をして[一二]文華の今日に生れしめば遥に彼《かの》幾多の冊子に優れる美妙の好稗史を綴り得たる歟《か》　これらは斯《か》く申す春のや主人が敢《あへ》て図《はか》り知《し》らぬ所にして　爰《ここ》にて評判する限《かぎり》にははべらず　柳亭御贔負の誦読社会は左様に思《おぼ》し召《めし》てゆるしたまへかし

総じて小説と申す者は　もとより一《ひ》ト廉《かど》の大専門にして　中々どう致して

六『中央学術雑誌』第三十九号に掲載。この間、第三十五号に「曲亭馬琴の伝」を掲載していたとはいえ、四号分、二か月半の間隔があいている。

七「褒貶」の「貶」に流れた。

八 幼稚な読書社会。

九 お気の毒。女房詞《にょうぼうことば》に発する文字詞《もじことば》の一つ。「杓子《しゃくし》」を「しゃもじ」という類と同じ。

一〇「春のや」「春の屋」に同じ。「春の舎」「春のや」「春の屋」に特別な使い分けはない。→『細君』三頁注二。

一一 仕事をする能力。力量。

一二 →補二。

六《むつ》かしいものゆゑ　仮《かり》にも小説家とならむとするには　全然肺肝《はいかん》をこゝに委《ゆだ》ねて必死に骨を折りてものせずては叶《かな》はず　然るに某も宣給《のたま》ひし如く　兎角に我国の小説作者は稗史を道楽か何ぞのやうに思ひて　戯作だとか戯述じやのと妙に無雑作に貶《おと》しめて見るゆゑ　扨《さて》こそ抜群なる才力ありても十分其力を利用せんとはせず　[一]ホンの一粲《いっさん》を博するまでに道楽半分に書いてのける柳亭の翁などは其類にあらぬ歟《か》　まことに惜《をし》むべきの限《かぎり》にてありけり

我友[二]饗庭篁村ぬし　[三]嘗《かつ》て種彦を評して曰く　種彦は近代の名文家なり　[四]近松門左以来　おのれ未だ種彦に優れるを見ず　其《その》しとやかなる　其優美なる　其簡略なる　其平滑《へいくわつ》なる　遥《はるか》に曲亭の文調にまされり　翁の筆は片言隻句《へんげんせきく》の間に妙趣あり　[五]近松の再来　[六]式部の変生《へんじやう》　まことに面白し　実に甘し　更に巧《たくみ》なりとたゝへざるを得ず　何所《どこ》やらイヤミある馬琴の筆　甚だ味はひなき春水の筆とは　ドウして比べられたものにあらず　譬へば貴と賤とを書きわけるに馬琴は[七]自得流の文句を用ひて巧に言葉をもて書きわけしが　翁は又更に一歩を進めて　ほと〳〵同じやうな俗語を用ひて巧に其意味にて貴賤をわかてり　是《これ》豈《あに》老錬といはざる可き　是豈《これあに》神筆とほめざるべき　殊に感ずべきは此翁の徳義なり　兎角に後進の[八]生《なま》天狗は　古人の糟粕《さうはく》を啜《すす》り取《と》ツて勝手な寐言《ねごと》ばかり述《のべ》

一　ちょっとした賞賛を得ることができる程度に。
二　安政二年(一八五五)―大正十一年(一九二二)。小説家・演劇評論家。「明治十九年一月廿四日(日曜)斎藤来訪　饗庭与三郎来訪」(逍遥自選日記抄録『幾むかし』)が、おそらく最初の出会い。頻繁に交流していたようで、『幾むかし』の一月二十四日、二月十四日、四月四日、五月二十三日、十月二十三日の条に登場する。
三　明治十九年以前に活字化した種彦評の存否は不明。直話かもしれない。
四　近松門左衛門。承応二年(一六五三)―享保九年(一七二四)。浄瑠璃・歌舞伎作者。後年、逍遥は、『近松之研究』(明治三十三年)に結実することになる近松研究会を、饗庭篁村らと組織する。
五　漫遊生の号で逍遥が執筆した「白雪山人といふお人の御許へ」(『読売新聞』明治二十年一月二十五日)に「春のやの隠居が…黄色な声して…この冒頭の文勢　近松は死んだ筈ぢやにまるで近松ぢや再来ぢや　二百年来此文無し　白雪山人とは何処の神さま　あゝ巧い妙」とあり、文末に「白雪山人とは何処の馬の骨ぞ。わがわが兄たる春の舎翁に向ひて大胆にもヘロヘロ矢を放ちて尊厳を犯すことを敢て為したることの憎さよ」との「饗庭篁村白す」が付されている。
六　紫式部の生まれかわり。「今式部」↓一七九頁注一五。
七　「自得」は「自ラ心ニ能ク覚リ得ルコト。(学芸ノ奥義ナドニ)」(『言海』)。独自に会得した。
八　うぬぼれるのみで、力がともなわない未熟者。人間の及びもつかない力を持つのが天狗だが、逍遥は「手前味噌がキッ過ぎる」「誇る可らざる身分にして扨誇る者を人天狗といふなり」(「非天狗の弁〔一名天狗号返却弁〕」『読売新聞』明治十九年八月十七日)と述べる。

立《たて》ながらに　恬然《てんぜん》[九]大面《おほづら》に小鼻を動かし　我こそ空前の稀者《まれもの》なり　機軸[一〇]を出したり　発明をしたりト　妄《みだり》に虚喝《ほら》[一一]のみを事とすなるに　特《ひと》り此翁に至りては然らず　飽くまで先進を尊崇して古人を学ぶことを明言して　屢々《しばしば》其出所を告《つげ》しこともあり　古人を踏仆《ふみたふ》して得意貌《とくいがほ》なる剽窃専門家とおなじからず　まことに可愛らしき人といふべし　主人は此翁の著作を評して少々罵[一二]の字らしくもてなされしが　チトチト過《すぎ》たるやう思はるゝなり　翁は旗元の殿さまにて元より根《ね》[一三]生ひ《を》的の小説家にはあらず　どうして稗史家もて居る人ならんや　ホンの洒落《しやれ》半分書いたるまでなり　其磧[一四]を呑《のみ》こみて近松を被《はふ》り式部を冠《かむり》にして踏《ふんば》ツたるまでなり　それを四角張《しかくばり》て「アヽだのカウだの　そないに八釜《やかま》しう叱りたてるは蓋《けだ》し聞《きこ》えぬぞや聞えぬぞや」ナドヽ愚知《ぐち》らしう叱られたり

篁村大人の弁護の条々　いかにも御尤至極《ごもつともしごく》にして　主人は一言の答へもなし　されども(イヤもう議論を申すのではないが)柳亭種彦の材力ありて　それで洒落書《しやれがき》で満足したとはアヽ惜しい事であつた

(完)

九「咄々怪事を綴り出して恬然あやしむ体なきのみか　なか〳〵に之《こ》《れ》を得意とせり」(『小説神髄』「小説の変遷」)。「平気の平左にて恬然《すまし》顔《がほ》」(坪内逍遙『京わらんべ』第五回、明治十九年)。

一〇『小説神髄』の「文体論」に「更に一機軸を工夫すべし」「一大機軸」、同「脚色の法則」に「新機軸をいだす」の用例がある。

一一「現今は虚喝の世の中」(『京わらんべ』第五回)、「虚喝や外飾《みえ》は棄て」(「旅ごろも」『読売新聞』明治二十年一月二十七日)。

一二 罵倒。

一三 生まれついての。不倒生(水谷不倒)「柳亭種彦(上)」に「蓋し戯作は彼れが道楽ともいふべかりき」という「篁村翁の評」がある。「根生の軽躁者《おいそれもの》」(『浮雲』第一篇第二回〔本巻二一七頁七行〕)。

一四「柳亭の作はすべて創作新作といふもの少なく、或作を種としてそれを翻案するに妙あり、随つて巻中の人物、近松門左衛門と江島其磧の気組を取れり」(竹の舎主人(饗庭篁村)「種彦の『国姓爺』」『早稲田文学』明治三十年三月一日)。

○曲亭馬琴の伝

ここに掲げたる馬琴の伝は　嘗《かつ》て[一]魯文珍報に載せたるものにして　[二]馬琴の実伝中　最も実にして且《かつ》詳なるものなり　既に斯《かく》の如き詳伝あれば別に略伝を編むの要なし　故に今これを掲げ　例によりて次号に略評を掲ぐ可《べ》し

馬琴は江戸の人にて　姓は滝沢　名は解《とく》　字は[三]瑣吉　又　曲亭　著作堂　笠簔　玄同　閑斎　鸞斎　信天翁　狂斎　愚山人等の数号あり　唯《ただ》曲亭馬琴の[四]戯号のみ世に著し　明和四年[五]丁亥夏六月九日　[六]深川浄心寺近辺なる[七]武家に生る　其[八]兄弟多かりしが　不幸にして皆世を早うす（[九]家兄は[一〇]東岡舎羅文《とうかうしやらぶん》と号し俳諧を能くせしと）　馬琴[一一]総角《あげまき》の頃　[一二]同地（八幡）[一三]一の鳥居辺なる[一四]蒙師《てらこや》[一五]小柴長雄（[一六]三井親和門人）に筆跡を学ぶに　[一七]生来読書を好み且つ文才あり　[一八]人となるに及び　父母去つて後　故ありて主家を[一九]脱れ　孤独にして同地[二〇]仲町《なかちやう》辺に借家して身貧なり　此頃《このころ》山東京伝が[二一]戯作に名あるを羨むより　同好の癖《へき》堪《しの》び難く　時に[二二]寛政二年庚戌の秋（馬琴[二三]二十二歳）　初めて京伝が新両替町一丁目（今の銀座）の家を

一『魯文珍報』は、明治十年から翌年にかけて発行された、仮名垣魯文が「社主兼編輯」の全三十四号の雑誌。→補四五。　二→補四六。

三『魯文珍報』の振り仮名は「さきつ」。

四『魯文珍報』の振り仮名は「けがう」。

五『魯文珍報』の振り仮名は「ていがいなつ」。

六 法苑山浄心寺。日蓮宗。東京都江東区平野。

七 旗本松平鍋五郎信成の屋敷。

八『魯文珍報』の振り仮名は「きやうだい」。

九『魯文珍報』の振り仮名は「あに」。

一〇 滝沢興旨。宝暦九年（一七五九）—寛政十年（一七九八）。「羅文」は俳名。法名深誉勇遠羅文居士。

一一 古代の幼童の髪の結い方。元服前の幼き時にということ。→補四七。

一二 富岡八幡宮。東京都江東区富岡。

一三「当社門前一の華表(とりゐ)より内三、四町が間は、両側茶肆(ちやみせ)酒肉店(りようりや)軒を並べて常に絃歌の声絶ず」（斎藤月岑ら『江戸名所図会』）。

一四『魯文珍報』も同じ表記。子供のための教師。『西遊記』等に用例がある。

一五『父子問答』（天明六年）の著がある。

一六 元禄十三年（一七〇〇）—天明二年（一七八二）。書家・武術家。通称孫兵衛。号は竜湖など。

一七 底本は「姓来」と誤植。『魯文珍報』の表記は「性来」だが、当時の主要辞書の多くが見出し語とする「生来」を採用。　一八『魯文珍報』は「成長」とし、「ひとゝなる」の振り仮名を付す。

一九『魯文珍報』の振り仮名は「はな」。

二〇 現、江東区門前仲町。　二一『魯文珍報』の振り仮名は「けさく」。　二二 山東京山『蜘蛛の糸巻』（弘化四年）に「寛政の初、家兄の許へ、酒一樽持ちてはじめて来り」云々とあり、以下の記述は、『蜘蛛の糸巻』に負うところが大きい。

二三『魯文珍報』でも「二十二歳」だが、計算が合

訪ひ　酒一[二四]樽を齎《もたら》してその門人たらんを望むに　京伝　[二五]戯述は師伝の技にあらずと許さず　然れども[二六]風交《ふうかう》を契り贈答を約し　馬琴　以来屢々《しばしば》山東庵に来訪し京伝に問事《とふこと》あり　馬琴　此頃ますます窮し　少しく[二七]卜筮《ぼくぜい》を知るを以て　[二八]糊口の為[二九]彼技を以て東海道に旅行し　神奈川駅に止ることと[三〇]ふた月余り　はかゞしからぬ旅寐の留守　[三一]寛政三年の洪水に仲町の家具悉《ことごと》く流失し　[三二]脚なき蟹の如くと帰り来て嘆息せしを　京伝　[三三]便《びん》なき事に思ひ　家に止《とど》むる事半年余り　馬琴　京伝が机辺にありて初めて[三四]稗史の著述あり　題号は「廿日余りに四十両」と[三五]冒頭の[三六]下「[三七]尽用《つかひはたして》二《に》分《ぶ》狂言《きやうげん》」　此《この》黄表紙二冊は同年(寛政三)[三八]芝神明前《しばしんめいまへ》の地本《ぢほん》問屋《どんや》[三九]甘泉堂和泉屋市兵衛刊行す　序文に京伝門人大栄山人《たいえいさんじん》とあり(大栄は深川八幡宮別当永代寺の山号なり)　或日《あるひ》通油町の地本問屋耕書堂[四〇]蔦屋《つたや》重三郎　京伝を訪れ談話の際[四一]　[四二]店頭無人の由《よし》を告《つげ》て一時食客の[四三]壮子(則ち馬琴)を雇ひたしと乞ふ　[四四]京伝素《もと》より馬琴が[四五]文字あり且《かつ》戯作魂あるを知れば　地本屋に仕へる事渠《かれ》が好機会なりとし　その親族に[四六]受人《うけにん》させ証書を出さして蔦重が家僕とす　斯《かく》て　幾《いくばくも》なく蔦重が方にて「[四七]花の春風の道行」と題せし例の黄表紙二冊を著す　挿画は[四八]勝川春朗(後に北斎為一《ゐいつ》老人)なり　此にも[四九]京伝門人云々の名あり　此[五〇]稗史大《おほい》に行はれてより年々戯作の中《うち》曲亭馬琴と[五一]署名せしは[五二]寛政癸丑を以て

二四　わない。数え年齢なら二十四歳となる。
二四『魯文珍報』の振り仮名は「そん」。

二五『魯文珍報』の振り仮名は「けじゆつ」。→一三七頁注二三。　二六　音信を交わすこと。

二七『魯文珍報』の振り仮名は「ぼくちく」。魯文は、土地を選び定めて家屋を建築する「卜築」の意味で使用したのかもしれない。
二八　生計をたてるため。→一八八頁注一四。
二九『魯文珍報』の振り仮名は「かのぎ」。

三〇『蜘蛛の糸巻』は「六七十日」。
三一　斎藤月岑『武江年表』寛政三年八月六日の条に「大風雨、小田原辺より江戸迄高潮上る」とある。　三二『蜘蛛の糸巻』は「足なき蟹の如し」。
三三　かわいそうだと思い。
三四『魯文珍報』の振り仮名は「くさざうし」。

三五『魯文珍報』は「冑頭」と誤植し、「わりがき」と振り仮名を付す。　三六『魯文珍報』の振り仮名は「しも」。　三七『蜘蛛の糸巻』に『尽用二分狂言』の記述はない。
三八　現、港区芝大門。　三九　→補四八。
四〇　→補四九。　四一『魯文珍報』には、この後に「(此段第十三十四十五号に記載せる京伝翁の小伝と照応(みぁは)す可し)」とある。

四二『魯文珍報』の振り仮名は「みせさき」。

四三『魯文珍報』の振り仮名は「わかもの」。
四四　底本は「京素伝より」と誤植。
四五　学問。『魯文珍報』の振り仮名は「もんじ」。
四六「保証人、うけあひにん」(『いろは辞典』)。
四七　正しくは『花春虱道行(はなのはるしらみのみちゆき)』。『魯文珍報』の誤記「風(はる)」を踏襲したもの。
四八　葛飾北斎。→補五〇。
四九　正確には「京伝門人馬琴」。『蜘蛛の糸巻』には「京伝門人とあり」とし、「此本我家にありしが類焼の時失せぬ」とする。

[一]初年とす　此年可也《よき》[二]入夫《にふぶ》の縁談ありとて　京伝に依頼して蔦重[三]許暇を乞ひ　飯田町中坂なる[四]木履を鬻《ひさ》ぎ家守《いへぬし》([五]町役人)を以て職とする[六]孀婦《ごけ》の聟《むこ》となり清右衛門と俗称し　傍ら戯作の筆を採るに　筆硯に親しむ心には木履屋業を強く厭《いた》ひ　此頃[七]加藤千蔭翁の門人となり　勉強の余り少しく筆意を得たるを以て其業を廃し　[八]童蒙の為に手跡の指南し　余暇の戯作年歳《ねんさい》に行はれ　其名《そのな》京伝と伯仲し　[九]織心耕筆の力作にその家貧しからず　故に見識も亦随つて[一〇]気韵と共に卓《たか》く　後には[一一]一女(一説に先夫の遺子なりと)に聟《むこ》をとりて家守《いへぬし》の職を嗣がせ　[一二]息男《そくなん》宗伯(号を琴嶺　名は興継)に医業を学ばせ　[一三]下谷旧御成道字白鼠屋横町に玄関附の家を購《もと》め　宗伯を主として馬琴之《これ》に同居し　著述を専らとして一家の口《くち》を[一四]糊《のり》する事多年　[一五]文化十一年[一六]甲戌の冬十二月馬琴(四十八年)始《はじめ》て南総里見八犬伝第一輯五巻を著してより年歳続々編《へん》を次《つぎ》　発兌する毎《ごと》に全国の好書家その趣向を[一七]喝采す　蓋《けだ》し未見の[一八]俗と雖も其書名を言はざる者なく　[一九]都下[二〇]湯堂[二一]剃頭店の暖簾《のれん》　神社祭礼の[二二]大行燈　仏閣の寄附額《おさめがく》　色刷《いろずり》の錦絵にも　本伝の繍絵《さしゑ》　[二三]芳流閣上に犬塚信乃と犬飼見八が[二四]闘争の図と[二五]円塚山《まるづかやま》に犬山道節が火遁《くわとん》の術の場を多く模写し　劇場の[二六]脚色にも此趣向を飜案し　[二七]竹本豊後節《ぶんごぶし》等にも八犬伝を仮用して[二八]新曲を奏するあり　馬琴その[二九]口実とする所《とこ》　[三〇]戯墨は読書の余楽にして吾真面目《わがしんめんもく》に

五〇 底本は「稗吏」と誤植。『魯文珍報』は「稗史」で、振り仮名は「さうし」。五一 『魯文珍報』は「著名《ちよめい》」。五二 『魯文珍報』は「寛政五癸丑」。

以上一八七頁

一 『魯文珍報』の振り仮名は「はじめ」。
二 「寡婦《ヤモメ》ノ家ニ入聟トナレル人」(『いろは辞典』)。
三 『魯文珍報』の振り仮名は「がりいとま」。「がり…接尾語の許《モトヘ》の意をなす」(『言海』)。
四 『魯文珍報』の振り仮名は「げた」。
五 『魯文珍報』の振り仮名は「ちやうやくにん」。
六 「ごけ〔俗〕(名) 後家、やもめ、孀婦、寡婦、後室」(『いろは辞典』)。『魯文珍報』での振り仮名も「ごけ」。
七 →補五一。
八 『魯文珍報』の振り仮名は「こども」。
九 心を尽くしての文筆活動。
一〇 風雅な趣。
一一 『魯文珍報』の振り仮名は「むすめ」。
一二 息子。
一三 『魯文珍報』三十号(明治十一年十一月十六日)に「前号下谷お成道云々は区画を接する町名の謬り」で、「外神田同朋町」(→一九〇頁注一五)が正しいとある。「文政元年戊寅秋八月興継神田に卜居す」(曲亭馬琴『吾仏乃記』二)。
一四 生計を維持する。→一八六頁注二八。
一五 『魯文珍報』では、以下は三十号に掲載。
一六 底本と『魯文珍報』は「甲戊《きのへいぬ》」と誤植。
一七 底本と『魯文珍報』は「喝釆」と誤植。
一八 「ただのひと(僧に非ざる)」(『いろは辞典』)。
一九 →補五二。
二〇 『魯文珍報』の振り仮名は「ゆや」。
二一 『魯文珍報』の振り仮名は「かみゆひどこ」。
二二 『魯文珍報』の振り仮名は「おほあんどん」。

あらず　然《(しか)》れ共《(ども)》　是《(これ)》をもて[三一]旦暮に給し　是をもて[三二]有用の書を[三三]購ふと　其[三四]著述小説雑書の類《(たぐ)》ひ　生涯二百九十余部　そが中に世に有益の物。[三五]簑笠雨談。燕石雑志。烹雑《にまぜ》の記。[三六]俳諧歳時記。玄同放言。独考論。両子寺縁起。[三七]吾仏《(あがほとけ)》の記。亦《(また)》戯述の書は(世に絵入読本と称《(とな)》ふ)[三八]稚枝鳩《わかえのはと》。石言遺響。月氷奇縁。皿々郷談《べいべいきやうだん》。四天王勦盗《(せうたう)》異録。勧善常世《(つねよ)》物語。三国一夜物語《(さんごくいちやものがたり)》。報讐裏見葛葉《(かたきうちうらみくずのは)》。墨田川梅柳新書。新累解脱物語《(しんかさねげだつものがたり)》。雲妙間雨夜月《(くものたへまあまよのつき)》。三七全伝南柯夢《(なんかのゆめ)》。南柯後記《(なんかこうき)》。頼豪阿闍梨怪鼠伝《(らいがうあじやりくわいそでん)》。[三九]松浦佐用姫石魂録《(まつらさよひめせきこんろく)》。括頭巾縮緬紙衣《(くくりづきんちりめんかみこ)》。旬殿実々記。俊寛島物語《(しまものがたり)》。松染情史秋七草《(しようせんじやうしあきのななくさ)》。常夏《(とこなつ)》草紙。漂注《(へうちう)》園の雪。青砥藤綱模稜案《(あをとふぢつなもりようあん)》。糸桜春蝶奇縁。八丈綺談。新編水滸画伝。等にして　就中《(なかんづく)》。椿説弓張月。朝夷奈《(あさひな)》巡島記。侠客伝。美少年録。里見八犬伝の五部を呼て世俗五大奇書と称す　且《(かつ)》。夢想兵衛《(むさうびやうゑ)》(胡蝶物語)と昔語質屋庫《(むかしがたりしちやのくら)》。二部の書は　戯謔滑稽の中に寓意ありて　後世の戯作者流が凡筆のよく及ぶ所ろにあらずとせん　馬琴性《(せい)》筆才に富むも　青年身《(み)》貧にして[四〇]轍魚一滴の糊口を凌ぎ　[四一]硯田耕筆の余力[四二]漸々書に富み著述に富み財に疎からず　且《(かつ)》寿に富みて[四三]年齢古稀に近し　然るも満《(みつ)》れば闕《(かく)》るの不幸あり　于時《(とき)》に天保六年[四四]乙未夏五月八日　息男宗伯(興継)病に罹りて死す　翌七年[四五]丙申秋八月十四日　両国柳橋畔《(やなぎばしはん)》万八楼上に於て　翁七十歳の[四六]賀筵を開き書画会を催ふす際

二三『南総里見八犬伝』第三輯巻之五第三十回「芳流閣上に信乃血戦す。坂東河原に見八勇を顕す」。　二四『魯文珍報』の振り仮名は「たゝかひ」。

二五「火遁の術…円塚山…父が法名を象《(かた)》どりて、犬山道節忠与《(たゞとも)》と名告《(なの)》るべし」(『南総里見八犬伝』第三輯巻之五第廿九回)。

二六『魯文珍報』の振り仮名は「しくみ」。

二七「竹本」は義太夫節の別称。義太夫節や豊後節等の俗曲。

二八 常磐津「八犬義士誉勇猛《(ほまれのいさほし)》」がある。

二九「イヒグサ」(『日本大辞書』)。

三〇『魯文珍報』の振り仮名は「ぎぼく」。

三一「あさゆふ」(『いろは辞典』)。

三二『魯文珍報』の振り仮名は「うよう」。

三三『魯文珍報』の振り仮名は「あがな」。

三四『魯文珍報』の振り仮名は「あらはす」。

三五 以下、『簑笠雨談』より『昔語質屋庫』の各書について→補五三。

三六 底本は「俳偕歳時記」と誤植。

三七『魯文珍報』の振り仮名は「ごぶつ」。

三八 底本と『魯文珍報』は「雅枝鳩」と誤植。

三九『魯文珍報』の振り仮名は「まつうら」。

四〇 日々の困窮を辛うじて凌ぎ。「轍魚の水を得たるがごとし」の成語を踏まえる。轍はわだち。

四一 底本と『魯文珍報』は「現田」と誤植。「文事を以て生活するを硯田を耕すと云ふ。唐ノ人ハ硯ヲ以テ良田トナシ舌耕シテ筆耕ス」(花房柳条『故諺字典』明治二十七年)。

四二『魯文珍報』の振り仮名は「ぜんぐ」。

四三『魯文珍報』の振り仮名は「よはひ」。

四四『魯文珍報』の振り仮名は「きのとひつじ」。

四五 底本は「丙甲」と誤植。『魯文珍報』の振り仮名は「ひのへさる」。

四六 祝賀の宴席。

知己[一]に告報[二]の題牌[三]に添へて配当《くばり》たる扇面には　若松を画《ゑが》き自賛の歌あり
　朽《くち》もせぬ身さへ年さへ比《ことふ》[四]ればあだしや名のみ高砂の松
此報を得て　知り知らぬ好事家《かうずか》及び都下に旅泊[五]する遠国人等も　雷名[六]の馬琴に見《まみ》え　故郷への話柄[七]になさんものと紹介に便《たよ》りて会席に登り　其他文人墨客[八]群をなして来会し　席上立錐《りつすい》の間なかりしと　本日　翁が同志には柳亭種彦。為永春水。墨川亭雪麿[九]。墨春亭梅麿[一〇]。松亭金水[一一]。花笠文京[一二]。等　書林は文渓堂(丁字屋平兵衛[一三])を始め　地本草紙問屋は甘泉堂[一四](今の泉市)を先として来客を週旋の任たり　其後　幾《いくばくも》なく外神田同朋町《そとかんだどうぼうまち》[一五]より四谷信濃坂上《しなのざかうへ》に居を移し　男宗伯の孀婦《こけ》と孫(太郎興邦　宗伯の遺子)と倶《とも》に居れり　于時《ときに》[一六]天保十二年辛丑[一七]秋八月　馬琴　その得意とする一大著述里見八犬伝　第九輯第[一八]八十回下編に至り大団円の稿を脱し　回[一九]外剰筆自己[二〇]の意衷を述《のべ》て　惣跋《そうばつ》に換《かふ》る者一巻を加へ　第初編より本編を合《がつ》し一百零六巻　全たく首尾の宜きを得たり　此書　文化十一年[二一]甲戌の春新研を開きてより星霜将《まさ》に二十八年に　是より前　馬琴老眼年々に病衰して　本編結局の前年初冬十月頃より書読写字躬《みづか》ら為《な》す能《あた》はず　已《やむ》を得ず故児宗伯の孀婦に教へ　その口授の行文を代写させ　辛ふじて意を果せりと其苦心惟《おも》ふべし　馬琴　客歳《かくさい》[二二]書画会開筵の後　その集金と　従来[二三]衣食を省き節

一 底本は「知巳」と誤植。　二 『魯文珍報』の振り仮名は「しらせ」。　三 『魯文珍報』の振り仮名は「ちらし」。　四 『魯文珍報』の振り仮名も「ことふ」だが、「たとふ」の形で「古稀自祝題詠」として流布している。　五 『魯文珍報』の振り仮名は「たびね」。　六 世間に広く知られた名声。
七 『魯文珍報』の振り仮名は「かたりぐさ」。
八 『魯文珍報』の振り仮名は「ぐん」。
九 →一五六頁注六。　一〇 合巻作者。墨川亭雪麿の門人。　一一 読本・人情本作者。為永春水の門人。文久二年(一八六二)六十六歳で歿。　一二 合巻・歌舞伎作者。安政七年(一八六〇)、七十六歳で歿。門下に仮名垣魯文がいる。　一三 底本は「伊兵衛」と誤植。　一四 →補四八。　一五 現、千代田区外神田。『魯文珍報』による振り仮名だが、森鷗外『東京方眼図』(明治四十二年)の振り仮名は「どうぼうちやう」。→一八八頁注一三。
一六 『魯文珍報』では、以下は三十一号に掲載。
一七 『魯文珍報』の振り仮名は「かのとうし」。
一八 『魯文珍報』も「第八十回」だが、「第百八十回」の誤記。　一九 跋文として書かれたもの。最初に「這編《このへん》は、作者の意衷を述て、もて惣跋に代る者なり」とある。「惣跋」は全巻をしめくくる跋。　二〇 底本は「自巳」と誤植。
二一 底本と『魯文珍報』は「甲戊」と誤植。『魯文珍報』の振り仮名は「きのへいぬ」。　二二 「あとのとし、去年」(『いろは辞典』)。　二三 御家人株を買い取ったのは天保七年のこと。　二四 『魯文珍報』の振り仮名は「としごろ」。　二四 『魯文珍報』の振り仮名は「しよじやく」。　二五 売却。
二六 底本は「界」と誤記。『魯文珍報』も「界」。
二七 『魯文珍報』の振り仮名は「はらのうち」。
二八 『近世説美少年録』三輯十五冊の続編。『新局玉石童子訓』。読本。六輯三十冊。弘化二年—

倹を旨として和漢必用の書籍[二四]を購《あがな》ひ家に蔵《をさ》むる物五千余巻を咸沽却《みなこきやく》[二五]してその金を合し　微禄なる官士の名跡を譲り受け　孫の興邦に継がしめて将来の活計とす　此事　年来丹精の蔵書と雖も貽《のこ》し畀《あた》[二六]ふべき子は早逝し　其身衰眼《すいがん》　書に対して一字も読む能はざるを以てなり　然《しか》れ共《ども》元来の博覧強記　肚裏書[二七]あり文あり　故に八犬伝結局後も彼《かの》孀婦に猶《なほ》代書を命じ　美少年録の次輯　題号を改めて玉石童子訓[二八]の著述及び新編金瓶梅[二九]の結局と女郎花《をみなへし》[三〇]五色石台《ごしきせきだい》。等の草双紙を著《あらは》せり　馬琴　今茲[三一]八十二歳　嘉永元年戊申[三二]冬十一月六日　病《やみ》て四ッ谷信濃坂上の乾坤一草亭に卒す　予《かね》て辞世の狂歌[三三]とて

世の中の役を遁れて元のまゝ帰すはあめと土[三四]の人形

馬琴青年[三五]狂歌[三六]を好みて　其始め大屋裏住《おほやのうらずみ》[三七]　元木阿弥《もとのもくあみ》[三八]　宿屋飯盛《やどやめしもり》[三九]等の戯号に倣《なら》ひ　狂名を「曲亭馬琴」[四〇]と号《つけ》たるを　後に作名に用ゐて曲亭馬琴と音《おん》に称へ　学識気韻漸々に卓《たか》きに随ひ　其名号《めいがう》の出所を見出《みいだし》て自著の序跋の末に記する事間々《まま》あり　曰《いはく》　馬琴の二字は野相公[四一]が「才非馬卿弾琴未能」の句中を抄し　且《かつ》[四二]曲亭は漢書に山の名なりと云《いふ》　翁の履歴　概略と雖も其実《そのじつ》を得る者は京山翁[四三]が「蜘蛛の糸巻」[四四]中に記する馬琴の略伝なり　余[四五]は文飾して実を失ふ者多かり

五年刊。 二九 合巻。十集八十巻四十冊。天保二年―弘化四年刊。 三〇 合巻。全十集五十六冊、弘化四年―文久三年刊だが、馬琴著は四集まで。三集と四集は歿後の刊。 三一 天保十四年二月。 三二『魯文珍報』の振り仮名は「つちのへさる」。 三三『魯文珍報』の振り仮名は「たはれうた」。 三四 天と地。 三五 若い時。 三六『魯文珍報』の振り仮名は「きやうか」。 三七 狂歌作者。享保十九年（一七三四）―文化七年（一八一〇）。 三八 元木網もしくは元杢網。狂歌作者。享保九年（一七二四）―文化八年（一八一一）。 三九 石川雅望。国学者。狂歌・読本作者。宝暦三年（一七五三）―文政十三年（一八三〇）。宿屋飯盛は狂名。 四〇『魯文珍報』は「曲輪馬琴」で、振り仮名は「くるわのむまこと」。「廓の誠」のもじり。実がない、嘘ばかりという戯作者にふさわしい戯号。 四一『三七全伝南柯夢』跋に「十訓抄野相公句。才非馬卿弾琴未能」、『南総里見八犬伝』「八犬伝第八輯自序」に「相公詞曰。才非馬卿弾琴未能」とある。『新累解脱物語』の見返しにも「才非馬卿弾琴未能　右野相公句」とある。「野相公」は小野篁。『魯文珍報』の振り仮名は「さいばけいあらざればことをたんずるあたはず」。 四二「曲亭は山の名なり。漢書陳湯伝及大明一統志に見えたり」（「八犬伝第八輯自序」）。 四三 山東京山。明和六年（一七六九）―安政五年（一八五八）。合巻作者。山東京伝の弟。 四四 京山の生前中は公刊されず、写本で伝わった随筆。弘化四年の「叙言」がある。 四五『蜘蛛の糸巻』以外の馬琴の伝記は信用できないと言うのだが、これは必ずしも仮名垣魯文一人の感覚ではない。「馬琴の味方の馬琴伝は、世に頗る多し、曲亭の敵の曲亭論は之を見る甚稀なり…山東庵の馬琴伝は慥に史伝家の好史料たるを失はじ」（滝沢曲南「山東庵の馬琴略伝」

その菩提所小石川茗荷谷《めうがだに》(浄土宗)清水山《せいすいざん》深光寺に葬送す　墓碑[一]の正面　題字の下[二]　法号左の如し

著作堂隠誉簑笠居士　　嘉永元戊申歳十一月六日
黙誉[三]浄舟到岸　大姉《だいし》　天保十二辛巳[四]歳二月七日

墓碑左面に斯文《このぶん》あり

著作堂老翁　江戸人　源姓滝沢氏　名解　字瑣吉　一字篁民　号曲亭　所著　雑書[五]　国字小説[六]供大小二百八十余部　皆行于世《よにおこなはる》　令嗣[七]興継先死嫡孫興邦為嗣　翁　享年八十二
黙誉　会田氏　名百　著作堂渾家《こんか》[八]也　生有一男三女　没年七十八

○曲亭馬琴の評判

主人ちかごろは多忙[九]にして　ほと〱寸暇なきに困《くる》しむまゝ　往《いぬ》る日《ひ》古雑誌の中よりして匆卒《さうそつ》[一〇]馬琴伝を索《もと》めいだして　一時の埋草《うめくさ》といふやうなる訳にて　魯文珍報に載せられたる儘《まま》をたゞちに此雑誌に掲げたりしが　今にして之《これ》を思へば　頗る背実《はいじつ》[一一]の事柄もある歟《か》　窃《ひそか》に曲亭の老人の為に多罪[一二]を詫《わび》ざるを得ざる事となりぬ　蓋《けだ》し前号[一三]の馬琴伝は専ら京山がものしたり

『帝国文学』明治四十年五月)。

以上一九一頁

一『魯文珍報』には「滝沢氏墓表」とある墓碑の絵がある。**二**『魯文珍報』の振り仮名は「しも」。**三**「天保十二年辛巳春二月七日、未時老妻お百、元飯田町なる旧宅に在りて病没す…二月九日…安葬す。釈諡して黙誉浄舟到岸大姉と云」(『吾仏乃記』四)。会田氏。馬琴より三歳年長。**四** 底本と『魯文珍報』は「辛己」と誤植。**五**「漢籍」を読めないもののために「国字倭語」(木村黙老『国字小説通』序)で書かれた小説。**六** 規模の大きいものと小さいものを合わせて。**七** 長男の興継に先立たれ、その子である直系の孫である興邦を後継ぎとした。**八** 妻。**九**「明治十九年十月廿二日　結婚式を行ふ」(逍遙自選日記抄録『幾むかし』)が最も大きい要因だろう。**一〇**「にはか、いそぎ」(『いろは辞典』)。**一一** 事実に反すること。**一二** 補注四六に記したように、価値は認められており、情状酌量の余地はある。**一三** 直前号の意味なら、第三十八号ということになるが、実際は第三十五号に掲載。**一四**「失明当時の馬琴と其家庭の暗雲」(『改造』大正八年四月)によると、「『岩伝毛の記』だの『蛛の糸巻』だのゝ存在は(関根只誠)翁に始めて教へられた」。**一五** 個人的関係からのかたよった見解。**一六**『伊波伝毛乃記』。文政十二年成。明治二十年七月より活字翻刻を連載した『我楽多文庫』活版非売本第十三号「古聞新報」欄の編者は「伊波伝毛の記は馬琴の筆なりといひつたふれども信偽わかちがたし　余の知る人の物がたりに芝柴井町の漆商某は著作堂用紙に認めたる伊波伝毛記を所蔵し馬琴の自筆なるよしいへり」と述べ、し「[一四]蜘蛛の糸巻」に因りたるものゆゑ　或は[一五]私行上の偏執より事実を曲《まげ》たりしも多かるべく　十分確実とはいひ難きものあり　之《これ》を要するに彼の「糸巻」は　馬琴が京伝の伝記を綴りて之を「[一六]岩伝茂の記」と名づけて頻《しきり》に其過失を訐《あば》きたるを　[一七]弟京山が口惜く思ひて　所謂《いはゆる》返報の意気込にて専らあしき事を摘発して馬琴の来歴を叙したるものゆゑ（流石《さすが》に虚伝にしもあらざらめど）　十分公平なる伝記にてはあらず　これらは知る人は知るべけれど　万一此《この》雑誌の略伝よりして大《おほい》に彼の翁をきづゝけんには　まことに言訳《いひわけ》なき事なる故　いさゝか其旨をこゝに陳じて主人が本心を明すにこそ　尤も春のやが評する所は偏《ひとへ》に著作のみに関する事にて翁其人には関係なけれど　さりとて人の多き世間の広き　どういふお客さまがあらうもしれず　をかしう思はるゝ癪《しやく》の種《たね》に侍れば　一寸《ちよつと》後の為に如件《くだんのごとし》

[一八]言魂《ことだま》のさきほふ国といひ伝へたる此[一九]豊秋津洲《とよあきつしま》の中津国に於て[二〇]稗史の文壇を築きたる人は　果して何人《なんびと》が嚆矢《かうし》なりやといはゞ　我も人も異口同音　紫式部なりといはざる可《べか》らず　されども何人が稗官の進歩に最も与《あづか》ツて力ありしやと問はゞ　我彼諸共《もろとも》に口を揃へて著作堂老人なり曲亭なりと[二一]盟言《めいげん》なさゞるを得ざるぞかし　嗚呼《ああ》　[二二]椽《てん》の如くなるかな馬琴の筆　[二三]錦繡《きんしゆう》の腸《はらわた》とは彼をやいふ　虚に

明治二十四年に至っても、山梨県平民の刊、同士族の編という条件下ではあるが、水野忠和編『国文資料／風俗土産』第一巻『伊波伝毛之記』（伊藤幸次郎刊、明治二十四年）には、「作者不詳」（「凡例」）とのみある。馬琴伝の研究の遅れは歴然とあり、「どういふお客さまがあらうもしれず」（一九三頁一〇行）は杞憂ではない。

一七 『伊波伝毛之記』は写本としてのみ伝えられてきたもので、京山が読んだ可能性は低い。

一八 底本は「さきほふ」と誤植。『日本大辞書』は、「さきはフ」は「幸ヒナ運命ニ逢フ」の意とし「言霊ノさきはふ国」の用例を挙げる。

一九 「豊秋津島」は「日本の異名。美称」（『日本大辞書』）。逍遙は『京わらんべ』で寓意をこめて豊原正夫、中津国彦を登場人物名に採用する。

二〇 「此言魂のさきはふ国にて上古に紫のおもとあり近代に曲亭の翁あり」（坪内逍遙「小説を論じて書生形気の主意に及ぶ」『自由燈』明治十八年八月四日）。

二一 神明に誓っての発言を。　二二 「馬琴の徒…其椽大の筆　能く当時と後世とを感化し得て以て読者をして清廉純正の美風を発せしめ　功徳の偉大なる　千部の経巻に優るものあり」（高田半峰「当世書生気質の批評」其二『中央学術雑誌』第二十一号、明治十九年一月二十五日）。「椽」は「たるき（名）椽…（屋根の下に渡す木材）」（『いろは辞典』）。「椽大の筆」は堂々たる文章。

二三 すばらしい思想や言葉を持ち、詩文の才能に満ちあふれていること。錦心繡腸。錦心繡口。「かつて東坡が自分の便々たる腹を撫して、此腹は、と女達に問うた時、或者は満腹の忠義と答へたり、或者は錦繡の腸肚と答へたりしたが、皆東坡の心には面白いとも思はなかつた」（幸田露伴「蘇子瞻米元章」『改造』大正十五年七月）。

憑《よ》りて実を生じ無より出《いで》て有を写す　縦横無尽変幻無究　一たび此翁の筆頭に上れば

「過《すぎ》さりし物もまのあたりに顕はれ　隔たりたる物も咫尺《しせき》[一]に現ず　けふまで我人《われひと》の見しことなき種々の新しき物の形も髣髴《はうふつ》[二]眉のひまに見《あら》はれ来り記憶の墓の中に埋もれたる亡《ほろ》びしもろ〳〵の物の姿も歴々《れきれき》[三]活ける如く喚起されて　宛然《あんぜん》こゝかしこに活動すめり」

空前《くうぜん》とたゝへんは無論の事なり　更に絶後《ぜつご》なりと仮定するも思ふに甚しき誣《ふ》言《げん》にはあらじ　何物[四]のみやびたる神歟《か》　此神々《かうぐ》しき天津《あまつ》[五]使ひを降して　我秋津《あきつ》[六]洲《しま》の小説を喚起し　燦たる文壇の光を添へしぞ　神歟《か》　人歟　小説の霊歟

扨《さて》も希有《けう》なりける翁なるかな

嗚呼《ああ》夫《そ》れ　しきしまの大倭《やまと》の国は　まことに一握りの土塊《つちくれ》なるのみ　弾丸《だんぐわん》[七]黒子《こくし》の地といふべきのみ　其人口[八]の多少より言はんに　欧米其国と比ぶべうもあらず　学文[九]に芸術に我の彼に劣る　其筈《そのはず》としもいふべし　しかるに只一ツ彼に向ツて我の誇り得べきものこそあれ　彼にも恥《はぢ》ざるべき産物こそあれ　他なし　曲亭の翁これなり　斯様《かやう》に軽々しく断言せば　西洋心酔の文人者流はたちまち双[一〇]の眉の間を狭ふし　[一一]咄々妄言《とつとつばうげん》と罵るかも知らねど　主人は絶対の地位に

一 「すこしのへだたり」(『いろは辞典』)。

二 まるで眉の間にあるかのように。

三 「あきらかに、いちいち、ありあり」(『いろは辞典』)。

四 何という風雅の道を知る神であろうか。

五 最終的に削除されたが、稿本版『言海』に「てんし(名) 天使 天子ヨリノ御使」とある。

六 日本。↓一九三頁注一九。

七 『日本大辞書』は「寸土。＝寸地(戦争ナドニ)」とし、用例「弾丸黒子之地ヲ争フ」がある。

八 明治十九年現在の日本の人口は三八〇〇万強で、植民地分を除きさえすれば、イギリス本国やフランス本国に決して負けてはいない。

九 「学問」に同じ。当時は「学文」の表記も混用。

一〇 眉間にしわをよせて。

一一 「咄々」は「怒れる時訝り怪む時等に言出る歎声」(『いろは辞典』)。

一二 小説『チャールズ・グランディソン *Sir Charles Grandison*』(一七五三—五四年)中の人物。理想的善良な男性として設定。

一三 底本は「八賢士」と誤植。

一四 「極美は至善至美の謂なり　人間の想像を以てしては決して其上を想像しがたき完全無欠なる者の謂なり」(坪内雄蔵「極美小説の事につきて」『社会之顕象』明治二十一年四月)。

一五 書簡体小説『クラリッサ(*Clarissa Harlowe,*

たちて敢《あへ》て斯《か》くの如くいふにはあらず　彼我《ひが》を公平に比較し来りて　所謂《いはゆる》割合の上より言ふなり　見ずや　英吉利の文明なるも　かりに詩歌の壇を立離れて専ら稗史壇につきて言はゞ　其脚色の絶妙なる　其文章の流麗なる　其想像の霊活なる　将又《はたまた》其機軸の斬新なる　曲亭老人に匹すべきは稀なり　李《リ》チヤアドソンの筆巧《たくみ》なりと雖も　其脚色の霊妙なること　争《いか》でか此翁に及ぶべきや　「グランチソン」[一二]（李氏の人物）実にめでたしと雖も　之を八犬士[一三]に対せんには極[一四]美の標準には遠かるべく　「クラリサ」[一五]（人物）こと〴〵く純美なりと雖も　之を白縫[一六]の嬢に比せば　之を犬伝の浜路《はまぢ》に比せば　或は空絶[一七]とは評しがたからん　若《も》し婁騒《ルソー》[一八]をして犬伝を読ましめなば　彼豈《あに》軽々しく「クラリツサ」を称して「天下唯一」ぞと評し得んや　羅馬《ローマ》[一九]法王は「パメラ」[二〇]（李氏の作）を誦して　これこそ完善なる奨訓の書なり　聖書の二十巻に優るべしといひにき　万一法王を呼起《よびおこ》し来りて更に八犬士を知らしめなば　彼将《は》た何様《いか》なる評言を放ツて之を称揚する事なるぞや　[二一]よしや西の国の眼《まなこ》をもてしてまことの値段附をなしがたくもあらば　願ふは孔夫子《こうふうし》[二二]を地下より起して犬士の道徳を論ぜしめん　「我意を得たりけり」トいはざらんとするも　仲尼《ちゆうぢ》の正直なる心をもてして決して能はざる事なるべし　勧善懲悪の大原則をもて稗史の神髄となしたらんには　兎

on the history of a young lady』（一七四七—四八年）中の人物。美貌と貞淑を兼備した女性として設定。

一六『椿説弓張月』（文化四—八年）に登場する為朝の妻。「（男本尊）為朝　（女本尊）白縫姫」（『小説神髄』「主人公の設置」）。

一七 空前絶後。

一八 Jean-Jacques Rousseau（一七一二—七八）。フランスの思想家、文学者。

一九 ローマ・カトリック教会の首長。バチカン市国元首。教皇とも言う。逍遙は「極美小説の事につきて」で「詩人ポープが」「ほめて聖書二十巻に優れりといひし事は已に皆人の知る所なり」と述べており、何らかの混線があるか。

二〇『パミラ *Pamila, or Virtue Rewarded*』。『パメラ』一名『美徳のむくい』…千七百三十九年十一月十日起稿、翌年一月脱稿全部二冊、一時の出版なり、即ちリチヤードソンが五十歳の時にて、此の書は実に彼れが処女作なり。…アレキサンドル、ポープの如きも、此の書を評して、人を感化するの力説教文二十巻にも優るといひ、博士シエルロックもまた其説教壇上にて此の書を世の人に推薦せしかば、発売後一年にして五版を売り尽くし、和蘭、仏蘭西、等のがいこくもまた相ついで之れを翻訳するに至りぬ」（鄭澳生・小羊子「サミユエル、リチヤアドソン」『早稲田文学』明治二十六年十二月二十六日）。

二一「馬琴の小説は儒教を標準としたる極美小説」（坪内雄蔵「極美小説の事につきて」）だから、欧米の人々に理解しがたい点があるかもしれないが、儒教の祖である孔子は価値を認めるはずである。

二二 孔子。紀元前五五一—紀元前四七九。中国古代の思想家。儒教の祖。次行の「仲尼」は孔子の字。

に角[一]当代の徳義をもて徳義の完全なる基本となし　斯《か》くて此《この》おきなの著作に係はる奨誡小説を評せんには　東西[二]無比　古今独歩　空前絶対ぞとほめたゝへて決して過言にてはあらざる可きなり

（以[三]下次号）

一「今の道徳家の眼より見れば非議すべき所多からん　然も標準の当代に正しかりし事は争ふ可らず」（坪内雄蔵「極美小説の事につきて」）。

二「極美小説の事につきて」では「我国に在つては曲亭馬琴ひとり標準小説の旨を得たり」とのみ述べ、欧米作家との比較はしていない。

三 次号以降の掲載はなく中絶。一三六頁に掲げられた構想の第四の途中で終わったわけだが、その試みは、主として『早稲田文学』に掲載された水谷不倒らの原稿に挿評する形でまとめた『近世列伝体小説史』（水谷不倒との共著、明治三十年）下巻第二章「江戸作者」につながる。「江戸作者」は山東京伝、曲亭馬琴、式亭三馬、十返舎一九、柳亭種彦、為永春水、仮名垣魯文。これらのうち、野崎左文の「仮名垣魯文伝」は転載で、逍遙の挿評はない。馬琴は暁霞処士筆、残りは水谷不倒筆である。

二葉亭四迷

新編《しんぺん》 浮《うき》雲《ぐも》

十川信介 校注

〔初出・底本〕第一篇＝明治二十年六月、金港堂刊。表紙・奥付とも著者は坪内雄蔵。内題は「上篇」。春のや主人・二葉亭四迷合作。第二篇＝同二十一年二月、金港堂刊。表紙は坪内雄蔵著、内題は春の屋主人・二葉亭四迷合著。奥付の著者は坪内雄蔵と長谷川辰之助（二葉亭の本名）の連記。第三篇＝雑誌『都の花』に四回連載。第十八号（同二十二年七月七日）、第十九号（同月二十一日）、第二十号（同年八月四日）、第二十一号（同月十八日）。著者二葉亭四迷。角書の「新編」はない。三篇ともに巻末に「終」とあり、全篇の合本（金港堂、同二十四年。表紙に「春の屋主人／二葉亭四迷著　完」）や『太陽』臨時増刊（同三十年六月）の再掲本文末尾にも「完」とあるので、この小説は完結したようでもあるが、その一方、著者の手記に数種の腹案が残され、現行の結末が不安定であるため、「終」を各篇の終了とみなせば、未完のまま中絶したとも言える。なお、第三篇単行本は不完全なものが二種発見されているが、結局流通しなかったと思われる。

全集は筑摩書房『二葉亭四迷全集』（全八巻、昭和五十九年―平成五年）がもっとも精確である。

本書では上記の初出本文を底本とし、誤字・脱落と思われる箇所を訂したほかは、出来るだけ当初の形を残すことに努めた。第一・第二篇に目録（目次）があるが、本書では省略した。

〔梗概〕静岡県士族の子・内海文三は早く父を失い、東京の叔父・園田孫兵衛のもとに寄寓して勉学に励み、官吏となった。孫兵衛の娘・お勢は甘やかされて育った移り気な女性だったが、年頃になってからは「西洋主義」にかぶれて文三と親しんでいた。文三はいつしかお勢との結婚を考えるようになったが、その矢先に免職になってしまった。生真面目で内省的な文三に対して、同僚の本田昇は世渡りに巧みで、堅苦しい「条理」にとらわれず、要領よく出世しようとする青年である。お勢の母・お政は、掌を返したように免職になった文三を冷遇するが、本田はその隙間に入り込んでお政に取り入り、最初は文三の「学問」を弁護したお勢も、次第に調子のいい本田に惹かれていく。

文三はお勢を信じようと思うが、どこかに疑いが残り、やがて復職をめぐって本田に言い負かされ、本田に味方する彼女とも喧嘩して孤立する。彼は、私利私欲に汚れていく園田家の有様を憂えて、お勢を救出しようと思うが、その方策を見いだせず、さまざまな妄想や思いつきを繰り返した末に、もう一度だけお勢に忠告し、聞き入れられなければ園田家を出ようと決心した。

浮雲はしがき

薔薇《ばら》[一]の花は頭《かしら》に咲《さい》て活人《くわつじん》[二]は絵となる世の中　独《ひと》り文章而已《のみ》は黴《かび》[三]の生へた陳奮翰《ちんぷんかん》の四角張りたるに頬返《ほゝがへ》[四]しを附《つ》けかね又は舌足[五]らずの物言《ものいひ》を学びて口に涎《よだれ》を流すは拙《つたな》し　是《これ》はどうでも言文一途《げんぶんいっと》[六]の事だと思立《おもひたつ》ては矢も楯《たて》もなく　文明[七]の風《かぜ》改良の熱一度に寄《よ》せ来《く》るどさくさ紛《まぎ》れ　お先[八]真闇三宝荒神《まっくらさんぼうくわうじん》さまと春[九]のや先生を頼み奉り　欠硯《かけすゞり》[一〇]に朧《おぼろ》の月の雫《しづく》を受けて墨摺流《すみすりなが》[一一]す空[一二]のきほひ夕立の雨の一[一三]しきりさら〱さつと書流《かきなが》せば　アラ無情《うたて》[一四]始末にゆかぬ浮雲[一五]めが艶《やさ》[一六]しき月の面影を思《おも》ひ懸《がけ》なく閉籠《とぢこめ》て　黒白《あやめ》[一七]も分かぬ烏夜玉《うばたま》[一八]のやみらみつちやな小説が出来しぞやと我ながら肝《きも》を潰《つぶ》して此書《このしよ》の巻端《くわんたん》に序するものは

明治丁亥《(ひのとゐ)》[一九]初夏　二葉亭四迷

束髪と薔薇の花かんざし（『女学雑誌』第22号，明19・5）

一 明治十八年ごろから、洋風束髪の流行にともなって薔薇の花かんざしが若い女性間にひろまった。→補一。 二 活人画（タブロー・ヴィヴァン）のこと。舞台上に歴史的に有名な場面を設定し、扮装した人物が五、六分間静止したポーズを取って再現して見せる催し物。→補二。 三 古くさく、難解な漢語や漢文体の文章。「陳奮翰」は何を言っているのか訳がわからないこと。「珍紛漢」などとも書く。 四 頬張ったものを噛みこなすこと。転じて物事の始末をつけること。ここでは「頬返しを附けかね」で、時代遅れの漢文が新時代を表現する役に立たないこと。 五 ここでは曖昧で十分に新時代を写すことができない和文を指す。「二葉亭氏の序で見ても四角張った漢語を省き、舌足らずの和文を脱し、自由自在に思の儘を書記さうといふ一点から俗文に為さつたのでしやう」（山田美妙「新編浮雲」『以良都女《(いらつめ)》』第十二・十三号、明治二十一年五・六月）。 六 言文一致に同じ。山本正秀『近代文体発生の史的研究』（岩波書店、昭和四十年）によれば、「言文一致」の語が最初に現れるのは明治十八年二月（神田孝平「文章論ヲ読ム」『東京学士会院雑誌』第七編一号）、それ以前は「言文一途」と呼ぶのが普通だった。日常の談話に用いる話し言葉を基盤にした口語文のこと。 七 この時代はいわゆる鹿鳴館時代にあたり、欧化主義が支配的だった。演劇改良運動、文学改良運動、言文一致運動などが盛んだった。 八 仏・法・僧の三宝を守護する神。困った時や成功を祈る時に、「南無三

浮雲第一篇序

古人の未だ嘗《かつ》て称揚せざる耳馴れぬ文句を笑ふべきものと思ひ又は大体を評し得ずして枝葉の[一]瑕瑾《かきん》のみをあげつらふは　批評家の学識の浅薄なると其[二]雅想なきを示すものなりと　誰人《たれひと》にやありけん[三]古人がいひぬ　今や我国の文壇を見るに雅運日に月に進みたればにや批評家こゝかしこに現はれたれど　[四]多くは感情の奴隷にして我《わが》好む所を褒め我嫌ふところを貶《けな》す　其《その》評判の[五]塩梅《あんばい》たる[六]上戸《じやうこ》の酒を称し下戸《げこ》の牡丹餅《ぼたもち》をもてはやすに異ならず　淡味家は[七]アラヒを可とし濃味家は[八]口取を佳とす　共に真味を知る者にあらず争《いか》でか料理通の言なりといふべき　就中《なかんづく》小説の如きは元来其[九]種類さま〴〵ありて辛酸甘苦いろ〳〵なるを　[一〇]五味を愛憎する心をもて頭《アタマ》くだしに評し去るは豈《あ》に心なきの極《きはみ》ならずや　我友二葉亭の[一一]大人《うし》このたび思ひ寄る所ありて浮雲といふ小説を綴りはじめて　数ならぬ主人にも[一二]一臂《いつぴ》をかすべしとの頼みありき　頼まれ甲斐のあるべくもあらねど[一三]一言二言の忠告など思ひつくまゝに申し述べて　かくて後大人の縦横なる筆力もて全く綴られしを一閲するに其文章の巧なる勿論《もちろん》主人などの及ぶところにあ

（宝）」「真闇三宝」などの言葉を発した。かまどを守護する神を三宝荒神とも言うので、「お先真闇」から三宝荒神と続けた技巧。→補三。 九 坪内逍遥（雄蔵）のペンネーム、春の屋おぼろ（別名、朧月庵主人）による。 一〇 坪内逍遥に対する挨拶。無能な身ながら春の屋先生のご恩を頂戴しての意。 一一 「欠けた硯で墨を磨る」と、「空が墨を流したように暗くなる」との双方を懸ける。 一二 空の勢い。 一三 「雨」と「書く」の両方に懸かる。 一四 何とも情けないことに。 一五 月にかかる雲に、作品の題名を利かせる。「浮雲」には不安定の意があり、江戸時代から明治時代にかけて「アブナシ・あぶない」という訓みかたがよく用いられた（『書言字考節用集』）。「アレ浮雲《あぶな》い」（斎藤緑雨「うたひ女《め》」『めさまし新聞』明治二十一年二月二十八日―三月三十一日）。 一六 坪内逍遥の作風を暗示。 一七 物の模様もわからない。 一八 「烏夜玉の」は「闇」に懸かる枕詞。普通「烏羽玉の」と書く。「やみらみっちや」は目鼻の区別もつかないほどめちゃくちゃなこと。「三人やみらみつちやに、さわぎたつるものをとに」（十返舎一九『東海道中膝栗毛』発端、文化十一年）。「みっちや」はあばたのこと。 一九 明治時代の丁亥の年は明治二十年にあたる。

以上一九九頁

一 玉の疵《きず》。欠点。「瑕」は疵、「瑾」は美玉。 二 ここでは文章上の正しい考え。 三 本居宣長が念頭にあると思われる。『玉勝間』二の巻「あらたにいひ出たる説はとみに人のうけひかぬ事」に、学者が新説に対して不寛容で、旧説に固執したり新説の小さな疵を探そうとする傾向が強いことが記されている。ただし同書は、功名心から十分に考えずに新説を出すことをも戒

らず　小説文壇に新しき光彩を添《そへ》なんものは蓋《けだ》し此冊子にあるべけれと感じて甚だ僭越の振舞にはあれど只《ただ》所々片言隻句の穏かならぬふしを刪正《さんせい》[14]して竟《つひ》に公にすることゝなりぬ　合作の名はあれども其実《そのじつ》四迷大人の筆に成りぬ　文章の巧なる所趣向の面白き所は総《すべ》て四迷大人の骨折なり　主人の負ふところはひとり僭越の咎《とが》のみ　読人《よむひと》乞ふ其心してみそなはせ　序《ついで》ながら彼《か》の八犬伝《はつけんでん》[15]水滸伝《すいこでん》[16]の[17]如き規模の目ざましきを喜べる目をもて此《この》小冊子を評したまふ事のなからんには　主人は兎も角も二葉亭の大人否《いな》小説の霊が喜ぶべしと云爾《しかいふ》[18]

第廿年夏　　[19]春の屋主人

めている。 一四 この直後に坪内逍遙は、「批評の標準」（『中央学術雑誌』第五十八号、明治二十年九月）で「感情に拠れる批評」の弊を説いた。 五 塩と梅酢で調味すること。味加減。 六 酒をたしなむ人。「下戸」はその反対。 七 洗魚。鯛・鯉・すずきなどの刺身を冷水で洗った料理。 八 「口取肴（くちとりざかな）」の略。饗応の膳で吸物とともにまず出す取り肴。うま煮にした魚肉、きんとん、かまぼこ、卵焼などの盛り合わせ。 九 「尋常（よのつね）の譚（ものがたり）（小説（ノベル））」と「奇異譚（きいのものがたり）（ローマンス）」とに大別される坪内逍遙の小説分類は、『小説神髄』（明治十八―十九年）上巻に示されている。 一〇 甘・酸・鹹（かん＝塩からい）・苦・辛の五種類の味。 一一 学者などの尊称。 一二 片方のひじ。「一臂をかす」は助力すること。 一三 二葉亭の回想「余が言文一致の由来」（『文章世界』明治三十九年五月）や坪内逍遙の『柿の蔕』（中央公論社、昭和八年）によれば、逍遙は文章をもう少し上品にとか、漢語を増やしてはどうかとか、三遊亭円朝の「落語（はなし）」を参照しては、などと忠告したという。 一四 文章の字句を削り正すこと。底本「刪止」を訂した。 一五 曲亭馬琴『南総里見八犬伝』（文化十一年―天保十三年）。八犬士の活躍を壮大なスケールで描く江戸時代後期の代表的伝奇小説。 一六 施耐庵（したいあん）作。中国明代の代表的伝奇小説。梁山泊（りょうざんぱく）に集まった一〇八人の豪傑の活躍を描く。『八犬伝』にも影響を与えた。 一七 当時は政治小説風の「結構の雄大」を喜ぶ風潮が強く、坪内逍遙の『一読三歎　当世書生気質』（明治十八―十九年）も「陋猥（ろうわい）卑俗」と非難されていた。 一八 「以上のとおり」「…の次第である」の意味で、漢文の文末に用いられる助字。 一九 坪内逍遙のペンネーム。↓一九九頁注九。

[一]新編 浮雲 上篇

春のや主人
二葉亭四迷　合作

第一回　ア丶ラ怪《あや》しの人の挙動《ふるまひ》

[二]千《ち》早振《はやふ》る神無月《かみなづき》も最早《もはや》跡二日《ふつか》の[三]余波《なごり》となツた廿八日の[四]午後三時頃に[五]神田見附《かんだみつけ》の内《うち》より[六]塗渡《とわた》る蟻《あり》、[七]散る蜘蛛《くも》の子とうよ〳〵ぞよ〳〵沸出《わきい》で丶来《く》るのは孰《いづ》れも[八]頤《おとがい》を気にし給《たま》ふ方〻《かたぐ》、しかし熟〻《つらく》見て篤《とく》と点検すると是《こ》れにも種〻《さまぐ》種類のあるもので、まづ髭《ひげ》から書立《かきた》てれば口髭頬髯頤《くちひげほゝひげあご》の鬚《ひげ》、[九]暴《やけ》に興起《おや》した拿破崙髭《なぽれをんひげ》に[一〇]狆《ちん》の口めいた比斯馬克髭《びすまるくひげ》、そのほか[一一]矮鶏髭《ちゃぼひげ》、貉髭《むじなひげ》、ありやなしやの幻《まぼろし》の髭と濃《こ》くも淡《うす》くもいろ〳〵に生分《はへわか》る　髭に続いて差《ちが》ひのあるのは服飾《みなり》　[一二]白木屋《しろきや》仕込みの[一三]黒物《くろいもの》づくめには[一四]仏蘭西皮《ふらんすがわ》の靴の配偶《めうと》はありうち、之《これ》を召す方様《かたさま》の[一五]鼻毛は延びて蜻蛉《とんぼ》をも釣《つ》るべしといふ　是《こ》れより降《くだ》つては[一六]背皺《せじわ》よると枕詞《まくらことば》の付く「スコッチ」の背広にゴリ〳〵するほどの牛の[一七]毛皮靴、そこで踵《かゝと》にお飾《かざり》を絶《たや》さぬ所から[一八]泥に尾を曳《ひ》く亀甲洋袴《かめのこづぼん》、いづれも[一九]釣《つる》しんぼうの苦患《くげん》を今に脱せぬ貌付《かほつき》、デも持

一 角書、題名、著者名は→補四。
二 神に懸かる枕詞。神無月は旧暦十月。ただし新作中年代、明治十九年または二十年はすでに新暦なので、「廿八日」が「跡二日」というのは計算違い(日本近代文学大系4『二葉亭四迷集』角川書店、昭和四十六年の畑有三による注釈、以後「畑注」と略す)。→補五・補六。
三 「余波(ナゴリ)」(『書言字考節用集』)。坪内逍遙に『自由太刀余波鋭鋒(じゆうのたちなごりのきれあじ)』(明治十七年。シェイクスピア『ジュリアス・シーザー』の翻訳)。
四 当時の官員の退出時刻は午後三時。→補七。
五 現、千代田区大手町北側。江戸城の見付(番所)の一つで、当時は堀の内側に大蔵省・内務省・農商務省などの官庁があった。→四八六頁地図①。
六 蟻が縦の列を作って行くことを「蟻の門渡(とわた)り」と言う。また人が列を作って集まることを喩えて「蟻の熊野詣(もうで)」と言う。
七 諺「蜘蛛の子を散らす」。蜘蛛の子が八方に散るように、群衆が一斉に散って行くさま。官員の退庁風景。
八 したあご。ここでは生計。「おとがいを養う」で生計を立てるの意。当時の官吏はちょっとした政変ですぐ失職したため地位不安定で、たえず保身を考えていた。それをひやかす表現。
九 やたらに先端を長く延ばしたナポレオン三世風の口髭。「おやす」は生(は)やす。明治期の上流紳士間に流行。

ナポレオン三世
(『日本百科大辞典』三省堂書店, 明41-)

主は得意なもので髭あり服あり我また奚《なに》をか覔《もと》めんと済《すま》した顔色《がんしょく》で[二〇]火をくれた木頭《もくづ》と反身《そつくりかへ》ツてお帰り遊ばす　イヤお羨《うらやま》しいことだ　其後《そのあと》より続いて出《で》てお出《い》でなさるは孰《いづ》れも[二一]胡麻塩頭《ごましほあたま》　[二二]弓と曲《ま》げても張《はり》の弱い腰に無残《むざん》や[二三]空弁当《からべんたう》を振垂《ぶらさ》げてヨタ〱ものでお帰りなさる　さては老朽しても流石《さすが》はまだ職に堪《た》へるものか　しかし日本服《にほんふく》でも勤められるお手軽なお身の上　さりとはまたお気の毒な

途上人影《とじやうひとけ》の稀《ま》れに成《な》つた頃同じ見附の内より両人《ふたり》の[二四]少年《わかもの》が話しながら出て参つた　一人は年齢《ねんぱい》二十二三の男　顔色《がんしよく》は蒼味《あをみ》七分《(しち)ぶ》に土気《つちけ》三分どうも宜敷《よろしく》ないが秀《ひい》た眉に儼然《きつ》とした眼付でズーと押徹《おしとほ》つた鼻筋　唯惜哉《たゞをしいかな》[二五]口元が些《ち》と尋常でないばかり、しかし締《しまり》はよささうゆゑ[二六]絵草紙屋《ゑざうしや》の前に立つてもパックリ開《あ》くなどゝいふ気遣《きづか》ひは有るまいが兎《と》に角顋《かくあご》が尖《とが》つて頬骨《ほゝぼね》が露《あらは》れ非道《ひど》く癯《やつ》れてゐる故《せゐ》か顔の造作《ざうさく》がとげ〱してゐて愛嬌気《あいけうげ》といつたら微塵《みじん》もなし　醜《みにく》くはないが何処《どこ》ともなくケンがある　背《せい》はスラリとしてゐるばかりで左而已《さのみ》高いといふ程でもないが疲肉《やせじゝ》ゆゑ[二七]半鐘《はんしやう》なんとやらといふ人聞《ひとぎゝ》の悪い渾名《あだな》に縁《えん》が有りさうで、年数《ねんすう》物《もの》ながら摺畳皺《たゝみじは》の存《ぞん》じた[二八]霜降《しもふり》「スコッチ」の服を身に纒《まと》ツて[二九]組紐《くみひも》を盤帯《はちまき》にした帽檐《つば》広《びろ》な黒羅紗《くろらしや》の帽子を戴《いたゞ》いてゐる、今一人は前の男より二ツ三ツ兄らしく中肉《ちうにく》中背《ちうぜい》で色白《いろじろ》の丸顔　口元の尋常な所から眼付《めつき》のパッチリとした所は仲々《なか〱》の好男

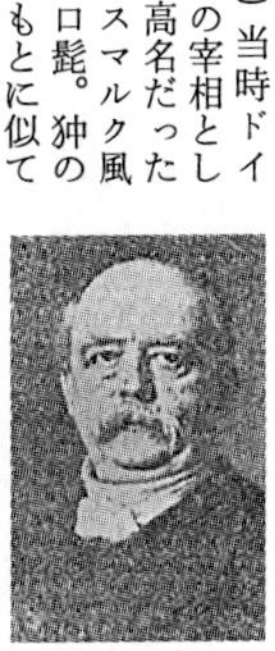

ビスマルク(『日本百科大辞典』)

二〇 当時ドイツの宰相として高名だったビスマルク風の口髭。狆の口もとに似て鼻下に固まっている。 二一 ちゃぼ(愛玩用の小さな鶏)のように小さな口髭と、貉(穴熊)のように薄い口髭。当時の官吏は多く髭を生やして威張っていたので、鯰(なまず)と蔑称された。下級官吏は鰌(どじょう)。ここではそれを踏まえて髭の様子で身分を表す。 二二 寛永年間、江戸の日本橋に開店した大呉服店。のち白木屋百貨店。明治十九年十月に洋服部を開設。↓補八。 二三 黒づくめの洋装。↓補九。 二四 「カーフ・キッド 俗にフランス革と称し又油革ともいふ」(『日本百科大辞典』三省堂書店、明治四十一年―)。つやの少ない黒染の皮で仔牛皮を原料とする。黒づくめの洋服と「キッド」の黒皮靴の組み合わせは似合いで、よくあること、の意。「ありうち」はよくあること。 二五 得意満面で、はたから見ると馬鹿のように見える人の形容。「鼻毛にて蜻蛉(とんぼ)をつる」(『俚言集覧』)。 二六 「背皺よると枕詞の付く」は、古びてたたみ皺がついていることの形容。「スコッチ」はスコッチ・ツイードの略。↓補一〇。 二七 鞣(なめし)が十分でない粗皮(あらかわ)で作った安物の靴。古靴がひびわれ、その亀裂に泥が「お飾」のようについている、というひやかし。↓補一一。 二八 毛皮靴が泥を引きずり、ズボンの裾も汚れているありさまを、長生きの亀が泥の上に尾を引くありさま(『荘子』外篇以来の故事)に喩えた。石橋忍月「浮雲の褒貶」(明治二十年)は古ズボンと解している。「亀甲洋袴」というズボンがあったわけではない。

子ながら顔立《かほだち》がひねてこせ〳〵してゐるので何《なに》となく品格のない男　黒羅紗《くろらしや》の半一「フロックコート」に同じ色の「チョッキ」　洋袴《づぼん》は何か乙《をつ》二な縞羅紗《しまらしや》でリウ三とした衣裳附《いしやうづけ》　縁《ふち》四の巻上《まきあが》ツた釜底形《かまぞこがた》の黒の帽子を眉深《まぶか》に冠《かぶ》り左の手を隠袋《かくし》五へ差入れ右の手で細々《ほそぐ》六とした杖《つえ》を玩物《おもちや》にしながら高い男に向ひ

「しかしネー若《も》し果して課長七が我輩《わがはい》八を信用してゐるなら蓋《けだ》し已《や》むを得ざるに出《い》でたんだ　何故《なぜ》と言ツて見給《みたま》へ　局員四十有余名《いうよめい》と言やア大層《たいそう》のやうだけれども皆《みんな》腰の曲《まが》ツた老爺《ぢいさん》に非《あら》ざれば気の利《き》かない奴《やつ》ばかりだらう　其内《そのうち》でかう言やア可笑《をか》しい様《やう》だけれども若手でサ原書も些《ちつ》たア噛《かぢ》つてゐてサ而《さう》して事務を取らせて捗《はか》の往《い》く者と言つたらマア我輩二三人だ、だから若し果して信用してゐるのなら已《やむ》を得ないのサ

「けれども山口を見給《みたま》へ　事務を取らせたら彼《あ》の男程《ほど》捗の往く者はあるまいけれども矢張免《やつぱりめん》九を喰《く》つたぢやアないか

「彼奴《あいつ》はいかん　彼奴は馬鹿《ばか》だからいかん

「何故《なぜ》

「何故と言つて彼奴は馬鹿だ　課長に向つて此間《こなひだ》のやうな事を言ふ所を見りやア弥《いよ〳〵》馬鹿だ

一九 古着屋に吊してあった古着の擬人化。吊されていた苦しみ。 二〇 火をつけたかんな屑の意か。↓補一二。 二一 髪が半ば白くなった老人。「ごましほの毛うけへたまる口をしさ」(『誹風柳多留』二十四篇)。 二二 弓のように曲げているが張りの弱い腰。「腰に梓（あづさ）の弓を張り」は、腰が曲がることの常套句。「弓」と「張る」は縁語。

二三 ここでは弁当をぶら下げて通勤する判任官以下の下級官吏の様子。「腰弁当」はやがてサラリーマンの代名詞になるが、当初は下級官吏を指していた。「日本服」については補注九参照。

二四 「少」は若い。青年のこと。『言海』「わかもの」の項に「少年」、月の舎しのぶ＝巌本善治「薔薇（しようび）の香」(『女学雑誌』第六十六号、明治二十年七月)も二十四、五歳の男を少年と記している。

二五 口もとの形がよくないこと。「鼻梁（はなすぢ）の通りました、口では立派なこと。「尋常」はここ元の尋常な女」(落語「鰍沢雪の酒宴」『口演速記明治大正落語集成』第一巻、講談社、昭和五十五年)。 二六 絵草紙をはじめ、雑誌・芝居番付・錦絵・瓦版・千代紙などを売っていた店。↓補一三。 二七 半鐘泥棒。火の見櫓の半鐘に手が届くほどののっぽ。「此人身体は大きくて悪く言はゞ半鐘泥棒」(山田美妙「嘲戒小説天狗」、活字非売本『我楽多文庫』第十集、明治十九年十二月)。

二八 霜が降りたように、グレイ地または黒地に白い斑点が浮き出した生地の柄。他に縞スコッチ、玉スコッチなどがある。

二九 リボン様の組紐を胴に巻いた中山鍔広（ちゆうやま つばひろ）帽。

中山鍔広帽
(『東京風俗志』)

以上二〇三頁

一 上着丈の短いフロック・コート。略式の通常

「あれは全体課長が悪《わる》いサ　自分が不条理[一〇]な事を言付《いひつ》けながら何《な》にもあんなに頭ごなしにいふこともない

「それは課長の方が或《あるひ》は不条理かも知れぬがしかし苟《いやしく》も長官[一一]たる者に向つて抵抗を試《こゝろ》みるなぞといふなア馬鹿の骨頂《こつちやう》だ　まづ考へて見給《みたま》へ　山口は何《な》んだ[一二]属吏《ぞくり》ぢやアないか　属吏ならば仮令《たと》ひ課長の言付《いひつけ》を条理と思つたにしろ思はぬにしろハイ〳〵言つて其《その》通り処弁《しよべん》[一三]して往《い》きやア職分は尽きてるぢやアないか　然《しか》るに彼奴《あいつ》のやうに苟《いやしく》も課長たる者に向つてあんな差図《さしづ》がましい事を……

「イヤあれは指図《さしづ》ぢやアない。注意サ

「フム乙《をつ》[一四]う山口を弁護するネ　矢張《やつぱり》[一五]同病相憐《あひあは》れむのかアハ〳〵

高ひ男は中背《ちうぜい》の男の顔を尻眼《しりめ》[一六]にかけて口を鉗《つぐ》むで仕舞ッたので談話《はなし》がすこし中絶《とぎ》れる、錦町《にしきちやう》[一七]へ曲《まが》り込んで二ツ目の横町の角《かど》まで参《まゐ》つた時中背の男は不図《ふと》立《たち》止《どま》つて

「ダガ君の免《めん》を喰《くつ》たのは弔《てう》[一八]すべくまた賀《が》すべしだぜ

「何故《なぜ》

「何故と言つて君是《こ》れからは朝から晩まで情婦《いろ》[一九]の側《そば》にへばり付《つい》てゐる事が出来らアネ、アハ〳〵

礼服(→補九)。→補一四。
二 ここでは、ちょいと洒落た、の意。
三 身なりが立派なありさま。ぱりっとした。
四 山高帽子。 五 ポケット。
六 ステッキ。 七 当時の官制では課長は判任官が普通だが、部下の進退身分については課長が処理することができた(勅令第二号第三十二条、明治十九年二月)。 八 課長が自分を信用して洩らしたことが本当なら、の意。「我輩」は政治家、役人などが好んだ尊大ぶった一人称。 九 免職になった。明治十八年の官制改革にともなって大量の免職者が出て、免職・非職(待命休暇)は、官吏の世界だけでなく一般的にも使われ、流行語となった。→二三五頁注九。

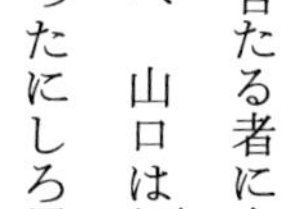

山高帽子
(『日本百科大辞典』)

一〇 筋道が通らないこと。
一一 本来は役所の長を言うが、ここでは直属の上司、課長のこと。
一二 当時の官制では判任官の文官を「属」と称し、一等から十等に分かれていた。ここでは下級官吏ぐらいの意。
一三 処理。 一四 変に、妙に。
一五 俗諺。同じ苦しみを受けている者(ここでは免職)は、互いに同情の念が強い。
一六 顔を動かさず横目に見ること。ここでは相手の言葉に取り合わない態度。
一七 現在の千代田区神田錦町、当時は神田区神田錦町。→四八六頁地図②。
一八 お悔みを言うべきだが、同時にお祝いも言うべきだ。 一九 「いろ」は情婦、情夫どちらの場合も言う(前田勇編『江戸語の辞典』講談社学術文庫、昭和五十四年)。

「フヽヽン馬鹿《ばか》を言給《いひたま》ふな

ト高い男は顔に似気《にげ》なく微笑《びしやう》を含《ふく》みさて失敬《しつけい》[一]の挨拶《あいさつ》も手軽《てが》るく、別れて独《ひと》り小《を》[二]川町《がはまち》の方へ参る。顔の微笑が一《ひと》[三]かわ〳〵消《き》ゑ往《ゆ》くにつれ足取《あしどり》も次第《しだい》〳〵に緩《ゆるや》かになつて終《つひ》には虫の這《は》ふ様《やう》になり悄然《しよんぼり》と頭《かうべ》をうな垂《だ》れて二三町程《ほど》も参ツた頃《ころ》不《ふ》図《と》立止《たちどま》りて四辺《あたり》を回顧《みま》はし駭然《がいぜん》[四]として二足《ふたあし》三《み》足立戻《あしたちもど》ツてトある横町《よこちやう》へ曲《まが》り込んで角《かど》から三軒目の格子戸《かうしど》[五]作りの二階家《や》へ這入《はい》る、一所《(いっ)しょ》に這入《はい》ツて見やう

高い男は玄関を通り抜けて椽側《あんがは》へ立出《たちいで》ると傍《かたはら》の坐舗《ざしき》の障子《しやうじ》がスラリ開《あ》いて年頃十八九の婦人の首　[六]チョンボリとした摘《つまみ》ツ鼻《ばな》と[七]日の丸の紋《もん》を染抜《そめぬ》いたムックリとした頬《ほゝ》[八]とでその持主の身分が知れるといふ奴《やつ》がヌット出る

「お帰《かいん》なさいまし

トいつて何故《なぜ》か口舐《くちなめ》ずりをする

「叔《を》母《ば》さんは

「先程《さつき》お嬢《ちやう》さまと何《ど》処《ち》らへか

「さう

ト言捨《いひす》てゝ高い男は椽側を伝《つたは》つて参り突当《つきあた》りの段梯子《だんばしご》を登ツて二階へ上《あが》る　茲《こ》処《ゝ》は六畳の小坐舗《こざしき》　一間《(いっ)けん》の床《とこ》に三尺の押入れ付《つき》　三方は壁で唯《たゞ》南ばかりが障[九]

一 友人間（男性）の別れの挨拶。「失敬の挨拶（注、書生の）は、ごつさいの掛声（注、人力車夫の）に和(わく)し」（『当世書生気質』第一回）。二 現在の千代田区神田小川町で、当時は神田区小川町。区内の盛り場だった。→四八六頁地図④。三 一皮。表面の微笑が一枚一枚消えていく様子。四 びっくりして。「駭然」は驚くさま。五 門構えではなく格子戸造りが、当時の東京市中の中流の民家（平出鏗二郎『東京風俗志』冨山房、明治三十二—三十五年）。

明治20年の中流住宅
（エドワード・S・モース，上田篤他訳『日本のすまい・内と外』鹿島出版会，昭54）

六「チョンボリ」は、チンマリ、小さな。指でつまんだように穴が上を向いた小さな鼻。七 頬っぺたに血が集まって、日の丸を染めたように赤く見えることの形容。二〇九頁二行にあるように、彼女は普段は紅・白粉をつけていない。八 田舎出の下女という身分。その顔の特徴から素性を卑しめた表現。九 当時は板ガラスは輸入品で高価だったので、雨戸（板戸）を開

子になツてゐる　床《とこ》に掛けた軸《じく》は隅《すみ》ゞも既に虫喰《むしば》んで床花瓶《とこばないけ》に投入《なげい》れた二本三本《ふたもとみもと》の蝦夷菊《えぞぎく》はうら枯《が》れて枯葉《かれば》がち、坐舗《ざしき》の一隅を顧《かへり》みると古びた机が一脚据《す》え付けてあツて筆、ペン、楊枝《やうじ》[一〇]などを攌挿《つかみざ》しにした筆立《ふでたて》一個に歯磨《はみがき》の函《はこ》と肩を比《なら》べた赤間《あかま》[一一]の硯《すゞり》が一面載《の》せてある、机の側《かたはら》に押立《おしたて》たは二本立《にほんだち》[一二]の書函《ほんばこ》是《これ》には小形の[一三]爛缶《らんぷ》が載せてある　机の下に差入《さしい》れたは縁《ふち》の欠けた火入《ひいれこ》[一四]是れには摺附木《すりつけぎ》[一五]の死体《しがい》が横《よこたは》ツてゐる　其外《そのほか》坐舗一杯に敷詰《しきつ》めた毛団《けつと》[一六]　衣紋竹《ゑもんだけ》に釣《つ》るした袷衣《あはせ》　柱の釘《くぎ》に懸けた手拭《てぬぐひ》　いづれを見ても皆年数物《ねんすうもの》　その証拠には手擦《てず》れてゐて古色蒼然《こしよくさうぜん》たり、だが自《おのづか》ら秩然《ちつぜん》[一七]と取旁付《とりかたづい》てゐる

高い男は徐《しづ》かに和服に着替《きか》え脱棄《ぬぎす》てた服を畳みかけて見て舌鼓《したつゞみ》を撃《う》ちながら其儘《そのまゝ》押入《おしいれ》へへし込んで仕舞《しま》ふ、所へトパクサ[一八]と上《あが》ツて来たは例の日の丸の紋《もん》を染抜《そめぬ》いた首の持主、横幅の広い筋骨《きんこつ》の逞《たくま》しいズングリ、ムツクリとした生理学[一九]上の美人で、持ツて来た郵便を高い男の前に差置《さしを》いて

「アノー先刻此《さつきこの》郵便が

「アさう何処《どこ》から来たんだ

ト郵便を手に取つて見て

「ウー国[二〇]からか

けると障子があるのが普通。ただしこの家では、階下はガラス障子になっているらしい(↓二三七頁一二行)。

一〇 当時の歯ブラシ。楊柳の枝をけずり、その先を叩いて房状にした総楊枝(ふさようじ)。現在の歯ブラシは西洋楊枝と呼ばれた。

一一 山口県厚狭(あさ)郡から産出する赤間石で作った硯。中級品。

一二 木製縦長の書棚を二つ合わせて一連とした和式の本箱。↓次頁挿絵。

一三 次頁挿絵にあるのは「据えランプ」。

一四 煙草の火付けの、炭火入れ。

一五 マッチ。幕末・明治初期は紅毛付木、早付木などとも呼ばれた。明治十九年からは黄燐マッチが禁止されている。

一六 毛布。blanket の上半分を略し、音を生かして意味を当てた語。

一七 きちんと。

一八 あわただしく行動するさま。ばたばた。促音で「トッパクサ」と言うことが多い(『江戸語の辞典』)。内田魯庵『くれの廿八日』(明治三十一年)では「トッパクサ」。

一九 英語 **physiology** の訳語(ヘボン『和英語林集成 第三版』明治十九年)。「生理学上の美人」は体格のよい女性へのひやかし。山田俊雄『詞苑間歩』下(三省堂、平成十一年)に勝屋英造編『通人語辞典』(大正十一年)を引き、「衛生美人」が「顔は美しくないが、体がよいと云ふ意味から生理的美人とも云ふ」と説明されている。

二〇 故郷。

「アノネ貴君《あなた》今日のお嬢《ぢやう》さまのお服飾《なり》はほんとにお目に懸け度《たい》やうでしたヨ　まづネお[一]下着《したぎ》が[二]格子《かうし》縞《じま》の黄八丈《き（はち）じやう》でお上着《うはぎ》はパッとした[三]宜《いゝ》引縞《しま》[四]の糸織《いとおり》でお髪《ぐし》は何時《いつ》もの[五]イボジリ捲《ま》きでしたがネ　お搔頭《かんざし》は此間《こなひだ》[六]出雲屋《いづもや》からお取《と》んなすつたこんなと故意《わざ》〳〵手で形を拵《こし》らへて見せ

「[七]薔薇《ばら》の花《はな》搔頭《かんざし》でネそれは〳〵お美しう御座いましたヨ……私《わたし》もあんな帯留《おびどめ》が一ッ欲しいけれども……

と些《すこ》し塞《ふさ》いで

「お嬢さまはお[八]化粧なんぞはしないと仰《おつ》しやるけれども今日はなんでも内々《なひ〳〵》で薄化粧なすッたに違ひありませんヨ、だつてなんぼ色がお白《しろい》ツてあんなに

絵　画家は月岡（大蘇）芳年（天保十年―明治二十六年）。出身は歌川派の浮世絵師だが、洋風を交え、歴史画・幽霊画・美人画で名声があった。錦絵のほか、新聞・雑誌の挿絵も描いた。ここでは道具類がだいたい本文通りに描かれているが、文三の洋服やお鍋の年齢は画家が勝手に設定したようである。文字はお鍋の言葉、「あんまりぢやアありませんかネヱ貴方ナンボ私が不器量だッてあんまりぢやアありませんか」。

一 江戸時代から引き続き、「よそいき」には小袖（袷〔あわせ〕の着物）を二枚、または三枚重ね着することが流行した（喜田川守貞『守貞謾稿』、『東京風俗志』）。

二 黄色地に鳶色（とびいろ）・黒色などの縞、格子柄などを表した絹織物。もとは八丈島産なので、その名がある。江戸時代から娘たちに好まれた織物で、当時束髪に黄八丈の着物は若い娘の定番。

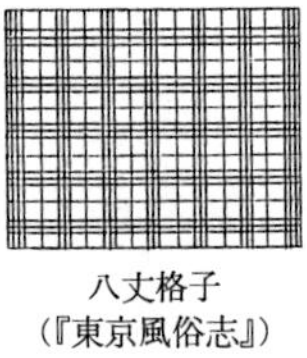

八丈格子
（『東京風俗志』）

三 「いーいしま」と読む。「引」は長音記号の一種。三四六頁五行「御新造さアン引」なども同じ。「オイ梅公（箱夫の名なり）助け船引」（『当世書生気質』第一回）。四 絹の撚糸（よりいと）で織った上等の織物。縞柄はこの時代の流行。五 「髪にても糸にてもクル〳〵とひたまきにまきたるを云」（『俚言集覧』）。イボジリはカマキリの異称。巻いた髷が下にさがっている形がカマキリの後姿に似るのでこの名がある。ここでは日本髪ではなく、当時若い女性に人気のあった束髪「下げ巻」の一種。「頭（かしら）はえりあしよりいぼじり巻に巻上げ。テッペンにいちやうがへしの如く束ねて」（田辺

……私《わたくし》も家《うち》にゐる時分《じぶん》は是《こ》れでも[九]ヘタクタ施《つ》けたもんでしたがネ　此家《こちら》へ上《あが》ツてからお正月ばかりにして不断《ふだん》は施《つ》けないの、施けてもいゝけれども[一〇]御新造《ごしんぞ》さまの悪口《わるぐち》が厭《いや》ですワ　だツて何時《いつう》かもお客様のゐらツしやる前で「[一一]鍋《なべ》のお白粉《しろい》を施《つ》けたとこは全然《まるで》[一二]炭団《たどん》へ霜が降ツたやうで御座います」ツて……余《あん》りぢやアありませんか　ネー貴君《あなた》なんぼ私《わたくし》が不器量《ふきりやう》だツて余《あん》りぢやアありませんか　高い男は先程《さきほど》より手ト敵手《あひて》が傍《そば》にでもゐるやうに[一三]真黒《まつくろ》になつてまくしかける　此《この》時も唯《たゞ》紙を把《と》ツては読《よみ》かけ読かけてはまた下へ措《お》きなどしてさも迷惑な体《てい》「フム」と鼻を鳴らした而已《のみ》で更《さら》に取合はぬゆゑ生理学上の美人は左《さ》なくとも[一四]鰐壊《あみわ》れさうな両頬《りやうきやう》をいとゞ膨《ふ》脹《く》らしてツンとして二階を降りる　其《その》後姿を目送《みおく》ツて高い男はホツト顔《がほ》、また手早く手紙を取上げて読下《よみくだ》すその文言《もんごん》に

一筆《ひとふで》示し[一五]まゐらせ候（まゐらせそろ）　さても[一六]時《じ》からがら日増しにお寒う相成《あひな》り候へども御無事《ごぶじ》にお勤め被成《なされ》候やそれのみあんじくらしまゐらせ候　母事《はゝこと》も此頃《このごろ》はめつきり年をとり髪の毛も大方《おほかた》は白髪《しらが》になるにつき心まで愚痴《ぐち》に相成候と見え今年の晩《くれ》には御地《おんち》へ参られるとは知りつゝも何《なに》となう待遠《まちどほ》にて[一七]毎日《まいにち》ひにち指のみ折《をり》暮《く》らしまゐらせ候　どうぞ〳〵一日も早うお引取《ひきとり》下され度《たく》念じまゐらせ候　さる廿四日は父上の……

花圃『藪の鶯』明治二十一年)。↓二二九頁挿絵。
六 麹町区麹町(現、千代田区麹町)二丁目九番地にあった出雲屋熊次郎の「婦人束髪かもじ附曲(まげ)(つけ)製造売捌所」。↓補一。
七 ここでは絹地・ビロードなどで作った造花の花かんざし。↓補一。
八 『女学雑誌』第二十六号(明治十九年六月)の「新報」に、上方風を学んで化粧が派手になり、こってりとお白粉を塗るため、東京本来の「清潔淡泊の風」が失われる、という記述がある。
九 沢山。「先方(むか)(ふ)へ行つてヘタクタ鰻を食つて来るだけでも徳だ」(落語「〆(ちき)(り)伊勢屋」『明治大正落語集成』第二巻、講談社)。
一〇 「江戸武家及び巨戸(富裕町人)は主人の妻を御新造様と称す」(『守貞謾稿』)。明治期以降は中流にもひろがっている。 一一 下女の名の代表。森銑三『明治東京逸聞史』一(東洋文庫、昭和四十四年)によれば、この呼称が始まったのは明治十年台か。落語「素人洋食」(『明治大正落語集成』第一巻)の下女名にお鍋。 一二 色が黒く醜い者を形容して「炭団に目鼻」という。ここではそれを踏まえて、その黒い顔にお白粉を塗った様子を冷笑。 一三 夢中になって。一生懸命に。
一四 (果実などが)熟しきってはじけそうな。
一五 参らせ候。女性が手紙文で「差上げます」「ございます」「おります」などの意味で使った敬語の慣用句。字体も草書にくずし、この字体で書くのが普通。『松屋筆記』によれば、小野お通に始まるという。「一筆しめし上まゐらせ候此候はまことの候に御座なく候つぎにしたゝめ候がまことの候に御座候とはむかし女のふみをそしりたるある男のわるくちなり」(「女のふみ」『女学雑誌』第三十三号、明治十九年八月)。
一六 時候柄。 一七 毎日毎日。

と読みさして覚えずも手紙を取落《とりおと》し腕を組んでホット溜息《ためいき》

第二回　風変りな恋[一]の初峯入《はつみねいり》　上

高い男と仮《かり》に名乗《なの》らせた男は本名《ほんみやう》を内海文三《うつみぶんざう》と言ツて静岡県の者で　父親は旧幕府に仕《つか》へて俸禄《ほうろく》を食《はむ》だ者で有《あ》ツたが　幕府倒れて王政古《いにしへ》に復《かへ》り時津風《ときつかぜ》[二]に靡《なび》かぬ民草《たみぐさ》もない明治の御世《みよ》に成ツてからは旧里《きうり》[三]静岡に蟄居《ちつきよ》して暫《しば》らくは偸食《とうしよく》[四]の民となり為《な》すこともなく昨日《きのふ》と送り今日《けふ》と暮らす内《うち》　坐《ざ》[五]して食《くら》へば山も空《むな》しの諺《ことはざ》に漏《も》れず次第々々に貯蓄《たくわへ》の手薄になる所から足掻《あが》き出したが　偖《さて》[六]木から落ちた猿猴《さる》の身といふものは意久地《いくぢ》の無い者で腕は真影流《しんかげりう》[七]に固《かたま》ツてゐても鋤鍬《すきくわ》[八]は使へず　口は左様然《さやうしか》[九]らばと重く成ツてゐて見れば急にはヘイ[一〇]の音《ね》も出《だ》されず　といつて天秤《てんびん》[一一]を肩へ当《あて》るも家名《かめい》の汚《けが》れ外聞《ぐわいぶん》が見ツとも宜《よ》くないといふので足を[一二]擂木《すりこぎ》に駈廻《かけまわ》ツて辛《から》くして静岡藩[一三]の史生《しせい》[一四]に住込《すみこ》み　ヤレ嬉《うれ》しやと言ツた所が腰弁[一五]当の境界《きやうがい》　なか〱浮《うか》み上る程には参らぬがデモ感心には多《おほく》も無い資本を吝《をし》まずして一子《（いつ）し》文三に学問を仕込む、まづ朝勃然起《むつくりおき》る、弁当を背負《しよ》はせて学校へ出《だし》て遣る、帰ツて来る、直《たゞ》ちに傍近《ぼうきん》の私塾へ通《かよ》はせると言ふのだから、あけしい[一六]間《ま》がない、迚《とて》も余所外《よそほか》の小供《こども》では続かないが其処《そこ》は文三性質が内端《うちば》[一七]だけに学問

一　修験者が吉野山中に入って修行することを大峰入りと言う。ここではそれをもじって、「初恋」を「恋の初峯入」と表現。

二　「時津風」はその時代の順風。ここでは王政復古のありがたい御時勢に従わぬ人民はいない、の意。「風」「靡く」「草」は縁語。

三　「旧里」は故郷。「蟄居」は、ひきこもること。幕府が倒れ、徳川慶喜が駿府（静岡）に謹慎したのに従った家臣という設定。篠田鉱造『幕末明治女百話』前篇に、静岡に「逼塞」した幕臣家族の回想がある。

四　徒食。何も仕事をせず、ただ食べて暮すこと。

五　徒食すればどんな大きな財産も失くなってしまう。「座して食らへば山をも空し、大海も飲み干す」（二〇九頁注一一の落語「素人洋食」）。

六　頼る所を失った者の喩え。

七　剣道の一派。柳生新陰流。江戸初期に上泉伊勢守が創始した陰流を柳生宗厳（むね よし）が発展させたもの。「真影流」は正確には新陰流。その子宗矩が将軍師範となったため、大いに広まった。

八　百姓はできず。

九　武士が使う言葉の代表的口調。

一〇　商人の返事の口調。

一一　天秤棒をかついで町をまわる物売り。

一二　足を棒にして奔走すること。

一三　文三の父のころ、府中（現、静岡市）を中心に置かれた藩。明治四年の廃藩置県で静岡県となり、明治九年に足柄県、浜松県を併せて現在の静岡県となった（『明治史要』）。

一四　公文書などを写す役目。明治五年一月の官制表では、判任官（八等から十五等）のうち十四等（『明治史要』）。なお二葉亭の父長谷川吉数は、同三年十二月に名古屋藩史生准席となり、同四年八月にその呼称が改訂され十六等出仕となっ

には向くと見えて余《あま》りしぶりもせずして出て参る　尤《もつと》も途《みち》に蜻蛉《とんぼ》を追ふ友を見てフト気まぐれて遊び暮らし悄然《しよんぼり》として裏口から立戻《たちもど》ツて来る事も無いではないが其《それ》は[一八]邂逅《たまさか》の事で、マヽ大方《おほかた》は勉強する、其内《そのうち》に学問の味も出て来る、サア面白くなるから昨日《きのふ》までは督責《とくせき》されなければ取出《とりだ》さなかツた書物をも今日は我《われ》から繙《ひもと》くやうになり　随《したが》ツて学業も進歩するので人も賞讃《ほめそや》せば両親も喜ばしく子の生長《そだち》に其《その》身の老《おゆ》るを忘れて春を送り秋を迎へる内《うち》　文三の十四といふ春待《まち》に待《まつ》た[一九]卒業も首尾よく済《すむ》だのでヤレ嬉《うれ》しやといふ間もなく　父親は不図《ふと》感染《かんせん》した[二〇]風邪《ふうじや》から余病を引出《ひきだ》し年比《としごろ》の心労も手伝《てつだつ》てドット床《とこ》に就く　[二一]薬餌《やくじ》　呪《まじなひ》　加持《かぢ》祈禱《きたう》と人の善《よ》いと言ふ程の事を為尽《しつく》して見たが、さて験《げん》も見えず次第々々に頼み少《すく》なに成《なつ》て遂《つひ》に文三の事を[二二]言ひ死《じに》に果敢《はか》なく成て仕舞ふ、生残《いきのこつ》た妻子の愁傷《しやうしやう》は実に比喩《たとへ》を取るに[二三]言葉もなくばかり「嗟矣《あゝ》幾程《いくら》歎《なげ》いても仕方がない」トいふ口の下からツイ袖《そで》に置くは泪《なみだ》の露《つゆ》　漸《やうや》くの事で空しき骸《から》を菩提所《ぼだいしよ》へ送りて[二四]荼毘《だび》一片の烟《けぶり》と立上《たちのぼ》らせて仕舞ふ、さて[二五]拵人《かせぎにん》が没してから家計は一方《ひとかた》ならぬ困難　薬《やく》礼《れい》と葬式の雑用《ざうよう》とに多《おほく》もない貯叢《たくわへ》をゲッソリ遣《つか》ひ減らして今は残り少なになる、デモ母親は男勝《をとこまさ》りの気丈者《きぢやうもの》　貧苦にめげない煮焚《にたき》の業《わざ》の片手間《かたでま》に[二六]一枚三厘の襯衣《しやつ》を縫《く》けて[二七]身を粉《こ》にして拵了《かせ》ぐに追付《おひつ》く貧乏もないか如何《どう》か斯《か》うか湯《ゆ》なり粥《かゆ》

ている（「尾州藩士名寄」「長谷川吉数履歴書」）。
一五 →二〇三頁注二三。下級官吏の身の上。「むかしには似ぬ二子（ふたこ）の袴。腰弁当の日勤（ひづとめ）の」（『当世書生気質』第四回）。
一六 心が休まる間もない。
一七 うちわ、ひかえめ。
一八 「邂逅（かいこう）」は思いがけず出会うこと。「邂逅（タマサカ）」（『書言字考節用集』）。
一九 ここでは小学校（尋常小学校四年、高等小学校四年）卒業。当時の小学生の学齢は、六歳から十四歳が原則。
二〇 「ふうじや 風邪 カゼ。カゼヒキ」（『言海』）。
二一 「薬餌」は薬と身体によい食物。「呪」は神秘的なものの力を借りて災いを除く術。「加持祈禱」は仏の力が与えられるように祈ること。
二二 言い言いしながら死ぬこと。
二三 言葉もなく、泣くばかり。「なく」は懸詞。
二四 仏教で、火葬すること。
二五 「拵」は生活を支える、稼ぐの意。
二六 惣郷正明・飛田良文編『明治のことば辞典』（東京堂出版、昭和六十一年）に大田才次郎編『新式以呂波引節用辞典』（明治三十八年）を引き、「襯衣（シャツ）」とある。ここではおそらくメリヤスシャツの手編み。畑注に、藤本昌義『日本莫大小（メリヤス）史』（栗山安平商店、昭和九年）を引用し、幕末の手編みメリヤスはすべて武家の内職で、幕府瓦解後も藩士の家庭の家内工業だった旨の記述がある。明治四年以後機械編みが始まり、同十年末からは無税で輸出するようになった。「縫ける」は縫目が表に見えないように縫うこと。普通は「絎ける」と書く。
二七 「身を粉にして拵了ぐ」と、諺「拵了ぐに追付く貧乏なし」を懸けた表現。

なりを啜《すゝつ》て[一]公債の利の細《ほそ》い烟《けぶり》を立てゝゐる、文三は父親の存生中《ぞんじやうちう》より家計の困難に心附《こゝろづ》かぬでは無いが何《なん》と言《いつ》てもまだ幼少の事　何時《いつ》までも其《それ》で居《ゐ》られるやうな心地《こゝち》がされて　親思ひの心から今に坊《ばう》が彼《あゝ》して斯《か》うしてと年齢《とし》には増せた事を言ひ出しては両親に袂《たもと》を絞《しぼ》らせた事は有《あつ》ても又何処《どこ》ともなく他愛《たあい》のない所も有《あつ》て　[二]浪《なみ》に漂《たゞよ》ふ浮艸《うきぐさ》のうか〳〵として月日を重ねたが父の死後便《たより》のない母親の辛苦心労を見るに付け聞くに付け小供心にも心細くもまた悲しく　始めて[三]浮世の塩が身に浸《し》みて夢の覚《さめ》たやうな心地　是《こ》れからは[四]給事《きふじ》なりともして母親の[五]手足《たそく》にはならずとも責《せ》めて[六]我口《わがくち》だけはとおもふ由《よし》をも母に告げて相談をしてゐると　[七]捨《すて》る神あれば助《たすく》る神ありで文三だけは[八]東京《とうけい》に居る叔父の許《もと》へ引取《ひきと》られる事になり　泣《なき》の泪《なみだ》で静岡を発足《ほつそく》して叔父を便《たよ》つて出京したは明治十一年文三が十五に成《なつ》た春の事とか

　叔父は園田《そのだ》孫兵衛《まごべゑ》と言ひて文三の亡父の為《た》めには[九]実弟《じつてい》に当る男　慈悲深く憐《あはれ》ツぽく加之《しか》も律義《りちぎ》真当《まつたう》の気質《きしつ》ゆゑ人の望《う》けも宜《よ》いが惜哉《をしいかな》些《ち》と気が弱すぎる　維新後は両刀を[一〇]矢立《やたて》に替へて朝夕算盤《あさゆふそろばん》を弾《はぢ》いては見たが慣れぬ事とて初《はじめ》の内《うち》は[一一]損《そん》毛《もう》ばかり　今日《けふ》に明日《あす》にと喰込《くひこむ》で果《はて》は借金の淵《ふち》に陥《は》まり如何《どう》しやう斯《か》うしやうと足掻《あが》き踠《もが》いてゐる内《うち》　不図《ふと》した事から浮《うか》み上《あがつ》て当今《たうこん》では些《ち》とは資本も出来地

一 金禄公債の利息。「細い」は公債の利の薄さと、貧しい炊事の煙の双方に懸かる。↓補一五。
二 「うか〳〵」を導く序詞的用法。「艸」は草の総称。ここでは「草」に同じ。
三 浮世の辛さ。正確には「浮世の塩を踏む」と言う。「真に此頃はお鈴も浮世の塩知らず花なら梅の蕾」(嵯峨の屋おむろ『薄命のすゞ子』明治二十一―二十二年)。ただし「小説雑誌やまと錦の評判」(公売本『我楽多文庫』第十三号、明治二十一年十二月)には、「セチ辛いと云ふ処から塩と云はれたのか知れ無いがナンダカ言辞が足り無い様で一寸可笑(をかし)いのサ」という批判がある。
四 「給事(トバッメ)」(『明治節用集』明治八年)。普通は「給仕」と書く。
五 補助。普通は「多足」と書く。同じ音の当て字。
六 自分の食費。
七 諺。世間は広いから、見捨てる人もあるが助けてくれる人もいる。
八 旧暦明治元年七月十七日、江戸が東京と改められた。西京(京都)に対してトウキョウ、トウケイと呼ばれたが、最初はトウケイが多く、トウキョウが優勢になるのは明治三十一年ごろからしい(槌田満文「トウケッ子」『明治大正落語集成』第二巻月報)。
九 孫兵衛が内海家から園田家へ養子に行ったことを示唆。
一〇 携帯用筆記具。筆筒と墨壺とがセット。ここでは帳付けの喩え。
一一 「損亡、損毛、利ヲ失フコト」(『言海』)。「国家(にみく)の為にはあつたらしき、御損耗とぞ思はれける」(『当世書生気質』第一回)。
一二 「浜」は横浜。そこで商館に輸出用の茶を売っていた茶問屋または製茶業(たとえば宮川町に大谷嘉兵衛の「製茶会社」があった)の支配人

面をも買ひ小金をも貸付けて家を東京《とうけい》に持ちながら其身《そのみ》は[一二]浜のさる茶店《さてん》の支配人をしてゐる事なれば左而已《さのみ》富貴《ふつき》と言ふでもないがまづ融通《ゆとり》のある活計《くらし》　留守を守る女房のお政《まさ》はお[一三]摩《さす》りからずる〳〵の後配《のちぞひ》　歴《れつき》とした[一四]士族の娘と自分ではいふが……チト考へ物、しかし兎《と》に角如才《かくじよさい》のない世辞のよい地代から貸金の催促まで家事一切独《ひとり》で切つて廻る程あつて万事に抜目《ぬけめ》のない婦人　疵瑕《きづ》と言ツては唯《たゞ》大酒飲みで浮気で加之《しか》も針を持つ事がキツイ嫌ひといふばかり、さしたる事もないが人事《ひとごと》はよく言ひたがらぬが世の習ひ「彼婦人《あのをんな》は[一五]裾張蛇《すそつばりじや》の変生《へんせう》だらう」ト近辺の者は[一六]影人形《かげにんぎやう》を使ふとか言ふ、夫婦の間に二人の子がある　姉をお勢《せい》と言ツて其頃《そのころ》はまだ[一七]十二の蕾《つぼみ》　弟《をとゝ》を勇《いさみ》と言ツて是《こ》れもまた袖《そで》で鼻汁《はな》拭《ふ》く[一八]湾泊《わんぱく》盛《ざか》り（是《こ》れは当今は某校《ばうかう》に入舎してゐて宅《たく》には居《を》らぬので）トいふ家内《かない》ゆゑ叔母一人の[一九]機《き》に入ればイザコザは無いがさて文三には人の[二〇]機嫌気褄《きづま》を取る抔《など》といふ事は出来ぬ　唯《たゞ》心ばかりは主《しう》とも親とも思ツて善《よ》く事《つか》へるが気が利かぬと言ツては睨付《ねめつ》けられる事何時《いつ》も〳〵　其度《そのたび》ごとに親の難有《ありがた》サが身に染《し》み骨に耐《こた》へて[二一]袖に露を置くことは有りながら常に自《みづか》ら叱ツてヂツト辛抱《しんばう》　使歩《つかひあ》行《る》きをする暇《いとま》には近辺の私塾《しじゆく》へ通学して暫《しば》らく悲しい月日を送ツてゐる、ト或《あ》る時某学校《ばうがくかう》で生徒の[二二]召募《せうぼ》があると塾《じく》での評判取り〴〵　聞けば[二三]給費だといふ　何《なに》も試しだと

か。料理茶屋の類いの茶店（ちやみせ）か。未詳。
一三 女中奉公から主人のお手付となり、ずるずるべったりに後妻となったこと。「下等妾（オサスリ）」（『国民新聞』明治二十四年四月十一日）。
一四 明治維新後、四民平等の世となったが、華族、士族、平民の族称ができた。
一五 主に色欲の強い女性をいう。曲亭馬琴『夢想兵衛胡蝶物語』前編（文化七年）の「色欲国」に、「すそつはり蛇はその頭（かしら）くらやみでまねくが如しゆだんすべからず」とある。「変生」は仏教でいう生まれかわり。

裾張蛇
（曲亭翁戯作，一柳斎主人画『夢想兵衛胡蝶物語』文化 7）

一六 陰口を利くこと。「面（つら）が大きいの腰が高いのと、影人形をつかはれます」（式亭三馬『古今百馬鹿』下、文化十一年、『江戸語の辞典』）。
一七 女性としては蕾の十二歳。ただし彼女の年齢は、数えで明治十一年に十二歳とすれば十九年には二十歳のはずだが、第四回には「年は鬼もといふ十八の娘盛り」（二四二頁二行）とあり、一定していない。
一八 普通は「腕白」の字を当てる。子供がわがままで、いたずらなこと。
一九 「機」は、ここでは心のしくみ、はたらき。
二〇 機嫌、気持。同じ意味の言葉を二つ重ねた語法。
二一 袖に涙がこぼれること。
二二 呼び集める。募集。
二三 官立学校で官が学費を支給する制度。給費生は一旦は寄宿舎に入った。

文三が試験を受けて見た所幸《さいは》ひにして及第《きうだい》する　入舎する、ソレ給費が貰《もら》へる、昨日《きのふ》までは叔父の家とは言ひながら食客《いさふらふ》の悲しさには追使《おひつか》はれたうへ気兼《きかね》苦労而已《のみ》をしてゐたのが今日《けふ》は外《ほか》に掣肘《ひかれ》る所もなく心一杯に勉強の出来る身の上となつたから、ヤ喜んだの喜ばないのとそれは〳〵雀躍《こをどり》までして喜んだがしかし書生と言ツても是《これ》もまた一苦界《ひとくがい》　固《もと》より余所外《よそほか》のおぼッちやま方《がた》とは違ひ親から仕送りなどゝいふ洒落《しやれ》[一]はないから無駄遣《むだつか》ひとては一銭もならずまた為様《しやう》とも思はずして　唯《たゞ》一心に便《たより》のない一人の母親の心を安めねばならぬ世話になつた叔父へも報恩《おんがへし》をせねばならぬと思ふ心より寸陰《すんいん》[二]を惜《をし》んでの刻苦《こくく》勉強に学業の進みも著《いちじ》るしく　何時《いつ》の試験にも一番と言ツて二番とは下《さが》らぬ程《ほど》ゆゑ得難《えがた》い書生と教員も感心する、サアさうなると傍《はた》が喧《やか》ましい　放蕩《はうとう》[三]と懶惰《らんだ》とを経緯《たてぬき》の糸にして織上《おりあがつ》たおぼッちやま方が不負魂《まけじたましひ》の妬《ねた》み嫉《そね》みからおむづかり遊ばすけれども　文三は某等《それら》の事には頓着《とんちやく》せず独りネビッチョ[四]除《の》け物《もの》と成ツて朝夕《あさゆふ》勉強三（ざん）昧《まい》に歳月を消磨《しやうま》する内　遂《つひ》に多年蛍雪《けいせつ》[五]の功が現はれて一片の卒業証書を懐《いだ》き再び叔父の家を東道《あるじ》[六]とするやうに成ツたからまづ一安心と　其《そ》れより手を替《か》へ品を替へ種々《さまぐ》にして仕官の口を探すがさて探すとなると無いもので心ならずも小《こ》半年《はんとし》ばかり薫《くすぶ》ツ[七]てゐる　其間《そのあひだ》始終叔母にいぶされる辛《つ》らさ苦しさ　初《はじめ》は叔母

一　気の利いたこと。
二　ほんの少しの時間。「一寸光陰不レ可レ軽」（伝朱子「偶成詩」）。
三　放蕩となまけを縦糸と横糸として。次行「織」は糸の縁語。
四　「ネブ一挺」の訛り。おはじきを撒き散らした時に、二つが密着して弾けないものを「ネブと云て、こと所にのけおきて後に弾くなり。その如く人をのけものにするを喩てネブ一挺のけ物と云」（『俚言集覧』）。「ねぶ一挺といふ奴だの。何れが本のめくら騒（さわぎ）だ」（山手の馬鹿人『粋町甲閨（すいちょうこうけい）』安永頃、山中共古『砂払』岩波文庫、昭和六十二年による）。
五　苦学の成果。「蛍雪」は『蒙求』にある車胤と孫康の故事（蛍の光や雪明かりで勉強に励んだ）にもとづく。
六　案内役、または主人となって客の世話をすること。ここでは文三が叔父の家の世話になること。
七　「薫」は「くすぶる」の意（諸橋轍次『大漢和辞典』大修館書店）。「薫（ふすぶ）りかへりし半切（はんせつ）の軸には」（『当世書生気質』第三回）。

も自分ながらけぶさうな貌《かほ》をしてやわ〳〵吹付《ふきつ》けてゐたからまづ宜《よか》ッたが次第にいぶし方に念が入《い》ッて来て果《はて》は[八]生松葉《なままつば》に蕃椒《たうがらし》をくべるやうに成ッたから其《そ》のけぶいこと此上《このうへ》なし　文三も暫《しば》らくは[九]鼻をも潰《つぶ》してゐたれ竟《つひ》には余りのけぶさに堪《た》へ兼《かね》て噎返《むせかへ》る胸を押鎮《おししづ》めかねた事も有ッたがイヤ〳〵是《こ》れも自分が不甲斐《ふがひ》ないからだと思ひ返してチットイ辛抱、さういふ所ゆゑ其後《そのご》或人の周旋《しうせん》で某省の[一〇]准判任《じゆんはんにん》御用係となッた時は天へも昇る心地がされて　ホット一息吐《つ》きは吐いたが始《はじめ》て出勤した時は[一一]異《をつ》な感じがした、まづ取調物《とりしらべもの》を受取つて我坐《わがざ》になほりさて落着《おちつい》て[一二]居廻《ゐまわ》りを視回《みまわ》すと仔細《しさい》らしく頸《くび》を傾《かたぶ》けて書物《かきもの》をするもの、[一三]蚤取眼《のみとりまなこ》になつて[一四]校合《きやうがふ》をするもの、筆を啣《くわ》へて忙《いそが》はし気《げ》に帳簿を繰《く》るものと種〻さま〴〵有る中に　恰《ちよう》ど文三の真向ふに[一五]八字の浪《なみ》を額に寄せ忙《いそが》はしく眼をしばたゝきながら間断《たゆみ》もなく算盤《そろばん》を弾《はぢ》いてゐた年配五十前後の老人が不図《ふと》手を止《とゞ》めて球《たま》へ指《ゆび》ざしをしながら「エー[一六]六五七十の二……でもなしとエー六五」ト[一七]天下の安危《あんき》此《この》一挙に在《あ》りと言ッた様《やう》なさも心配さうな顔を振揚《ふりあ》げて、其僻《そのくせ》口をアンゴリ開《あ》いて眼鏡越しにジット文三の顔を見守《みつ》め「ウー八十の二か」ト[一八]一（いち）越調子高《おつちやうしだか》な声を振《ふり》立《た》てゝまた一心不乱に弾《はぢ》き出す　余りの可笑《をか》しさに堪《た》へかねて文三は覚えずも微笑したが　考へて見れば笑ふ我《われ》と笑はれる人と余り懸隔《けんかく》のない身の上　アヽ

八　生松葉は物怪（もののけ）などをいぶし出す時に火にくべる。「蕃椒」は辛いことから、ここでは叔母の「いびり」がどんどん激しくなってきたことの喩え。　九　鼻の穴を押えて煙を吸わないようにしていた。叔母の「いびり」を聞かないふりでやりすごしていた。　一〇　当時の官制では、各省が定員を定めて判任官及びそれに準ずる役人を採用することができた（勅令第二号第十六・十七条、明治十九年二月）。「文武官員表」（明治十三年）によれば、「准判任」は「等外」の上に位置する。「御用係」は事務員。　一一　妙な感じ、違和感。　一二　付近、周囲。　一三　蚤を探す時のように、集中して物をみつめる眼付。　一四　文章や文字の異同を照らし合わせること。　一五　眉を八字に寄せて顔をしかめることから、ここでは額にしわを寄せること。　一六　和算のそろばんで割算の規則に「八さんの割（わり）こゑ」があり、現在の九九のように暗記されていた。ここではそれを声に出している様子。畑注に、「六五八十二とは五を五十とし五十を六にわれば六ちんが一十と八度して六八四十八引ゆえ右に二のこるなり」（『智恵車大全』正徳元年）とある。ここでは五十を六で割ると商が八で二残ること。　一七　天下の安全と危機。天下の形勢。高見沢茂『東京開化繁昌誌』（明治七年）に、下級官吏の勤務の様子が描かれている。「那処（かしこ）ニ手頤（おとがい）ヲ支フ者アレバ、此処ニ烟ヲ吹テ空ヲ守ル者有リ。或ハ算ヲ取テ頻（しきり）ニ乗除スル者アリ。是ハ此レ昨夜ノ会計、然ラザレバ自家本月の消費ナリ」。　一八　正しくは「いちこつ」だが、訛って「いちおつ」とも発音された。和音十二律で一番低い音。一乙。「（上野の）鐘の響の一越（いちおつ）調である事」（篠田鉱造『明治百話』）。ここでは音階に関係なく、単に「一段と」の意。

曾《かつ》て身[一]の油に根気《こんき》の心《しん》を浸《ひた》し眠《ねむ》い眼《め》を睡《ね》ずして得た学力《がくりき》を斯様《こん》な果敢《はか》ない馬鹿《ばか》気《げ》た事に使ふのかと思へば悲しく情《なさけ》なく　我になくホット太《と》息《いき》を吐《つ》いて暫《しば》らくは唯茫然《たゞばうぜん》としてつまらぬ者でゐたがイヤ〳〵是《こ》れではならぬと心を取直して其《その》日より事務に取懸《とりかゝ》る　当座四《（し）》五日《ごにち》は例の老人の顔を見る毎《ごと》に嘆息《たんそく》而已《のみ》してゐたが其《そ》れも向[二]ふ境界《きやうがい》に移る習ひとかで日を経《ふ》る随《まゝ》に苦にもならなく成る　此《この》月より国許《くにもと》の老母へは月々仕送《しおくり》をすれば母親も悦《よろこ》び叔父へは月賦で借[三]金済《な》しをすれば叔母も機嫌を直す　其《その》年の暮に[四]一等進んで本官になり昨年の暑中には久々《ひさぐ》にて帰《き》省《せい》するなどいろ〳〵喜ばしき事が重なれば眉[五]の皺《しわ》も自《おのづか》ら伸びどうやら寿命も長くなつたやうに思はれる　茲《こゝ》にチト艶《なまめ》いた一条のお噺《はなし》があるが之《これ》を記《しる》す前にチヨツピリ孫兵衛の長女お勢《せい》の小伝を伺《うかが》ひませう

お勢の生立《おひたち》の有様　生来子《しやうらいこ》煩悩《ぼんのう》の孫兵衛を父に持ち他人には薄情《はくじやう》でも我子《わがこ》には眼の無いお政《まさ》を母に持ツた事ゆゑ　幼少の折より挿[六]頭《かざし》の花衣《きぬ》の裏の玉と撫《な》で愛《いつくし》まれ何《なん》でも彼《か》でも言成《いひなり》次第に[七]ヲイソレと仕付《しつ》けられたのが僻《くせ》と成ツて首尾よくやんちや娘に成果《なりおほ》せた、[八]紐解《ひもとき》の賀の済《すん》だ頃《ころ》より父親の望みで小[九]学校へ通ひ母親の好みで清[一〇]元《きよもと》の稽古《けいこ》　生得《うまれえ》て才[一一]潑《さいはぢけ》の一徳には生覚《なまおぼ》えながら飲込みも早く学問遊芸両《ふたつ》ながら出来のよいやうに思はれるから母親は眼[一二]も口も一ツにして大驩《おほよろこ》

一　身体にあるエネルギー（油）を根気という精神力（心）で燃え立たせ、の意。遅くまで燈火の下で勉強したこと。「油」「心」はランプの縁語。
二　諺「心は向から境涯に移る」（『故事・俗信ことわざ大辞典』小学館、昭和五十七年）。「心は境遇によって良くも悪くもなる」意味で使われることが多いが、ここでは、時間が経てば自然に新しい境遇になじんでいく、の意。
三　借金返済。
四　「准判任」から正式の判任官（ここでは十等）になったこと。一等は一階級。
五　「眉を開く」と「額の皺を伸ばす」を混同した表現。ほっとする、一安心する。
六　冠につける美しい造花と、値段がつけようのないほど尊い宝珠（『法華経』五百授記品）。溺愛することの喩え。「手の内の玉、翳（かざ）しの花と慈しむのは道理（もっとも）な事」（落語「化物娘」『明治大正落語集成』第二巻）。
七　「オイ」と承知して「ソレ」とすぐに差し出す掛け声から、即座に、よし来た、の意。相手の言うなりになること（『江戸語の辞典』）。
八　女子七歳（数え）の十一月十五日に、着物の付け紐をやめ、帯を締める儀式。女性として扱われる祝い。男子五歳の袴着（はかまぎ）に対応。
九　学制発布は明治五年。お勢六歳という設定。最初のころ女子で学校へ通う者は少なかった。
一〇　清元節。浄瑠璃の流派の一つ。江戸歌舞伎の舞踊劇の音楽として盛んになり、明治期にも流行。当時の家元は四世清元延寿太夫。「浮世めがね」（『都新聞』明治三十一年四月二十九日―五月十二日）に延寿太夫の回想がある。→二四三頁注二一。
一一　小利口、利発。
一二　顔をくちゃくちゃにして喜ぶこと。「驩（かん）」は、よろこぶ。
一三　自分で自分を賞めたたえること。涎をたらしても気づかないほど夢中。
一四　隣同士の時候の挨拶が始まりで。「喧」は、あたたかいの

び　尋ねぬ人にまで風聴《ふいてう》する娘自慢の[一三]手前味噌《てまへみそ》切《しき》りに涎《よだれ》を垂《た》らしてゐた　其頃《そのころ》新《あらた》に隣家へ引移ッて参ッた官員は家内四人《よにん》活計《ぐらし》で細君もあれば娘もある　[一四]隣《となり》づからの寒暄《かんけん》の挨拶《あいさつ》が喰付《くひつ》きで親々が心安く成るにつれ娘同志も親しくなり毎日のやうに訪《とひ》つ訪《とは》れつした、　隣家の娘といふはお勢よりは二ツ三ツ年層《としかさ》で優しく温籍《しとやか》で父親が[一五]儒者のなれの果《はて》だけ有ッて小供《こども》ながらも学問が[一六]好《すき》こそ物の上手で出来る、　[一七]いけ年《とし》を仕《つかまつ》ても兎角人真似《とかくひとまね》は[一八]輟《や》められぬもの　況《まし》てや小供といふ中《うち》にもお勢は[一九]根生《ねおひ》の軽躁者《おいそれもの》なれば尚更《なほさら》　[二〇]倏忽《たちまち》其娘に薫陶《かぶ》れて起居挙動《たちゐふるまひ》から物の言ひざままで其《そ》れに似せ急に三味線《さみせん》を擲却《ほふりだ》して[二一]唐机《たうづくゑ》の上に孔雀《くじやく》の羽を押立《おしたて》る　お政は学問などゝいふ正坐《かしこま》ッた事は虫が好かぬが愛《いと》し娘の為度《したい》と思ッて為《す》る事と其儘《そのまゝ》に打棄《うちす》てゝ置く内《うち》　お勢が小学校を卒業した頃隣家の娘は[二二]芝辺《しばへん》のさる[二三]私塾《しじく》へ入塾することに成ッた、　サアさう成るとお勢は矢《や》も楯《たて》も堪《たま》らず急に入塾が仕《し》度《たく》なる　何《なん》でも彼《か》でもと親を責《せ》がむ　寝言《ねごと》にまで言ッて責がむ、　トいつてまだ年端《としは》も往《ゆ》かぬに殊《こと》には[二四]なまよみの甲斐《かひ》なき婦人《をんな》の身でゐながら入塾などゝは以《もつ》ての外《ほか》、[二五]トサ一旦《たん》は親の威光で叱《しか》り付《つ》けては見たが例の絶食に腹を空《すか》せ「入塾が出来ない位《くらゐ》なら生《いき》て居る甲斐がない」ト[二六]溜息嚙雑《ためいきかみま》ぜの愁訴《しうそ》　萎《しほ》れ返ッて見せるに両親も我《が》を折り其《それ》程までに思ふならばと万事を隣家の娘に托《たく》して覚束《おぼつか》なくも

意。　一五 漢学者。明治維新後、「今斯る益なき学問(注、漢詩・漢文・歌学)は先づ次にし、専ら勤むべきは人間普通日用に近き実学なり」(『学問のすゝめ』初篇、明治五年)という福沢諭吉の意見に代表されるように、一時漢学は不要の学問とされた。ただし実際には漢学塾は盛んで、「明治二十年頃までは、漢学塾の全盛」(『明治百話』)という状態だった。　一六 諺「好きこそ物の上手なれ」。何事も好きだからこそ努力してその道の達人になる。　一七 いい年をしながら。「いけ」は「いけしゃあしゃあ」のように罵るときの接頭語。「百七ッの帯解でも祝はうといふいけ年仕ッて、その眉毛は何の真似だ」(式亭三馬『浮世風呂』三編巻之上、文化九年)。　一八「輟(つて)」は、やめる、とどめるの意。　一九 生まれつきのおっちょこちょい。深い考えもなく、すぐ他人に乗せられてしまう者(→注七)。「斯うなるとオイソレ者が幾らも参ります」(落語「鉄拐(てつかい)」『明治大正落語集成』第一巻)。　二〇「倏」は犬が疾走するように速い、の意。「倏」の俗字。『書言字考節用集』、谷口松軒『魁本大字類苑』(明治二十二年)に「倏忽(タチマチ)」。　二一 中国風の机。多くは紫檀製。「孔雀の羽」は羽根ペン。清元を止め学問に転じたことの喩え。　二二 芝区。現在港区に編入。　二三 漢学中心の女子の塾であろう。当時芝区愛宕下町四ノ一に英漢数簿記を教える寄宿舎付きの「郁文学舎」などがあった。ただし塾生が男子のように粗暴になり、品格が落ちることへの非難は当初からあった。たとえば『女学雑誌』第八十一号(明治二十二年十月)の「女生徒への苦情」。　二四「なまよみの」は「甲斐」に懸かる枕詞。学問などしても何にもならない女性の身で。「そは恨むともなまよみの、甲斐なきは現女子(げにをなご)なり」(『南総里見八犬伝』第三輯

入塾させたは今より二年前《ぜん》の事で
　お勢の入塾した塾の塾頭《じゆくとう》をしてゐる婦人は[一]新聞の受売《うけうり》からグット思ひ上りをした[二]女丈夫《ぢよぢやうぶ》、しかも気を使ツて[三]一飯の恩は酬《むく》ひぬがちでも[四]睚眥《がいさい》の怨《うらみ》は必ず報《はう》ずるといふ[五]蜒蚰《げじく》魂《たましひ》で気に入らぬ者と見れば何歟《なにか》につけて[六]真《ま》綿《わた》に針のチク〱責《ぜめ》をするが性分《せうぶん》　[七]親の前でこそ蛤貝《はまぐりかい》と反身《そつくりかへ》れ他人の前では蜆貝《しじみがい》と縮《ちぢ》まるお勢の事ゆゑ責《さいな》まれるのが辛《つ》らさにこの女丈夫に取入《とりい》ツて卑屈《ひくつ》を働らく　固《もと》より根が[八]お茶ツぴいゆゑ其風《そのふう》には染《そま》り易《やす》いか忽《たちまち》の中《うち》に見違へるほど容子《ようす》が変り何時《いつ》しか隣家の娘とは疎々《うとく》しくなツた　其後《そのご》[九]英学を初めてからは悪足《わるあ》掻《がき》もまた一段で[一〇]襦絆《じゆばん》がシャツになれば[一一]唐人髷《たうじんわげ》も束髪《そくはつ》に化《ば》け[一二]ハンケチで咽喉《のど》を緊《し》め鬱陶敷《うつとうしい》を耐《こら》へて眼鏡を掛け独《ひと》りよがりの人笑はせ[一三]有晴《あつぱれ》一個の[一四]キヤツキヤとなり済《す》ました　然《しか》るに去年の暮例《れい》の女丈夫は教師に雇《やと》はれたとかで退塾《たいじゆく》して仕舞《しま》ひ[一五]其《その》手に属したお茶ツぴい連《れん》も一人去《さ》り二人去《さり》して残少《のこりすく》なになるにつけお勢も何《なん》となく我宿《わがやど》恋しく成ツたなれど　正可《まさか》さうとも言ひ難《か》ねたか漢学は荒方《あらかた》出来たと[一六]拵《こし》らへて退塾して[一七]宿所《しゆくしよ》へ帰ツたは今年の春の暮《くれ》桜の花の散る頃の事で
　既に記《しる》した如《ごと》く文三の出京した頃はお勢はまだ十二の蕾《つぼみ》　[一八]幅の狭い帯を締《し》めて[一九]姉様《あねさま》を荷厄介《にやくかい》にしてゐたなれど　こましやくれた心から「彼《あ》の人はお前の御

巻之四)。 二五 「トサア」がつづまった形。前文を受けて「とそのように」「と言うのは」の意。鶴屋南北『東海道四谷怪談』序幕(文政八年)に「トサア」。 二六 (せがむ間に)溜息を交えての哀願。

以上二一七頁

一 新聞記事をそのまま自分の意見のように述べること。 二 女傑。男まさりの女性。 三 一度の食事を御馳走になった程度の恩。ちょっとした恩義。 四 ちょっとにらまれた程度の、わずかな怨み。「睚」「眥」ともに、まなじり、にらむの意。『史記』范雎伝「一飯之徳必償、睚眥之怨必報」による。 五 げじげじのような、いやな根性。 六 表面はやさしいが、心の奥に意地悪さを隠していることの喩え。 七 諺「内はまぐり外しじみ」「内ひろがりの外すぼまり」。内では大威張りするが、外へ出ると小さくちぢこまってしまう人間を馬鹿にした言葉。 八 はねっかえり。ませた小娘。 九 当時流行の英語を学ぶこと。「蓋し近年洋学の勢力甚はだ熾んなるに連れて女生徒は大抵只だ此の一辺に競奔し只管(ひた)すらに其の語学の修業にのみ勉強するの弊あり」(『女学雑誌』第八十九号社説、明治二十年十二月)。『藪の鶯』には英語かぶれの女学生が描かれている。 一〇 普通は「襦袢」と書く。同音の当て字。和服の肌着を襦袢から洋風のシャツに変える。当時男女ともに行われ

洋風のシャツ(中央の女性)
(紅葉山人下絵,『我楽多文庫』第14号, 明20・10)

亭主さんに貰《もら》ツたのだヨ」ト坐興《ざきよう》に言ツた言葉の露《つゆ》を実《まこと》と汲《くむ》だか初《はじめ》の内《うち》ははにかむでばかり居たが　小供《こども》の馴《なじ》むは早いもので間《ま》もなく菓子一《ひとつ》を二《ふた》ツに割ツて喰《た》べる程睦《むつ》み合ツたも今は一昔《ひとむかし》　文三が某校《ぼうかう》へ入舎してからは相逢《あひあ》ふ事すら稀《まれ》なれば況《まし》て一《ひとつ》に居た事は半日もなし　唯《たゞ》今年の冬期休暇にお勢が帰宅した時而《のみ》は已《み》十日ばかりも朝夕《あさゆふ》顔を見合《みあ》はしてゐたなれど小供の時とは違ひ年頃《としごろ》が年頃だけに文三もよろづに遠慮勝《あんりよがち》でよそ〳〵敷《しく》待遇《もてな》して更に打解《うちと》けて物など言ツた事なし　其僻《そのくせ》お勢が帰塾した当坐《たうざ》両三日《りやうさんにち》は百年[二〇]の相識《さうしき》に別れた如《ごと》く何《なに》となく心淋敷《こゝろざびし》かツたが……それも日数《ひかず》を降《ふ》る随《まゝ》に忘れて仕舞ツたのに今また思《おも》ひ懸《が》けなく一《ひと》ツ家《いへ》に起臥《おきふし》して折節《をりふし》は狎々《なれ〳〵》敷《しく》物など言ひかけられて見れば嬉《うれ》

た風俗。 一二 和風の「唐人髷」を洋風の「束髪」に変える。唐人髷は江戸末期から流行した十四、五歳の少女の髪形。↓補一六。 一三 当時の新しがりの女学生の風俗。「白きハンカチーフに首を纏ひ、目鏡(めがね)鼻の先きにかゝり、肩を怒らせ大股に歩み出るなど見苦しきものはあらじ」(「女流小言漫録」『女学雑誌』第七十二号、明治二十年八月)。『女学雑誌』第二一八号(明治二十三年六月)でも、尚絅生(中川恭次郎)が若い女性がハンカチを首に巻き、近眼でもないのに眼鏡をかける風俗に苦言を呈している(「思ひ得たることども」)。↓二六二頁注二。 一三 みごとに。普通は「天晴」と書く。 一四 猿の鳴き声と「お茶っぴい」のはしゃぎぶりから、猿真似をして得意がる軽薄娘を指す。 一五 塾頭の「女丈夫」(女傑)に従っていた、の意。 一六 口実を設けて。 一七 自分の宿。実家。 一八 少女用のやや細い帯。大人の女性の丸帯は普通八寸五分(約二六センチメートル)。 一九 「姉様人形」の略。縮緬紙で髷を作り、千代

唐人髷
(右：『東京風俗志』,
左：落合直文『ことばの泉』)

絵 月岡芳年画。少年少女時代、仲がよかった文三とお勢。人形を抱いたお勢が飯事(ままごと)道具を前にして、勉強に出かける文三を見送っている。幼い「夫婦」の図。文三は羽織袴で帽子と折鞄を手にしている。文字は「小供の馴じむは早いもので間もなく菓子一ッを二ッに割つて喰べるほど睦みあつたも今は昔」。

敷《しく》もないが一月《(いち)げつ》[一]が復《ま》た来たやうで何《な》にとなく賑《にぎや》かな心地《こゝち》がした、人一人殖《ふ》えた事ゆゑ是《こ》れは左《さ》もあるべき事ながら唯《たゞ》怪《あや》しむ可《べ》きはお勢と席を同《おなじう》した時の文三の感情で何時《いつ》も可笑《をか》しく気が改《あらた》まり円《まる》めてゐた脊《せ》を引伸《ひきのば》して頸《くび》を据《す》え異《をつ》う済《すま》して変《へん》に片付《かたづけ》る、魂《たましひ》が裳《も》抜《ぬけ》[二]れば一心に主《しゆ》とする所なく居廻《ゐまわ》りに在《あ》る程のもの悉《こと〴〵》く薄烟《うすけぶり》に包《つゝま》れて虚有《きよう》縹緲《ひやう〴〵》[三]の中《うち》に漂《たゞよ》ひ、有《あ》る歟《か》と思へばあり無《な》い歟《か》と想《おも》へばない中《なか》に唯一物《たゞあるもの》ばかりは見ないでも見えるが此《この》感情は未《ま》だ何《なに》とも名《なづ》け難《がた》い　夏の初《はじめ》より頼まれてお勢に英語を教授するやうに成ツてから文三も些《すこ》しく打解《うちと》け出して折節《をりふし》は日本《にほん》[四]婦人の有様束髪《ありさまそくはつ》の利害さては男女交際の得失《とくしつ》などを論ずるやうに成ると　不思議や今まで文三を男臭いとも思はず太平楽《たいへいらく》[五]を並べ大風呂敷を拡げてゐたお勢が文三の前では何時《いつ》からともなく口数を聞かなく成ツて何処《どこ》ともなく落着《おちつい》て優《やさ》しく女性《によしやう》らしく成ツたやうに見えた、或一日《ある(いち)じつ》お勢の何時《いつ》になく眼鏡を外《はづ》して頸巾《くびまき》を取ツてゐるを怪《あやし》むで文三が尋《たづ》ぬれば「それでも貴君《あなた》が健康な者には却《かへつ》て害になると仰《おつしや》ツたものヲ」トいふ　文三は覚えずも莞然《につこり》「それは至極《しごく》好《い》い事《こつ》だ」ト言ツてまた莞然《につこり》

　お勢の落着《おちつい》たに引替《ひきか》へ文三は何かそわ〳〵し出して出勤して事務を執《と》りながらもお勢の事を思ひ続けに思ひ退省《たいしやう》の時刻を待侘《まちわ》びる　帰宅したとてもお勢の

紙や布で着物を作った花嫁姿の雛人形。挿絵（二一九頁）で小屏風の前に描かれている。「荷厄介」はもてあますこと。

二〇 長い間の知り合い。

——以上二一九頁

一 正月の楽しさ。新暦では正月を第一月と呼ぶように奨励した。たとえば斎藤緑雨「小夜しぐれ」（『めさまし新聞』明治二十年十一月二十九日—十二月八日）では、正月を「一月（いちげつ）」と言う二人の少女を、活花の師匠が「お両人（ふたり）ともお正月と仰（おっし）やらぬは遉（さすが）学問を為されたゞけスッパリ開化で感心な事」と賞めている。

二 普通は「蛻（もぬ）ける」と書く。蛇や蟬などが脱皮することだが、ここでは魂が身体という衣装から抜け出してしまうこと。

三 「虚有」は虚無の言い換えか。虚無は何もない、何も見えないことの意だが、ここでは有るような無いような状態を「虚有」と表現。「縹緲」は、はるかに遠い、ぼんやりとしたさま。

四 「日本婦人の有様」「束髪の利害」「男女交際の得失」などは、当時さかんに議論された問題。→補一七。

五 言いたい放題。

顔を見ればよしさも無《な》ければ落脱《がくかり》力抜けがする「彼女《あれ》に何《なに》したのぢやアないのか知らぬ」ト或時《あるとき》我を疑《うたぐ》ツて覚えずも顔を赧《あか》らめた

お勢の帰宅した初《はじめ》より自分には気が付かぬでも文三の胸には虫が生《わい》た、なれども其頃《そのころ》はまだ小さく場取《ばど》らず胸に在《あ》ツても邪魔に成らぬ而已《のみ》か　そのムズ〳〵と蠢動《うごめ》く時は世界中が一所《ひとところ》に集《あつま》る如《ごと》く又此世《またこのよ》から極楽浄土へ往生《わうじやう》する如く又春の日に[六]瓊葩《けいは》綉葉《しうえふ》の間《あひだ》[七]和気《くわき》香風《かうふう》の中《うち》に[八]臥榻《ぐわたう》を据《す》えて其上《そのうへ》に臥《ね》そべり、次第に遠《とほざか》り往《ゆ》く虻《あぶ》の声を聞きながら眠《ねぶ》るでもなく眠《ねぶ》らぬでもなく唯《たゞ》ウト〳〵としてゐるが如く何《なに》とも彼《か》とも言様《いひやう》なく愉快《こゝろよか》ツたが虫奴《むしめ》は何時《いつ》の間《ま》にか太く逞《たくま》しく成ツて「何《なに》したのぢやアないか」ト疑《うたが》ツた頃には既に「[九]添度《そひたい》の蛇《ぢや》」といふ蛇《へび》に成ツて這廻《はひまは》ツてゐた……寧《むし》ろ難面《つれな》くされたならば食《しよく》すべき「[一〇]たのみ」の餌《え》がないから蛇奴《へびめ》も餓死《うえじに》に死んで仕舞ひもしやうが憖《なまじひ》に[一一]卯の花くだし五月雨《さみだれ》のふるでもなくふらぬでもなく生殺《なまごろ》しにされるだけに蛇奴も苦しさに堪《た》へ難《か》ねて歟《(か)》のたうち廻ツて腸《はらわた》を噛断《かみちぎ》る……初《はじめ》の快《こゝろよ》さに引替へて文三も今は苦敷《くるしく》なツて来たから窃《ひそ》かに叔母の顔色《がんしよく》を伺《うかゞ》ツて見れば気の所為《せい》か[一二]粋《すゐ》を通して見て見ぬ風《ふう》をしてゐるらしい「若《も》しさうなれば最《も》う叔母の許《ゆるし》を受けたも[一三]同前《どうぜん》……チヨツ寧《いつ》そ[一四]打附《うちつ》けに……」ト思ツた事は屢〻《しば〳〵》有ツたが「イヤ〳〵滅多《めつた》な事を言出《いひだ》して[一五]取着《とりつ》かれぬ

六 玉のようにうるわしい花（「瓊葩」）と、縫い取りをしたように美しい葉（「綉葉」）。
七 のどかな陽気でよい香りの風がそよそよ吹いてくる状態。
八 寝台。
九 添いたいの「じゃ」という欲望を「虫」の縁で「蛇」と表現。蛇は長虫と呼ばれた。
一〇 「田の実」（稲の実、米）と「頼み」を懸けた表現。
一一 正しくは「卯の花くたし」。卯の花を腐らせる五月雨のように。「ふる」を導く序詞的用法。「ふる」は雨が降ると人を振る（拒む、はねつける）の懸詞。「振る」は遊里語で、当時は下品な言葉。
一二 気を利かせて。さばけて。
一三 「同然」に同じ。当時ごく普通の表記。
一四 直接に。
一五 ここでは「相手にされない」の意。

返答をされては」ト思ひ直してヂツト意馬《いーば》[1]の絆《たづな》を引緊《ひきし》め藻《も》[2]に住む虫の我《われ》から苦《くるし》んでゐた……是《こ》れからが肝腎要《かんじんかなめ》回を改めて伺ひませう

第三回　余程風変《ふうがはり》な恋の初峯入《はつみねいり》　下

今年の仲《なか》[3]の夏有一夜《ある(いち)や》文三《ぶんざう》が散歩より帰ツて見れば叔母《をば》のお政《まさ》は夕暮《ゆふぐれ》より所用あツて出た儘《まゝ》未だ帰宅せず下女《げぢよ》のお鍋《なべ》も入湯《にふたう》にでも参ツたものか是《こ》れも留守、唯《たゞ》お勢《せい》の子舎《へや》[4]に而已《のみ》光明《あかり》が射《さ》してゐる　文三初《はじめ》は何心《なにごゝろ》なく二階の梯子《はしご》段《だん》を二段三段登《あが》ツたが不図《ふと》立止まり何《なに》か切《しき》りに考へながら一段降《を》りてまた立止まりまた考へてまた降りる……俄《にわ》かに気を取直して将《まさ》に再び二階へ登《のぼ》らんとする時忽《たちま》ちお勢の子舎《へや》の中《うち》に声がして

「誰方《どなた》

トいふ

「私《わたくし》

ト返答をして文三は肩を縮《すく》める

「ヲヤ誰方《どなた》かと思ツたら文《ぶん》さん……淋敷《さみしく》ツてならないから些《ちつ》とお噺《はな》しに入《いら》ツしやいな

一　仏教で、人間の煩悩を「意馬」とか「心猿」と呼ぶ。煩悩にはやる心を押さえて。「彼(か)の八主公(はちしゆこう)の行ひを見よ…一時瞬間といへども、心猿狂ひ、意馬跳りて、彼の道理力と肚(はら)の裏(うち)にて闘ひたりける例(ためし)もなし」(『小説神髄』上巻「小説の主眼」)。

二　「海女(あま)の刈る藻に棲む虫のわれからと音(ね)をこそ泣かめ世をば恨みじ」(『古今集』恋五、藤原直子)を踏まえた表現。上の句の五七は「われから」を引き出す序詞。「われから」は虫の名と、自分からの意の「我から」との懸詞。歌意は、この苦しさも自分から起こったことだと声を立てて泣いていよう、決して相手の人をば恨むまい。ここではお勢に恋を打ち明けられない文三の苦しみを示す。

三　陰暦の五月。新暦では七月にあたる。夏の真中の月。

四　漢語で「ししゃ」と読む。正室以外の小部屋。「有一日(あるひ)信乃(しの)は子舎(へや)に籠りて、独(ひとり)机に臂を倚(よせ)かけ」(『南総里見八犬伝』第三輯巻之一)。

「エ多謝《ありがた》う、だが最《も》う些《ちつ》と後《のち》にしませう
「何歟《なにか》御用が有るの
「イヤ何も用はないが……
「それぢやア宜《いゝ》ぢやア有りませんか、ネー入《いら》ツしやいョ
文三は些《すこ》し躊躇《ためらつ》て梯子《はしご》段《だん》を降果《をりは》てお勢の子舎《へや》の入口《いりくち》まで参りは参ツたが中《うち》へとては立入《たちい》らず唯鵠立《たゝずん》五でゐる
「お這入《はいん》なさいな
「エ、エー……
ト言ツた儘《まゝ》文三は尚《な》ほ鵠立《たゝずん》でモヂ〳〵してゐる　何歟《なにか》這入《はい》り度《たく》もあり這入り度くもなしといつた様《やう》な容子《やうす》
「何故《なぜ》貴君《あなた》六、今夜に限ツてさう遠慮なさるの
「デモ貴嬢《あなた》お一人ツ切りぢやア……なんだか……
「ヲヤマア貴君《あなた》にも似合《にあ》はない……アノ何時《いつ》か気が弱くツちやア主義の実行は到底覚束《おぼつか》ないと仰《おつ》しやツたのは何人《どなた》だツけ
ト七螓《しん》の首を斜《なゝめ》に傾《か》しげて八嫣然《えんぜん》片頬《かたほ》に含んだお勢の微笑《びしやう》に釣られて文三は部屋へ這入《はい》り込み坐《ざ》に着きながら

五 漢語では「こくりつ」。白鳥のように首を伸ばし、つま先立ちで待つ姿勢。

六 「貴君」は男性に対する二人称の敬語表記。次行「貴嬢」は未婚の女性に対する二人称の敬語表記。明治期にひろく行われた。

七 「螓」は鳴き声のきれいな、白いむぎわら蝉。美女の美しい額を螓首という。転じて美女のこと。

八 にっこりと笑う様子。

「さう言はれちやア一言《（いち）ごん》もないがしかし……

「些《ちつ》とお遣《つか》ひなさいまし

トお勢は団扇《うちは》を取出《とりいだ》して文三に勧《すゝ》め

「しかしどうしましたと

「エ、ナニサ影口《かげぐち》がどうも五月蠅《うるさく》[一]ツて

「それはネ、どうせ些《ちつ》とは何《なん》とか言ひますのサ、また何とか言ツたツて宜《いゝ》ぢやア有りませんか若《も》しお相互《たがひ》に潔白なら、どうせ貴君《あなた》[二]二千年来の習慣を破るんですものヲ多少の艱苦《かんく》は免《のが》れツこは有りませんワ

「トハ思ツてゐるやうなものゝ、[三]まさか影口が耳に入《はい》ると厭《いや》なものサ

「それはさうですヨネー　此間《このあひだ》もネ貴君《あなた》、鍋が生意気《なまいき》[四]に可笑《をか》しな事を言ツて私《わたくし》にからかうのですよ、それからネ私《わたくし》が余《あんま》り五月蠅《うるさく》なツたから到底解《わか》るまいとはおもひましたけれども試《こゝろみ》[五]に男女交際論を説《とい》て見たのですヨ　さうしたらネ、アノなんですツて、[六]私の言葉には漢語が雑《ま》ざるから全然《まるつきり》何を言ツたのだか解りませんて……真個《ほんと》[七]に教育のないといふ者は仕様のないもんですネー

「アハヽヽ其奴《そいつ》は大笑ひだ……しかし可笑《をか》しく思ツてゐるのは鍋ばかりぢやア有りますまい必《きつ》と母親《おつか》さんも……

一「うるさし　五月蠅」（『言海』）。
二 有史以来の習慣。男女が二人でいるとすぐ怪しげなことを想像する悪習を廃して、性的関係を含まない男女の「友情」をめざすことを意味する、お勢の大げさな表現。
三 さしあたって。現実には。
四「聞いた風をすること、出過ぎ」（『辞林』）。幕末来の新語。『なまいき新聞』（明治十一年）という新聞もあった。「婦人ニシテ少シク学力ヲ有シ社会（ヨノナカ）ノ道理ヲ弁明（ワキマヒル）スルトキハ一言シテ「生イキ」ト云ヒ又タ出来過女（オテンバ）ト云フニ至リ」（「婦人問答」『女学雑誌』第二十四号、明治十九年五月）。
五 ↓二二〇頁注四、補一七。
六 会話に漢語をまぜるのは、当時の軽薄な女学生の流行。「精神となる狂言作者が無学で機関となる俳優が文盲で社会の風俗を紊乱するより外に取る処はありやしない…（略）お前のやうな婦人が沢山居るからわたしら迄が天賦の権を伸ばす事が出来やしない」（尾崎紅葉「娘博士」、活字非売本『我楽多文庫』第十四号、明治二十年十月）。
七 前注の「娘博士」の発言も「教育のない」小間使に対するもの。「それといふのも畢竟母親の無教育からの事だ」（「娘博士」）。

「母《はゝ》ですか、母はどうせ下等《かとう》[八]の人物ですから始終《しじう》可笑《をか》しな事を言ツちやアからかいますのサ、其《そ》れでもネ其《その》たんびに私《わたくし》が辱《はづか》しめ〳〵為《し》い〳〵したらあれでも些《ちつ》とは耻《は》ぢたと見えてネ此頃《このごろ》ぢやア其様《そんな》に言はなくなりましたよ

「へーからから、どんな事を仰《おつ》しやッて

「アノーなんですツて　其様《そんな》に親しくする位《くらゐ》なら寧《むし》ろ貴君《あなた》と……（すこしもぢ〳〵して言《いひ》かねて）結婚して仕舞へツて……

ト聞くと等《ひと》しく文三は駭然《ぎよつ》[九]としてお勢の顔を目守《みつめ》る、されど此方《こなた》は平気の躰《てい》で

「ですがネ教育のない者ばかりを責《せ》める訳《わけ》にもいけませんヨネー　私の朋友《ほういう》なんぞは教育の有ると言ふ程有りやアしませんがネそれでもマア普通の教育は享《う》けてゐるんですよ、それでゐて貴君《あなた》[一〇]西洋主義の解《わか》るものは、廿五人の内《うち》に僅《たつた》四人《よつたり》しかないの、その四人《よつたり》もネ塾《じゆく》にゐるうちだけで外《ほか》へ出てからはネ口程《くちほど》にもなく[一一]両親に圧制せられてみんなお嫁に往《い》ツたりお婿を取ツたりして仕舞ひましたの、だから今まで此様《こん》な事を言ツてるものは私《わたくし》ばツかりだとおもふと何《なん》だか心細《こゝろぼそ》ツて〳〵なりません、でしたがネ、此頃は貴君《あなた》といふ親友が出来たからアノー大変気丈夫《きじやうぶ》になりましたわ

文三はチョイと一礼して

八　下品なこと。ここでは教育がないことを指す。

九　「駭然（がいぜん）」は驚く様子。

一〇　西洋風の男女交際を指す。対等の男女関係や結婚の自由など。

一一　両親の命ずるままに結婚することを「圧制結婚」または「干渉結婚」などと称した。反対は「自由結婚」。「親父は圧制と頑固で是非其婿を取らすといふ」「女権拡張の熱心家で自由結婚の主張者で」（烟波散人＝川上眉山「雪の玉水」、活字非売本『我楽多文庫』第十二号、明治二十年六月）。→補一七。

「お世辞にもしろ嬉《うれ》しい
「アラお世辞ぢやア有りませんよ真実《ほんたう》ですよ
「真実《ほんたう》なら尚《な》ほ嬉しいがしかし私《わたくし》にやア貴嬢《あなた》と親友の交際は到底出来ない
「ヲヤ何故《なぜ》ですヱ　何故親友の交際が出来ませんヱ
「何故といへば[一]私《わたくし》には貴嬢《あなた》が解《わ》からずまた貴嬢には私《わたくし》が解からないからどうも親友の交際は……
「さうですかそれでも私《わたくし》には貴君《あなた》はよく解《わか》ツてゐる積《つも》りですよ　貴君の学識が有ツて品行が方正《はうせい》で親に孝行で……
「だから貴嬢《あなた》には私《わたくし》が解らないといふのです　貴嬢は私を親に孝行だと仰《おつ》しやるけれども孝行ぢやア有りません　私《わたくし》には……親より……大切な者があります……
ト吃《どもり》ながら言ツて文三は差俯向《さしうつむ》いて仕舞ふ　お勢は不思議さうに文三の容子《やうす》を眺めながら
「親より大切な者……親より……大切な……者……親より大切な者は私《わたくし》にも有りますワ
文三はうな垂《だ》れた頸《くび》を振揚《ふりあ》げて

一「自由結婚」を主張する論者の多くは、次のような考えを持っていた。「凡そ婚姻なるものは、或る男女の間を結び付け、双方苦楽を共にして互ひの生涯を送る可き大切の関係を生ぜしむる手続なれば、双方共に其人となりを知り尽し、意気相投合して相愛するの念極めて深からざる可らず」（河田鏻也『日本女子進化論』明治二十二年、『明治文化全集』第十六巻「婦人問題篇」）。

「エ貴嬢《あなた》にも有りますと

「ハア有りますワ

「誰《だ》……誰れが

「人ぢやアないの、アノ真理《しんり》二

「真理

ト文三は慄然《ぶる〳〵》と胴震《どうぶるひ》をして唇を喰《く》ひしめた儘暫《まゝしば》らく無言《だんまり》　稍《やゝ》あツて俄《にはか》に喟然《きぜん》三として歎息《たんそく》して

「アヽ貴嬢《あなた》は清浄《せいじやう》なものだ潔白なものだ……親より大切なものは真理……アヽ潔白なものだ……しかし感情といふ者は実に妙《めう》なものだナ　人を愚《ぐ》にしたり、人を泣かせたり笑はせたり、人をあへだり四揉《もん》だりして玩弄《ぐわんらう》する　玩弄されると薄《うす》〳〵気が附《つ》きながら其《そ》れを制することが出来ない　アヽ自分ながら……

ト些《すこ》し考へて稍《やゝ》ありて熱気《やつき》となり

「ダガ思ひ切れない……どう有ツても思ひ切れない……お勢さん貴嬢《あなた》は御自分が潔白だから是様《こん》な事を言ツてもお解《わか》りがないかも知れんが私《わたくし》には真理よりか……真理よりか大切な者があります　去年の暮から全半歳《まるはんとし》その者の為《た》めに感情を支配せられて寐《ね》ても寤《さ》めても忘られればこそ死ぬより辛《つら》いおもひをしてゐて

二 本来仏教や儒教でまことの道理を表す語だったが、明治維新後、キリスト教や科学の導入によって、さまざまな分野で人間がめざすべき目標とされた。当時のオピニオン・リーダーの徳富蘇峰は「誠実重厚ナル純白ノ平民社会」を実現するために、「所謂ル真理ヲ求メ真理ニ従ヒ真理ヲ行ハシムル所ノ人物」(『新日本之青年』明治二十年)を望んだ。二葉亭も「真理」に取りつかれた青年の一人だったが、ここでお勢がどのような「真理」を意味していたのかは明らかでない。

三 深くため息を吐く様子。

四 さまざまに愚弄すること。和(あ)える(味噌和え)、揉む(きゅうり揉み)など元来料理の用語。「あへたりもんだり」が正しいが、ここではその訛り。「けへってさかねぢを喰はして人をやりこめて、そのうへ心がかはったのと、あへたりもんだりいゝやうに」(為永春水『春色辰巳園』三編巻之九、天保六年)。

も先《さき》では毫《すこ》しも汲《く》んで呉《く》れない　寧《むし》ろ強顔《つれ》[一]なくされたならばまた思ひ切りやうも有《あ》らうけれども……

ト些《すこ》し声をかすませて

「なまじひ力におもふの、親友だのといはれて見れば私《わたくし》は……どうも……どう有ツても思ひ……

「アラ月が……まるで竹の中から出るやうですよ　鳥渡《ちよつと》[二]御覧なさいョ

庭の一隅《ぐう》に栽込《うゑこ》んだ十《と》竿《もと》[三]ばかりの繊竹《なよたけ》の葉を分けて出る月のすゞしさ　月夜《つきよ》[四]見《み》の神の力の測《はか》りなくて断雲《だんうん》一片の翳《かげ》だもない　蒼空《あをぞら》一面にてりわたる清光素《せいくわうそ》[五]色《しよく》　唯亭々《たゞていく》皎々《けうく》[六]として雫《しづく》も滴《した》たるばかり　初《はじめ》は隣家《りんか》の隔《へだ》ての竹垣に遮《さへぎ》られて庭を半《なかば》より這初《はひはじ》め中頃《なかごろ》は椽側《えんかは》へ上《のぼ》ツて座舗《ざしき》へ這込《はひこ》み稗蒔《ひゑまき》[七]の水に流れては金瀲灔《きんれんゑん》、簷馬《ふうりん》[八]の玻璃《はり》に透《とほ》りては玉玲瓏《ぎよくれいろう》、座賞《ざしやう》[九]の人に影を添へて孤燈《ことう》[一〇]一穂《すゐ》の光を奪ひ終《つひ》に間《あはひ》の壁へ這上《はひのぼ》る　涼風一陣吹到《ふきいた》る毎《ごと》にませ[一一]籬《がき》によろぼひ懸《かゝ》る夕顔の影法師が婆《ば》[一二]裟《さ》として舞《ま》ひ出《だ》しさ[一三]は百合《ゆり》の葉末《はずゑ》にすがる露の珠《たま》が忽《たちま》ち蛍《ほたる》と成ツて飛迷《とびまよ》ふ、艸《くさ》花立樹《ばなたちき》の風に揉《も》まれる音の颯々《ざわく》とするにつれてしばしは人の心も騒ぎ立つとも須臾《しゆゆ》[一四]にして風が吹罷《ふきや》めばまた四辺《あたり》蕭然《ひつそ》となつて軒《のき》の下艸《したぐさ》に集《すだ》く虫の音《ね》のみ独《ひと》り高く聞える、眼《め》に見る景色はあはれに面白い、とはいへ心に物《もの》ある両人《ふたり》の者の

一『言海』に「つれなし　強顔」。

二『言海』に「ちよつと　鳥渡、一寸」。

三「竿」は竹を数える助数詞。「繊竹」は細くしなやかな竹。

四 月の神。記紀神話でイザナギの子、アマテラスの弟。夜の国を治めたという。月夜見尊《つきよみのみこと》とも言う。

五 清らかに白い月の光。

六「亭々」は、はるか遠くに距たっている様子。「皎々」は明るく光る様子。はるか遠くに明るく輝いて。

七 今戸焼などの素焼の鉢に稗を蒔き、その若芽を鑑賞する盆景の一種。水の流れに橋をかけ、高札や百姓、釣師、かかし、鷺などの人形を付属品として配し、田園の風景を表す初夏の風物詩。四月から六月にかけて稗蒔売りが呼び売りをした。ここではその稗蒔の青田に月の光が映り、さざ浪を立ててきらきら輝く様子(『風俗画報』第一五七・一五九号「新撰東京歳時記」明治三十年一・二月)。

稗　蒔
(伊藤晴雨画『江戸と東京風俗野史』)

八 月の光が風鈴のガラスを通って美しく輝く様子。「簷(檐)馬(えんば)」は本来竜の形の玉を糸で吊した風鈴の一種。
九 座って月光を賞(め)でている人にも光(影)を添えて。
一〇(人工の)小さな燈火などを無用のものとす

眼には止《と》まらず唯《たゞ》お勢が口ばかりで
「ア丶佳《い》こと
トいつて何故《なにゆゑ》ともなく莞然《にっこり》と笑ひ仰向《あふむ》いて月に観惚《みと》れる風《ふり》をする　其半面《そのよこがほ》を文三が窃《ぬす》むが如《ごと》く眺め遣《や》れば眼鼻口《めはなくち》の美しさは常に異《かは》ツたこともないが月の光を受けて些《すこ》し蒼味《あをみ》を帯《お》んだ瓜実顔《うりざねがほ》[一五]にほつれ掛《かゝ》ツたいたづら髪二筋《がみふたすぢ》三筋《みすぢ》　扇頭《せんとう》の微風《びふう》に戦《そよ》いで頬《ほゝ》の辺《あたり》を往来する所は慄然《ぞつ》とするほど凄味《すごみ》が有る　暫《しば》らく文三がシ[一六]ケ〴〵と眺めてゐる　ト頓《やが》て凄味《すごみ》のある半面《よこがほ》が次第〳〵に此方《こちら》へ捻《ねぢ》れて……パッチリとした涼しい眼《め》がヂロリと動き出して……見とれてゐた眼とピッタリ出逢《であ》ふ　螺《さゞい》[一七]の壺々口《つぼくぐち》に莞然《にっこ》と含んだ微笑を細根大根《ほそねだいこん》[一八]に白魚《しらうを》[一九]を五

る。「一穂」は穂の形をした燈火。
一一 竹や木で作った、背の低い、目のあらい垣。「よろぼふ」はよろめく。夕顔がよろめいたようにませ垣にもたれかかっている。
一二 影が乱れ動く様子。
一三 沢山。
一四 少しの間。しばらく。
一五 瓜の種に形が似た、色白、中高(なかだか)でやや細長い顔。美人の顔形とされる。
一六 底本「シケ〳〵」。『言海』の「しげじけ　ツクヅク、ヨクヨク」、「しげしげ　シバシバ、タビタビ」に従って、「シケ〴〵」に訂正。二八五頁七行に「熟々(しげ〳〵)」。
一七 さざえのように口をつぼめたおちょぼ口。可愛い口とされる。
一八 「大根ノ一種、太サ指ノ如ク、長サ、尺ニ満タズ、東京近在ニ産ス」(『言海』)。『明治節用大全』(明治二十七年)には、あちゃら漬に用いると説明。ここでは白くほっそりした腕の大げさな比喩。
一九 白魚は江戸時代以来の東京の名物。山本笑月『明治世相百話』(第一書房、昭和十一年)に、「明治二十年ごろまでは永代附近から佃沖にかけて沢山の白魚船」が出て漁をした、との回想がある。ここは細く白い指を白魚に見たてたもの。「白魚耻かしき指」(漣山人「真如の月」、活字非売本『我楽多文庫』第十三号、明治二十年七月)。

絵　月岡芳年画。正座を崩さない文三に対して、お勢のだらしない姿勢が印象的に描かれている。文字は「アラ月が…まるで竹の中から出るやうですよ　一寸御覧なさいな」。

本並べたやうな手が持《もつ》てゐた団扇《うちは》で隠蔽《かく》して耻《はづ》かしさうなしこなし　文三の眼《め》は俄《にはか》に光り出す

「お勢さん

但《たゞ》し震声《ふるひごゑ》で

「ハイ

但し小声《こごゑ》で

「お勢さん貴嬢《あなた》もあんまりだ　余《あんま》り……残酷だ　私《わたくし》が是《こ》れ……是れ程までに

……

トいひさして文三は顔に手を宛《あ》てゝ黙ッて仕舞ふ。意《こゝろ》を注《とど》めて能《よ》く見れば[一]壁に写《うつ》ッた影法師が慄然《ぶるぶる》とばかり震《ふる》へてゐる　今一言《ひとこと》……[二]今一言の言葉の関《せき》を踰《こ》えれば先《さき》は妹脊山《いもせやま》　[三]蘆垣《あしがき》の間近《まぢか》き人を恋ひ初《そ》めてより昼は[四]終日夜《ひめもす》は終夜《よもすがら》　唯其人《たゞその》の面影而已《おもかげのみ》常に眼前《めさき》にちらついて[五]砧《きぬた》に映る軒《のき》の月の払ッてもまた去りかねてゐながら人の心を測《はか》りかねて　[六]末摘花《すゑつむはな》の色にも出《だ》さず[七]岩堰《いはせく》水の音《おと》にも立てず独《ひと》りクヨクヨ物《もの》をおもふ[八]胸のうやもや、もだくだを払ふも払はぬも今一言《ひとこと》の言葉の綾《あや》……今一言……僅《たつた》一言……其《その》一言をまだ言はぬ……折柄《をりから》ガラガラと表《おもて》の格《かう》子戸《しど》の開《あ》く音がする……吃驚《びつくり》して文三はお勢と顔を見合はせる。蹶然《むつく》と起上《たちあが》る。

一 人物を直写せず、影法師を描く技法。『当世書生気質』第十三回に「燈火あやにくにおぼろげなれど、障子に移(ママ)る影法師はまだとしわかき男女と思はる」以下の描写がある。
二 言葉として表現できない熱い思いを口にしさえすれば、先には結婚生活が待っている、の意。愛の告白を言葉にできない苦しみを関所に喩えたもの。「妹背山」は古来からの歌枕。和歌山県伊都郡、奈良県吉野郡など。後者の妹山と背山を舞台にした近松半二ほか合作の浄瑠璃『妹背山婦女庭訓(いもせやまおんなていきん)』(明和八年初演)で名高く、夫婦の契りの喩えとされる。
三 「蘆垣の」は「間近き」に懸かる枕詞。「人しれぬおもひやなぞとあしがきのまぢかけれどもあふよしのなき」(『古今集』恋一、読人しらず)。
四 「ひめもす」は「ひねもす」に同じ。
五 衣を打つ砧に映る軒端の月のように。「砧」は槌で布を打って布地を和らげ、つやを出すのに用いる木や石の台。またそれを打つこと。古来、漢詩・和歌などに秋・冬の寒夜の情景として詠われることが多い。
六 末摘花は紅花(べにばな)。末摘花のように恋心を顔色にも出さず。「末摘花の」は枕詞的用法で、古来「色に出せない」苦しみを表現することが多い。「外(よそ)のみに見つつ恋なむ紅(くれない)の末摘花の色に出でずとも」(『万葉集』巻十、作者不明)。
七 岩に堰きとめられる水のように。「岩堰く水の」は「音にも立てず」を引き出す枕詞的用法。「瀬をはやみ岩にせかるる滝川のわれても末に逢はんとぞ思ふ」(『小倉百人一首』崇徳院)が念頭にあるか。
八 「うやもや」は「うやむや」と「もやもや」の合成語。胸中がはっきりしないこと。「もだくだ」は乱れている様子。

転《ころ》げるやうに部屋を駆出《かけで》る　但《ただ》し其晩《そのばん》は是《こ》れ切《ぎ》りの事で別段にお話しなし
　翌朝《よくてう》に至りて両人《ふたり》の者は始めて顔を合はせる　文三はお勢よりは気まりを悪がツて口数《くちかず》をきかず此夏《このなつ》の事務の鞅掌《いそがし》[九]さ暑中休暇[一〇]も取れぬので匆々《そうそう》に出勤する　十二時頃《ごろ》に帰宅する　下坐舗《したざしき》で昼食《ちうじき》を済《すま》して二階の居間へ戻り「アヽ熱《あつ》かツた」ト風を納《い》れてゐる所へ梯子《はしご》バタ〳〵でお勢が上《あが》ツて参り二ツ三ツ英語の不審を質問する　質問して仕舞へば最《も》早《はや》用の無い筈《はず》だが何《なに》かモヂ〳〵して交野《かたの》[一一]の鶉《うづら》を極《き》めてゐる。頓《やが》て差俯向《さしうつむ》いた儘《まゝ》で鉛筆《えんぴつ》を玩弄《おもちや》にしながら
「アノー昨夕《ゆふべ》は貴君《あなた》どうなすつたの
　返答なし
「何《なん》だか私《わたくし》が残酷《ざんこく》だツて大変憤《おこ》ツてゐらしつたが何《なに》が残酷ですの。ト笑顔《えがほ》を擡《もた》げて文三の顔を窺《のぞ》くと文三は狼狽《あはて》て彼方《あちら》を向いて仕舞ひ
「大抵《たいてい》察してゐながら其様《そん》な事を
「アラそれでも私《わたくし》にや何《なん》だか解《わか》りませんものヲ
「解らなければ解らないでよう御座んす
「ヲヤ可笑《をか》しな
　其《そ》れから後《のち》は文三と差向《さしむか》ひになる毎《ごと》にお勢は例の事を種《たね》にして乙《をつ》[一二]うからんだ

九「鞅掌(おうしよう)」は、ここでは仕事が多くて服装を整える暇もないこと。あわただしい様子。
一〇 この時期の暑中休暇は、制度としては七月十一日から九月十日までの間に、判任官は五日の休みを申請することができた。なお明治十八—二十一年は規則どおり暑中休暇が実施された。ここでは全日休暇がなかったことを指している。この期間中の勤務は午前八時から正午まで。↓補七。
一一 交野は現大阪府枚方市・交野市一帯の平野で、平安時代の皇室の御猟場。鶉と交野は俳諧の附合い(『俳諧類船集』延宝五年自序)。畑注によれば、『両京俚言考』(明治二十年代か)に、「形ち蹲(うづくま)りたるが如しとて鳥に鶉の名あり」と記されているという。これらの事柄から、(皇室の御猟場だった)交野にうずくまっている鶉といったかっこうで動かない、の意。
一二 妙に下心のあるような誘いの言葉(を向ける)。

水向《みづむ》け文句。やいの〱と責《せ》め立てゝ終《つひ》には「仰《おつ》しやらぬとくすぐりますヨ」とまで迫《せま》ツたが石[一]地蔵と生れ付《つい》たせうがには情[二]談《じやうだん》のどさくさ紛《まぎ》れにチヨツクリチヨイといつて除《の》ける事の出来ない文三　然[三]《しか》らばといふ口付《くちつき》からまづ重《おも》くろしく折目《をりめ》正敷居《たゞしくゐ》すまツて[四]しかつべらしく思ひのたけを言ひ出《い》ださうとすればお勢はツイと彼方《あちら》を向いて「アラ鳶《とんび》が飛《と》んでますヨ」と知[五]らぬ顔の半兵衛《はんべゑ》摸擬《もどき》　さればといつて手を引けばまた意《こゝろ》あり気《げ》な色目遣《いろめづか》ひ、トからうぢらされて文三は些《ち》と[六]ウロが来たが兎《と》も角《かく》も触《さは》らば散らうといふ下心の自《おのづか》ら素振《そぶ》りに現はれるに「ハヽア」と気が附《つい》て見れば嬉《うれ》しく難有《ありがた》く辱《かたじ》けなく罪も報《むくひ》も忘れ果《は》てゝ命《いのち》もトントいらぬ顔付。臍[七]《へそ》の下を住家《すみか》として魂《たましひ》が何《い》時《つ》の間《ま》にか有《う》頂天《てうてん》外《ぐわい》へ宿替《やどがへ》をすれば静かには坐《すは》ツてもゐられず　ウロ〱座舗《ざしき》を徘徊《まごつ》いて舌《した》を吐《はい》たり肩を縮めたり思ひ出し笑ひをしたり又《また》は変[八]《へん》ぽうらいな手《て》附《つ》きを為《し》たりなどよろづに瘋癲《きちがひ》じみるまで喜びは喜んだが　しかしお勢の前ではいつも四角四面に喰《く》ひしばつて猥褻《みだり》がましい挙動《ふるまひ》はしない　尤《もつと》も曾《かつ》て[九]ぢやらくらが高《かう》じてどやぐやと成《な》ツた時　今まで憘《うれ》しさうに笑ツてゐた文三が俄《には》かに両眼《りやうがん》を閉ぢて静まり返《か》へり何《なん》と言ツても口をきかぬのでお勢が笑《わ》らひながら「そんなに真地目《まぢめ》にお成《なん》なさるとから成《す》るからいゝ」とくすぐりに懸《かゝ》ツた其《そ》の手頭《てさき》を払《は》らひ除《の》けて文三が熱気《やつき》となり

一 石地蔵のようにカチカチの堅物に生まれついた以上。「…したせうがには」は、…したからにはの意。「工面せうといったがせうがにやア、違(げち)へはねへから落着いて居さつし」(『東海道中膝栗毛』発端)。
二 普通は「冗談」と書く。
三 「左様」「然らば」など、四角ばった武士の口調。
四 堅苦しく真面目くさって。
五 わざと知らぬ顔をすること。「知らぬ顔の半兵衛」は、羽柴秀吉の軍師、竹中半兵衛の故事にもとづいた擬人名という(宮武外骨編『日本擬人名辞典』大正十年)。
六 「うろうろ」の略。混乱し、迷うこと。
七 臍下三寸の丹田(たんでん)に住むべき魂が、嬉しさのあまりはるか空のかなたに飛んでいってしまった。魂には勇気、胆力などが含まれる。「有頂天」は仏教で形ある世界の最上に位置する世界で、魂がそこに行くとは我を忘れた状態。「有頂天へ魂は飛び上り」(歌舞伎『与話情浮名横櫛(よわなさけうきなのよこぐし)』嘉永六年初演)。
八 変った、変な。「変ぽこらい」「変てこらい」とも。
九 「ぢやらくら」は色めかしくふざけるさま。「どやくや」は混乱するさま(『江戸語の辞典』)。「どやぐや」はその訛り。ふざけが度をすごして大騒ぎになること。

「アヽ[一〇]我々の感情はまだ習慣の奴隷だ　お勢さん下へ降りて下さい」といつた為《た》めにお勢に憤《おこ》られたこともあツたが……しかしお勢も日を降《ふ》るまゝに草臥《くたび》れたか余りじやらくらもしなくなつて高笑《たかわ》らひを罷《や》めて静かになツて此頃《このごろ》では折《をり》々《く》物思ひをするやうには成ツたが　文三に向ツてはともすればぞんざいな言葉遣《づか》ひをする所を見れば泣寐《なきね》入《い》りに寐入ツたのでもない光景《やうす》

アヽ偶々《たま〳〵》咲懸《さきかゝ》ツた恋の蕾《つぼみ》も事情といふおもはぬ冱《いて》[一一]にかぢけて可笑《をか》しく葛藤《もつ》れた縁《えん》の糸の[一二]すぢりもぢつた間柄《あひだがら》海へも附《つ》かず河へも附かぬ中《ちう》ぶらりん　[一三]月下翁《むすぶのかみ》の悪戯《たはむれ》かそれにしても余程《よほど》風変りな恋の初峯入《はつみねい》り

文三の某省へ奉職したは昨日今日のやうに思ふ間《ま》に既《すで》に二年近くになる。年頃節倹の功が現はれて此頃では些《すこ》しは貯金《たくわへ》も出来た事ゆゑ老耋《としよ》ツたお袋《ふくろ》に何時《いつ》までも一人住《ひとりずみ》の不自由をさせて置くも不孝の沙汰《さた》　今年の暮《くれ》には東京《こつち》へ迎へて一家を成して而《そ》うして……と思ふ旨を半分[一四]報知《しら》せてやれば母親は大悦《おほよろこ》び　文三にはお勢といふ心宛《こゝろあて》が出来たことは[一五]知らぬが仏のやうな慈悲心から「早く相応《さうおう》な者を宛《あて》がつて初孫《ういまご》の顔を見度《みたい》とおもふは親の[一六]私《わたくし》としてもかうなれど其地《そのち》へ往《い》ツて一軒の家を成《なす》やうになれば家の大黒柱とて無くて叶《かな》はぬは妻　到底《どうせ》貰《もら》ふ事なら親類某《なにがし》の次女お何《なに》どのは内端《うちは》で温順《おとなし》く器量も十人並《なみ》で私《わたし》には至極《しごく》機に入ツ

一〇 男女関係はこれまで「情」のままに流されて来たが、自分たちは「二千年来の習慣」を破って、理性的、意志的にふるまわなければならない、という考えにもとづく。→二二四頁注二。

一一 「冱(こ)」はきびしい寒さに凍りつく様子。『書言字考節用集』に「冱(テキ)」。『魁本大字類苑』に「冱寒(イテサフシ)　氷結シテ寒キ也」。

一二 曲げたり捻(じね)ったりの意。転じてここでは何やかやとややこしいの意。「馬は酔ふたる人の如く、すじりもじりて危なげなり」(饗庭篁村「面目玉」『むら竹』明治二十二年)。

一三 男女の縁結びの神。漢語「月下老人」「月下氷人」に、和語の「むすぶのかみ(産霊神)」の訓を当てた言葉。『藪の鶯』には「月老氷人(むすぶのかみ)」とある。

一四 「而うして…」以下の部分(お勢を妻に迎えて)を知らせなかった。

一五 知らなければどんなことをされても平気だ、という諺。「知らぬが仏」と「仏のやうな慈悲心」とを一緒にした表現。

一六 親としての私心、親心。

たが此娘《このこ》を迎へて妻《さい》としては」と写真[一]まで添へての相談に文三はハット当惑《たうわく》の眉《まゆ》を顰《ひそ》めて物の序《ついで》に云々《しか〴〵》と叔母のお政に話せば是《こ》れもまた当惑の躰《てい》[二]〇初めお勢が退塾《たいじゆく》して家に帰ツた頃「勇《いさみ》といふ嗣子《あとゝり》があツて見ればお勢は到底《どうせ》嫁に遣《や》らなければならぬが如何《どう》だ文三に配偶《めあは》せては」と孫兵衛に相談をかけられた事も有《あ》ツたが　其頃《そのころ》はお政も左様《さやう》さネと生返事《なまへんじ》　何方附《どつちつ》かずに綾《あや》[三]なして月日を送る内《うち》お勢の甚《はなは》だ文三に親しむを見てお政も遂《つひ》に其《その》気になり　当今《たうこん》では孫兵衛が「あゝ仲が好《よい》のは仕合《しあ》はせなやうなものゝ両方とも若い者同志だからさうでもない心得違《こゝろえちが》ひが有ツてはならぬからお前が始終《しじふ》看張《みは》ツてゐなくツてはなりませぬぜ」といつても　お政は「ナアニ大丈夫ですよ　また些《ちつ》とやそツとの事なら有ツたツて好《よ》う御座んさアネ到底《どうせ》早かれ晩《おそ》かれ一所《（いつ）しよ》にしやうと思ツてる所《とこ》ですものヲ」ト、ズツト粋《すゐ》[四]を通し顔《かほ》でゐる所ゆゑ今文三の説話《はなし》を听《きい》[五]て当惑をしたも其《その》筈《はづ》の事で〇「お袋《ふくろ》の申通《（まうす）とほ》り家《うち》を有《も》つやうになれば到底《たうてい》妻《さい》を貰《もら》はずに置けますまいが　しかし気心も解《わか》らぬ者を無暗《むやみ》に貰ふのは余りドツト[六]しませぬから此縁《このえん》談《だん》はまづ辞《ことは》ツてやらうかと思ひます」ト常に異《かは》ツた文三の決心を聞いてお政は漸《やうや》く眉《まゆ》を開いて切《しき》りに点頭《うなづ》き「さうともネ〳〵幾程《いくら》母親《おつか》さんの機《き》に入ツたからツて肝腎《かんじん》のお前さんの機に入らなきやア不熟《ふじゆく》[七]の基《もと》だ　しかしよくお話しだツ

一 友人同士で写真を交換したり、好きな男性（女性）の写真を求めるのは、当時の若者の流行。『女学雑誌』第九十六号（明治二十一年二月）に、「写真像一葉を添送あれば当方よりも写真像を送るべし」という「求婚広告」がある。
二 〇印は挿入の符号。「初めお勢が」から次の〇印（一二行目）「其筈の事で」までの部分が、現在にいたるまでの過去の事情の説明であることを示す。
三 うまくあしらって。
四 →二二二頁注一二。
五 「听（ギン）」は聴に通じ用いる。聞く。
六 感心しない、良くない。
七 不和。

た　実はネお前さんのお嫁《よめ》の事に就《つい》ちやア些《ち》イと良人《うち》でも考へてる事があるんだから是《こ》れから先《さ》き母親《おつか》さんがどんな事を言ツておよこしでもチヨイと私《わたし》に耳《みゝ》打《うち》してから返事を出すやうにしてお呉《く》んなさいヨ　いづれ良人《うち》でお話し申すだらうが些《ち》イと考へてる事があるんだから……それは然《さ》うと母親《おつか》さんの貰《もら》ひ度《たい》とお言ひのはどんなお子だかチヨイと其《その》写真をお見せナ」といはれて文三はさもきまりの悪《わ》るさうに「エ写真ですか写真は……私《わたくし》の所には有りません　先刻《さつき》アノ何《なに》が……お勢さんが何《なん》です……持ツて往《い》ツてお仕舞ひなすつた……」

トいふ光景《ありさま》で母親も叔父夫婦の者も宛《あて》とする所は[八]思ひ〳〵ながら一様に今年の晩《く》れるを待侘《まちわ》びてゐる矢端《やさき》、誰《た》れの望みも彼《か》れの望みも一ツにからげて背負ツて立つ文三が（説話《はなし》を第一回に戻して）今日思懸《おもひが》けなくも……[九]諭《ゆ》旨免職《しめんしよく》となつた、さても[一〇]星煞《まわりあはせ》といふものは是非《ぜひ》のないもの、トサ[一一]昔気質《むかしがたぎ》の人ならば言ふ所《ところ》でも有らうか

第四回　言ふに言はれぬ胸の中《うち》

さて其《その》日も漸《やうや》く暮れるに間《ま》もない五時頃に成つても叔母もお勢《せい》も更に帰宅する光景《やうす》も見えず　何時《いつ》まで待つても果《は》てしのない事ゆゑ文三《ぶんざう》は独《ひと》り夜食を済《す》ま

八　それぞれの心々ながら、の意。

九　諭旨免官。上司が理由を告げて免職にする処分。服務規律違反と人員整理などのケースがある。後者の場合は所属の直接の「長官」が理由を説明し、本人が辞職願を提出することになっていた（太政官達第三十四号「官吏懲戒例」第五条、明治九年四月）。

一〇「煞（さつ）」は殺。星のめぐりあわせが悪いこと。古代中国で生年月日の運命判断をした星命家の用語で、「星煞」は凶運。

一一 →二一七頁注二五。

して二階の椽端《えんさき》[一]に端居《はしゐ》しながら身を丁字《ていじ》[二]欄干《らんかん》に寄せかけて暮行《くれゆ》く空を眺めてゐる　此時《このとき》日は既《すで》に万家《ばんか》の棟《むね》に没しても尚《な》ほ余残《なごり》の影を留《とゞ》めて西の半天《はんてん》[三]を薄紅梅《うすかうばい》に染《そめ》た　顧《かへり》みて東方《とうばう》の半天を眺むれば淡々《あつさり》[四]とあがつた水色　諦視《ながめつめ》[五]たら霄星《よひぼし》の一つ二つは鑿《ほぢ》り出せさうな空合《そらあひ》　幽《かす》かに聞える伝通院《でんづうゐん》[六]の暮鐘《ぼしやう》の音《ね》に誘はれて塒《ねぐら》へ急ぐ夕鴉《ゆふがらす》の声が彼処此処《あちこち》に聞えて喧《やか》ましい　既にして日はパツタリ暮れる　四辺《あたり》はほの暗《くら》くなる　仰向《あふむ》いて瞻《み》る蒼空《あをそら》には余残《なごり》の色も何時《いつ》しか消《き》え失《う》せて今は一面の青海原《あをうなばら》　星さへ所斑《ところまだら》に燦《きらめ》き出《い》でゝ殆《と》[七]んと交睫《まばたき》をするやうな真似《まね》をしてゐる　今しがたまで見えた隣家《りんか》の前栽《せんざい》[八]も蒼然《さうぜん》たる夜色《やしよく》に偸《ぬす》[九]まれてそよ吹く小夜《さよ》嵐《あらし》に立樹《たちき》の所在《ありか》を知るほどの闇《くら》さ。デモ土蔵《どざう》の白壁は流石《さすが》に白丈《しろいだけ》に見透《みす》かせば見透かされる……サツと軒端《のきば》近くに羽音《はおと》がする　回首《ふりかへ》ツて観《み》る……何《なに》も眼《まなこ》に遮《さへぎ》るものとてはなく唯最《たゞも》う薄闇《うすぐら》い而已《のみ》

[一〇]心ない身も秋の夕暮には哀《あはれ》を知るが習ひ　況《ま》して文三は糸目《いとめ》[一一]の切れた奴凧《やっこだこ》の身の上　其時々《そのときぐ》の風《かぜ》次第で落着先《おちつくさき》は籬《まがき》の梅か物干《ものほし》の竿《さほ》か　見極《みきは》めの附《つ》かぬ所が浮世とは言ひながら父親が没してから全《まる》十年生死《いきじに》[一二]の海のうやつらやの高波に揺《ゆ》られ〳〵て辛《からう》じて泳出《およぎいだ》した官海《くわんかい》も矢張《やはり》波風《なみかぜ》の静まる間《ま》がないことゆゑ　どうせ一度は捨小舟《すてをぶね》の寄辺《よるべ》ない身に成らうも知れぬと兼《かね》て覚悟をして見ても其処《そこ》が凡《ぼん》

一　家の端近く、縁側に出ていること。
二　横から見るとT字形が連なっている手すりの様式。
三　中空。
四　染めの仕上がり具合。ここでは西の薄紅梅色に対して東の水色(宵闇の色)の染め具合。
五　「諦(てい)」は、ここでは「つまびらか」にすること。よくよく見つめると。
六　小石川区表町(現、文京区小石川三丁目)にある、浄土宗の無量山寿経寺。徳川家康の生母・於大(おだい)の墓所として名高く、その法号を取って普通伝通院と呼ばれる。
七　まるで。
八　庭前に植えた草木。
九　ここでは、おろそかにされて、かき消されて、の意。
一〇　「心なき身にもあはれはしられけり鴫(しぎ)立つ沢の秋の夕暮」(『新古今集』秋上、西行法師)を踏まえる。
一一　凧の表面につけて、上がり具合やバランスを調節する糸。
一二　仏教で「生死(しょうじ)の海」は生死流転の苦しみが深いことを言う。人生の憂(う)さや辛(つら)さ。「海」「高波」「泳出す」「官海」「波風」「捨小舟」は縁語。

夫《ぶ》のかなしさで危《あやうき》に慣《な》れて見れば苦にもならず　宛《あて》に成らぬ事を宛にして文三は今歳《ことし》の暮にはお袋《ふくろ》を引取ツてチト老楽《おいらく》[一三]をさせずばなるまい国へ帰《か》へると言ツてもまさかに素手《すで》でも往《ゆ》かれまい親類の所への土産《みやげ》は何《なん》にしやう「ムキ」[一四]にしやうか品物にしやうかと胸で弾《はぢ》いた算盤《そろばん》の桁《けた》は合ひながらも兎《と》角合《かくあひ》かねるは人の身のつばめ[一五]　今まで見てゐた盧生《ろせい》[一六]の夢も一炊の間《ま》に覚《さ》め果《は》てゝ「アヽまた情《なさけ》ない身の上に成ツたかナア……

　俄《にはか》にパツと西の方《かた》が明るくなツた　見懸《みか》けた夢を其儘《そのまゝ》に文三が振返ツて視遣《みや》る向ふは隣家の二階　戸を繰《く》り忘れたものかまだ障子の儘《まゝ》で人影が射《さ》してゐる……スルト其《その》人影が見る間《ま》にムク〳〵と膨《ふく》れ出して好加減《よいかげん》の怪物となる……パツと消失《きえう》せて仕舞ツた跡《あと》はまた常闇《とこやみ》[一七]　文三はホツと吐《と》息《いき》を吻《つい》て顧みて我家《わがいゑ》の中庭を瞰下《みお》ろせば所狭《ところせ》きまで植駢《うゑなら》べた艸花立樹《くさばなたちき》なぞが佗《わび》し気《げ》に啼《な》く虫の音《ね》を包んで黯黒《くらやみ》の中《うち》からヌツと半身《はんしん》を抜出《ぬきだ》して硝子張《がらすばり》の障子を漏《も》れる火影《ほかげ》を受けてゐる所は家内《やうち》を覘《うかゞ》ふ曲者《くせもの》かと怪《あやし》まれる……ザワ〳〵と庭の樹立《こだち》を揉《も》む夜風の余りに顔を吹かれて　文三は慄然《ぶる〳〵》と身震《みぶるひ》をして起揚《たちあが》り居間へ這入《はい》ツて手探《てさぐ》りで洋燈《らんぷ》を点《とぼ》し立膝《たてひざ》の上に両手を重ねて何をともなく目守《みつめ》た儘《まゝ》暫《しば》らくは唯茫然《たゞぼんやり》……不図《ふと》手《て》近《ち》かに在ツた薬鑵《やくわん》の白湯《さゆ》を茶碗《ちやわん》に汲取《くみと》りて一息にグツと飲乾《のみほ》し肘《ひぢ》を枕に横に倒

一三 老後の楽しみ。「浜路（はまぢ）には佳壻招（よきむこどり）て、わが身ます〳〵老楽なるべし」（『南総里見八犬伝』第三輯巻之二）。
一四 現金。「むき出し」の略。
一五 胸算用。合算すること。江戸時代の「燕算用」の略。
一六 栄枯盛衰のはかない喩え。中国唐代の小説『枕中記』の故事にもとづく。趙（ちょう）の都の邯鄲（かんたん）で出世を夢見た盧生という青年が、道者呂翁の邸で黄粱（こうりょう）が炊ける間に枕を借りてひとねむりし、次第に立身して栄華をきわめるが、目覚めるとそれは黄粱がまだ炊きあがらないほどの短い夢の出来事だった。邯鄲の夢、黄粱一炊の夢ともいう。
一七 永遠の闇。真暗。

れて天井に円《まる》く映る洋燈《らんぷ》の火燈《ほかげ》を目守《みつ》めながら莞爾《にっこ》と片頬《かたほ》に微笑《えみ》を含んだが開《あい》た口が結《むす》ばつて前歯が姿を隠すに連《つ》れ何処《いづく》からともなくまた愁《うれひ》の色が顔に顕《あら》はれて参ッた

「それはさうと如何《どう》[一]しやう知らん　到底《たうてい》言はずには置けん事《こつ》たから今夜にも帰ッたら断念《おもひき》ツて言ツて仕舞はうか知らん　嘸《さぞ》叔母が厭《いや》な面《かほ》をする事《こつ》たらうナア……眼《め》に見えるやうだ……しかし其《そ》様な事を苦にしてゐた分《ぶん》には埒《らち》が明かない　何《な》にも是《こ》れが金銭を借りやうといふではなし毫《すこ》[二]しも恥《はづ》ケ敷《しい》事はない　チヨツ今夜《こんや》言ツて仕舞はう……だが……お勢がゐては言ひ難《にく》いナ　若《も》しヒヨツト彼《あれ》の前で厭味《いやみ》なんぞを言はれちやア困る　是《これ》は何《な》んでも居ない時を見て言ふ事《こつ》た　ゐない……時を……見……何故《なぜ》。何故言難《いひにく》い　苟《いやしく》も男児たる者が零落《れいらく》したのを耻《は》づるとは何《な》んだ。其《そ》様な小胆《せうたん》な。糞《くそ》ツ今夜《こんや》言ツて仕舞はう　それは勿論《もちろん》彼娘《あれ》だツて口へ出してこそ言はないが何んでも来年の春を楽しみにしてゐるらしいから今唐突《だしぬけ》に免職になツたと聞いたら定《さだ》めて落胆するだらう　しかし落胆したからと言ツて心変りをするやうな其《そ》様な浮薄な婦人《をんな》ぢやアなし且《か》つ通常の婦女子と違ツて教育も有ることだから大丈夫其様な気遣《きづか》ひはない　それは決《け》してないが叔母だて……ハテナ叔母だて。叔母はあゝいふ人だから我《おれ》が免職にな

一　どうしようかしらん、の意。「か」の脱字ではない。

二　「毫（ごう）」は細い毛。秋に生え変わった鳥や獣の細い毛（秋毫）から、少ない、わずか、の意。

ツたと聞《きい》たら急にお勢を呉《く》れるのが厭《いや》になツて無理に彼娘《あれ》を他《た》へかたづけまいとも言はれない。さうなつたからと言ツて此方《こつち》は何《なに》も確《かた》い約束がして有るんでないから否《いや》さうは成りませんとも言はれない……嗚呼《あゝ》つまらん〳〵幾程《いくら》おもひ直してもつまらん　全躰《ぜんたい》何故《なぜ》我《おれ》を免職にしたんだらう　解《わか》らんナ　自惚《うぬぼれ》ぢやアないが我《おれ》だツて何《なに》も役に立たないといふ方《はう》でもなしまた残された者だツて何も別段役に立つといふ方でもなし、して見れば矢張《やつぱり》課長におベツ[三]からなかつたから其《そ》れで免職にされたのかな……実に課長は失敬な奴《やつ》だ　課長も課長だが残された奴等《やつら》もまた卑《ひ》屈《くつ》極《きは》まる　僅《わづ》かの月給の為《た》めに腰を折ツて奴隷同様な真似《まね》をするなんぞツて実に卑屈極まる……しかし……待《まて》よ……しかし今まで免官に成ツて程《ほど》なく復職した者がないでも無いからヒヨツとして明日《あした》にも召喚状《しやうくわんじやう》[四]が……イヤ……来ない　召喚状なんぞが来て耐《たま》るものか　よし来たからと言ツて今度《こんだ》は此方《こつち》から辞して仕舞ふ　誰《だれ》が何と言はうト関《かま》はない断然辞して仕舞ふしかし其《そ》れも短気かナ矢張《やつぱり》召喚状が来たら復職するかナ……馬鹿奴《ばかめ》それだから我《おれ》は馬鹿だ　そんな架空《かくう》な事を宛《あて》にして心配するとは何《な》んだ馬鹿奴　それよりかまづ差当《さしあた》りエート何《な》んだツけ……さう〳〵免職の事を叔母に咄《はな》して……嘸《さぞ》厭な顔をするこツたらうナ……しかし咄さずにも置かれないから思切《おもひき》ツて今夜に

三 へつらうこと。「おべっか」の動詞化。「ゴマカシウム百分の七十に。ヲベツカリウム百分の三十といふ人物だ」（『藪の鶯』）。

四 （役所から免職取消しの）呼び出し状。

も叔母に咄《はな》して……ダガお勢のゐる前では……チョッゐる前でも関《かま》はん叔母に咄して……ダガ若《も》し彼娘《あれ》のゐる前で口汚《くちぎ》たなくでも言はれたら……チョッ関《かま》はんお勢に咄してイヤ……お勢ぢやない叔母に咄して……さぞ……厭《いや》な顔……厭な顔を咄して……口……口汚《くちぎた》なく咄……して……ア丶頭が乱れた……

トブル〳〵と頭《かしら》を左右へ打振る

[一]轟然《がうぜん》と駆《かけ》て来た車の音《おと》が家の前でパッタリ止《と》まる。ガラ〳〵と格子戸《かうしど》が開《あ》く　ガヤ〳〵と人声《ひとごゑ》がする。[二]ソリヤコソと文三がまづ起直《おきなほ》ッて[三]突胸《とむね》をついた　両手を杖《つゑ》に起《た》ゝんとしてはまた坐《すわ》り坐らんとしてはまた起《た》つ　腰の蝶番《てうつがひ》は満足でも胸の蝶番が「言ッて仕舞はうか」「言難《いひにく》いナ」と離れ〳〵に成ッてゐるから急には起揚《たちあが》られぬ……俄《にはか》に[四]蹶然《むつく》と起揚《たちあが》ッて梯子段《はしごだん》の下口《をりぐち》まで参ッたが不図《ふと》立止《たちど》まり些《すこ》し躊躇《ためら》ッてゐて「チョッ言ッて仕舞はう　と独言《ひとりごと》を言ひながら急足《あしばや》に二階を降《を》りて奥坐舗《おくざしき》へ立入《たちい》る

奥坐舗の[五]長手《ながて》の火鉢《ひばち》の傍《かたはら》に年配四十恰好《がつかう》の年増《としま》　些《すこ》し痩肉《やせぎす》で色が浅黒いが[六]小《こ》股《また》の切上《きりあが》ッた垢抜《あかぬ》けのした[七]何処《どこ》とも[八]でんぼう肌《はだ》の萎《すが》れてもまだ見所《みどころ》のある花。[九]櫛巻《くしま》きとかいふものに髪を取上げて[一〇]小《こ》弁慶《べんけい》の糸織の袷衣《あはせ》と[一一]養老の[一二]浴衣《ゆかた》を重ねた奴《やつ》を素肌に着て[一三]黒繻子《くろじゆす》と八段《(はつ)たん》の[一四]腹合《はらあ》はせの帯を[一五]ヒッカケに結び微酔機嫌《ほろえひきげん》の啣《くわへ》

一 音が響く様子。ここでは人力車の車輪のひびき。当時はまだゴムの車輪ではなかった。
二 そら(帰って来た!)。待ちうけていたものが現実になった感じ。
三 どっきりした。「突」は接頭語。
四 「蹶然(けつぜん)」は、あわてて起きる様子。
五 長火鉢。長方形の箱火鉢。ひき出し、猫板、銅壺などが付属し、茶の間、居間に置かれるのが普通。→二七八頁挿絵。
六 きりりとして粋な女性の身体つきの形容。正岡容『明治東京風俗語事典』(有光書房、昭和三十二年)によれば、女性が足をつけて立った場合、内輪の足つきは腿(もも)がぴったりとつき、踵(かかと)が離れる、この間にすき間が空いて小股が切り上るという説がある(木村荘八説)。
七 どことなく。
八 本来男が威勢よく、気っぷがいいことだが、やがてその真似をする女性にも使われるようになった。
九 櫛に髪を巻きつけて結う女性の髪型。略式だが、伝法肌の女性に好まれた。「櫛巻にするのが嫁のくづし初(ぞ)め」(『柳多留』四篇)。

櫛巻

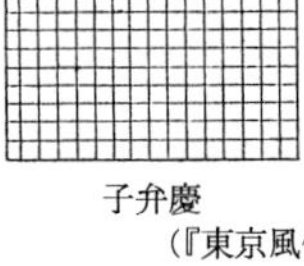

子弁慶

(『東京風俗志』)

一〇 こまかな弁慶縞。
一一 「養老絞り」の略。絞り染の一種。縦じわを作って絞り、線の文様をあらわしたもの。
一二 江戸では単衣(ひとえ)を「ゆかた」と呼ぶことがあり、ここでは準単衣として普段に用いる着物。浴用は「ゆかたびら」と呼んで区別した(『守貞謾稿』)。重ね着の下着。
一三 「黒繻子」は、滑らか

楊枝《やうじ》でいびつに[一六]坐《すわ》ッてゐたのはお政《まさ》で　文三の挨拶《あいさつ》するを見て

「ハイ只今大層遅《たゞいまたいそう》かッたらうネ

「全体今日《こんち》は何方《どちら》へ

「今日《けふ》はネ須賀町《すがちやう》[一七]から三筋町《みすぢまち》[一八]へ廻《ま》はらうと思ッて家《うち》を出たんだアネ　さうすると須賀町へ往《い》ッたらツイ近所に、あれはヱート芸人……なんとか言ッたッけ芸人……

「親睦会《しんぼくくわい》[一九]

「それ〳〵その親睦会が有るから一所《いつしよ》に往《い》からうツてネお浜《はま》さんが勧《すゝ》[二〇]めきるんサ　私《わたし》は新富座《しんとみざ》[二一]か二丁[二二]目なら兎《と》も角《かく》も其様《そん》な珍木会《ちんぼくくわい》とか親睦会とかいふ者《もん》なざア[二三]七里々《しちり(しちり)》けぱいだけれどもお勢《せ》……ウーイプー[二四]……お勢《せい》が往度《いきたい》といふもんだから仕様事《せうこと》なしのお交際《つきやひ》で往《いつ》て見たがネ思ッたよりはサ　私《わたし》はまた親睦会といふから大方演《おほかたえん》[二五]じゆつ会《かい》のやうな種《たち》のもんかしらとおもつたらなアに矢張品《やつぱりしん》の好《い》い寄席《よせ》だネ　此度《こんだ》文さんも往ッて御覧な木戸《きど》[二六]は五十銭だヨ

「ハア然《さ》うですか其《そ》れでは孰《いづ》れまた

説話《はなし》が些《すこ》し断絶《とぎ》れる　文三は肚《はら》の裏《うち》に「おなじ言ふのならお勢の居ない時だ

チヨツ今言ツて仕舞はう　ト思ひ決《さだ》めて今将《まさ》に口を開《ひら》かんとする……折《をり》しも椽《えん》

で光沢がある厚地の絹織物。帯地に用いられる。「八段」は「八端織」の略。ふとん地、帯地などに用いる綾糸織の一種。一四 腹合わせ帯。表と裏を違う布地で縫い合わせた女帯。昼夜帯とも。一五 女帯の締め方の一つ。背中でお太鼓に結ばず垂らしておく。

引かけ
（『東京風俗志』）

一六 膝をくずして。一七 四谷区須賀町（現、新宿区）。JR東日本四谷駅西方。第三篇（四三一頁一六行）に出てくる「お浜さん」の家と思われる。一八 赤坂区青山三筋町（現、港区北青山一丁目）。JR東日本信濃町駅南方。一九 当時、さまざまな会合に「親睦会」と名づけることが流行。「婦人親睦会」（『女学雑誌』第八十二号、明治二十年十月）、「親類中で親睦会を為て島原の新富座へ演劇《しばゐ》を見に参つた」（落語「かつぎや五兵衛」『明治大正落語集成』第一巻）。二〇 どこまでも勧める。二一 京橋区新富町（現、中央区新富二丁目）にあった歌舞伎の劇場。江戸三座の一つだった森田座、守田座を経て、十二代守田勘弥の時に（明治五年）浅草猿若町三丁目から新富町に移転、同八年に座名を新富座に改称。同九年に火災に遭ったが、同十一年六月に新築。座元の勘弥は演劇改良運動に貢献した。鏑木清方『明治の東京』（岩波文庫、平成元年）に新富座に関する回想がある。二二 浅草区猿若町二丁目（現、台東区浅草六丁目）にあった歌舞伎の劇場、市村座の通称。江戸三座の一つ。同じく猿若町一丁目にあった中村座とまぎらわしいので、この通称ができた。

側《がは》にパタ〳〵と跫音《あしおと》がしてスラリと背後《うしろ》の障子が開《あ》く　振反《ふりかへ》ツて見れば……お勢で　[一]年は鬼もといふ十八の娘盛《むすめざか》り　[二]瓜実顔《うりざねがほ》で富士額《ふじびたひ》[三]生死《いきしに》を含む眼元《めもと》の塩にピンとはねた眉《まゆ》で力味《りきみ》を付け[四]壺〻口《つぼくぐち》の[五]緊笑《しめわら》ひにも愛嬌《あいきやう》をくくんで無暗《むやみ》には滴《こぼ》さぬほどの[六]さび、背《せい》はスラリとして[七]風に揺《ゆら》めく女郎花《をみなへし》の一時《いちじ》をくねる細腰もしんなりとしてなよやか　慾《よく》には[八]最《も》うすこし生際《はへぎは》と襟足《ゑりあし》とを善くして貰《もら》ひ度《たい》が何《な》にしても[九]七難を隠《か》くすといふ雪白《ゆきじろ》の羽二重《はぶたゑ》肌《はだ》浅黒い親[一〇]には似ぬ鬼子《おにつこ》でない天人娘《てんにんむすめ》艶《つや》やかな黒髪を惜気《をしげ》もなくグッと引詰《ひつつ》めての束髪《そくはつ》　[一一]薔薇《ばら》の花挿頭《はなかんざし》を挿《さ》したばかりで[一二]臙脂《べに》も嘗《な》めねば鉛華《おしろい》も施《つ》けず衣服《みなり》とても糸織の袷衣《あはせ》に[一三]遊禅《いうぜん》と紫繻子《むらさきじゆす》の腹合せの帯か何《なに》かでさして取繕《とりつくろ》ひもせぬが故意《わざ》とならぬ眺《ながめ》はまた格別なもので火[一四]をくれて枝を撓《た》はめた作花《つくりばな》の厭味《いやみ》のある色の及ぶ所でない　[一五]衣透姫《そとほりひめ》に[一六]小町《こまち》の衣《ころも》を懸けたといふ文三の[一七]品題《みたて》はそれは惚《ほ》れた慾眼《よくめ》の贔負沙汰《ひいきざた》かも知れないが兎《と》も角《かく》にも十人並優《なみすぐ》れて美《うつ》くしい　坐舗《ざしき》へ這入《はい》りざまに文三と顔を見合はして莞然《につこり》　チヨイと会釈《ゑしやく》をして摺足《すりあし》でズーと火鉢《ひばち》の側《そば》まで参り温籍《しとやか》に坐《ざ》に着く

　お勢と顔を見合はせると文三は不思議にもガラリ気が変ツて咽元《のどもと》まで込み上げた免職の二字を鵜呑《うの》みにして何喰《なにく》はぬ顔色《がんしよく》　肚《はら》の裏《うち》で「最《も》うすこし経《た》ツてから」

二三「七里結界」のなまり。仏語で七里四方に境界を設け（結界）、魔障を排除したこと。転じて魔除けの言葉となり、嫌なものを寄せつけないこと。ここでは強調するために「七里」を繰りかえしている。まっぴら御免。　二四 おくび（ゲップ）の擬音。　二五 演述会。自分の意見を述べる啓蒙的な講演を、演説、演述と呼んだ。
二六 木戸銭。入場料。

以上二四一頁

一「鬼も十八番茶も出花」という諺を踏まえる。鬼も年頃には美しく見え、番茶も入れたては香りがいいように、どんな女性も年頃にはきれいに見える。ただし第二回の設定では、お勢は二十歳になる。
二「瓜実顔」は→二二九頁注一五。「富士額」は額の髪の生え際が富士山の形に似たもの。美女の形容。
三 顔の印象を生かすも殺すもこれ次第という眼元の愛嬌、の意。「塩」は潮の誤記。潮には情趣、愛嬌の意があり、「潮の目」は愛嬌のある目付き。
四 少女の小さくつぼんだ口付き。おちょぼ口。
五 笑うときにも口をすぼめて愛嬌を口の中に含み込むこと。
六 しぶい趣き。眼元も口元もただ愛嬌があるだけでなく、それをセーブする趣きがある。
七 女性を秋の七草の「女郎花」に喩えるのは、古来、例が多い。「をみなへしのひとときをくねるにも（「一時の美しさを嘆き、こぼすのにも」の意）、うたをいひてぞ、なぐさめける」（『古今集』仮名序）。「真白に細き手を抗（あげ）て、敲（たた）くもちからなよ竹の、籬笆（まがき）に立（たて）る女郎花、くねらぬものを吹かへす、浮世の秋のあき風は」（『南総里見八犬伝』第六輯巻之五）。

「母親《おつか》さん咽《のど》が涸《かは》いていけないからお茶を一杯入れて下さいナ

「アイヨ

トいつてお政は茶箪笥《ちやだんす》を覗《のぞ》き

「ヲヤ〳〵茶碗《ちやわん》が皆《みんな》汚れてる……鍋《なべ》

ト呼ばれて出て来た者を見れば例の日の丸の紋を染抜いた首の持主で空嘯《そらうそぶ》[一八]いた鼻の端《さき》へ突出された汚穢物《よごれもの》を受取り振栄《ふりばえ》のあるお臀《いど》を振立てゝ却退《ひきさが》る　軈《やが》て洗ツて持ツて来る　茶を入れる　サア其《そ》れからが今日聞いて来た歌曲[一九]の噂《うわさ》で母子《おやこ》二《ふたつ》の口が結《むす》ばる暇《ひま》なし　免職の事を吹聴《ふいてう》[二〇]し度《たく》も言出す潮《しほ》がないので文三は余儀《よぎ》なく聴き度《たく》もない咄《はなし》を聞《きい》て空《むな》しく時刻を移す内説話《うちはなし》は漸《やうや》くに清元長唄《きよもとながうた》[二一]の優劣論に移る

「母親《おつか》さんは自分が清元が出来るもんだから其様《そん》な事をお言ひだけれども長唄の方が好《いゝ》サ

「長唄も岡安《をかやす》[二二]ならまんざらでもないけれども松永《まつなが》は唯《たゞ》[二三]つッこむばかりで面白くもなんとも有りやアしない　それよりか清元の事サどうも意気でいゝワ

「四谷《よつや》[二四]で始めて逢《あ》ふた時すいたらしいと思ふたが因果《ゐんぐわ》な縁《えん》の糸車《いとぐるま》」

ト中音《ちうおん》で口癖《くちくせ》の清元を唄《うた》ツてケロリとして

一八 お勢が顔の化粧にわざとかまわず、額と襟足の毛が延びているのであろう。

一九 諺「色の白いは七難隠す」。 一〇 諺に「親に似ぬ子は鬼子」というが、鬼の子ではなくて天人の娘、の意。 一一 →一九九頁注一。

一二 「臙脂(えんじ)」は紅色の顔料。昔、紅(べに)はそれに脂を交ぜて製した。「鉛華」は鉛の粉を用いておしろいを作ったことから生まれた表記。「嘗める」は、ここでは口紅をつけること。ただし鉛毒が指摘され、鉛白粉に批判が高まっていた。たとえば木村熊二「金屋の秘訣」(『女学雑誌』第八十六―九十一号、明治二十年十一月―二十一年一月)。

一三 正しくは「友禅」と書く。元禄時代に宮崎友禅が開発した友禅染。花や鳥など、はなやかな図柄が特色。 一四 熱を加えて枝を曲げて作った不自然な造花の美しさ。 一五 美しい肌の色が衣を通して照り輝いたという允恭(いんぎょう)天皇の妃(『日本書紀』允恭紀)。 一六 小野小町。『古今集』の代表的女性歌人。美人としても名高い。

一七 「品題(ひんだい)」は本来、優劣の価値づけをして名前をつけること。

一八 鼻の穴が上を向いていること。

一九 ここでは邦楽、俗曲。

二〇 「吹聴」は言いふらす、ひろく知らせる意味だが、ここでは単に知らせるくらいの意。『和英語林集成 第三版』の FUICHŌ に announce, SHIRASERU とある。

二一 『東京風俗志』に、常磐津、清元は下流の職人好みで、女師匠が教えるため、若い男が集り稽古場の柄が悪いこと、長唄はこれにくらべて「文句の渾雅典麗」で「俗曲中品位あるもの」という指摘がある。また『女学雑誌』第十九号(明治十九年三月)に、「長唄は猥褻の事なく上品」と

「いゝワ

其《その》通り品格がないから嫌ひ

「また始まツた　ヘン跳《ちやぐ》馬《うま》ぢやアあるまいし万古《ばんこ》[一]に品々《しんしん》[二]も五月蝿《うるさ》い

「だツて人間は品格が第一ですワ

「ヘンそんなにお人柄《しとがら》なら煮込み[三]のおでんなんぞを喰度《たべたい》といはないがいゝ

「ヲヤ何時《いつ》私《わたし》がそんな事を言《いひ》ました

「ハイ一昨日《をとつひ》の晩いひました

「嘘《うそ》ばつかし

トハ言ツたが大《おほき》にへこむだので大笑ひとなる　不図《ふと》お政は文三の方を振向いて

「アノ今日出懸《でが》けに母親《おつか》さんの所《とこ》から郵便が着《つい》たツけがお落掌《うけとり》か

「ア真《ほん》に然《さ》うでしたツけ薩張忘却《さつぱりわすれ》[四]てゐました……エー母からも此度《このたび》は別段に手紙を差上げませんが宜《よろ》しく申上《（まうし）あ》げろと申《（まうす）》ことで

「ハアさうですか其《そ》れは。それでも母親《おつか》さんは何時《いつ》もお異《かはん》なすつたことも無《な》くツて

「ハイお蔭《かげ》さまと丈夫ださうで

「それはマア何《なに》よりの事《こつ》た　嘸《さぞ》今年の暮《くれ》を楽しみにしておよこしなすつたら

ある。

清元の稽古
（『東京風俗志』）

二二「岡安」「松永」（底本「松長」を訂正）ともに江戸長唄の流派の名。当時の家元は四世岡安喜三郎（嘉永二年―明治三十九年）、三世松永和楓（天保十年―大正五年）。和楓の回想「浮世めがね」（『都新聞』明治三十一年六月十一・十五日）によれば三代目和楓を名乗ったのは明治十三年。『幕末明治女百話』後篇に三世和楓に関する回想があり、九代目団十郎とそりが合わず歌舞伎の舞台から引退したという。「生粋の江戸ッ子」気質が開明派の九代目と合わなかったらしい。以後は寄席で美声を聞かせた。名人と謳われた四世はその後継者。二三 前記回想に「和楓さんは長唄の歌い尻を随分長く引く方」だったとあり、「唯つツこむばかり」はその芸風を指すか。

二四 清元「山帰強桔梗（やまがえりまけぬききよう）」、通称「山帰り」（文政六年）の一節（「柏葉集」『日本歌謡集成』巻十一、東京堂出版、昭和十七年）。

以上二四三頁

うネ
「ハイ指《ゆび》ばかり屈《おつ》て居《ゐ》ると申《(まうし)》てよこしましたが……
「さうだらうてネ。可愛《かはい》い息子《むすこ》さんの側《そば》へ来るんだものヲ。それをネー何処《どこ》かの人《しと》みたやうに親を馬鹿《ばか》にしてサ一口《しとくち》いふ二口目には直《ぢき》に揚足《あげあし》を取るやうだと義理にも可愛《かはい》いと言はれないけれど文さんは親思ひだから母親《おつか》さんの恋しいのも亦《また》一倍サ
トお勢を尻目にかけてからみ文句《もんく》で宛《あて》[五]る　お勢はまた始まツたといふ顔色《かほつき》をして彼方《あちら》を向《むい》て仕舞ふ　文三は余儀《よぎ》なささうにエヘ、笑ひをする
「それからアノー例の事ネ、あの事をまた何《なん》とか言ツてお遣《よこ》しなすツたかい
「ハイまた言ツてよこしました
「なんツてネ
「ソノー気心《きごゝろ》が解《わか》らんから厭《いや》だといふならエー今年の暮帰省《くれきせい》した時に逢《あ》ツてよく気心を洞察《みぬい》た上で極《き》めたら好《よ》からうといつて遣《よこ》しましたがしかし……
「なに、母親《おつか》さん
「エ。[六]ナニサ。アノ。ソラお前にも此間《このあひだ》話したアネ。文《ぶん》さんの……
お勢は独《ひと》り切《しき》りに点頭《うなづ》く

一　いつも。『和英語林集成 第三版』に、BANKO Always; perpetual とある。「好男子人に嫉(そね)まるとは、「万古の原則だ」(『当世書生気質』第六回)。
二　馬の鳴き声と品格の品とを懸ける。お政の発音は「ヒ」を「シ」という東京下町(あるいは江戸)の特徴を写している。
三　本来の味噌田楽に対して幕末から流行。関西では関東煮(かんとうだき)。当時は「煮込みおでん」と書いた行燈を掲げた屋台で売り、上品な食べ物とはされなかった。おでんは田楽(でんがく)の女房詞(にようぼうことば)。

おでん屋
(『風俗画報』403号，明42・12)

四　「薩張」は当時ごく普通に行われた当て字。
五　あてこする。
六　第一・第二篇では、読点(、)よりもう少し時間を置きたい時に、文末でなくとも句点(。)を使用するようである。言いよどんだり、興奮して言葉が出なかったりする場合に多い。

「ヘー其様《そん》な事を言ツておよこしなすツたかい　ヘー然《さ》うかい……それに附《つ》けても早く内《うち》[一]で帰ツて来《く》れば好《い》ゝが……イエネ此間《こないだ》もお咄《はな》し申《（まうし）》た通りお前さんのお嫁の事に付《つい》ちやア内《うち》でも些《ちい》と考へてる事も有るんだから……尤《もつと》も私《わたし》も聞《きい》て知《しつ》てる事《こつ》たから今咄《はな》して仕舞つてもいゝけれども……

ト些《すこ》し考へて

「何時《いつ》返事をお出《だ》しだ

「返事は最《も》う出しました

「エ、モー出したの、今日

「ハイ

「ヲヤマア文さん[二]でもない　私《わたし》になんとか一言《ひとこと》咄《はな》してからお出しならいゝのに

「デスガ……

「それはマア兎《と》も角《かく》も何《なん》と言ツてお上《あ》げだ

「エー今は仲ゝ《なか〳〵》婚姻所《こんゐんどころ》ぢやアないから……

「アラ其様《そん》な事を言ツてお上げぢやア母親《おつか》さんが尚《な》ほ心配なさらアネ　それよりか……

一 夫、孫兵衛を指す。

二 （慎重な）文さんにも似合わない、の意。

「イエまだお咄《はな》し申さぬから何《なん》ですが……
「マアサ私《わたし》の言事《いふこと》をお聞きヨ　それよりかアノ叔父も何だか考へがあるといふからいづれ篤《とつく》りと相談した上《うへ》でとかさもなきやア此地《こつち》に心当りがあるから……
「母親《おつかア》さん其様《そん》な事を仰《おつ》しやるけれど文さんは此地《こつち》に何《なん》か心当りがお有《あん》なさるの
「マアサ有ツても無くツてもさう言ツてお上げだと母親《おつか》さんが安心なさらアネ……イエネ親の身に成ツて見なくツちやア解《わか》らぬ事《こつ》たけれども子供一人身を固めさせやうといふのはどんなに苦労なもんだらう。だからお勢みたやうな如此《こんな》親不孝な者《もん》でもさう何時《いつ》までも三お懐中《ぼつぼ》で遊《あす》ばせても置《おけ》ないと思ふと私《わたし》は苦労で〳〵ならないから此間《こなひだ》も私《あたし》がネ「お前も最《も》う四押付《おしつけ》お嫁に往《い》かなくツちやアならないんだからソノーなんだとネー　何時《いつ》までも其様《そんな》に小供の様な心持《こゝろもち》でゐちやアなりませんと、五それも母親《おつか》さんのやうに此様《こん》な気楽な家《うち》へお嫁に往《い》かれりやア兎《と》も角《かく》もネー　若《も》しヒヨツと先《さき》に姑《しうと》でもある所《とこ》へ往《いく》んで御覧《ごらん》なか〳〵此様なに我儘気儘《わがまゝきまゝ》をしちやアゐられないから今の内《うち》に些《ちつ》と覚悟をして置かなくツちやアなりませんヨ」と私《わたし》が先へ寄ツて苦労させるのが可憐《かわい》さうだから為《ため》をおも

三 懐子(ふところご)のこと。親の懐を離れたことのない世間知らず。箱入娘(息子)。「ぼっぽ」は懐の幼児語。「それでも生立(うまれだち)の悪(わり)い野郎なら、おぼっぽで遊び歩行(ある)いて、いまだに役にも立(たっ)めへが」(『浮世風呂』二編巻之上)。
四 程なく、おっつけ。
五 底本「。」を「、」に訂した。二四八頁九行「成ツてサ、」、同頁一三行「畢竟るとこ、」の「、」も同じ。

つて言ツて遣《や》りやアネ　文さんマア聞《きい》てお呉《く》れ斯《か》うだ「ハイ私《わたくし》にやア私《わたくし》の了《れう》簡《けん》が有ります　ハイお嫁に往《い》かうと往くまいと私《わたくし》の勝手で御座います」といふんだヨ　それからネ私《わたし》が「ヲヤ其《そ》れぢやアお前はお嫁に往《い》かない気かヱ」と聞《きい》たらネ「ハイ私《わたくし》は生一本《き(いつぽん)》[一]で通します」ツて……マア呆《あき》れかへるぢやアないかネー文さん。何処《どこ》の国にお前尼《あま》ぢやアあるまいし亭主《ていし》持たずに一生暮すもんが有る者《もん》かネ

是《これ》は万更形《まんざらかたち》のないお噺《はなし》でもない　四五日前何《ぜんなに》かの小言序《こごとつゐで》にお政が尖《とが》り声《ごゑ》で「ほんとにサ戯談《じやうだん》ぢやアない何歳《いくつ》になるとお思《おも》ひだ。十八[二]にも成ツてサ、好頃《いゝころ》嫁にでも往《い》かうといふ身でゐながらなんぼなんだツて余《あんま》り[三]勘弁がなさすぎらア　アヽ〳〵早く嫁にでも遣《や》り度《たい》　嫁に往ツて小喧《こやかま》しい姑《しうと》でも持ツたら些《ちつ》たア親の難有味《ありがたみ》が解《わか》るだらう」ト言ツたのが原因《もと》で些《ちと》ばかりいぢ[四]り合《あひ》をした事が有ツたがお政の言ツたのは全く其作替《そのつくりかへ》で

「トいふが畢竟《つま》るとこ、是《こ》れが奥[五]だからの事《こつ》サ　私共《わたしども》がこの位《ぐらゐ》の時分にやアチヨイとお洒落《しやらく》[六]をしてサ小色《こいろ》[七]の一ツも挊了《かせい》だもんだけれども……

「また猥褻《わいせつ》

トお勢は顔を皺《しか》める

一 ずっと独身で。「世上驕慢の女秀才中には…一生ミス某と名乗り男子の厄介には成らぬ、夫などは決して持たぬと宣言して独立独行不羈自由の女丈夫と為り一年又一年と過ぎ行くが内に初は年の勢（いせ）にて少しは花の顔（かんばせ）とも見奉りたる花顔も今は漸くに衰へ果つ」（『女学雑誌』第九十一号社説、明治二十一年一月）。当時の論調は概して「独身主義」に批判的だが、外国人女性の例を引いて、その「志」を賞讃する例もある。

二 お勢の年齢は、第二回の設定では、文三と三歳違いで、現在二十歳となるが、十八歳とすれば、当時は早婚の弊がさかんに唱えられていたので、お勢がまだ結婚を意識していないことにも一応の理由はある。「今では大抵教育ある婦人方は二十二三才まで独りで居られますするのが多いです」（「炉辺問答」『女学雑誌』第八十五号、明治二十年十一月）。また巌本善治の意見として、「二十才より早く嫁ぐべきものにあらず之よりも早ければ衛生にも学文にも経済にも大なる損毛あり」（「婚姻のをしへ」上、『女学雑誌』第二十二号、明治十九年五月）。同誌によれば、当時日本の結婚年齢は平均で男二十二・一歳、女十九・〇四歳。

三 思慮分別。「何を申すも若い人たちだから、跡先の勘弁なしでござります」（『浮世風呂』三編巻之上）。

四 口争い。

五 「奥手（おくて）＝晩生」の略。比較的成長が遅い人。「アノ子は晩（おく）だよ」（落語「宮戸川」『明治大正落語集成』第一巻）。

六 おめかし、おしゃれ。

七 情夫（いろおとこ）の一人ぐらいは持った。

「ヲホ〳〵〳〵ほんとにサ　仲々《なか〳〵》[八]小悪戯《いたづら》をしたもんだけれども此娘《このこ》はヅー体《たい》ばかり大《おほき》くツても[九]一向《(いつ)かう》しきなお懐《ぼつぼ》だもんだからそれで何時《いつ》まで経《た》ツても世話ばツかり焼けてなりやアしないんだヨ

「だから母親《おつか》さんは厭《いや》ヨ　些《ちい》とばかりお酒に酔ふと直《ぢき》に[一〇]親子の差合《さしあ》ひもなく其様《そん》な事をお言ひだものヲ

「へー〳〵[一一]恐れ煎豆《いりまめ》はぢけ豆《まめ》ツ。あべこべに御意見か　ヘン親の[一二]誹《そしり》はしりよりか些《ちつ》と[一三]自分の頭の蠅《はひ》でも逐《お》ふがいゝや面白くもない

「エヘヽヽヽ

「イエネ此《この》通り親を馬鹿《ばか》にしてゐて何を言ツても迚《とて》も私共《わたしども》の言事《いふこと》を用ひるやうなそんな素直《すなほ》なお嬢さまぢやアないんだから　此度《こんだ》文さんヨーク腹に落ちるやうに言ツて聞かせてお呉《く》んなさい　これでもお前さんの言事《いふこと》なら些《ちつ》たア聴くかも知れないから

トお政は又もお勢を尻目《しりめ》に懸ける　折しも紙襖《ふすま》一ツ隔《へだ》てゝお鍋の声として

「あんな帯留《おびど》め……どめ……を……

此方《こなた》の三人は吃驚《びつくり》して顔を見合はせ「ヲヤ鍋の寐言《ねごと》だヨ」と果《は》ては大笑ひになる　お政は仰向《あふむ》いて柱時計を眺め

八　ちょっとした色事。

九　一向に、まったくの。「…しき(式)」は「…的」という意味の接尾語。

一〇　親子としての差し支え、差し障り。

一一　「恐れ入りました」の「いり」と「煎豆」の「いり」を懸け、煎豆に同種の「はじけ豆」を添えて語調を軽快に整えた技巧。「はじけ豆」(はじき豆)は、えんどう豆を水につけ、塩まぶしの後、あぶってはじけさせた豆。明治十年ごろ浅草の仲見世で売り出され、名物となった。その後、箱車で「焙りたァてェーまめよォ」の売声で売り歩いた(仲田定之助『明治商売往来』青蛙房、昭和四十四年など)。

一二　さまざまに悪口を言うこと。「謗(そし)り」に同じ脚韻の「はしり」をつけて強調した語。「同(おんな)じ女中達と寄湊(よりこぞ)つて、内の事を謗(そし)りはしりさ」(『浮世風呂』三編巻之上)。

一三　諺「人の蠅を追ふより己れの蠅を追へ」(人のことを気にするよりまず自分の始末をつけよ)。

「ヲヤ最《も》う十一時になるヨ鍋の寐言《ねごと》を言ふのも無理はない サアく寝ませうくあんまり夜深《よふか》しをするとまた翌日《あした》の朝がつらい それぢやア文さん先刻《さつき》の事はいづれまた翌日《あした》にも緩《ゆつく》りお咄《はなし》しませう

「ハイ私《わたくし》も……私も是非お咄《はな》し申さなければならん事が有りますがいづれまた明日《めうにち》……それではお休み

ト挨拶《あいさつ》をして文三は座舗《ざしき》を立出《たちい》で梯子段《はしごだん》の下《もと》まで来ると後《うしろ》より

「文さん貴君《あなた》の所《とこ》に今日の新聞が有りますか

「ハイ有ります

「最《も》うお読みなすツたの

「読みました

「それぢやア拝借《はいしやく》

トお勢は文三の跡《あと》に従《つ》いて二階へ上《あが》る 文三が机上に載せた新聞を取ツてお勢に渡すと

「文さん

「エ

返答はせずしてお勢は唯笑《たゞ》ツてゐる

「何《なん》です
「何時《いつ》か頂戴《てうだい》した写真を今夜だけお返し申《まうし》ませうか
「何故《なぜ》
「それでもお淋敷《さみしか》らうとおもつてオホ〳〵

ト笑ひながら逃《に》ぐるが如《ごと》く二階を駆下《かけを》りる　そのお勢の後姿を見送ツて文三は吻《ほつ》と溜息《ためいき》を吐《つ》いて

「ます〳〵言難《いひにく》い

一時間程を経て文三は漸《やうや》く寐《ね》支度《じたく》をして褥《とこ》へは這入《はい》ツたがさて眠られぬ、眠られぬ儘《まゝ》に過去《こしかた》将来《ゆくすゑ》を思ひ回《めぐ》らせば回らすほど尚《な》ほ気が冴《さへ》て眼《め》も合はず是《これ》ではならぬと気を取直し緊敷両眼《きびしくりやうがん》を閉ぢて眠入《ねい》ツた風《ふり》をして見ても

絵　文字は「そのまた恐らしい髯首が暫らくの間眼まぐろしく水車の如くに廻ツてゐる内に…」。「髯」はほおひげだが、ここでは髭（口ひげ）が描かれている。母が手にするのは長ぎせる。絵は月岡芳年。左下に、署名とともに「応需（もとめにおうじて）」とある。

自《みづか》ら欺《あざ》むくことも出来ず　余儀《よぎ》なく寐返《ねがへ》りを打ち溜息《ためいき》を吻《つ》きながら眠らずして夢を見てゐる内《うち》に[一]一(いち)番鶏《ばんどり》が唱《うた》ひ二番鶏が唱ひ漸《やうや》く暁《あけかた》近くなる「寧《いつ》そ今夜《こよひ》は此儘《このまゝ》で」トおもふ頃《ころ》に漸く眼《め》がしよぼついて来て額《あたま》が乱れだして今まで眼前に隠見《ちらつい》てゐた母親の白髪《しらが》首《くび》に斑《まだら》な黒髯《くろひげ》が生《は》へて……課長の首になる、そのまた恐《こわ》らしい髯首《ひげくび》が暫《しば》らくの間眼《あひだ》まぐろしく水車《みづぐるま》の如《ごと》くに廻転《まわつ》てゐる内《うち》に次第〳〵に小《ち》ひさく成ツて……[二]軈《やが》て相恰《さうがふ》[三]が変ツて……何時《いつ》の間にか薔薇《ばら》の花搔頭《はなかんざし》を挿《さ》して……お勢の……首……に……な……

第五回　胸算違《むなさんちが》い[四]から見一(いち)無法《けんむはふ》[五]は難題

枕頭《まくらもと》で喚覚《よびさ》ます下女《げぢよ》の声に見果《みは》てぬ夢を驚かされて文三《ぶんざう》が狼狽《うろたへ》た顔を振揚げて向ふを見ればはや障子《しやうじ》には朝日影《あさひかげ》が斜めに射《さ》してゐる「ヤレ寐過《ねすご》したか……」と思ふ間もなく引続いてムク〳〵と浮《うか》み上《あが》ツた「免職」の二字で狭い胸がまづ塞《ふさ》がる……苶苣《をんばこ》[六]を振掛けられた死蟇《しにがひる》の身で躍上《おどりあが》り衣服を更《あらた》めて夜《よる》[七]の物を揚げあへず楊枝《やうじ》を口へ頰張《ほほば》り故手拭《ふるてぬぐひ》を前帯《まへおび》に挿《はさ》んで周章《あはて》て二階を降《を》りる　其《その》足音を聞きつけてか奥の間で「文《ぶん》さん疾《はや》く為《し》ないと遅くなるヨ」トいふお政《まさ》の声に圭角《かど》はないが文三の胸にはぎつくり応《こた》へて返答にも迷惑《まごつ》く、そこで頰張ツて

一　朝一番に鳴く鶏。明(あけ)八つ(午前二時ごろ)に鳴くとされた。

二　「…」は意識が次第になくなり、眠りにつく様子を示す。

三　顔つき。

四　胸算用。目算。

五　「見一」はそろばんの割算の規則で、「法」(除数)が二けた以上でその首位が一のとき、まずその首位を見て割ること。ここではお政の胸算用(お勢を文三と結婚させる)が狂い、「法」(文三の結婚資格)がないので、お政が無理難題を言うこと。「無法」はそろばんの用語と、無理やりの意と両方に懸かる。

六　「苶苣」は車前(おおばこ・おんばこ)、蛙葉(かえるば)、蝦蟇衣(ひきごろも)とも呼ばれる薬草。地面に小穴を掘り、車前を敷いて蛙の死骸を置き、また車前で覆って「かへる殿お死にやつたおんばく殿の御とむらひ」とまじないを唱えると、蛙が蘇生するという小児の遊び(喜多村信節『嬉遊笑覧』巻十二、文政十三年自序)。ここでは免職で気落ちし、死んだように眠っていた文三が突然起き上がった様子。

七　夜着、蒲団の類。

ゐた楊枝《ようじ》を是《こ》れ幸ひと我《われ》にも解《わか》らぬ出鱈目《でたらめ》を句籠勝《くごもりがち》に言ツてまづ一寸遁《（いつ）すんのが》れ[八]匆々《そこ〳〵》に顔を洗ツて朝飯《あさはん》の膳《ぜん》に向ツたが胸のみ塞《ふさ》がツて箸《はし》の歩みも止まりがち三膳の飯《めし》を二膳で済《す》まして何時《いつ》もならグッと突出す膳もソッと片寄せるほどの心遣ひ　身体《からだ》まで俄《にわか》に小《ち》ひさくなつたやうに思はれる

　文三が食事を済まして椽側《えんがは》を廻《ま》はり窃《ひそ》かに奥の間を覗《のぞ》いて見ればお政ばかりでお勢の姿は見えぬ　お勢は近属《ちかごろ》早朝より[九]駿河台辺《するがだいへん》へ英語の稽古《けいこ》に参るやうになツたことゆゑ偖《さて》は今日《けふ》も最《も》う出かけたのかと恐《おそる》〳〵座舗《ざしき》へ這入《はい》ツて来る　その文三の顔を見て今まで火鉢《ひばち》の[一〇]琢磨《すりみがき》をしてゐたお政が俄《にわ》かに[一一]光沢布巾《つやぶきん》の手を止《とゞ》めて不思議さうな顔をしたも其筈此時《そのはずこのとき》の文三の顔色《がんしょく》がツイ一通りの顔色でない　蒼《あを》ざめてゐて力なささうで悲しさうで恨めしさうで耻《はづ》かしさうでイヤハヤ何《なん》とも言様《いひやう》がない

「文さんどうかお為《し》か大変顔色がわりいヨ

「イエ如何《どう》も為ませぬが……

「其《そ》れぢやア疾《はや》くお為ヨ、　ソレ御覧な、　モウ八時[一二]にならアネ

「エーまだお話し……申しませんでしたが……実は。[一三]ス、　さくじつ……め

……め……

八 「匆匆（ぶつぶつ）」は、あわただしいさま。

九 神田区駿河台（現、千代田区神田駿河台）。JR東日本お茶の水駅南側の高台。当時から各種学校が多く、駿河台北甲賀町には英漢数・裁縫・国語学・簿記・習字などを教える敬愛学舎（『女学雑誌』第四十三号広告、明治十九年十二月）や、駿河台袋町の駿台英和女学校もあった。↓四八六頁地図⑤。

一〇 「琢」は玉をみがくこと。普通は「擦り磨き」。

一一 家具などを磨き光沢を出すための布巾。『言海』の「つやぶきん」に「光沢布巾 綿布ニいぼたらふヲ染（シ）マシメタルモノ、器物ヲ拭ヒテ、光沢ヲ生ゼシムルニ用キル」とある。「いぼたろう（水蠟樹蠟）」は「いぼたのき（水蠟樹）」の樹皮に付く「イボタロウ虫」（イボタロウ蛾の幼虫）が分泌する蠟。ろうそく、織物のつや出し、止血、強壮などに用いた。

一二 この季節の役所の就業は九時から。↓補七。

一三 ↓二四五頁注六。

息気《いき》はつまる冷汗《ひやあせ》は流れる顔は赧《あか》くなる　如何《いか》にしても言切《いひき》れぬ　暫《しば》らく無言でゐて更《さ》らに出直《でな》ほして

「ム、めん職になりました

ト一思《ひとおも》ひに言放《いひはな》ツてハツと差俯向《さしうつむ》いて仕舞ふ　聞くと等《ひと》しくお政は手に持ツてゐた光沢布巾《つやぶきん》を宙《ちう》に釣るして「ヲヤ」と一声《いつせい》叫んで身を反《そ》らした儘《まゝ》一句も出《い》でばこそ　暫らくは唯茫然《たゞぼうぜん》として文三の貌《かほ》を目守《みつ》めてゐたが稍《やゝ》あツて忙《いそが》はしく布巾《ふきん》を擲《はう》却り出して小膝《こひざ》を進ませ

「エ御免にお成りだとエ……ヲヤマどうしてマア

「どど如何《どう》してだか……私《わたくし》にも解《わか》りませんが……大方《おほかた》……ひ。[一]人減《ひとべ》[二]らしで

……

「ヲーヤ〱仕様《しやう》がないネーマア御免になつてサ　ほんとに仕様がないネー

ト落胆した容子《やうす》　[三]須臾《しばらく》あツて

「マアそれはさうと是《こ》れからは如何《どう》して往《い》く積《つもり》だエ

「どうも仕様が有りませんから母親《おふくろ》には最《も》う些《すこ》し国に居て貰《もら》ツて私《わたくし》はまた官員の口でも探さうかと思ひます

「官員の口てツたツてチヨツクラ、チヨイト有りやアよし　無《な》からうもんな

一　→二四五頁注六。
二　人員整理。明治十八年末から十九年にかけて官制改革が断行され、太政官制度に代わって内閣制度ができた。同十八年十二月二十三日に内閣総理大臣伊藤博文に勅語が下され、各官庁の職務分限、官吏登用の基準、事務の簡素化・迅速化、冗費節約、綱紀粛正が命じられた（指原安三編『明治政史』第十八・十九編、明治二十五年）。これにともなって多数の官吏が職を失ったが、文三の免職の背景には、この改革があったと思われる。
三　「須臾（しゆゆ）」は「しばらく」の意。『魁本大字類苑』に「須臾（シバラク）」。

らまた何時《いつう》かのやうな憂《つら》い思ひをしなくツちやアならないやアネ……だから私《あたし》が言はない事《こつ》ちやアないんだ　些《ち》イと課長さんの所《とこ》へも御機嫌伺《ごきげんうかゞ》ひにお出《い》で〱と口の酸《すつ》ぱくなるほど言ツても強情張《がうじやう》ツてお出でゞなかツたもんだから其《そ》れで此様《こん》な事になつたんだヨ

「まさか然《さ》うい ふ訳《わけ》でもありますまいが……

「イヽエ必《きつ》とさうに違ひないヨ。デなくツて成程人減《なんぼしとべ》らしだツて罪《つみ》も咎《とが》もない者をさう無暗《むやみ》に御免になさる筈《はず》がないやアネ……それとも何歟《なんか》御免になつても仕様がないやうなわりい事をした覚《おぼ》えがお有りか

「イエ何《な》にも悪い事をした覚えは有りませんが……

「ソレ御覧なネ

両人《りやうにん》とも暫《しば》らく無言

「アノ本田さんは（此男の事は第六回に委曲《くは》しく）どうだツたエ

「彼《か》の男はよう御座んした

「ヲヤ善《よ》かツたかい、さうかい、運の善方《いゝかた》は何方《どつち》へ廻《まわ》ツても善《いゝ》んだネー　其《そ》れといふが全躰《ぜんたい》あの方《かた》は如才《ちよさい》がなくツて発明[四]でハキ〱してお出でなさるからだヨ　それに聞けば課長さんの所《とこ》へも常不断《じやうふだん》[五]御機嫌伺ひにお出でなさるといふ

四 利口、賢いこと。
五 いつも。常日頃。

事《こつ》たから必《きつ》と其《そ》れで此度《こんど》も善かッたのに違ひないョ　だからお前さんも私《わたし》の言《いふ》事《こと》を聴いて課長さんに取り入ッて置きやア今度も矢張《やつぱり》善かッたのかも知れないけれども人の言事をお聴きでなかッたもんだから其《そ》れで此様《こん》な事になつちまッたんだ

「それはさうかも知れませんがしかし幾程《いくら》免職になるのが恐《こは》いと言ッて私《わたし》にはそんな鄙劣《ひれつ》な事は……

「出来ないとお言ひのか……フン癯我慢《やせがまん》[一]をお言ひでない　そんな了簡方《れうけんかた》[二]だから課長さんにも睨《ねめ》られたんだ　マアヨーク考へて御覧《ごらん》　本田さんのやうな彼様《あん》な方《かた》でさへ御免《ごめん》になつてはならないと思《おもひ》なさるもんだから手間暇《てまひま》かいで課長さんに取り入らうとなさるんぢやアないか　ましてお前さんなんざアさう言ッちやアなんだけれども本田さんから見りやア……なんだから尚更《なほさら》の事だ　それもネー是《こ》れがお前さん一人の事なら風見《かざみ》[三]の烏《からす》みたやうに高くばッかり止《と》まッて食ふや食はずにゐやうと居《ゐ》まいとそりやア最《も》う如何《どう》なりと御勝手《ごかつて》次第サ　けれどもお前さんには母親《おつか》さんといふものが有るぢやアないかェ

母親《はゝおや》と聞いて文三の萎《しほ》れ返るを見てお政は好《よ》い責道具《せめどうぐ》を視付《みつ》けたといふ顔付　長羅宇《ながらう》[四]の烟管《きせる》で席《たゝみ》を叩《たゝ》くをキッカケに

一 「癯」は「臞」の別体字。やせる。
二 考え方。
三 金属や木の板で作った鳥の風向計。お高くとまっていることの形容。「風見の烏を見るやうに高くとまってすまあして居るも小癪に障らア」(『浮世風呂』三編巻之下)。「鳥の形に板をきりぬき、黒くぬり立て居けるも、江戸時代には一番多くありしなり」(『砂払』)。
四 きせるの火壺と吸口をつないだ竹筒を羅宇(らう)と呼んだ。ラオスから渡来した黒斑竹を使ったからという。その竹筒の長いもの。二五一頁の挿絵で母親が持っているのが長羅宇のきせる。

「イエサ母親《おつか》さんがお可愛《かあい》さうぢやアないかヱ　マア篤《とつく》り胸に手を宛《あ》てゝ考へて御覧《ごらん》　母親さんだツて父親《おとつ》さんには早くお別れなさるし今ぢや便りにするなアお前さんばつかりだから如何《どん》なにか心細いか知れない　なにも彼《あゝ》してお国で一人暮《ひとりぐら》しの不自由な思ひをしてお出《い》でなさり度《たく》もあるまいけれども　それも是《こ》れも皆《みんな》お前さんの立身するばツかりを楽《たのしみ》にして辛抱《しんぼう》してお出でなさるんだヨ　そこを些《すこ》しでも汲《くみ》分《わ》けてお出でなら仮令《たと》へどんな辛《つら》いと思ふ事が有ツても厭《いや》だと思ふ事があツても我慢《がまん》をしてサ　石に噛付《かじりつい》ても出世をしなくツちやアならないと心懸《こゝろがけ》なければならない所《とこ》だ　それをお前さんのやうにヤ人の機嫌《きげん》を取るのは厭《いや》だの、ヤそんな鄙劣《しれつ》な事は出来ないのと其様《そん》な我儘気随《わがまゝきまゝ》を言ツて母親《おつか》さんまで路頭に迷はしちやア今日冥理《こんにちめうり》[五]がわりいぢやないか　それやアモウお前さんは自分の勝手で苦労するんだから関《かま》ふまいけれども其《そ》れぢやア母親《おつか》さんがお可愛《かわい》さうぢやアないかい

ト層《かさ》にかゝツて極付《きめつけ》れど文三は差俯向《さしうつむ》いた儘《まゝ》で返答をしない

「アヽ〱母親《おつか》さんも彼様《あんな》に今年の暮《くれ》を楽しみにしてお出《い》でなさる所《とこ》だから今度《こんだ》御免にお成りだとお聞きなすつたら嘸《さぞ》マア落胆《がつかり》なさる事だらうが年を寄《と》ツて御苦労なさるのを見ると真個《ほんと》にお痛《いたは》しいやうだ

五　今日様（こんにちさま＝お天道様）が与えてくれる恵みに対しても申し訳がない（今日生かしていただいている神の恵みに対して済まない）。

「実に母親《おふくろ》には面目《めんぼく》が御座んせん

「当然《あたりまへ》サ廿三[一]にも成《な》ツて母親《おつか》さん一人さへ楽に養《すご》す事が出来ないんだものヲ　フヽン面目が無くツてサ

トツン[二]と済《す》まして空嘯《そらうそぶ》[三]き烟草《たばこ》を環《わ》に吹《ふい》てゐる　其《そ》のお政の半面《よこがほ》を文三は畏《こは》らしい顔をして佶《きつ》と睨《ねめつ》付け何事をか言はんとしたが……気を取直して莞爾《につこり》微笑した積《つもり》でも顔へ顕《あら》はれた所は苦笑ひ　震声《ふるひごゑ》とも附《つ》かず笑声《わらひごゑ》とも附かぬ声で

「へヽヽ面目は御座んせんがしかし……出……出来た事なら……仕様《しやう》が有りません

「何だとエ

トいひながら徐《しづ》かに此方《こなた》を振向いたお政の顔を見れば何時《いつ》しか額《ひたい》に芋蠋《いもむし》ほどの青筋を張らせ肝癪《かんしやく》の皆《まなじり》を釣上げて唇をヒン曲《ま》げてゐる

「イエサ何《なん》とお言ひだ　出来た事なら仕様が有りませんと……誰《だ》れが出来《でか》した事《こつ》たヱ　誰れが御免《ごめん》になるやうに仕向《しむ》けたんだヱ　皆《みんな》自分の頑固《かたいぢ》から起ツた事《こつ》ぢやアないか　其《そ》れも傍《はた》で気を附《つ》けぬ事かさんざツぱら人《しと》に世話を焼かして置《おい》て今更御免になりながら面目ないとも思はないで出来た事なら仕様が有《あり》ませんとは何《なん》の事《こつ》たエ　それはお前さんあんまりといふもんだ　余《あんま》り人《しと》を踏付《ふみつ》けに

一「明治十一年文三が十五に成た春」（二一二頁一〇行）とすれば、二十三歳の現在は明治十九年になる。

二（自分の知ったことではないと言うように）冷たく取り澄まして。

三 空とぼけたふりをして。煙草を輪に吹かすのは、こういう場合の決まった動作。「空耳（そらみゝ）たてゝ兄鬼十、煙草輪を吹く空(そら)を吹く」（『春秋二季種』天保カ、『江戸語の辞典』による）。

すると言ふ者《もん》だ　全躰《ぜんたい》マア人《しと》を何《なん》だと思ツてお出《い》でだ　そりやアお前さんの事《こつ》たから鬼老婆《おにばゞあ》とか糞老婆《くそばゞあ》とか言ツて他人にしてお出でかも知れないが私《わたし》ア何処《どこ》までも叔母の積《つもり》だヨ　ナアニ是《こ》れが他人で見るがいゝ　お前さんが御免に成ツたツて成らなくツたツて此方《こつち》にやア痛くも痒《かい》くも何《なん》とも無い事《こつ》たから何《なん》で世話を焼くもんですか。けれども血は繫《つなが》らずとも縁《えん》あツて叔母となり甥《をい》となりして見れば然《さ》うしたもんぢやア有りません　ましてお前さんは十四[四]の春ポッと出《で》[五]の山出《やまだ》しの時から長《なが》の年月《としつき》此私《このわたし》が婦人《をんな》の手一ッで頭から足の爪頭《つまさき》までの事を世話《せわ》アしたから　私《わたし》はお前さんを御迷惑かは知らないが血を分けた子息《むすこ》同様に思ツてます　あゝやツてお勢や勇《いさみ》といふ子供が有ツても些《すこ》しも陰陽《かげしなた》なくしてゐる事がお前さんにやア解《わか》らないかェ　今までだツても然《さう》だ　何卒《どうぞ》マア文さんも首尾《しゆび》よく立身して早く母親《おつか》さんを此地《こつち》へお呼び申すやうにして上げ度《たい》もんだと思はない事は唯《たゞ》の一日も有《あり》ません　そんなに思ツてる所《とこ》だものヲお前さんが御免《ごめん》にお成りだと聞いちやア私《あたし》は愉快《いゝこゝろもち》はしないよ　愉快《いゝこゝろもち》はしないからア、困ツた事に成ツたと思ツてヤレ是《これ》からはどうして往《い》く積《つもり》だ、ヤレお前さんの身になつたら嘸《さぞ》母親《おつか》さんに面目《めんぼく》があるまいと人事《しとごと》にしないで歎《なげ》いたり悔《くやん》だりして心配してる所《とこ》だから　全躰《ぜんたい》なら「叔母さんの了簡《れうけん》に就《つ》かなくツてから御免《ごめん》になつて実《まこと》

四　二一二頁一〇行に十五歳で上京とある。作者の誤り。
五　田舎から初めて都会に出て来たこと。「山出し」は田舎から出て来たままの垢抜けない人間。

に面目《めんぼく》が有りませんとか何《なん》とか詫言《わびこと》の一言《ひとこと》でも言ふ筈《はず》の所《とこ》だけれど　それも言はないでもよし聞度《きゝたく》もないが人《しと》の言事《いふこと》を取上げなくツて御免《ごめん》になりながら糞落着《くそおちつき》に落着払ツて出来た事なら仕様《しやう》が有りませんとは何《なん》の事《こつ》たエ。マ何処《どこ》を押せば其様《そん》な音《ね》が出ます……アヽ〳〵つまらない心配をした　此方《こつち》ではどこまでも実《じつ》の甥《をい》と思ツて心を附《つ》けたり世話を焼《やい》たりして[一]信切《しんせつ》を尽《つく》してゐても先様《さきさま》ぢやア屁《へ》とも思召《おぼし》めさない

「イヤ決して然《さ》う言ふ訳《わけ》ぢやア有りませんが御存知の通り[二]口不調法《くちぶてうはふ》なので心には存じながらツイ……

「イヽエ其様《そん》な言訳《いひわけ》は聞きません　なんでも私《あたし》を他人にしてお出《い》でに違ひない　糞老婆《くそばばあ》と思ツてお出でに違ひない……此方《こつち》はそんな不実な心意気の人《しと》と知らないから　文さんも何時《いつ》までも彼《あゝ》やツて一人《しとり》でもゐられまいから来年母親《おつか》さんがお出でなすつたら篤《とつく》り御相談申して誰《だれ》と言ツて宛《あて》もないけれども相応《さうおう》なのが有ツたら一人《しとり》授け度《たい》もんだ　それにしても外人《ほかびと》と違ツて文さんがお嫁をお貰《もら》ひの事《こつ》たから黙ツてもゐられない　何《なん》かしら祝《いわ》ツて上げなくツちやアなるまいからツて此頃《このごろ》ぢやアノ[三]博多《はかた》の帯《おび》をくけ直《な》ほさしてコノ[四]お召縮緬《めしちりめん》の小袖《こそで》を仕立《したて》直《な》ほさしてあれをかうして是《こ》れを斯《か》うしてと毎日々々勘《かんが》へてばツかゐたんだ

一　親切。「信切」「深切」は当時ごく普通に用いられた表記。

二　口べた。

三　博多帯。博多で生産される博多織で作った帯。つやのある地の硬い絹織物で、横うねが際立って見えるのが特徴。男の晴れ着の帯として用いられる。「くける」は縫い目が表に見えないように縫うこと。

四　高級な絹織物。表面に細かな「皺(しぼ)」が出ているのが特徴。「お召」はもと貴人が着用したことから言う。

さうしたら案外で　御免になるもいゝけれども面目《めんぼく》ないとも思はないで出来た事なら仕様《しやう》が有りませぬと済《す》まアしてお出《い》でなさる……アヽ〳〵最《も》ういふまい〳〵[五]幾程《いくら》言ツても他人にしてお出《いで》ぢやア[六]無駄だト厭味《いやみ》文句を並べて始終[七]肝癪《かんしやく》の思入《おもひいれ》　暫《しば》らく有ツて

「それもさうだが全躰其位《ぜんたいそのくらゐ》なら昨夕《ゆふべ》の中《うち》に実は是《こ》れ〳〵で御免になりましたと一言位《しとことぐらゐ》言ツたツてよささうなもんだ　お話しでないもんだから此方《こつち》は其様《そん》な事とは夢にも知らず　お弁当のお菜《かず》も毎日おんなじ物《もん》ばツかりでもお倦《あ》きだらう　アヽして[八]勉強してお勤《つとめ》にお出《いで》の事《こつ》たから其位《そのくらゐ》な事は此方《こつち》で気を附《つ》けて上げなくツちやアならないと思ツて今日のお弁当のお菜《かず》は[九]玉子焼《たまごやき》にして上げやうと思ツても鍋《なべ》には出来ず　余儀所《よんどころ》ないから私《わたし》が面倒な思ひをして拵《こし》らへて附《つ》けましたアネ……アヽ〳〵偶《たま》に人《しと》が気《き》を利かせれば此様《こん》な事《こ》ツた……しかし飛んだ余計なお世話でしたヨネー　誰《だ》れも頼みもしないのに……鍋

「ハイ

「文さんのお弁当は打開《ぶちあ》けてお仕舞ひ

[一〇]お鍋女郎は襖《ふすま》の彼方《あなた》から横幅の広い顔を差出《さしいだ》して「ヘー」と[一一]モツケな顔付《かほつき》

「アノネ内《うち》の文さんは昨日《きのふ》御免にお成りだツサ

五　底本「成程（らいく）」を訂した。
六　底本「無駝」を訂した。
七　癇癪を起こしているという態度。
八　勤勉に。精を出して。
九　江戸時代から「焼玉子」は種々あるが、現在の玉子焼に近いのは「薄焼玉子」（『素人庖丁』、吉井始子編『江戸時代料理本集成』第七巻、臨川書房、昭和五十三年）である。『守貞謾稿』の「食類」にも「鮓（すし）」「玉子焼（鶏卵焼）」とあるが、維新後は、「オームレットは玉子焼」（石井研堂『明治事物起原』）とあり、次第に洋風料理に近づいたようだ。簡単な家庭洋食の代表。福沢諭吉『童蒙教草』（明治四年訳？）の「玉子焼」は洋風のものと思われるが、『言海』の「玉子焼」には砂糖と醬油を加えるとあり、和風のようでもある。ここでお政が作った「玉子焼」がどのようなものかは不明だが、お鍋には作れないところから推察すると、洋食風のものだったのではないか。なお前坊洋『明治西洋料理起源』（岩波書店、平成十二年）によれば、海軍は明治十七年から洋食となり、陸軍のメニュー（明治十九年七月）にも「オムレツ」が入っているという。『明治節用大全』（明治二十七年）の玉子料理には現在のオムレツの説明しかない。
一〇　ここでの「女郎」は、女性の名の下につけ、親愛や軽蔑の気持を示す接尾語。お鍋のやつ。
一一　思いもかけぬという気持。漢字では「勿怪」「物怪」と書く。

「へーそれは

「どうしても働《はたらき》のある人《しと》はフヽン違ツたもんだョ

ト半《なかば》まで言切《いひき》らぬ内《うち》　文三は血相を変《かへ》てツと身を起しツカ〳〵と座舗《ざしき》を立出《たちい》でゝ我子舎《わがへや》へ戻り　机の前にブツ座《すわ》ツて齒を囓切《くひしば》ツての悔涙《くやしなみだ》　ハラ〳〵と膝へ濫《こぼ》した　暫《しば》らく有ツて文三ははふり一落ちる涙の雨をハンカチーフ二で拭止《ぬぐひと》めた……が　さて拭ツても取れないのは沸返《わきかへ》る胸のムシヤクシヤ　熟々《つら〳〵》と思廻《おもひめぐ》らせば廻らすほど悔《くや》しくも又口惜《くちを》しくなる　免職と聞くより早くガラリと変る人の心のさもしさは道理《もつとも》らしい愚痴《ぐち》の蓋《ふた》で隠蔽《かく》さうとしても看透《みす》かされる　とはいへ其《そ》れは忍ばうと思へば忍びもならうが面《ま》あたりに意久地《いくぢ》なしと言はぬばかりのからみ文句　人を見括《みくび》ツた一言《(いち)ごん》ばかりは如何《いか》にしても腹に据《す》えかねる　何故《なぜ》意久地がないとて叔母があゝ嘲《あざけ》り辱《はづかし》めたか其処《そこ》まで思ひ廻《めぐ》らす暇《ひま》がない　唯《たゞ》最《も》う腸《はらはた》三が断《ちぎ》れるばかりに悔しく口惜《くちを》しく恨めしく腹立たしい　文三は憤然《ふんぜん》として「ヨシ先《さき》が其気《そのき》なら此方《こつち》も其気だ　畢竟《ひつきやう》姨《をば》四と思へばこそ甥《をひ》と思へばこそ言度《いひたい》放題をも言はして置くのだ　ナニ縁《えん》を断《き》ツて仕舞へば赤の他人　他人に遠慮も五糸瓜《へちま》も入《い》らぬ事だ……糞《くそ》ツ面宛《つらあて》半分に下宿をして呉《く》れやう……」ト肚《はら》の裏《うち》で独《ひとり》言《ごと》をいふと不思議やお勢の姿が目前にちらつく　「ハテさうしては彼娘《あれ》が……」

一　流れ落ちる。「はふり」は「放り」。

二　『明治事物起原』によれば、明治初期は袋巾（くわいちうてぬぐひ）と訳されたが、やがて「手巾」に落ちつく。男性のハンカチ（当時はハンケチの方が普通）はハイカラでややキザにも見えたようで、斎藤緑雨はハンケチを口に当てるのが癖だったので「ハンケチさん」と仇名されたという。色は白。

三　漢語「断腸」を和風に言いかえた表現。

四　「姨」は母の姉妹の意なので、本来の関係（父方の叔父の妻）から言えばお政には不適当。

五　「糸瓜」はつまらないものの喩え。遠慮もくそもいらない事だ。

ト文三は少しく萎《しほ》れたが……不図《ふと》又叔母の悪々《にく〱》しい[六]者面《しやつゝら》を憶出《おもひだ》して又憤然《やつき》となり「糞《くそ》ツ止《と》めても止まらぬぞ」ト何時《いつ》にない断念《おもひきり》のよさ、から腹を定《き》めて見るとサアモウ一刻も居《ゐ》るのが厭《いや》になる　借住居《かりずまゐ》かとおもへば子舎《へや》が気に喰《く》はなくなる　我物《わがもの》でないかと思へば縁《ふち》の欠けた火入《ひいれ》まで気色《きしよく》に障《さ》はる　時計を見れば早十一時　今から荷物を[七]取旁付《とりかたづ》けて是非《ぜひ》共今日《とも》中《けふぢう》には下宿を為《し》やうと思へば心までいそがれ「糞ツ止めても止まらぬぞ」ト口癖のやうに言ひながら熱気《やつき》となつて其処《そこ》らを取旁付けにかゝり　何《なに》か探さうとして机の抽斗《ひきだし》を開《あ》け中《うち》に納《い》れてあッた年頃《としごろ》五十の上をゆく白髪《はくはつ》たる老婦の写真にフト眼《め》を注《と》めて我《われ》にもなく熟《つら》〱と眺め入ッた　是《こ》れは老母の写真で　御存知の通り文三は生得《しやうとく》の親おもひ母親の写真を視《み》て我《わ》が辛苦《しんく》を嘗《な》め艱難《かんなん》を忍びながら定《さだ》めない浮世に存生《なが》らへてゐたる自分一個《ひとり》の為而已《ためのみ》でない事を想出《おもひいだ》し　我《われ》と我を叱《しか》りもし又励《はげま》しもする事何時《いつ》も〱　今も今母親の写真を見て文三は[八]日頃《ひごろ》喰付《たべつ》けの感情をおこし覚えずも悄然《しやうぜん》と萎《しほ》れ返ッたが　又悪々敷《にく〱しい》叔母の者面《しやつつら》を憶出《おもひだ》して又熱気《やつき》となり拳《こぶし》を握り歯を喰切《くひしば》り「糞ツ止めても止まらぬぞ」ト独言《ひとりごと》を言ひながら再び将《まさ》に取旁付に懸《かゝ》らんとすると二階の上《あが》り口《ぐち》で「お飯《まんま》で御座いますヨ」ト下女《げぢよ》の呼ぶ声がする故《ことさ》らに二三度呼ばして返事にも勿躰《もつたい》をつけしぶ〱二階を降《を》りて気六《きむづ》ケ敷《しい》苦り

六 顔を罵って言う言葉。「しゃっ」は罵りの接頭語「しゃ」の促音化。「大坂炒(おほざかいり)の家台(やてえ)ぼねへ地震といふしやつつらが」(『浮世風呂』第四編巻之下)。

七 「取旁付け」の「旁」は、底本では正字の「旁」が用いられているが、当時も「旁」がひろく流通しているので改めた。

八 平生食べ馴れた、という意味から転じて、ここでは平生からのなじみの感情(親思い)。

切ッた怖《おそ》ろしい顔色《がんしよく》をして奥坐舗《おくざしき》の障子を開《あ》けると……お勢がゐるお勢が……今まで残念口惜《くちを》しいと而已《のみ》一途《いちづ》に思詰《おもひつ》めてゐた事ゆゑお勢の事は思出《おもひだ》したばかりで心にも止《と》めず忘れるともなく忘れてゐたが　今突然可愛《かあい》らしい眼《め》と眼を看《み》合《あ》はせしほらしい口元で嫣然《にっこり》笑はれて見ると……淡雪《あはゆき》の日[一]の眼に逢《あ》ッて解《と》けるが如《ごと》く胸の欝結《むすぼれ》も解けてムシヤクシヤも消へ〳〵になり今までの我《われ》を怪しむばかり心の変動　心底《むなそこ》に沈んでゐた嬉《うれ》しみ有難みが思ひ懸《が》けなくもニツコリ顔へ浮《うか》み出し懸《かゝ》ッた……がグッと飲込んで仕舞ひ心では笑ひながら顔ではフテヽ[二]膳《ぜん》に向ッた、さて食事も済む　二階へ立戻ッて文三が再び取旁付《とりかたづけ》に懸らうとして見たが何《なに》となく拍子抜《へうしぬ》けがして以前のやうな気力が出ない　ソツと小声で「大丈夫」と言ッて見たがどうも気が引立《ひつた》たぬ　依《よつ》て更に出直して「大丈夫」ト熱気《やつき》とした風《ふり》をして見て歯を喰切《くひしば》ッて見て一旦《いつたん》思ひ定《さだ》めた事を変《へん》[三]がへるといふ事が有るものか……知らん止《と》めても止まらんぞ

と言ッて出て往《ゆ》けば彼娘《あれ》を捨てなければならぬかと落胆《らくたん》したおもむき　今更未練が出てお勢を捨《すて》るなどゝいふ事は勿躰《もつたい》なくて出来ず　と言ッて叔母に詫言《わびごと》を言ふも無念　あれも厭《いや》なり是《こ》れも厭なりで思案の糸筋が乱れ出し肚《はら》の裏《うち》では上を下へとゴッタ返《か》へすが此《この》時より既にどうやら人が止《と》めずとも遂《つひ》には我《われ》から

一　日の光。前行「可愛らしい眼」と対応する修辞。

二　不平不満を態度に表すこと。

三　変更する。「コレ、おまへの方から変改（へんがい）か」（『浮世風呂』第四編巻之中）。

止《と》まりさうな心地《こゝち》がせられた「マア兎《と》も角《かく》も」ト取旁付《とりかたづけ》に懸《かゝ》りは懸ツたが考へながらするので思《おもひ》の外暇取《ほかひまど》り　二時頃《ごろ》までかゝつて漸《やうや》く旁付終りホツと一息《ひといき》吐《つ》いてゐるとミシリ〳〵と梯子《はしご》段《だん》を登る人の跫音《あしおと》がする　跫音を聞《きい》たばかりで姿を見ずとも文三にはそれと解《わか》ツた者か先刻《せんこく》飲込んだニツコリを改めて顔へ現はして其方《そなた》を振向く　上《あが》ツて来た者はお勢で文三の顔を見て是《こ》れもまたニツコリしてさて坐舗《ざしき》を看廻《みま》はし

「ヲヤ大変片付《かたづい》たこと

「余りヒツ散らかつてゐたから

ト我《われ》知らず言ツて文三は我を怪《あやし》んだ　何故《なぜ》虚言《そらごと》を言ツたか自分にも解りかねる　お勢は座に着きながらさして吃驚《びつくり》した様子もなく

「アノ今母親《おつか》さんがお噺《はな》しだツたが文さん免職におなりなすつたとネ

「昨日《きのふ》免職になりました

ト文三も今朝《けさ》とはうつて反《かは》ツて今は其処《そこ》どころで無いと言ツたやうな顔付《かほつき》

「実に面目《めんぼく》は有りませんが　しかし幾程《いくら》悔《くや》んでも出来た事は仕様が無いと思ツて今朝母親《おつか》さんに[四]御風聴《ごふいちやう》申したが……叱《しか》られました

トいつて歯を囓切《くひしば》ツて差俯向《さしうつむ》く

四 知らせる。↓二四三頁注二〇。

「さうでしたとネー　だけれども……

「二十三にも成ツて親一人楽《ひとりらく》に過《すご》す[一]事の出来ない意久地《いくぢ》なしと言はないばかりに仰《おつ》しやッた

「然《さ》うでしたとネー　だけれども……

「成程《なるほど》私《わたし》は意久地なしだ　意久地なしに違ひないが　しかしなんぼ叔母甥《をい》の間柄《あひだがら》だと言ッて面と向ッて意久地なしだと言はれては　腹も立たないが余《あんま》り……

「だけれどもあれは母親《おつか》さんの方《はう》が不条理ですワ　今もネ母親さんが得意になつてお話しだつたから私《わたし》が議論したのですヨ　議論したけれども母親さんには私の言事《いふこと》が解《わか》らないと見えてネ　唯《たゞ》腹ばッかり立てゝゐるのだから教育の無い者は仕様がないのネー

ト極《きま》り文句　文三は垂《た》れてゐた頭《かうべ》をフッと振挙げて

「エ母親《おつか》さんと議論を成《な》すつた

「ハア

「僕の為《た》めに

「ハア君《きみ》[二]の為めに弁護したの

一　養う。二五八頁二行には「養（ご）す」とある。

二　一部の女学生間に、男言葉で「僕」「君」と言う傾向があった。槌田満文編『東京記録文学事典』（柏書房、平成六年）に、松村操『東京穴探（あなさがし）』（明治十四年）を引用し、街頭の女学生の「君今夜僕ノ所ニ来給ヘ」「何カ愉快ナ事有ルカ」という会話が示されている。松村はこれに対して「女ニシテ僕ト称ス陰陽渾沌タリ」と評している。お勢は第二篇では「僕」と自称。

「ア、
ト言ツて文三は差俯向《さしうつむ》いて仕舞ふ　何《なに》だか膝《ひざ》の上へボツタリ落ちた物が有る
「どうかしたの文さん
トいはれて文三は漸《やうや》く頭《かうべ》を擡《もた》げ莞爾《につこり》笑ひ其僻眶《そのくせまぶち》を湿《うる》ませながら
「どうもしないが……実《じつ》に……実に嬉《う》れしい……母親《おつか》さんの仰《おつ》しやる通り二十三にも成ツてお袋《ふくろ》一人さへ過《すご》しかねる　其様《そん》な不甲斐《ふがひ》ない私《わたし》をかばつて母親さんと議論をなすつたと　実に……
「条理を説《とい》ても解《わか》らない僻《くせ》に腹ばかり立てゝゐるから仕様がないの
ト少し得意の躰《てい》
「ア、それ程《ほど》までに私《わたくし》を……思ツて下さるとは知らずして貴嬢《あなた》に向ツて匿立《かくしだ》てをしたのが今更耻《はづ》かしい　ア、耻かしい　モウかうなれば打散《ぶちま》けてお話して仕舞はう　実は是《こ》れから下宿をしやうかと思ツてゐました
「下宿を
「サ為《し》やうかと思ツてゐたんだがしかし最《も》う出来ない　他人同様の私《わたくし》をかばつて実の母親《おつか》さんと議論をなすつたその貴嬢《あなた》の御《ご》[三]信切《しんせつ》を聞《きい》ちや。しろと仰《おつ》しやツても最う出来ない……がさうすると母親さんにお詫《わび》を申さなければならない

三 →二六〇頁注一。

が……

「打遣《うつちや》ツてお置きなさいョ　あんな教育の無い者が何《なん》と言ツたツて好《よ》う御座んさアネ

「イヤさうでない其《それ》では済《す》まない　是非《ぜひ》お詫《わび》を申《まを》さう　が併《しか》しお勢さん　お志《こゝろざし》は嬉《うれ》しいが最《も》う母親《おつか》さんと議論をすることは罷《や》めて下さい　私《わたくし》の為《た》めに貴嬢《あなた》を不孝の子にしては済まないから

「お勢

ト下坐舗《したざしき》の方《はう》でお政の呼ぶ声がする

「アラ母親《おつか》さんが呼んでお出《い》でなさる

「ナアニ用も何《なん》にも有るんぢやアないの

「お勢

「マア返事を為《な》さいョ

「お勢〳〵

「ハアイ……チョツ五月蠅《うるさい》こと

ト起揚《たちあが》る

「今話した事は皆《みんな》母親《おつか》さんにはコレですよ

ト文三が[一]手頭《てくび》を振ツて見せる　お勢は唯点頭《たゞうなづい》た而已《のみ》で言葉はなく二階を降《を》りて奥坐舗《おくざしき》へ参《まゐ》ツた

　先程より疳癪《かんしやく》の眥《まなじり》を釣り上げて手ぐすね引《ひい》て待ツてゐた母親のお政はお勢の顔を見るより早く込み上げて来る小言《こごと》を一時《いちじ》にさらけ出しての大怒鳴《おほがなり》

「お……お……お勢　あれ程呼ぶのがお前には聞えなかツたかエ　聾者《つんぼ》ぢやアあるまいし人《しと》が呼んだら好加減《いゝかげん》に返事をするがいゝ……全躰《ぜんたい》マア何《なん》の用が有ツて二階へお出《い》でだ。エ、何の用が有ツてだエ

ト逆上《のぼせ》あがツて極《き》め付けても此方《こなた》は一向平気なもので

「何《な》にも用は有りやアしないけれども……

「用がないのに何故《なぜ》お出《い》でだ　先刻《さつき》あれほど最《も》う是《こ》れからは今迄《いまゝで》のやうに[二]へタクタ二階へ往《い》ツてはならないと言ツたのがお前にはまだ解《わか》らないかエ　さかりの附《つい》た犬ぢやアあるまいし[三]間《ま》がな透《すき》がな文三の傍《そば》へばツかし往《い》きたがるよ

「今までは二階へ往ツても善くツて是《これ》からは悪いなんぞツて其《そん》様な不条理な

「チョツ解らないネー今迄の文三と文三が違ひます　お前にやア免職になつた事が解らないかエ

「ヲヤ免職に成ツてどうしたの　文さんが[四]人を見ると咬付《かみつ》きでもする様《やう》にな

一　言ってはいけないという手振り。

二　やたらに。↓二〇九頁注九。

三　暇さえあれば。普通は「間がな隙がな」と書く。

四　「さかりの附た犬」と言われたことへの言い返し。

つたの　へー然《さ》う
「な。な。な。なんだと　何《なん》とお言ひだ……コレお勢それはお前あんまりと言ふもんだ　余《あんま》り親をば。ば。ば。馬鹿《ばか》にすると言ふもんだ
「ば。ば。ば。馬鹿にはしません　へー私《わたくし》は条理のある所《ところ》を主張するので御座います
ト脣《くちびる》を反《そ》らしていふを聞くや否《いな》やお政は忽《たちま》ち顔色《がんしよく》を変へて手に持ツてゐた長《なが》羅宇《らう》の烟管《きせる》を席《たゝみ》へ放《はう》り付け
「エーくやしい
ト歯を喰切《くひしば》ツて口惜《くちを》しがる　その顔を横眼《よこめ》でヂロリと見たばかりでお勢はすまアし切ツて座舗《ざしき》を立出《たちい》でゝ仕舞ツた
しかしながら之《これ》を親子喧嘩《おやこげんくわ》と思ふと女丈夫《ぢよぢやうぶ》の本意《ほんい》に負《そむ》く　どうして〳〵親子喧嘩……其様《そん》な不道徳な者でない　是《こ》れはこれ辱《かたじけ》なくも難有《ありがた》くも日本《にほん》文明の一原素ともなるべき新主義と時代後《じだいおく》れの旧主義と衝突をする所《ところ》　よくお眼を止《と》めて御覧あられませう
其夜《そのよ》文三は断念《おもひき》ツて叔母に詫言《わびこと》をまをしたが　ヤ梃《てこ》ずつたの梃ずらないのと言《いつ》てそれは〳〵……まづお政が今朝言ツた厭味《いやみ》に輪を懸け枝を添へて百曼駝羅《(ひやく)まんだら》

一 昂奮のあまりになかなか言葉が出てこない様子を「。」で表現したと思われる。次の「ば。ば。ば。」も同じ。→二四五頁注六。
二 母親の言葉をそのまま真似て、小馬鹿にした言い方。
三 下唇をそらした小生意気な態度。人を馬鹿にするときの表現。「人々之ヲ聞テ脣ヲ反(そら)ス」(高見沢茂『東京開化繁昌誌』)。
四 →二一八頁注二。
五 「ましてや我国の世俗の如きは、俄に未曾有の改革を経て、今日の新社会をなしゝ事ゆゑ、今の所謂親々気質は真の幕世の専制気質、一図に子供等を引廻して、我手か足のやうになさんとぞ思ふ。しかるに子供等は革新以来、かはつた教育をば受たる事ゆゑ、いつしか我しらず新主義に傾き、中にも生意気なる先走は、男女同権とか、親子の義務とか、間々(まゝ)穿違への議論さへ唱へて、親父をへこましたを自慢顔に、喋々人前にて唱ふるもあらん。蓋し此様な不体裁は、全く旧(ふる)い主義と新主義とが、充分調子よく折あはぬゆゑ、屢々(しば〳〵)世の中に現るゝなれ」(坪内逍遙『新磨　妹と背かゞみ』第十一回、明治十九年)。
六 閉口したのしないのと言ったら。「手子摺(こてず)る」は安永ごろの流行語という(『江戸語の辞典』)。
七 何度も何度もくりかえし言うことの形容。正しくは「百万陀羅」と書く。「陀羅」は陀羅尼。梵文の呪文を翻訳せずそのまま誦するもの。それを百万回くりかえすほど長い。

並べ立てた上句《あげく》お勢の親を麁末《そまつ》にするの迄《まで》を文三の罪にして難題を言懸《いひか》けるされども文三が死《しん》だ気になつて諸事[八]お容《ゆ》るされてゞ持切《もちき》ツてゐるにお政もスコ[九]だれの拍子抜けといふ光景《きみ》で厭味《いやみ》[一〇]の音締《ねじめ》をするやうに成ツたからまづ好《よ》しと思ふ間もなく　不図《ふと》又文三の言葉尻《ことばじり》[一一]から焼出《もえだ》して以前にも立優《たちまさ》る火勢　黒烟焔《くろけぶりえん》〳〵と顔に漲《みなぎ》る所を見ては迚《とて》も鎮火しさうも無かツたのも文三が済《すみ》ませぬの水を斟尽《くみつく》して澆《そゝ》ぎかけたので次第々々に下火になつてプス〳〵薫《いぶり》になつて遂《つひ》に不精《ぶしやう》〳〵に鎮《しめ》火る　文三は吻《ほつ》と一息　寸善尺魔《すんぜんしやくま》[一二]の世の習ひまたもや御意《ぎよい》の変らぬ内《うち》にと挨拶《あいさつ》も匆々《そこ〳〵》に起《た》ツて坐敷《ざしき》を立出《たちい》で二三歩すると　後《うしろ》の方《かた》でお政がさも聞《きこ》えよがしの独語《ひとりごと》

「ア丶〳〵今度《こんだ》こそは厄介払《やくかいばら》ひかと思ツたらまた背負込《しよひこ》[一三]みか

第六回　どちら着《つか》ずのちくらが沖《おき》[一四]

秋の日影も稍《やゝ》傾《かたぶ》いて庭の梧桐《ごとう》[一五]の影法師《かげばうし》が背丈《せたけ》を伸ばす三時頃《ごろ》　お政は独《ひと》り徒然《つくねん》と長手《ながて》[一六]の火鉢《ひばち》に凭《もた》れ懸《かゝ》ツて斜《なゝめ》に坐《すわ》りながら火箸《ひばし》を執《と》ツて灰へ書く楽書《いたづらがき》も倭文《やまとも》[一七]字《じ》牛の角文字《つのもじ》いろ〳〵に心に物を思へばか怏々《あう〳〵》[一八]たる顔の色動《やゝと》もすれば太息《といき》を吐《つ》いてゐる　折しも表の格子戸《かうしど》をガラリト開《あ》けて案内もせず這入《はい》ツて来て隔《へだて》の障《しやう》

八 万事お許し下さい。
九 少しだれて。「スコ」は「すこし」の下略。江戸の通人の用語（『江戸語の辞典』）。
一〇 厭味をやめて、穏かな調子になること。「音締」は三味線などの弦を巻き締めて、適正な調子に合わせること。
一一 （文三の）言葉の言いそこなった部分。以下火が燃え上がることと消火の縁語が続く。
一二 世の中は善いことが少なく、悪いことが多いこと。
一三 迷惑なものを引き受けてしまうこと。
一四 「ちくら」は筑羅。巨済島の古称、瀆盧（とくら）の転かという。韓国と日本の潮界にある「ちくらが沖」から、どっちつかずの意。「頭（かしら）は日本、胴は唐（から）との襟界（えりざかい）、ちくら手くらの一夜検校（けんぎょう）」（近松門左衛門『博多小女郎波枕』享保三年初演）。ここではお勢のどっちつかずの状態を表す。
一五 青桐の異称。
一六 長火鉢。↓二七八頁挿絵。
一七 「倭文字」は漢字に対して日本で作られた仮名文字（平仮名）。「牛の角文字」はその形から「い」の字。下の「いろ〳〵」を引き出す修辞。「ふたつ文字牛の角文字すぐな文字」（『徒然草』六十二段）。
一八 満足できない様子。楽しまない様子。

子《じ》の彼方《あなた》からヌツト顔を差出《さしだ》して
「今日は
ト挨拶《あひさつ》をした男を見れば何処歟《どこか》で見たやうな顔と思ふも道理　文三《ぶんざう》の免職になつた当日打連《うちつ》れて神田見附の裏《うち》より出て来たソレ中背《ちうぜい》の男と言ツた彼男《そのをとこ》で　今日は退省後と見えて不断着《ふだんぎ》の秩父縞《ちゝぶじま》[一]の袷衣《あわせ》の上へ南部《(なん)ぶ》[二]の羽織をはふりチト疲労《くたび》れた博多の帯に袂時計《たもとどけい》[三]の紐《ひも》を捲付《まきつ》けて手に土耳斯形《とるこがた》[四]の帽子を携《たづさ》へてゐる
「ヲヤ何人歟《どなたか》と思ツたらお珍《めづ》らしいこと　此間《こなひだ》[五]は薩張《さつぱり》お見限りですネ、マアお這入《はいん》なさいナ　それとも老婆《ばゝア》ばかりぢやアお厭《いや》かネ　オホヽヽヽ
「イヤ結構……結構も可笑《をか》しいアハヽヽヽ　トキニ何《なに》は内海《うつみ》は居《ゐ》ますか
「ハア居ますヨ
「其《そ》れぢや鳥渡逢《ちよいとあつ》て来てからそれから此間《このあひだ》の復讐《かたきうち》だ　覚悟をしてお置きなさい
「返討《かへりうち》ぢやアないかネ
「違ひない
ト何歟《なにか》判《わか》らぬ事を言ツて中背の男は二階へ上《あが》ツて仕舞ツた
帰ツて来《こ》ぬ間にチヨツピリ此男《このをとこ》の小伝《せうでん》をと言ふ可《べ》き所なれども　何者《なにもの》の子で

一（埼玉県）秩父地方から産する縞柄の銘仙。不断着に用いる。二 東北の南部地方（盛岡中心）に産する紬（つむぎ）、縮緬（ちりめん）などの織物。三 現在の懐中時計。明治期前半には袖時計、根付（ねつけ）時計などとも呼んだ（柳河春三『西洋時計便覧』明治二年、『明治文化全集』第八巻「風俗篇」所収）。同全集、尾佐竹猛の解題に、袖時計を明治中期までは袂時計と呼んだこともあった、とある。四 円錐台形のフェルト製の帽子。房つき。トルコ帽。トルコのオスマン帝国が陸軍の制帽に定めてから流行。五 最近、近頃。「此間（こないだ）はネ、継物（つぎもの）をいたすよ」（『浮世風呂』三編巻之上）。六 山媛が霧のかなたに隠れてしまったようにおぼろげ。山媛は山を守り、司るという女神。七 幼少のころ。「総角」は古代の小児の髪型で、左右に分けた髪を頭上に巻き上げ、二つの輪を作る。転じて小児の意。あげまき。八 父と母、両親。九 頼りとするところもなく、渚にうち捨てられた舟棚のないボロ小舟。「寄辺なき」と「なぎさ」は懸詞。「流れ渡ッて」は舟の縁語。一〇 侍として奉公すること。文三より二、三歳年長とすれば、廃藩置県が実施された明治四年に

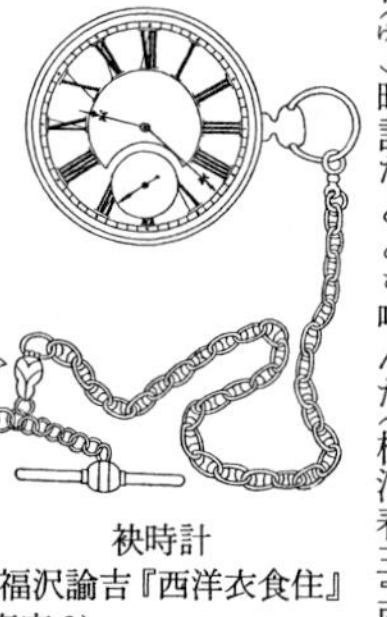
袂時計
（福沢諭吉『西洋衣食住』慶応 3）

土耳斯形帽子
（『東京風俗志』）

如何《どん》な教育を享《う》け如何《どん》な境界《きやうがい》を渡ツて来た事か過去《すぎさ》ツた事は[六]山媛《やまひめ》の霞《かすみ》に籠《こも》ツておぼろ〱　トント判《わか》らぬ事而已《のみ》　風聞《ふうぶん》に拠《よ》れば[七]総角《そうかく》の頃《ころ》に早く[八]怙恃《こじ》を喪《うしな》ひ[九]寄《よる》辺《べ》渚《なぎさ》の棚なし小舟《をぶね》では無く宿無小僧《やどなしこざう》となり彼処《あすこ》の親戚此処《こゝ》の知己《しるべ》と流れ渡ツてゐる内曾《かつ》て[一〇]侍奉公《さむらひぼうこう》までした事が有るといひイヤ無いといふ　[一一]紛々たる人の噂《うわさ》は[一二]滅多に宛《あて》になら坂《ざか》や[一三]児手柏《このてがしわ》の上露《うはつゆ》よりももろいものと旁付《かたづけ》て置いて　さて正《しやう》味《み》の確実《たしか》な所を搔摘《かいつま》んで誌《しる》せば産《うまれ》は東京《とうけい》で[一四]水道の水臭い[一五]士族の一人《かたわれ》だと履歴書を見た者の噺《はな》し　是《これ》ばかりは偽《うそ》でない　本田昇《ほんだのぼる》と言ツて文三より二年前《ぜん》に某省の[一六]等外《とうぐわい》を拝命した以来《このかた》　[一七]吹小歇《ふきをやみ》のない仕合《しあわせ》の風《かぜ》にグット[一八]のした[一九]出来星判任《できぼしはんにん》　当時は[二〇]六等属の独身《ひとりみ》ではまづ楽な身の上

　昇は所謂《いわゆる》[二一]才子で頗《すこぶ》る智慧《ちゑ》才覚が有ツてまた能《よ》く智慧才覚を鼻に懸ける　弁舌は縦横無尽　[二二]大道《だいだう》に出る豆蔵《まめざう》の[二三]塁《るい》を摩《ま》して雄《ゆう》を争ふも可《か》なりといふ程では有るが[二四]竪板《たていた》の水の流《ながれ》を堰《せき》かねて折節《をりふし》は覚へず法螺《ほら》を吹く事もある　また[二五]小奇用《こぎよう》で何一ツ知らぬといふ事の無い代り是《これ》一ツ卓絶《すぐれ》て出来るといふ芸もない　怠《づるけ》るが性《しやう》分《ぶん》で倦《あき》るが病《やまひ》だといへば其《そ》れも其筈歟《そのはづか》

　昇はまた頗《すこぶ》る愛嬌《あひけう》に富《とん》でゐて極《きわめ》て世辞《せじ》がよい　殊《こと》に初対面の人にはチヤホヤもまた一段で婦人にもあれ老人にもあれそれ相応に調子を合せて曾《かつ》てそらすと

は十、十一歳のはずで、かなり怪しい噂である。一一 入りまじって乱れること。一二「滅多に宛にならない」と「奈良坂」の懸詞。奈良坂は奈良から京都に向かう際に木津へ出る坂道。一三 ヒノキ科の常緑低木。実際には檜の若葉を指すという説が有力だが、古来、奈良山に生育するとされる。その葉が表裏相似て見分けがつけにくいことから、非常に似ている場合の比喩や、「いふも当にはなら坂や、児手柏の二面（ふたおもて）」（『当世書生気質』第九回）のように、人心に二つの面がある比喩に使われることが多い。河竹黙阿弥の歌舞伎『善悪両面児手柏（ぜんあくりょうめんこのてがしわ）』（慶応三年初演）や、『巷説児手柏（こうせつこのてがしわ）』（高畠藍泉、明治十二年）という小説がある。奈良坂に生えているという児手柏の葉に置く露よりももろいものとして、の意。一四 江戸の用水だった神田上水（明治三十六年廃止）を指す。水道の水で産湯を使った、水道の水で磨き上げた、などは江戸っ子の自慢だった。ここでは東京生れで水道で育ったと言うだけに水臭いの意。「水道の」は「水臭い」を引き出す修辞。一五 明治維新後、士農工商の身分が廃止された代わりに設けられた族称。旧武士身分の平士以上。当時の履歴書には、姓名の肩に、「…県士族」とか「…県平民」と書いた。昭和二十二年廃止。一六 明治十九年の改正で判任官は一等から十等までに定められ、それ以下の官吏は等外とされた。↓二一五頁注一〇。高見沢茂『東京開化繁昌誌』に、「等外官」がいかに馬鹿にされていたかが描かれている。一七 少しも止むことのない幸運の風。「仕合せの風吹井の浦」（饗庭篁村『当世商人気質』明治十九年）。一八 のし上がった、勢力をのばした。一九 成り上がりの判任官。「出来星」は成り上がり。「俄に富貴して、世に現れ出でた

いふ事なし　唯《たゞ》不思議な事には親しくなるに随《したが》ひ次第に愛想《あひそ》が無くなり鼻の頭《さき》で待遇《あしらつ》て折に触れては気に障《さわ》る事を言ふかさなくば一厭《いや》におひやらかす　其《そ》れを憤《いか》りて喰《くつ》て懸《かゝ》れば手に合ふ者は其場《そのば》で捻返《ねぢかへ》し手に合はぬ者は一時《(いち)じ》笑ッて済《す》まして後《のち》必ず讐《あだ》を酬《むく》ゆる……　二尾籠《びろう》ながら三犬の糞《くそ》で横面《そつぼう》を打曲《はりま》げる

兎《と》はいふものゝ昇は才子で能《よ》く課長殿に事《つか》へる　此《この》課長殿といふお方は曾《かつ》て四西欧の水を飲まれた事のあるだけに「殿様風」といふ事がキツイお嫌ひと見えて常に口を極めて御同僚方《がた》の尊大の風《ふう》を御誹謗《ごひぼう》遊ばすが　御自分は評判の気《き》六《むつ》ケ敷屋《しや》で御意《ぎよい》に叶《かな》はぬとなると瑣細《ささい》の事にまで眼《め》を剝出《むきだ》して御立腹遊ばす　言はば五自由主義の圧制家といふ御方《おかた》だから　哀れや六属官《ぞくゝわん》の人々は御機嫌の取様《とりやう》に迷《まごつ》いてウロ〳〵する中《なか》に独《ひと》り昇は迷かぬ　まづ課長殿の身態声音《みぶりこはいろ》はおろか咳払《せきばら》ひの様子から嚔《くさめ》の仕方まで真似《まね》たものだ　ヤ其《その》また真似の巧《たくみ》な事といふものは宛《あたか》も其《その》人が其処《そこ》に居て七云為《うんゐ》するが如《ごと》くでそつくり其儘《そのまゝ》　唯《たゞ》相違と言ッては課長殿は誰《たれ》の前でもアハヽヽとお笑ひ遊ばすが昇は人に依《よ》ッてエヘヽ笑ひをする而《の》已《み》　また課長殿に物など言懸《いひか》けられた時はまづ忙《いそが》はしく席を離れ仔細《しさい》らしく小首を傾けて謹《つゝしん》で承り　承り終ッてさて莞爾《につこり》微笑して恭《うや〳〵》しく御返答申上《まふしあげ》る　要するに昇は長官を敬すると言ッても遠ざけるには至らず八狎《な》れるといつても瀆《けが》す

る者をいふ」(藤井乙男編『諺語大辞典』明治四十三年)。「チョイと二つにたゝんだる嘉平(かへい)の袴(はかま)。紫のふろしきにつゝんだる弁当箱など。まづ出来星の官員ならんか」(『藪の鶯』)。

一〇 判任官六等。明治十九年の時点では月給三十円。判任官はこの時には一等(七十五円)から十等(十二円)まで。明治二十年の東京における白米一〇㌕の標準小売価格は、四十六銭だった(『値段の明治大正昭和風俗史』朝日文庫、昭和六十二年)。

一一 才知にすぐれた人(男)。佳人(女)と並称して用いられ、物語・小説の主人公となることが多かった。その種の小説を才子佳人小説と呼んだ。

一二 室町時代以来、放下師(ほうかし)と呼ばれた芸人がさまざまの曲芸・幻術を見せたが、江戸時代になってその一部が見世物小屋ではなく大道で芸を演じて銭を乞うようになった(辻放下)。貞享元禄(一六八四―一七〇四)のころ豆蔵という芸人が、その弁舌と妙技とで名声を得て、辻放下師の代名詞のようになった。幕末から明治にかけても、上野山下・浅草奥山・湯島神社境内にこのような「豆蔵」が活躍し、「浅草の豆蔵」は特に有名だったという(朝倉無声『見世物研究』昭和五十二年復刻版による)。

豆蔵(清水晴風編・画『江戸・明治世渡風俗図会』国書刊行会、昭61)

には至らず諸事万事御意《ぎよい》の随意《まに》〳〵曾《かつ》て抵抗した事なく　加之《しかのみならず》……此処《こゝ》が肝《かん》腎要《じんかなめ》……他の課長の[九]遺行《ゐかう》を数《かぞへ》て[一〇]暗に盛徳《せいとく》を称揚する事も折節《をりふし》はあるので課長殿は「見所のある奴《やつ》ぢや」ト御意《ぎよい》遊ばして御贔負《ごひゐき》に遊ばすが同僚の者は善く言はぬ　昇の考《かんがへ》では[一一]皆法界悋気《みなほうかいりんき》で善く言はぬのだといふ

兎《と》も角《かく》も昇は才子で毎日怠らず出勤する　事務に懸けては頗《すこぶ》る活潑《くわつばつ》で他人の一日分沢山《（いち）じつぶんたつぷり》の事を半日で済ましても[一二]平気孫左衛門　難渋《なんじう》さうな顔色《かほつき》もせぬが大方は見せかけの勉強態《ぶり》　小使給事《こづかひきふじ》などを叱散《しかりち》らして済まして置く　退省《ひけ》て下宿へ帰る　衣服を着更《きかえ》る　直《す》ぐ何処《いづれ》へか遊びに出懸けて落着《おちつい》て在宿《ざいしゆく》してゐた事は稀《まれ》だといふ　日曜日には御機嫌伺《ごきげんうかゞ》ひと号して課長殿の私邸へ伺候《しかう》し囲碁のお相手をもすれば御私用をも達《た》す　先頃《さきごろ》もお[一三]手飼《てがひ》に狆《ちん》が欲しいと夫人の御意　聞《きく》よりも早飲込み日ならずして何処《どこ》で貰《もら》ツて来た事か狆の子一疋《（いつ）びき》を携《たづさ》へて御覧に供へる　件《くだん》の狆を御覧《ごらん》じて課長殿が「此奴《こいつ》妙な貌《かほ》をしてゐるぢやアないか　ウー」ト御意遊ばすと昇も「左様《さやう》で御座いますチト妙な貌をして居《を》ります」ト申上げ　夫人が傍《かたわら》から「其《そ》れでも狆は此様《こん》なに貌の[一四]しやくんだ方が好《よ》いのだと申《まふし》ます」ト仰《おつ》しやると昇も「成程夫人《なるほどおくさま》の仰《おほせ》の通り狆は此様なに貌のしやくんだ方が好いのだと申ます」ト申上げて御愛嬌《ごあいけう》にチヨイト狆の頭を撫《な》でゝ見たとか

二三（その弁舌は）豆蔵（→前注）の城に迫って、どちらが優勢かを争うほどと言ってもよい。「塁を摩す」は、もと敵の城壁に迫る意。
二四 弁舌がよどみないことを「竪板に水」と言う。
二五 普通は「小器用」と書く。

以上二七三頁

一 厭味ったらしくひやかすこと。
二 きたない言いかただが。
三 卑劣な方法で相手をやっつけること。「そっぽう」は横っ面。「横外方(よこそつぽう)」の略で、「横面」は意味を当てた表記。尾崎紅葉『中編 金色夜叉』（明治三十二年）に、「間(はざま)も男なら犬の糞で仇は取らない」、『浮世風呂』第四編巻之中に「そつぽうはりまげて、がんといふめにあはせて呉れらア」。
四 洋行したことがある。
五 口では西洋をふりまわして自由主義を唱えているが、実際には昔ながらの「殿様風」で部下を圧迫する人物。「圧制家」は despot の訳語。→四三〇頁注五。
六 判任官の文官（一等属）の総称。
七 言ったり行動したりすること。
八 馴れ馴れしくはしても（課長の）面子(めんつ)を傷つけるには至らない。
九 悪い行い。
一〇（他の課長の悪い点を言いたてることによって）間接的に（自分の）課長が立派なことを賞めたたえる。
一一 自分に関係のない他人の事に嫉妬すること。岡焼き。
一二 しゃあしゃあと、平然としている人物の擬人名。「平気の平左衛門」に同じ。四季山人＝式亭三馬『船頭深話』（文化三年）に、「他其外(よそほか)の子様に平気孫左衛門ならそれでもすみやす」とある（『江戸語の辞典』による）。
一三 この頃、狆が流行し、「上等は七十円、下等のものでも五、六円」（『東京日日新聞』明治二十年二月十六日）だったという。「お手飼」は身分の高い人が手ずから飼うこと。
一四 中央がくぼむ。しゃくれる。

　しかし永い間には取外しも有ると見えて曾《かつ》て何歟《なにか》の事で些《すこ》しばかり課長殿の御機嫌を損ねた時は昇は其《その》当坐一両日《(いちりやう)にち》の間《あひだ》胸が閉塞《つかへ》て食事が進まなかツたとかいふが　程なく夫人[一]のお癪《しやく》から揉《もみ》やわらげて殿さまの御肝癖《ごかんぺき》も療治し果《はて》は自分の胸の痞《つかへ》も押《おし》さげたといふ　なかく\小腕[二]のきく男で、

　下宿が眼と鼻の間の所為歟《せゐか》昇は屡々《しばく\》文三の所へ遊びに来る　お勢《せい》が帰宅してからは一段足繁《あしゝげ》くなつて三日にあげず遊びに来る　初《はじめ》とは違ひ近頃《ちかごろ》は文三に対しては気に障《さ》はる事而已《のみ》を言散らすかさもなければ同僚の非を数へて「乃公《おれ》は」との自負自讃　「人間地道《ぢみち》に事をするやうぢや役に立たぬ」などゝ勝手な熱を吐散《はきち》らすがそれは邂逅《たまさか》の事で　大方《おほかた》は下坐敷《したざしき》でお政を相手に無駄口を叩《たゝ》き或《あ》る時は花合《はなあわ》せ[三]とかいふものを手中《しゆちう》に弄《ろう》して如何《いかゞ》な真似《まね》をした上句《あげく》　寿司《すし》などを取寄せて奢散《おごりち》らす　勿論《もちろん》お政には殊《こと》の外《ほか》気に入ツてチヤホヤされる　気に入り過ぎはしないかと岡焼《をかやき》[四]をする者も有るが正可《まさか》四十面《づら》[五]をさげて……お勢には……[六]シツ跫音《あしおと》がする　昇ではないか……当ツた

「トキニ内海《うつみ》は如何《どう》も飛《とん》だ事で、実に気の毒な、今も往《いツ》て慰めて来たが塞切《ふさぎきり》ツてゐる

「放擲《うつちやつ》てお置きなさいヨ　[七]身から出た錆《さび》だもの些《ちつ》とは塞《ふさ》ぐも好《いゝ》のサ

一「癪」は本来は「さしこみ」(胸や腹に起こる激痛の総称)のことだが、ここでは腹立ちの意。まず、夫人の怒りから揉みほぐして、次第に殿(課長)の癇癪も治療し、の意。
二 ちょっとした腕利き。小才が利くこと。
三 花札、花カルタ。江戸時代には賭博のめくり札とまぎらわしいため天保二年以来禁止され、明治十七年にも賭博取締の太政官布告が出たが、同十九年ごろ取締りがゆるやかになり、あらゆる階層に流行した(宮武外骨『賭博史』大正十二年、などを参照)。「如何な真似」はいかがわしい真似。
四 自分には関係ないのに、他人の仲がよいことを嫉むこと。「法界悋気」(二七五頁注一一)に同じ。
五 四十にもなるお政が、いい年をして。
六 語り手が直接読者に呼びかける表現。「焚《も》えたつ二つの唇は―永訣《えいべつ》の接吻を望む如く―自《おの》ら《づか》密着せり―叱《し》ツ…焚えたつ…火のやうに焚えたつ唇が自ら密着…」(尾崎紅葉「風流京人形」第一回(公売本『我楽多文庫』第一号、明治二十一年五月)。
七 諺。自分のした悪行のために自ら受ける苦しみ。自業自得。

「さう言へば其様《そん》なやうな者だがしかし何《なに》しろ気の毒だ　斯《かう》いふ事にならう
と疾《はや》くから知《しつ》てゐたら亦如何《またどう》にか仕様《しやう》も有《あツ》たらうけれども何《なに》しても……
「何《なん》とか言ツてましたらうネ
「何《なに》を
「私《わたし》の事をサ
「イヤ何《なん》とも
「フム貴君《あなた》も頼母敷《たのもしく》ないネ　あんな者《もん》を朋友《ともだち》にして同類《ぐる》にお成《な》んなさる
「同類《ぐる》にも何《なん》にも成りやアしないが真実《ほんとう》に
「さう
ト談話《はなし》の内《うち》に茶を入れ地袋《ちぶくろ》[八]の菓子を取出して昇に侑《すゝ》[九]めまたお鍋《なべ》を以《もつ》てお勢を召《よ》ばせる　何時《いつ》もならば文三にもと言ふ所を今日《けふ》は八分《(はち)ぶ》[一〇]したゆゑお鍋が不審に思ひ「お二階へは」ト尋ねると「ナニ茶がカツ食《くら》ひたきやア……言《いは》ないでも宜《いゝ》ヨ」ト答へた　之《これ》を名《なづ》けて Woman's revenge《ウーマンスレヴエンヂ》[一一]「婦人の復讐」といふ
「如何《どう》したんです閲《いぢ》[一二]り合ひでもしたのかネ
「閲合《いぢりあ》ひなら宜《いゝ》がいぢめられたの　文三にいぢめられたの……
「それはまた如何《どう》した理由《わけ》で

八 違い棚の下などに、地板に接して設けられた小さな袋戸棚。天井に接している天袋の対。
九 底本「侑(うこ)」=もとる、そこなう、の字」を訂した。
一〇 仲間はずれにした。
一一 直接の問題とは関係のないところで復讐すること。芳賀矢一ほか編『格言大辞典』(大正五年、平成七年復刻版)に、バイロンの句として Sweet is revenge, especially to woman. とある。またロバート・キャンベル氏の教示によれば、*Lady Audley's Secret*, 1862. などのセンセーショナルな小説で有名な、イギリスの女性作家 Mary E. Braddon (1837-1915)に *A Woman's revenge* (Halfpenny Journal, 1862)という小説がある。
一二 「閲(げ)」は、せめぐ、言い争う。

「マア本田さん聞《きい》てお呉《くん》なさい斯《か》うなんですヨ

ト昨日《きのふ》文三にいぢめられた事をおまけにおまけを附着《つけ》てベチヤクチヤと饒舌《しやべ》り出しては止度《とめど》なく　[一]滔々蕩々《とう〳〵とう〳〵》として勢ひ[二]百川《ひやくせん》の一時《（いち）じ》に決した如《ごと》くで言損《いひそん》じがなければ委《たる》みもなく多年の[三]揣摩《ずゐま》一時の宏弁《かうべん》自然に備はる[四]抑揚頓挫《よくやうとんざ》或《あるひ》は開き或は[五]闔《と》ぢて縦横自在に言廻《いひま》わせば[六]鷺《さぎ》も烏《からす》に成らずには置かぬ　哀《あはれ》むべし文三は竟《つひ》に世にも怖《おそ》ろしい[七]悪棍《わるもの》と成り切ツた所へ　お勢は手に一部の[八]女学雑誌を把持《も》ち立《たち》ながら読み〳〵坐舗《ざしき》へ這入《はいッ》て来てチヨイト昇に一礼したのみで[九]嫣然《につこり》ともせず饒舌《しやべり》ながら母親が汲《くん》で出す茶碗《ちやわん》を[一〇]憚《はゞか》りとも言はずに受取りて一口飲《のん》で下へ差措《さしおい》たまゝ済《す》まアし切ツて再復《またふたゝ》び読みさした雑誌を取り上げて眺め詰めた　昇と同

絵　月岡芳年画。文字は「それはまたどうした訳で「マア本田さん聞てお呉んなさいからなんですよ」。長火鉢の左にかかっている板は猫板。猫は畳に寝ころがっている。違い棚が描かれているが地袋は見えない。本田の遊治郎的態度が印象的。彼はパイプで巻煙草を吸っている。お勢が持つ雑誌は『女学雑誌』か。ただし表紙は空白。

一「滔々」も「蕩々」も、水が激しく流れる形容。

二　百の川の堤防が一度に決壊したように。

三　長い間心中で臆測していたことを一度に吐き出したような雄弁。「揣摩」は「しま」と読むのが普通。他人の気持を推し量ること。

四　話の調子の上げ下げと、とどこおったり弱まったりすること。イントネーション。「口から出任せの抑揚頓挫」（『当世書生気質』第十回）。

五「闔（こう）」は閉じる。

六　諺「鷺を烏」。物事の道理を反対に曲げて主張すること。白を黒と言いくるめること。

七「棍」は棒のことだが、俗語にならず者の意がある。「悪棍（わるもの）」（『南総里見八犬伝』第三輯巻之四）。

八　当時麴町区飯田町一丁目七番地（現、千代田区）にあった明治女学校を母胎として発行されていた女性啓蒙雑誌。キリスト教にもとづく良妻賢母の育成をめざし、女性の独立、男女交際、恋愛と「ホーム」、束髪問題、女子と文学などを論じ、明治の新女性の指針となった。この時期の主筆は巌本善治。創刊明治十八年七月。終刊明治三十七年二月。『浮雲』の記述にはこの雑誌

席の時は何時《いつ》でも斯《か》うで

「トいふ訳《わけ》でツイそれなり[一一]鳧《けり》にして仕舞《しま》ひましたがネ　マア本田さん貴君《あなた》は何方《どつち》が理屈だとお思《おもひ》なさる

「それは勿論《もちろん》内海が悪《わる》い

「そのまた悪《わり》い文三の肩を持ツてサ私《あたし》に喰《く》ツて懸《かゝ》ツた者《もの》があると思召《おぼしめ》せ

「アラ喰ツて懸りはしませんワ

「喰ツて懸らなくツてサ……私《あたし》は最《も》うく腹が立《たつ》てく堪《たま》らなかツたけれど何《なに》しても此通《このとほ》り気が弱いシ　それに先《さき》には文三といふ[一二]荒神様《くわうじんさま》が附《つい》てるから迚《とて》も叶《かな》ふ事《こつ》ちやア無いとおもつて[一三]虫を殺《こ》ろして噤黙《だまつ》てましたがネ……

「アラ彼様《あん》な虚言《うそ》ばツかり言ツて

「虚言《うそ》ぢやないワ真実《ほんと》だワ……マなんぼなんだツて呆《あき》れ返るぢや有りませんか。ネー貴君何処《あなたどこ》の国にか他人の肩を持ツてサ。[一四]シヽバヾの世話をして呉《く》れた[一五]現在の親に喰ツて懸るといふ者《もん》が有るもんですかネ。ネー本田さん然《さ》うぢやア有りませんか　ギヤツト産《うま》れてから是までにするにア仇《あだ》や疎《おろそ》かな事《こつ》ぢやア有りません　[一六]子を持てば七十五度《たび》泣くといふけれども此娘《このこ》の事《こつ》では是《こ》れまで何百度《なんびやくたび》泣《ない》たか知れやアしない　其様《そんな》にして養育《そだ》て貰《もら》ツても露程も有難いと思ツてない

と関連するところが多い。

九「嫣然(えんぜん)」は、にっこり笑うさま。
一〇「はばかりさま」(お世話様、すいません)の略。世話になった時の挨拶の語。
一一 そのままで終ること。「けり」は和歌や物語が「けり」で終ることが多いので、物事の終りを言う。鳧(ふ・かも)の字を当てる。
一二 陰にいてその人を保護すると信じられていた神。「わしにもハイ荒神さまがついてゐずに」(『東海道中膝栗毛』三編上)。→一九九頁注八。
一三 癇癪を押さえて黙っていました。「噤(きん)」は、口をつぐむこと。
一四 大小便の小児語。
一五 実の親。
一六 諺。子供を育てるには苦労が絶えない。「子を持てば七十五度泣くといふが、あの野郎にかゝつては何百度か数がしれねへはな」(『浮世風呂』三編巻之下)。

さうで此頃《このごろ》ぢや一口いふ二口目にや速《す》ぐ悪《あく》たれ口《ぐち》だ　マなんたら因果で此様《こん》な邪見《じやけん》な子を持ツたかと思ふとシミ〳〵悲しくなりますワ

「人が黙ツてゐれば好気《いとき》になつて彼様《あん》な事を言ツて余《あんま》りだから宜《いと》ワ　私《わたし》は三歳の小児《せうに》ぢやないから親の恩位《くらゐ》は知《しつ》てゐますワ　知てゐますけれども条理……

「アヽモウ解《わか》ツた〳〵何《なん》にも宣《のたま》ふナ　よろしいヨ解《わか》ツたヨ

ト昇は憤然《やつき》と成ツて饒舌《しやべ》り懸けたお勢の火の手を手《て》頸《くび》で煽《あふ》り消してさてお政に向ひ

「しかし叔母さん此奴《こいつ》は一番失策《しくじ》ツたネ　平生《へいせい》の粋《すゐ》にも似合はないなされ方《かた》　チトお恨《うら》みだ　マア考へて御覧《ごらう》じろ　内海といぢり合ひが有ツて見ればネ　ソレ……といふ訳が有るからお勢さんも黙ツては見てゐられないやアネ　アハヽヽ

ト相手のない高笑ひ　お勢は額《ひたへ》[一]で昇を睨《にら》めたまヽ何《なに》とも言はぬ　お政も苦笑ひをした而已《のみ》で是《こ》れも黙然《だんまり》　些《ち》と席がしらけた趣《おもむ》き

「それは戯談《じやうだん》だがネ全体叔母さん余《あま》り慾《よく》が深過《ふかすぎ》るヨ　お勢さんの様な此様《こん》な上出来な娘を持ちながら……

「なにが上出来なもんですか……

一　目玉を上へあげ、額に寄せてにらむ様子。
二　かならず。
三　Charles J. Barnes編、*New National Readers* の第四読本。ニューヨークで出版されたが、日本国内で戸田直秀ほかによる複製も作られ、明治大正期にもっとも広く使用された英語の教科書。第五読本まであり、第四読本はかなり高度である。『我楽多文庫』（活字非売本、第十四号、明治二十年十月）の（石橋）思案外史「女生徒かたぎ煩悩の闇」に「積み上げたる数多き洋書の中にはミルの男女同権論もある可くホーセット夫人の経済書もあるに似ずナショナル第三読本の得意顔に口を開いて横はれるは察するに此貴女も頗る皮想には熱心と見えたり」とあり、第三読本ではその学力が馬鹿にされていたことがわかる。ただし『女学雑誌』求人広告の「ひながた」（第九十八号、明治二十一年二月）には「女の方にて…英学のリードル三位ひを教へて下さる方はなきか」とあり、女学生の学力としては第

「イヤ上出来サ　上出来でないと思ふならまづ世間の娘子《むすめつこ》を御覧なさい　お勢さん位《くらゐ》の年恰好《としかつかう》で斯様《こん》なに縹致《きりやう》がよくツて見ると学問や何歟《なにか》は其方退《そつちの》けで是[二]非色狂《いろぐる》いとか何《なん》とか碌《ろく》な真似《まね》はしたがらぬものだ　けれどもお勢さんは流石《さすが》は叔母さんの仕込みだけ有ツて縹致は好くツても品行は方正で曾《かつ》て浮気らしい真似をした事はなく唯《たゞ》一心に勉強してお出《い》でなさるから漢学は勿論《もちろん》出来るシ英学も……今何《なに》を稽古《けいこ》してお出でなさる

「[三]「ナショナル」の「フオース」に[四]列国史《スキントン》に……

「フウ「ナショナル」の「フオース」「ナショナル」の「フオース」と言へばなか〳〵難敷《むつかしい》書物だ　男子でも読《よめ》ない者は幾程《いくら》も有る　それを芳紀《とし》も若くツて且《か》つ婦人の身でゐながら稽古してお出でなさる　感心な者《もの》だ、だから此近《このきん》辺《ぺん》ぢやア斯《か》う言やア失敬のやうだけれども[五]鳶《とび》が鷹《たか》とは彼《あ》の事だと言ツて評判してゐますぜ、ソレ御覧　色狂《いろぐる》ひして親の顔に泥を塗《なす》ツても仕様がない所をお勢さんが出来が宜《い》いばつかりに叔母さんまで人に羨《うらや》まれる　ネ、何《なに》も足腰按《さす》るばかりが孝行ぢやアない親を人に善く言はせるのも孝行サ　だから全体なら叔母さんは喜んでゐなくツちやアならぬ所をそれをまだ不足に思ツて兎《と》や角《か》ういふのは慾《よく》サ　慾が深過ぎるのサ

三読本程度が普通だったらしい。

四 William Swinton, *Outlines of the World's History*. 世界史や英語の教科書として広く使用された。「万国史」とも呼ぶ。『藪の鶯』では十数歳の少年(中学生?)が、「第四リーダーと万国史」を読んで「才童」と称されている。夏目漱石も大学予備門受験のころ「ナショナルの二位しか読めないのが急に上の級(くらす)へ入つて、頭からスウヰントンの万国史などを読んだので、初めの中は少しも分らなかつた」(「落第」明治三十九年)と回想している。お勢の学力については、第三篇(四二二頁四行)参照。

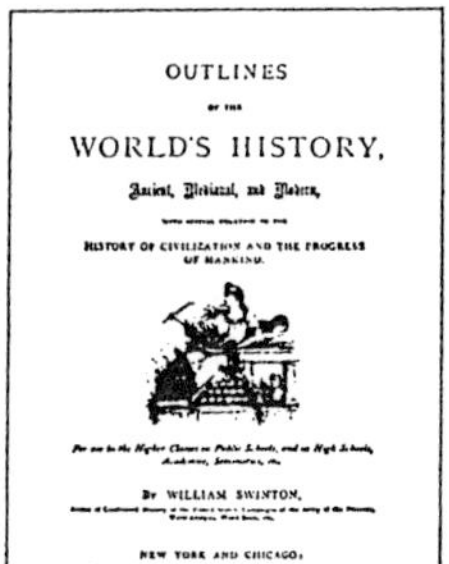

五 諺「鳶が鷹を産む」。平凡な親がすぐれた子供を生むことの喩え。

「ナニ些《ち》とばかりなら人様《しとさま》に悪く言はれても宜《いゝ》から最《も》う些《すこ》し優敷《やさしく》して呉《く》れると宜《いゝ》だけれども邪慳《じやけん》で親を親臭いとも思ツてゐないから悪《にく》くツて成りやアしません

ト眼《め》を細くして娘の方《はう》を顧視《みかへ》る　斯《か》ういふ眺《にら》め方《かた》も有るものと見える

「喜び叙《つひで》に最う一ッ喜んで下さい　我輩《わがはい》今日[一]一等進みました

「エ

トお政は此方《こなた》を振向き吃驚《びつくり》した様子で暫《しば》らく昇の顔を目守《みつ》めて

「[二]御結構《ごけつかう》が有ツたの……ヘエエー……それはマア何《なに》してもお芽出度《めでたう》御座いました

ト鄭重《ていちやう》に一礼して偖《さて》改めて頭《かうべ》を振揚げ

「ヘー御結構が有ツたの……

お勢もまた昇が「御結構が有ツた」と聞くと等《ひと》しく吃驚《びつくり》した顔色《かほつき》をして些《すこ》し顔を赧《あか》らめた　[三]咄々怪事《とつくくわいじ》もあるもので

「一等お上《あがん》なすツたと言ふと月給は

「僅《たつた》五円違ひサ

「ヲヤ五円違ひだツて結構ですワ　かうツ[四]今までが三十円だツたから五円殖《ふ》

一　判任官六等から五等に昇進したこと。

二　いいこと。お祝い。

三　非常に不思議なこと。「咄々」は、ここでは驚き怪しむ声。

四　当時の俸給表で判任官六等は三十円、五等は三十五円。

ゐて……

「何《なん》ですネー母親《おつか》さん他人の収入を……

「マアサ五円殖《ふ》ゐて三十五円、結構ですワ結構でなくツてサ　貴君《あなた》[五]如何《どう》して今時[六]高利貸《かうりかし》したツて月三十五円取らうと言ふなア容易な事《こつ》ちやア有りませんヨ……三十五円……どうしても働《はた》らき者《もん》は違ツたもんだネー　だから此娘《このこ》とも常《じやう》不断《ふだん》さう言ツてます事サ、アノー本田さんは何《なん》だと　内《うち》の文三や何歟《なんか》とは違ツてまだ若くツてお出《い》でなさるけれども利口で気働《きはた》らきが有ツて如才《じよさい》が無くツて……

「談話《はなし》も[七]艶消《つやけ》しにして貰度《もらひたい》ネ

「艶ぢやア無い真個《ほんと》にサ　如才が無くツてお世辞がよくツて男振《をとこぶり》も好《いゝ》けれども[八]唯物《たゞもの》喰《ぐ》ひの悪《わる》いのが[九]可惜《あつたら》瑜《たま》に疵《きず》だツて　ヲホヽヽヽ

「アハヽヽ[一〇]貧乏人の質《しち》で上げ下げが怖《おそ》ろしい

「それは然《さ》うと孰《いづ》れ御結構振舞《ごけつこうぶるま》ひが有りませうネ　[一一]新富《しんとみ》かネ但《たゞ》しは市村《いちむら》かネ

「何処《いづれ》へなりとも　但し[一二]負《おん》ぶで

「ヲヤそれは難有《ありがた》くも何《なん》ともないこと

トまた口を揃《そろ》へて高笑ひ

五 「如何して」は下に否定語をともない、「どうしたって…でない」の意。

六 高利で貸したって、の意。お政は小金を貸しつけている。

七 お愛想もほどほどに、の意。「艶」はここではお世辞、うれしがらせ。

八 悪食(あくじき)。いかもの食い。ここでは女遊びに対するあてこすり。

九 惜しいことに。「白骨を可惜(あたら)洒に染むること」(渡部乙羽『露小袖』明治二十三年)。

一〇 貧乏人の質草と同じで、入れたり出したりがはげしい。「上げ下げ」は、ここでは賞めたりけなしたりの意を含む。このような「洒落言葉」の例、「上たりおろしたり、二丁目の堀貫(ほりぬき)のやうで」(『砂払』)。

一一 新富座と市村座。当時の代表的な歌舞伎の劇場。→二四一頁注二一・二二。「但しは」は、あるいは、又は。

一二 連れに費用を持たせて飲食、遊興などをすること。

「其《そ》れは戯談《じやうだん》だがネ　芝居はマア芝居として如何《どう》です明後日《あさつて》団子坂《だんござか》[一]へ菊見と
いふ奴《やつ》は
「菊見左様《さやう》さネ菊見にも依《よ》りけりサ　[二]犬川《いぬかは》ぢやアマア願ひ下げだネ
「其処《そこ》にはまた異《をつ》[三]な寸法も有らうサ
「[四]笹《さゝ》の雪《ゆき》ぢやアないかネ
「[五]正可《まさか》
「真個《ほんと》に往《い》きませうか
「お出《い》でなさい〳〵
「お勢お前もお出でゞないか
「菊見に
「ア、
お勢は生得《しやうとく》の出遊《である》き好《ず》き　[六]下地《したぢ》は好きなり御意《ぎよい》はよし　菊見の催《もよほし》頗《すこぶ》る妙[七]だ
が[八]ヲイソレといふも不見識と思ツたか手弱《てよわ》く辞退して直《たゞ》ちに同意して仕舞ふ
十分計《ばかり》を経て昇が立帰ツた跡《あと》でお政は独言《ひとりごと》のやうに
「真個《ほんと》に本田さんは感心なもんだナ　未《ま》だ年齢《とし》も若いのに三十五円月給取る
やうに成んなすつた　それから思ふと内《うち》の文三なんざア[九]盆暗《ぼんくら》の意久地《いくぢ》なし[一〇]だツ

一 現在の文京区不忍通と本郷通の間を東西に横切る坂(潮見坂)。菊人形は文化五年(一八〇八)に麻布狸穴(まみあな)に始まったが、まもなく巣鴨一帯に盛んになり、安政三年(一八五六)からは団子坂に植梅(植木屋)が忠臣蔵の名場面を出して大当りとなった。維新直後は中絶したが、明治八年に再興し、木戸銭を取って、当り狂言などの菊細工によって全盛となり、秋の東京の名物となった。以後、中絶・再興を繰り返している(朝倉無声『見世物研究 姉妹篇』平凡社、平成四年による)。夏目漱石『三四郎』(明治四十一年)には日露戦争後の様子が描かれている。↓補一八。

団子坂菊人形
(『東京風俗志』)

二「犬の川端あるき」の略。犬が食物を求めて川端を歩くように、しっかりした目的を持たずにうろつくこと。「乃チ犬河岸ヲ行ク《いぬのかはばたあるき》」(高見沢茂『東京開化繁昌誌』)、「小町田と二人で、ぶら〳〵義任(犬川荘助義任、八犬士の一人)(いぬの川端といふしやれ)をきめこんだが」(『当世書生気質』第十七回)。三 味な趣向。
四 下谷区根岸(現、台東区根岸二丁目、JR東日本鶯谷駅北)にある豆腐料理店。文化元年、

ちやアない　二十三にも成ツて親を養《すご》す所《どこ》か自分の居所立所《ゐどたちど》一一にさへ迷惑《まごつい》てるんだ　なんぼ何《なん》だツて愛想《あいそ》が尽きらア
「だけれども本田さんは学問は出来ないやうだワ
「フム学問々々とお言ひだけれども立身出世一二すればこそ学問だ　居所立所《ゐどたちど》に迷惑《まごつ》くやうぢやア些《ちツ》とばかし書物《ほん》が読めたツてねつから難有味《ありがたみ》がない
「それは不運だから仕様がないワ
トいふ娘の顔をお政は熟々目守《しげ〴〵みつ》一三めて
「お勢真個《ほんと》にお前は文三と何《な》にも約束した覚えはないかへ、エ、有るなら有ると言《いツ》てお仕舞ひ　隠立《かくしだて》をすると却《かへツ》てお前の為《ため》にならないヨ
「また彼様《あん》な事を言ツて……昨日《きのふ》一四あら程其様《そん》な覚えは無いと言ツたのが母親《おツか》さんには未《ま》だ解《わか》らないの、エ、まだ解らないの
「チヨツまた始まツた　覚えが無いなら無いで好《いゝ》やアネ何《な》にも其様《そん》なに熱くならなくツたツて
「だツて人をお疑《うたぐ》りだものヲ
暫《しば》らく談話《はなし》が断絶《とぎ》れる　母親《はゝおや》も娘も何歟《なにか》思案顔
「母親《おツか》さん明後日《あさツて》は何を衣《き》て行《い》かうネ

玉屋忠兵衛が創業。上野輪王寺宮が賞したという絹ごし豆腐で名高い。場所柄、吉原の朝帰りの遊客が立寄ることも多く、そのために朝風呂を立てたという。笹川臨風『明治還魂紙(すきがえし)』(亜細亜社、昭和二十一年)によれば、かつては「オツで江戸情緒たっぷり」だったという。当時は朝食・昼食主体。 五 吉原通いでなじみの笹の雪ではないか、というお政のひやかしに対する返答か(畑注)。 六 諺。もともと自分が好きなところへ相手から好意をもって勧められること。「コレハ御ちそうでござりやす。ヲトヽヽ、トしたぢはすきなり、ぎよゐはよし、むしやうにさいつおさへつのんでいるうち」(『東海道中膝栗毛』八編下)。 七 心を惹かれる。
八 →二一六頁注七。 九 もとは博徒の用語。博打の盆の上の目利きが暗いことから転じて、馬鹿・阿呆を指す(『江戸語の辞典』)。
一〇 …といったら、ありはしない。
一一 すわっている所、立っている所。自分の居場所。 一二「立身出世」は福沢諭吉『学問のすゝめ』(明治五―九年)、中村正直『西国立志編』(同三―四年)などの啓蒙思想によって生まれた俗流の考えかた。当時の投書雑誌『穎才新誌』には、学問は立身出世と富貴の基礎であるという意見が多数寄せられた。たとえば「夫レ勉強ハ富貴ノ基礎ニシテ而シテ懶惰ハ亡身ノ兆ナリ…学術ヲ研磨シ智識ヲ開発シ百難屈セズ万艱撓マザルベシ　然ル時ハ他日必ズ其良結果ヲ得テ大ニ社会ニ資益ヲナスハ鏡ニ懸テ観ルガ如シ　既ニ社会ニ益スル所アレバ富貴随テ求メ顕栄随テ得ベシ」と東京の十一歳の少年は述べている(二十八号、同十年九月)。 一三 →二二九頁注一六。
一四「あれ程」の訛り。お勢の言葉がいつのまにかお政に近づいている。

「何《なん》なりとも

「エート下着は何時《いつ》ものアレにしてト其《そ》れから上着は何衣《どれ》にしやうかしら

矢張《やツぱり》何時もの黄八丈《き(はち)ぢやう》[一]にして置かうかしら……

「最《も》う一ツのお召縮緬《めしちりめん》の方にお為《し》ヨ　彼方《あのはう》がお前にやア似合ふヨ

「デモ彼《あ》れは品《ひん》が悪《わる》いものヲ

「品《しん》が悪《わり》いてツたツて

「アヽ此様《こん》な時にア洋服[二]が有ると好《いゝ》のだけれどもナ……

「働《はたら》き者《もん》を亭主《ていし》に持ツて洋服なとなんなと拵《こせ》へて貰《もら》ふのサ

トいふ母親の顔をお勢はヂツト目守《みつ》めて不審顔

新編浮雲第一編　終

一 ↓二〇八頁注二。

二 女性の洋服は明治十九年から二十年にかけて「日の出の勢ひ」となり、白木屋でも十九年十一月に女性服部門が開設されて盛況だった。柳原の古着屋にも女性服が吊るされるようになったという(『女学雑誌』第五十六号、明治二十年三月)。↓二〇二頁注一二、補八。ただし女性の洋装には「固有」の風俗に背くという否定論のほか、コルセットで胴を締めることの衛生上の害を指摘する論もあった。坪内逍遙閲・小林清親画の「新双六淑女鑑」(明治十九年)の「上《あが》り当世の淑女」はロングドレス(バッスル・ドレス)の女性である。↓補一九。

女性の洋装(鍋島直大侯爵夫人・栄子．中山千代『日本婦人洋装史』吉川弘文館)

「新双六淑女鑑」部分
(坪内逍遙閲，小林清親画．明 19，都立中央図書館蔵)

新編

浮雲 二篇[三]

春の屋主人
二葉亭四迷 合著

第七回 団子坂《だんござか》の観菊《きくみ》

日曜日は近頃《ちかごろ》に無い天下晴《てんかば》れ[四] 風も穏《おだや》かで塵《ちり》も起《た》たず暦《こよみ》を繰《くつ》て見れば旧暦で[五]菊月初旬《きくづきはじめ》といふ十[六]一月二日の事ゆゑ物観遊山《ものみゆさん》には持《もつ》て来いと云《い》ふ日和《ひより》 園田《そのだ》一家《いつけ》[七]の者は朝から観菊行《きくみゆき》の支度とり〴〵 晴衣《はれぎ》の亘長《ゆきたけ》[八]を気にしてのお勢《せい》の[九]じれこみがお政《まさ》の肝癪《かんしやく》と成《なつ》て廻《まは》[一〇]りの髪結《かみゆひ》の来《き》やうの遅いのがお鍋《なべ》の落度となり究竟《はて》は万古《ばんこ》[一一]の茶瓶《きうす》が生れも付かぬ欠口《いぐち》[一二]になるやら架棚《たな》の擂鉢《すりばち》が独手《ひとりで》に駈出《かけだ》すやらヤッサモッサ[一三]捏返《こねかへ》してゐる所へ生憎《あやにく》な来客 如之《しか》も名打《なうて》の長尻《ながツちり》でアノ只今《たゞいま》から団子坂へ参らうと存じてといふ言葉にまで力瘤《ちからこぶ》を入れて見てもまや[一四]薬《ぐすり》ほども利《き》かず平気で済まして便々《べん〳〵》[一五]とお神輿《みこし》を据えてゐられる、そのじれツたさ、もどかしさ、それでも宜《よ》くしたもので案[一六]じるより産むが易《やす》く客も其内《そのうち》に帰れば髪結も来る、ソコデ、ソレ支度も調ひ十一時頃には家内《かない》も漸《やうや》く静まツて折節《をりふし》には

[三] 第一篇の内題(二〇二頁)には「上篇」とある。→解題(一九八頁)。 [四] 日本晴れ。見渡すかぎり雲一つない晴天。 [五] 旧暦九月を言う。明治五年十一月九日の改暦詔書にもとづく暦によれば、新十一月二日は旧九月十三日に当たり(『新聞雑誌』明治五年十一月)、菊月中旬になるはずだが、後に修正された暦では、明治十九年の十一月二日は「菊月初旬」に当たる。ただし当時新旧暦の対応は混乱しており、十月を菊月と呼ぶものもあるので、ここでは暦を繰って確認する必要があった。→補六。
[六] 畑注に、実際の明治十九年十一月二日は火曜日で、天候不順だったという指摘がある。
[七] 「いつけ」という読み方は江戸時代から明治時代にもひろく行われた。
[八] 和服の「ゆき」の寸法。「ゆき」は背縫いから袖口までの長さ(肩幅と袖幅)。「亘」は本来、わたる、めぐるの意。 [九] いらだち。
[一〇] 得意先をまわって、女性の髪を結っていた女髪結。流行に遅れぬように、彼女たちも束髪を勉強していた。
[一一] 万古焼。元文年間(一七三六-四一)に伊勢の桑名から始まった陶器。赤絵と異国趣味の文様が特徴。のち江戸でも製造されるようになった。
[一二] 口が欠けて兎唇(としん)のようになること。
[一三] いざこざ、大騒ぎ。掛け声「えさまさ」の転(『江戸語の辞典』による)。「今は和尚が娘を孕(はら)ませ、やッさもつさはそつちでせ」(田螺金魚『一事千金』安永七年)。
[一四] 「まや」は「まやかし」の略。いんちきな薬。
[一五] ここでは、長たらしい様子の形容。
[一六] 諺「案ずるより産むが易し」。事前にあれこれ心配するよりも、実際にやってみると案外たやすいこと。

高笑《たかわらひ》がするやうになツた

文三《ぶんざう》は拓落失路《たくらくしつろ》[一]の人、仲々以《なかなかもツ》て観菊《きくみ》などゝいふ空《そら》[二]は無い、それに昇《のぼる》は花で言へば今を春辺《はるべ》と咲誇《さきほこ》る桜の身、此方《こツち》は日蔭《ひかげ》の枯尾花《かれをばな》、到頭楯突《どうせたてつ》く事が出来ぬ位《くらゐ》なら打[三]たせられに行《ゆ》くでも無いと境界《きやうがい》に随《つ》れて僻《ひが》みを起し一昨日《をとつひ》昇に誘引《さそはれ》た時既にキツパリ辞《ことは》ツて行かぬと決心したからは人が騒がうが騒ぐまいが隣家《となり》[四]の疝《せん》気《き》で関繫《かけかまひ》のない噺《はなし》ズツト澄《すま》して居《ゐ》られそうなものゝ扨居《さてゐ》られぬ 嬉《うれ》しさうに人のそわつくを見るに付け聞くに付け、またしても昨日《きのふ》[五]の我《われ》が憶出《おもひいだ》されて五月雨頃《さみだれごろ》[六]の空と湿《し》める 嘆息もする面白くも無い

ヤ面白からぬ、文三には昨日《きのふ》お勢《せい》が「貴君《あなた》もお出《いで》なさるか」ト尋ねた時、行かぬと答へたら「ヘー然《さ》うですか」ト平気で澄まして落着払《おちつきはら》ツてゐたのが面白からぬ、文三の心持《こゝろもち》では成らう事なら行けと勧めて貰《もら》ひ度《た》かツた それでも尚《な》ほ強情を張ツて行かなければ「貴君《あなた》と御一所でなきやァ私《わたし》も罷《よ》しませう」とか何とか言《いつ》て貰ひ度かツた……

「シカシ是《こ》りやァ嫉妬《しつと》ぢやァない……

と不図《ふと》何歟《なにか》憶出《おもひだ》して我《われ》と我に分疏《いひわけ》[七]を言《いつ》て見たが、まだ何処歟《どこか》くすぐられるやうで……不安心で

一 落ちぶれて前途を見失うこと。
二 ここでは、気持の意。
三 苦しめられるために。「打たせる」は苦しめる、困らせるの意。
四 諺「隣の疝気を頭痛に病む」の略。自分に関係ないことによけいな心配をすることの喩え。「隣の疝気を頭痛とやらできつい お世話だけれど」(『浮世風呂』三編巻之下)。「疝気」は漢方で、下腹部・腰部が痛む病いの総称。
五 免職になる以前、お勢との将来を夢見ていたころの自分。
六 梅雨時の空模様のように心が湿める。
七 「分疏(ぶんそ)」は、言いわけ、弁解。「分疏(イヒワケ)」(『魁本大字類苑』)。

行《ゆ》くも厭《いや》なり留《とゞ》まるも厭なりで気がムシヤクシヤとして肝癪《かんしやく》が起《おこ》る　誰《たれ》と云《いつ》て取留《とりと》めた相手は無いが腹が立つ　何《なに》か火急《くわきふ》の要事《えうじ》が有るやうでまた無いやうで、無いやうでまた有るやうで立《たつ》ても居《ゐ》られず、坐《すはつ》てもゐられず、如何《どう》しても斯《か》うしても落着《おちつ》かれない

　落着かれぬ儘《まゝ》に文三がチト読書でもしたら紛れやうかと書函《ほんばこ》の書物を手当放《てあたりはう》題《だい》に取出して読みかけて見たが、[八]いツかな争《いか》な紛れる事でない　小《こ》六ケ《むつか》敷《し》面相《いかほつき》をして書物と[九]疾視競《にらめくら》をした所はまづ宜《よかつ》たが開巻第一章の第一行目を反覆読過《はんぷくとくくわ》して見ても更に其《その》意義を解《げ》し得ない、其癖下坐舗《したざしき》でのお勢の笑声《わらひごゑ》は意地悪くも善く聞ゑて一回《ひとたび》聞けば則《すなは》ち[一〇]耳の洞《ほら》の主人《あるじ》と成ツて暫《しば》らくは立去らぬ　[一一]舌鼓《したつゞみ》を打ちながら文三が腹立しさうに書物を擲却《はうりだ》して腹立しさうに机に[一二]靠着《もたれかゝ》ツて腹立しさうに頬杖《ほうづゑ》を杖《つ》き腹立しさうに何処《どこ》ともなく凝視《みつ》めて……フトまた起直《おきなほ》ツて蘇生《よみがへ》ツたやうな顔色《かほつき》をして

「モシ罷《や》めになツたら……」

ト[一三]取外《とりはづ》して言ひかけて倏忽《たちまち》ハツと心附《こゝろづ》き周章《あわて》て口を鉗《つぐ》んで吃驚《びつくり》して狼狽《らうばい》して遂《つひ》に憤然《やつき》となツて「畜生　ト言ひざま拳《こぶし》を振挙げて我《われ》と我を威《おど》して見たが悪戯《いたづら》な虫奴《むしめ》は心の底でまだ……矢張《やは》り……

八「いつかな」は「いかな」の促音化。下に否定を伴って、絶対に、決しての意。ここでは「いかな」を二度繰り返して意味を強めている。「争」は「いかでか」の意。

九 にらめっこ。『東京風俗志』に「睨競（にらみくら）」、『魁本大字類苑』『言海』などに「疾視（ニラム）」とある。第三篇（四〇六頁注一）には「睨め競」。子供の遊びから転じて、ここではただ書物をじっとみつめていること。

一〇 耳の中を支配して。

一一 ここでは、チェッと舌打ちをすること。

一二「靠（こく・こう）」は、ここでは倚りかかるの意。

一三 うっかりと。

以下二九〇頁

一 糸織は高級な絹織物。→二〇八頁注四。男性の正装は多く黒か紺地であり、茶の着物の「一つ小袖」（→二九四頁注三。着物の重ね着ではなく長襦袢着用）のいでたちは、遊び着として、昇の洒落者（しゃれもの）らしい特色を示している。

二「魚子」「斜子」とも書く。魚卵のような織り柄が浮いて見えるのでこの名がある高級絹織物。黒七子の羽織は男性の晴れ着。　三 服装や態度

シカシ生憎《あいにく》故障も無かツたと見えて昇は一時頃《ごろ》に参ツた　今日《けふ》は故意《わざ》と日本服で茶の[一]糸織《いとおり》の一ツ小袖《こそで》に[二]黒七子《くろなゝこ》の羽織、帯も何歟《なにか》乙なもので相変らず[三]立《りう》とした服飾《こしらへ》、梯子段《はしごだん》を踏轟《ふみとゞろ》かして上《あが》ツて来て挨拶《あいさつ》をもせずに突如《いきなり》まづ大胡坐《おほあぐら》、我鼻《わがはな》を視《み》るのかと怪《あや》しまれる程の[四]下眼《しため》を遣《つか》ツて文三の顔を視《み》ながら

「どうした[五]土左《どざ》的宜敷《てきよろしく》といふ顔色《がんしよく》だぜ

「些《すこ》し頭痛がするから

「然《さ》うか、[六]尼御台《あまみだい》に[七]油を取られたのでもなかツたかアハ……

チヨイと云《い》ふ事からしてまづ気に障《さ》はる　文三も怫然《むつ》とはしたが其処《そこ》は内気だけに何とも言はなかつた

「どうだ如何《どう》しても往《い》かんか

「まづよそう

「剛情だな……[八]ゴジヤウだからお出《いで》なさいよぢや無いかアハヽヽ　ト独りで笑ふほかまづ仕様が無い　何《なに》を云ツても[九]先様《さきさま》にやお通じなしだアハヽヽ　戯言《ぎげん》とも附《つ》かず罵詈《ばり》とも附かぬ曖昧《あいまい》なお饒舌《しやべり》に暫《しば》らく時刻を移してゐると忽《たちま》ち梯子段の下にお勢の声がして

「本田さん

が立派なこと。漢字では普通「隆と」と書く。「御佩刀(おんはかせ)」は決めるシ形(なり)はりうとしてゐるから」(式亭三馬『浮世床』二編巻之上、文化九年)。**四** 下目を使って相手を見るのは軽蔑的な目つき。**五** 土左衛門そっくり。土左衛門は江戸の力士の名で、身体が溺死者のようにふくれていたので、水死した男の擬人名になったという(宮武外骨『日本擬人名辞書』大正十年)。ここでは顔色の悪さを喩えている。**六**「尼御台所」の略。一般には大臣・大将・将軍の妻で尼になった人物の尊称だが、ここでは源頼朝の妻で、後に鎌倉幕府の実権を握って尼将軍と称された北条政子と同名のお政を指す。お政も夫が不在の園田家を切りまわしている。**七** ぎゅうぎゅう言わされること。「あぶらヲ取ル＝其人ガ一言モ返セヌホドニ責メル」(山田美妙『日本大辞書』明治二十五年)。**八**「後生(ごしやう)だから」の駄洒落(だじやれ)。上の「剛情」を受けて言う。お願いだからいらっしゃいよ、と誰か(お勢)が言うんじゃないか、の意。**九** 先方。ここでは文三。**一〇** 人力車。明治三年から東京で開業。**一一** お勢の「よろしくば」を受けて、「出懸けませう」と芝居の掛け合い風のせりふ。お勢はさらに「それではお早く」と同じ調子で続ける。**一二** 二人乗、三人乗の人力車が当初からあったが、明治二十年代に入ると次第に数が減った。一人乗の客が多く、二人乗の車は歓迎されないという報道がある(『郵便報知新聞』明治二十三年九月八日)。「二人相乗にてガラガラガラッ」(『当世書生気質』第十八回)、「思ふ同志の合乗は恋の重荷の二人曳」(夢廼家主人「春霄綺話花暦」、活字非売本『我楽多文庫』第十一号、明治二十年一月)。なお萩原乙彦『東京開化繁昌誌』(明治七年)には、二人乗人力車の男女の醜態が描かれている。

「何《なん》です
「アノ車[一〇]が参りましたからよろしくば
「出懸《でか》[一一]けませう
「それではお早く
「チョイとお勢さん
「ハイ
「貴嬢《あなた》と合乗《あひのり》[一二]なら行《いつ》ても宜《いゝ》といふのがお一方《ひとかた》出来たが承知ですかネ
返答は無く唯《たゞ》パタ〳〵と駆出《かけだ》す足音がした
「アハヽヽ何《なん》にも言はずに逃出すなぞは未《ま》だしほらしいネ
ト言つたのが文三への挨拶《あいさつ》で昇は其儘《そのまゝ》起上《たちあが》ツて二階を降りて往《い》つた　跡を目送《みおく》りながら文三がさも〳〵苦々しさうに口《うち》の中で
「馬鹿奴《ばかめ》……
ト言ツた其声《そのこゑ》が未《ま》だ中有《ちうう》[一三]に徘徊《さまよ》ツてゐる内にフト今年の春、向島《むかふじま》[一四]へ観桜《さくらみ》に往つた時のお勢の姿を憶出《おもひだ》し如何《どう》いふ心計《つもり》か蹶然《むつく》と起上《おきあが》りキヨロ〳〵と四辺《あたり》を環視《みまは》して火入《ひいれ》に眼《め》を注《つ》けたがおもひ直《な》ほして旧《もと》の座になほりまた苦々しさうに
「馬鹿奴

二人乗の人力車
（森田一朗編『明治フラッシュバック 1』筑摩書房，平成 10）

一三 人間が死んでから次の生をうけるまでの間。日本では四十九日間。ここでは声がまだ消え去らず残っていることの形容。一四 東京都墨田区の区域の名。江戸時代から文人墨客の好む風流の地として名高く、隅田川東岸の堤は桜の名所。

以下二九二頁

一 以下、髪型によって女性の年齢や身分などを表現。当時、同様の表現として、「嬢ちゃん方が或は束髪銀杏髷唐子（からこ）天神若衆頭島田に丸髷」（落語「隅田（すだ）の馴染め」『明治大正落語集成』第一巻）がある。→補二〇。二 当時、たとえば婦人矯風会、婦人束髪会、婦人編物会、交際会のような会が設立され、中心人物は「幹事」と称していた。三 「鍋島騒動」は佐賀の鍋島家のお家騒動に仮託した怪猫の物語。お家騒動の犠牲となった侍女の怨念が愛猫に乗り移り、化猫となって復讐する。実録『佐賀怪猫伝』（明治十六年）や講釈『佐賀の夜桜』などで有名。「古猫の怪」は「〇〇会」のもじり。四 生き写し。

是《これ》は自《みづか》ら叱責《しか》つたので

午後はチト風が出たがます〳〵上天気、殊《こと》には日曜と云ふので団子坂近傍は花観《み》る人が道去り敢《あ》へぬばかり　イヤ出たぞ〳〵束髪《そくはつ》[一]も出た島田も出た銀杏返《いてふがへ》しも出た丸髷《まるまげ》も出た蝶々髷《てふくまげ》も出たおケシも出た、○○会[二]《なになにくわい》幹事実《じつ》は古猫《ふるねこ》[三]の怪《くわい》といふ鍋島騒動《なべしまさうどう》を生《しやう》[四]で見るやうな「マダム」某《なにがし》も出た　芥子《けし》[五]の実ほどの眇少《かわいら》しい智慧《ちゑ》を両足に打込んで飛《とん》[六]だり跳《はね》たりを夢にまで見る「ミス」某《なにがし》も出た　お乳母《うば》も出たお爨婢《さんどん》[七]も出た、ぞろり[八]とした半元服《はんげんぷく》、一夫数妻論《（いっ）ぷすさいろん》[九]の未《ま》だ行はれる証据《しようこ》に上《あが》りさうな婦人も出た、イヤ出たぞ〳〵、坊主[一〇]も出た散髪《さんぱつ》も出た五分刈《ごぶがり》も出た、チョン髷も出た　天帝の愛子《あいし》[一一]、運命の寵臣《ちようしん》、人の中《うち》の人、男の中《なか》の男と世の人の尊重の的《まと》、健羨《けんせん》[一二]の府となる昔所謂《いはゆる》お役人様、今[一三]の所謂官員さま後《のち》の世になれば社会の公僕とか何《なん》とか名告《なの》るべき方々も出た　商賈《しやうこ》[一四]も出た負販《ふはん》[一五]の徒《と》も出た　人[一六]の横面《そつぼう》を打曲《はりま》げるが主義で身を忘れ家を忘れて拘留の辱《はづかしめ》に逢《あ》ひさうな毛臑《けずね》暴出《さらけだ》しの政治家も出た　猫[一七]も出た杓子《しやくし》も出た　人様々の顔の相好《すまゐ》[一八]おもひ〳〵の結髪風姿《かみかたち》、聞覩《ぶんと》[一九]に聚《あつ》まる衣香襟影《いかうきんえい》[二〇]は紛然雑然として千態万状《せんたいばんじやう》　ナツカなか以《もつ》て一々枚挙するに遑《いとま》あらずで、それに此辺《このへん》は道幅が狭隘《せばい》ので尚《な》ほ一段と雑沓《ざつたふ》する、そのまた中を合乗《あひのり》[二一]で乗切る心無し奴《め》も有難《ありがた》の君が代にその日活計《ぐらし》の土地の者が

五　小さなものの喩え。ちっぽけな知恵をバネにして跳ねっかえりの行動を夢見る、の意。ここでは玩具の「飛んだり跳たり」を懸けている。　六　江戸後期から「飛人形」「亀山の化物」の名で浅草雷門で売っていた猿や河童の張子人形（『嬉遊笑覧』）。明治時代には「飛んだり跳ねたり」と呼ばれることが多かったが、三十年代には次第に廃れた（『東京風俗志』）。張子を重ねて跳ねかえらすと、別の張子が現れて顔が変わるしかけ。　七　飯炊き女、下女の通称。「おさん」を丁寧に言うと「おさんどん」。「爨(さん)」はかしぐ、飯を炊く意。　八　「半元服」は男女ともに言うが、ここは女性の場合。眉を剃らずお歯黒だけをつけた、未婚とも人妻ともつかぬ妾風の風俗。福沢諭吉『かたわ娘』（明治五年）のように、結婚すると眉を剃りお歯黒をつける風俗に反対する意見があったが、当時の女性には、まだ江戸時代の習慣を守る者も大勢いた。「ぞろり」は着物を少しくずれたように着る様子。　九　当時は古い習慣のまま妾を持つ者も多く、地方出身の官員には妻を本国に残して家を守らせ、自分は東京で妾を持つケースもあった。この時代、妾を妻に次ぐ位置として権妻(ごんさい)と呼んだ。『朝野新聞』（明治八年一月三十一日）の「似テ非ナル者尽シ」に「本妻ト権妻似テ非ナリ」とある。　一〇　以下、髪型によって男性の風俗的価値観を代表させる。→補二一。　一一　天にあって宇宙を主宰する神。　一二　羨望の的。「健羨」はむさぼる、深く

飛んだり跳たり
（『東京風俗志』）

[二二]摺附木《マッチ》の函《はこ》を張りながら往来の花観《み》る人をのみ眺めて遂《つひ》に真《まこと》の花を観ずに仕舞ふ歟《か》とおもへば実に浮世はいろ〳〵さま〴〵

さてまた団子坂の景況は例[二三]の招牌《かんばん》から釣込む植木屋は家々の招きの旗幟《はた》を翩《へん》飜《ぽん》と金風《あきかぜ》[二四]に飄《ひるがへ》し木戸々々で客を呼ぶ声は彼此《かれこれ》からみ合《あつ》て乱合《みだれあツ》て入《にふ》我《が》我《が》入《にふ》[二五]でメッチヤラコ　唯逆上《たゞのぼせあが》ツた木戸番の口だらけにした面《かほ》が見える而已《のみ》で何時《いつ》見ても変ツた事もなし　中《なか》へ這入《はい》ツて見ても矢張《やは》りその通りで

一体全体菊といふものは一本《ひともと》の淋敷《さびしき》にもあれ千本《ちもと》八千本《やちもと》の賑敷《にぎはしき》にもあれ自然の儘《まゝ》に生茂《おひしげ》ツてこそ見所《みどころ》の有らう者を、それを此辺《このへん》の菊のやうに斯《か》う無残《むざ》々々《く》と作られては興《けふ》[二六]も明日《あす》も覚めるてや　百草《ひやくさう》[二七]の花のとじめと律義にも衆芳《しうはう》[二八]に後《おく》れて折角咲いた黄菊白菊《きぎくしらぎく》を何《なん》でも御座れに寄集《よせあつ》めて小児騙欺《こどもだまし》の木偶《でく》[二九]の衣裳《べゞ》　洗張《あらひは》[三〇]りに糊《のり》が過ぎてか何処《どこ》へ触《さは》ツてもゴソ〳〵としてギゴチ無さゝうな風姿《とりなり》も小言《こごと》いツて観る者は千人に一人歟《か》二人、十人が十人まづ花[三一]より団子と思詰《おもひつ》めた顔色《がんしよく》去《さ》りとはまた苦々しい　ト何処のか隠居が菊細工を観ながら愚痴を滴《こぼ》したと思《おぼし》食《め》せ　（看官《かんくわん》[三二]）何だつまらない

[三三]閑話《かんわ》不題《ふうだい》

轟然《がうぜん》と飛ぶが如《ごと》くに駆来《かけきた》ツた二台の腕車《くるま》[三四]がピッタリと停止《とま》る　車を下りる男

うらやむの意。「府」は集まるところ。この語や四行後の「聞覩」は、山田美妙から「浮雲の文章に付いて第一に起すべき非難は六箇敷い漢語がまだ十分に痕を去つて居ないこと」（「新編浮雲」『以良都女』第十二号）と批判された。一三 大きな企業が少なく、個人商店は身分、収入が不安定だったせいもあって、当時官員になることは大多数の青年の憧れだった。その様子は、たとえば高見沢茂『東京開化繁昌誌』や、田中清風『政海波瀾 官員気質』（明治二十年）に描かれている。一四 商人の総称。「商」は行商、「賈」は店あきない。一五 商品を背負って売り歩く行商人。一六 言動が粗暴で、一身も家庭も顧みず国事に奔走して、官憲に検束される短慮な壮士のイメージ。腕まくりをして着物や袴を短く着るのが特徴。「横面（そつぽう）」は→二七四頁注三。畑注は、末広鉄腸『雪中梅』（明治十九年）との関連に注目し、作中の「粗暴の徒」武田猛（急進的自由民権運動家）との類似を指摘している。一七 諺「猫も杓子も」（誰も彼も、どんな人も）。一八 ありさま。「思ひなしか顔のすまひも変はつて」（文耕堂ほか合作・浄瑠璃『ひらかな盛衰記』元文五年初演）。一九 聞いたり見たり。二〇 （人々の）着物にしみこんでいるよい香と美しい様子。二一 その雑踏を合乗の人力車（→二九一頁注一二）で通り抜けようとする不心得者もあり、の意。「有」は「あり」と「有難い」の懸詞。二二 当時の代表的な内職。→補二二。二三 例のように看板で（人目を引き）客を誘い入れる植木屋。→二八四頁注一の図。二四 五行説（中国古来の哲理で、万物組成の元素を木火土金水とする）では、金は秋に当たるので秋風を金風と言う。「秋爽かに金風（かぜ）起り眺めてあかぬ海景色」（斎藤緑雨『善悪押絵羽子板（ふたおもておしゑはごいた）』明治十九年）。

女三人の者はお馴染《なじみ》の昇とお勢母子《おやこ》の者で
昇の服装《みなり》は前文にある通り
お政は鼠微塵《ねづみみぢん》[一]の糸織《いとおり》の一《ひと》ツ小袖《こそで》に黒の唐繻子《たうじゆす》[二]の丸帯、繻絆《じゆばん》[三]の半襟《はんえり》も黒縮緬《くろちりめん》に金糸《きんし》でパラリと縫《ぬひ》の入《い》ッた奴《やつ》か何歟《なにか》でまづ気の利いた服飾《こしらへ》
お勢は黄八丈《きはちじやう》の一ツ小袖に藍鼠金入時珍《あひねづみきんいりしちん》[四]の丸帯　勿論《もちろん》下にはお定《さだま》[五]りの緋縮緬《ひぢりめん》の等身繻絆此奴《ついたけじゆばんこいつ》も金糸《きんし》で縫《ぬひ》の入《い》ッた水浅黄縮緬《みづあさぎちりめん》[六]の半襟をかけた奴で帯上《おびあげ》はアレハ[七]時色縮緬《ときいろちりめん》、統括《ひつくる》めて云《い》へば、まづ上品なこしらへ
シカシ人足《ひとあし》の留《と》まるは衣裳附《いしやうづけ》よりは寧《むし》ろその態度で髪も例《いつも》の束髪ながら何《なん》[八]とか結びとかいふ手のこんだ束《たば》ね方で大形の薔薇《ばら》の花挿頭《はなかんざし》を指し本化粧《ほんげしやう》[九]は自然に背《そむ》くとか云ッて薄化粧の清楚《せいそ》な作り　[一〇]風格牟神《ばうしん》共に優美で「色だ[一一]　ナニ夫婦サ　ト法界悋気《はふかいりんき》[一二]の岡焼連《をかやきれん》が目《め》[一三]引袖引取《ひきそでひきとり》々《〲》に評判するを漏聞《もれき》く毎《ごと》に昇は得々《とく〲》として機嫌顔　是《こ》れ見よがしに母子《おやこ》の者を其処茲処《そこここ》と植木屋を引《ひき》廻《ま》はしながらも片時《かたとき》と黙してはゐない　人の傍聞《かたへぎゝ》するにも関《かま》はず例の無駄口をのべつに並べ立てた
お勢も今日は取分《とりわ》け気の晴れた面相《かほつき》で宛然《さながら》籠《かご》を出た小鳥の如《ごと》くに言葉は勿論《もちろん》歩風身体《あるきぶりからだ》のこなしにまで何処《どこ》ともなく活々《いき〲》とした所が有ッて冴《さえ》が見える　昇

二五 本来は密教で仏と我がたがいに入り交わり、一切諸仏の功徳(くど)をわが身に備えることだが、ここでは各店の客引きの声がからみあって誰が何を言っているかわからないこと。「蟹の竪(たて)やら横道やら入我我入へとちりあべこべ」(風来山人＝平賀源内『風来六部集』下、安永九年)。二六「興」と「今日」を懸けて「明日」を引き出した修辞。まったく興ざめ。二七 すべての草花の締めくくり。二八 多くのかぐわしい花々。二九 木で作った人形。菊人形は木で形を作り、その上に菊の花の衣装を飾る。普通の鉢植えに対して作物(つくりもの)と呼んだ。三〇 着物などを洗濯するとき、いったんほどいて洗い、板に張るなどして皺をのばし糊づけする。三一 諺「花より団子」。風流を解さないこと。名より実利を尊ぶこと。三二 見る人。ここでは読者。「看官(みるひと)宜しく察したまへ」(『当世書生気質』第十八回)。三三 話題を元に戻すために、語り物や読本などの戯作でしばしば用いられた言葉。「閑話休題」とも。「閑話休題(あだしごとはさておきつ)」(『南総里見八犬伝』第三輯巻之二他)、「あだしごとはさておきつ」(『当世書生気質』第十一回ほか)、「閑話休題(それはさておき)」(服部撫松『稚児桜』明治二十年)。三四 人力車。「腕車(じんりき)」(『当世書生気質』第八回)。

以上二九三頁

一 ねずみ色の微塵縞(最も小さな格子模様)。
二「唐繻子」は中国の蘇州・杭州地方で織られる練絹織物の日本での呼び名。女帯に用いる。「丸帯」は同じ布を折り合わせて作る正装用の帯。
三 現在同様に「一つ小袖」で長襦袢を着る風習が、男女ともにハレの機会に流行りはじめていた。→二九〇頁注一。それに伴って半襟の柄もただの黒ではなく、派手になりつつあった。
四 藍色がかったねずみ色の繻珍(しゆちん)の丸帯。

の無駄を聞《きい》ては可笑《をか》しがツて絶えず笑ふが、それもさうで、強《あなが》ち昇の言事《いふこと》が可笑しいからではなく黙ツてゐても自然《おのづ》と可笑しいからそれで笑ふやうで

お政は菊細工には甚だ冷淡なもので唯《たゞ》「綺麗《きれい》だことネー」ト云ツてツラリと[一四]見亘《みわた》すのみ、さして眼《め》を注《と》める様子もないがその代りお勢と同年配頃《ごろ》の娘に逢《あ》へば叮嚀《ていねい》にその顔貌風姿《かほかたち》を研窮《けんきう》する　まづ最初に容貌《かほだち》を視《み》て次に衣服《なり》を視て帯を視て爪端《つまさき》を視て行過《ゆきす》ぎてからヅーと後姿《うしろつき》を一瞥《（いち）べつ》してまた帯を視て髪を視て其《その》跡でチヨイとお勢を横眼で視て、そして澄まして仕舞ふ、妙な癖も有れば有るもので

昇等三人の者は最後に坂下の植木屋へ立寄ツて次第々々に見物してとある小《こ》舎《や》の前に立止《たちどま》ツた　其処《そこ》に飾付《かざりつけ》て在ツた木像《にんぎやう》の顔が文三の欠伸《あくび》をした面相《かほつき》に酷《よ》く消《に》てゐるとか昇の云ツたのが可笑《をか》しいといつてお勢が嬌面《かほ》[一五]に袖《そで》を加《あ》てゝ勾欄《てすり》におツ被《かぶ》さツて笑ひ出したので　傍《かたはら》に鵠立《たゝずん》でゐた書生体《てい》の男が俄《にわか》に此方《こちら》を振向ひて愕然《がくぜん》として眼鏡越しにお勢を凝視《みつ》めた「みツともないよ」ト母親ですら小言《こゞと》を言ツた位で

漸《やうや》くの事で笑ひを留《とゞ》めてお勢がまだ笑爾《にこ》々々〱と微笑《びせう》のこびり付《つい》てゐる貌《かほ》を擡《もた》げて傍《そば》を視ると昇は居ない「ヲヤ」と云ツてキヨロ〱と四辺《あたり》を環視《みま》はして

「時珍」は繻珍のこと。繻子の地合に別の糸で文様を浮き織りにしたもの。女帯や袋物に用いる。**五** 江戸後期以来、未婚の娘はハレの場合には緋鹿子、緋縮緬などの長襦袢を着用するのが定まりだった(『守貞謾稿』)。「等身繻絆」は身の丈(けた)と同じに仕立てた長襦袢。**六** 薄い水色の縮緬。普通は「水浅葱」と書く。ここではその地に金糸で刺繍がされている半襟。**七** 鴇(とき)の羽の色。淡紅色。**八**「英吉利(イギリス)結び」の類。

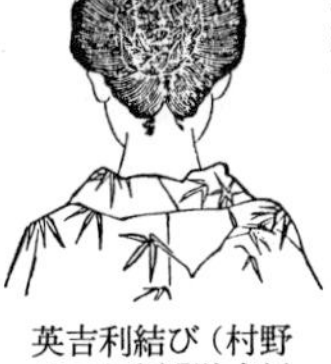
英吉利結び(村野徳三郎編『洋式婦人束髪法』明18)

後(二九六頁一六行以下)に出てくる課長夫人の妹と対照的。**九** 白粉・頬紅・口紅・眉墨などを使う本格的化粧。代表的な化粧の手引書として江戸時代以来の佐山半七丸著・速水春暁斎画『都風俗化粧伝』(文化十年)が行われていた。『風俗画報』は第二十五号(明治二十四年二月)からこの書を復刻連載。関西と比較して東京、特に江戸の美意識を受け継ぐ下町は、濃化粧を嫌って淡粧を好んだ(『東京風俗志』)。しかし当時は洋風の薄化粧が流行すると同時に、関西風の濃化粧も東京に浸透しつつあった。**一〇** 人品も顔立ちも。「牟」は本来は牛の鳴声の擬音だが、「眸」と同音でひとみの意。**一一** 愛人、情婦。**一二**「法界悋気」は↓二七五頁注一一。「岡焼連」は、はたでやきもちを焼く連中。**一三** 口には出さず、目くばせしたり袖を引き合ったりして、ひそかに意を通じる様子。**一四** ちらりと。「横目で二階をつらりと見れば」(狂言亭＝為水春雅『春色雪の梅』初上、天保九年、『江戸語の辞典』による)。

お勢は忽《たちま》ち真地目《まぢめ》な貌《かほ》をした
　只《と》見れば後《あと》の小舎《こや》の前で昇が磬折《けいせつ》[一]といふ風に腰を屈《かゞ》めて其処《そこ》に鵠立《たゝずん》でゐた洋装紳士の背《せなか》に向ツて荐《しき》りに礼拝《れいはい》してゐた、されども紳士は一向心附《こゝろづ》かぬ容子《ようす》で尚《な》ほ彼方《あちら》を向いて鵠立《たゝずん》でゐたが再三再四虚辞儀《からじぎ》をさしてから漸《やうや》くにムシャクシャと頬鬚《ほゝひげ》の生弘《はへひろが》ツた気六ケ敷《きむづかし》い貌《かほ》を此方《こちら》へ振向けて昇の貌を眺め莞然《にっこり》ともせず帽子も被《かぶ》ツた儘《まゝ》で唯鷹揚《たゞおうよう》に点頭《てんとう》[二]すると　昇は忽《たちま》ち平身低頭何事をか喃々《くどく》と言ひながら続けさまに二ツ三ツ礼拝《れいはい》した
　紳士の随伴《つれ》と見える両人《ふたり》の夫人[三]は一人は今様《いまやう》[四]おはつとか称《とな》へる突兀《とつこつ》[五]たる大丸《おほまる》髷《まげ》、今一人は落雪《ぼつとり》[六]とした妙齢の束髪頭《そくはつあたま》孰《いづ》れも水際《みづぎわ》[七]の立つ玉揃《たまぞろ》ひ　面相《かほつき》といひ風《ふう》[八]

一五 美しく、愛らしい顔。

以上二九五頁

絵　課長夫人の髪型がお初丸髷、その妹はマーガレット下げ巻らしい。お勢が羽織を着ている点が本文と異なる。描かれている菊人形は『史記』や『十八史略』でよく知られた中国の漢の高臣、張良の故事。若き日の張良が、橋のたもとで橋を通る老人（仙人の黄石公）に落した履（くつ）を拾えと命令され、屈辱に堪えて（または老人が只者ではないと覚り）ひざまずいて履を捧げる。老人は張良の人物を見抜き、一巻の軍学書を授ける。張良はそれを学んで漢の劉邦に重用され、天下平定に尽力する。朝倉無声『見世物研究』（昭和三年、昭和五十二年復刻版）によれば、文政三年（一八二〇）、籠細工の見世物人形に「張良が馬上の黄石公に沓（くつ）を捧げてゐる」ものが現れた（名古屋、江戸浅草）というが、明治二十年の団子坂菊人形にも、「黄石公張良」があった（『読売新聞』明治二十年十月二十日）。この張良の人形の姿勢と本田昇の姿勢との関連について、谷川恵一『言葉のゆくえ』（平凡社、平成五年）に論がある。画中の文字は「何事をかグドく〳〵と言ひながら続けさまに二ッ三ッ礼拝した」。画家は尾形月耕（安政六年—大正九年）、本名鏡正之助。谷文晁や河鍋暁斎に私淑して独学で絵を学び、錦絵、新聞・雑誌の挿絵画家として活躍。明治二十年代が最盛期。『明治百話』に生粋の江戸っ子としての彼に関する回想、鏑木清方『こしかたの記』（双雅房、昭和十七年）にその絵に関する回想がある。

一「磬」は玉（ぎょく）や石で出来た中国古代の打楽器。への字形。「磬折」はその形のように深々と礼をすること。最敬礼。→挿絵。　二 うなずく。

姿《つき》といひ如何《どう》も姉妹《きやうだい》らしく見える　昇はまづ丸髷《まるまげ》の婦人に一礼して次に束髪の令嬢に及ぶと令嬢は狼狽《あはて》て卒方《そつぽう》[九]を向いて礼を返へしてサツト顔を赧《あから》めた

暫《しば》らく立在《たゝずん》での談話《はなし》　間《あはひ》が隔離《かけはな》れてゐるに四辺《あたり》が騒がしいので其言事《そのいふこと》は能《よ》く解《わか》らないがなにしても昇は絶ゑず口角《くちもと》に微笑《びせう》を含んで折節《をりふし》に手真似《てまね》をしながら何事をか喋々《てふ〳〵》と饒舌《しやべ》り立てゝゐた　其内《そのうち》に何《なに》か可笑《をか》しな事でも言ツたと見えて紳士は俄然大口《がぜんおほぐち》を開《あ》いて肩を揺《ゆす》ツてハツハツと笑ひ出し　丸髷の夫人も口頭《くちもと》に皺《しわ》を寄せて笑ひ出し　束髪の令嬢もまた莞爾《につこり》笑ひかけて急に袖《そで》で口を掩《おほ》ひ額越《ひたへごし》[一〇]に昇の貌《かほ》を眺めて眼元《めもと》で笑つた　身に余る面目《めんぼく》に昇は得々《とく〳〵》として満面に笑ひを含ませ紳士の笑ひ罷《や》むを待ツてまた何《なに》か饒舌《しやべ》り出した　お勢母子《おやこ》の待ツてゐる事は全く忘れてゐるらしい

お勢は紳士にも貴婦人にも眼を注《と》めぬ代り束髪の令嬢を穴の開《あ》く程目守《みつ》めて一心不乱、傍目《わきめ》を触《ふ》らなかつた　呼吸《いき》をも吻《つ》かなかツた　母親が物を言懸《いひか》けても返答をもしなかつた

其内《そのうち》に紳士の一行がドロ〳〵[一一]と此方《こちら》を指して来る容子《ようす》を見てお政は茫然《ばうぜん》としてゐたお勢の袖を匆《いそが》はしく曳揺《ひきうご》かして疾歩《あしばや》に外面《おもて》へ立出《たちい》で路傍《みちばた》に鵠在《たゝずん》で待合はせてゐると　暫らくして昇も紳士の後《しりへ》に随《したが》つて出て参り木戸口の所でまた更に

三 当時は、一般に女性の尊称としても用いた。四 現代風お初髷。「おはつ」は江戸時代からあった丸髷の一種。一葉日記「若葉かげ」（明治二十四年六月二十日）に、「お初丸髷」として「島田より丸髷にうつる時にはこの髷殊によく似合へり」、『二六新報』（明治二十七年二月二十五日）に「於初形」流行とある。五 山や岩が高くそびえる形容。お初髷は髷の根が高く、髷の端が角ばっている。

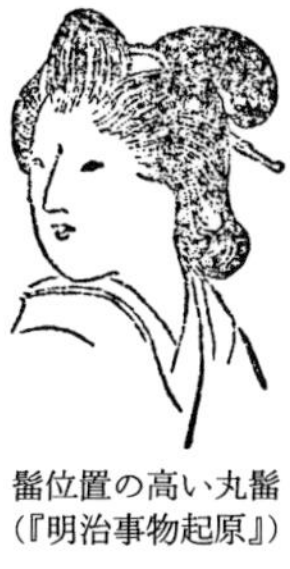
髷位置の高い丸髷（『明治事物起原』）

六 おっとり。ふっくらと愛らしいさま。『砂払』は、三田村玄竜説を引き、「手薄からぬ重〳〵敷（おも〳〵しき）ものを云へるのにて、初には男女に関せず用ひ、後は娘などにのみ用ゆる言葉なりし」と述べている。ここでは令嬢の束髪がおとなしい型であることの形容で、三田村説のように「客は温雅（ぼつとり）うきやかにぢゝむさくなく」（平秩東作（へずつとうさく））『当世阿多福仮面』安永九年）の文字を当てるのが妥当か。「落雪」は積った雪が落ちる重たい感じであろう。『和英語林集成 第三版』に「ユキ ガ bottori ト オチル」とある。七 ひときわ目立つ上玉（美女）揃い。八 風体（ふうてい）に同じ。九 普通は「外方」と書く。同音の当て字。→二七四頁注三。一〇 上目づかいに。一一 ここでは通行人の群の音の形容。ただし「ドロドロ」は本来は歌舞伎の囃子（はやし）で幽霊、妖術使いなどの出入りや雷に用いる擬音なので、お政・お勢親子には課長一行が、何か自分たちとは違う恐ろしい人種のように感じられたのかもしれない。

小腰を屈《かゞ》めて皆其々《みなそれ〴〵》に分袂《わかれ》の挨拶《あいさつ》、叮嚀《ていねい》に慇懃《いんぎん》に喋々《てふ〳〵》しく陳《の》べ立てゝ、さて別れて独り此方《こちら》へ両三歩《りやうさんぼ》来てフト何《なに》か憶出《おもひだ》したやうな面相《かほつき》をしてキヨロ〳〵と四辺《あたり》を環視《みま》はした

「本田さん此処《こゝ》だよ

ト云ふお政の声を聞付けて昇は急足《あしばや》に傍《そば》へ歩寄《あゆみよ》り

「ヤ大《おほき》にお待遠《まちど》う

「今の方《かた》は

「アレガ課長です

ト云つて如何《どう》した理由《わけ》か莞爾々々《にこ〳〵》と笑ひ

「今日来る筈《はず》ぢや無かツたんだが……

「アノ丸髷《まるまげ》に結《い》ツた方《かた》はあれは夫人《おくさま》ですか

「然《さ》うです

「束髪の方《かた》は

「アレですかありや……

ト言《いひ》かけて後《うしろ》を振返つて見て

「妻君《さいくん》の妹です……内《うち》で見たよりか余程別嬪《よつぽどべつぴん》[一]に見える

一「美女の異名は別品と称す」（服部撫松『東京新繁昌記』明治七―九年、原漢文）。

「別嬪《べつぴん》も別嬪だけれども好《い》いお服飾《こしらへ》ですことネー
「ナニ今日《けふ》は彼様《あん》なお嬢様然とした風《ふう》をしてゐるけれども家《うち》にゐる時は疎末《そまつ》な衣服《なり》で侍婢《こしもと》[二]がはりに使はれてゐるのです
「学問は出来ますか
ト突然お勢が尋ねたので昇は愕然《がくぜん》として
「ヱ学問……出来るといふ噺《はなし》も聞かんが……それとも出来るかしらん　此間《このあひだ》から課長の所に来てゐるのだから我輩《わがはい》もまだ深くは情実《じやうす》を知らないのです
ト聞くとお勢は忽《たちま》ち眼元《めもと》に冷笑の気を含ませて振反《ふりかへ》つて今将《まさ》に坂の半腹《ちうと》の植木屋へ這入《はい》らうとする令嬢の後姿を目送《みおく》ツてチョイと我帯《わがおび》を撫《な》でゝ而《そ》してズーと澄まして仕舞ツた
坂下《さかじた》に待たせて置《お》いた車に乗ツて三人の者はこれより上野[三]の方へと参ツた
車に乗ツてからお政がお勢に向ひ
「お勢お前も今のお娘《こ》さんのやうに本化粧《ほんげしやう》にして来《く》りやア宜《よ》かツたのにネー
「厭《いや》サ彼様《あん》な本化粧は
「ヲヤ何故《なぜ》へ
「だツて厭味《いやみ》ツたらしいもの

二 貴人の傍に仕えて雑用をする侍女。昇の課長に対する特別の敬意から発した言葉か。当時の普通の用語では小間使い。服部撫松『稚児桜』には、大臣で伯爵の花岡家令嬢の侍女が「侍婢(こしもと)」と表記されている。

三 当時下谷区、現在は台東区。上野の山は江戸城の東北(鬼門)に当たり京都の比叡山に対して東叡山と呼ぶ。徳川家の墓所や寛永寺がある聖地で鳴物禁止だったが、明治六年に上野公園が出来、大いに賑わうようになった。麓の山下(やました)は不忍池(しのばずのいけ)の池之端(いけのはた)とともに江戸時代からの盛り場。有名な料理店もあった。上野駅も明治十六年に開業していた。団子坂から谷中を通ってほぼ一キロメートル。→四八七頁地図。

以下三〇〇頁

一 お勢の趣味は欧化志向で、化粧も「粋なる女は艶(では)なるを好まず、多く飾りをする事なし。唯作りの上品にして単薄ならん事を専一とす」(黒沢孫四郎訳『西俗一覧』明治二年、原著者不明。『明治文化全集』第八巻「風俗篇」)という基本線に沿っているが、お政は娘に清元を習わせたことでも明らかなように日本的な趣味を持ち、娘の化粧に関しても紅やお白粉をつける本化粧を勧めている。「顔に紅粉を粧ひしが一層(ひときは)愛嬌を添へにける」と記される十代の少女たちが『稚児桜』に出て来るが、彼女らは「歌妓(げいしや)の雛」と評され、実際に一人は芸者となり、一

「ナニお前十[一]代の内なら秋毫《ちッと》[二]も厭味《いやみ》なこたア有りやしないわネ、アノ方《はう》が幾程宜《いくらいゝ》か知れない、引立《ひッたち》[三]が好くッて

「フヽン其様《そん》なに宜《よ》きやア慈母《おッか》さんお倣《し》なさいな、人が厭だといふものを好《いゝ》く々ツて、可笑《をか》しな慈母さんだよ

「好《いゝ》と思ツたから唯好《たゞいゝ》ぢや無いかと云ツたばかしだアネ、それを其様《そん》な事いふツて、真個《ほんと》に此娘《このこ》は可笑《をか》しな娘《こ》だよ

お勢は最早《もはや》[四]弁難攻撃は不必要と認めたと見えて何《なん》とも言はずに黙して仕舞ツた、それからと云ふものは塞《ふさ》ぐのでもなく萎《しほ》れるのでもなく唯何《たゞなに》となく沈んで仕舞ツて母親が再び談話《はなし》[五]の墜緒《つゐしよ》を紹《つが》うと試みても相手にもならず、どうも乙[六]な塩梅《あんばい》であつたがシカシ上[七]野公園に来着いた頃《ころ》にはまた口をきゝ出して、また旧《もと》のお勢に立戻ツた

上野公園の秋景色、彼方此方《かなたこなた》にむら〳〵と立駢《たちなら》ぶ老松奇檜《らうしようきくわい》[八]は柯《えだ》を交《ま》じへ葉を折重ねて鬱蒼《うッさう》として翠《みどり》も深く観《み》る者の心までが蒼《あを》く染《そま》りさうなに引替え桜杏《あうきやう》桃李《とうり》の雑木《ざつぼく》は老木稚木《おいきわかぎ》も押《おし》なべて一様に枯葉《かれば》勝《がち》な立姿、見るからがまずみすぼらしい、遠近《をちこち》の木間《このま》隠《がく》れに立つ山茶花《さゞんくわ》の一本《(ひと)もと》は枝一杯に花を持ツてはゐれど[九]煢々《けい〳〵》として友欲《ともほ》し気《げ》に見える、楓《もみぢ》は既に紅葉《こうえふ》したのも有りまだしないのも有る、

人は身を持ち崩す結末を迎える。↓二九四頁注九。二「秋毫(しゅうごう)」は、秋に生え変わった細い獣の毛。転じて、わずかなもの、少しのもの、を言う。↓二三八頁注二。三「引き立つ」の促音「引立(ひった)つ」の名詞化。見栄え。四 言い立てて非難すること。言い争い。五 ここでは途切れてしまった会話。「墜緒」は衰えてしまった事業。六 妙な。七 明治六年、恩賜公園として皇室より東京府に下賜。わが国最初の公園として開放された。桜や紅葉のシーズンはもちろん、深山幽谷の感じや眼下の眺望も人気を呼んだが、それに加えて政府は従来の廟所・寺院が点在する静寂の風景を一変して文明開化のしるしとして内国博覧会を開き、博物館・動物園・図書館・音楽学校等の文化施設を作ったので、山内は大いに賑わった。しかしそれとともに出来た飲食店で展開される光景は、服部撫松『東京新繁昌記』がひやかすような堕落した風俗をも生み、かつての霊山の雰囲気は失われつつあった。↓四八七頁地図。八 ぬきんでた檜(ひのき)の大木。檜は常緑の高木。九 孤独で頼りないさま。一〇 見渡すかぎりの秋景色。一一 もの淋しいさま。一二 勢い。↓一九九頁注一二。一三「皈」は「帰」の俗字。一四 明治十年、現在の東京芸術大学美術学部(明治二十年創設の東京美術学校の後身)がある場所に創設。「国内教育進歩の度を知らしむ」るために「各府県教育物品を陳列」した。同十四年、文部省教育博物館から名称を東京教育博物館と改称、同二十一年暮に昌平坂聖堂跡に移転(東京市編『東京案内』(明治四十年)、『風俗画報』臨時増刊「新撰東京名所図会　上野公園之部」同二十九年十二月)。一時は東京図書館(ずしょかん)も中にあった。↓四八七頁地図②。一五 現在の位置に開園したのは明治十五年三月。

鳥の音《ね》も時節に連《つ》れて哀れに聞える、淋敷《さびし》い……ソラ風が吹通《ふきとほ》る、一重桜《ひとへざくら》は戦栗《みぶるひ》をして病葉《びやうえふ》を震ひ落し芝生の上に散布《ちりし》いた落葉《おちば》は魂の有る如《ごと》くに立上《たちあが》りて友葉《ともば》を追つて舞ひ歩きフトまた云合《いひあは》せたやうに一斉にパラ〳〵と伏《ふさ》ツて仕舞ふ、[一〇]満眸《まんぼう》の秋色[一一]蕭条《しようでう》として却々《なかなか》春の[一二]きほひに似るべくも無いがシカシさびた眺望《ながめ》でまた一種の趣味が有る、団子坂へ行く者[一三]皈《かへ》る者が茲処《こゝ》で落合ふので処々《しよしよ》に人影《ひとけ》が見へる、若い女の笑ひ動揺《どよ》めく声も聞へる

お勢が散歩したいと云ひ出したので三人の者は[一四]教育博物館の前で車を降りてブラ〳〵行《ゆ》きながら石橋を渡りて[一五]動物園の前へ出《い》で　車夫には「先へ往《い》ツて[一六]観音堂《くわんおんだう》の下辺《したあたり》に待ツてゐろ」ト命じて其処《そこ》から車に離れ真直《まツすぐ》に行ツて[一七]矗立《ちくりふ》千尺《(せん)せき》空《くう》を摩《な》でさうな杉の樹立《こだち》の間を通抜《とほりぬ》けて[一八]東照宮の側面《よこて》へ出た

折しも其処《そこ》の裏門より Let us go on《レツト アス ゴー オン》（行《い》かう）ト「[一九]日本《にほん》の」と冠詞の付く英語を叫びながらピヨツコリ飛出した者が有る　只《と》見れば[二〇]軍艦羅紗《らしや》の洋服を着て金鍍金《きんめつき》の徽章《きしやう》を附《つ》けた[二一]大黒帽子を仰向《あふむ》けざまに被《かぶ》つた年の頃《ころ》十四歳許《ばかり》の[二二]栗虫のやうに肥《ふと》つた少年で　同遊《つれ》と見える同じ服装《でたち》の少年を顧みて

「ダガ何歟《なんか》食度《くひた》くなつたなア

「食度《くひたく》なつた

当初は農商務省、同十九年三月から宮内省、同二十二年五月からは帝国博物館附属となった。最初は猛獣は皆無で、同二十年二月に、来日中のチャリネ曲馬団で生まれた子虎が入園した。↓四八七頁地図④。

一六 清水《きよみず》観音堂。京都の清水寺にならって寛永八年（一六三一）天海大僧正が建立。その後建立時よりやや北に移ったが、安政大地震や上野彰義隊の戦争でも難を逃れ、本尊千手観音に対する信仰は厚かった。↓四八七頁地図①。

清水観音堂
（『風俗画報』123号，明29・9）

一七 まっすぐにそびえ立って千尺（約三〇〇メートル）も伸び、空に迫りそうな。一八 徳川家康を祀る神社。藤堂高虎の建言により、江戸の守護として寛永四年建立（『東京案内』）。『風俗画報』臨時増刊（注一四と同号）には「老樹三方に森立《しんりつ》して之を掩護す」とある。↓四八七頁地図⑤。

一九 よくこなれていない、日本的な英語、の意。

「食度《くひたく》なつてもか……
ト愚痴ツぽく言懸《いひか》けてフトお政と顔を視合《みあ》はせ
「ヤ……
「ヲヤ勇《いさみ》が……
ト云ふ間もなく少年は駈出《かけだ》して来て狼狽《あは》てゝ昇に三ツ四ツ辞儀をしてサッと赤面して
「母親《おツか》さん
「何を狼狽《あは》てゝゐるんだネー
「家《うち》へ往《い》つたら……鍋に聞いたら文さんばツかだツてツたから僕《ぼく》ア……それだから……
「お前モウ試験は済んだのかへ
「ア済んだ
「如何《どう》だツたへ
「そんな事よりか些《すこ》し用が有るから……母親《おつか》さん……
ト心有気《こゝろありげ》に母親《はゝおや》の顔を凝視《みつ》めた
「用が有るなら茲処《こゝ》でお言ひな

普通は Let's go.
二〇 羅紗は厚地の毛織物で外套、制服に用いられることが多かった。「軍艦羅紗」の名は未詳。
二一 盛り上がった上部にくらべて側面の周囲が小さく、大黒天の頭巾に似ているのでこの名がある。「少年の帽子は大黒帽子、学校の制帽形などあり」(『東京風俗志』)。なおここでは徽章をつけているので、勇の学校の制帽と思われる。学校の制帽、徽章は明治十七年ごろから一般化した。
二二 栗の実を食べる害虫が丸々と肥っていることから、赤ん坊が肥えて可愛い形容に用いる。「栗虫は形丸く色白し、因て生児の美なるを喩へ云へり」(谷川士清『和訓栞(わくんのしおり)』安永六年—明治二十年)。「乳を貰ふ内栗虫を抱いてゐる」(『柳多留』二十六篇)。

大黒帽子
(『東京風俗志』)

以上三〇一頁

一 東照宮。ここでは東照宮を指す。 二 「廟」は御霊屋(みたまや)。「築墻」(築地)は土塀の上に屋根を葺(ふ)いたもの。 三 上野公園の南西部にある池。周囲約二キロメートル。寛永寺建立の際、比叡山と琵琶湖の関係に見立てて池中に中島(なかのしま)を築き、竹生島と同様に弁財天を祀る。蓮の花で有名。森鷗外の小説『雁(がん)』(明治四十四年—大正四年)の舞台。→四八七頁地図⑦。 四 鳥が翼をひろげたように屋根が張り出していること。 五 明治十七年、不忍共同競馬会社によって不忍池をめぐる馬場が作られ、十月の第一回競馬以後、同二十七年に廃止されるまで毎年春秋二回の競馬が開催された。馬見所は現在で言う観覧席だが、当時の風潮を受けて典型的な和洋折衷の建築で、本体の建物は洋風、屋根は従来の

少年は横眼《よこめ》で昇の顔をジロリと視《み》て

「チョイと此方《こつち》へ来てお呉《くれ》ツてば

「フンお前の用なら大抵《たいてい》知れたもんだ、また「小遣ひが無い」だらう

「ナニ其様《そん》な事《こつ》ちやない

ト云ツてまた昇の顔を横眼で視て、サツと赤面して調子外れな高笑ひをして無理矢理に母親を引張《ひつぱ》ツて彼方《あちら》の杉の樹《き》の下《もと》へ連れて参ツた

昇とお勢はブラ〳〵と歩き出して来るともなく往《ゆ》くともなしに宮[一]の背後《うしろ》に出た　折柄《をりから》四時頃《ころ》の事とて日《ひ》影《かげ》も大分《だいぶ》傾《かたぶ》いた塩梅《あんばい》　立駢《たちなら》んだ樹立《こだち》の影は古廟[二]《こびやう》の築《つい》墻《ぢ》を斑《まだ》らに染めて不忍[三]《しのばず》の池《ち》水《すゐ》は大魚《たいぎよ》の鱗《うろこ》かなぞのやうに燦《きら》めく　ツイ眼下に瓦《かわら》葺《ぶき》の大家根《おほやね》の翼然[四]《よくぜん》として峙《そばだ》ツてゐるのが視下《みおろ》される、アレハ大方《おほかた》馬見所[五]《ばけんじよ》の家根《やね》で、土手に隠れて形は見えないガ車馬の声が轆々[六]《ろく〳〵》として聞える

お勢は大榎《おほえのき》の根方《ねがた》の所で立止まり翳《さ》してゐた蝙蝠傘[七]《かうもりがさ》をつぼめてズイと一通り四辺《あたり》を見亘《みわた》し嫣然《えんぜん》一笑しながら昇の顔を窺《のぞ》き込んで唐突に

「先刻《さつき》の方《かた》は余程別嬪《よつぽどべつぴん》でしたネー

「エ、先刻の方とは

「ソラ課長さんの令妹《れいまい》とか仰《おつ》しやツた

御殿風で、「遠見して蜃気楼を現」すとも評された。「馬見所の楼上には深紫の幔幕をうち張り、真紅の総角（あげまき）もてたゞ中をしぼり揚げ、楼下にも亦紅白の段幕、和風を包（ふく）ませてうたせたり」（須藤南翠『雨窓漫筆 緑簑談（りよくさだん）』同十九年）。上野の社交場として、競馬ばかりでなく、同二十二年の江戸東京開市三百年祝典、同二十六年の福島安正中佐シベリア単騎遠征歓迎会の会場ともなったが、同二十七年に競馬が廃止され、馬見所も同二十八年に市区改正の道路に当たるため売却された（『風俗画報』臨時増刊「新撰東京名所図会 上野公園之部」、『明治商売往来』など）。↓四八七頁地図⑥。

上野不忍競馬場
（楊州周延画．馬の博物館蔵）

六 車馬が走る音の形容。

七 令嬢形として、深張りの絹の傘が流行していた。日傘用。

蝙蝠傘（令嬢形）
（『東京風俗志』）

「ウー誰《だれ》の事かと思ツたら……然《さ》うですネ随分《ずゐぶん》別嬪ですネ
「而《そ》して家で視《み》たよりか美敷《うつくし》くツてネ、それだもんだから……ネ……貴君《あなた》もネ……
ト眼元《めもと》と口元に一杯笑ひを溜《た》めてジッと昇の貌《かほ》を凝視《みつ》めて、さてオホヽヽと[一]吹《ふき》溢《こ》ぼした
「アツ失策《しま》ツた不意を討たれた、ヤどうも[二]おそろ感心　[三]手は二本切りかと思ツたら是《こ》れだもの油断も隙《すき》もなりやしない
「それに彼嬢《あのかた》もオホヽヽ何《なん》だと見えて　お辞儀する度《たんび》に顔を真赤《まツか》にしてオホヽヽヽヽ
「トたゝみかけて意地目《いぢめ》つけるネ、よろしい覚えてお出《い》でなさい
「だツて実際の事ですもの
「シカシ彼娘《あのむすめ》が幾程《いくら》美しいと云ツたツても何処《どこ》かの人にやア……兎《と》ても……
「アラよう御座んすよ
「だツて実際の事ですもの
「オホヽヽ直《す》ぐ復讎《ふくしう》して
「真《しん》に戯談《じやうだん》は除《の》けて……

一　吹き出すことだが、ここでは上品そうに「オホヽヽ」と笑ったので、吹きこぼすと表現。

二　恐れ入った、感心した、の意。「おそろ」は「恐ろしい」の下略。同義語を二つ重ねて意味を強めた。「誠におそろ感心なるかな」(『当世書生気質』後篇「緒言にかふるに、嘗て自由の燈に投じて、某が批評に答へたる文をもつてす」)。「感心」と同音の韓信(張良と並ぶ漢の武将。青年時代、屈辱に堪えて「韓信の股くぐり」をしたことで有名)の名を使って「おそろ韓信」とも表記される。「こいつはおもしろ大公望、きめう張良、おそろ韓信」(『戯作評判花折紙』享和二年、『砂払』による)。菊人形の場の挿絵(二九六頁)、「張良・黄石公」とも響き合う。

三　奥の手という手があったか、と感心して見せる。

ト言懸《いひか》ける折しも官員風の男が十許《とをばかり》になる女の子の手を引いて来蒐《きかゝ》[四]ツて両人《ふたり》の容子《ようす》を不思議さうにヂロ〳〵視《み》ながら行過《ゆきす》ぎて仕舞ツた　昇は再び言葉を続《つ》いで

「戯談《じやうだん》は除《の》けて幾程《いくら》美しいと云ツたツて彼様《あん》な娘《むすめ》にやア先方《さき》も然《さ》うだらうけれども此方《こッち》も気が無い

「気が無いから横眼《よこめ》なんぞ遣《つか》ひはなさらなかツたのネー

「マアサお聞きなさい、彼娘《あのむすめ》ばかりには限らない、どんな美しいのを視たツても気移りはしない、我輩《わがはい》には[五]「アイドル」(本尊)が一人有るから

「ヲヤ然《さ》う、それはお芽出度《めでた》う

「所が一向お芽出度く無い事サ　所謂《いはゆる》鮑《あわび》[六]の片思ひでネ　此方《こッち》はその「アイドル」の顔が視度《みた》いばかりで気まりの悪いのも堪《こら》へて毎日々々其家《そのうち》へ遊びに往《ゆ》けば先方《さき》ぢや五月蠅《うるさい》と云ツたやうな顔をして口も碌々《ろく〳〵》きかない

ト[七]あじな眼付《めつき》をしてお勢の貌《かほ》をジッと凝視《みつ》めた　其意《そのい》を暁《さと》ツたか暁らないかお勢は唯《たゞ》ニツコリして

「厭《いや》な「アイドル」ですネ、オホヽヽ

「シカシ考へて見れば此方《こッち》が無理サ　先方《さき》には隠然《いんぜん》[八]亭主と云ツたやうな者が

四 「蒐(しゅう)」はここでは探す意。目的の場所を探して来かかった。

五 idol(偶像)。ここでは本命の女性。「然しみんな本尊様が違ふんだから」(漣山人「真如の月」、活字非売本『我楽多文庫』第十四号、明治二十年十月)。坪内逍遙は主人公の意味で「本尊」という言葉を使っている(『小説神髄』下巻「主人公の設置」)。

六 成句「(磯の)鮑の片思い」。鮑は片貝なので片思いの喩えとして用いる。

七 意味ありげな。乙な。

八 表面には現れないが、実際には重みのある様子。ここでは、表向きは亭主とは言えないが、亭主同然の者(文三)。

有るのだから、それに……
「モウ何時《なんじ》でせう
「それに想《おもひ》を懸けるは宜《よ》く無い〳〵と思ひながら因果[一]とまた思ひ断《き》る事が出来ない　此頃《このごろ》ぢや夢にまで見る
「ヲヤ厭《いや》だ……モウ些《ちツ》と彼地《あツち》の方へ行《いツ》て見やうぢや有りませんか
「漸《やうや》くの思ひで一所《（いつ）しよ》に物観遊山《ものみゆさん》に出ると迄《まで》は漕付《こぎつけ》は漕付たけれども、其《そ》れもほんの一所に歩く而已《のみ》で慈母《おツか》さんと云ふものが始終傍《そば》に附《つい》てゐて見れば思ふ様に談話《はなし》もならず
「慈母《おツか》さんと云へば何を做《し》てゐるんだらうネー
ト背後《うしろ》を振返ツて観《み》た
「偶《たまく》好機会《かうきくわい》が有ツて言出せば其通《そのとほ》りとぼけてお仕舞ひなさるし　考へて見ればつまらんナ
ト愚痴ツぽくいツた
「厭ですよ其様《そん》な戯談《じやうだん》を仰《おつ》しやツちや
ト云ツてお勢が莞爾々々《にこく》と笑ひながら此方《こちら》を振向いて視《み》て些《すこ》し真地目《まぢめ》な顔をした、昇は萎《しほ》れ返ツてゐる

一　因果なことに。前世からの因縁でもあるかのように。

「戯談《じやうだん》と聞かれちや塡《う》[二]まらない　斯《か》う言出す迄《まで》には何位《どのくらゐ》苦しんだと思ひなさる

ト昇は歎息《たんそく》した　お勢は眼睛《め》[三]を地上に注いで黙然《もくねん》として一語をも吐《は》かなかツた

「斯《か》う言出したと云ツて何《な》にも貴嬢《あなた》[四]に義理を欠かして私《わたくし》の望《のぞみ》を遂《と》げやうと云ふのじやア無いが　唯《たゞ》貴嬢の口から僅一言《たツたひとこと》「断念《あきら》めろ」と云ツて戴《いたゞ》きたい　さうすりやア私《わたくし》も其《そ》れを力に断然思ひ切ツて今日《けふ》切りでもう貴嬢にもお眼《め》に懸《かゝ》るまい……ネーお勢さん

お勢は尚《な》ほ黙然《もくぜん》としてゐて返答をしない

「お勢さん

ト云ひ乍《なが》ら昇が頂垂《うなだ》れてゐた首を振揚げてジツとお勢の顔を窺《のぞ》き込めば　お勢は周章狼狽《どぎまぎ》してサツと顔を赧《あか》らめ漸《やうや》く聞へるか聞へぬ程の小声で

「虚言《うそ》ばツかり

ト云ツて全く差俯向《さしうつむ》いて仕舞ツた

「アハヽヽヽ

ト突如《だしぬけ》に昇が轟然《がうぜん》と一大笑《だいせう》を発したのでお勢は吃驚《びつくり》して顔を振揚げて視《み》て

「ヲヤ厭《いや》だ……アラ厭だ……憎らしい本田さんだネー　真地目《まぢめ》くさツて人を

二　引き合わない。「今されてはわつちがうまりやせん」(振鷺亭『格子戯語(こうしけご)』寛政二年)。「うまる」は必ず否定語を伴って用いる(『江戸語の辞典』)。

三　ひとみ。

四　(文三に対する)これまでの関係をないがしろにさせて。「貴嬢」は未婚の女性に対する敬意をこめた、当時の普通の表記。

威《をど》かして……
ト云ツて悔《くや》しさうにでもなく恨《うら》めしさうにでもなく謂《い》はば気まりが悪《わ》るさうに
莞爾《にツこり》笑ツた
「[一]お巫山戯《ふざけ》でない
ト云ふ声が忽然《こつぜん》背後《うしろ》に聞えたのでお勢が喫驚《びつくり》して振返ツて視《み》ると母親が帯の間
へ紙入《かみいれ》を挿《はさ》みながら来る
「大分《だいぶ》談判が難《むづか》しかツたと見えますネ
「大きにお待ち遠《ど》うさま
ト云ツてお勢の顔を視て
「お前如何《どう》したんだへ顔を真赤にして
ト咎《とが》められてお勢は尚《な》ほ顔を赤くして
「ヲヤ然《さ》う　歩いたら暖《あつた》かに成ツたもんだから……
「マア本田さん聞《きい》てお呉《く》んなさい　真個《ほんと》に彼児《あのこ》の銭遣《ぜにづか》ひの荒いのにも困りますよ　此間《こないだ》ネ試験の始まる前に来て[二]一円前借《まへがり》して持ツてツたんですよ　其《そ》れを十日も経《た》たない内にもう使用《つか》ツちまつてまた呉れろサ　[三]宿所《うち》ならこだわりを附《つ》けてやるんだけれども……

一　漢字の音を用いた当て字。『言海』、落語など明治期にもごく普通に使われた。夏目漱石も『吾輩は猫である』(明治三十八年)で使用。巫山は中国四川省の山名。「巫山之夢」は楚の懐王の故事から男女の情交を言う。「御巫山戯でないよ」(落語「品川心中」『明治大正落語集成』第六巻、昭和五十五年)。

二　『値段の明治大正昭和風俗史』によれば、もり・かけそば一銭(明治二十年)、まんじゅう一銭(明治二十五年)の時代だから、十日で一円はたしかに金遣いが荒い。

三　家でなら文句を言ってやるんだけれども。「こだわり」は文句、抗議。

「彼様《あん》な事を云ツて虚言《うそ》ですよ　慈母《おつか》さんが小遣《こづか》ひを遣《や》りたがるのよオホヽヽ

ト無理に押出《おしだ》したやうな高笑《たかわらひ》をした

「黙ツてお出《い》で　お前の知ツた事《こつ》ちやない……こだはりを附《つ》けて遣るんだけれども途中だからと思ツてネ黙ツて五十銭出して遣ツたらそれんばかぢや足らないから一円呉《く》れろと云ふんですよ　然《さ》う〱は方図《はうづ》[四]が無いと思ツて如何《どう》しても遣らなかツたらネ不肖《ふしやう》々々《ぐ》に五十銭取ツて仕舞ツてネ、それからまた今度は明後日《あさつて》お友達同志寄ツて飛鳥山《あすかやま》[五]で温飩会《うどんかい》[六]とかを……

「オホヽヽ

此度《このたび》は真《しん》に可笑《をか》しさうにお勢が笑ひ出した　昇は荐《しき》りに点頭《うなづ》いて

「運動会[七]

「そのうんどうかいとか蕎麦《そば》[八]買《か》ひとかをするからもう五十銭呉れろツてネ明日《あした》取りにお出《い》でと云ツても何と云ツても聞かずに持ツて往《い》きましたがネ　其《そ》れも宜《い》いが憎い事を云ふぢや有りませんか　私《あたし》が「明日お出でか」ト聞いたらネ「是《こ》れさへ貰《もら》へばもう用は無い　また無くなつてから行《い》く」ツて……

「慈母《おつか》さん書生の運動会なら会費と云ツても高が十銭か二十銭位《ぐらゐ》なもんです

四　きりがない。「方図」は範囲、際限。

五　現、東京都北区、JR東日本王子駅近辺の丘。飛鳥山公園。江戸時代から桜の名所として知られ、明治六年から公園。

六　「運動会」を「うどん会」と誤まって理解。饂飩は本来「うんどん」と呼んだ。三九六頁注二の図参照。

七　明治七年三月に海軍兵学校の寮生が「競闘遊戯」（陸上競技運動会）を行なったのが最初だが（『明治事物起原』）、当時は身体を動かすことを運動と言い、何人かで散歩・遠足・ピクニックに行くことを運動会と称した。『当世書生気質』第一回は、「鉄石の勉強心も変るならひの飛鳥山に物いふ花を見る書生の運動会」から始まる。学校行事としての運動競技会が一般化するのは明治三十年前後。

八　「うんどうかい」の「かい」を「買い」と取り違えた。

よ

「エ十銭か二十銭……ヲヤ其《そ》れぢや三十銭[一]足駄を履《は》かれたんだよ……

ト云ツて昇の顔を凝視《みつ》めた、とぼけた顔であッたと見へて昇もお勢も同時に

「オホ丶丶

「アハ丶丶

第八回　団子坂《だんござか》の観菊《きくみ》

お勢母子《せいぼし》の者の出向いた後《のち》、文三《ぶんざう》は漸《やうや》く些《すこ》し沈着《おちつい》て徒然《つくねん》と机の辺《ほとり》に蹲踞《うづくま》つた儘《まゝ》、腕を拱《く》み顋《あご》を襟に埋《うづ》めて懊悩《あうのう》たる物思ひに沈んだ

どうも気に懸《かゝ》る、お勢の事が気に懸る　此様《こん》な[二]区々たる事は苦に病むだけが損だ〱と思ひながらツイどうも気に懸つてならぬ

[三]凡《およ》そ相愛《あひあい》する二ツの心は一体分身で孤立する者でもなく又仕様《しやう》とて出来るものでもない　故に一方《かたく》の心が歓《よろこ》ぶ時には他方《かたく》の心も共に歓び一方《かたく》の心が悲しむ時には他方《かたく》の心も共に悲しみ　一方《かたく》の心が楽しむ時には他方《かたく》の心も共に楽《たのし》み一方《かたく》の心が苦しむ時には他方《かたく》の心も共に苦しみ　嬉笑《きせう》にも相感《あひかん》じ怒罵《どば》にも相感じ愉快《ゆくわい》[四]適悦不《てきゑつふ》平煩悶《へいはんもん》にも相感じ気が気に通じ心が心を喚起《よびおこ》し決して齟齬《そご》し[五]扞格《かんかく》

一　水増しされた。「売物買物(けへ)(もの)の度(たん)(び)に只は通さねえ、是非(必ず)足駄を履くやつだ」(『浮世床』初編巻之下)。

二　小さくて、つまらないこと。

三　河田鑅也『日本女子進化論』に夫妻は「双方共に其人となりを知り尽し、意気相投合して相愛するの念極めて深からざる可らず」とか、横山雅男『婚姻論』(明治二十年)に、夫妻は「完全の匹儔」「終生の信任者」「絶好の勧戒者、最上の謀議者」とある。巌本善治が『女学雑誌』に発表した諸評論、「理想之佳人」(第一〇四—一〇八号、明治二十一年四—五月)、「婚姻論」(第二七三—二七七号、明治二十四年七—八月)などには同様の考えが示されている。

四　よろこびに出会うこと。よろこぶこと。

五　たがいに相容れないこと。

する者で無いと今日《けふ》が日《ひ》まで文三思つてゐたに、今《いま》文三の痛痒《つうやう》をお勢の感ぜぬは如何《どう》したものだらう

どうも気が知れぬ　文三には平気で澄ましてゐるお勢の心意気が呑込《のみこ》めぬ

若《も》し相愛《あひあい》してゐなければ文三に親しんでからお勢が言葉遣ひを改め起居動作《たちゐふるまひ》を変へ[六]蓮葉《はすは》を罷《や》めて優《いう》に艶《やさ》しく女性《によしよう》らしく成る筈《はず》もなし　又今年の夏一夕《(いつ)せき》[七]の情話に我から隔《へだて》の関を取除《とりの》け[八]乙な眼遣《めづかひ》をし[九]麁匆《ぞんざい》な言葉を遣つて折節《をりふし》に物思ひをする理由《いはれ》もない

若《も》し相愛《あひあい》してゐなければ婚姻の相談が有つた時お勢が戯談《じやうだん》に托辞《かこつ》けて、それとなく文三の肚《はら》を探る筈もなし　また叔母と悶着《もんちやく》をした時他人同前《どうぜん》の文三を庇護《かば》つて真実《しんじつ》の母親と抗論する理由《いはれ》もない

「イヤ妄想《ばうさう》ぢや無いおれを思つてゐるに違ひない……ガ……そのまた思ツてゐるお勢が、そのまた死[一〇]なば同穴《どうけつ》と心に誓つた形の影が、そのまた共に感じ共に思慮し共に呼吸生息する身の片割《かたわれ》が従兄弟《いとこ》なり親友なり未来の……夫ともなる文三の鬱々《うつく》として楽《たのし》まぬのを余所《よそ》に見て　[一一]行《ゆ》かぬと云ツても勧《すゝ》めもせず平気で澄まして不知顔《しらぬかほ》でゐる而已《のみ》か文三と意気《そり》が合はねばこそ自家《じぶん》も常居《つね》から嫌ひだと云ツてゐる昇如《ごと》き者に伴はれて物観遊山《ものみゆさん》に出懸けて行く……

六 軽薄で移り気な態度(特に女性)。はすっぱ。江戸時代、京・大坂の問屋が雇って接客に使った蓮葉女の態度に由来するとも言う。「あまりはすはでない、じつとりとした女子(をなご)があつたら、世話してくだんせ」(『浮世風呂』第四編巻之中)。饗庭篁村の小説に『蓮葉娘』(明治二十一年)がある。

七 ある夜のむつまじい語らい。

八 ここでは、意味ありげな、の意。

九 「麁(そ)」は粗雑の意、「匆(そう)」は忙しい、あわただしいの意。

一〇 死後は同じ墓穴に入るほどむつまじい夫婦の契り。『詩経』王風から出た熟語「偕老同穴(かいろうどうけつ)」による。

一一 底本では「行(ゆ)かとて云ツても」。三篇合本の一種(明治二十四年九月)と博文館創業十週年紀念『太陽』臨時増刊(同三十年六月)では「行(ゆ)(く)かと云ツても」とある。文脈上から改めた。

「解《わか》らないナ、どうしても解らん

解らぬ儘《まゝ》に文三が想像弁別の両刀[一]を執《と》ツて種々《さま〴〵》にして此《こ》の気懸《きがゝ》りなお勢の冷淡を解剖して見るに 何《なに》か物が有つて其中《そのうち》に籠《こも》つてゐるやうに思はれる、イヤ籠つてゐるに相違ない、が何《なに》だか地体《ぢたい》は更に解らぬ、依《よつ》てさらに又勇気を振起して唯此《たゞこの》一点に注意を集め傍目《わきめ》も触《ふ》らさず一心不乱に茲処《こゝ》[二]を先途《せんど》と解剖して見るが [三]歌人の所謂《いはゆる》箒木《はゝきゞ》で有りとは見えて、どうも解らぬ、文三は徐々《そろ〳〵》ヂレ出した スルト悪戯《いたづら》な妄想奴《ばうさうめ》が野次馬《やじうま》に飛出《とびだ》して来て、アヽでは無いか斯《か》うでは無いかと真赤な贋物《にせもの》、[四]宛事《あてこと》も無い邪推を擱《つか》ませる 贋物だ邪推だと必ずしも見透《みす》かしてゐるでもなく又必ずしも居ないでもなく、ウカ〳〵と文三が擱ませられる儘に擱んで、[五]あえだり揉《もん》だり円《まる》めたり、また引延《ひきの》ばしたりして骨を折《をつ》て事実《もの》にして仕舞ひ 今《いま》目前にその事が出来《しゆつたい》したやうに足掻《あが》きつ踠《もが》きつ四苦八苦の[六]苦楚《くるしみ》を嘗《な》め 然《しか》る後《のち》フト[七]正眼《せいがん》を得てさて観ずれば何《なん》の事だ皆《みな》夢だ邪推だ、取越《とりこし》苦労《ぐらう》だ、腹立紛《はらたちまぎ》れに贋物を取ツて[八]骨灰微塵《こつぱいみじん》と打砕《うちくだ》きホツと一息吐《つ》き敢《あ》へず、また穿鑿《せんさく》に取懸《とりかゝ》り、また贋物を擱ませられて、また事実《もの》にして、また打砕き、打砕いてはまた擱み、擱んではまた打砕くと 何時《いつ》まで経《た》つても果《はて》しも附《つ》かず始終同じ所に而已《のみ》止《とま》ツてゐて前へも進まず後《あと》へも退かぬ、而《そ》して退いて能《よ》く視《み》れ

一 推測と識別。「両刀」と「解剖」は縁語。
二 ここが勝敗の決する大事なところと。
三 信濃国薗原（そのはら）にあって、遠くから見るとあるように見え、近くへ寄ると形が見えないという伝説の木。古来、和歌や物語にしばしば登場する。
四 途方もない、とんでもない（『江戸語の辞典』）。
五 ↓二二七頁注四。
六 苦痛。「楚」は、いばら、むちの意から、苦しみをいう。
七 事態を正視すること。ただし文三の「妄想」が実態で、「正眼」が楽観的な想像であることが次第に明らかになる。
八 粉微塵に。こなごなに。

ば尚《な》ほ何物だか冷淡の中《うち》に在ツて朦朧《もうろう》として見透《みす》かされる

文三ホツと精を尽かした、今は最《も》う進んで穿鑿《せんさく》する気力も竭《つ》き勇気も沮《はゞ》[九]んだ、乃《すなは》ち眼《め》を閉ぢ頭顱《かしら》を抱へて其処《そこ》へ横に倒れた儘《まゝ》、[一〇]五官を馬鹿《ばか》にし七情の守《まもり》を解いて[一一]是非《ぜひ》も曲直《きよくちよく》も栄辱《えいじよく》も窮達《きうたつ》も叔母もお勢も我《われ》[一二]の吾《われ》たるをも何《なに》も角《か》も忘れて仕舞つて一瞬時なりとも此《この》苦悩此煩悶《このはんもん》を解脱《のが》れやうと力《つと》め　良暫《やゝしば》らくの間といふものは身動《みうごき》もせず息気《いき》をも吐《つ》かず死人の如《ごと》くに成つてゐたが　倏忽勃然《たちまちむつく》と跳起《はねお》きて

「もしや本田《ほんだ》に……

ト言ひ懸けて敢《あへ》て言ひ詰めず、宛然何歟捜索《さながらなにかさがし》でもするやうに愕然《がくぜん》として四辺《あたり》を環視《みまは》した

それにしても此《この》疑念は何処《どこ》から生じたもので有らう　天より降ツたか地より沸いたか抑《そもそ》もまた文三の僻《ひが》みから出た[一三]蜃楼海市《しんろうかいし》か　忽然《こつぜん》として生じて思はずして来《きた》り恍々惚々《くわうくこつく》として其来所《そのらいしよ》を知るに由《よ》しなしとはいへど　何《なん》にもせよ彼程《あれほど》までに足掻《あが》きつ踠《もが》きつして穿鑿しても解《わか》らなかつた所謂《いはゆる》冷淡中の一物《(いち)ぶつ》を今訳《わけ》もなく造作《ざうさ》もなくツイチヨツト突留《つきと》めたらしい心持がして　文三覚えず身の毛が弥立《よだ》ツた

九　くじける。意気沮喪する意の自動詞。

一〇　あらゆる感覚や情動から逃れて。「五官」は視覚・聴覚・嗅覚・味覚・触覚。「七情」は儒教で喜・怒・哀・懼(おそれ)・愛・悪(にくみ)・欲。仏教で喜・怒・哀・楽・愛・悪・欲。

一一　「是非」はよしあし。「曲直」はよこしまなことと正しいこと。「栄辱」はほまれとはずかしめ。「窮達」は困窮と栄達。あらゆる価値観。

一二　この小説では意識する自分、あるいは現在の自分に「我」が用いられ、意識される自分、あるいは過去の自分には「吾」が用いられている。「文三の今我(こんが)は故吾(ここ)でない　シカシお政の故吾も今我でない」(三七三頁一三行)。「お勢は故(もと)の吾(われ)を亡くした」(四四三頁一四行)。ここでは、自分が自分であること。

一三　「蜃楼」も「海市」も蜃気楼のこと。「蜃」は大はまぐり。昔、蜃気楼は大はまぐりが吐く息で出来ると考えられていた。

とは云《い》ふものゝ心持は未《ま》だ事実でない、事実から出た心持で無ければウカとは信を措《お》き難《がた》い、依《よつ》て今迄《いままで》のお勢の挙動《そぶり》を憶出《おもひいだ》して熟思審察して見るにさらに其様《そん》な気色《けしき》は見えない、成程《なるほど》お勢はまだ若い、血気も未《いま》だ定《さだま》らない、志操も或《あるひ》は根強く有るまい、が梅檀《せんだん》[一]は二葉から馨《かう》ばしく蛇《じや》[二]は一寸にして人を呑《の》む気が有る、文三の眼《め》より見る時はお勢は所謂《いはゆる》女豪《ちよがう》の萌芽《めばへ》だ　見識も高尚で気韻《きゐん》も高く洒々落々《しやくらくく》[三]として愛すべく尊《たつと》ぶべき少女であつて見れば　仮令《よし》道徳を飾物《かざりもの》にする偽君子《ぎくんし》、磊落《らいらく》[四]を粧《よそほ》ふ似而非《えせ》豪傑には或は欺《あざむ》かれもせう迷ひもしやうが　昇如《ごと》き彼様《あん》な卑屈な軽薄な犬畜生にも劣つた奴《やつ》に怪我《けが》[五]にも迷ふ筈《はず》はない、さればこそ常から文三には信切《しんせつ》でも昇には冷淡で文三をば推尊《すゐそん》してゐても昇をば軽蔑《けいべつ》してゐる、相愛《さうあい》[六]は相敬《さうけい》の隣に棲《す》む、軽蔑しつゝ迷ふといふは我輩《わがはい》人間の能《よ》く了解し得《え》る事でない

「シテ見れば大丈夫かしら……ガ……

トまた引懸《ひつかゝ》りが有る、まだ決徹《さつぱり》しない、文三周章《あは》てゝブル〳〵と首を振ツて見たがそれでも未《ま》だ散りさうにもしない、此《この》「ガ」奴《め》が、藕糸孔中蚊睫《ぐうしこうちうぶんしやう》[七]の間《あひだ》にも這入《はい》りさうな此眇然《びやうぜん》[八]たる一《（いち）》小《せう》「ガ」奴《め》が　眼《め》の中《うち》の星よりも邪魔になり地平線上に現はれた砲車《ほうしや》[九]一片の雲よりも畏《おそ》ろしい

一　諺「栴檀は二葉より芳(かんば)し」。すぐれた人物が幼時から賢いことの喩え。栴檀は白檀(びゃくだん)。

二　諺「蛇は一寸にして人を呑む」。蛇が一寸ほどのうちから人を呑む勢いがあるように、才能ある者が幼時からその片鱗を示すことの喩え。「蛇は一寸にして其の気を得る」とも言う。「栴檀は二葉より香しく、蛇は一寸にして其気を得る」（風来山人『根無草後編』明和六年）。

三　洒落(しゃらく)。物事にこだわらず、さっぱりしていること。

四　気が大きく、小事にこだわらないこと。

五　まかりまちがっても。

六　相愛することは相敬することと地続きである。「良結果を生ずるの源は、伉儷(ふうふ)先づ相敬し相愛して、同等同和の愛を行ふにあり」（巌本善治「理想之佳人」『女学雑誌』明治二十一年四－五月）。

七　蓮の糸（蓮の根や茎にある繊維）の穴や、蚊のまつげの間のように、ごく小さなすきま。

八　小さなさま。

九　暴風の知らせという砲車雲の、かすかな兆し。「砲車」は雲の名。

然《しか》り畏《おそ》ろしい。此「ガ」の先には如何《どん》な不了簡《ふりやうけん》[一〇]が窃《ひそ》まツてゐるかも知れぬと思へば文三畏ろしい、物にならぬ内に一刻も早く散らして仕舞ひたい、シカシ散らして仕舞ひたいと思ふほど尚《な》ほ散り難《かね》る、加之《しか》も時刻の移るに随《したが》ツて枝雲《えだぐも》[一一]は出来る、砲車雲《もとぐも》は拡《ひろ》がる　今にも一大颶風《ぐふう》[一二]が吹起りさうに見える　気が気で無い……

国許《くにもと》より郵便が参ツた、散らし薬[一三]には崛竟《くつきやう》[一四]の物が参ツた、飢えた蒼鷹《くまだか》[一五]が小鳥を抓《つか》むのは此様《こん》な塩梅《あんばい》で有らうかと思ふ程に文三が手紙を引摑《ひツつか》んで封目《ふうじめ》を押切《おしき》ツて故意《わざ》と声高《こはだか》に読み出したが中頃《なかごろ》に至ツて……フト黙して考へて……また読出して……また黙して……また考へて……遂《つひ》に天を仰いで轟然《がうぜん》と一大笑《だいせふ》を発した　何を云ふかと思へば

「お勢を疑ふなんぞと云ツて我《おれ》も余程《よつぽど》、如何《どう》かしてゐるアハヽヽ　帰ツて来たら全然《すつかり》咄《はな》して笑ツて仕舞はふ　お勢を疑ふなんぞと云ツてアハヽヽ

此《この》最後の大笑《たいしやう》で砲車雲《ほうしやうん》は全く打払《うちはら》ツたが其《その》代り手紙は何を読んだのだか皆無《かいむ》判《わか》らない

ハツと気を取直《とりな》ほして文三が真地目《まぢめ》に成ツて落着《おちつ》いてさて再び母の手紙を読んで見ると　免職を知らせた[一六]手紙のその返辞で老耋《としよつて》の悪い耳、愚痴を溢《こぼ》したり

一〇　よくない考え。
一一　派生して分れた雲。最初の疑念を「もとぐも」(次行)と表現したことから言う。
一二　つむじ風、暴風の総称。
一三　痛みを消散させる薬。
一四　最も都合がよいこと。「崛」はぬきんでる、そびえるの意。
一五　熊鷹(くまたか)は暗褐色のワシ目タカ科の猛禽。蒼鷹(そうよう)は白いタカ。特に凶暴なタカなのでこの文字を用いたのであろう。
一六　底本は「知らせ手紙」。脱字と見て「た」を補う。

薄命を歎《なげ》いたりしさうなもの〵　文《ふみ》の面《おもて》を見れば其様《そん》な[一]けびらいは露程《つゆほど》もなく何《なに》も角《か》も因縁《ゐんえん》[二]づくと断念《あきら》めた思切《おもひき》りのよい文言《もんごん》　シカシ流石《さすが》に心細いと見えて[三]返《か》へす書《がき》に跡で憶出《おもひだ》して書加《かきくわ》へたやうに薄墨《うすゞみ》で

「かう申せばそなたはお笑ひ被成候《なされさふらう》かは存じ不申候《まうさずさふら》へども　手紙の着きし当日より一日《いちにち》も早く旧《もと》のやうにお成り被成《なされ》候やうに○○《どこそこ》の[四]お祖師さまへ[五]茶《ちや》断《だち》して願掛《ぐわんが》け致し居り候《そろ》まゝ　そなたもその積りにて油断なく御奉公口をお尋ね被成度《なされたく》念じ（まゐらせそろ）

文三は手紙を下に措《お》いて黙然《もくぜん》として腕を拱《く》んだ

叔母ですら愛想《あいそ》を尽かすに親なればこそ子なればこそ　ふがひないと云ツて愚痴をも溢《こぼ》さず茶断《ちやだち》までして子を励ますその親心を汲分《くみわ》けては難有涙《ありがたなみだ》に暮れさうなもの　[六]トサ文三自分にも思ツたが如何《どう》したものか感涙も流れず唯何《たゞなに》となくお勢の帰りが待遠しい

「畜生、　慈母《おつか》さんが是程《これほど》までに思ツて下さるのにお勢なんぞの事を……不孝極まる

ト熱気《やつき》として自《みづか》ら叱責《しか》ツてお勢の貌《かほ》を視《み》るまでは外出《そとで》などを做《した》度く無いが故意《わざ》と意地悪く

一　そぶり。

二　仏教で言う因果で、前もって決められていたこと。

三　追伸。追って書き。

四　各宗の開祖の尊称。特に日蓮宗の日蓮を指すことが多い。「南無（なむ）改良のお祖師様」（尾崎紅葉『読者評判記』明治二十二年）。

五　神仏に願掛けをするとき、誠意の証拠として茶を断つこと。他に塩断ちなど。

六　前文を受けて、ここでは「とそのように」の意で用いる。→二一七頁注二五。二葉亭は晩年の『平凡』（明治四十年）でも愛用する。「私は其時始て文士にならうと決心した、トサ後には人にも話してゐたけれど」（『平凡』四十七）。

「是《これ》から往《い》つて頼んで来《こ》やう

トロに言つて「お勢の帰つて来ない内に」ト内心で言足《いひた》しをして憤々《ぶんぶん》しながら晩餐《ばんさん》を喫《きつ》して宿所を立出《たちい》で　疾足《あしばや》に[七]番町へ参つて知己を尋ねた

知己と云ふは石田某《いしだなにがし》と云つて某学校の英語の教師で文三とは師弟の間繋《あひだがら》　曾《かつ》て某省へ奉職したのも実は此男《この》の周旋で

此男は曾て英国に留学した事が有るとかで英語は一通り出来る、当人の噺《はなし》に拠《よ》れば彼地《あちら》では経済学を修めて随分上出来の方で有つたと云ふ事で、帰朝後も経済学で立派に[八]押廻《おしま》はされる所では有るが　少々仔細《しさい》有ツて当分の内（七八年来の当分の内で）唯《たゞ》の英語の教師をしてゐると云ふ事で

英国の学者社会に多人数《たにんず》知己が有る中《なか》に夫《か》の有名の「[九]ハルベルト、スペンセル」とも曾て[一〇]半面の識《しき》が有るが　シカシ最《も》う七八年も以前の事ゆゑ今《いま》面会したら恐らくは互《たがひ》に面忘《おもわす》れをしてゐるだらうと云ふ　是《これ》も当人の噺《はなし》で

兎《と》も角《かく》も流石《さすが》は留学したゞけ有りて英国の事情　即《すなは》ち[一一]上下議院《じやうかぎゐん》の宏壮《くわうさう》、[一二]龍動《ろんどん》府《ふ》市街の繁昌《はんじやう》、車馬の華美、料理の献立、衣服[一三]杖履《じやうり》日用諸雑品の名称等凡《すべ》て[一四]閭《りよ》巷猥瑣《こうわいさ》の事には能《よ》く通暁してゐて、[一五]骨牌《かるた》を弄《もてあそ》ぶ事も出来、紅茶の好悪《よしあし》を飲別《のみわ》ける事も出来　[一六]指頭《しとう》で紙巻烟草《しがれツと》を製する事も出来　[一七]片手で鼻汁《はな》を拭《ふ》く事も出来る

七 現在の千代田区（当時麴町区）の一画。一番町から六番町まであり、屋敷町が多い。明治女学校や桜井女学校（のち女子学院、二葉亭が一時教えに行っていた）などの学校もあった。

八 役に立つ、用いられる。

九 **Herbert Spencer**（一八二〇—一九〇三）。イギリスの哲学者・社会学者。ダーウィンの進化論を受けて社会進化論を唱え、欧米の文明社会、およびわが国の思想界に大きな影響を与えた。尾崎行雄訳『権理提綱』（明治十年）、松島剛訳『社会平権論』（同十四年）、井上勤訳『女権真論』（同年）などが早い紹介で、自由民権運動、保守層、双方に受け入れられた。二葉亭は手記『落葉のはきよせ 二籠め』の中で、スペンサーの「第一原理」が不可知論にとどまると評している。

一〇 ここではちょっと面会して顔を覚えていること。半面識。

一一 イギリスの上院と下院。**Parliament.**

一二 漢字の音と意味（繁華）を借りたロンドンの当て字。後には倫敦と表記することが多い。

一三 ステッキと靴。

一四 市井の些末なことがら。世間の俗事。

一五 カード、トランプ。

一六 紙巻煙草を自分の指で巻くこと。紙巻煙草はクリミア戦争（一八五三—五六）からイギリスに伝えられたが、煙草会社が製品を発売するようになってから、上品なマナーとはみなされなくなった。ここでは下情に通じているさま。日本での紙巻煙草製造は明治八年から始まり、同二十年前後から従来の刻み煙草を圧倒し、輸入・国産ともに流行するようになった。

一七 手鼻汁（てばな）をかむこと。

が其代《その》り日本《にほん》の事情は皆無解《かいむわか》らない

日本の事情は皆無解らないが当人は一向苦にしない、啻《たゞ》苦にしないのみならず　凡《およ》そ一切の事一切の物を「日本の」トさへ冠詞が附《つ》けば則《すなは》ち鼻息でフムと吹飛《ふきと》ばして仕舞つて而《そ》して平気で済ましてゐる

まだ中年の癖に此男《この》は宛《あだか》も老人の如《ごと》くに過去の追想而已《のみ》で生活してゐる　人に逢《あ》へば必ず先《ま》づ留学してゐた頃の手柄噺《てがらばなし》を咄《はな》し出す　尤《もつと》も之《これ》を封じてはさらに談話《はなし》の出来ない男で

知己の者は此男の事を種々《さまぐ》に評判する、或《あるひ》は「[一]懶惰《らんだ》だ」ト云ひ或は「[二]鉄面皮《てつめんぴ》だ」ト云ひ或は「自惚《うぬぼれ》だ」ト云ひ或は「法螺吹《ほらふ》きだ」ト云ふ　此最後の説だけには[三]新知故交《しんちこかう》統括《ひつくる》めて[四]総起立《そうきりつ》、[五]薬種屋《やくしゆや》の丁稚《でつち》が熱に浮かされたやうに「さうだ」トいふ

「シカシ毒が無くツて宜《いゝ》」ト誰《たれ》だか評した者が有ツたが是《こ》れは極めて確評で恐らくは毒が無いから懶惰で鉄面皮で自惚で法螺を吹くのでト云ツたら　或は「イヤ懶惰で鉄面皮で自惚で法螺を吹くからそれで毒が無いやうに見えるのだ」ト云ふ説も出やうが　兎《と》も角《かく》も文三は然《さ》う信じてゐるので尋ねて見ると幸ひ在宿　乃《すなは》ち面会して委細を咄《はな》して依頼すると「よろしい承

一　なまけ(もの)。
二　あつかましい、面(つら)の皮が厚い。
三　新しい知り合いも古くから交わりのある人々も。
四　全員が賛成して起立する。
五　薬を調合し販売する店。江戸時代は漢方の薬屋だが、ここでは西洋の薬も扱う薬屋。その小僧が万能薬のように口にする「ソーダ」(曹達)と、そのとおりの意の「そうだ」を懸ける。当時曹達は主として炭酸ソーダの意で用いられた(『言海』)。重曹(重炭酸曹達)は「健胃散」などの胃薬の主成分として重宝された。

知した」ト手軽な挨拶《あいさつ》、文三は肚《はら》の裏《うち》で「毒がないから安請合《やすうけあひ》をするが其《その》代り身を入れて周旋はして呉《く》れまい」ト思ッて私《ひそか》に嘆息した

「是《こ》れが英国だと君一人《ひとり》位《ぐらゐ》どうでもなるんだが日本《にほん》だからいかん　我輩《わがはい》から見えても英国にゐた頃は随分知己が有つたものだ、まづ[六]「タイムス」新聞の社員で[七]某《それがし》サ　それから

ト記臆《きおく》に存した知己の名を一々言ひ立てゝの噺《はなし》、屢々《しばしば》聞いて耳にタコが入《い》ッてゐる程では有るが　イヱ其《その》お噺なら最《も》う承りましたとも言兼《いひか》ねて文三も始めて聞くやうな面相《かほつき》をして耳を借してゐる、そのヂレッタサもどかしさ、モヂ〳〵しながらトウ〳〵二時間計《ばか》りといふもの[八]無間断《のべつ》に受けさせられた、その受賃《うけちん》といふ訳でも有るまいが帰り際になつて

「[九]新聞の翻訳物が有るから周旋しやう　明後日《あさつて》午後に来給《きたま》へ取寄せて置から

トいふから文三は喜びを述べた

「フン新聞か……[一〇]日本の新聞は英国の新聞から見りや全《まる》で小児《こども》の新聞だ　見られたものぢやない……

文三は狼狽《あは》てゝ告別《わかれ》の挨拶《あいさつ》を做直《しな》ほして匆々《そこ〳〵》に戸外《おもて》へ立出《たちい》でホッと一息溜息《ためいき》を吐《つ》いた

六 The Times（タイムズ）。イギリスを代表する新聞紙。一七八五年創刊。

七 何某（なにぼう）。何とかいう人物。

八 絶え間なしに。「無間断（のべつ）に縁日のみ引続きて」（『当世書生気質』第十一回）。

九 当時の新聞社では、西洋事情などの雑報の翻訳を下請けに出していた。

一〇 明治二十年前後の新聞紙は、政党会派の変動に左右されて離合集散をくりかえし、新聞紙条例改正（明治十六年）の弾圧下で主義主張が制約されていた。硬派中心の大（お）新聞と軟派主体の小（こ）新聞の接近による中（ちゅう）新聞への再編によってあいまいとなり、紙面の体裁、記事の配列などにおいても、まだ未発達な点があった（西田長寿『明治時代の新聞と雑誌』至文堂、昭和三十六年）。

早くお勢に逢《あ》ひたい早くつまらぬ心配をした事を咄《はな》して仕舞ひたい早く心の清い所を見せてやり度《た》い　ト一心に思詰《おもひつ》めながら文三がいそ〳〵帰宅して見るとお勢はゐない　お鍋《なべ》に聞けば一旦《（いつ）たん》帰つてまた入湯《にふたう》に往《い》つたといふ　文三些《すこ》し拍子抜けがした

居間へ戻ツて燈火《とうくわ》を点じ臥《ね》て見たり起きて見たり立《たつ》て見たり坐《すは》ツて見たりして　今か〳〵と文三が一刻千秋の思ひをして頸《くび》を延ばして待構へてゐると　頓《やが》て格子戸の開《あ》く音がして椽側《えんがは》に優しい声がして梯子段《はしごだん》を上《あが》る跫音《あしおと》がしてお勢が目前に現はれた、只《と》見れば常さへ艶《つや》やかな緑の黒髪は水気《すゐき》を呑《ふく》んで天鵞絨《びらうど》をも欺《あざ》むくばかり　玉《たま》と透徹《すきとほ》る肌《はだえ》は[一]塩引《しほびき》の色を帯びて眼元《めもと》にはホンノリと紅《かう》を潮《てう》した塩梅《あんばい》、[二]何処《どこ》やらが悪戯《いたづら》らしく見えるがニツコリとした口元の[三]塩《しほ》らしゐ所を見ては[四]是非を論ずる遑《いとま》がない　文三は何《なに》も角《か》も忘れて仕舞ツて、だらしも無くニタ〳〵と笑ひながら

「お皈《かへん》なさい　如何《どう》でした団子坂は

「非常に雑沓《ざつたふ》しましたよ　お天気が宜《いゝ》のに日曜だツたもんだから

ト言ひながら膝から先へベツタリ坐《すは》ツてお勢は両手で嬌面《かほ》を掩《おほ》ひ

「ア丶せつない　厭《いや》だと云ふのに本田さんが無理にお酒を飲まして

一　塩引きの鮭の色。サーモン・ピンク。
二（造物主の）悪いいたずら。（全体のバランスから見ると）どこかちぐはぐにも見える。
三　優美で可憐な。「しをらしい」と「塩（しほ）」は仮名違いだが、音が似ているので塩を当て字にした。
四　よしあしを考える余裕がない。

「母親《おつか》さんは
ト文三が尋ねた、お勢が何を言ッたのだかトント解《わか》らないやうで
「お湯から買物に回ッて……而《そ》してネ　自家《じぶん》もモウ好加減《いゝかげん》に酔《よつ》てる僻《くせ》に私《わたし》が飲めないと云ふとネ　助《す》けて遣《や》るツてガブ〳〵それこそ牛飲《ぎういん》[五]したもんだから究竟《しまひ》にはグデン〳〵に酔《よつ》て仕舞ツて
ト聞いて文三は満面の笑《わらひ》を半引込《なかばひきこ》ませた
「それからネ私共《わたしども》を家《うち》へ送込《おくりこ》んでから仕様が無いんですものヲ　巫山戯《ふざけ》て〳〵　それに慈母《おつか》さんも悪いのよ　今夜だけは大眼《おほめ》に看《み》て置くなんぞツて云ふもんだから好気《いゝき》になつて尚《な》ほ巫山戯て……オホヽヽ
ト思出《おもひだ》し笑《わらひ》をして
「真個《ほんと》に失敬な人だよ
文三は全く笑を引込《ひきこ》ませて仕舞ツて腹立しさうに
「そりや嘸《さぞ》面白かッたでせう
ト云ツて顔を皺《しか》めたがお勢はさらに気が附《つ》かぬ様子、暫《しば》らく黙然《もくぜん》として何歟《なにか》考へてゐたが頓《やが》てまた思出し笑をして
「真個《ほんと》に失敬な人だよ

五　牛が水を飲むようにガブガブ酒を飲むこと。「鯨飲」とも言う。大食いと併せて牛飲馬食、鯨飲馬食。

つまらぬ心配をした事を全然《すつぱり》咄《はな》して、快《こゝろ》よく一笑に付して心の清ひ所を見せてお勢に……お勢に……[一]感信《かんしん》させて而《そ》して自家《じぶん》も安心しやうといふ文三の胸算《むなざん》用《よう》は是《こゝ》に至ツてガラリ外《はづ》れた　昇が酒を強《し》いた、飲めぬと云ツたら助《す》けた、何《なん》でも無い事《こと》　送り込んでから巫山戯《ふざけ》た……[二]道学先生に聞かせたら巫山戯させて置くのが悪いと云ふかも知れぬが　シカシ是《こ》れとても酒の上の事《こと》一時の戯《たわむれ》なら然《さ》う立腹する訳にもいかなかツたらう　要するにお勢の噺《はなし》に於《おい》て深く咎《とが》むべき節《ふし》も無いがシカシ文三には気に喰《く》はぬ、お勢の言様《いひやう》が気に喰はぬ、「昇如《ごと》き犬《いぬ》畜生《ちきしやう》にも劣ツた奴《やつ》の事をさう嬉《うれ》しさうに「本田さん〳〵」ト噂《うはさ》をしなくても宜《よ》ささうなものだ、」トおもへばまた不平に成ツてまた面白く無くなツて、またお勢の心意気が呑込《のみこ》めなく成ツた、文三は差俯向《さしうつむ》いた儘《まゝ》で黙然《もくねん》として考へてゐる

「何《なに》を其様《そんな》に塞《ふさ》いでお出《い》でなさるの

「何も塞いぢやゐません

「然《さ》う　私《わたし》はまたお留《とめ》さん（大方老母が文三の嫁に欲しいと云ツた娘の名で）とかの事を懐出《おもひだ》してそれで塞いでお出でなさるのかと思ツたらオホヽヽ

文三は愕然《がくぜん》としてお勢の貌《かほ》を暫《しば》らく凝視《みつ》めてホツと溜息《ためいき》を吐《つ》いた

一　当時よく用いられた表記。感心して信じる意を含むか。

二　道徳や理屈ばかりにこだわって、人情や世事にうとい学者、人物をあざけって言う。

「オホヽヽ溜息《ためいき》をして、矢張《やっぱり》当ツたんでせう、ネ然《さ》うでせうオホヽヽ　当ツたもんだから黙ツて仕舞ツて

「そんな気楽ぢや有りません　今日母の所から郵便が来たから読《よん》で見れば私《わたくし》のかういふ身に成ツたを心配して此頃《このごろ》ぢや茶断《ちやだち》して願掛《ぐわんが》けしてゐるさうだシ……

「茶断して、慈母《おつか》さんがオホヽヽ　慈母さんもまだ旧弊だ事ネー

文三はヂロリとお勢を尻眼《しりめ》に懸けて恨《うら》めしさうに

「貴嬢《あなた》にや可笑《をか》しいか知らんが私《わたくし》にや薩張《さつぱり》[三]可笑しく無い　薄命[四]とは云ひながら私《わたくし》の身が定《きま》らん計《ばか》りで老耋《としよ》ツた母にまで心配掛けるかと思へば随分……耐《たま》らない、それに慈母《おつか》さんも……

「また何《なん》とか云ひましたか

「イヤ何とも仰《おつ》しやりはしないがアレ以来始終気不味《きまづ》い顔ばかりしてゐて打解けては下さらんシ……それに……それに……

「貴嬢《あなた》も」トロ頭《くちさき》まで出たが如何《どう》も鉄面皮《あつかま》しく嫉妬《じんすけ》[五]も言ひかねて思《おも》ひ返《かひ》して仕舞ひ

「兎《と》も角《かく》も一日も早く身を定《き》めなければ成らぬと思ツて今も石田の所へ往《い》ツ

三 当時ごく普通に用いられた当て字。
四 不運、ふしあわせ。
五 やきもち。性欲の強いことを「腎張(じん)(ば)り」と言い、そこから色欲の強い男、やきもちやきを「甚助(介)」と呼ぶ擬人名ができた。江戸時代の遊里から派生した流行語。「ほんたうにうるさい甚助だヨ」(『当世書生気質』第七回)。

て頼んでは来ましたが　シカシ是《こ》れとても宛《あて》にはならんシ　実に……弱りました　唯《たゞ》私《わたし》一人《ひとり》苦しむのなら何《なん》でもないが私《わたくし》の身が定《きま》らぬ為《た》めに「方ゝ《はうぐ》」が我《が》[一]他《た》彼《び》此《し》するので誠に困る

ト萎《しほ》れ返《かへ》ツた

「然《さ》うですネー

ト今まで冴《さ》えに冴えてゐたお勢もトウ〳〵引込《ひきこ》まれて共に気をめいらして仕舞ひ　暫《しば》らくの間黙然《もくぜん》として[二]つまらぬものでゐたが頓《やが》て少《ちひ》さな欠伸《あくび》をして

「ア丶寐《ね》むく成ツた　ドレ最《も》う往《い》ツて寐ませう　お休みなさいまし

ト会釈《ゑしやく》をして起上《たちあが》ツてフト立止まり

「ア然うだツけ……文さん貴君《あなた》はアノー　課長さんの令妹《おいもとご》を御《ご》存知《ぞんち》

「知りません

「さう、今日ネ団子坂でお眼《め》に懸《かゝ》ツたの　年紀《とし》は十六七でネ　随分別品《べつぴん》は別品だツたけれども束髪《そくはつ》の僻《くせ》に[三]ヘゲル程お白粉《しろひ》を施《つ》けて……薄化粧なら宜《いゝ》けれども彼様《あん》なに施けちやア厭味《いやみ》ツたらしくツてネー……オヤ好気《いゝき》なもんだ、また噺込《はなしこ》んでゐる積りだと見えるよ　お休みなさいまし

ト再び会釈《ゑしやく》してお勢は二階を降りて仕舞ツた

一 自他が食い違ってうまくいかない状態。杉本つとむ『あて字用例辞典』(雄山閣出版、平成五年)「解説」によれば、『斉東俗談』(貞享二年)に「我多彼是(ガタヒシ)　人ノ多クアツマル音(コヘ)ナリ」とある。『書言字考節用集』に「我他彼此(ガタヒシ)　本朝ノ俗語」。『言海』「がたひし」は器物などが擦れる擬音とする。

二 不満足な状態。

三 剝(は)げる。「お白いが泣くとへげるとぜげんいひ」(『柳多留』十一篇)。「束髪」には薄化粧が普通。→二〇八頁注八、二九四頁注九。

椽側《えんがは》で唯今《たゞいま》帰ツた計《ばか》りの母親に出逢《であ》ツた

「お勢

「ヱ

「エぢやないよ、またお前二階へ上《あが》ツてたネ

また始まツたと云ツたやうな面相《かほつき》をしてお勢は返答をもせず其儘《そのまゝ》子舎《へや》へ這入《はい》ツて仕舞ツた

さて子舎へ這入ツてからお勢は手《て》疾《ばや》く寐衣《ねまき》に着替えて床《とこ》へ這入り　暫《しば》らくの間臥《ね》ながら今日の新聞を覧《み》てゐたが……フト新聞を取落した　寐入《ねい》ツたのかと思へば然《さ》うでもなく眼《め》はパツチリ視開《みひら》いてゐる　其癖《そのくせ》静まり返ツてゐて身動きをもしない、頓《やが》て

「何故《なぜ》ア丶不活潑《ふくわつぱつ》だらう

トロへ出して考へてフト両足《りやうそく》を蹈延《ふみの》ばして莞然《につこり》笑ひ　狼狽《あは》て丶起揚《おきあが》ツて枕頭《まくらもと》の洋燈《らんぷ》を吹消して仕舞ひ枕《まくら》に就いて二三度臥反《ねがへ》りを打ツたかと思ふと間も無くスヤ〳〵と寐入ツた

第九回　すはらぬ肚《はら》

　今日《けふ》は十一月四日　打続いての快晴で空は余残《なごり》なく晴渡ツてはゐるが憂愁《うれひ》ある身の心は曇る　文三《ぶんざう》は朝から一室《ひとま》に[一]垂籠《たれこ》めて独り[二]屈托《くつたく》の頭《かうべ》を疾《や》ましてゐた実は昨日《きのふ》朝飯《あさはん》の時文三が叔母に対《むかつ》て一昨日《をとゝひ》教師を番町に訪《と》ふて身の振方《ふりかた》を依頼して来た趣《おもむき》を縷《る》ゝ咄《はな》し出したが　叔母は[三]木然《ぼくぜん》として情寡《じやうすくな》き者の如《ごと》く「ヘー」ト余所事《よそごと》に聞流してゐてさらに取合はなかツた　それが未《いま》だに気になつて〳〵ならないので

　一時頃《ごろ》に勇《いさみ》が帰宅したとて遊びに参ツた　[四]浮世の塩を踏まぬ身の[五]気散《きさん》じさ[六]腕押《うでおし》[七]坐相撲《すはりずまふ》の噺《はなし》、体操音楽の噂《うはさ》、[八]取締《とりしまり》との議論、[九]賄方《まかなひかた》征討の義挙から試験の模様、落第の分疏《いひわけ》に至るまで凡《およ》そ偶然に懐《むね》に浮んだ事は[一〇]月足らずの水子《みづこ》思想まだ完成《まとまつ》てゐなからうが如何《どう》だらうが其様《そん》な事に頓着《とんちやく》はない　訥弁《とつべん》ながら[一一]矢鱈《やたら》無性《むしやう》に陳《なら》べ立てゝ返答などは更に聞《きい》てゐぬ　文三も最初こそ相手にも成《なつ》てゐたれ遂《つひ》にはホッと精《せい》を尽かして仕舞ひ　勇には随意に空気を鼓動さして置いて自分は自分で余所事《よそごと》を　と云《いツ》た所がお勢の上や身の成行《なりゆき》で　熟思黙想しながら折々間外《まはつ》れな溜息噛交《ためいきかみま》ぜの返答をしてゐると　フトお勢《せい》が階子段《はしごだん》を上《のぼ》ツて来て中

一　閉じ籠もって。古代から心身不快のとき、簾(すだれ)や帳(とばり)を垂らしてその中に籠もっていたことから言う。
二　一つの事を思い悩んでくよくよする状態。普通は「屈託」と書く。
三　立木のように感情もなく、答えない様子。
四　浮世の苦労を経験したことがない。「塩を踏む」はつらい目にあうこと。→二一二頁注三。
五　ここでは、気苦労のなさ。のんきさ。
六　腕相撲。「腕押は二夫相対し供に右手の肱を畳につけ掌を合せ握り押て押伏すを勝とす」(『守貞謾稿』)。
七　居相撲(いずもう)。対座して上半身で相手を押し倒す。
八　(勇は塾生なので)舎監との談判。
九　賄征伐。塾の食事は概してまずく単調だったので、血気盛んな少年たちはしばしば食事係をつるし上げて改善を要求し、ウサを晴らした。たとえば『朝野新聞』(明治十七年三月十三日)に新潟医学校(現、新潟大学)の「寄宿生徒」が「賄方征伐」の騒動を起こしたことが記されている。
一〇　「水子」は生まれたばかりの赤ん坊。月足らずで生まれた赤ん坊のように、未熟な考え。
一一　当時ごく普通に使われた当て字。

途から貌《かほ》而已《のみ》を差出して
「勇
「だから僕《ぼか》ア議論して遣《や》ツたんだ　ダツテ君〔一二〕失敬ぢやないか「ボート〔一三〕」の順番を「クラツス」(級)の順番で……

「勇と云《い》へばお前の耳は木《き》〔一四〕くらげかい
「だから何《なん》だと云ツてるぢや無いか
「綻《ほころび》を縫《ぬつ》てやるからシヤツをお脱ぎとよ
　勇はシヤツを脱ぎながら
「「クラツス」の順番で定《き》めると云ふんだもの　「ボート」の順番を「クラツス」の順番で定めちやア僕《ぼか》ア何《なん》だと思ふな僕《ぼか》ア失敬だと思ふな、だつて君「ボ

一二「君」は、当時から男性間では対等の関係の二人称。ここでは勇が興奮して文三を友人扱いにしている。
一三 ボート競漕は明治二年に駐日の英兵間で始まったが、やがて同十六年ごろから大学生を中心に普及し、専門学校生・高等中学(のち旧制高校)生間にもひろがった。同二十年四月には、隅田川で東京大学内の盛大な競漕会、海軍兵学校生徒の競漕などが行われた。勇は中学生か。選手選抜の順を学業成績で決めることに反対している。
一四 耳に似た形をしたキノコ。食用。自分の言うことを理解しない相手を罵るときに比喩として言う。「汝等(てめへら)の耳も木耳(きくらげ)の看板ぢやア有るめへ」(落語「お祭佐七」『明治大正落語集成』第一巻)。

絵 尾形月耕画。画中の文字は「勇といへばお前の耳は木くらげかい〳〵ダカラ何だといッてるぢやないか」。文三の部屋の模様は机の形を除いて、第一篇の挿絵と大差ないが、ここでは階段の中途から顔を出すお勢を描くために角度が変わっている。お勢と文三はおたがいに見えないように描かれている。勇の左手にあるのは大黒帽子。↓三〇一頁注二一。

ート」は……

「サツさとお脱ぎで無いかネー、人が待《まつ》てゐるぢや無いか

「其様《そん》なに急がなくツたツて宜《いゝ》やアネ、失敬な

「誰方《どつち》が失敬だ……アラ彼様《あん》な事言ツたら尚《な》ほ故意《わざ》と愚頭々々《ぐづ〳〵》してゐるよ、チヨツ、ヂレツタイネー　早々《さつさ》としないと姉さん知らないから宜《い》い

「そんな事云ふなら Bridle《ブライドル》 path《パッス》[一] ト云ふ字を知《しつ》てるか　I《アイ》 was《ウオズ》 at《エット》 our《アワー》 uncle's《アンクルス》 ト云ふ事知てるか　I《アイ》 will《ウキル》 keep《キープ》 your《ユアー》 ……

「チヨイとお黙り……

トロ早に制してお勢が耳を聳《そばだ》てゝ何歟《なにか》聞済《きゝす》まして　忽《たちま》ち満面に笑《わらひ》を含んでさも嬉《うれ》しさうに

「必《きつ》と本田《ほんだ》さんだよ

ト言ひながら狼狽《あわ》てゝ梯子段《はしごだん》を駈下《かけお》りて仕舞ツた

「ヲイ〳〵姉さんシヤツを持ツてツとくれツてば……ヲイ……ヤ失敬な、モウ往《いつ》ちまツた、渠奴《あいつ》近頃《ちかごろ》生意気になつていかん　先刻《さつき》も僕《ぼく》ア喧嘩《けんくわ》して遣《やつ》たんだ婦人《をんな》の癖に園田《そのだ》勢子《せいこ》と云ふ名刺《なふだ》[二]を拵《こし》らへるツてツたからお勢《せい》ツ子《こ》で沢山だツてツたら非常に慣《おこ》ツたツけ

一 馬道。乗馬では通れるが馬車では無理なせまい道。

二 当時は名札とも書いた。印刷の名刺は文久三年(一八六三)に渡仏した池田筑後守がフランスで作ったものが最初と言われるが、明治維新後、急速に普及し、明治二十年前後には若い女性間でも名刺を持つことが流行した。尾崎紅葉「娘博士」(活字非売本『我楽多文庫』第十四号、明治二十年十月)に、石版刷りの名刺のほかにローマ字活字印刷の名刺を作った女性が二人出て来る。

「アハヽヽヽ
ト今迄《いまゝで》黙想してゐた文三が突然無茶苦茶に高笑《たかわらひ》を做出《しだ》したが勿論《もちろん》秋毫《すこし》も可笑《をか》しさうでは無かツた　シカシ少年の議論家は称讃《しようさん》されたのかと思ツたと見えて
「お勢《せい》ツ子《こ》で沢山だ　婦人《をんな》の癖にいかん　生意気で
ト云ひながら得々《とく〳〵》として二階を降りて往《い》ツた跡で文三は暫《しば》らくの間《あひだ》また腕を拱《く》んで黙想してゐたが　フト何歟《なにか》憶出《おもひだ》したやうな面相《かほつき》をして起上《たちあが》ツて羽織だけを着替えて帽子を片手に二階を降りた

　奥の間の障子を開《あ》けて見ると果して昇《のぼる》が遊《あそび》に来てゐた、加之《しか》も傲然《がうぜん》と火鉢の側《かたはら》に大胡坐《おほあぐら》をかいてゐた　その傍《そば》にお勢がベツタリ坐《すは》ツて何《なに》かツベコベと端手《はした》[三]なく囀《さへづ》ツてゐた、少年の議論家は素肌の上に上衣《うはぎ》を羽織ツて仔細《しさい》[四]らしく首を傾《かし》げてふかし甘薯《いも》の皮を剥《む》いて居《ゐ》、お政《まさ》は囂々敷《げう〳〵しく》[五]針箱を前に控へて覚束《おぼつか》ない手振りでシヤツの綻《ほころび》を縫合はせてゐた

　文三の顔を視《み》ると昇が顔で電光《いなびかり》を光らせた[六]　蓋《けだ》し挨拶《あいさつ》の積《つもり》で　お勢もまた後方《うしろ》を振反《ふりかへ》ツて顧《み》は顧たが「誰《だれ》かと思ツたら」ト云はぬ計《ばか》りの索然《さくぜん》とした情味《じやうみ》の無い相面《かほつき》をして急にまた彼方《あちら》を向いて仕舞ツて

三 つつしみなく、みっともなく。
四 分別くさく。分別くさい顔をしているが、ふかし芋を食べている無邪気さ。
五 「囂」(ごう・きょ)は「やかましい」の意。普通は「おおげさ」の場合、「仰々しい」「業々しい」などと書くが、音と意味が似ているのでこの字を当てたのであろう。シャツのほころびを繕うのに針箱まで持ち出すのはおおげさで、針仕事がひどく嫌いなお政を皮肉っている。
六 眼をピカッと光らせて挨拶の代わりとしたこと。無礼な態度。

「真個《ほんたう》
ト云ひながら首を傾《かし》げてチョイと昇の顔を凝視《みつ》めた光景《やうす》
「真個さ
「虚言《うそ》だと聴きませんよ
アノ筋の解《わか》らない他人の談話《だんわ》と云ふ者は聞いて余り快くは無いもので
「チョイと番町まで」ト文三が叔母に会釈《あしやく》をして起上《たちあが》らうとすると　昇が
「ヲイ内海《うつみ》些《すこ》し噺《はなし》が有る
「些《ち》と急ぐから……
「此方《こつち》も急ぐんだ
文三はグッと視下《みお》ろす　昇は視上げる、眼《め》と眼を疾視合《にらみあ》はした、何《なん》だか異《をつ》[一]な塩梅《あんばい》で　それでも文三は渋々ながら坐舗《ざしき》へ這入《はい》ッて坐《ざ》に着いた
「他《ほか》の事でも無いんだが
ト昇がイヤに冷笑しながら咄《はな》し出した　スルトお政はフト針仕事の手を止《とゞ》めて不思議さうに昇の貌《かほ》を凝視《みつ》めた
「今日役所での評判に此間《このあひだ》免職に成《なつ》た者の中《うち》で二三人復職する者が出来るだらうと云ふ事だ　然《さ》う云やア課長の談話《はなし》に些《すこ》し思当《おもひあた》る事も有るから或《あるひ》は実説だ

一　ここでは、変な雰囲気の意。

らうかと思ふんだ　所で我輩《わがはい》考へて見るに君が免職になつたので叔母さんは勿《もち》論《ろん》お勢さんも……

ト云懸《いひか》けてお勢を尻眼《しりめ》[二]に懸けてニヤリと笑ツた　お勢はお勢で可笑《をか》しく下唇を突出してムツと口を結んで額《ひたへ》で昇を疾視《にらみつ》付けた　イヤ疾視付ける真似《まね》をした

「お勢さんも非常に心配してお出《い》でなさるシ　且《か》つ君だツてもナニモ遊《あす》んでゐて食へると云ふ身分でも有るまいシするから若《も》し復職が出来れば此上《このうへ》も無いと云ツたやうなもんだらう　ソコデ若し果して然《さ》うならば宜《よろ》しく人の定《きま》らぬ内に課長に呑込《のみこ》ませて置く可《べ》しだ、がシカシ君の事《こつ》たから今更直付《ちかづ》けに往《い》き難《にく》いとでも思ふなら我輩一臂《いつぴ》[三]の力を仮《か》しても宜しい　橋渡《はしわたし》をしても宜しいが如何《どう》だお思食《ぼしめし》は

「それは御信切《ごしんせつ》……難有《ありがた》いが……

ト言懸けて文三は黙して仕舞つた、迷惑は匿《かく》しても匿し切れない　自《おのづか》ら顔色《がんしよく》に現はれてゐる、[四]モヂ付く文三の光景《やうす》を視《み》て昇は早くもそれと悟ツたか

「厭《いや》かネ、ナニ厭なものを無理に頼んで周旋しやうと云ふんぢや無いからそりや如何《どう》とも君の随意サ、ダガシカシ……[五]痩我慢《やせがまん》なら大抵《たいてい》にして置く方が宜《よ》からうぜ

二　ここでは、流し目に見て。

三　ちょっと手助けをしてもよい。↓二〇〇頁注一二。

四　もじもじする。

五　無理に我慢して平気なように見せること。

文三は血相を変へた……
「そんな事仰《おつ》しやるが無駄だよ
トお政が横合から嘴《くちばし》を容《い》れた
「内の文さんはグッと気位《きぐらゐ》が立上《たちあが》つてお出《い》でだから其様《そん》な卑劣な事ア出来ないッサ
「ハヽア然《さ》うかネ其《そ》れは至極お立派な事《こつ》た　ヤ是《こ》れは飛《とん》だ失敬を申し上げましたアハヽヽ
ト聞くと等しく　文三は真青《まつさほ》に成ツて慄然《ぶる〳〵》と震へ出して拳《こぶし》を握ツて歯を喰切《くひしば》ツて昇の半面をグッと疾視《にらみつ》付けて今にもむしやぶり付きさうな顔色《がんしよく》をした……がハッと心を取直して
「エヘ……
何《なに》となく席がしらけた　誰《たれ》も口をきかない　勇がふかし甘薯《いも》を頬張《はうば》ツて右の頬を脹《ふく》らませながらモッケ[一]な顔をして文三を凝視《みつ》めた　お勢もまた不思議さうに文三を凝視めた
「お勢が顔を視《み》てゐる……此儘《このまゝ》で阿容々々《おめ〳〵》[二]と退くは残念　何《なに》か云ツて遣《や》り度《た》い　何かカウ品の好《い》い悪口雑言　一言《(いち)ごん》の下《もと》に昇を気死《きし》[三]させる程の事を云ツてア

一　意外な、不思議な。↓二六一頁注一一。
二　『書言字考節用集』に「阿容々々（ヲメ〳〵）盛衰記（『源平盛衰記』）」とある。屈辱を意気地なく受け入れてしまうさま。
三　死ぬほど怒ること。

ノ鼻頭《はなづら》をヒッ擦《こす》ツてアノ者面《しゃッつら》[四]を赧《あか》らめて……」トあせる計《ばか》りで凄《すご》み文句は以上見附《みつ》からず　而《そ》してお勢を視《み》れば尚《な》ほ文三の顔を凝視《みつ》めてゐる……文三は周章《どぎ》狼狽《まぎ》とした……

「モウそ……それッ切りかネ

「何《なに》が

ト覚えず取外《とりはづ》[五]して云ッて我ながら我音声《わがおんせい》の変ッてゐるのに吃驚《びっくり》した

またやられた　蒼《あほ》ざめた顔をサッと赧《あか》らめて文三が

「用事は……

「ナニ用事……ウー用事か用事と云ふから判《わか》らない……左《さ》やう是《こ》れッ切りだ

モウ席にも堪《た》へかねる　黙礼するや否や文三が蹶然《けつぜん》起上《たちあが》ッて坐舗《ざしき》を出て二三歩すると　後《うしろ》の方でドッと口を揃《そろ》へて高笑ひをする声がした　文三また慄然《ぶる〳〵》と震へてまた蒼ざめて口惜《くちを》しさうに奥の間《ま》の方を睨詰《にらみつ》めたまゝ暫《しば》らくの間釘付《あひだくぎづ》けに逢《あ》ツたやうに立在《たゝずん》でゐたが　頓《やが》てまた気を取直ほして悄ゝ《すご〳〵》と出て参ッたが文三無念で残念で口惜《くちを》しくて堪へ切れぬ　憤怒《ふんぬ》の気がクワッと計《ばか》りに激昂《げきこう》したのをば無理無体に圧着《おしつ》けた為《た》めに　発しこじれて内攻して胸中に磅礴鬱積《はうはくうつせき》[六]する　胸板《むないた》が張裂ける腸《はらわた》が断絶《ちぎ》れる

四 顔を罵って言う語。↓二六三頁注六。

五 うっかりと。やりそこなって。

六 「磅礴」は交ざり合うこと。ここでは無念と怒りの感情が交ざり合って、積もりつもって内攻すること。

無念々々文三は耻辱《ちじよく》を取ツた　ツイ近属《ちかごろ》と云ツて二三日前までは官等《くわんとう》[一]に些《ち》とばかりに高下《かうげ》は有るとも同じ一課の局員で　優《まさ》り劣《おと》りが無ければ押しも押されもしなかツた昇如《ごと》き犬自物《いぬじもの》[二]の為《た》めに耻辱を取ツた、然《しか》り耻辱を取ツた、シカシ何《なん》の遺恨が有ツて如何《いか》なる原因が有ツて　想《おも》ふに文三昇にこそ怨《うらみ》はあれ昇に怨みられる覚えは更にない　然《しか》るに昇は何《なん》の道理も無く何の理由も無く恰《あたか》も人を辱《はづかし》める特権でも有《もつ》てゐるやうに　文三を土芥《どかい》の如くに蔑視《みくだ》して犬猫《いぬねこ》の如くに待遇《とりあつか》ツて剰《あまつさ》へ叔母やお勢の居る前で嘲笑《てうせう》した侮辱した

復職する者が有ると云ふ役所の評判も課長の言葉に思当《おもひあた》る事が有ると云ふも昇の云ふ事なら宛《あて》にはならぬ　仮令《よし》其等《それら》は実説にもしろ人[三]の痛いのなら百年も我慢すると云ふ昇が　自家《じぶん》の利益を賭物《かけもの》[四]にして他人の為《た》めに周旋しやうと云ふ、まず其《そ》れからが呑込《のみこ》めぬ

仮りに一歩を譲ツて全く朋友《はういう》の信実心《しんじつしん》から彼様《あのやう》な事を言出したとした所で、それなら其《そ》れで言様《いひやう》が有る、それを昇は官途を離れて零丁孤苦《れいていこく》[五]みすぼらしい身に成ツたと云ツて文三を見括《みくび》ツて　失敬にも無礼にも復職が出来たら此上《このうへ》が無からうト云ツた

一 免職前、文三は判任官八、九等か。昇は六等。→二八二頁注一。

二 犬のようなもの、犬畜生。

三 諺「人の痛いのは三年でも辛抱する」をさらに強調した表現。

四 勝負事(ここでは文三を復職させるために課長に進言すること)に賭ける品物。

五 落ちぶれて、ひとり苦しむ境遇。

それも宜《よろ》しいが課長は昇の為《た》めに課長なら文三の為めにもまた課長だ、それを昇は恰《あだか》も自家《うぬ》[六]一個《ひとり》の課長のやうに課長々々とひけらかして　頼みもせぬに「一臂《(いつ)び》の力を仮《か》してやらう橋渡しをしてやらう」と云ッた

疑ひも無く昇は課長の信用　三文不通《さんもんふつう》[七]の信用　主人が奴僕《ぬぼく》に措《お》く如《ごと》き信用を得てゐると云ッてそれを鼻に掛けてゐるに相違ない、それも己一個《うぬひとり》で鼻に掛けて己一個《うぬひとり》でひけらかして己《うぬ》と己《うぬ》が愚《ぐ》を披露してゐる分の事なら空家《あきや》[八]で棒を振ッた計《ばか》り　当《あた》り触《さは》りが無ければ文三も黙ッても居やう立腹もすまいが、その三文信用を挟《さしはさ》んで人に臨んで、人を軽蔑《けいべつ》して人を嘲弄《てうろう》して人を侮辱するに至ッては文三腹に据えかねる

面と向ッて図大柄《づおほへい》に「痩我慢《やせがまん》なら大抵《たいてい》にしろ」と昇は云ッた

痩我慢々々々　誰《たれ》が痩我慢してゐると云ッた、また何を痩我慢してゐると云ッた

俗務をおッつくねて[九]課長の顔色《がんしよく》を承《う》けて強《しい》て笑ッたり諛言《ゆげん》[一〇]を呈したり四ン這《よつばひ》に這廻《はひま》はッたり乞食《こつじき》にも劣る真似《まね》をして　漸《やうや》くの事で三十五円の慈恵金《じゑきん》に有附《ありつ》いた……それが何処《どこ》が栄誉になる　頼まれても文三には其様《そん》な卑屈な真似は出来ぬ、それを昇はお政如《ごと》き愚痴無知の婦人に持長《もちちやう》[一一]じられると云ッて我程《おれほど》働き者

[六] 相手を罵って言う代名詞。おのれ。てめえ。

[七] 一字も読めない人間を「一文不通(いちもんふつう)」と言うところから、一文を銅銭一文と置き換えた言葉。三文にしか通じない安っぽい信用。三文は極めて安いことの喩え。

[八] 諺「空家で棒を振る」。当たり障りがない、労するも見る人なき喩え。「明家で棒を振た計(かばかり)、誰に当障(あたりさわり)もなければ」(『風来六部集』下、『江戸語の辞典』による)。

[九] 「つくねる」を強めた語。こね上げて作るの意から転じて、ここでは(公用と私用を)引っくるめて一つにする、の意。「女房の留守押入れへおッつくね」(『柳多留』四篇)。

[一〇] へつらい、おべっかの言葉。

[一一] ちやほやされる、もてはやされる。「人に持長じられるが面白さに、とう〳〵大身代(おほしんだい)を潰(ぶっ)して」(『浮世風呂』二編巻之下)。

はないと自惚《うぬぼれ》て仕舞ひ　加之《しか》も廉潔《れんけつ》な心から文三が手を下げて頼まぬと云へば嫉《ねた》み妬《そね》みから負惜しみをすると臆測《おくそく》を逞《たくまし》ふして　人も有らうにお勢の前で「瘦《やせ》我慢《がまん》なら大抵《たいてい》にしろ」

口惜《くちを》しひ腹が立つ　余《よ》の事は兎《と》も角《かく》もお勢の目前で辱《はづかし》められたのが口惜しい

「加之《しか》も辱められる儘《まゝ》に辱められてゐて手出《てだし》もしなかツた

ト何処《どこ》でか異《おつ》[一]な声が聞えた

「手出がならなかツたのだ　手出がなつても為得《しえ》なかツたのぢやない

ト文三憤然《やつき》として分疏《いひわけ》を為出《しだ》した

「我《おれ》だツて男児《だんじ》だ虫[二]も有る胆気《たんき》[三]も有る　昇なんぞは蚊蜻蛉《かとんぼ》[四]とも思ツてゐぬが、シカシ彼時《あのとき》慭《なま》じ此方《こつち》から手出をしては益々《ます〱》向ふの思ふ坪に陥《はま》ツて玩弄《ぐわんろう》される計《ばか》りだシ　且《か》つ婦人の前でも有ツたから為難《しにく》い我慢もして遣《や》ツたんだ

トは知らずしてお勢が怜悧《れいり》に見えても未惚女《おぼこ》[五]の事なら　蟻《あり》とも螻《けら》とも糞中《ふんちう》の蛆《うじ》とも云ひやうのない人非人《にんぴにん》　利《り》の為《た》めにならば人糞《じんぷん》をさへ嘗《な》めかねぬ廉恥《れんち》知らず、昇如《ごと》き者の為めに文三が嘲笑《てうせう》されたり玩弄されたり侮辱されたりしても手出をもせず阿容々々《おめ〱》として退いたのを視《み》て　或日《あるひ》不甲斐《ふがひ》ない意久地《いくぢ》が無いと思ひはしなかツたか……仮令《よし》お勢は何《なに》とも思はぬにしろ文三はお勢の手前面目《めんぼく》な

一（文三の憤慨とは）ちょっと違った声。

二　ある考えや感情を起こす元になるもの。心の中にそういう虫がいると考えられていた。

三　胆力。

四　ガガンボの別称。蚊に似ているが形はそれより大きく、血は吸わない。

五　まだ世馴れぬ子供。ここではまだ男女の別など意識しないという意味での表記。

六　ここでは巡査が受け持ち区域を定時に見廻ること。泉鏡花『夜行巡査』（明治二十八年）参照。明治七年一月に東京警視庁が設立され、翌月、従来の邏卒（らそつ）・番人の呼称を廃して巡査（一等―四等、等外官に準ずる）と改めた（『太政官日誌』明治七年二月五日。『明治史要』昭和八年に

い恥《はつ》かしい……

「ト云ふも昇、貴様から起ツた事だぞ　ウヌ如何《どう》するか見やがれ

ト憤然《やつき》として文三が拳《こぶし》を握ツて歯を喰切《くひしば》ツてハツタと計《ばか》りに疾視《にらみつ》付けた、疾視付けられた者は通りすがりの巡査で、巡査は立止ツて不思議さうに文三の背長《せたけ》を眼分量《めぶんりやう》に見積ツてゐたが、それでも何《なに》とも言はずにまた彼方《あちら》の方へと巡行[六]して往《い》ツた

愕然《がくぜん》として文三が夢の覚めたやうな面相《かほつき》をしてキヨロ〳〵と四辺《あたり》を環視《みま》はして見れば何時《いつ》の間にか靖国神社《やすくにじんじや》[七]の華表際《とりゐぎは》[八]に鵠立《たゝずん》でゐる、考へて見ると成程《なるほど》俎《まないた》[九]橋《ばし》を渡ツて九段坂《くだんざか》を上《あが》ツた覚えが微《かすか》に残ツてゐる

乃《すなは》ち社内へ進入《すゝみい》ツて左手の方の杪《うらが》枯れた桜の樹《き》の植込《うゑこ》みの間へ這入《はい》ツて両手を背後に合はせながら顔を皺《しか》めて其処此処《そこここ》と徘徊《うろつ》き出した　蓋《けだ》し尋ねやうと云ふ石田の宿所は後門《うらもん》を抜ければツイ其処では有るが　何分にも胸に燃《もや》す修羅《しゆら》[一〇]苦羅《くら》の火の手が盛《さかん》なので暫《しば》らく散歩して余熱《ほとぼり》を冷《さ》ます積りで

「シカシ考へて見ればお勢も恨みだ

ト文三が徘徊《うろつ》きながら愚痴を溢《こぼ》し出した

「[一一]現在自分の……我《おれ》が本田のやうな畜生に辱《はづかし》められるのを傍観してゐながら

よる)。翌八年からは全国的に巡査の名称で統一された。

七 戊辰戦役(幕末の新政府軍と旧幕府軍の戦い)以来の戦死者を中心に祀った招魂社(明治二年)が起源。明治十二年、靖国神社と改称。千代田区九段北三丁目。↓四八六頁地図⑧。

八 「華表」は鳥居の中国風表記。

靖国神社大鳥居前
(『風俗画報』177号，明 25・3)

九 日本橋川の神保町と九段坂下の中間にかかっている橋。千代田区。↓四八六頁地図⑥。

一〇 阿修羅道、または修羅道の略。仏教で言う六道の一つ。猜疑、嫉妬、怒りが渦巻き、争いをこととする世界。「苦羅」はその苦しみを修羅の語呂に合わせて添えた言葉。

一一 現に、外ならぬ、の意。外ならぬ(婚約者である)…と思ったのであろう。

悔しさうな顔もしなかツた……平気で人の顔を視《み》てゐた……

「加之《しかも》立際《たちぎは》に一所《いつしよ》に成ツて高笑ひをした」ト無慈悲な記憶《きおく》が用捨《ようしや》〔一〕なく言足《いひたし》をした

「然《さ》うだ高笑ひをした……シテ見れば弥〻《いよく》心変りがしてゐるか知らん……

ト思ひながら文三が力無ささうに　とある桜の樹《き》の下《もと》に据え付けてあツたペンキ塗りの腰掛〔二〕へ腰を掛けると云ふよりは寧《むし》ろ尻餅《しりもち》を搗《つ》いた　暫《しば》らくの間は腕を拱《く》んで頤《あご》を襟に埋《うづ》めて身動きをもせずに静《しづま》り返ツて黙想してゐたが忽《たちま》ちフッと首を振揚げて

「ヒョットしたらお勢に愛想《あいそ》を尽かさして……そして自家《じぶん》の方に靡《な》びかさうと思ツて……それで故意《わざ》と我《おれ》を……お勢のゐる処《ところ》で我《おれ》を……然《さ》ういへばアノ言《いひ》様《ざま》　アノ……お勢を視《み》た眼付《めつ》き……コ、コ、コリヤ此儘《このまゝ》には措《お》けん……

ト云ツて文三は血相を変へて突起上《つッたちあが》ツた

が如何《どう》したもので有らう

何歟《なにか》カウ非常な手段を用ひて非常な豪胆《がうたん》を示して「文三は男児《だんじ》だ虫も胆気《たんき》も此《この》通り有る　今迄何《いままでなん》と言はれても笑ツて済ましてゐたのはな、全く恢量大《くわいりやうたい》〔三〕度《ど》だからだぞ無気力だからでは無いぞ」トロで言はんでも行為で見付《みせつ》けて　昇

一　何の遠慮もなく、情け用捨もなく。

二　ベンチ。

三　心が広く度量の大きいこと。

の[四]胆《たん》を褫《うば》ツて叔母の睡《ねぶり》を覚まして若《も》し愛想《あいそ》を尽かしてゐるならばお勢の信用を
も買戻してそして……そして……自分も実に胆気《たんき》が有ると……確信して見度《みた》い
が如何《どう》したもので有らう

思ふさま言ツて言ツて言ひまくツて而《そ》して断然絶交する……イヤ〳〵昇も仲々[五]口強馬《くちごわうま》、舌戦は文三の得策でない　ト云ツて正可《まさか》腕力に訴へる事も出来ず

「ハテ如何《どう》して呉《く》れやう

ト殆《ほと》んど口へ出して云ひながら　文三がまた旧《もと》の腰掛に尻餅《しりもち》を搗《つ》いて熟々《つく〴〵》と考込《かんがひこ》んだ儘《まゝ》一時間計《ばか》りと云ふものは静まり返ツてゐて身動きをもしなかツた

「ヲイ内海《うつみ》君

ト云ふ声が頭上《とうじやう》に響いて誰《だれ》だか肩を叩《たゝ》く者が有る　吃驚《びツくり》して文三がフツと貌《かほ》を振揚げて見ると　手摺《てず》れて垢光《あかびか》りに光ツた洋服加之《しか》も二三ヶ所[六]手疵《てきず》を負ふた奴《やつ》を着た壮年の男が　余程《よほど》酩酊《めいてい》してゐると見えて鼻持のならぬ程の[七]熟柿臭《じゆくしくさ》ひ香《にほひ》をさせ乍《なが》ら何時《いつ》の間にか目前《もくぜん》に突立《つッた》ツてゐた　是《こ》れは旧《も》と同僚で有ツた山口某《やまぐちなにがし》と云ふ男で　第一回にチヨイト噂《うはさ》をして置いたアノ山口と同人《どうにん》で矢張《やは》り[八]踏外《ふみはづ》し連《れん》の一人

「ヤ誰《だれ》かと思ツたら一別以来だネ

四 驚かせ、恐れさせること。「褫（ち）」は奪う、剝ぐ、の意。

五 「口強」は強く言いはること。また馬の気性が荒く乗りこなしにくいことも言うので、「口強馬」と続けた。強く言いはってやりにくい相手。

六 破れた洋服。落武者を思わせる表現。

七 酒に酔った人の息のにおい。熟柿のような臭気がする。

八 安定した官吏の道を踏みはずした仲間。

「ハ、、一別以来か
「大分《だいぶ》御機嫌のやうだネ
「然《しか》り御機嫌だ　シカシ酒でも飲まんぢやー堪《たま》らん　アレ以来今日で五日《いつか》になるが毎日酒浸《さけびた》しだ
ト云ツてその証拠立《しようこだて》の為《た》めにか胸で妙な間投詞[一]を発して聞かせた
「何故《なぜ》また然《さ》う Despair《デスペヤ》[二] を起したもんだネ
「Despair《デスペヤ》 ぢやー無いがシカシ君面白く無いぢやーないか　何等《なんら》の不都合が有ツて我々共《ども》を追出したんだらう、また何等の取得《とりえ》が有ツて彼様《あん》な庸劣《やくざ》[三]な奴計《やつばか》りを撰《えら》んで残したのだらう、その理由が聞いて見度《みた》いネ
ト真黒[四]に成ツてまくし立てた　その貌《かほ》を見て傍《そば》を通りすがツた黒衣《こくい》の園丁《ゑんてい》らしい男が冷笑した、文三は些《すこ》し気まりが悪くなり出した
「君も然《さ》うだが僕だツても事務にかけちやー……
「些《すこ》し少《ち》ひさな声で咄《はな》し給《たま》へ人に聞える
ト気を附《つ》けられて俄《にわか》に声を低めて
「事務に懸けちやかう云やア可笑《をか》しいけれども跡に残ツた奴等に敢《あへ》て多くは譲らん積りだ　然うぢやないか

一 ゲップ。
二 絶望。自棄（やけ）。
三 「庸劣（ようれつ）」は凡庸で愚劣なこと。「庸」は「人を用いる」「手柄」の意。
四 ここでは、かんかんになって。↓二〇九頁注一三。

「さうとも
「然《さ》うだらう
ト乗地《のりぢ》[五]に成ツて
「然《しか》るに唯《たゞ》一[六]種事務外の事務を勉励しないと云ツて我々共《ども》を追出した　面白く無いぢやないか
「面白く無いけれどもシカシ幾程《いくら》云ツても仕様が無いサ
「仕様が無いけれども面白く無いぢやないか
「トキニ本田の云事《いふこと》だから宛《あて》にはならんが　復職する者が二三人出来るだらうと云ふ事だが君は其様《そん》な評判を聞いたか
「イヤ聞かない、へー復職する者が、二三人
「二三人
山口は俄《にわか》に口を鉗《つぐ》んで何歟《なにか》黙考していたが頓《やが》てスコシ絶望気味《やけぎみ》で
「復職する者が有ツても僕ぢや無い　僕はいかん　課長に憎まれてゐるから最《も》う駄目だ
ト云ツてまた暫《しば》らく黙考して
「本田は一等上《あが》ツたと云ふぢやないか

五　調子に乗ってしゃべる様子。
六　公務以外の仕事。ごますり。

「然《さ》うださうだ
「どうしても事務外の事務の巧《たくみ》なものは違ツたものだネ　僕のやうな愚直なものには迚《とて》もアノ真似《まね》は出来ない
「誰《だれ》にも出来ない
「奴《やつ》の事だからさぞ得意でゐるだらうネ
「得意も宜《い》いけれども人に対《むか》ツて失敬な事を云ふから腹が立つ
ト云ツて仕舞ツてから　ア、悪い事を云ツたと気が附《つ》いたがモウ取返しは附かない
「ヱ失敬な事を　如何《どん》な事を〳〵
「エ、ナニ些《すこ》し……
「どんな事を
「ナニネ　本田が今日僕に或人《あるひと》の所へ往《い》ツて[一]お髯《ひげ》の塵《ちり》を払はないかと云ツたから　失敬な事を云ふと思ツてピツタリ跳付《はねつ》けてやツたら痩我慢《やせがまん》と云はん計《ばか》りに云やアがツた
「それで君黙ツてゐたか
ト山口は憤然として眼睛《ひとみ》を据えて文三の貌《かほ》を凝視《みつ》めた

一　こびへつらうことの形容。『宋史』寇準伝の故事による。「掃二鬚塵一」（『書言字考節用集』）、「今度新任の大臣にも御髯の塵を払ひ始めたさうです」（「当世人情金の成木」、活字非売本『我楽多文庫』第十集、明治十九年十二月）。「髯（ほほひげ）」は「鬚（あごひげ）」の方が正確。

「余程《よつぽど》やツつけて遣《や》らうかと思ツたけれども　シカシ彼様《あん》な奴《やつ》の云ふ事を取上げるも大人気《おとなげ》ないと思ツて赦《ゆる》して置《おい》てやツた
「そ、そ、それだから不可《いかん》、然《さ》う君は内気だから不可《いかん》
ト苦々しさうに冷笑《あざわら》ツたかと思ふと　忽《たちま》ちまた憤然として文三の貌《かほ》を疾視《にら》んで
「僕なら直《す》ぐ其場《そのば》でブン打《なぐ》ツて仕舞ふ
「打《な》ぐらうと思へば訳は無いけれどもシカシ其《そん》様な疎暴《そばう》な事も出来ない
「疎暴だツて関《かま》はんサ　彼様奴《あんなやつ》は時々打《な》ぐツてやらんと癖になつていかん
君だから何《なん》だけれども僕なら直《す》ぐブン打ツて仕舞ふ
文三は黙して仕舞ツて最早《もはや》弁駁《べんばく》をしなかツたが　暫《しば》らくして
「トキニ君は何だと云ツて此方《こつち》の方へ来たのだ
山口は俄《にわ》かに何歟《なにか》思ひ出したやうな面相《かほつき》をして
「ア然《さ》うだツけ……[二]一番町に親類が有るから此勢《このいきほひ》で是《こ》れから其処《そこ》へ往《い》ツて金を借りて来《こ》やうと云ふのだ、それぢや是れで別れやう　些《ち》と遊びに遣ツて来給《きたま》へ
[三]失敬
ト自己《おの》が云ふ事だけを饒舌《しやべ》り立てゝ人の挨拶《あいさつ》は耳にも懸けず急歩《あしばや》に通用門の方《はう》へと行《ゆ》く　その後姿を目送《みおく》りて文三が肚《はら》の裏《うち》で

二 麹町区一番町。現、千代田区三番町。↓四八六頁地図⑨。
三 友人間（男性）の別れの挨拶。↓二〇六頁注一。

「彼奴《あいつ》まで我《おれ》の事を意久地《いくぢ》なしと云はん計《ばか》りに云やアがる

第十回　負《まけ》[一]るが勝《かち》

知己を番町の家に訪《と》へば主人《あるじ》は不在　留守居の者より翻訳物を受取ッて文三《ぶんざう》が旧《も》と来た路《みち》を引返《ひきかへ》して俎橋《まないたばし》まで来た頃《ころ》は　モウ点火《ひとも》し頃《ごろ》で町家《ちやうか》では皆店頭《みせ》[二]洋燈《らんぷ》を点《とも》してゐる　「免職に成ツて懐淋《ふところざみ》しいから今頃帰るに食事をもせずに来た」ト思はれるも残念と　つまらぬ所に力瘤《ちからこぶ》を入れて文三はトある牛店《ぎうてん》[三]へ立寄ッた

此《この》牛店は開店してまだ間もないと見えて見掛けは至極よかッたが裏《なか》へ這入《はい》ッて見ると大違ひ　尤《もつと》も客も相応にあッたが給事《きふじ》の婢《をんな》が不慣れなので迷惑《まごつ》く程には手が廻《ま》はらず　帳場[四]でも間違へれば出し物も後《おく》れる　酒を命じ肉を命じて文三が待てど暮らせど持《もつ》て来《こ》ない、催促をしても持て来ない、また催促をしてもまた持て来ない　偶ゝ《たまく》持て来れば後《あと》から来た客の所へ置いて行《ゆ》く　流石《さすが》の文三も遂《つひ》には肝癪《かんしやく》を起して、厳敷《きびしく》談じ付けて不愉快不平な思ひをして漸《やうや》くの事で食事を済まして、勘定を済まして「毎度難有《ありがたう》御座い」の声を聞流《きゝなが》して、戸外《おもて》へ出た時には、厄落《やくおと》[五]しでもしたやうな心地がした

牛肉店帳場
（木村荘八画．北野美術館蔵）

一 諺「負けるが勝ち」。表面上は詫びてみせ、裏で勝った昇を表す。

二 軒燈。『明治商売往来』によれば、商店や住宅の軒先に「ブリキ製の山型屋根のある四角い硝子張りの街燈」があり、「東京点燈会社」の点燈夫が、この石油ランプに点燈して歩いたという。

三 牛鍋屋。文明開化を代表する風俗で、この当時は東京中いたるところに牛店があった。ナマ（牛肉）と五分（ぶこ＝葱）を甘辛く煮て食べる。朱色で牛肉と大書した旗や看板が特徴。仮名垣魯文『牛店雑談　安愚楽鍋（あぐらなべ）』（明治四－五年）、服部撫松『東京新繁昌記』、『明治商売往来』、木村荘八『東京の風俗』（毎日新聞社、昭和二十四年）などにそのありさまが活写されている。なお内田魯庵『思ひ出す人々』（大正十四年）に、二葉亭とともに番町から九段、神保町を散歩し、神田明神下で牛鍋屋に入ったという回想がある。

両側の夜見世《よみせ》を窺《のぞ》きながら文三がブラ〳〵と[六]神保町《じんばうちやう》の通りを通行した頃《ころ》には　胸のモヤクヤも漸《やうや》く絶え〴〵に成ツてどうやら酒を飲んだらしく思はれて　昇《のぼる》に辱《はづかし》められた事も忘れお勢《せい》の高笑ひをした事をも忘れ山口の言葉の気に障《さは》ツたのも忘れ、牛店《ぎうてん》の不快をも忘れて[七]唯酡顔《たゞかほ》に当る夜風の涼味《りやうみ》をのみ感じたがシカシ長持はしなかツた

宿所《しゆくしよ》へ来た、何心なく文三が格子戸を開けて裏《うち》へ這入《はい》ると　奥坐舗《おくざしき》の方でワツ〳〵と云《い》ふ高笑ひの声がする　耳を聳《そばだ》てゝ能《よ》く聞けば昇の声もその中《うち》に聞える……まだ居ると見える　文三は覚えず立止ツた「若《も》しまた無礼を加へたらモウその時は破れかぶれ」と思へば荐《しき》りに胸が浪《なみ》だつ　暫《しば》らく鵠立《たゝずん》でゐて度胸を据えて　戦争が初まる前の軍人の如《ごと》くに思切《おもひき》ツた顔色《がんしよく》をして文三は椽側《えんがは》へ廻《めぐ》り出た

奥坐舗を窺《のぞ》いて見ると[八]杯盤狼藉《はいばんらうぜき》と取散らしてある中《なか》に昇が背なかに円《まろ》く切抜いた白紙《しらかみ》を張られてウロ〳〵として立《たつ》てゐる、その傍《そば》にお勢とお鍋《なべ》が[九]腹を抱へて絶倒してゐる、がお政《まさ》の姿は[一〇]カイモク見えない、顔を見合はしても「帰ツたか」ト云ふ者もなく「叔母さんは」ト尋ねても返答をする者もないので　文三が憤々《ぶり〳〵》しながら其儘《そのまゝ》にして行過《ゆきす》ぎて仕舞ふと忽《たちま》ち後《うしろ》の方で

四 商店、宿屋、料理屋などの勘定場。
五 厄難を払い落とすために神仏に参ったり、金銭をそっと捨てたりすること。
六 明治維新後の新開地(もとは武家屋敷、特に旗本神保氏)で通りの両側は小商店で賑わっていた。現、千代田区。↓四八六頁地図③。
七 酒に酔った顔。「酡(だ)」は酔って顔が赤いこと。
八 酒盛りの後、杯や皿・鉢などが乱れている様子。「杯盤」はさかずきと皿・鉢。
九 抱腹絶倒。もともとは「捧腹」と書く。腹をかかえてひっくりかえるほど大笑いをすること。
一〇 皆目。全然。

(昇)一 ヲヤ此様《こん》な悪戯《いたづら》をしたネ
(勢) アラ私《わたし》ぢや有りませんよ　アラ鍋ですよオホヽヽヽ
(鍋) アラお嬢さまですよオホヽヽヽ
(昇) 誰《たれ》も彼《かれ》も無い二人共敵手《あひて》だ　ドレまづ此肥満奴《このふとつちよ》から
(鍋) アラ私《わたくし》ぢや有りませんよオホヽヽヽ　アラ厭《いや》ですよ……アラー御新造《ごしんぞ》さ
アン引二

ト大声を揚げさせての騒動　ドタバタと云ふ足音も聞えた、オホヽヽと云ふ笑《わらひ》声《ごゑ》も聞えた、お勢の荐《しき》りに「引掻《ひつかい》てお遣《や》りよ引掻て」ト叫喚《わめ》く声もまた聞えた

騒動《さわぎ》に気を取られて文三が覚えず立止りて後方《うしろ》を振向く途端三に　バタ〳〵と跫音《あしおと》がして避ける間もなく誰《たれ》だかトンと文三に衝当《つきあた》ツた　狼狽《あはて》た声でお政の声で

「ヲー危ない……誰《だれ》だネー此様《こん》な所《とこ》に黙ツて突立《つゝた》ツてゝ
「ヤ、コリヤ失敬……文三です……何処《どこ》ぞ痛めはしませんでしたか

お政は何《なん》とも言はずにツイと奥坐舗《おくざしき》へ這入《はい》りて跡四ピツシヤリ、恨めしさうに跡を目送《みおく》ツて文三は暫《しば》らく立在《たゝずん》でゐたが　頓《やが》て二階へ上《あが》ツて来てまづ手探りで洋燈《らんぷ》を点じて机辺《つくゑのほとり》に蹲踞《そんこ》五してから　さて

一 このような会話文の話者の表記は、江戸時代の歌舞伎の脚本や戯作の表記法を受け継ぎ、同時代でも『当世書生気質』、山田美妙『嘲戒小説天狗』（明治十九―二十年）、『雪中梅』など多数の小説、落語速記本に用いられている。ただし畑注には、この部分の会話が文三には声だけが聞えて話者の姿が見えないために、意識的に採用された表記ではないかという指摘がある。

二 長音記号。→二〇八頁注三。

三 底本は「塗炭」。三八〇頁一四行、四五〇頁一三行にも同じ表記があるので、誤記・誤植とは思われない。作者の筆癖による同音の当て字であろうが、読解上かなり無理な当て字なので普通の表記に訂した。ただし夏目漱石も「自転車日記」で同じ表記をしている。

四 障子や襖をぴっしゃりと閉めきること。

五 うずくまる、しゃがむ。

「実に淫哇《みだら》[六]だ　叔母や本田は論ずるに足らんがお勢が、品格々々と口癖《くちくせ》に云ツてゐるお勢が彼様《あん》な猥褻《わいせつ》な席に連《つらな》ツてゐる……加之《しか》も一所《(いっ)しょ》に成ツて巫山戯《ふざけ》てゐる……平生《へいぜい》の持論は何処《どこ》へ遣《や》ツた　何《なん》の為《た》めに学問をした　先自侮《まづみづからあなどる》[七]而後人侮レ之《しかうしてのちひとこれをあなどる》　その位の事は承知してゐるだらう、それでゐて彼様《あん》な真似《まね》を……実に淫哇《みだら》だ　叔父の留守に不取締《ふとりしまり》が有ツちや我《おれ》が済まん　明日《あした》厳敷《きびしく》叔母に……

トまでは調子に連れて黙想したが此《こゝ》に至ツてフト今の我身を省《かへり》みてグンニヤリと萎《しほ》れて仕舞ひ　暫《しば》らくしてから「まづ兎《と》も角《かく》も」ト気を替えて懐中して来た翻訳物を取出して読み初めた

[八]The ever difficult task of defining the distinctive characters and aims of English political parties threatens to become more formidable with the increasing influence of what has hitherto been called the Radical party. For over fifty years the party ……

ドツと下坐舗《したざしき》でする高笑ひの声に流読《りうどく》[九]の腰を折られて文三はフトロを鉗《つぐ》んで「チョツ失敬極まる　我《おれ》の帰ツたのを知ツてゐながら何奴《どいつ》も此奴《こいつ》も本田一人の相手に成ツてチヤホヤしてゐて　飯《めし》を喰《く》ツて来たかと云ふ者も無い……アま

六「淫哇（あいん）」はみだらな音曲、みだらな声の意。

七『孟子』離婁（りろう）上に「夫（それ）人必自侮、然後人侮レ之」（人が軽蔑されるのは、まず初めに自分自身を侮ることがあって、その後に他人からも侮られるのだ、の意）とある。

八「英国の諸政党の独自の性格と目的とを定義づけるという困難な課題は、これまで急進党と呼ばれて来た勢力の影響力が増大して来たことによって、ますます厄介なものになる恐れがある。五十年以上もの間、この政党…」の意。

九 一語、一語の意味にこだわらず、ざっと読んで行くこと。特に明治期に多く用いられた言葉。

た笑ツたアリヤお勢だ……弥々《いよく》心変りがしたならしたと云ふが宜《いゝ》　切[一]れてやらんとは云はん　何《なん》の糞我《くそおれ》だツて男児《だんじ》だ心変《こゝろがはり》のした者に……

ハツと心附《こゝろづい》てまた[二]一越《(いち)おつ》調子高に

The ever difficult task of defining the distinctive characters and aims of English political……

フト格子戸の開《あ》く音がして笑ひ声がピツタリ止ツた、文三は耳を聳《そばだ》てた　匆《いそが》はしく椽側《えんがは》を通る人の足音がして暫《しば》らくすると梯子段《はしごだん》の下で洋燈《らんぷ》を如何《どう》とか斯《か》うとか云ふお鍋の声がしたが　それから後《のち》は蕭然《ひつそ》として音沙汰《おとさた》をしなくなつた、何《なに》となく来客でもある容子《ようす》、

高笑ひの声がする内は何をしてゐる位は大抵《たいてい》想像が附《つい》たからまづ宜《よ》かツたが　斯《か》う静《しづま》ツて見るとサア容子が解《わか》らない、文三些《すこ》し不安心に成ツて来た

「客の相手に叔母は坐舗《ざしき》へ出てゐる　お鍋も用がなければ可《よ》し有れば傍《そば》に附《つい》てはゐない　シテ見ると……」文三は起《た》ツたり居《ゐ》[三]たり

[四]キツト思付《おもひつ》いた　イヤ憶出《おもひだ》した事が有る、今初《はじ》まツた事では無いが先刻《せんこく》から酔醒《よひざ》めの気味で咽喉《のど》が渇く　水を飲めば渇《かはき》が歇《と》まるがシカシ水は台所より外《ほか》には無い　而《しかう》して台所は二階には附《つ》いてゐない　故に若《も》し水を飲まんと欲せば是

一「切れる」は別れるの意。
二 ここでは「一段と」の意。↓二一五頁注一八。
三 座ったり。
四 確かに、はっきりと。

非共下坐舗《したざしき》へ降りざるを得ず「折が悪いから何《なん》となく何だけれどもシカシ我慢してゐるも馬鹿気《ばかげ》てゐる」ト種々《さまざ》に分疏《いひわけ》をして文三は遂《つひ》に二階を降りた

台所へ来て見ると小洋燈《こらんぷ》五が点《とぼ》しては有るがお鍋は居ない　皿小鉢の洗ひ懸けた儘《まゝ》で打捨てゝ有る所を見れば急に用が出来て遣《つかひ》にでも往《いつ》たものか「奥坐《おくざ》舗《しき》は」と聞耳《きゝみゝ》を引立《ひきた》てればヒソ〳〵と私語《さゝや》く声が聞える　全身の注意を耳一ツに集めて見たがどうも聞取れない　ソコで窃《ぬす》むが如《ごと》くに水を飲んで抜足《ぬきあし》をして台所を出やうとすると忽《たちま》ち奥坐舗の障子がサッと開《あ》いた　文三は振反《ふりかへ》ツて見て覚えず立止ツたお勢が開懸《あけか》けた障子に擱《つか》まツて出るでも無く出ないでもなく唯此方《たゞこつち》へ背を向けて立在《たゝず》んだ儘《まゝ》で坐舗の裏《うち》を窺《のぞ》き込んでゐる

五　片手で持ち運びできる小さなランプ。

小洋燈
(『江戸と東京風俗野史』)

絵　尾形月耕画。画中の文字は「お勢があけかけた障子につかまツた儘で出るでもなく出ないでもなく此方へ背を向けて坐敷の裏をのぞきこんでゐる」。右上に描かれているのは懸軸。昇の姿は見えないが、手招きする手だけが見える。本文では文三は立っているはずだが、絵では板敷に座っている。お勢が文三に背を向けて昇の方を向いていることが、三者の関係を象徴的に表している。

「チョイと茲処《こゝ》へお出《い》で
ト云ふは慥《たしか》に昇の声　お勢はだらしもなく頭《かぶ》振りを振りながら
「厭《いや》サ彼様《あん》な事をなさるから
「モウ悪戯《いたづら》しないからお出でと云へば
「厭
「ヨーシ厭と云ッたネ
「真個《ほんと》か其処《そこ》へ往《い》きませうか
ト　チョイと首を傾《かし》げた
「アお出で　サア……サア……
「[一]何方《どっち》の眼《め》で
「コイツメ
ト確《たしか》に起上《たちあが》る真似《まね》
ヲホヽヽと笑ひを溢《こぼ》しながらお勢は狼狽《あは》てゝ駈出《かけだ》して来て危《あやふ》く文三に衝当《つきあた》らうとして立止ッた
「ヲヤ誰《だれ》……文さん……何時《いつ》帰ッたの
文三は何《なん》にも言はずツンとして二階へ上《あが》ッて仕舞ッた

一　あかんべい（指で下まぶたを引き下げ、赤い裏を見せる）をして拒絶を示した言葉か。未詳。

その後《あと》からお勢も続いて上《あが》ツて来て遠慮会釈も無く文三の傍《そば》にベツタリ坐《すは》ツて　常よりは馴々敷《なれなれしく》加之《しかし》も顔を皺《しか》めて可笑《をか》しく身体《からだ》を揺《ゆす》りながら

「本田さんが巫山戯《ふざけ》て〳〵仕様がないんだもの

ト鼻を鳴らした

文三は恐ろしい顔色《がんしよく》をしてお勢の柳眉《りうび》[二]を顰《ひそ》めた嬌面《かほ》を疾視付《にらみつ》けたが　恋[三]は曲物《くせもの》　から疾視付けた時でも尚《な》ほ「美は美だ」と思はない訳にはいかなかツた　折角の相好《さうがう》もどうやら崩れさうに成ツた……が　はツと心附《こゝろづ》いて故意《わざ》と苦々しさうに冷笑《あざわら》ひ乍《なが》ら率方《そつぱう》[四]を向いて仕舞ツた

折柄梯子《をりからはしご》段《だん》を蹈轟《ふみとゞろ》かして昇が上《あが》ツて来た　ギロリと両人《ふたり》の光景《やうす》を見るや否《いな》や忽《たちま》ちウッ[五]と身を反《そ》らして　さも業山《げうさん》[六]さうに

「是《これ》だもの……大切なお客様を置去りにしておいて

「だツて貴君《あなた》が彼様《あん》な事をなさるもの

「何様《どん》な事を

ト云ひながら昇は坐《すは》ツた

「どんな事ツて彼様《あん》な事を

「ハヽハ此奴《こいつ》ア宜《い》い、それぢやー彼様《あん》な事ツて如何《どん》な事を　ソラいゝ[七]たちこ

二 柳の葉のように細く美しい眉。

三 諺。恋は怪しい者、とも言うべきで、恋のためには正常な心が乱され、何をしでかすかわからない。

四 →二七四頁注三。

五 (二人の)熱さ、甘ったるさに当てられた様子。「ウッ」は我慢できないことを示す発語。

六 おおげさに。普通は「仰山」と書く。

七 二人が向かいあって「鼬（いーたち）こっこ、鼠（ねーずみ）こっこ」と言いながら、交互に手を代えて相手の手の甲を抓（ねっ）り合う児戯(『東京風俗志』)。ここではお勢と昇の「彼様な事を」「何様な事を」「どんな事ツて彼様な事を」「彼様な事ツて如何な事を」と繰り返すさまを指す。

鼬こっこ鼠こっこ
(『東京風俗志』)

ツこだ
「そんなら云ツてもよう御座んすか
「宜《よろ》しいとも
「ヨーシ宜しいと仰《おッ》しやツたネ、そんなら云ツて仕舞ふから宜《い》い　アノネ文さん　今ネ本田さんが……
ト言懸《いひか》けて昇の顔を凝視《みつ》めて
「オホヽヽ　マアかに[一]して上げませう
「ハヽヽ言へ無いのか　其《そ》れぢやー我輩《わがはい》が代ツて噺《はな》さう　「今ネ本田さんがネ……
「本田さん
「私《わたし》の……
「アラ本田さん仰《おッ》しやりやー承知しないから宜《い》い
「ハヽハ自分から言出《いひだ》して置きながら然《さ》うも亭主と云ふものは恐《こわ》いものかネ
「恐かア無いけれども私《わたし》の不名誉になりますもの
「何故《なぜ》
「何故と云ツて貴君《あなた》に凌辱《りようじよく》[二]されたんだもの

一　「堪忍（かんにん）する」の訛り。
二　あなどり、はずかしめられた。

「ヤ是《こ》れは飛《とん》でも無いことお云ひなさる　唯《たゞ》チョイと……
「[三]チョイと〳〵本田さん敢《あへ》[四]て一問を呈すオホヽヽ　貴君《あなた》は何ですネ口には同[五]権論者だ〳〵と仰《おッ》しやるけれども虚言《うそ》ですネ
「同権論者でなければ何《なん》だと云ふんでゲス[六]
「非同権論者でせう
「非同権論者なら
「絶交して仕舞ひます
「ヱ絶交して仕舞ふ　[七]アラ恐ろしの決心ぢやなアぢやないかアハヽヽ、如何《どう》して〳〵我輩《わがはい》程熱心な同権論者は恐らくは有るまいと思ふ
「虚言《うそ》仰《おッ》しやい　譬《たと》へばネ熱心でも貴君《あなた》のやうな同権論者は私《わたし》ア大嫌ひ
「是れは御挨拶《ごあいさつ》　大嫌ひとは情《なさけ》ない事を仰しやるネ　そんなら如何《どう》いふ同権論者がお好き
「如何《どう》云ふッてアノー僕[八]の好きな同権論者はネ　アノー……
ト横眼《よこめ》で天井を眺めた
昇が小声で
「文さんのやうな

三 昇の「唯チョイと…」（ただちょっとだけ…）を受けて、呼びかけの言葉に転じた。
四 特に質問しておきたい。漢文口調で、当時の書生風の言い方。
五 ここでは男女同権論者。福沢諭吉が「近日男女同権ノ論甚喧（はなはだかまびすし）シク」（「男女同数論」『明六雑誌』明治八年三月）と述べたように、「人民同権」（『文明論之概略』）とともに明治八年ごろから大いに行われ、「権」の意味をめぐって賛否両論があった。中島俊子や景山英ら女性の地位向上をめざす急進的な女性運動家に対して、『女学雑誌』社説「婦人の地位」（第二・三・五号、明治十八年八—九月）が、「所レ云（いわゆ）る男女同権論者なる者の如きは必竟（ひっきょう）婦人を改良するの効能あるものには非ざるなり」と述べているのが注目される。
六 江戸語で「ございます」に当たる丁寧語。明治時代にはいかにも通人ぶった、気取った言い方となった。「オホン深更に及び別して暑気が甚しく成た様でげすナ」（梅亭金鵞『七偏人』安政四年—文久三年）。「身形（みなり）も奇麗に、いつの間か東京詞（とうけいことば）となり、何も交際でゲス、是非同行し玉へ抔（など）と」（饗庭篁村「煩悩の月」『むら竹』明治二十二年）。
七 浄瑠璃のせりふを真似た言い方。浄瑠璃風に言えば「アラ恐しの決心ぢやなア（何と恐しい決心だなあ）」というところじゃあないか、の意。「ハテ恐ろしい、／ト刀を構へて見上げ、踏み出すを、柝（き）のかしら、／執念ぢやなア」（奈河七五三助（ながわしめすけ）『隅田川続俤（すみだがわごにちのおもかげ）』通称「法界坊」、天明四年初演）。
八 当時の女学生が使った男言葉。→二六六頁注二。

お勢も小声で
「Yes《イエス》……
ト微《かす》かに云ツて可笑《をか》しな身振りをして両手を貌《かほ》に宛《あ》てゝ笑ひ出した　文三は愕《がく》然《ぜん》としてお勢を凝視《みつ》めてゐたが見る間《ま》に顔色《がんしよく》を変へて仕舞ツた
「イヨー妬《やけ》ます引羨《うらや》ましいぞ引、どうだ内海《うつみ》ヱ、今の御託宣《ごたくせん》は　「文さんのやうな人が好きツ」アツ堪《たま》らぬ〳〵モウ今夜家《うち》にや寝られん
「オホヽヽ其様《そん》な事仰《おツ》しやるけれども　文さんのやうな同権論者が好きと云ツた計《ばか》りで文さんが好きと云はないから宜《い》いぢや有りませんか
「その分疏闇《いひわけくら》い〳〵[一]　文さんのやうな人が好きも文さんが好きも同じ事で御座います
「オホヽヽそんならばネ……ア斯《か》うです〳〵　私《わたし》はネ文さんが好きだけれども文さんは私が嫌ひだから宜《いゝ》ぢや有りませんか　ネー文さん然《さ》うですネー
「ヘン嫌ひ所《どころ》か好きも好き　[二]足駄《あしだ》穿《は》いて首《くび》ツ丈《たけ》と云ふ念の入《い》ツた落《おツ》こちやうだ　些《すこ》し水層《みづかさ》が増さうものなら[三]ブク〳〵往生しやうと云ふんだ　ナア内海
文三はムツとしてゐて莞爾《にツこり》ともしない、その貌《かほ》をお勢はチョイと横眼《よこめ》で視《み》て
「あんまり貴君《あなた》が戯談《じやうだん》仰《おツ》しやるものだから文さん慣《おこ》ツて仕舞ひなすツたよ

一　不足している、通らない。

二　異性に惚れこみ、首のあたりまで深みにはまったことの洒落。「手前(てめ)の為めにや足駄穿いて首ツたけてえな古い文句だ。竹馬を穿いて首ツたけだぜ」(落語「酢豆腐」『明治大正落語集成』第六巻)。「落こち」は男女が恋情に陥ること。「お直もヅンとおつこちて」(『かなよみ新聞』明治十二年二月四日)。

三　ブクブク沈んで溺死しようかというところだ、の意。

「ナニ正可《まさか》嬉敷《うれし》いとも云へないもんだからそれで彼様《あん》な貌《かほ》をしてゐるのサ、シカシ、ア丶澄ました所は内海も仲々好男子だネ、苦味《にがみ》ばしッてゐてモウ些《すこ》し彼《あ》の顋《あご》がつまると申分《まをしぶん》がないんだけれどもアハ丶丶丶

「オホ丶丶

ト笑ひながらお勢はまた文三の貌を横眼《よこめ》で視《み》た

「シカシ然《さ》うは云ふもの丶内海は果報者だよ　まづお勢さんのやうな此様《こん》な

ト　チヨイとお勢の膝《ひざ》を叩《たゝ》いて

「[四]頗《すこぶ》る付きの別品《べつぴん》　加之《しか》も実《じつ》[五]の有るのに想《おも》ひ附《つ》かれて　叔母さんに油を取られたと云ッては保護《ほうご》して貰《もら》ひヤ何《なん》だと云ッては保護《ほうご》して貰ふ　実に羨《うらや》ましいネ[六]明治年代の丹治《たんぢ》と云ふのは此《この》男の事だ　[七]焼《やい》て粉《こ》にして飲んで仕舞はうか　然うしたら些《ちつ》とはあやかるかも知れんアハ丶丶丶

「オホ丶丶

「ヲイ好男子　然う[八]苦虫を喰潰《くひつぶ》してゐずと些《ちつ》と此方《こつち》を向いてのろけ給《たま》へ　コレサ丹治君　是《こ》れはしたり御返答が無い

「オホ丶丶丶

トお勢はまた作笑《つくりわら》ひをしてまた横眼でムツとしてゐる文三の貌を視て

四 上に「頗る」という修飾が付く、すごい美人。
五 真心がこもっている、実意がある。
六 明治の丹治郎。「丹治郎」は為永春水の人情本『春色梅児誉美(しゆんしよくうめごよみ)』(天保三—四年)の主人公・唐琴屋丹次郎のことで、悪人に店を乗っ取られるが、深川の芸者・米八など三人の女性から慕われてその世話を受ける。幕末から明治時代にかけては美男、色男の代名詞となり、「ヤア丹次郎子、御入来(ごじゆらい)だネ」(『当世書生気質』第五回)、「互ひの心通ずる今丹次、真正の愛情悟入せぬ豊太郎」(謫天情仙(たくてんじようせん)「舞姫を読みて」『しがらみ草紙』明治二十三年一月)のように表現された。
七 「惚れ薬」として、たとえばイモリ(井守)の黒焼を飲むと利くという俗説があった。イモリの雌雄一対を焼いて粉にしたものを想う相手に振りかけたり、酒に入れて飲ませたりすると効果があるという。
八 苦虫を嚙みつぶして(苦りきった顔つきをして)。「おめへン所の旦那殿は、苦虫を食潰(くつつぶ)した様な顔をしてだんまり坊だに」(『浮世風呂』三編巻之下)。

「アー可笑《をか》しいこと余《あんま》り笑ツたもんだから咽喉《のど》が渇いて来た　本田さん下へ往《い》ツてお茶を入れませう
「マア最《も》う些《ちつ》と御亭主《ごていしゆ》さんの傍《そば》に居て顔を視《み》せてお上げなさい
「厭《いや》だネー御亭主さんなんぞツて、そんなら入れて茲処《こゝ》へ持ツて来ませうか
「茶を入れて持《もつ》て来る実《じつ》が有るなら寧《いつ》そ水を持ツて来て貰《もら》ひ度《た》いネ
「水を、お砂糖入れて
「イヤ砂糖の無い方が宜《い》い
「そんならレモン入れて来ませうか
「[一]レモンが這入《はい》るなら砂糖気《さたうけ》がチヨツピリ有ツても宜《い》いネ
「何《なん》だネーいろんな事云ツて
ト云ひ乍《なが》らお勢は起上《たちあが》ツて二階を降りて仕舞ツた　跡には両人《ふたり》の者が暫《しば》らく手《て》持無沙汰《もちぶさた》と云ふ気味で黙然《もくぜん》としてゐたが　頓《やが》て文三は厭《いや》に落着いた声で
「本田
「エ
「君は酒に酔ツてゐるか
「イヽヤ

一「レモン水」を希望したと思われる。『明治節用大全』によれば、「黎檬水（れもんすい）」は砂糖を溶かした水に酒石酸を加え、レモン油（濃縮ジュース）を注入するという。『言海』にはレモンの汁を「砂糖水ニ和シテ飲ムヲ「レモンス」トイフ」とある。斎藤月岑『武江年表』（東洋文庫、昭和四十三年）の明治六年「近き頃、世に行はるゝ物」に、清涼飲料水としてレモン水が挙げられているが、硫酸を入れるなどひどい商品もあったようで、明治八年六月に岸田吟香が精錡水本店で製造し、ビン詰で発売してから一般化した（「黎檬水」広告、『東京日日新聞』明治八年六月二十日）。なお「レモンス」については『詞苑間歩』下参照。

「それぢやア些《すこ》し聞く事が有るが　[二]朋友《はういう》の交《まじはり》と云ふものは互《たがひ》に尊敬してゐなければ出来るものぢや有るまいネ
「何《なん》だ可笑《おか》しな事を言出《いひだ》したな　左《さ》やう尊敬してゐなければ出来ない
「それぢやア……
ト云懸《いひか》けて黙してゐたが思切《おもひき》ツて些し声を震はせて
「君とは暫《しば》らく交際してゐたがモウ今夜ぎりで……絶交して貰《もら》ひ度《た》い
「ナニ絶交して貰ひ度いと……何だ唐突千万な　何だと云ツて絶交しやうと云ふんだ
「その理由は君の胸に聞《きい》て貰《もら》はう
「[三]可笑《をか》しく云ふな　我輩《わがはい》少しも[四]絶交しられる覚えは無い
「フン覚えは無い　彼程《あれほど》人を侮辱して置きながら
「人を侮辱して置き乍《なが》ら、誰《だれ》が、何時《いつ》、何《なん》と云ツて
「フヽン仕様が無いな
「君がか
文三は黙然《もくねん》として暫らく昇の顔を凝視《みつ》めてゐたが　頓《やが》て些し声高《こはだか》に
「何《な》にも然《さ》うとぼけなくツたツて宜《い》いぢや無いか　君みたやうなものでも人

二 友人同士の交わり。本来、「朋」は同門、「友」は同志。文三が考えているのは信や義にもとづく友情。

三 いやに含んだように言うな、の意。

四 絶交せられる（絶交される）に同じ。

間と思ふからして即《すなは》ち廉恥《れんち》[一]を知ツてゐる動物と思ふからして　人間らしく美しく絶交して仕舞はうとすれば君は一度ならず二度までも人を侮辱して置きながら……

「ヲイ〳〵〳〵人に物を云ふならモウ些《ちつ》と解《わか》るやうに云つて貰《もら》ひたいネ　君一人《ひとり》位《ぐらゐ》友人を失ツたと云ツてそんなに悲しくも無いから絶交するならしても宜《よろ》しいが　シカシその理由も説明せずして唯《たゞ》無暗《むやみ》に人を侮辱した〳〵と云ふ計《ばか》りぢやハア然《さ》うかとは云ツて居《ゐ》られんぢやないか

「それぢや何故《なぜ》先刻《さつき》叔母《カズン》やお勢のゐる前で僕に「痩我慢《やせがまん》なら大抵《たいてい》にしろ」と云ツた

「それが其様《そんな》に気に障《さわ》ツたのか

「当前《あたりまへ》サ……何故《なぜ》今また僕の事を明治年代の丹治《たんぢ》[二]即《すなは》ち意久地《いくぢ》なしと云ツた

「アハヽヽ弥々《いよ〳〵》腹筋《はらすぢ》[三]だ、それから

「[四]事に大小は有ツても理に巨細《こさい》は無い　痩我慢と云ツて侮辱したも丹治と云ツて侮辱したも帰する所は唯《たゞ》一の軽蔑《けいべつ》からだ　既に軽蔑心が有る以上は朋友《はういう》の交際は出来ないものと認めたからして絶交を申出《プロポーズ》したのだ　解《わか》ツてゐるぢやないか

一 心正しく、無欲で、恥を知っていること。反対は破廉恥。

二 丹次郎(→三五五頁注六)には、「色男金と力はなかりけり」という俗諺に言うような柔弱な面が多かった。「譬(たと)へに申す色男、金と力のなさゝうな働きのない直次郎」(河竹黙阿弥『天衣紛上野初花(くもにまごううえののはつはな)』明治十四年初演)。

三 「腹筋を縒(よ)る」の略。腹筋がよじれるほどおかしくてたまらないこと。「イヤどうもモウ、腹筋でごぜへました」(『浮世風呂』第四編巻之中)、「アヽ腹筋をよつたぜ」(『浮世床』二編巻之下)。

四 問題に大小の違いはあっても、(自分に対する軽蔑という)基本的な道理(態度)に大小はない。

「それから

「但《たゞ》し斯《か》うは云ふやうなもの丶園田《そのだ》の家と絶交して呉《く》れとは云はん、からして今迄《いまゝで》のやうに毎日遊びに来て叔母と骨牌《かるた》[五]を取らうが

ト云ツて文三冷笑した

「お勢《カズン》を芸娼妓《げいしやうぎ》[六]の如《ごと》く弄《もてあす》ばうが

ト云ツてまた冷笑した

「僕の関係した事でないから僕は何《なん》とも云ふまい、だから君も左《さ》う落胆イヤ狼狽《らうばい》して遁辞《とんじ》[七]を設ける必要も有るまい

「フヽウ嫉妬《しつと》[八]の原素も雑《まざ》ツてゐる、それから

「モウ是《こ》れより外《ほか》に言ふ事も無い、また君も何《な》にも言ふ必要も有るまいから此儘《このまゝ》下へ降りて貰《もら》ひ度《た》い

「イヤ言ふ必要が有る　冤罪《えんざい》を被《かう》ツては之《これ》を弁解する必要が有る、だから此《この》儘《まゝ》下へ降りる事は出来ない　何故《なぜ》痩我慢《やせがまん》なら大抵《たいてい》にしろと「忠告」したのが侮辱になる　成程《なるほど》親友でないものにさう直言したならば侮辱したと云はれても仕様が無いが　シカシ君と我輩《わがはい》とは親友の関繋《くわんけい》ぢや無いか

「親友の間《あひだ》[九]にも礼義は有る　然《しか》るに君は面と向ツて僕に「痩我慢なら大抵に

五 ここでは花札。→三一七頁注一五。

六 芸者や遊女。

七 逃げ口上。「右(と)に左(か)に遁辞を設けて」(『当世書生気質』第九回)。

八 嫉妬の要素。「原素」は元素と書かれる方が多い。化学用語から派生して心理や性格の分析にもしばしば用いられた。「人の性質の原素となるべき種々の性情」(『小説神髄』下巻「主人公の設置」)、「ゴマカシユム百分の七十に。ヲベッカリユム百分の三十といふ人物だ」(『藪の鶯』)。

九 格言「親しき中にも礼儀あり(親密すぎて節度を失うのは不和の元だから、いくら親密な中でも礼儀を失ってはならない)」にもとづく。

しろ」と云ッた　無礼ぢやないか

「何が無礼だ　「瘦我慢《やせがまん》なら大抵《たいてい》にしろ」と云ッたッけか「大抵にした方がよからうぜ」と云ッたッけか何方《どっち》だッたかモウ忘れて仕舞ッたがシカシ何方《どっち》にしろ忠告だ　凡《およ》そ忠告と云ふ者は──君にかぶれて哲学者振《ぶ》るのぢやアないが──忠告と云ふ者は人の所行《しょぎやう》を非と認めるから云ふもので是《ぜ》と認めて忠告を試みる者は無い　故に若《も》し非を非と直言したのが侮辱になれば総《すべ》ての忠告と云ふ者は皆《みな》君の所謂《いはゆる》無礼なものだ　若しそれで君が我輩《わがはい》の忠告を怒《いか》るのならば我輩一言もない謹《つゝしん》で罪を謝さう、が然《さ》うか

「忠告なら僕は却《かへつ》て聞く事を好む　シカシ君の言ッた事は忠告ぢやない侮辱だ

「何故《なぜ》

「若し忠告なら何故人のゐる前で言ッた

「叔母さんやお勢さんは内輪《うちわ》の人ぢやないか

「そりや内輪の者サ……内輪の者サ……けれども……しかしながら……

文三は狼狽《らうばい》した　昇はその光景《やうす》を見て私《ひそ》かに冷笑した

「内輪な者だけれどもシカシ何《な》にもア、口汚《くちきたな》く言はなくッても好《い》ゝぢやないか

「どうも種々《しゆぐ》に論鋒《ろんぽう》が変化するから君の趣意が解《わか》りかねるが、それぢや何《なに》か我輩《わがはい》の言方即《いひかたすなは》ち忠告の Manner《マンナア》 が気に喰《く》はんと云ふのか

「勿論《もちろん》 Manner《マンナア》 も気に喰《くは》んサ

「Manner《マンナア》 が気に喰はないのなら改めてお断り申さう　君には侮辱と聞えたかも知れんが我輩は忠告の積りで言ツたのだ、それで宜《よ》からう、それならモウ絶交する必要も有るまい　アハ、、、、

文三は何と駁《ばく》して宜《よ》いか解らなくなツた　唯《たゞ》ムシヤクシヤと腹が立つ　風《かぜ》が宜ければ左程《さほど》にも思ふまいが風が悪いので尚《な》ほ一層腹が立つ　油汗を鼻頭《はなさき》ににじませて下唇を喰締《くひし》めながら　暫《しば》らくの間口惜《くちを》しさうに昇の馬鹿笑《ばかわら》ひをする顔を疾視《にら》んで黙然《もくぜん》としてゐた

お勢が溢《こぼ》れる計《ばか》りに水を盛ツた「コップ」を盆に載せて持ツて参ツた

「ハイ本田さん

「是《こ》れはお待遠《まちど》うさま

「何《なん》ですと

「エ

「アノとぼけた顔

一 議論の矛先（ほこさき）。
二 やり方、作法。
三 情勢。

「アハヽヽ　シカシ余《あま》り遅かツたぢやないか

「だツて用が有ツたんですもの

「浮気でもしてゐやアしなかツたか

「貴君《あなた》ぢや有るまいシ

「我輩《わがはい》がそんなに浮気に見えるかネ……ドッコイ「課長さんの令妹《れいまい》」と云ひたさうな口付《くちつき》をする　云へば此方《こつち》にも「文さん」ト云ふ武器が有るから直ぐ返《かへり》討《うち》だ

「厭《いや》な人だネー　人が何《なん》にも言はないのに邪推を廻《ま》はして

「邪推を廻はしてと云へば

ト文三の方を向いて

「如何《どう》だ隊長[一]まだ胸に落《おち》んか

「君の云ふ事は皆遁辞《とんじ》だ

「何故《なぜ》

「そりや説明するに及ばん Self-evident truth《セルフエヴヰデント ツルース》[二]だ

「アハヽヽとう〳〵 Self-evident truth《セルフエヴヰデント ツルース》にまで達したか

「どうしたの

一 気やすく、からかい気味に相手を呼ぶ言葉。大将なども同じ。「いよ色男の隊長」（尾崎紅葉『三人妻』明治二十五年）。

二 自明の理。POD の axiom（公理）の項に self-evident truth とある。

「マア聞《きい》てゐて御覧なさい　余程《よほど》面白い議論が有るから
ト云ツてまた文三の方を向いて
「それぢやその方の口はまづ片が附《つい》たと、それからして最《も》う一口の方は何だツけ……然《さ》う〳〵丹治《たんち》々々《〳〵》アハヽヽ　何故《なぜ》丹治と云ツたのが侮辱になるネ　それも矢張《やは》りSelf-evident truth《セルフエヴヰデント ツルース》かネ
「どうしたの
「ナニネ先刻《さつき》我輩《わがはい》が明治年代の丹治と云ツたのが御気色《みけしき》に障《さは》ツたと云ツて此通《このとほ》り顔色《がんしよく》まで変へて御立腹だ　貴嬢《あなた》の情夫《いろ》にしちや些《ち》と野暮天《やぼてん》[三]すぎるネ
「本田
昇は飲《のみ》かけた「コツプ」を下に置いて
「何《なん》でゲス[四]
「人を侮辱して置き乍《なが》ら咎《とが》められたと云ツて遁辞《とんじ》を設けて逃《にげ》るやうな破廉恥《はれんち》[五]的《てき》の人間と舌戦は無益と認める、からしてモウ僕は何《なん》にも言ふまいが　シカシ最初の「プロポーザル」（申出）より一歩も引く事は出来んからモウ降りて呉《く》れ給《たま》へ
「まだ其様《そん》な事を云ツてるのか、ヤどうも君も驚く可《べ》き負惜《まけを》しみだな

三 情に通じない、さばけない人間。『江戸語の辞典』によれば、「仏教の何々天という名に擬した語とも、天は天上で至極の意とも」言う。
四 何でございましょう。↓三五三頁注六。
五 恥知らず。↓三五八頁注一。

「何だと

「負惜《まけを》しみぢやないか　君にも最《も》う自分の悪かツた事は解《わか》ツてゐるだらう

「失敬な事を云ふな　降りろと云ツたら降りたが宜《いゝ》ぢやないか

「モウお罷《よ》しなさいよ

「ハヽ、お勢さんが心配し出した、シカシ真《しん》に然《さ》うだネ、モウ罷した方が宜《い》い　ヲイ内海笑ツて仕舞はう　マア考へて見給へ　馬鹿気切《ばかげき》ツてゐるぢやないか　忠告の仕方が気に喰《く》はないの丹治と云ツたが癪《しやく》に障《さは》るのと云ツて絶交する全《まる》で子供の喧嘩《けんくわ》のやうで人に対して噺《はな》しも出来ないぢやないか、ネ、ヲイ笑ツて仕舞はう

文三は黙ツてゐる

「不承知か　困ツたもんだネ、それぢや宜《よ》ろしい斯《か》うしやう　我輩《わがはい》が謝まらう　全く然《さ》うした深い考《かんがへ》が有ツて云ツた訳ぢやないからお気に障ツたら真平《まつぴら》御免下さい、それでよからう

文三はモウ堪《た》へ切れない憤《いか》りの声を振上げて

「降りろと云ツたら降りないか

「それでもまだ承知が出来ないのか、それぢや仕様がない降りやう、今何《なに》を

言ツても解《わか》らない　逆上《のぼせあが》ツてゐるから
「何《なん》だと
「イヤ此方《こつち》の事だ　ドレ
ト起上《たちあが》る
「馬鹿《ばか》
昇も些《すこ》しムツとした趣《おもむ》きで立止《たちどま》ツて暫《しば》らく文三を疾視付《にらみつ》けてゐたが　頓《やが》てニヤリと冷笑《あざわら》ツて
「フヽン前後忘却の体《てい》か
ト云ひながら二階を降りて仕舞ツた　お勢も続いて起上《たちあが》ツて不思議さうに文三の容子《ようす》を振反《ふりかへ》ツて観《み》ながら　是《こ》れも二階を降りて仕舞ツた
跡《あと》で文三は悔《くや》しさうに歯を喰切《くひしば》ツて拳《こぶし》を振揚げて机を撃ツて
「畜生ツ
梯子段《はしごだん》の下あたりで昇とお勢のドツと笑ふ声が聞えた

第十一回　取付く島[一]

翌朝朝飯《よくてうあさはん》の時家内《かない》の者が顔を合はせた　お政《まさ》は始終顔を皺《しか》めてゐて口も碌々《ろくろく》

一 頼りとして取りすがる手がかり。文三の状況を表す章題。「取りつく島が(も)ない」と用いられるのが普通。

聞かず文三《ぶんざう》もその通り　独りお勢《せい》而已《のみ》はソワ〱してゐて更《さ》らに沈着《おちつ》かず端手《はした》なく囀《さへづ》ツて他愛もなく笑ふ、かと思ふとフト口を鉗《つぐ》んで真地目《まぢめ》に成ツて憶出《おもひだ》したやうに[一]額越《ひたへご》しに文三の顔を眺めて　笑ふでも無く笑はぬでもなく不思議さうな[二]剣呑《けんのん》さうな奇々妙々な顔色《がんしよく》をする

　食事が済む　お勢がまづ起上《たちあが》ツて坐舗《ざしき》を出て　椽側《えんがは》でお鍋《なべ》に戯《たはぶ》れて高笑《たかわらひ》をしたかと思ふ間も無く忽《たちま》ち部屋の方で低声《ていせい》に[三]詩吟をする声が聞えた

　益々《ます〱》顔を皺《しか》めながら文三が続いて起上《たちあが》らうとして　叔母に呼留《よびと》められて又坐直《すはりなほ》して不思議さうに恐々《おそる〱》叔母の顔色《がんしよく》を窺《うかゞ》ツて見てウンザリした　思做《おもひなし》かして叔母の顔は尖《とが》ツてゐる

　人を呼留めながら叔母は悠々としたものでまづ[四]煙草《たばこ》を環《わ》に吹くこと五六ぷく　お鍋の[五]膳《ぜん》を引終《ひきをは》るを見済ましてさて漸《やうや》くに

「他《ほか》の事でも有りませんがネ　昨日《きのふ》私《わたし》がマア傍《そば》で聞《きい》てれば——また余計なお世話だツて叱《しか》られるかも知れないけれども——本田《ほんだ》さんがアヽやツて信切《しんせつ》に言《いツ》てお呉《く》んなさるものをお前さんはキツパリ断《ことは》ツてお仕舞ひなすツたが　ソリヤモウお前さんの事《こつ》たから、いづれ先《さき》に何《なん》とか確乎《たしか》な[六]見当《みあて》が無くツて彼様《あん》な事をお言ひなさりやアすまいネ

一　→二九七頁注一〇。
二　あやぶんでいるような。
三　お勢は以前、儒者の娘にかぶれたことがあった(二一七頁七行)。男書生・壮士風に漢詩を吟ずることを覚えたのであろう。
四　悠々と煙草をふかして、相手をじらしたり、空うそぶいたりする様子。落語「かつぎや五兵衛」(『明治大正落語集成』第一巻)に、行商人が、断わる旦那を尻目に店先に座りこみ、そこにある煙草を勝手に煙管に詰め、「一服吸ひ、烟草を輪に吹き」という場面がある。
五　膳を下げる。この時代の食事は各人ごとの銘々膳。
六　めあて。ねらい。

「イヤ何《な》にも見当《みあて》が有ツての如何《どう》のと云《い》ふ訳ぢや有りませんが　唯《たゞ》……
「ヘー見当も有りもしないのに無暗《むやみ》に辞《ことは》ツてお仕舞ひなすツたの
「目的なしに断《こと》はると云ツては或《あるひ》は無考《むかんがへ》のやうに聞えるかも知れませんが
シカシ本田の言ツた事でもホンノ風評と云ふだけでナニモ確《たしか》に……
椽側《えんがは》を通る人の跫音《あしおと》がした　多分お勢が英語の稽古《けいこ》に出懸《でかけ》るので　改《あらたま》ツて外出をする時を除くの外《ほか》[七]はお勢は大抵《たいてい》母親に挨拶《あいさつ》をせずして出懸る、それが習慣で

「確に然《さ》うとも……
「それぢや何《なん》ですか　弥々《いよ〳〵》となりや御布告《ごふこく》[八]にでもなりますか
「イヤ其様《そん》な、布告なんぞになる気遣《きづか》ひは有りませんが
「それぢやマア人の噂《うはさ》を宛《あて》にするほか仕様が無いと云ツたやうなもんですネ
「デスガ　其《そ》れは然うですが　シカシ……本田なぞの言事《いふこと》は……
「宛《あて》にならない
「イヤそ、そ、さう云ふ訳でも有りませんが……ウー……シカシ……幾程苦《いくら》しいと云ツて……課長の所《ところ》へ……
「何ですとへ　幾程《いくら》苦しいと云ツて課長さんの所《とこ》へは往《い》けないとへ、まだお

七『女学雑誌』第七十一号(明治二十年八月)「女学校の寄宿舎」に、寄宿舎で生活すると不潔になり、道徳的に低下して乱暴、不作法になる、という指摘がある。お勢は塾の寄宿舎へ入っていた。

八 官庁からのお達し。太政官布告、教部省布達など、法令公示・伝達形式の一つ。岡三慶『今昔較』(明治七年)に、江戸時代高札文は通俗的すぎたが、文明開化後の布告書は文章の格調が高く、条理が通っていて外国人に読まれても恥かしくないという評がある。しかし一般には難解だったので、『読売新聞』などの小新聞(こしんぶん)は、「布告(おふれ)」として内容を平易に書き換えて掲載していた。同十八年に太政官制が廃止されて内閣制度ができ、官報(同十六年七月創刊)を通じて通知するようになってから、法的制度としては消滅していった。同十八年十二月二十八日の『官報』(第二十三号)に、内閣総理大臣伊藤博文名で、「布告布達ノ儀、自今官報ニ登載スルヲ以テ公式トシ、別ニ配布セズ」という記載がある。ここではお政がまだ古い制度に従っていることを示す。

前さんは其様《そん》な気楽な事を言《いつ》てお出《い》でなさるのかへ
トお政が層《かさ》に懸《かゝ》ツて極《きめ》付けかけたので文三は狼狽《あは》てゝ
「そ、そ、そればかりぢや有りません……仮令《たとへ》今課長に依頼して復職が出来たと云ツても迚《とて》も私《わたくし》のやうな者は永くは続きませんから　寧《むし》ろ官員はモウ思切《おもひき》らうかと思ひます
「官員はモウ思切る、フン何《なに》が何《なん》だか理由《わけ》が解《わか》りやしない　此間《このあひだ》お前さん何《なん》とお言ひだ　私《わたし》が是《こ》れから如何《どう》して行《い》く積《つもり》だと聞いたらまた官員の口でも探さうかと思ツてますとお言ひぢやなかツたか　其《そ》れを今と成ツてモウ官員は思切る……左様《さやう》サ　親の口は干《ひ》上《あが》ツても関《かま》は無いからモウ官員はお罷《や》めなさるが宜《い》いのサ
「イヤ親の口が干上ツても関はないと云ふ訳ぢや有りませんが　シカシ官員計《ばか》りが職業でも有りませんから教師[一]に成ツても親一人位《ぐらゐ》は養へますから……
「だから誰《だれ》も然《さ》うはならないとは申しませんよ、そりやお前さんの勝手だから教師になと車夫《くるまひき》[二]になと何《なん》になとお成《なん》なさるが宜《い》いのサ
「デスガ然う御立腹なすツちや私《わたくし》も実に……
「誰《だれ》が腹を立《たつ》てると云ひました、ナニお前さんが如何《どう》しやうと此方《こつち》に関繋《くひあひ》[三]の

一 官員にくらべて一般教員の給料は非常に低かった。かりに文三の月給が二十円か二十五円程度だったとすると、小学校教員(訓導)の初任給は明治十九年で五円である(『値段の明治大正昭和風俗史』)。ただし彼は専門学校出身で英語ができるので、小学校教員としてももう少し上のランク、あるいは私立の女学校・中学校の教員になる可能性もある。

二 人力車夫。当時は牛馬同然の最下等の職業とされていた。たとえば萩原乙彦『東京開化繁昌誌』にその生態が描かれている。警視庁と東京府は、明治十五年から「人力車取締規則」を強化し、車体・衛生・鑑札・服装態度などをきびしく規制したが、効果はなかなか現れなかった。

三 噛み合わせ、関係。

無い事だから誰《たれ》も腹も背も立ちやしないけれども　唯《たゞ》本田さんがア、やツて信《しん》切《せつ》に言ツてお呉《く》ンなさるもんだから周旋《とりもつ》て貰《もら》ツて課長さんに取入ツて置きやア仮令《よし》んば今度の復職とやらは出来ないでもまた先へよつて[四]何《なん》ぞれ角《か》ぞれお世話アして下さるまいものでも無いトネー　然《さ》らすりやお前さんばかしか慈母《おつか》さんも御安心なさる事《こつ》たシそれに……何だから「三方四方《（さん）ぼう（し）はう》」円《まる》く納まる事《こつ》たから（此時《このとき》文三はフツト顔を振揚げて不思議さうに叔母を凝視《みつ》めた）ト思ツてチヨイとお聞き申したばかしサ　けれどもナニお前さんが然らした了簡方《れうけんかた》ならそれ迄《まで》の事サ

両人共暫《しば》らく無言

「鍋

「ハイ

トお鍋が襖《ふすま》を開けて顔のみを出した、見れば口をモゴ付かせてゐる

「まだ[五]御膳《ごぜん》を仕舞はないのかへ

「ハイまだ

「それぢや仕舞ツてからで宜《い》いからネ何時《いつ》もの[六]車屋《くるまや》へ往《い》ツて[七]一人乗一挺《（いち）にんのり（いつちやう）》誂《あつ》らへて来てお呉《く》れ　[八]浜町《はまちやう》まで上下《じやうげ》

四　何か、かにか。「人といふものは、何ぞれ角ぞれ、取得のあるもんでござりやすが」（『浮世風呂』前編巻之下）。

五　食事が終わらないのか、の意。

六　車宿（くるまやど）。人力車には、お抱えの自家用のほか、車宿に所属する宿車（やどぐるま）、街で客待ちをする辻車（つじぐるま）、深夜の流しで悪徳を犯す「朦朧（もうろう）」などの別があった。

七　一人乗人力車。↓二九一頁注一二。「挺」は駕籠の数え方だが、習慣で人力車を挺と言う場合も多かった。

八　浜町は当時日本橋区、現在は中央区日本橋浜町。隅田川に面している。「上下」は往復。

「ハイそれでは只今直《たゞいまぢき》に

ト云ツてお鍋が襖《ふすま》を閉切《たてき》るを待兼ねてゐた文三が　また改めて叔母に向つて

「段々と承ツて見ますと叔母さんの仰《おつ》しやる事は一々御尤《ごもつとも》のやうでも有るシ　且私《かつわたくし》一個《ひとり》の強情から母親《おふくろ》は勿論《もちろん》叔母さんにまで種々《いろ〳〵》御心配を懸けまして甚《はなは》だ恐入《おそれい》りますから　今一応篤《とく》と考へて見まして

「今一応も二応も無いぢや有りませんか　お前さんがモウ官員にやならないと決めてお出《い》でなさるんだから

「そ、それは然《さ》うですがシカシ……事に寄ツたら……思ひ直《な》ほすかも知れませんから……

お政は冷笑しながら

「そんならマア考へて御覧なさい　だがナニモ何《なん》ですよ、お前さんが官員に成ツてお呉《く》んなさらなきやア私《わたし》どもが立往《たちい》[一]か無いと云ふんぢや無いから　無理に何ですよ勧めはしませんよ

「ハイ

「それから序《ついで》だから言ツときますがネ　聞けば昨夕《ゆふべ》本田さんと何だか入組《いりく》[二]みなすつたさうだけれども、そんな事が有ツちや誠に迷惑しますネ　本田さんは

一　暮らしに困る、やって行けない。

二　揉めなさった。「入り組む」は、物事がこんがらかること。

お前さんのお朋友《ともだち》三とは云ひぢやう今ぢやア家《うち》のお客も同前《どうぜん》の方《かた》だから
「ハイ
トは云ツたが　文三実《じつ》は叔母が何を言ツたのだかよくは解《わか》らなかツた　些《すこ》し考へ事が有るので
「そりやア丶云ふ胸の広《しろ》い方《かた》だから　其様《そん》な事が有ツたと云ツてそれを根葉《ねは》に有《も》ツて周旋《とりもち》をしないとはお言ひなさりやすまいけれども全体なら……マアそれは今言ツても無駄だ　お前さんが腹を極《き》めてからの事にしやう
「ハイ
ト自家撲滅四　文三はフト首を振揚げて
「イエネまたの事にしませうと云ふ事サ
「ハイ
何だかトンチンカンで、
叔母に一礼して文三が起上《たちあが》ツてそこ〳〵に部屋へ戻ツて室《しつ》の中央に突立《つツた》ツた儘《まゝ》で坐《すは》りもせず　良暫《やゝしばら》くの間《あひだ》と云ふものは造付《つくりつ》け五の木偶《にんぎやう》の如《ごと》くに黙然《もくぜん》としてゐたが頓《やが》て溜息《ためいき》と共に
「如何《どう》したものだらう

三　とは言うものの、とは言っても、の意。

四　自分で自分を滅ぼすこと。ここではお政が自分で自分の言葉を言い消したこと。他に用例未詳。自家撞著（自分の言動が前後矛盾すること）から思いついた造語か。

五　台の上に取りつけて動かすことができない人形。

ト云ツて　宛然《さながら》雪達摩《ゆきだるま》が日の眼《め》に逢《あ》ツて解《と》けるやうにグズ〳〵と崩《くず》れ乍《なが》らに坐《ざ》に着いた

何故《なぜ》「如何《どう》したものだらう」かとその理由《ことわけ》を繹《たづ》ねて見ると　概略《あらまし》はまづ箇様《かう》で

先頃《さきごろ》免職が種《たね》で油を取られた時は　文三は一途《(いち)づ》に叔母を薄情な婦人と思詰《おもひつ》めて恨みもし立腹もした事では有るが　其後《そのご》沈着《おちつ》いて考へて見ると如何《どう》やら叔母の心意気が飲込めなくなり出した

成程《なるほど》叔母は賢婦でも無い烈女[一]でもない　文三の感情思想を忖度《そんたく》[二]し得ないのも勿論《もちろん》の事では有るが　シカシ菽麦《しゆくばく》[三]を弁ぜぬ程の痴女子《ちぢよし》[四]でもなければ自家独得の識見をも保着《はうちやく》[五]してゐる　論事矩《ろじッく》[六]をも保着してゐる　処世[七]の法をも保着してゐる、それでゐて何故《なぜ》アヽ何《なん》の道理も無く何の理由もなく　唯《たゞ》文三が免職に成ツたと云ふ計《ばか》りで自身も恐らくは無理と知り宛《つゝ》、無理を陳《なら》べて一人で立腹して、また一人で立腹したとてまた一人で立腹して　罪も咎《とが》も無い文三に手を杖《つ》かして謝罪《わび》さしたので有らう　お勢を嫁《か》するのが厭《いや》になつてと或時《あのとき》は思ひはしたやうなもの〻考へて見れば其《そ》れも可笑《をか》しい　二三分時《(にさん)ぷんじ》前《まへ》までは文三は我女《わがむすめ》の夫　我《わが》女《むすめ》は文三の妻と思詰《おもひつ》めてゐた者が　免職と聞くより早くガラリ気が渝《かは》ツて俄《にはか》に

一　節操が堅く、気性のはげしい女性。
二　他人の心中をおしはかること。推察。
三　豆と麦との区別がつけられないほど愚かなことの喩え。「菽」は豆類の総称。『春秋左氏伝』成公十八年の「不レ能レ弁二菽麦一」から出た言葉。
四　愚かな女性。
五　保有している。
六　logic（英語）の音と意味両方を取った当て字。ロジックの漢字表記は「論理」の方が圧倒的に優勢で、「論事矩」はまもなく消えて行くが、『女学雑誌』第一三一号（明治二十一年十月）には「明治論事矩」という文章があり、夏目漱石の書簡（一〇九、正岡子規宛）には、「内容と外容の議論「論事矩」を応用したる所面白く御座候」とある。
七　処世術、世渡りの仕方。

配合《めあは》せるのが厭《いや》に成ツて急擠《きふごしらへ》の愛想尽《あいそづ》かしを陳立《ならべた》てゝ故意に文三に立腹さして而《そ》して娘と手を切らせやうとした……如何《どう》も可笑《をか》しい

かうした疑念が起ツたので文三がまた叔母の言草《いひぐさ》、悔しさうな言様《いひやう》、ヂレッタさうな顔色《がんしよく》を一々漏らさず憶起《おもひおこ》してさらに出直《でな》ほして思惟《しゆゐ》八して見て　文三は遂《つひ》に昨日《きのふ》の非を覚《さと》ツた

叔母の心事を察するに　叔母はお勢の身の固まるのを楽《たのし》みにしてゐたに相違ない　来年の春を心待《こゝろまち》に待《まツ》てゐたに相違ない　アノ帯をアヽしてコノ衣服をかうしてと私《ひそか》に胸算用《むなさんよう》をしてゐたに相違ない　それが文三が免職に成ツた計《ばか》りでガラリト宛《あて》が外れたのでそれで失望したに相違ない　凡《およ》そ失望は落胆を生み落胆は愚痴を生む　「叔母の言艸《いひぐさ》を愛想尽《あいそづ》かしと聞取《きゝと》ツたのは全く此方《こちら》の僻耳《ひがみゝ》九で或《あるひ》は愚痴で有ツたかも知れん」ト云ふ所に文三気が附《つ》いた

かう気が附《つい》て見ると文三は幾分か恨《うらみ》が晴れた　叔母がさう憎くはなくなつた　イヤ寧《むし》ろ叔母に対して気の毒に成ツて来た　一〇文三の今我《こんが》は故吾《こゞ》でない　シカシお政の故吾も今我でない

悶着《もんちやく》以来まだ五日《いつか》にもならぬにお政はガラリ其容子《そのようす》を一変した　勿論《もちろん》以前とてもナニモ非常に文三を親愛してゐた　手車一一に乗せて下へも措《お》かぬやうにして

八 「思」も「惟」も考える意。普通は「しい」と読むが仏教では、物事をみつめて思いはかり分別することを思惟と言うので、呉音で「しゆい」と読んだか。

九 聞き違い。

一〇 現在の文三は以前の文三ではない。しかし以前のお政も今のお政ではない、の意。「今我」「故吾」については三一三頁注一二参照。

一一 人がかつぐ乗物。輿（こし）。特に天子の乗物を指す。ここでは大切にして持ち上げることの喩え。

ゐたト云ふでは無いが　兎《と》も角《かく》も以前はチョイと顔を見る眼元《めもと》チョイと物を云ふ口元《くちもと》に真似《まね》て真似のならぬ一種の和気《わき》[一]を帯びてゐたが　此頃《このごろ》は眼中《がんちう》には雲を懸けて口元には苦笑《にがわらひ》を含むでゐる　以前は言事《いふこと》がさら〳〵としてゐて厭味気《いやみけ》が無かツたが此頃は言葉に針を含めば[二]聞《きい》て耳が痛くなる　以前は人我《にんが》[三]の隔歴《かくれき》が無かツたが此頃は全く他人にする　霽顔《せいがん》[四]を見せた事も無い温語《をんご》をきいた事も無い物を言懸《いひか》ければ聞えぬ風《ふり》をする事も有り　気に喰《く》はぬ事が有れば目を側《そばだ》て[五]ゝ疾視《にらみつ》付ける事も有り　要するに可笑《をか》しな処置振《しよちふ》りをして見せる　免職が種《たね》の悶着《もんちやく》は是に至ツて沍《こゝ》て[六]ゝかぢけて凝結《ぎやうけつ》し出した

文三は篤実温厚な男　仮令《よし》その人と為《な》りは如何《どう》有らうとも叔母は叔母　有恩《うおん》の人に相違ないから尊尚親愛[七]して水乳《すいにう》[八]の如《ごと》くシツクリと和合し度《た》いとこそ願へ　決して乖背《くわいはい》[九]し睽離《きり》[一〇]したいとは願は無いやうなものゝ　心は境《さかひ》に随《したが》ツて[一一]その相《さう》を顕《げん》ずるとかで叔母に斯《か》う仕向けられて見ると万更《まんざらよ》好い心地もしない　好い心地もしなければツイ不吉《ふきつ》な顔もしたくなる、　が其処《そこ》は篤実温厚だけに何時《いつ》も思返《おもひかへ》してジツと辛抱してゐる　蓋《けだ》し文三の身が極《き》まらなければお勢の身も極まらぬ道理　親の事なら其《そ》れも苦労にならう　人世《じんせい》の困難に遭遇《であつ》て独りで苦悩して独りで切抜けると云ふは俊傑《すぐれもの》の為《す》る事、　並《なみ》や通途《つうづ》[一二]の者ならば然《さ》うはいかぬが

一　なごやかな気分。
二　針のような嫌味を含んでいるので。
三　他人と自分とのへだて。
四　はればれした顔。
五　目に角を立てて。
六　「沍(ご)」は寒さで凍りつくさま。→二三三頁注一一。「いてる」は凍りつく。
七　尊敬し親しんで。「尚」は尊ぶ。
八　水と乳のようにうまく交ざることの喩え。水と油の逆。
九　逆らい背くこと。
一〇　背き離れること。正しくは「けいり」と読む。
一一　人の心は境遇に従って違った相を現す、の意。諺「心は向かう境涯に移る」(『故事・俗信　ことわざ大辞典』)。→二二六頁注二。
一二　普通、ありふれたこと。「通塗」とも書く。「女と思ひ怪我するな。並みや通塗の女でない」(近松門左衛門『雪女五枚羽子板』宝永五年初演)。

ち、自心に苦悩が有る時は必ずその由来する所を自身に求めずして他人に求める　求めて得なければ天命に帰《き》して仕舞ひ　求めて得れば則《すなは》ちその人を媢嫉《ぼうしつ》[13]する　然《さ》うでもしなければ自《みづか》ら慰める事が出来ない　「叔母もそれでから辛《つら》く当るのだな」トその心を汲分《くみわ》けて　如何《どん》な可笑《をか》しな処置振《しよちぶ》りをされても文三は眼《め》を閉《ねむ》ツて黙ツてゐる

「が若《も》し叔母が慈母《おふくろ》のやうに我《おれ》の心を噛分《かみわ》けて呉《く》れたら　若し叔母が心を和《やはら》げて共に困厄《こんやく》に安《やす》んずる事が出来たら我《おれ》ほど世に幸福な者は有るまいに」ト思ツて文三屢々《しばく》嘆息した　依《よつ》て至誠[14]は天をも感ずるとか云ふ古賢《こげん》の格言を力にして折さへ有れば力《つと》めて叔母の機嫌を取ツて見るが　お政は油紙[15]に水を注《そゝ》ぐやうに跳付《はねつ》けて而已《のみ》ゐてさらに取合はず而《そ》して独りでヂレてゐる　文三は針の莚《むしろ》[16]に坐《すは》ツたやうな心地

シカシまだ〳〵是《こ》れしきの事なら忍んで忍ばれぬ事も無いが　茲処《こゝ》に尤《もつと》も心配で〳〵耐《たへ》られぬ事が一ツ有る　他《ほか》でも無い　此頃《このごろ》叔母がお勢と文三との間を関《せく》[17]やうな容子《ようす》が徐々《そろ〳〵》見え出した一事で　尤《もつと》も今の内は唯《たゞ》お勢を戒《いまし》めて今迄《いままで》のやうに文三と親しくさせないのみで　さして思切《おもひき》ツた処置もしないからまづ差迫ツた事では無いが　シカシ此儘《このまゝ》にして捨置けば将来何等《どん》な傷心恨事《かなしいこと》が出来《しゆつたい》する

一三 そねみ、にくむ。「人之有レ技(＝特技)、媢嫉以悪レ之」(『大学』)。
一四 絶対的な真心、誠意。諺「至誠天に通ず」。
一五 桐油紙(とうゆし)。和紙に桐油や荏油(えのあぶら)をひいて作る。防水用で、水をはじく。
一六 針を植えた莚のように、苦痛にみちた場所の喩え。
一七 さえぎり止める。普通は「塞く」「堰く」と書くが、その連用形からできた名詞「関」の字を用いた。

かも測られぬ　一念此《こゝ》に至る毎《ごと》に文三は我《が》も折れ気も挫《く》じけて而《そ》して[一]胸膈《むね》も塞《ふさ》がる

から云ふ矢端《やさき》には得て疑心も起りたがる　[二]縄麻《じやうま》に蛇相《じやさう》も生じたがる　[三]株杭《しゆかう》に人想《にんさう》の起りたがる　実在の苦境《くぎやう》の外《ほか》に文三が別《べつ》に妄念《まうねん》から一《(ひと)》苦界《くがい》を産み出して求めて其中《そのうち》に沈淪《ちんりん》してあせッて踠《もが》いて極大苦悩《ごくだいくなふ》を嘗《な》めてゐる今日此頃《けふこのごろ》　[四]我慢《がまん》勝他《しようた》が性質《もちまへ》の叔母のお政が[五]よくせきの事なればこそ我《われ》から折れて出て「お前さんさへ我《が》を折れば三方《(さん)ばう》四方《(し)はう》円《まる》く納まる」ト穏便《をんびん》をもつて言ッて呉《く》れる、それを[六]無面目《むめんもく》にも言破《いひやぶ》ッて立腹をさせて我《われ》から[七]我他彼此《がたびし》の種子《たね》を蒔《ま》く……文三然《さ》うは為《し》たく無い　成らう事なら叔母の言状《いひじやう》を立てゝその心を慰めてお勢の縁をも繋《つな》ぎ留《と》めて老母の心をも安《やす》めて而《そ》して自分も安心したい、それで文三は先刻《せんこく》も言葉を濁《にご》して来たので、それで文三は今又[八]屈托《くツたく》の人と為《な》ッてゐるので

「如何《どう》したものだらう

ト文三再び我《われ》と我に相談を懸けた

「寧《いツ》そ叔母の意見に就いて　廉耻《れんち》も良心も棄てゝ仕舞ッて課長の所へ往《い》ッて見やうか知らん　依頼さへして置けば仮令《たと》へば今が今如何《どう》ならんと云ッても叔母の気が安まる　然《さ》うすればお勢さへ心変りがしなければまづ大丈夫と云ふも

一　「膈(かく)」は胸と脾(ひ)との間。胸の内の意。
二　麻縄も蛇の姿に見えてくる、の意。
三　木の切り株や杭(くい)が人の姿のように思われがちになる。
四　生まれつきわがままで、決して他人に譲らない性質。
五　よくよく。
六　物の道理もわからぬように。「無面目」は、本来は面目を解さぬこと。
七　↓三二四頁注一。
八　↓三二六頁注二。

のだ　且《か》つ慈母《おッか》さんも此頃《このごろ》ぢやア茶断《ちやだち》して心配してお出《い》でなさる所だから　是《こ》[九]れ計《ばか》りで犠牲《ヴヰクチーム》に成ツたと云ツても敢《あへ》て小胆とは言はれまい　コリヤ寧《いッ》そ叔母の意見に……

　が猛然として省思《せいし》[一〇]すれば　叔母の意見に就かうとすれば厭《いや》でも昇に親《したし》まなければならぬ　昇と彼儘《あのまゝ》にして置いて独り課長に而已《のみ》取入らうとすれば　渠奴《きやつ》[一一]必ず邪魔を入れるに相違ない、からして厭でも昇に親まなければならぬ　老母の為《ため》お勢の為《た》めなら或《あるひ》は良心を傷《きずつ》けて自重[一二]の気を拉《とりひし》いで課長の鼻息《びそく》を窺《うかゞ》ひ得《え》るかも知れぬが　如何《いか》に窮したればと云ツて苦しいと云ツて昇に、面と向ツて図太《づおほ》[一三]柄《へい》に「痩我慢《やせがまん》なら大抵《たいてい》にしろ」ト云ツた昇に、昨夜《さくや》も昨夜とて小児《せうに》の如《ごと》くに人を愚弄《ぐらう》して陽《あらは》に負けて陰《ひそか》に復《かへ》り討《うち》に逢《あ》はした昇に、不倶戴天《ふぐたいてん》[一四]の讎敵《あだ》、生《いき》[一五]ながら其《その》肉を啖《くら》はなければ此熱腸《このねつちやう》が冷《ひや》されぬと怨《うら》みに思ツてゐる昇に　今更手を杖《つ》いて一着《いつちやく》[一六]を輸《ゆ》する事は文三には死しても出来ぬ　課長に取入るも昇に上手《じやうず》を遣ふも　其趣《そのおもむ》きは同じからうが同じく有るまいが其様《そん》な事に頓着《とんちやく》はない　唯是《たゞぜ》もなく非《ひ》もなく利もなく害もなく　昇に一着を輸する事は文三には死しても出来ぬ

ト決心して見れば叔母の意見に負《そむ》かなければならず　叔母の意見に負くまいとすれば昇に一着を輸さなければならぬ、それも厭《いや》なり是《こ》れも厭なりで　二時間

九 母に心配をかけているという点だけでも、の意。「ヴヰクチーム」(victim)は、ここでは自分の信ずる「廉恥」や「良心」を捨てて課長の所へ行くこと。

一〇 自分の行動や物事の経過を、ふりかえって考えること。

一一 「渠(きよ)」は三人称の代名詞、彼。明治時代にはよく用いられた。

一二 自分の品位を重んずる気持をくじいて。

一三 おごりたかぶって無礼極まりないこと。「図」は強意の接頭語で、甚しいこと。「太柄」は「横柄」と書くのが普通。

一四 「倶(とも)に天を戴(いただ)かず」は、命をかけても報復しなければならないほど、深く怨むこと。「父之讎、弗与共戴天」(『礼記』曲礼上)。どんなことをしても報復しなければならない敵。「讎(しゆう)」は、あだ、むくいる。

一五 生きたままその肉をむさぼり食わなければ、煮えくりかえるはらわたがおさまらない、の意。

一六 遅れを取ること。「一等を輸する」「一籌(ちゆう)＝数を算える道具)を輸する」とも言う。「輸」は負ける、劣る。

計《ばか》りと云ふものは黙坐《もくざ》して腕を拱《く》んで沈吟して嘆息して千思万考審念熟慮《しんねんじゆくりよ》して屈托《くつたく》して見たが　[一]詮《せん》ずる所は[二]旧《もと》の木阿弥《もくあみ》

「ハテ如何《どう》したものだらう

[三]物皆終《みなをはり》あれば古筵《ふるむしろ》も鳶《とび》にはなりけり　久しく苦しんでゐる内に文三の屈托《くつたく》も遂《つひ》に其《その》極度に達して忽《たちま》ち一ッの思案を形作ッた　所謂《いはゆる》思案とはお勢に相談して見やうと云ふ思案で

蓋《けだ》し文三が叔母の意見に負《そむ》き度《た》くないと思ふも　叔母の心を汲分《くみわ》けて見れば道理《もつとも》な所もあるからと云ひ叔母の苦《にが》り切ッた顔を見るも心苦しいからと云ふは[四]少分《せうぶん》で、その多分は　全くそれが原因《もと》でお勢の事を断念《おもひき》らねばならぬやうに成《なり》行《ゆ》きはすまいかと危ぶむからで、故に若《も》しお勢さへ[五]天は荒れても地は老《おい》ても海は枯れても石は爛《たゞ》れても　文三が此上何様《このうへどん》なに零落しても母親が此後《このご》何様な言《こと》を云ひ出しても決してその初《はじめ》の志を悛《あらた》めないと定《きま》ッてゐれば　叔母が面《つら》を脹《ふく》らしても眼《め》を剥出《むきだ》してもそれしきの事なら忍びもなる　文三は叔母の意見に背く事が出来る　既に叔母の意見に背く事が出来れば　モウ昇に一着《（いっ）ちやく》を輸《ゆ》する必要もない「且《か》つ[六]窮して乱するは大丈夫の為《す》るを愧《はづ》る所だ」

然《さ》うだ〳〵文三の病原はお勢の心に在る　お勢の心一ッで進退去就を決しさ

一　つまるところは、結局は。
二　苦心・努力もむなしく、もとの状態にもどってしまうこと。戦国時代、筒井家の当主が病死したとき、主と声が似ていた盲人木阿弥を身替わりとして、当主が生きているように見せかけたが、後嗣ぎの順慶が成長したので、筒井家では当主の死を公表し、木阿弥は元どおりただの市人に戻ってしまったという故事による。
三　物事にはすべて終りがあるので、古筵も最後には乞食の「とんび」になる、の意。ここでは、物事には行きつくところがあることの喩え。「とんび」は鳶合羽。ダブルの袖なし外套。二重まわしの形が鳶の羽に似ているのでその名がある。

鳶合羽（『東京風俗志』）

四　少部分。
五　どんなことが起ころうとも。空は荒れ、地上の植物は枯れ果て、海は干上がり、石が腐って砕けるようなことがあっても。
六　困ったときに動揺して、法や道徳に背くのは立派な男子の恥とするところだ、の意。「子曰、君子固（もと）窮、小人窮斯（ここ）濫矣」（『論語』衛霊公）にもとづく。

へすればイサクサは無い[七]　何故《なぜ》最初から其処《そこ》に心附かなかツたか　今と成ツて考へて見ると文三我《われ》ながら我が怪しまれる

お勢に相談する、極めて上策、恐らくは此《これ》に越す思案も有るまい、若《も》しお勢が小挫折《せうざせつ》に逢《あ》ツたと云ツてその節《せつ》[八]を移さずして　尚《な》ほ未《いま》だに文三の智識《ちしき》で考へて文三の感情で感じて文三の息気《いき》で呼吸して文三を愛してゐるならば　文三に厭《いや》な事はお勢にもまた厭に相違は有るまい　文三が昇に一着《(いつ)ちやく》を輸《ゆ》する事を屑《いさぎよし》と思はぬなら　お勢もまた文三に昇に一着を輸させたくは有るまい　相談を懸けたら飛《とん》[九]だ手軽《てがる》ろく「母が何《なん》と云はうと関《かま》やアしませんやアネ　本田なんぞに頼む事はお罷《よ》しなさいよ」ト云ツて呉《く》れるかも知れぬ、また此後《このご》の所を念を押したら　恨めしさうに「貴君《あなた》は私《わたくし》をそんな浮薄なものだと思ツてお出《い》でなさるの」ト云ツて呉れるかも知れぬ、お勢が然《さ》うさへ云ツて呉れゝばモウ文三天下に懼《おそ》るゝ者はない　火にも這入《はい》れる水にも飛込める　況《いは》んや叔母の意見に負《そむ》く位《くらゐ》の事は朝飯前の仕事　お茶の子さい〳〵[一〇]とも思はない

「然《そ》うだ其れが宜《い》い

ト云ツて文三起上《たちあが》ツたが　また立止《たちどま》ツて

「が此頃《このごろ》の挙動《そぶり》と云ひ容子《ようす》と云ひヒヨツとしたら本田に……何《なに》しては居ない

七　いざこざ。もめごと。

八　節操を変えないで。

九　存外、思いがけず。

一〇　簡単にできることの喩え。へっちゃら。お茶の子(お茶菓子)が腹にたまらないところから言う。「さいさい」は俗謡の囃子詞(はやしことば)。「此うへにまだ一升や二升はお茶の子さ」(鐘木庵(しゆもくあん)主人作・洒落本『卯地臭意(うじしゆうい)』天明三年)。

かしらん……チョツ関《かま》はん若《も》し然《さ》うならばモウ其迄《それまで》の事だ　ナニ我《おれ》だツて男子《だんじ》だ　心渝《こゝろがはり》のした者に未練は残らん　断然手を切ツて仕舞ツて　今度こそは思ひ切ツて非常な事をして非常な豪胆を示して本田を拉《とりひ》しいで　而《そ》してお勢にも……お勢にも後悔さして而して……而して……而して……

ト思ひながら二階を降りた

が此処《こゝ》が妙で　観菊行《きくみゆき》の時同感せぬお勢の心を疑ツたにも拘《かゝは》らず　その夜帰宅してからのお勢の挙動《そぶり》を怪《あやし》んだのにも拘らず　また昨日《きのふ》の高笑ひ昨夜《ゆふべ》のしだ[一]らを今以《いまもつ》て面白からず思ツてゐるにも拘らず　文三は内心の内心では尚《な》ほまだお勢に於《おい》て心変りするなどゝ云ふ其様《そん》な水臭ひ事は無いと信じてゐた　尚《な》ほまだ相談を懸ければ文三の思ふ通りな事を云つて文三を励ますに相違ないと信じてゐた　斯《か》う信ずる理由が有るから斯う信じてゐたのでは無くて　斯う信じたいから斯う信じてゐたので

第十二回　いすか[二]の嘴《はし》

文三《ぶんざう》が二階を降りてソツトお勢《せい》の部屋の障子を開ける　その途端[三]に今迄《いまゝで》机に頰杖《ほうづえ》をついて何事か物思ひをしてゐたお勢が　吃驚《びつくり》した面相《かほつき》をして些《すこ》し飛上《とびあが》ツ

一　ていたらく。ありさま。

いすか
（『広辞苑 第五版』）

二　鳥の鶍（いすか）のくちばしが交叉していることから、物事が食い違って思うようにならないことの喩え。並木宗輔ほか合作・浄瑠璃『仮名手本忠臣蔵』第六（寛延元年初演）に「する事なすこと、いすかの嘴（はし）ほど違ふ」。鶍はスズメ目アトリ科の小鳥。雄は暗紅色、雌は黄緑色で、雀よりやや大きい。

三　底本は「塗炭」。↓三四六頁注三。

て居住居《ゐずまゐ》[四]を直《な》ほした　顔に手の痕《あと》の赤く残ツてゐる所を観《み》ると久敷頬杖《ひさしくほうづゑ》をついてゐたものと見える
「お邪魔ぢや有りませんか
「イヽエ
「それぢやア
ト云《い》ひ乍《なが》ら文三は部屋へ這入《はい》ツて坐《ざ》に着いて
「昨夜は大《おほき》に失敬しました
「私《わたくし》こそ
「実に面目《めんぼく》が無い　貴嬢《あなた》の前をも憚《はゞか》らずして……今朝《けさ》その事で慈母《おつか》さんに小言を聞きました　アハヽヽヽ
「さうオホヽヽ
ト無理に押出したやうな笑ひ何となく冷淡《つめた》い　今朝のお勢とは全《まる》で他人のやうで
「トキニ些《すこ》し貴嬢《あなた》に御相談が有る　他《ほか》の事でも無いが今朝慈母《おつか》さんの仰《おつ》しやるには……シカシ最《も》うお聞きなすツたか
「イヽエ
「成程然《なるほどさ》うだ御存知《ごぞんじ》ない筈《はず》だ……慈母《おツか》さんの仰しやるには　本田がアヽ信切《しんせつ》

[四] 座っている姿勢。

に云ツて呉《く》れるものだから橋渡しをして貰《もら》ツて課長の所へ往《い》ツたらば如何《どう》だと仰《おッ》しやるのです、そりや成程《なるほど》慈母《おッか》さんの仰しやる通り今茲処《こゝ》で私《わたくし》さへ我《が》を折れば　私《わたくし》の身も極《き》まるシ老母も安心するシ「三方四方《（さん）ばう（し）はう》」ト（言葉に力瘤《ちからこぶ》を入れて）円《まる》く納まる事だから私《わたくし》も出来る事なら然《さ》うしたいが　シカシ然う為《し》やうとするには良心を締殺《しめころ》さなければならん　課長の鼻息《びそく》を窺《うかゞ》はなければならん其様《そん》な事は我々には出来んぢや有りませんか

「出来なければ其迄《それまで》ぢや有りませんか

「サ其処《そこ》です　私《わたくし》には出来ないが　シカシ然うしなければ慈母《おッか》さんがまた悪い顔をなさるかも知れん

「母が悪い顔をしたツて其様《そん》な事は何だけれども……

「ヱ関《かま》はんと仰《おッ》しやるのですか

ト文三はニコ〳〵と笑ひながら問懸《とひか》けた

「だツて然うぢや有りません　貴君《あなた》が貴君の考《かんがへ》どほりに進退して良心に対して毫《すこ》しも恥《はづ》る所が無ければ　人が如何《どん》な貌《かほ》をしたツて宜《い》いぢや有りませんか

文三は笑ひを停《とゞ》めて

「デスガ唯慈母《たゞおッか》さんが悪い顔をなさる計《ばか》りならまだ宜《い》いが　或《あるひ》はそれが原因

と成ッて……貴嬢《あなた》には如何《どう》かはしらんが……私《わたくし》の為《た》めには尤《もツと》も忌《い》むべき尤も哀《かなし》む可《べ》き結果が生じはしないかと危ぶまれるから　それで私《わたくし》も困《こ》まるのです……尤も其様《そん》な結果が生ずると生じないとは貴嬢《あなた》の……貴嬢の……

ト云懸《いひか》けて黙して仕舞ッたが　頓《やが》て聞えるか聞えぬ程の小声《こゞゑ》で

「心一ッに在る事だけれども……

ト云ッて差俯向《さしうつむ》いた　文三の懸けた謎々《なぞく》が解けても解けない風《ふり》をするのかそれとも如何《どう》だか其所《そこ》は判然しないが　兎《と》も角《かく》もお勢は頗《すこぶ》る無頓着《むとんちやく》な容子《ようす》で

「私《わたくし》にはまだ貴君《あなた》の仰《おつ》しやる事がよく解《わか》りませんよ　何故然《なぜさ》う課長さんの所へ往《ゆく》のがお厭《いや》だらう　石田さんの所へ往《いつ》てお頼みなさるも課長さんの所へ往てお頼みなさるも　その趣《おもむき》は同一ぢや有りませんか

「イヤ違ひます

ト云ッて文三は首を振揚げた

「非常な差が有る　石田は私《わたくし》を知《しつ》てゐる[一]けれど課長は私《わたくし》を知らないから……

「そりや如何《どう》だか解りやしませんやアネ　往《いつ》て見ない内は

「イヤそりや今迄《いままで》の経験で解ります、そりや掩《おほ》ふ可《べか》らざる事実だから何《なん》だけれども……それに課長の所へ往《ゆ》かうとすれば是非とも先《ま》づ本田に依頼をしなけ

一　人と為(な)りを理解してくれている知己、の意。

ればなりません　勿論《もちろん》課長は私《わたくし》も知らない人ぢやないけれども……
「宜《い》いぢや有りませんか本田さんに依頼したツて
「エ本田に依頼をしろと
ト云ツた時は文三はモウ今迄《いままで》の文三でない　顔色《がんしよく》が些《すこ》し変ツてゐた
「命令するのぢや有りませんがネ　唯《たゞ》依頼したツて宜《い》いぢや有りませんかと
云ふの
「本田に
ト文三は恰《あだか》も我耳を信じないやうに再び尋ねた
「ハア
「彼様《あんな》な卑屈な奴《やつ》に……課長の腰巾着《こしぎんちやく》……奴隷……
「そんな……
「奴隷と云はれても耻《はぢ》とも思はんやうな犬……犬……犬猫同前《どうぜん》な奴《やつ》に手を杖《つ》いて頼めと仰《おつ》しやるのですか
ト云ツてジツとお勢の顔を凝視《みつ》めた
「昨夜《ゆふべ》の事が有るからそれで貴君《あなた》は其様《そんな》に仰しやるんだらうけれども　本田さんだツて其様《そん》なに卑屈な人ぢや有りませんワ

一　ここは単なる知り合いの意。

二　常にある人につき従って離れない者。罵る場合に使うことが多い。巾着は布・革などで作り、口を紐(ひも)でくくって金銭などを入れ携帯する袋。

「フヽン卑屈でない、本田を卑屈でない
ト云ツてさも苦々し想《さう》に冷笑《あざわら》ひ乍《なが》ら顔を背けたが　忽《たちま》ちまたキッとお勢の方を振向いて
「何時《いつ》か貴嬢《あなた》何と仰《おつ》しやツた　本田が貴嬢に対《むか》ツて失敬な情談《じやうだん》を言ツた時に……
「そりや彼時《あのとき》には厭《いや》な感じも起ツたけれども　能《よ》く交際して見れば其様《そんな》に貴君《あなた》のお言ひなさるやうに破廉耻《はれんち》の人ぢや有りませんワ
文三は黙然《もくねん》としてお勢の顔を凝視《みつ》めてゐた　但し宜敷《よろしく》ない徴候で
「昨夜《ゆふべ》もアレから下へ降りて　本田さんがアノー「慈母《おつか》さんが聞《きく》と必《きつ》と喧《やか》ましく言出すに違ひない　然《さ》うすると僕は何だけれどもアノ内海《うつみ》が困るだらうから黙ツてゐて呉《く》れろ」と口止めしたから　私《わたくし》は何とも言はなかツたけれども鍋《なべ》がツイ饒舌《しやべ》ツて……
「古狸奴《ふるだぬきめ》[三]そんな事を言やアがツたか
「また彼様《あん》な事を云ツて……そりや文さん貴君《あなた》が悪いよ　彼程《あれほど》貴君に罵詈《ばり》[四]されても腹も立てずに矢張《やつぱり》貴君の利益を思ツて云ふ者を　それをそんな古狸なんぞツて……そりや貴君は温順だのに本田さんは活潑《くわつぱつ》だから気が合はないかも知

三 老猾でずるがしこい人物を罵って言う言葉。
四 「罵」も「詈」も悪口を言う意。罵ること。熟語に罵詈雑言（ばりぞうごん）。この時期、漢語を使うことが流行していた。

れ無いけれども　貴君《あなた》と気の合はないものは皆破廉恥《みんなはれんち》と極《きま》ツても居ないから
……それを無暗《むやみ》に罵詈《ばり》して……其様《そん》な失敬な事ツて……
ト些《すこ》し顔を赧《あか》めて口早に云ツた　文三は益〻《ますく》腹立しさうな面相《かほつき》をして
「それでは何《なん》ですか　本田は貴嬢《あなた》の気に入ツたと云ふんですか
「気に入るも入らないも無いけれども　貴君《あなた》の云ふやうな其様《そん》な破廉恥な人ぢや有りませんワ……それを古狸《ふるだぬき》なんぞツて無暗に人を罵詈して……
「イヤまづ私《わたくし》の聞く事に返答して下さい　弥々《いよく》本田が気に入ツたと云ふんですか
言様《いひやう》が些《すこ》し烈《はげ》しかツた　お勢はムツとして暫《しば》らく文三の容子《ようす》をヂロリ〳〵と視《み》てゐたが頓《やが》て
「其様《そん》な事を聞いて何《なん》になさる　本田さんが私《わたくし》の気に入らうと入るまいと貴君《あなた》の関係した事は無いぢや有りませんか
「有るから聞くのです
「そんなら如何《どん》な関係が有ります
「如何な関係でもよろしい　それを今説明する必要は無い
「そんなら私《わたくし》も貴君《あなた》の問《とひ》に答へる必要は有りません

「それぢやア宜《よ》ろしい、 聞かなくツても
ト云ツて文三はまた顔を背けてさも苦々しさうに独語《ひとりごと》のやうに
「人に問詰《とひつ》められて逃《にげ》るなんぞと云ツて　実にひゝ卑劣極まる
「何《なん》ですと卑劣極まると……宜《よ》う御座んす、 其様《そん》な事お言ひなさるなら、 匿《かく》したツて仕様がない　言《いッ》て仕舞います……言て仕舞ひますとも
……
ト云ツてスコシ胸を突出して儼然《きッ》として
「ハイ本田さんは私《わたくし》の気に入りました……それが如何《どう》しました
ト聞くと文三は慄然《ぶるく》と震へた
真蒼《まツさを》に成ツた……暫《しば》らくの間《あひだ》は言葉はなくて　唯《たゞ》恨めしさうにチツとお勢の澄ました顔を凝視《みつ》

絵　尾形月耕画。場所はお勢の室内。机上にあるのは洋装本。書架にも和本とともに数冊の洋装本が見える。ペン立ての孔雀の羽根ペンが印象的。画中の文字は「スコシ胸を突出して儼然として〽ハイ本田さんは私の気に入りました…それがドウしました」。

めてゐた　その眼縁《まぶち》が見る見るうるみ出した……が　忽《たちま》ちはツと気を取直《とりな》ほして儼然《きッ》と容《かたち》を改めて震声《ふるへごゑ》で

「それぢや……それぢや斯《か》うしませう　今迄《いままで》の事は全然《すツかり》……水に……

言切《いひき》れない、胸が一杯に成《なツ》て、暫《しば》らく杜絶《とぎ》れてゐたが　思ひ切ツて

「水に流して仕舞ひませう……

「何《なん》です今迄の事とは

「此場《このば》に成て然《さ》うとぼけなくツても宜《い》いぢや有りませんか　寧《いッ》そ別れるものなら……綺麗《きれい》に……別れやうぢや……有りませんか……

「誰《だれ》がとぼけてゐます　誰が誰に別れやうと云ふのです

文三はムラ〱とした　些《すこ》し声高《こはだか》に成ツて

「とぼけるのも好加減《いゝかげん》になさい　誰が誰に別れるのだとは何《なん》の事です　今まででさんざ人の感情を弄《もてあそ》んで置きながら今と成《なツ》て……本田なぞに見返《みか》へるさへ有るに　人が穏《をだや》かに出れば附上《つけあが》ツて誰が誰に別れるのだとは何の事です

「何ですと　人の感情を弄んで置き乍《なが》ら……誰が人の感情を弄びました……誰が人の感情を弄びましたよ

ト云つた時はお勢もうるみ眼《め》に成つてゐた　文三はグッとお勢の顔を疾視付《にらみつ》け

一　他の人に心を移す。そもそも、本田なんぞに心を移したことも問題だが、の意。

てゐる而已《のみ》で一語をも発しなかつた
「余《あんまり》だから宜《い》い……人の感情を弄《もてあそ》んだの本田に見返つたのといろんな事を云つて[二]讒謗《ざんばう》して……自分の己惚《うぬぼれ》で如何《どん》な夢を見てゐたつて人の知《しッ》た事《こッ》ちや有りやしない……
トまだ言終《いひをは》らぬ内に文三はスックと起上《たちあが》つてお勢を疾視《にらみつ》付けて
「モウ言ふ事も無い聞く事も無い　モウ是《こ》れが口のきゝ納めだから然《さ》う思つてお出《い》でなさい
「さう思ひますとも
「沢山……浮気をなさい
「何《なん》ですと
ト云つた時にはモウ文三は部屋には居なかつた
「畜生……馬鹿《ばか》……口なんぞ聞いて呉《く》れなくツたツて些《ちッ》とも困りやしないぞ
……馬鹿……
ト跡でお勢が敵手《あひて》も無いに独りで熱気《やッき》となつて悪口《あくこう》を並べ立てゝゐる所へ
何時《いつ》の間に帰宅したかフと母親が這入《はい》つて来た
「如何《どう》したんだへ

二 人を誹謗(=そしる)中傷すること。明治八年に讒謗律と新聞紙条例が公布され、政治家や豪商を批判することに対する言論統制が行われたが、前者の法律から発生した当時の流行語。

「畜生……
「如何《どう》したんだと云へば
「文三と喧嘩《けんか》したんだよ……文三の畜生と……
「如何して
「先刻《さつき》突然《いきなり》這入《はい》ツて来て今朝《けさ》慈母《おツか》さんが斯《か》う〳〵言ツたが如何しやうと相談するから、それから昨夜《ゆふべ》慈母さんが言《いツ》た通りに……
「コレサ静かにお言ひ
「慈母《おツか》さんの言《いツ》た通りに云《いツ》て勧めたら腹を立てやアがツて　人の事をいろんな事を云ツて
ト手短かに勿論《もちろん》自分に不利な所は悉皆《しツかい》[一]取除いて次第[二]を咄《はな》して
「慈母《おツか》さん私《わたし》アロ惜《くや》しくツて〳〵ならないよ
ト云ツて繻絆《じゆばん》の袖口《そでぐち》で泪《なみだ》を拭《ふ》いた
「フウ然《さ》うかへ其様《そん》な事を云ツたかへ　それぢや最《も》うそれまでの事だ　彼様《あん》な者《もん》でも家大人《おとツさん》[三]の血統《ちすぢ》だから今と成《なツ》て彼此《かれこれ》言出しちや面倒《めんど》臭《くさ》いと思ツて　此方《こツち》から折れて出て遣《や》れば附上《つけあが》ツて其様《そん》な我儘《わがまゝ》勝手を云ふ……モウ勘弁がならない
ト云ツて些《すこ》し考へてゐたが　頓《やが》てまた娘の方を向いて一段声を低めて

一 すっかり、まったく。
二 事の成り行き。
三 自分の父親。家君、家尊などと同じく自分の父の尊称。ここではお勢の立場からの表記。文三は孫兵衛の実の甥。

「実はネお前にはまだ内々《ないく》でゐたけれども家大人《おとつさん》はネ　行々《ゆくく》はお前を文三に配合《めあは》せる積りでお出《い》でなさるんだがお前は……厭《いや》だらうネ

「厭サ〱誰《だれ》が彼様《あん》な奴《やつ》に……

「必《きつ》と然《さ》うかへ

「誰《だれ》が彼様《あん》な奴《や》つに……乞食《こじき》したツて彼様な奴のお嫁に成るもんか

「その一言《(いち)ごん》をお忘れでないよ　お前が弥々《いよく》その気なら慈母《おつか》さんも了簡《れうけん》が有るから

「慈母《おつか》さん今日《けふ》から私《わたし》を下宿さしてお呉《く》んなさいな

「なんだネ此娘《このこ》は藪《やぶ》[四]から棒に

「だツて私《わたし》ア、モウ文さんの顔を見るのも厭だもの

「そんな事言ツたツて仕様が無いやアネ、マア最《も》う些《ちつ》と辛抱してお出《い》で　その内にや慈母《おつか》さんが宜《い》いやうにして上《あげ》るから

此時《このとき》はお勢は黙してゐた　何《なに》か考へてゐるやうで

「是《これ》からは真個《ほんたう》に慈母《おつか》さんの言事《いふこと》を聴いて　モウ余《あんま》り文三と口なんぞお聞きでないよ

「誰《だれ》が聞《きい》てやるもんか

四　唐突なことの喩え。「藪から棒を出す」とも言う。

「文三計《ばか》りぢや無い本田さんにだツても然《さ》うだよ　彼様《あんな》に昨夜《ゆふべ》のやうに遠慮の無い事をお言ひでないよ、ソリヤお前の事だから正可《まさか》そんな……不埒《ふらち》[一]なんぞはお為《し》ぢや有るまいけれども今が嫁入前で一番大事な時だから
「慈母《おつか》さんまで其様事《そんなこと》を云ツて……そんならモウ是《こ》れから本田さんが来たツて口もきかないから宜《い》い
「口を聞くなぢや無いが唯昨夜《たゞゆふべ》のやうに……
「イヽエ〳〵　モウ口も聞かない〳〵
「さうぢや無いと云へばネ
「イヽエ、モウ口も聞かない〳〵
ト頭《かぶ》振りを振る娘の顔を視《み》て母親は
「全《まる》で狂気《きちがひ》だ　チヨイと人が一言《ひとこと》いへば直《すぐ》に腹を立《たつ》て仕舞ツて手も附《つ》けられやアしない
ト云ひ捨てゝ起上《たちあが》ツて部屋を出て仕舞ツた

新編 浮雲 二編 終

一　ふとどき、不道徳。ここでは性的関係を暗示。「埒」は馬場などの外囲いで、その埒を越えて振舞うこと。

浮[二]　雲　第三篇

二葉亭四迷

浮雲第三篇は都合に依《よ》ツて此《この》[三]雑誌へ載せる事にしました。

固《も》と此小説はつまらぬ[四]事を種《たね》に作ツたものゆゑ、人物も事実も皆《みな》つまらぬもののみでせうが、それは作者も承知の事です。

只々《たゞ》作者にはつまらぬ事にはつまらぬといふ面白味が有るやうに思はれたからそれで筆を執《と》ツてみた計《ばか》りです。

第[五]十三回

心理の上から観《み》れば、智愚《ちぐ》の別なく人咸《ことぐ》く面白味は有る。内海文三《うつみぶんざう》の心状を観れば、それは解《わか》らう。

[六]前回参看《さんかん》﹆[七]文三は既にお勢《せい》に窘《たしな》[八]められて、憤然として部屋へ駈戻《かけもど》ツた。さてそれからは独り演劇《しばゐ》[九]、泡を噛《かむ》だり、拳《こぶし》を握ツたり。どう考へて見ても心外でたまらぬ。「本田さんが気に入りました、」それは一時の激語、も承知してゐるで

二 第三篇から角書がとれて単に「浮雲」となる。作者名も「二葉亭四迷」となる。↓解題(一九八頁)。

三 金港堂から出版されていた文芸雑誌『都の花』。なお第三篇の連載が開始される『都の花』第十八号(明治二十二年七月七日)では、この作者前書きの前に「浮雲第一篇及び第二篇の趣意摘要」と題したあらすじが掲げられている。↓補二三。

四 『浮雲』には当時その小世界を指摘する批評があった。「元来此の小説たるや、面白くもなく、可笑(おかし)くもなく、雄大なる事もなく、美妙なる事もなく、言はゞつまらぬ世話小説なれども、斯のつまらぬ題に依つて、人をして愁殺、恨殺、驚殺、悩殺せしむるは、天晴(あっぱ)れなる著者の伎倆と謂はざる可からず」(大江逸＝徳富蘇峰「浮雲(二篇)の漫評」『国民之友』第十六号、明治二十一年二月)。

五 第三篇では章題がなくなり、単に回数のみとなる。

六 発表形式の変化、第二篇との間隔(十七か月)を考慮してつけられた作者注。

七 白ゴマ点。読点「、」の黒ゴマ点に対して言う。英文のコロン(：)、セミコロン(；)の日本における応用として、句点と読点の中間的機能を持つ。この時代、山田美妙や北村透谷らをはじめとして、しばしば用いられた。本篇では、読点との差がかならずしも明確でない箇所もあるが、すべて底本どおり残すこととした。

八 「窘(きん)」は苦しむ、苦しめる意から、転じて、たしなめる。

九 一人の役者が数人の役を演じて見せる狂言。ここでは文三がさまざまな動作をすること。

もなく、又居ないでも無い。から、[一]強《あなが》ち其計《そればかり》を怒ツた訳でもないが、只《たゞ》腹が立つ、まだ何《なに》か他《た》の事で、おそろしくお勢に欺《あざ》むかれたやうな心地がして、訳もなく腹が立つ。

腹の立つまゝ、遂《つひ》に下宿と決心して、宿所《しゆくしよ》を出た。では、お勢の事は既にすツぱり思切《おもひき》ツてゐるか、といふに、然《さ》うではない、思切ツてはゐない。思切ツてはゐないが、思切らぬ訳にもゆかぬから、そこで悶々《むしやくしや》する。利害得喪《りがいとくさう》、今はそのやうな事に頓着《とんちやく》無い。只己《おの》れに逆らツてみたい、己れの望まない事をして見たい。鴆毒《ちんどく》[二]? 持ツて来い。嘗《な》めて此《この》一生をむちやくちやにして見せやう!……

そこで宿所を出た。同じ下宿するなら、遠方がよいといふので、本郷辺《ほんがうへん》[三]へ往《い》ツて尋ねてみたが、どうも無かツた。から、彼地《あれ》[四]から小石川《こいしかは》[五]へ下りて、其処《そこ》此《こ》処《ゝ》と尋廻《たづねま》はるうちに、ふと水道町《すゐだうちやう》[六]で一軒見当てた。宿料《しゆくれう》も廉《れん》[七]、其割《そのわり》には坐舗《ざしき》も清潔、下宿をするなら、まづ此所等《こゝら》と定《き》めなければならぬ……となると文三急に考へ出した。「いづれ考へてから、またそのうちに……」言葉を濁して其家《そのうち》を出た。

「お勢と諍論《いひあ》ツて家《うち》を出た――叔父が聞いたら、さぞ心持を悪くするだらう

一 接続助詞「から」を接続詞風に用いた。だから、の意。一一行なども同じ。「始めから休息する覚悟であった。から心に落ち附きが有る」(夏目漱石『坑夫』明治四十一年)。

二 鴆という鳥の羽に含まれる猛毒。鴆はまむしの頭を食べ、羽毛は紫緑色。羽の毒を酒に浸して飲むと即死するという。

三 現在の文京区本郷近辺。(東京)帝国大学があった関係で下宿屋が多かった。

四 文三の位置に立つ表現。そこから。

五 小石川区(現、文京区と豊島区の一部)。地勢は丘陵地帯で、高低が激しい。旧武家地、寺院が多く、武家地は明治維新後、新たに住居として開けて行った。永井荷風『狐』(明治四十二年)や中勘助『銀の匙』(大正二年、同四年)などに当時の様子が描かれている。

六 小石川水道町または小日向(こびなた)水道町(ともに小石川区)。ただし小石川水道町(現、文京区後楽)は当時陸軍砲兵工廠(陸軍の兵器製造、修理工場)が大部分を占めていたので、ここは小日向水道町(現、文京区小日向・水道・音羽の一部)か。本郷の高台から小石川の方へ下りて行った。

七 やすい。廉価。

なァ……」と歩きながら徐々《そろ〳〵》畏縮《ゐじけ》だした。「と云ツて、どうも此儘《このまゝ》には済まされん……思切《おもひき》ツて今の家《うち》に下宿しやうか？……」

今更《いまさら》心が動く、どうしてよいか訳がわからない。時計を見れば、まだ漸く《やうや》三時半すこし廻《ま》はツた計《ばか》り。今から帰るも何《なん》となく気が進まぬ。から、彼所《あれ》から[八]牛込見附《うしごめみつけ》へ懸《かゝ》ツて、腹の屈托《くつたく》を口へ出して、折々往来の人を驚かしながら、いつ来るともなく番町《ばんちやう》へ来て、例の教師の家《うち》を訪問《おとづれ》てみた。

折善《をりよ》く最《も》う学校から帰ツてゐたので、すぐ面会した。が、授業の模様、旧生徒の噂《うはさ》、留学、龍動《ろんどん》[九]、「たいむす」、はッぱァと、すぺんさあ[一〇]——相変らぬ噺《はなし》で、おもしろくも何《なん》ともない。「私《わたし》……事に寄ると……此頃《このごろ》[一一]に下宿するかも知れません。」唐突に宛《あて》もない事を云《い》ツてみたが、先生少しも驚かず、何故《なにゆゑ》かふむと鼻を鳴らして、只《たゞ》「羨《うらや》ましいな。もう一度其様《そん》な身になつてみたい、」とばかり。とんと方角[一二]が違ふ。面白くないから、また辞して教師の宅をも出てしまツた。

出た時の勢《いきほひ》に引替へて、すご〳〵帰宅したは八時ごろの事で有ツたらう。まづ眼《め》を配ツてお勢を探す。見えない、お勢が……棄《す》てた者に用も何《なに》もないが、それでも、文三に云はせると、人情といふものは妙なもので、何《なん》となく気に懸

八 神田見附、四谷見附などとともに、江戸城三十六見附の名を残した地名。現在新宿区。JR東日本飯田橋駅の南西あたり。↓四八六頁地図⑩。
九 ↓三一七頁注一二。
一〇 第八回の表記は「ハルベルト、スペンセル」。↓三一七頁注九。
一一 近々。
一二 話の方角、方向。

るから、火を持ツて上《あが》ツて来たお鍋《なべ》にこツそり聞いてみると、お嬢さまは気分が悪いと仰《おつ》しやツて、御膳《ごぜん》も碌《ろく》に召上《めしあが》らずに、もウお休みなさいました、といふ。

「御膳も碌に？……」

「御膳も碌に召しやがらずに。」

確《たしか》[一]められて文三急に萎《しほ》れかけた……が、ふと気をかへて、「へ、へ、へ、御膳も召上らずに……今に鍋焼饂飩《なべやきうどん》[二]でも喰度《くひた》くなるだらう。」

おかしな事をいふとは思ツたが、使《つかひ》に出てゐて今朝の騒動を知らないから、お鍋は其儘《そのまゝ》降りて仕舞ふ。

と、独りになる。「へ、へ、へ、」とまた思出《おもひだ》して冷笑《あざわら》ツた……が、ふと心附《こゝろづ》いてみれば、今は其様《そん》な、つまらぬ、くだらぬ、薬袋《やくたい》[三]も無い事に拘《かゝは》ツてゐる時ではない。「叔父の手前何《なに》と云ツて出たものだらう？」と改めて首を捻《ひね》ツて見たが、もウ何《なん》となく馬鹿気《ばかげ》てゐて、真面目《まじめ》になつて考へられない。「何と云ツて出たものだらう？」と強《し》ひて考へてみても、心奴《こゝろめ》がいふ事を聴かず、それとは全く関繫《くわんけい》もない余所事《よそごと》を何時《いつ》からともなく思ツて仕舞ふ。いろ〳〵に紛れやうとしてみても、どうも紛れられない、意地悪くもその余所事が気に懸《かゝ》ツて、

一　はっきり確言されて。
二　明治六、七年ごろより東京で流行（始まりは上方から）。同十四年十一月、河竹黙阿弥『島鵆月白波（しまちどりつきのしらなみ）』が新富座で初演されたが、その五幕目「招魂社鳥居前の場」に次のせりふがある。「以前と違つて夜鷹蕎麦（よたかそば）は、売手が今ぢやあ少ねえ様だね」「おつしやる通り山の手ばかり、下町にはござりませぬ」「其替り鍋焼饂飩が、一年増しに多くなつた」。明治十三年の暮には、東京に鍋焼饂飩を売る者八六三人、夜鷹蕎麦十一人だったという（『読売新聞』明治十三年十二月六日）。売子は天秤棒で荷台を担ぎ、「当り屋」などの縁起のよい看板の行燈をかかげ、「なべやァキィうどォん」と冬の夜に呼ばわった（『明治商売往来』、三谷一馬『明治物売図聚』立風書房、平成三年）。

なべやきうどん
（『江戸と東京　風俗野史』）

三　つまらない、他愛もない。

気に懸ツて、どうもならない。怺《こら》へに、怺へに、怺へて見たが、とう〳〵[四]怺へ切れなくなツて、「して見ると、同じやうに苦しんでゐるか知らん。」はツと云ツても追付かず。かう思ふと、急におそろしく気の毒[五]になツて来て、文三は狼狽《あわ》てゝ後悔をしてしまツた。

叱《しか》るよりは謝罪《あやま》る方が文三には似合ふと誰《たれ》やらが云ツたが、さうかも知れない。

第十四回

「気の毒〳〵、」と思《おも》ひ寐《ね》にうと〳〵として眼《め》を覚まして見れば、烏《からす》の啼声《なきごゑ》、雨戸を繰る音、裏の井戸で釣瓶《つるべ》を軋《きし》らせる響。少し眠足《ねた》りないが、無理に起きて下坐舗《したざしき》へ降りてみれば、只《たゞ》お鍋《なべ》が睡《ね》むさうな顔をして釜《かま》の下を焚付《たきつ》けてゐるばかり。誰《たれ》も起きてゐない。

朝寐《あさね》が持前のお勢《せい》、まだ臥《ね》てゐるは当然の事、とは思ひながらも、何《なん》となく物足らぬ心地がする。

早く顔が視《み》たい、如何様《どん》な顔をしてゐるか。顔を視れば、どうせ好《よ》い心地がしないは知れてゐれど、それでゐて只早く顔が視たい。

四 「とうとう(到頭)」の訛り。

五 「気の薬」の対になる語で、自分が心苦しい、困った、の意とも、あるいは現在通行のように、そこから派生して、相手が可哀想という意味にも取れる。

三十分たち、一時間たつ。今に起きて来るか、と思へば、肉癢《こそば》ゆい[一]。髪の寐乱《ねみだ》れた、顔の蒼《あを》ざめた、腫瞼《はれまぶち》の美人が始終眼前《めさき》にちらつく。「昨日《きのふ》下宿しやうと騒いだは誰《たれ》で有ツたらう、」と云《い》ツたやうな顔色《かほつき》……

朝飯《あさはん》がすむ。文三《ぶんざう》は奥坐舗《おくざしき》を出やうとする、お勢は其頃《そのころ》になツて漸々《やうやく》起きて来て、入《はい》らうとする、——椽側《えんがは》でぴツたり出会ツた……はツと狼狽《うろた》へた文三は、予《かね》て期《ご》した事ながら、それに引替へて、お勢の澄ましやうは、じろりと文三を尻眼《しりめ》に懸けたまゝ、奥坐舗へ[二]ツイとも云はず入《はい》ツて仕舞ツた。只《たゞ》それだけの事で有ツた。が、それだけで十分《じふぶん》。そのじろりと視《み》た眼付が眼の底に染付《しみつ》いて忘れやうとしても忘れられない。胸は痞《つか》へた。[三]気は結ぼれる。[四]搗《か》てゝ加へて、朝の薄曇り

絵　第三篇の挿絵はこの一葉のみ。画家は第一篇同様、月岡芳年。画中の文字が消える。お勢の髪型が和風の島田になっているのは、これまでの記述から見ればおかしい。

一　「癢(よう)」は、かゆい、むずむずする、の意。ここでは気持がむずむずすること。「肉癢(コソバユイ)」(『魁本大字類苑』)。

二　そのまま、あっというまに。

三　気がふさぐ。

四　「搗(とう)」は本来「(餅などを)つく」「(砧(きぬた)を)打つ」の意。そこから類義語「糅つ」(交ぜる、加える)と同じく「かつ」と訓読。「搗てて加えて」と用いる。おまけに、の意。

が昼少し下《さが》る頃《ころ》より雨となッて、びしよ〳〵と降り出したので、気も消える計《ばか》り。

お勢は気分の悪いを口実《いひだて》にして英語の稽古《けいこ》にも往《ゆ》かず、只一間《たゞひとま》に籠《こも》ッたぎり、音沙汰《おとさた》なし。昼飯《ひるはん》の時、顔を合はしたが、お勢は成《な》り丈《た》け文三の顔を見ぬやうにしてゐる。偶々《たまく》眼《め》を視合《みあ》はせれば、すぐ首を据ゑて可笑《をか》しく澄ます。それが睨付《にらみつけ》られるより文三には辛《つら》い。雨は歇《や》まず、お勢は五済まぬ顔、家内《かない》も湿り切ッて誰《たれ》とて口を聞く者も無し。文三果《はて》は泣出したくなッた。

心苦しい其日《その》も暮れてやゝ雨はあがる。昇《のぼる》が遊びに来たか、門口《かどぐち》で華やかな声。お鍋のけたゝましく笑ふ声が聞える。お勢は其時《その》奥坐舗《おくざしき》に居たが、それを聞くと、狼狽《うろた》へて起上《おきあが》らうとしたが、間に合はず、——気軽《きがる》に入《はい》ッて来る昇に視《み》られて、さも六余義なさゝうに又坐《すわ》ッた。

何《なに》も知らぬから、昇、例の如《ごと》く、好《この》もしさうな眼付をしてお勢の顔を視て、挨拶《あいさつ》よりまづ戯言《ざれごと》をいふ、お勢は莞爾《にっこり》ともせず、真面目《まじめ》な挨拶をする、——彼《かれ》此齟齬《これくひちが》ふ。から、昇も怪訝《けゞん》な顔色《かほつき》をして何《なに》か云はうとしたが、突然お政《まさ》が、三日も物を云はずにゐたやうに、七たてつけて饒舌《しやべ》り懸けたので、つひ紛《はぐ》らされて其方《そのはう》を向く。其間《そのま》にお勢はこッそり起上《たちあが》ッて坐舗を滑り出やうとして……見附《みつ》

五 不満な顔。おもしろくない顔。

六 仕方なさそうに。「余義」は普通「余儀」と書く。

七 たて続けに、続けさまに。

けられた。

「何処《どこ》へ、勢ちゃん?」一
けれども、聞えませんから返答を致しませんと云はぬ計《ばか》りで、お勢は坐舗《ざしき》を出て仕舞ッた。

部屋は真《しん》の闇《やみ》。手探りで摺附木《まッち》だけは探り当てたが、洋燈《らんぷ》が見附《みつか》らない。大方《おほかた》お鍋が忘れてまだ持ッて来ないので有らう。「鍋や、」と呼んで少し待ッてみて又「鍋や……」返答をしない。「鍋、鍋、鍋」たてつけて呼んでも返答をしない。焦燥《ぢれ》きッてゐると、気の抜けたころに、間《ま》の抜けた声で、

「お呼びなさいましたか?」

「知らないよ……そんな……呼んでも〳〵、返答もしないンだものを。」

「だッてお奥で御用をしてゐたンですものを。」

「用をしてゐると返答は出来なくッて?」

「御免遊ばせ……何か御用?」

「用が無くッて呼びはしないよ……そンな……人を……くらみ（暗黒）でるの二がわかッ（分ら）なッかえッ?」

二三度聞直《きゝなほ》して漸《やうや》く分ッて洋燈《らんぷ》は持ッて来たが、心無し奴《め》が跡をも閉めずし

一 この箇所をはじめ、底本に受けの鉤括弧《かぎかっこ》が欠けている場合も第十四・十五回を中心にかなりあるが、第三篇全体では、会話文の起こしの（「）に受けの（」）が入る場合が多いので、すべて「」で統一した。

二 「「くらみ」（真暗）でいる」の訛り。

て出て往《い》ッた。

「ばか。」

顔に似合はぬ悪体《あくたい》を吐《つ》きながら、起上《たちあが》ッて邪慳《じやけん》に障子を〆切《しめき》り、再び机の辺《ほとり》に坐《すわ》る間《ま》もなく、折角〆た障子をまた開けて……己《おの》れ、やれ、もう堪忍が……と振《ふ》り反《かへ》ッてみれば、案外な母親。お勢は急に他所《よそ》を向く。

「お勢、」と小声ながらに力瘤《ちからこぶ》を込めて、お政は呼ぶ。此方《こちら》はなに返答をするものかと力身《りきん》だ面相《かほつき》。

「何《なん》だと云ッて、彼様《あん》なをかしな処置振《しよちぶ》りをお為《し》だ？　本田さんが何とか思ひなさらアね。彼方《あつち》へお出《い》でよ。」

と暫《しば》らく待ッてゐてみたが、動きさうにも無いので、又声を励まして、

「よ、お出でと云ッたら、お出でよ。」

「其位《それくらゐ》なら彼様《あん》な事云はないがいゝ……」

と差俯向《さしうつむ》く、其《その》顔を窺《のぞ》けば、おや〳〵泪《なみだ》ぐむで……

「ま、呆《あき》れけヘッちまはア！」と母親はあきれけェッちまッた。「たンとお脹《ふく》れ。」

とは云ッたが、又折れて、

「世話ア焼かせずと、お出《い》でよ。」

返答なし。

「えゝ、も、ぢれッたい！　勝手にするがいゝ！」

其儘《そのまゝ》母親は奥坐舗《おくざしき》へ還《かへ》つて仕舞ッた。

これで坐舗へ還る綱も截《き》れた。求めて截ッて置きながら今更《いまさら》惜しいやうな、ぢれッたいやうな、をかしな顔をして暫《しばら》く待ッてゐてみても、誰《たれ》も呼びに来ても呉《く》れない。また呼びに来たとて、おめ〳〵還られもしない。それに奥坐舗では想像《おもひやり》のない者共《ものども》が打揃《うちそろ》ッて、噺《はな》すやら、笑ふやら……肝癪紛《かんしやくまぎ》れにお勢は色[一]鉛筆を執ッて、まだ真新《まあたら》しな[二]すうゐんとんの文典の表紙をごし〳〵擦《こす》り初めた。不運なはすうゐんとんの文典！

表紙が大方真青《おほかたまつさを》になッたころ、ふと椽側《えんがは》に足音……耳を聳《そばだ》てゝ、お勢ははッと狼狽《うろた》へた……手ばしこく文典を開けて、倒《さか》しまになッてゐるとも心附《こゝろづ》かで、ぴッたり眼《め》で喰込《くひこ》んだ、[三]とんと先刻《せんこく》から書見《しよけん》してゐたやうな面相《かほつき》をして。

すらりと障子が開《あ》く。文典を凝視《みつ》めたまゝで、お勢は少し震へた。遠慮気《ゑんりよげ》もなく、無造作に入《はい》ッて来た者は云はでと知れた昇。華美《はで》な、軽い調子で、「遁《に》げたね、好男子《いろをとこ》が来たと思ッて。」

一　鉛筆の国産は明治十年ごろから始まり、小池卯八郎が十一年には輸出を企てるまでになったが、まだ粗悪品が多く、色鉛筆も輸入品で高価だったので、多くの学校ではまだ石盤、石筆を使用していた。

二　William Swinton, *New Language Lessons: An Elementary Grammar and Composition*（図右）、あるいは *A Grammar Containing the Etymology and Syntax of the English Language*（図左）。前者は「大文典」、後者は「小文典」と呼ばれ、明治二十年前後に、初級を終った上級用英文法のテキストとしてひろく行われた。斎藤秀三郎訳『スウヰントン氏　英語学新式直訳』（明治十七年）もあった。

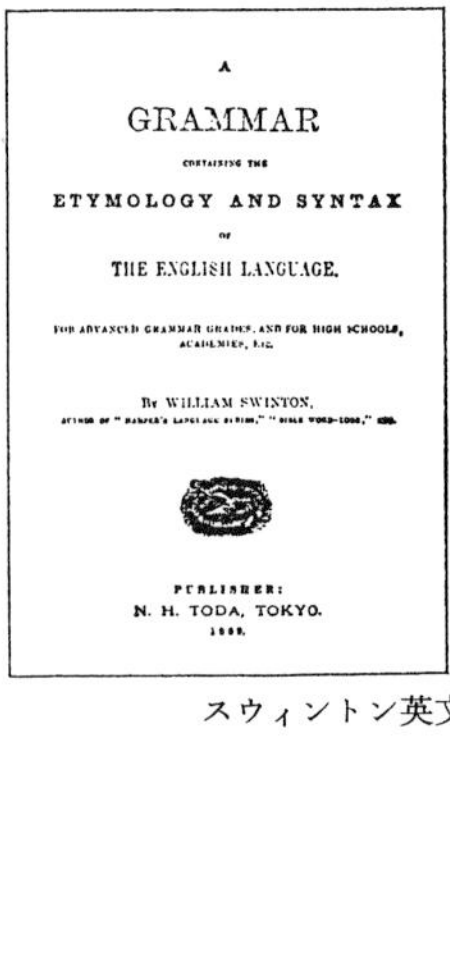

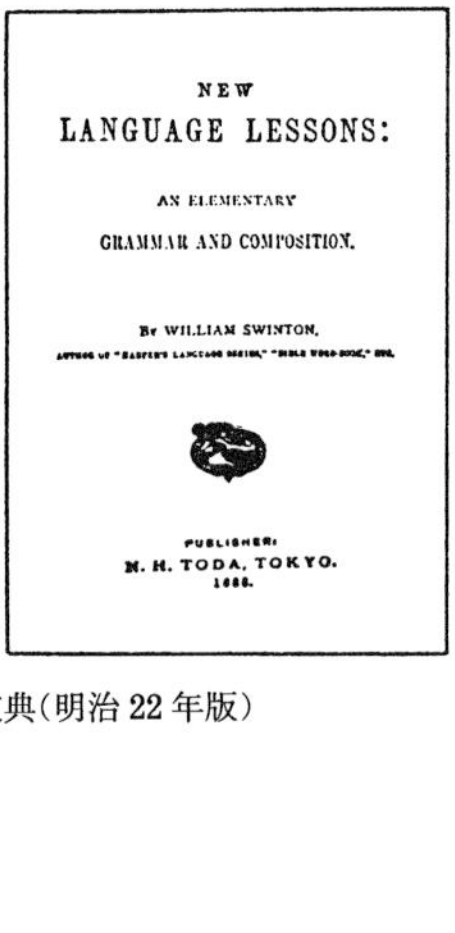

スウィントン英文典（明治22年版）

と云はして置いて、お勢は漸《やうや》く重さうに首を[四]矯《あ》げて、世にも落着いた声で、
さも[五]にべなく、

「あの失礼ですが、まだ明日《あした》の支度をしませんから……」

けれども、敵手《あひて》が敵手だから、一向利《き》かない。

「明日《あした》の支度？　明日の支度なぞは如何《どう》でも宜《い》いさ。」

と昇はお勢の傍《そば》に陣を取ツた。

「本統《ほんとう》にまだ……」

「何をさう[六]拗捩《すね》たンだらう？　令慈《おつかさん》に叱《しか》られたね？　え、然《さ》うでない。はてな。」

と首を傾《かたぶ》けるより早く[七]横手《よこで》を拍《う》ツて
「あ、あゝわかツた。成《な》、成《な》、それで……それならさうと早く一言《ひとこと》云へばいゝのに……なンだらう大方《おほかた》かく申す拙者奴《せつしやめ》に……ウ……ウと云ツたやうな訳なンだらう？　[八]大蛤《おほはまぐり》の前ぢやア口が開《あ》きかねる、――これやア尤《もつとも》だ。そこで[九]釣寄せて置いて……[一〇]ほんありがた山《やま》の蜀魂《ほとゝぎす》、[一一]一声《ひとこゑ》漏らさうとは嬉《うれ》しいぞへく。」

と妙な身振りをして、

三　すっかり。まるで。
四　「矯(きょう)」は、ためる、まっすぐにするの意。ここでは本を読むふりをして下を向いていたお勢が、首をまっすぐに挙げたこと。
五　そっけなく、愛敬もなく。「にべ(鮸膠)」は海魚ニベから製する膠(にかわ)で、粘着力の強いところから転じて、他人に親近感を与える意。
六　「拗捩(すねる)」(『魁本大字類苑』)。
七　感動したり、何かに思いあたったときに、思わず両手を打ち合わせる動作。近松門左衛門作・浄瑠璃『曽根崎心中』(元禄十六年初演)に、「開いて見すれば九平次横手を打ち、成程判はおれが判」。
八　お政を指す。蛤は女陰の隠語。多くは少女の場合に言う。「蛤であげるがむすめ気に入らず」(『柳多留』五篇)。ここでは母のお政なので「大蛤」と表現。
九　呼んでも話に加わらず、自分の部屋に釣り寄せておいて、の意。
一〇　本当にありがたい、の意。「ありがた山」は、いろいろの語に「山」をつける江戸以来の洒落言葉の一種。「これはありがた山のとんびからす」(恋川春町作・画『金々先生栄華夢』安永四年)、「花をちらせばありがた山のほとゝぎす」(金びら山人『擲銭青楼占(なげぜにせいろうらない)』安永三年、『江戸語の辞典』による)。「蜀魂」は蜀の望帝の魂が化してこの鳥になったという伝説から、「ほととぎす」の異称。
一一　上の「ほととぎす」から「一声」を引き出す。ここでは自分への恋心を洩らそう、の意。

「それなら、実は此方《こつち》も疾《とう》から其気《そのき》ありだから、それ白痴《こけ》[一]が出来合靴《できあひぐつ》を買ふのぢやないが、しツくり嵌《は》まるといふもンだ。嵌まると云へば、邪魔の入《はい》らない内だ。ちよツくり[二]抱ツこのぐい極《ぎ》めと往《い》きやせう。」

と白《し》らけた[三]声を出して、手を出しながら、摺寄《すりよ》ツて来る。

「明日《あした》の支度が……」

とお勢は泣声を出して身を縮ませた。

「ほい間違ツたか。失敗、々々。」

何を云ツても敵手《あひて》にならぬのみか、此上手《このうへ》を附《つ》けたら雨[四]になりさうなので、流石《さすが》の本田も少し[五]持《もち》あぐねた所へ、お鍋が呼びに来たから、それを幸ひにして奥坐舗《おくざしき》へ還《かへ》ツて仕舞ツた。

文三は昇が来たから安心を失《な》くして、起《た》ツて見たり、坐《すわ》ツて見たり。我他彼此《がたぴし》するのが薄々《うすうす》分るので、弥以《いよ〱もつて》堪《たま》らず。無い用を拵《こしら》へて、此時《このとき》二階を降りてお勢の部屋の前を通りかけたが、ふと耳を聳《そばだ》て、抜足をして障子の間隙《ひづみ》から内を窺《のぞい》て[六]はツと顔《がほ》。お勢が伏臥《うちぶし》になツて泣……い……て……

「Explanation《エキスプラネーション》（示談《はなしあひ》）」と一時《（いち）じ》に胸で破裂した……

一 阿呆（あほう）が既製の靴を買うときに、足に合おうが合うまいが、どれでもうまく足に合うと言うように、お互いの気持はぴったりだ、の意。「虚仮（こけ）が…するように」は江戸時代からの流行語。「こけが女郎買に行やうに、そんなにせくなア」（『砂払』）、「白痴（こけ）が千金丹を売りはしまいし、効能は能加減（いいかげん）に並べろ」（饗庭篁村「煩悩の月」『むら竹』）、「痴漢（こけ）が英語演説する様に時々御自分にもわけが解らなくなりさうだ」（延春亭＝丸岡九華「散浮花（ちりうくはな）」五、公売本『我楽多文庫』第十一号、明治二十一年十一月）。
二 ちょいと抱き合って二人の仲を一挙に決めてしまいましょう、の意。この場面、昇は通人ぶった言葉を連発。「ぐい」は「ぐい飲み」のように、動作を直ちに、一挙に行う意味を表す接頭語。式亭三馬『四十八癖』（文化九年―文政元年）や田舎老人多田爺『遊子方言』（明和七年）に「ちよつくり、三挺舟（さんちよ）でぐひ極り」「ちよつきり、ぐゐづくり」などとあるように（ここではともに快速の舟で直行する意）、「ちよつくり…ぐい…」という表現の型の応用。
三 （聞いている者が）興ざめするような声。
四 涙。泣き出しそう。
五 扱いかねた。もてあました。
六 思いがけないものを見て、はっと息をのんだときの顔。状態をあらわす副詞を名詞につけた例。他に「ほっと顔」など。

第十五回

Explanation《エキスプラネーション》（示談《はなしあひ》）、と肚《はら》を極《き》めてみると、大きに胸が透《す》いた。己《おの》れの打解けた心で推測《おしはか》るゆゑ、左程《さほど》に難事とも思へない。もウ些《すこ》しの辛抱、と、哀《あはれ》む可《べ》し、文三《ぶんざう》は[七]眠らでとも知らず夢を見てゐた。

機会《をり》を窺《み》てゐる二日目の朝、[八]見知り越しの金貸《かねかし》が来てお政《まさ》を連出《つれだ》して行く。時機到来……今日こそは、と[九]領《えり》を延ばしてゐるとも知らずして帰ツて来たか、下女部屋《げぢよべや》の入口で「慈母《おツか》さんは？」と優しい声。

其《その》声を聞くと均《ひと》しく、文三起上《たちあが》りは起上ツたが、据ゑた胸も率《いざ》となれば躍《をど》る。前へ一歩《ひとあし》、後《うしろ》へ一歩、躊躇《ためらひ》ながら二階を降りて、ふいと椽《えん》を廻《ま》はツて見れば、部屋にと計《ばか》り思ツてゐたお勢《せい》が入口《いりくち》に柱に[一〇]靠着《もた》れて、空を向上《みあ》げて物思ひ顔……はツと思ツて、文三立ち止まツた。お勢も何心なく振《ふ》り反《かへ》ツてみて、急に顔を曇らせる……ツと部屋へ入《はい》ツて跡ぴツしやり。障子は柱と額合《はちあ》はせをして、二三寸跳《は》ね返《かへ》ツた。

跳ね返ツた障子を文三は恨めしさうに凝視《みつ》めてゐたが、頓《やが》て思ひ切りわるく二歩《ふたあし》三《み》歩《あし》。わなゝく手頭《てさき》を引手《ひきて》へ懸けて、胸と共に障子を躍らし乍《なが》ら開けてみ

七 眠っていないとも知らず（起きたまま）、夢を見ていた、の意。
八 「見知り越し」は以前から面識があること。お政は「小金」を人に貸付けている。↓二一三頁四行。
九 「領」はうなじ。首をのばして。
一〇 「靠（こう）」には、倚りかかる意がある。

れば、お勢は机の前に端坐《かしこま》ツて、一心に壁と睨《にら》[一]め競《くら》。

「お勢さん」

と瀬踏《せぶみ》[二]をしてみれば、愛度気《あどけ》[三]なく返答をしない。危《あやふ》きに慣れて縮めた胆《きも》を少し太くして、また、

「お勢さん。」

また返答をしない。

此《この》分なら、と文三は取越[四]して安心をして、莞爾《にこ》〳〵しながら部屋へ入《はい》り、好《よ》き程の所に坐《ざ》を占めて、

「少しお噺《はなし》が……」

此《この》時になツてお勢は初めて、首の筋でも蹙《つま》[五]ツたやうに、徐々《そろ〳〵》顔を此方《こちら》へ向け、可愛《かあい》らしい眼《め》に角《かど》を立てゝ、文三の様子を見ながら、何《なに》か云《い》ひたさうな口付《くちつき》をした。

今打たうと振上げた拳《こぶし》の下に立ツたやうに、文三はひやりとして、思はず一生懸命にお勢の顔を凝視《みつ》めた。けれども、お勢は何《なに》とも云《い》はず、また向ふを向いて仕舞ツたので、やゝ顔を霽《はら》[六]して、極《きま》りわるさうに莞爾《にこ》〳〵しながら、

「此間《このあひだ》は誠にどう……」

一 にらめっこ。→二八九頁注九。「彼方（かなた）と此方（こなた）の睨競（にらめくら）」（『当世書生気質』第一回）。

二 ここでは、お勢の態度を試してみること。

三 無邪気に。一心に壁とにらめっこしているお勢の態度が、文三には子供っぽく見える。

四 先まわりして。「取越す」は、一定の期日より繰り上げて物事を行うこと。

五 「蹙（しゅく）」はここでは、ちぢまる意。

六 顔の曇りを晴らして。「霽（せい）」は、晴れる、雲や霧が消える意。

もと云ひ切らぬうち、つと起《お》き上《あが》ッたお勢の体が……不意を打たれて、ぎよッとする。女帯《をんなおび》が、[七]友禅染《いうぜんぞめ》の、眼前《めさき》にちら〱……はッと心附《こゝろづ》く……我を忘れて、しッかり捉《とら》へたお勢の袂《たもと》を……

「何をなさるンです？」

と[八]慳貪《けんどん》に云ふ。

「少しお噺《はな》し……お……」

「今用が有ります。」

邪慳《じやけん》に袂を振払ッて、つひと部屋を出《でゝ》仕舞ッた。

其《その》跡を眺めて文三は[九]呆《あき》れた顔……「此期《このご》を外しては……」と心附いて起《た》ち上《あが》りてはみたが、正可《まさか》跡を慕ッて往《ゆ》かれもせず、萎《しほ》れて二階へ[一〇]狐鼠《こそ》〱と帰ッた。

「失敗《しま》ッた、」と口へ出して後悔して後《おく》れ馳《ば》せに赤面。「今にお袋が帰ッて来る。『慈母《おつか》さん此《これ》〱の次第……　失敗《しま》ッた、失策《しくじ》ッた。」

千悔《（せん）くわい》、万悔《（ばん）くわい》、[一一]臍《ほぞ》を噬《か》んでゐる胸元《むなもと》を貫くやうな[一二]午砲《ごはう》の響。それと同時に「御《ご》膳《ぜん》で御座いますよ。」けれど、ほいきたと云ッて降りられもしない。二三度呼ばれて拠《よん》どころ無く、薄気味わる〱降りてみれば、お政はもウ帰ッてゐて、娘と[一三]取膳《とりぜん》で今《いま》食事最中。文三は黙礼をして膳に向ッた。「もウ咄《はな》したか、まだ

七　友禅染の帯。↓二四二頁注一三。

八　無愛想に、邪慳に、つっけんどんに。

九　呆然とした顔。

一〇　明治期にごく普通に行われた当て字。幸田露伴『五重塔』（明治二十四―二十五年）、尾崎紅葉『心の闇』（明治二十六年）、三遊亭円朝「塩原多助後日譚《しほばらたすけごにちのものがたり》」（『日出国《やまと》新聞』明治三十三年十一月一日―十二月三十一日未完、「遺稿」『文学』増刊「円朝の世界」平成十二年九月）、夏目漱石『三四郎』などに見える。

一一　後悔しても及ばないことの喩え。「臍」はへそ。漢語「噬臍《ぜいせい》」（へそをかもうとしても口が届かないことから、及ばないこと）にもとづく。

一二　明治四年九月九日から、江戸城旧本丸で正午に空砲を打って時刻を知らせた。当時は東京市外まで聞こえた。昭和四年五月一日にサイレンに代わって廃止されるまで、「ドン」と呼ばれて親しまれた。

一三　一つの膳（銘々膳）に、二人が差し向かいで食事をすること。親密な関係を示す。

咄《はな》さぬか、」と思へど胸も落着かず、臆病《おくびやう》で好事《ものずき》な眼《め》を額越《ひたへごし》にそッと親子へ注いでみればお勢は澄ました顔、お政は意味の無い顔、――咄したとも付かず、咄さぬとも付かぬ。

寿命を縮めながら、食事をしてゐた。

「そら〱、気をお付けなね。小供ぢやア有るまいし。」

ふと轟《とゞろ》いたお政の声に、怖気《おぢけ》の附《つ》いた文三ゆゑ、吃驚《びつくり》して首を矯《あ》げてみて、安心した。お勢が誤まッて茶を膝《ひざ》に滴《こぼ》したので有ッた。

[一]気を附けられたからと云ふえこぢな顔をして、お勢は澄ましてゐる。拭《ふ》きもしない。「早くお拭きなね、」と母親は叱《しか》ッた。「膝の上へ茶を滴して、ぽかんと見てえる奴《やつ》が有るもんか。三歳児《みつご》ぢやア有るまいし、意久地《いくぢ》の無いにも方図《はうづ》[二]が有ッたもンだ。」

最早《もはや》斯う成ッては穏《おだやか》に収まりさうもない。黙ッても視《み》てゐられなくなッたから、お鍋《なべ》は一《ひ》[三]とかたけ頬張《ほゝば》ッた飯《めし》を鵜呑《うのみ》にして、「はッ、はッ、」と笑ッた。同じ心に文三も「へ、へ、」と笑ッた。

するとお勢は佶《きつ》と振向いて、可畏《こは》[四]らしい眼付《めつき》をして文三を睨《ね》め出《だ》した。その容子《ようす》が常で無いから、お鍋はふと笑ひ罷《や》んで[五]もッけな顔をする。文三は色を失

一 注意をされたので、逆にそれを無視する意地を張った顔。「えこぢ」は「いこじ(依怙地)」。かたくなに我(が)を張ること。

二 →三〇九頁注四。

三 一度に食べる食事の量。漢字では「一片食」と書く。ここでは一回に口に入れた量。

四 いかにも恐ろしい。

五 意外な。→二六一頁注一一。

ツた……

「どうせ私《わたし》は意久地《いくぢ》が有りませんのさ、」とお勢はじぶくりだした、[六]誰《だれ》に向ッて云ふともなく。「笑ひたきやア沢山《たんと》お笑ひなさい……失敬な。人の叱《しか》られるのが何処《どこ》が可笑《をか》しいンだらう? げた[七]〳〵〳〵。」

「何《なん》だよ、やかましい! 言艸《いひぐさ》[八]云はずと、早々《さつさ》と拭《ふ》いてお仕舞ひ。」

と母親は火鉢の布巾《ふきん》を放《な》げ出す。けれども、お勢は手にだも触れず、

「意久地がなくツたツて、まだ自分が云ツたことを忘れるほど盲録《もうろく》[九]はしません。余計なお世話だ。人の事よりか自分の事を考へてみるがいゝ。男の口から最《も》う口も開《き》かないンぞツて云ツて置きながら……」

「お勢!」

と一句に力を籠《こ》めて制する母親、その声ももウ斯《か》う成ッては耳には入《はい》らない。文三を尻眼《しりめ》に懸けながらお勢は切歯《はぎし》りをして、

「まだ三日も経《た》たないうちに、人の部屋へ……」

「これ、どうしたもンだ。」

「だツて私《わたし》ア腹が立つものを。人の事を浮気者《うはきもん》だなンぞツて罵《のゝし》ツて置きながら、三日も経たないうちに、人の部屋へつか〳〵入《はい》ツて来て……人の袂《たもと》なンぞ

六 理屈をこねる、ぐずぐず言う。「此奴(こいつ)は一番理屈の聞きどころだ抔(など)と、酒も飲まずにジブクリかゝるを」(饗庭篁村「ムズカシヤ」『むら竹』明治二十二年)。
七 蛙笑い。やかましい下品な笑い。「また蛙笑ひてエのが有ります。客「ゲタ〳〵、ゲタ〳〵」」(落語「つよがり」『明治大正落語集成』第一巻)。
八 文句を言わずに。
九 おいぼれること。普通は「耄碌」と書く。

捉《つか》へて、咄《はなし》が有るだの、何《なん》だの、種々《いろく》な事を云ツて……なんぼ何だツて余《あん》り人を軽蔑《けいべつ》した……云ふ事が有るなら、茲処《こゝ》でいふがいゝ、慈母《おつか》さんの前で云へるなら、云ツてみるがいゝ……」

留めれば留めるほど、尚《な》ほ喚《わめ》く。散々《さんぐ》喚かして置いて、最《も》う好《よ》い時分と成ツてから、お政が「彼方《あツち》へ、」と顋《あご》でしやくる。しやくられて、放心して人の顔ばかり視《み》てゐたお鍋は初めて心附《こゝろづ》き、[一]倉皇箸《あわてゝはし》を棄《す》てゝお勢の傍《そば》へ飛んで来て、いろくに賺《す》かして連れて行《ゆ》かうとするが、仲々素直《すなほ》に連れて行かれない。

「いゝえ、放擲《うつちや》ツといとくれ。何だか云ふ事が有《あ》るツていふンだから、それを……聞かないうちは……いいえ、私《わた》しや……あンまり人を軽蔑した……いゝえ、其処《そこ》お放しよ……お放しツてツたら、お放しよツ……」

けれども、お鍋の腕力には敵《かな》はない。無理無体に引立《ひきたて》られ、がやく喚きながらも坐舗《ざしき》を連れ出されて、[二]稍々《やゝ》部屋へ収まツたやうす。

となツて、文三始めて人心地《ひとごゝち》が付いた。

いづれ宛擦《あてこす》りぐらゐは有らうとは思ツてゐたが、からまでとは思ひ掛けなかツた。[三]晴天の霹靂《へきれき》、思ひの外《ほか》なのに度肝《どぎも》を抜《ぬか》れて、腹を立てる遑《いとま》も無い。脳は乱れ、神経は荒れ、心神《しんぐ》錯乱して是非の分別《ふんべつ》も付かない。只《たゞ》さしあたツた面目《めんぼく》

一 底本「食皇」を訂正。

二 ようやく。

三 正しくは「青天の霹靂」。青空から突然鳴り出す雷。突然に起こった変動の喩え。

なさに消えも入りたく思ふばかり。叔母を観《み》れば、薄気味わるくにやりとしてゐる。此儘《このまゝ》にも置かれない、——から、余義なく叔母の方へ膝を押向け、おろ〳〵しながら、

「実に……どうもす、す、済まんことをしました……まだお咄《はなし》はいたしませんでしたが……一昨日《（いつ）さくじつ》阿勢《おせい》さんに……」

と云ひかねる。

「其事《その》なら、ちらと聞きました、」と叔母が受取ツて呉《く》れた。「それはあゝした我儘者《わがまゝもの》ですから、定めしお気に障《さは》るやうな事もいひましたらうから……」

「いや、決してお勢さんが……」

「それやアもう、」と[四]一越調子《（いち）をつてうし》高《だか》に云ツて、文三を云ひ消して仕舞ひ、また声を並《なみ》に落して、「お叱《しか》んなさるも、彼《あれ》の身の為《た》めだから、いゝけれども、只《たゞ》まだ婚嫁前《よめいりまへ》の事《こつ》てすから、彼様《あん》な者《もん》でもね、余《あんま》り身体《からだ》に疵《きず》の……」

「いや、私《わたくし》は決して……其様《そん》な……」

「だからさ、お云ひなすツたとは云はないけれども、是《こ》れからも有る事《こつ》たから、おねがひ申して置くンですよ。わるくお聞きなすツちやアいけないよ。」

びツたり[五]釘《くぎ》を打たれて、ぐツとも云へず、文三は只口惜《くちを》しさうに叔母の顔を

四　一段と。→二一五頁注一八。

五　「釘を打つ」は、あらかじめ念をおすこと。「釘をさす」とも言う。

視詰《みつ》めるばかり。

「子を持ツてみなければ、分らない事《こつ》たけれども、女の子といふものは嫁《かたづ》けるまでが心配なものさ。それやア、人さまにやア彼様《あん》な者《もん》を如何《どう》なツてもよさゝうに思はれるだらうけれども、親馬鹿《おやばか》とは旨《うま》く云ツたもンで、彼様《あん》な者《もん》でも子だと思へば、[一]有りもしねえ悪名《あくみやう》つけられて、ひよツと縁遠くでもなると、厭《いや》なものさ。それに誰《たれ》にしろ、踏付《ふみつけ》られゝやア、あンまり好《い》い心持もしないものさ、ねえ、文さん。」

もウ文三堪《たま》りかねた。

「す、す、それぢや何《なん》ですか……私《わたくし》が……私がお勢さんを踏付たと仰《お》ツしやるンですかッ?」

「可畏《こは》い事をお云ひなさるねえ、」とお政はおそろしい顔になツた。「お前さんがお勢を踏付たと誰《だれ》が云ひました? 私《わたし》ア自分にも覚えが有るから、只《たゞ》の世間咄《せけんばなし》に踏付られたと思ふと厭《いや》なもンだと云ツた計《ばか》しだよ。それを其様《そん》な云ひもしない事をいつて……あゝ、なンだね、お前さん云《い》ひ掛《がゝ》りをいふンだね? 女だと思ツて、其様《そん》な事を云ツて、人を困らせる気だね?」

と層《かさ》に懸《かゝ》ツて極付《きめつけ》る。

一 きずもの、浮気者などの悪い噂。

「あゝわるう御座ンした……」と文三は狼狽《あわ》てゝ謝罪《あやま》ツたが、口惜《くちを》し涙が承知をせず、両眼《りやうがん》に一杯溜《たま》るので、顔を揚げてゐられない。差俯向《さしうつむ》いて「私《わたくし》が……わるう御座ンした……」

「さうお云ひなさると、さも私《わたし》が難題でもいゝだしたやうに聞こゆるけれども、なにも然《さ》う遁《に》げなくツてもいゝぢやないか？　其様《そん》な事を云ひ出すからにやア、お前さんだツて、何か訳が無《な》くツちやア、お云ひなさりもすまい？」

「私《わたくし》がわるう御座ンした……」と差俯向《さしうつむ》いたまゝで重ねて謝罪《あやまつ》た。「全く其様《そん》な気で申した訳ぢやア有りませんが……お、お、思違ひをして……つひ……失礼を申しました……」

から云はれては、流石《さすが》のお政も最《も》う嚙付《かみつ》きやうが無いと見えて、無言で少選《しばらく》[二]文三を睨《ね》めるやうに視《み》てゐたが、頓《やが》て、

「あゝ厭《いや》だ、〳〵、」と顔を皺《しか》めて、「此様《こん》な厭な思ひをするも皆彼奴《みんなあいつ》のお蔭《かげ》だ。どれ、」と起《た》ち上《あが》ツて、「往《い》ツて土性骨《どしやうぼね》[三]を打挫《ぶつくじ》いてやりませう。」

お政は坐舗《ざしき》を出て仕舞ツた。

お政が坐舗を出るや否や、文三は今迄《いまゝで》の溜涙《ためなみだ》を一時《（いち）じ》にはら〳〵と落した。たゞ其儘《そのまゝ》、さしうつむいた儘で、良久《やゝしば》らくの間、起《た》ちも上がらず、身動きもせず、

二 「少選（しようせん）」は漢語でほんのしばらくの時間。『魁本大字類苑』に「少選（シバラク）」。

三 性根。根性。「土」は罵り、意味を強める接頭語。

黙念として坐《すわ》ツてゐた。が、そのうちにお鍋が帰ツて来たので、文三も、余義なく、うつむいたまゝで、力無さゝうに起《た》ち上《あが》り、悄々《すごく》我部屋へ戻らうとして梯子《はしご》段《だん》の下まで来ると、お勢の部屋で、さも意地張ツた声で、

「私《わたし》やアもう家《うち》に居るのは厭《いや》だ〳〵。」

第十六回

あれほどまでにお勢母子《せいおやこ》の者に辱《はづかし》められても、文三《ぶんざう》はまだ園田《そのだ》の家《いへ》を去る気になれない。但《た》ゞ、そのかはり、火の消えたやうに、鎮《しづ》まツて仕舞ひ、いとゞ[一]無口が一層口を開《き》かなくなツて、呼んでも捗々敷《はかぐし》く返答をもしない。用事が無ければ下へも降りて来《こ》ず、只一間《たゞひとま》にのみ垂《た》れ籠《こ》めてゐる。余《あま》り静かなので、つひ居《ゐ》ることを忘れて、お鍋《なべ》が洋燈《らんぷ》の油を注《つ》がずに置いても、それを吩咐《いひつ》け[二]て注《つ》がせるでもなく、油が無ければ無いで、真闇《まつくら》な坐舗《ざしき》に悄然《しよんぼり》として、始終何事をか考へてゐる。

けれど、から静まツてゐるは表相《うはべ》のみで、其胸臆《そのきようおく》[三]の中《うち》へ立入ツてみれば、実に一方《ひとかた》ならぬ変動。恰《あたか》も心が顚動《てんどう》[四]した如《ごと》くに、昨日《きのふ》好《よ》いと思ツた事も今日《けふ》は悪く、今日悪いと思ふ事も昨日は好いとのみ思ツてゐた。情慾《じやうよく》の曇が取れて心の

一 「いといと」の転。ここでは、非常にの意。

二 「吩咐（ふんぷ）」は、言いつける、命令する意。「吩咐（イヒツケル）」（『魁本大字類苑』）。

三 心、胸中の思い。

四 動転する、取り乱すこと。

鏡が明《あきら》かになり、睡入《ねい》ツてゐた智慧《ちゑ》は俄《にはか》に眼《め》を覚まして決然として断案を下し出す。眼に見えぬ処《ところ》 幽妙《いうめう》の処で、文三は――全くとは云《い》はず――稍々《やゝ》変生《うまれかは》ツた。

眼を改めてみれば、今まで為《し》て来た事は夢か将《は》た現《うつゝ》か……と怪しまれる。お政《まさ》の浮薄、今更《いまさら》いふまでも無い。が、過《あや》まツた文三は、――実に今迄《いまゝで》はお勢を見謬《みあや》まツてゐた。今となツて考へてみれば、お勢はさほど高潔でも無《な》い。移《うつり》気《ぎ》、開豁《はで》、軽躁《かるはづみ》、それを高潔と取違へて、五意味も無い外部の美、それを内部の美と混同して、愧《はづ》かしいかな、文三はお勢に心を奪はれてゐた。

我《われ》に心を動かしてゐると思ツたがあれが抑《そもそ》も誤《あや》まりの緒《いとぐち》。六苟《かりそ》めにも人を愛するといふからには、必ず先《ま》づ互ひに天性気質を知りあはねばならぬ。けれども、お勢は初《はじめ》より文三の人と為《な》りを知ツてゐねば、よし多少文三に心を動かした如《ごと》き形迹《けいせき》が有《あれ》ばとて、それは真に心を動かしてゐたではなく、只《たゞ》ほんの一時《(いち)じ》感染《かぶ》れてゐたので有ツたらう。

感受の力の勝つ者は誰《たれ》しも同じ事ながら、お勢は眼前《がんぜん》に移り行く事や物やのうち少しでも新奇な物が有れば、眼早《めばや》くそれを視《み》て取ツて、直ちに心に七思ひ染《し》める。けれども、惜しい哉《かな》、殆《ほと》ど見た儘《まゝ》で、別に八烹煉《はうれん》を加ふるといふことをせ

五 内部の美と外部の美とを弁別する二元論。第十回の「美は美だ」(三五一頁六行)という考えと対照的。

六 このような恋愛観については、三一〇頁注三参照。「苟めにも」は、いやしくも、仮にも。

七 深く思いつめること。

八 火を加えて煮たり、練ったりすること。ここでは十分に調理すること。物事を見きわめること。

ずに、無造作に其《その》物其《その》事の見解を作ツて仕舞ふから、自《おのづか》ら真相を看破《あきら》[一]めるといふには至らずして、動《やゝ》もすれば浅膚《せんぷ》[二]の見《けん》に陥《おち》いる。それゆゑ、その物に感染《かぶ》れて、眼色《めいろ》を変へて、狂ひ騒ぐ時を見れば、如何《いか》にも熱心さうに見えるものゝ、固《もと》より一時《(いち)じ》の浮想《ふさう》ゆゑ、まだ真味《しんみ》を味《あぢは》はぬうちに、早くも熱が冷めて、厭気《いやき》になツて惜《を》し気《げ》もなく打棄《うちす》てゝ仕舞ふ。感染《かぶ》れる事の早い代りに、飽きる事も早く。得る事に熱心な代りに、既に得た物を失ふことには無頓着《むとんぢやく》。書物を買ふにしても、然《さう》で。買ひたいとなると、矢も楯《たて》もなく買ひたがるが、買ツて仕舞へば、余り読みもしない。英語の稽古《けいこ》を初めた時も、また其《その》通りで。初める迄《まで》は一日《(いち)じつ》をも争ツたが、初めてみれば、左程《さほど》に勉強もしない。万事然《さ》うした気風で有《あつ》てみれば、お勢の文三に感染《かぶ》れたも、また厭《あ》いたも、其間《そのあひだ》にからまる事情を棄てゝ、単に其《その》心状をのみ繹《たづ》ねてみたら、恐らくは其様《そのやう》な事で有らう。

且《か》つお勢は開豁《はで》な気質、文三は朴茂《じみ》[三]な気質。開豁が朴茂に感染《かぶ》れたから、何処《どこ》か仮衣《かりぎ》をしたやうに、恰当《そぐ》[四]はぬ所が有ツて、落着《おちつき》が悪かツたらう。悪ければ良くしやうといふが人の常情《じやう〱》で有ツてみれば、仮令《たと》へ免職、窮愁《きうしう》[五]、耻辱《ちじよく》などゝいふ外部の激因が無いにしても、お勢の文三に対する感情は早晩一変せずにはゐなかツたらう。

一　明らかにする。

二　皮相な見解。上っつらだけの考え。

三　「朴」はかざり気がないこと。樸（ぼく）に同じ。「樸茂」はかざり気なく情に厚いこと。

四　「恰当（こうとう）」は、ちょうどいい、適合の意。

五　苦しみ悩むこと。

お勢は実に軽躁《かるはづみ》で有る。けれども、軽躁《かるはづみ》で無い者が軽躁《かるはづみ》な事を為《し》やうとて為《し》得《え》ぬが如《ごと》く、軽躁《かるはづみ》な者は軽躁《かるはづみ》な事を為《し》まいと思ツたとて、なか〳〵為《し》ずにはをられまい。軽躁《かるはづみ》と自《みづか》ら認めてゐる者すら、尚《な》ほかうしたもので有ツてみれば、況《ま》してお勢の如き、まだ我《われ》をも知らぬ、罪の無い処女が己《おのれ》の気質に克《か》ち得ぬとて、強《あなが》ちにそれを無理とも云へぬ。若《も》しお勢を深く尤《とが》む可《べ》き者なら、較《くら》べて云へば、稍々《やゝ》学問あり智識《ちしき》ありながら、尚ほ軽躁《けいさう》を免がれぬ、譬《たと》へば、文三の如き者は（六はれやれ、文三の如き者は？）何《なん》としたもので有らう？

人事《ひとごと》で無い。お勢も悪《わ》るかツたが、文三もよろしく無かツた。「七人の頭の蠅《はへ》を逐《お》ふよりは先《ま》づ我頭のを逐へ、」――聞旧《きゝふる》した諺《ことわざ》も今は耳新しく身に染《し》みて聞かれる。から、何事《なにごと》につけても、己一人《おのれ（いち）にん》をのみ責めて敢《あへ》て叨《みだ》りにお勢を尤《とが》めなかツた。が、如何《いか》に贔負眼《ひいきめ》にみても、文三の既に得た所謂《いはゆる》八識認といふものをお勢が得てゐるとはどうしても見えない。軽躁《けいさう》と心附《こゝろづ》かねばこそ、身を軽躁《けいさう》に持崩《もちくづ》しながら、それを憂《う》しとも思はぬ様子。醜穢《しうくわい》と九認めねばこそ、身を不潔な境《さかひ》に処《お》きながら、それを何《なに》とも思はぬ顔色《かほつき》。是《こ》れが文三の近来《きんらい》最も傷心な事。一〇半夜《はんや》夢覚めて燈《ともしび》冷《ひやゝ》かなる時、想《おも》ふて此事《このこと》に到《いた》れば、毎《つね》に一一悵然《ちやうぜん》として太息《たいそく》せられる。

六「はれ」も「やれ」も感動詞。ここでは、いやはや、やれやれ、の意。
七 他人のことを気にするよりも、まず自分自身を省みよ、という意味の諺。
八「認識」に同じ。古くから使われた漢語だが、明治期にはあまり例を見ない。普通は認識。
九 底本は「認めばこそ」。脱字と見て「ね」を補う。
一〇 よなか、夜半。
一一「悵然」は嘆き悲しむさま。「太息」はためいき。

して見ると、文三は、あゝ、まだ苦しみが嘗《な》め足りぬさうな！

第十七回

お勢《せい》のあくたれ[一]た時、お政《まさ》は娘の部屋で、凡《およ》そ二時間計《ばか》りも、何《なに》か諄々《くどくど》と教誨《いひきか》せてゐたが、爾後《それから》は、如何《どう》したものか、急に母子《おやこ》の折合が好《よ》くなツて来た。取分けてお勢が母親に孝順《やさしく》する。折節には機嫌を取るのかと思はれるほどの事をも云《い》ふ。親も子も睨《ね》める敵《かたき》は同じ文三《ぶんざう》ゆゑ、かう比周《したしみあ》[二]ふも其筈《そのはず》ながら、動静《やうす》を窺《み》るに、只其計《たゞそればか》りでも無さゝうで。

昇《のぼる》は其後《そのご》ふッつり遊びに来ない。顔を視《み》れば鬩《いが》み合ふ事にしてゐた母子《おやこ》ゆゑ、折合が付いてみれば、咄《はなし》も無く、文三の影口《かげぐち》も今は道尽《いひつく》す、——家内《かない》が何時《いつ》からと無く湿ツて来た。

「あゝ、辛気《しんき》[三]だこと！」と一夜《あるよ》お勢が欠《あく》びまじりに云ツて泪《なみだ》ぐンだ。

新聞を拾読《ひろひよみ》してゐたお政は眼鏡越しに娘を見遣《みや》ツて、「欠びをして徒然《つくねん》[四]としてゐることは無《な》いやアね。本でも出して来てお復習《さらひ》なさい。」

「復習《さらへ》ツて、」とお勢は鼻声になツて眉《まゆ》を顰《ひそ》めた。「明日《あした》の支度はもう済《すま》して仕舞ツたものを。」

一 駄々をこねた、悪態をついた。

二 「比周」は親しくする意。「君子周而不レ比、小人比而不レ周」（『論語』為政）。

三 くさくさすること。

四 何もせずぼんやりしているさま。『書言字考節用集』に「徒空然（ツクネン）」。

「[五]済ましッちまッつて。」

お政は復《また》新聞に取掛《とりかゝ》ッた。

「慈母《おつか》さん。」とお勢は何《なに》をか憶出《おもひだ》して事有《ことあ》り気《げ》に云ッた。「本田《ほんだ》さんは何故《なぜ》来ないンだらう？」

「何故だか。」

「憤《おこ》ッてゐるのぢやないのだらうか？」

「然《さ》うかも知れない。」

何を云ッても取合はぬゆゑ、お勢も仕方なく口を箝《つぐ》んで、少《しば》らく物思《ものおも》はし気《げ》に洋燈《らんぷ》を凝視《みつめ》てゐたが、それでもまだ気に懸《かゝ》ると見えて、「慈母《おつか》さん。」

「何《なん》だよ？」と[六]蒼蠅《うるさ》さうにお政は起直《おきなほ》ッた。

「真個《ほんとう》に本田さんは憤《おこ》ッて来ないのだらうか？」

「何《なに》を？」

「何をッて、」と少し[七]気を得て、「そら、此間《このあひだ》来た時、私が構はなかつたから……」

と母の顔を凝視《みつめ》た。

「[八]なに人《ひと》、」とお政は莞爾《にっこり》した、何《なん》と云ッてもまだ[九]おぼだなと云ひたさうで。

五 「済ましてしまったって」の訛り。お政の言葉には江戸訛りがある。

六 「蒼蠅（あおばえ）」はイエバエ科の大形のハエ。体が青黒く腹部に金属光沢のあるものの総称。うるさく人につきまとう者や事柄を罵って言うときの形容。「蒼蠅（うるさ）い問題」（夏目漱石『こゝろ』大正三年）。

七 元気になって。勢を得て。

八 「なに、人をつけにした」「なに人を」の略。なにを馬鹿な、ばかばかしい、の意。「何んだシト（人）」「何んのシト」「シトツケ」などとも言う。「ナニシト」（思案外史撰「懸賞都々逸」、公売本『我楽多文庫』第八号、明治二十一年九月）、他に落語「つよがり」「穴蔵の泥棒」（ともに『明治大正落語集成』第一巻）などに例多数。

九 「おぼこ」の略。世間知らず、うぶな子供。

「お前に構ツて貰《もら》ひたいンで来なさるンぢや有るまいシ。」

「あら、然《さ》うぢや無いンだけれどもさ……」

と愧《はづ》かしさうに自分も莞爾《にっこり》。

[一]おほんといふ罪を作ツてゐるとは知らぬから、昇が、例の通り、平気な顔をしてふいと遣《や》ツて来た。

「おや、ま、[二]噂《うはさ》をすれば影とやらだよ、」とお政が顔を見るより[三]饒舌《しゃべ》り付けた。

「今貴君《あなた》の噂をしてゐた所《とこ》さ。え？　勿論《もちろん》さ、義理にも善くは云へないッさ……はゝはゝ。それは情談《じゃうだん》だが、きついお見限りですね。何処《どこ》か[四]穴でも出来たンぢやないかね？　出来たとえ？　そら〱、それだもの、だから[五]鰻男《うなぎをとこ》だといふことさ。えゝ[六]鰌《どぜう》で無くツてお仕合せ？　鰌とはえ？……　あ、ほンに鰌と云へば、向ふ横町に出来た鰻屋《うなぎや》ね、ちよいと[七]異《おつ》ですッさ。久し振りだッて、奢《おご》らなくツてもいゝよ。はゝゝゝ。」

[八]皺延《しわの》ばしの太平楽、聞くに堪《た》へぬといふは平日《へいじつ》の事、今宵《こよひ》はちと[九]情実《わけ》が有るから、お勢は顔を皺《しか》めるは扨置《さてお》き、昇の顔を横眼《よこめ》でみながら、[一〇]追蒐《おつか》け引蒐《ひっか》けて高笑ひ。てれ隠《がく》しか、嬉《うれ》しさの溢《こぼ》れか当人に聞いてみねば、とんと分からず。

「今夜は大分《だいぶ》御機嫌だが、」と昇も心附《こゝろづ》いたか、お勢を[一一]調戯《なぶり》だす。「此間《このあひだ》は

一　「おほん」は通人ぶった厭味な咳ばらい。「間（あひ）にはオホンと拍子を取り、厭味の臭気を空中に射出すを、自分では天晴（あっぱれ）才子の所業と心得て」（幸田露伴『迷霧』初出不詳、明治二十三年？）。「昔の通人の「オホン」」（山本有三『路傍の石』昭和十二―十六年）。ここでは通人ぶって「オホン」と咳ばらいをするような、気取って厭味をまきちらす罪。

二　人の噂をすると、噂をされた当人がやって来る、という意味の諺。

三　いつものようにしゃべりかけた。

四　秘密の場所、穴場。いい所。「穴」と「鰻」「鰌」は縁語。

五　鰻のように「穴」が好きで、なかなか捉えにくい男。

六　当時下級官吏のことを、髭が粗末なことから「鰌」と軽蔑した。→二〇二頁注一一。ここではその意味で昇が、「鰌と言われなくてよかった」と言ったのを聞いて、お政がそれを反復し、話をまた鰻に引きもどす。

七　いけるんですとさ。おいしいんですって。

八　「皺延ばし」は、気晴らし。「太平楽」は本来雅楽の曲名だが、ここでは、口から出まかせ、言いたい放題の意。

九　ここでは、私情によって、客観的、公平な見方ができないこと。

一〇　後から後から続けさまに。「蒐（しゅう）」は集める意。尾崎紅葉『多情多恨』（明治二十九年）に「追蒐け〱」。普通は「追掛け引掛け」と書く。

一一　「調戯（ちょうぎ）」は、たわむれる、からかう。

如何《どう》したもンだツた？　何を云ツても、『まだ明日《あした》の支度をしませんから。』はツ、はツ、はツ、憶出《おもひだ》すと可笑《をか》しくなる。」

「だツて、気分が悪かツたンですものを、」と淫哇《いやら》しい、形容も出来ない身振り。

「何《なに》が何《なん》だか、訳が解《わか》りやアしません。」

少ししらけた席の穴を填《うめ》るためか、昇が俄《には》かに問はれもせぬ無沙汰《ぶさた》の[一二]分疏《いひわけ》をしだして、近ごろは頼まれて、[一三]一夜《(ひと)よ》はざめに課長の所へ往《いつ》て、細君と妹《いもと》に英語の下稽古《したげいこ》をしてやる、といふ。「いや、迷惑な、」と言葉を足す。

と聞いて、お政にも似合はぬ、正直な、[一四]まうけに受けて、その不心得《ふこゝろえ》を諭《さと》す、[一五]是《これ》が立身の踏台になるかも知れぬと云ツて。けれども、御弟子《おでし》が御弟子ゆゑ、飛《とん》だ事まで教へはすまいかと心配だと高く笑ふ。

お勢は昇が課長の所へ英語を教へに往《ゆ》くと聞くより、如何《どう》したものか、俄《には》かに萎《しほ》れだしたが、此時《このとき》母親に釣られて淋《さび》しい顔で莞爾《につこり》して、「令妹《れいまい》の名は何《なん》といふの？」

「[一六]花とか耳とか云ツたツけ。」

「余程《よほど》出来るの？」

一二　→二八八頁注七。
一三　一晩おき。
一四　真に受けること。本気にすること。
一五　たとえば男女関係。
一六　「花」と「鼻」が懸詞。「鼻」の縁語で「耳」。

「英語かね? なアに、から[一]駄目だ。[二]Thank《サンク》 you《ユー》 for《フオア》 your《ユアー》 kind《カインド》 だから、まだく〳〵。」

お勢は冷笑の気味で、「それぢやアア……」

[三]I《アイ》 will《ウイル》 ask《アスク》 to《ツー》 you《ユー》 と云ッて今日教師に叱《しか》られた、それは此時《このとき》忘れてゐたのだから、仕方が無い。

「ときに、これは、」と昇はお政の方を向いて親指[四]を出してみせて、「如何《どう》しました、その後《ご》?」

「居ますよまだ、」とお政は思ひ切ッて顔を皺《しか》めた。

「づう〳〵しいと思ッてねえ!」

「それも宜《いゝ》が、また何《なに》かお勢に云ひましたッさ。」

「お勢さんに?」

「はア。」

「如何《どん》な事を?」

おツとまかせと饒舌《しやべ》り出した、文三のお勢の部屋へ忍び込むから段々と順を逐《お》ツて、剰《あま》さず漏《もら》さず、おまけまでつけて。昇は頤《あご》を撫《な》でゝそれを聴いてゐたが、お勢が悪《あく》たれた一段となると、不意に声を放ッて、大笑《おほわらひ》に笑ッて、「そい

一 「から」は「空」。からっきし、まるで。
二 Thank you for your kindness. とあるべきところ。
三 I will ask you. とあるべきところ。
四 主人、夫など男性を指す符丁。小指は恋人などの女性。

つア痛かツたらう。」

「なに其《そ》ン時こそ些《ちつと》ばかし可怪《をかし》な顔をしたツけが、半日も経《た》てば、また平気なものさ。なンと、本田さん、づう〱しいぢやア有りませんか！」

「そうしてね、まだ私《わたし》の事を浮気者だなンぞツて。」

「ほんとに其様《そん》な事も云《いつ》たさうですがね、なにも、其様なに腹がたつなら、此所《こゝ》の家《うち》に居ないが宜《いゝ》ぢや有りませんか。私《わたし》ならすぐ下宿《げしく》か何かして仕舞ひまさア。それを、其様《そん》な事を云ツて置きながら、づう〱しく、五のべんくらりと、大飯《おほめし》を食らツて……てゐるとは何所《どこ》まで六押《おし》が重《おもた》いンだか七数《すう》が知れないと思ツて。」

昇は苦笑《にがわら》ひをしてゐた。暫時《しばらく》して返答とはなく、たゞ、「何《なに》しても困ツたもンだね。」

「ほんとに困ツちまひますよ。」

困ツてゐる所へ勝手口で、「梅本《うめもと》でござい。」梅本といふは近処の料理屋。

「おや家《うち》では……」とお政は怪しむ、その顔も忽《たちま》ち莞爾《にこ》々々《く》となツた、昇の吩咐《いひつけ》とわかツて。

「それだから此息子《このむすこ》は可愛《かあい》いよ。」八片腹痛い言《こと》まで云ツてやがて下女が持込む

五 「のんべんぐらり」の訛り。「のんべんだらり」とも言う（『江戸語の辞典』）。いたずらに時間を空費し、何の努力もしないこと。
六 押しが強い、あつかましい。
七 程度がわからない。「数」はここでは物事の多少に関する観念。「数が知れない」はこの時期に多く使われた言葉。「ほんとにお前は何処まで人に世話を焼かせるのだか数が知れない人だよ」（幸田露伴『天うつ浪』其一一六、明治三十六—三十八年）。
八 笑止な言葉。ちゃんちゃらおかしい言葉。

岡持《をかもち》[一]の蓋《ふた》を取ツて見るよりまた意地[二]の汚い言《こと》をいふ。それを、今夜に限《かぎ》ツて、平気で聞いてゐるお勢どのゝ心持が解《わか》らない、と怪しんでゐる間《ま》も有ればこそ、それツと炭を継《つ》ぐ、吹く、起こす、燗《かん》をつけるやら、鍋《なべ》を懸けるやら、瞬《またゝ》く間《ま》に酒となツた。

あひのおさへ[三]のといふ蒼蠅《うるさ》い事の無代《ないかは》り、洒落《しやれ》[四]、担《かつ》[五]ぎ合《あ》ひ、大口《おほぐち》[六]、高笑《たかわらひ》、都《ど》[七]々《ゞ》逸《いつ》の素《す》じぶくり、替歌《かへうた》[八]の伝受等《など》、いろ〳〵の事が有ツたが、蒼蠅いからそれは略す。

刺身は調味《つま》のみになツて噫《おくび》[九]で応答《うけこたへ》をするころになツて、お政は、例[一〇]の所へでも往《ゆ》き度《たく》なツたか、ふと起《た》ツて坐舗《ざしき》を出た。

と両人《ふたり》差向ひになツた。顔を視合《みあ》はせるとも無く視合はして、お勢はくす〳〵と吹出したが、急に真地目《まぢめ》になツてちんと澄ます。

「これアをかしい。何《なに》がくす〳〵だらう?」

「何《なん》でも無いの。」

「のぼる[一一]源氏のお顔を拝んで嬉《うれ》しいか?」

「呆《あき》れて仕舞はア、ひよツとこ面《づら》の癖に。」

「何《なん》だと?」

一 平たくて、蓋と持手がついた桶。食物の持ち運びに使う。

岡持
(『広辞苑 第五版』)

二 食い意地の張った。

三 盃のやりとりの儀礼。本来、「あひ(間)」は二人の人間が酒を飲んでいるところへ、第三者が加わって盃を受けたり、盃をさしたりすることだったが、後には二人で盃の応酬をすることも間(あい)と呼ばれるようになった。ここは後者。「おさへ」は自分にさされた酒を断って、相手にさらに盃を重ねさせること。

四 座興に言う気の利いた言葉。語呂合わせ、地口など。

五 ふざけた騙(まだ)し合い。

六 大言壮語。ほら話。エロチックな話を指すこともある。

七 七・七・七・五の句を重ねた俗謡。江戸後期から明治初期にかけて流行。天保時代(一八三〇‐四四)の有名な芸人に独々逸坊扇歌(どどいつぼうせんか)がいる。硯友社の『我楽多文庫』は、最初は独々逸欄を設けていたが、俗っぽく新時代に合わないという理由で、公売本第十一号(明治二十一年十月)で打ち切りになった。「素じぶくり」は三味線の伴奏なしで歌うこと。

八 ここでは、ある歌の歌詞を作り替えてちゃかした歌にし、それを教えること。洒落から替歌まで、いずれも座興のふざけ合い。

九 げっぷ。

「綺麗《きれい》なお顔で御座いますといふこと。」

昇は例[一二]の黙ツてお勢を睨《ね》め出す。

「綺麗なお顔だといふンだから、ほゝゝ、」と用心しながら退却《あとすざり》をして、「いゝぢやア……おツ……」

ツと寄ツた昇がお勢の傍《そば》へ……空《くう》で手と手が閃《ひらめ》く、からまる……と鎮《しづ》まツた所をみれば、お勢は何時《いつ》か手を握られてゐた。

「これが如何《どう》したの？」と平気な顔。

「如何もしないが、からまづ俘虜《いけどり》にしておいてどツこい……」と振放《ふりはな》さうとする手を握りしめる。

「あちゝゝ」と顔を皺《しか》めて、「痛い事をなさるねえ！」

「ちツとは痛いのさ。」

「放して頂戴《ちやうだい》よ。よう。放さないと此《この》手に喰付《くひつき》ますよ。」

「[一三]喰付たいほど思へども……」と平気で鼻歌。

お勢はおそろしく顔を皺《しか》めて、甘《あま》たるい声で、「よう、放して頂戴と云へばねえ……声を立てますよ。」

「お立てなさいとも。」

一〇 手洗い。
一一 美男の代名詞である、『源氏物語』の主人公、光源氏のもじり。
一二 例によって、いつものように。
一三 「…ほど思へども」「…とは思へども」は浄瑠璃風の言い回し。

と云はれて一段声を低めて、「あら引本田さんが引手なんぞ握ッて引ほゝゝいけません、ほゝゝ。」

「それはさぞ引お困りで御座いませう引。」

「本統《ほんとう》に放して頂戴《ちやうだい》よ。」

「何故《なぜ》？　内海《うつみ》に知れると悪いか？」

「なに彼様《あんな》な奴《やつ》に知れたツて……」

「ぢや、ちッとからしてゐ給《たま》へ。大丈夫だよ、淫褻《いたづら》なぞする本田にあらずだ……が、ちよツと……」と何《なに》やら小声《こごゑ》で云ツて、「[一]……位《ぐら》いは宜《よ》からう？」

するとお勢は、如何《どう》してか、急に心から真面目《まじめ》になツて、「あたしやア知らないからいゝ……私《わた》しやア……其様《そん》な失敬な事ツて……」

昇は面白さうにお勢の真面目くさツた顔を眺めて莞爾《にこ》〳〵しながら、「いゝぢやないか？　たゞちよいと……」

「厭《いや》ですよ、そんな……よッ、放して頂戴と云へばねえッ。」

一生懸命に振放さうとする、放させまいとする、暫時《ざんじ》争ツて居ると、椽側《えんがは》に足音がする、それを聞くと、昇は我からお勢の手を放《はなし》て大笑《おほわらひ》に笑ひ出した。

ずッとお政が入《はい》ツて来た。

一　「キッス」などの言葉が入るか。

「叔母さん〳〵、お勢さんを放飼《はなしがひ》はいけないよ。今も人を捉《つかま》へて口説《くど》いて〳〵困らせ抜いた。」

「あら〳〵彼様《あん》な虚言《うそ》を吐《つ》いて……非道《ひど》い人だこと！……」

昇は天井を仰向《あほむ》いて、「はツ、はツ、はツ。」

第十八回

一週間と経《た》ち、二週間と経つ。昇《のぼる》は、相《あひ》かはらず、繁々《しげ〳〵》遊びに来る。そこで、お勢《せい》も益々《ます〳〵》親しくなる。

けれど、其《その》親しみ方が、文三《ぶんざう》の時とは、大きに違ふ。彼時《かの》は華美《はで》から野暮《じみ》へと感染《かぶ》れたが、此度《このたび》は、其《その》反対で、野暮《じみ》の上塗《うはぬり》が次第に剝《は》げて漸《やうや》く木地《きぢ》の華美《はで》に戻る。両人とも顔を合はせれば、只戯《たゞたは》ぶれる計《ばか》り。落着いて談話《はなし》などした事更に無し。それも、お勢に云《い》はせれば、昇が宜《よろ》しく無いので。此方《こちら》で真面目《まじめ》にしているものを、とぼけた顔をし、剽軽《へうきん》な事を云ひ、軽《かろ》く、[二]気無しに、調子を浮かせて[三]あやなしかける。其故《それゆゑ》、[四]念に掛けて笑ふまいとはしながら、をかしくて、〳〵、どうも堪《たま》らず、唇を嚙締《かみし》め、眉《まゆ》を釣上げ、真赤になツても耐《こら》へ切れず、つひ吹出して大事の〳〵品格を落して仕舞ふ。果《はて》は、何《なに》を云はれんでも、

二 考えなしに。
三 巧みにあやつる、うまく扱う。
四 （笑うまいと）注意して。

顔さへ見れば、可笑《をか》しくなる。「本当に本田さんはいけないよ、人を笑はして計《ばか》りゐて。」お勢は絶えず昇を憎がッた。

かうお勢に対《むか》ふと、昇は戯《たはぶ》れ散らすが、お政には無遠慮《ぶゑんりよ》といふうちにも、何処《どこ》かしつとりした所が有ッて、戯言《たはこと》を云はせれば、云ひもするが、また落着く時には落着いて、随分真面目《まじめ》な談話《はなし》もする。勿論《もちろん》、真面目《まじめ》な談話《はなし》と云ッた所で、一金利公債の話、家屋敷《いへやしき》の売買《うりかひ》の噂《うはさ》、さもなくば、借家人《しやくやにん》が更《さ》らに家賃《たなちん》を納《い》れぬ苦情、——皆つまらぬ事ばかり。一つとしてお勢の耳には面白くも聞こえないが、それでゐて、両人《ふたり》の話してゐる所を聞けば、何か、談話《はなし》の筋の外《ほか》に、二男女交際、三婦人矯風《けうふう》の議論よりは、遥《はるか》に優《まさ》りて面白い所が有ッて、それを四眼顔《めかほ》で話合ッて娯《たの》しんでゐるらしいが、お勢には薩張解《さつぱりわか》らん。が、余程《よほど》面白いと見えて、其様《そのやう》な談話《はなし》が始まると、お政は勿論《もちろん》、昇までが平生《へいぜい》の愛嬌《あいけう》は何処《どこ》へやら遣《や》ッて、お勢の方は見向もせず、一心になッて、或《あるひ》は五公債を書替へる極《ごく》簡略な法、或は誰《たれ》も知ッてゐる六銀行の内幕、またはお得意《はこ》の課長の生計の大した事を喋々《てふ〳〵》と話す。七お勢は退屈で〳〵、欠《あく》び計《ばか》り出る、起上《たちあが》ッて部屋へ帰らうとは思ひながら、つひ起《たち》そゝくれて潮合《しほあひ》を失ひ、八まじり〳〵思慮の無い顔をして面白《おもしろ》もない談話《はなし》を聞いてゐるうちに、いつしか眼が曇り、両人《ふたり》の顔がかすんで、話声《はなしごゑ》もやゝ遠

一 明治九年八月五日に太政官布告第一〇八号により公示された、金禄公債証書発行条例にもとづく公債(それまでの秩禄公債の基準は米)。当初は質入・売買を禁じられていたが、この時期には投機の対象になっていた。↓補一五。

二 ↓二二〇頁注四、補一七。

三 婦人の風俗・風習を正しく改めること。「婦人矯風」の語は、明治十九年十一月『女学雑誌』(第四十一号)あたりから見られ、同月、矢嶋かぢ、佐々城豊寿、服部ちよ、海老名みや等が婦人矯風会を発足させて、婦人社会の弊風を矯(た)め、飲酒・喫煙を禁じて婦人の品位向上をめざした。その後同二十年代には各地に「…婦人矯風会」が結成され、当時の流行となった。

四 (言葉以外に)目や顔の表情にもあらわして。

五 前記金禄公債の名義を売買によって書き換えること。↓注一。

六 どの銀行の景気がいいか、というようなことであろう。たとえば『東京日日新聞』(明治十九年七月二十一―三十一日)には、断続的に各銀行の利益配当が掲載されていたから、簡単に情報が手に入ったはずである。

七 起ちそびれる。「そそくれる」は時機を失すること。「潮合」は潮時、タイミング。

八 目ばかりパチパチさせて、じっとしていること。「まじまじ」に同じ。

く籠《こも》ツて聞こえる……「なに、十円さ、」と突然鼓膜《こまく》を破る昇の声に駭《おどろ》かされ、震《ふる》へ上《あが》る拍子に眼《め》を看開《みひら》いて、忙《いそが》はしく両人《ふたり》の顔を窺《うかが》へば、心附《こゝろづ》かぬ様子。まづよかツたと安心し、何喰《なにく》はぬ顔をしてまた両人《ふたり》の話を聞出すと、また眼の皮がたるみ、引入れられるやうな、快《よ》い心地になツて、睡《ねむ》るともなく、つひ正体を失ふ……　誰《たれ》かに手《て》暴《あら》く揺《ゆす》ぶられて、また愕然《がくぜん》として眼を覚ませば、耳元にどつと高笑《たかわらひ》の声。お勢も流石《さすが》に莞爾《にツこり》して、「それでも睡いんだものを、」と睡さうに分疏《いひわけ》をいふ。またかういふ事も有る。前のやうに慾張《よくば》ツた談話《はなし》で両人《ふたり》は夢中になツてゐる。お勢は退屈やら、手持無沙汰《てもちぶさた》やら、いびつに坐《すは》りてみたり、九危坐《かしこま》ツてみたり。耳を借してゐては際限もなし、そのうちにはまた睡気《ねむけ》がさしさうになる、から、ちと談話《はなし》の仲間入りをしてみやうとは思ふが、一人が口を箝《つぐ》めば、一人が舌を揮《ふる》ひ、喋々《てふ〳〵》として両《ふた》つの口が結ばるといふ事が無ければ、嘴《くちば》しを容《い》れたいにも、更に其間隙《そのすきま》が見附《みつ》からない。その見附からない間隙《すきま》を漸《やう》やく見附けて、此処《こゝ》ぞと思へば、さて肝心のいふことが見附からず、迷《まご》つくうちにはや人に取られて仕舞ふ。経験が知識を生んで、今度《このたび》はいふべき事も予《かね》て用意して、ぢれツたさうに挿頭《かんざし》で髪を掻《か》きながら、漸《やうや》くの思《おもひ》で間隙《すき》を見附け、「公債は今幾何《いくら》なの？」と嘴《くちばし》を挿《は》さんでみれば、さて我ながら唐突千万！　一〇無

九「危坐(きざ)」は正座すること。「嬲(なぶ)れば急に危坐って無茶苦茶に頭を下げ」(『五重塔』)。

一〇 話題として無理ではないが、の意。

理では無いが、昇も、母親も、胆《きも》を潰《つぶ》して顔を視合《みあ》はせて、大笑《おほわらい》に笑ひ出す。——今のは半襟《はんえり》[一]の間違ひだらう。——なに、人形[二]の首《くび》だッさ。——違《ちげ》へねえ。またしても口を揃《そろ》へて高笑ひ。——あんまりだから、いゝ[三]！　とお勢は膨《ふく》れる。けれど、膨れたとて、機嫌を取られゝば、それだけ畢竟安目《つまりやすめ》[四]にされる道理。どうしても、こうしても、敵《かな》はない。

お勢は此《この》事を不平に思ッて、或《あるひ》は口を聞かぬと云ひ、或は絶交すると云ッて、恐喝《おど》してみたが、昇は一向平気なものなか〳〵其様《そん》な甘手《あまて》ではいかん。[五]圧制家利己論者《ですぽといごいすと》と口では呪《のろ》ひながら、お勢もつひ其不届者《そのふとゞきもの》と親しんで、玩《もてあそ》ばれると知りつゝ、玩ばれ、調戯《なぶ》[六]られると知りつゝ、調戯られてゐる。けれど、さうはいふものゝ、戯《ふざ》けるも満更《まんざら》でも無いと見えて、偶々《たま〳〵》昇が、お勢の望む通り、真面目《まじめ》にしてゐれば、さてどうも物足りぬ様子で、此方《こちら》から、遠方から、危《あや》ふがりながら、ちよッかいを出してみる。相手にならねば、甚《はなはだ》機嫌がわるい。から、余義なく其手《その》を押さへさうにすれば、忽《たちま》ちきやッ〳〵と軽忽《きやうこつ》[七]な声を発し、高く笑ひ、遠方へ逃げ、例[八]の瞼《まぶち》の裏を返して、べゝべーといふ。総《すべ》てなぶられても厭《いや》だが、なぶられぬも厭、どうしませう、といひたさうな様子。

[九]母親は見ぬ風《ふり》をして見落しなく見ておくから、[一〇]歯癢《はが》ゆくてたまらん。老功の

一 襦袢(じばん)の襟につける装飾的な掛襟。長着の襟に対して言う。特に女性のおしゃれのポイントの一つ。材質は絹(縮緬)、ビロードなど。
二 操り人形の首(かしら)。人形遊びにも首をつけかえるものがあった。小娘扱いした言葉。
三 口惜しがり悪態をつくときの言葉。
四 丁半ばくちで負けの目を言うことから、ここでは格下に見られること。軽く扱われること。
五 「圧制家」は独裁者(despot)。「唯国君一人の意に随て事を行ふものを立君独裁デスポットと云ふ」(福沢諭吉『西洋事情』初編、慶応二年)。→二七四頁注五。「利己論者」は利己主義者(egoist)。「利己主義」が現在の意味で確定したのは明治二十年代。『熟字伊呂波引漢語大字典』(明治二十五年)には「ジブンヲリシギリヲシュトスル」とあり、『言海』には「利己」として、「一己ノ利ヲ謀ルコト」とある。
六 →四二〇頁注一一。
七 軽々しくいいかげんな態度を取ること。
八 例のようにアカンベーをする。「べゝべー」はその声。
九 この行、「母親は見ぬ風をして」から四三七頁一五行「何とも思はぬ様子で有ッた」にかけては、二葉亭の手記『落葉のはきよせ 二籠め』に草稿が残されている。筑摩書房『二葉亭四迷全集』第五巻(昭和六十一年)参照。
一〇 「癢(よう)」は、かゆい。普通は「歯痒い」と書くが、島崎藤村『新生』(大正七・八年)には「歯癢い」の例がある。

者の眼から観《み》れば、年若の者のする事は、総《すべ》てしだらなく[一一]、手緩《てぬ》るくて更に埓《らち》が明かん。そこで耐《こら》へ兼《かね》て、娘に向ひ、厳《おごそ》かに云ひ聞かせる、娘の時の心掛《こゝろがけ》を。どのやうな事かと云へば、皆《みな》多年の実験から出た交際の規則で、男、取分けて若い男といふ者はかう〳〵いふ性質のもので有るから、若《も》し情談《じやうだん》[一二]をいひかけられたら、かう、花を持たせられたら、かう、弄《なぶ》られたら、かう待遇《あしら》ふものだ、など、いふ事であるが、親の心子知らずで、かう利益《ため》を思ツて、云ひ聞かせるものを、それをお勢は、生意気な、まだ世の態《さま》も見知らぬ癖に、明治生れの婦[一三]人は芸娼妓《げいしやうぎ》で無いから、男子《だんし》に接するに其《そん》様な手管《てくだ》[一四]は入《い》らないとて、鼻の頭《さき》で待遇《あしら》ツてゐて、更に用ひやうともしない。手管では無い、是《こ》れが娘の時の心掛《こゝろがけ》といふものだと云ひ聞かせても、其様《そのやう》な深遠な道理はまだ青[一五]いお勢には解《わか》らない。そんな事は女大学《をんなだいがく》[一六]にだツて書いて無いと強情を張る。勝手にしなと肝癪《かんしやく》を起こせば、勝手にしなくツてと口答《くちごたへ》をする。どうにも、かうにも、なツた奴《やつ》ぢやない！

けれど、母親が気を揉《も》むまでも無く、幾程《いくほど》もなくお勢は我から自然に様子を変へた。まづ其初《そのはじめ》を云へば、かうで。

[一七]此《この》物語の首《はじめ》にちよいと噂《うはさ》をした事の有るお政の知己《しりびと》「須賀町《すがちやう》のお浜」といふ

一一 しまりがない、だらしない。

一二 普通は「冗談」と書く。ここでは男女関係の意を含む用字。気をひかれたら、の意。『魁本大字類苑』に「情談」は「ジヤウダングチ、又イロバナシ」とある。

一三 このような考えは、たとえば巌本善治「理想之佳人」(『女学雑誌』第一〇四―一〇八号、明治二十一年四―五月)にあるが、巌本は「文明世界」においては「娼妓芸妓の如き下賤下等なる女原(おんなばら)」は問題外であるとしつつ、「其の行ひの尚ほ芸妓浮れ女(め)に相似たる女流」や、「所謂(いはゆ)る女権論者」、同権論者も同時に批判している。

一四 駆け引きの手際、手段。ここでは特に商売女が男をあやつる手段。

一五 未熟な。

一六 女性の身の処しかた、生きかたの心得を仮名文で記した書物。儒教にもとづく封建的道徳を説き、女子の修身書として江戸時代にひろく行われた。貝原益軒『和俗童子訓』(宝永七年)の一部を益軒没後に書店が書き直して享保(一七一六―三六)ごろに刊行した。

一七 →二四一頁八行。

婦人が、近頃《ちかごろ》に娘《むすめ》をさる商家へ縁付《えんづけ》るとて、それを風聴《ふいちやう》かた〴〵、その娘を伴《つ》れて、或日《あるひ》お政を尋ねて来た。娘といふはお勢に一ッ年下で、姿色《きりやう》は少し劣る代り、遊芸は一通り出来て、それでゐて、をとなしく、愛想《あいそ》がよくて、お政に云はせれば、如才《じよさい》の無い娘《こ》で、お勢に云はせれば、旧弊《きうへい》な娘《むすめ》、お勢は大嫌《だいきら》ひ、母親が贔負《ひいき》にするだけに、尚《な》ほ一層此娘《このこ》を嫌ふ。但《たゞ》し是《こ》れは普通の勝心《しようしん》[一]のさせる業許《わざばか》りではなく、此娘の蔭《かげ》で、をり〳〵高い鼻[二]を擦《こす》られる事も有るからで、縁付《えんづけ》ると聞いて、お政は羨《うらや》ましいと思ふ心を、少しも匿《かく》さず、顔はおろか、口へまで出して、事々《こと〴〵》しく慶《よろこ》びを陳《の》べる。娘の親も親で、慶びを陳べられて、一層得意になり、さも誇貌《ほこりがほ》[三]に婿の財産を数へ、または支度に費《つか》ツた金額の総計から内訳《うちわけ》まで細々《こま〴〵》と計算をして聞かせれば、聞く事毎《ごと》にお政は且《か》つ驚き、且つ羨《うら》やんで、果《はて》は、どうしてか、婚姻の原因を娘の行状に見出《みいだ》して、これといふも平生《へいぜい》の心掛《こゝろがけ》がいゝからだと、口を極めて賞《ほ》める、嫁《よめい》る事が何故其様《なぜそんな》に手柄であらうか、お勢は猫《ねこ》が鼠《ねずみ》を捕ツた程にも思ツてゐないのに！　それを其《その》娘は、耻《はつ》かしさうに俯向《うつむ》きは俯向きながら、己《おの》れも仕合《しあはせ》と思ひ顔で高慢は自《おのづか》ら小鼻に現はれてゐる。見てゐられぬ程に醜態を極める！　お勢は固《もと》より羨ましくも、妬《ねた》ましくも有るまいが、たゞ己れ一人でさう思ツてゐる計《ばか》りでは満足が出来んと

一 負けん気。

二 プライドを傷つけられる。

三 「誇りか」（得意そうな様子）と「誇貌（ほこりがお）」とが混同されて訛った表記。

見えて、をり〳〵さも苦々しさうに冷笑《あざわら》ツてみせるが、生憎誰《あやにくだれ》も心附《こゝろづ》かん。そのうちに母親が人の身の上を羨《うら》やむにつけて、我身の薄命[四]を歎《かこ》ち、「何処《どこ》かの人」が親を蔑《ないがし》ろにしてさらにいふことを用ひず、何時《いつ》身を極《き》めるといふ考《かんがへ》も無いとて、苦情をならべ出すと、娘《むすめ》の親は失礼な、なに此娘《このこ》の姿色《きりやう》なら、ゆく〳〵は「[五]立派な官員さん」でも夫《をツと》に持ツて親に安楽をさせることで有らうと云ツて、嘲《あざ》けるやうに高く笑ふ。見やう見真似《みまね》に娘までが、お勢の方を顧みて、これもまた嘲けるやうにほゝと笑ふ。お勢はおそろしく赤面してさも面目《めんぼく》なげに俯向《うつむ》いたが、十分も経《たゝ》ぬうちに座舗《ざしき》を出て仕舞ツた。我部屋《わがへや》へ戻りてから、始めて、後馳《おくればせ》に憤然《やッき》となツて「[六]一生お嫁になんぞ行《い》くもんか」と奮激《ふんげき》した。

客は一日《(いち)にち》打くつろいで話して夜《よ》に入《い》ツてから帰ツた。帰ツた後《のち》に、お政はまた人の幸福《しあはせ》をいひだして羨やむので、お勢は最早《もはや》勘弁がならず、胸に積《つも》る昼間からの鬱憤《うつぷん》を一時《(いち)じ》に霽《はら》さうといふ意気込《いきごみ》で、言葉鋭く云ひまくツてみると、母の方にも存外《ぞんぐわい》な道理が有ツて、つひにはお勢も成程《なるほど》と思ツたか、少し受大刀《うけだち》になツた。が、負けじ魂から、滅多《めつた》には屈服せず、尚《な》ほ彼此《かれこれ》と諍論《いひあらそ》ツてゐる、そのうちにお政は、何か妙案を思ひ浮べたやうに、俄《にはか》に顔色《がんしよく》を和《やは》げ、今にも笑ひ出しさうな眼付《めつき》をして、「そんな事をお云ひだけれども、本田さんなら、どう

四 不運。

五 官員と結婚することが、当時は通俗的な意味で良縁と思われていた。

六 たとえば『藪の鶯』には独身を唱える二人の女学生が登場。明治後期になると、島崎藤村『老嬢』(明治三十六年)、『水彩画家』(同三十七年)、小栗風葉『青春』(同三十八―三十九年)のように、独身主義の女性が多く小説に登場するようになる。

だえ？　本田さんでも、お嫁に行《い》くのは厭《いや》かえ？」といふ。「厭なこつた、」と云ツて、お勢は今まで顔へ出してゐた思慮を尽《ことぐ》く内へ引込《ひきこ》まして仕舞ふ。「おや、何故《なぜ》だらう。本田さんなら、いゝぢやないか。ちよいと気が利いてゐて、小金《こがね》も少《ちつ》とは持ツてゐなさりさうだし、それに第一男が好《よ》くツて。」「厭なこツた。」「でも、若《も》し本田さんが呉《く》れろと云ツたら、何《なに》と云はう？」と云はれて、お勢は少し躊躇《たゆた》ツたが、狼狽《うろた》へて、「い……いやなこツた。」お政はぢろりと其《その》様子をみて、何を思ツてか、高く笑ツたばかりで、再び娘を詰《なじ》らなかツた。その後《のち》はお勢は故《こと》らに何喰《なにく》はぬ顔を作ツてみても、どうも旨《うま》くいかぬやうすで、動《やゝ》もすれば沈んで、眼《め》を細くして何処《どこ》か遠方を凝視《みつ》め、恍惚《うつとり》として、夢現《ゆめうつゝ》の境《さかひ》に迷ふやうに見えたことも有ツた。「十一時になるよ、」と母親に気を附《つ》けられたときは、夢の覚めたやうな顔をして溜息《ためいき》さへ吐《つ》いた。

部屋へ戻ツても、尚《な》ほ気が確かにならず、何心《なにごゝろ》なく寐衣《ねまき》に着代へて、力無さそうにベツたり、床《とこ》の上へ坐《すわ》ツたまゝ、身動《みうごき》もしない。何を思ツてゐるのか？　母の端《はし》なく云ツた一言《ひとこと》の答を求めて求め得んのか？　夢のやうに、過ぎこした昔へ心を引戻してこれまで文三如《ごと》き者に拘《かゝづら》ツて、良縁をも求めず、徒《いたづら》に歳月《としつき》を送ツたを惜しい事に思ツてゐるのか？　或日《あるひ》は母の言葉の放ツた光りに我身を縈《めぐ》る暗黒《やみ》を破られ、始めて今が浮沈《ふちん》の潮界《しほざかひ》[一]、一生の運の定《さだ》まる時と心附《こゝろづ》いたのか？　抑《そも〳〵》また狂ひ出す妄想《ばうさう》につれられて、我知らず心を華やかな、娯《たの》しい未来へ走らし、望みを事実にし、現《うつゝ》に夢を見て、嬉《うれ》しく、畏《おそ》ろしい思《おもい》をしているのか？　恍惚《うつとり》とした顔に映《うつ》る内の想《おもひ》が無いから、何を思ツてゐることかすこしも解《わか》らないが、兎《と》に角良久《かくやゝしば》らくの間は身動《みうごき》をもしなかツた、其儘《そのまゝ》で十分ばかり経《た》つたころ、忽然《こつぜん》として眼《め》が嬉しさうに光り出すかと思ふ間《ま》に、見る〳〵耐《こら》へやうにも耐へ切れなささうな微笑《びせう》が口頭《くちもと》に浮び出て、頬《ほゝ》さへいつしか紅《べに》を潮《さ》す。閉ぢた胸の一時に開《ひら》けた為《た》め、天成《てんせい》の美も一段の光を添へて、艶《えん》ならうちにも、何処《どこ》か豁然《からり》[二]と晴やかに快さそうな所も有りて、宛然蓮《さながらはす》の花の開くを観《み》るやうに、見る眼も覚める計《ばか》りで有ツた。突然お勢は跳ね起きて、嬉しさがこみあげて、徒《たゞ》は坐《すわ》ツてゐられぬやうに、そして柱に懸けた薄暗い姿見に対《むか》ひ、模糊《ぼんやり》写る己《おの》が笑顔を覗《のぞ》き込んで、あやすやうな真似《まね》をして、片足浮かせて床《とこ》の上でぐるりと回り、舞踏でもするやうな運歩《あしどり》で部屋の中《うち》を跳ね廻《まは》ツて、また床の上へ来ると其儘《そのまゝ》、其処《そこ》へ臥倒《ねたふ》れる拍子に手ばしこく、枕《まくら》を取ツて頭《かしら》に宛《あて》がひ、渾身《みうち》[三]を揺《ゆす》りながら、締殺《しめころ》したやうな声を漏らして笑ひ出して。

此狂気《このきちがひ》じみた事の有ツた当坐《たうざ》は、昇が来ると、お勢は臆《おく》するでもなく耻《はぢ》らう

一　成功と失敗の境目。浮沈の縁で「潮界」。潮境は潮流の境目。

二　「豁（かつ）」は、ひらける。からりと開けるさま。

三　「渾身（こんしん）」は全身、からだ全体。

でもなく、只何《たゞなに》となく落着《おちつき》が悪《わろ》いやうで有ツた。何《なに》か心に持ツてゐるそれを悟られまいため、矢張《やは》り今迄《いままで》どほり、をさなく、愛度気《あーどけ》[一]なく待遇《あしらは》[二]ふと、影では思ふが、いざ昇と顔を合せると、どうももうさうはいかないと云ひさうな調子で、いふ事にさしたる変りも無いが、それをいふ調子に何処《どこ》か今までに無いところが有ツて、濁ツて、厭味《いやみ》を含む。用も無いに坐舗《ざしき》を出たり、はいツたり、をかしくも無いことに高く笑ツたり、誰《たれ》やらに顔を見られてゐるなと心附《こゝろづ》きながら、それを故意《わざ》と心附かぬ風《ふり》をして、磊落《らいらく》[三]に母親に物をいツたりするはまだな事[四]、昇と眼《め》を見合はして、狼狽《うろたへ》て横へ外《そ》らしたことさへ度々有ツた。総《すべ》て今までとは様子が違ふ、それを昇の居《ゐ》る前で母親に怪しまれた時はお勢もぱツと顔を赧《あか》めて、如何《いか》にも極《きま》りが悪さうに見えた。が、その極り悪さうなもいつしか失《う》せて、其後《そのゝち》は、昇に飽いたのか、珍らしくなくなつたのか、それとも何《なに》か争《いさか》ひでもしたのか、どうしたのか解《わか》らないが、兎《と》に角《かく》昇が来ないとても、もウ心配もせず、来たとて、一向《(いっ)かう》構はなくなツた。以前は鬱々《うつ〱》としてゐる時でも、昇が来れば、すぐ冴《さ》えたものを、今は、其《その》反対で、冴えてゐる時でも、昇の顔を見れば、すぐ顔を曇らして、冷淡になつて、余《あま》り口数もきかず、総て、仲[五]のわるい従兄妹同士《いとこどし》のやうに、遠慮気《ゑんりよげ》なく余所々々《よそ〱》しく待遇《もてな》す。昇はさして変らず、

一 無邪気に。「愛度気」は当て字。「折々愛度気ない愛情を寄せて」(嵯峨の屋おむろ『野末の菊』明治二十二年)。
二 底本「待遇(あしら)ふ」を訂した。
三 気が大きく、さっぱりとして小事にこだわらない様子。
四 まだしもの事。
五 一般には、「従兄妹同士は鴨の味」という成句があるように、従兄妹同士の夫婦男女は鴨の吸物のように美味(仲がよい関係)とされるが、ここではそれを逆にした形容。「いとこどし」は「いとこどうし」の縮まった形。

尚《な》ほ折節《をりふし》には戯言《ざれごと》など云ひ掛けてみるが、云ツても、もウお勢が相手にならず、勿論《もちろん》嬉《うれ》しさうにも無く、たゞ「知りませんよ」と彼方《あちら》向くばかり。其故《それゆゑ》に、昇の戯《ざれ》ばみ[六]も鋒尖《ほこさき》が鈍ツて、大抵《たいてい》は、泣眠入《なきねい》るやうに、眠入ツて仕舞ふ。かうまで昇を冷遇する。其《その》代り、昇の来て居ない時は、おそろしい冴《さ》えやうで。誰彼《たれかれ》の見さかひなく戯《たはぶ》れかゝつて、詩吟するやら、唱歌《しょうか》[七]するやら、いやがる下女をとらへて舞踏の真似《まね》をするやら、飛《とん》だり、跳ねたり、高笑《たかわらひ》をしたり、さま〴〵に騒ぎ散らす。が、かう冴えている時でも、昇の顔さへ見れば、不意にまた眼《め》の中《うち》を曇らして、落着いて、冷淡になツて、仕舞ふ。

けれど、母親には大層やさしくなツて、騒いで叱《しか》られたとて、鎮《しづ》まりもしないが、悪《にく》まれ口《ぐち》もきかず、却《かへ》ツて憎気《にくげ》なく母親にまでだれかゝる[八]ので、母親も初《はじめ》のうちは苦い顔を作ツてゐたものゝ、竟《つひ》には、どうか、かうか釣込まれて、叱る声を崩《くづ》して笑ツて仕舞ふ。但《たゞ》し朝起《おこ》される時だけはそれは例外で、其《その》時ばかりは少し頬《ほゝ》を脹《ふく》らせる。が、それも其《その》程が過ぎれば、我から機嫌を直して、華やいで、時には母親に媚《こ》びるのかと思ふほどの事をもいふ。初《はじめ》の程はお政も不審顔をしてゐたが、慣れゝば、それも常となツてか、後《のち》には何《なに》とも思はぬ様子で有ツた。

六 しゃれた様子をしたり、気取ったりしてふざけること。

七 「今、学校ノ課業トシテ教ヘ歌ハシムル歌、西洋楽器、或ハ箏(こと)ニ合ハス」(『言海』)。文部省は明治十五年から十七年にかけて『小学唱歌集』を編纂し、「唱歌」の教科(昭和十六年まで)で西洋音階の歌の普及につとめた。明治初期には「しょうが」という訓みもあった。『和英語林集成 第三版』は SHŌGA。

八 しなだれかかる。甘えて人にもたれかかる。

そのうちにお勢が編物《あみもの》[一]の夜稽古《よげいこ》に通ひたいといひだす。編物よりか、心易《こゝろやす》い者に日本《にほん》[二]の裁縫を教へる者が有るから、昼間其所《そこ》へ通へと、母親のいふを押反《おしかへ》して、幾度《いくたび》か、〳〵、掌《て》を合せぬばかりにして是非に編物をと頼む。西洋の処女なら、今にも母の首にしがみ付いて頰《ほゝ》の辺《あたり》に接吻《せつぷん》しさうに、あまえた、強請《ねだ》るやうな眼付《めつき》で顔をのぞかれ、やい〳〵とせがまれて、母親は意久地《いくぢ》なく、「えゝ、うるさい！　どうなと勝手にをし、」と賺《すか》[三]されて仕舞ッた。

編物の稽古は、英語よりも、面白いとみえて、隔晩《かくばん》[四]の稽古を楽しみにして通ふ。お勢は、全体、本化粧《ほんげしやう》[五]が嫌ひで、これまで、外出《そとで》するにも、薄化粧ばかりしてゐたが、編物の稽古を初めてからは、「皆《みんな》が大層作ッて来るから、私《わたし》一人なにしない……」と咎《とが》める者も無いに、我から分疏《いひわけ》をいひ〳〵、こツてりと人品《じんぴん》を落すほどに粧《つく》ッて、衣服も成丈《なりたけ》美《よ》いのを撰《えら》んで着て行《ゆ》く。夜《よる》だから、此方《こちら》ので宜《よ》いぢやないかと、美《よ》くない衣服を出されゝば、それを厭《いや》とは拒《こば》みはしないが、何となく機嫌がわるい。

お政はそは〳〵して出て行く娘の後姿を何時《いつ》も請難《うけに》[六]くさうに目送《みおく》る……

昇は何時《いつ》からともなく足を遠くして仕舞ッた。

一　編物はメアリ・E・キダー（Kidder）が横浜のいわゆるキダーさんの学校（フェリス英和（のち和英）女学校の前身）で、明治五年あたりに教えはじめたのが最初だが（『キダー書簡集』一八七六年一月十日）、教会やミッション・スクールを通じて次第に一般に普及し、明治十九年には東京各地に「西洋編物」を教える女学校が現れ流行した。たとえば明治女学校、駿台英和女学校では教科に編物・裁縫があり（『女学雑誌』第二十五号、同年六月）、牛込メソジスト教会では水曜日に「編物会」、日本橋教会でも編物の陳列が行われていた（『女学雑誌』第三十四号、同年九月）。佐々城豊寿らが「婦人あみもの会」を六十数名で発会したのも同年九月二十五日である。↓補二四。

二　洋裁が流行していたため、それと区別するためにわざと「日本の」と形容。洋裁も前注キダーが教えたのが早い例だが、『女学雑誌』によれば洋服流行にともなって明治十九年には教科として洋裁を置く女学校や「西洋婦人」を教師とする「裁縫教授所」（麻布）や「婦人洋服裁縫女学校」（京橋）が出来、『西洋服裁縫独案内』（明治十九年）も出ていた。

三　だまされて、丸めこまれて。

四　一晩おき。ただし編物の稽古としては頻繁すぎる。

五　↓二九四頁注九。

六　理解しにくそうに。腑に落ちないような顔で。

第十九回

お勢《せい》は一旦《いつたん》は文三《ぶんざう》を仂《はした》[七]なく辱《はづかし》めはしたものゝ、心にはさほどにも思はんか、其後《そのゝち》はたゞ冷淡なばかりで、さして辛《つら》くも当らん。が、それに引替へて、お政《まさ》はます〱文三を憎んで始終出て行《ゆ》けがしに待遇《もてな》す。何か用事が有りて下座敷《したざしき》へ降りれば、家内中寄集《かないぢうよりこぞ》りて、口を解《ほど》いて面白さうに雑談《ざふだん》などしてゐる時でも、皆云《い》ひ合したやうに、ふと口を箝《つぐ》んで顔を曇らせる、といふうちにも取分けてお政は不機嫌な体《てい》で、少し文三の出やうが遅ければ、何を愚《ぐ》頭《づ》々々《〱》[八]してゐると云はぬばかりに、此方《こちら》を睨《ね》めつけ、時には気を焦《いら》ツて、聞えよがしに舌鼓《したつゞみ》[九]など鳴らして聞かせる事も有る。文三とても、白痴でもなく、瘋癲《ふうてん》[一〇]でもなければ、それほどにされんでも、今茲処《こゝ》で身を退《ひ》けば眉《まゆ》[一一]を伸べて喜ぶ者がそこらに沢山あることに心附《こゝろづ》かんでも無いから、心苦しいことは口に云へぬほどで有る、けれど、尚《な》ほ園田《そのだ》の家《いへ》を辞し去らうとは思はん。何故《なにゆゑ》にそれほどまでに園田の家を去りたくないのか、因循《いんじゆん》[一二]な心から、あれほどにされても、尚ほそのやうな角《かど》立《だ》つた事は出来んか、それほどになつても、まだお勢に心が残るか、抑《そもそ》もまた、文三の位置では陥り易《やす》い謬《あやまり》、お勢との関繫《くわんけい》が此儘《このまゝ》になつて仕舞ツたとは情談《じやうだん》ら

七 「仂（クリヨ）」には本来の「つとめる」のほかに端数の意味もある。『書言字考節用集』に「仂（ハシタ） 数之余也」。その訓みを借りて、無作法、ぶしつけの意の「はしたない」をこの漢字で表記。「車夫風情（ふぜい）と争ふのは如何にも仂ない」（『多情多恨』）。

八 「愚頭々々」は当て字。「愚図々々」とも書く。「愚頭々々云ふなら出て往きな」（三遊亭円朝『塩原多助一代記』明治十八年）。

九 ここではチェッとかチッと、腹立たしげに舌打ちすること。

一〇 精神状態が正常でない人。

一一 心の憂いが晴れてほっとすること。愁眉を開く。

一二 ぐずぐずして、旧態依然としていること。明治期の流行語で、有名な都々逸に「ザンギリ頭をたたいて見れば文明開化の音がする、チョン髷頭をたたいて見れば因循姑息（こそく）の音がする」。

しくてさうは思へんのか？　総《すべ》て此等《これら》の事は多少は文三の羞《はぢ》を忍んで尚《な》ほ園田の家《いへ》に居る原因となつたに相違ないが、しかし、重《おも》な原因ではない。重な原因といふは即《すなは》ち人情[一]の二字。此《この》二字に羈絆《しばら》[二]れて文三は心ならずも尚ほ園田の家に顔を皺《しか》めながら留《とゞま》ツてゐる。

心を留《とゞ》めて視《み》なくとも、今の家内《かない》の調子がむかしとは大《おほい》に相違するは文三にも解《わか》る。以前まだ文三が此《この》調子を成す一つの要素で有ツて、人々が眼《め》を見合しては微笑し、幸福といはずして幸福を楽《たのし》んでゐたころは家内全体に生温《なまぬる》い春風《はるかぜ》が吹渡ツたやうに、総《すべ》て穏《おだやか》に、和《やはら》いで、沈着《おちつ》いて、見る事聞く事が尽《こと〴〵》く自然に適《かな》ツてゐたやうに思はれた。そのころの幸福は現在の幸福ではなくて、未来の幸福の影を楽しむ幸福で、我も人も皆《みな》何か不足を感じながら、強《あなが》ちにそれを足さうともせず、却《かへ》つて今は足らぬが当然と思つてゐたやうに、急《せ》かず、騒がず、優游《いう〳〵》[三]として時機の熟するを竢《ま》つてゐた、その心の長閑《のどか》さ、寛《ゆるやか》さ、今憶《おも》ひ出しても、閉ぢた眉《まゆ》が開くばかりな……　そのころは人々の心が期せずして自《おのづか》ら一致し、同じ事を念《おも》ひ、同じ事を楽んで、強ちそれを匿《か》くさうともせず、また匿くすまいともせず。胸に城郭[四]を設けぬからとて、言つて花の散る[五]やうな事は云はず、また聞かうともせず、まだ妻でない妻、夫でない夫、親で無い親、

一　二葉亭の談話「予の愛読書」（明治三十九年）に、「人間の依て活くる所以（ゆえん）のものは理ではない、情である。情といふものは勿論私情の意にあらずして純粋無垢（むく）の人情である」という考えが示されている。「僕ア未練なぞは少しもないが、たゞ人情に束縛せられて」（『当世書生気質』第十一回）。

二　「羈絆（きはん）」は行動を束縛するもの。本来は牛や馬をつなぎとめるきずな。

三　ゆったりと、伸び伸びしているさま。

四　「城郭を設ける」は城を築いて人を寄せつけないこと。

五　人を傷つけるようなこと。

——も、かう三人集ツたところに、誰《たれ》が作り出すともなく、自《おのづか》らに清く、穏《おだやか》な、優しい調子を作り出して、それに随《つ》れて物を言ひ、事をしたから、人々が宛《あだか》も平生《へいぜい》の我よりは優《まさ》つたやうで、お政のやうな婦人でさへ、尚《な》ほ何処《どこ》か頼母《たのも》し気《げ》な所が有つたのみならず、却《かへ》つてこれが間《あひだ》に介《はさ》まらねば、余り両人《ふたり》の間が接近しすぎて穏さを欠くので、お政は文三等《ら》の幸福を成すに無《な》くて叶《かな》はぬ人物とさへ思はれた。が、その温《あたゝか》な愛念も、幸福な境界《きやうがい》も、優しい調子も、嬉《うれ》しさうに笑ふ眼元《めもと》も口元も、文三が免職になツてから、取分けて昇《のぼる》が全く家内《かない》へ六立入つてから、皆《みな》突然に色が褪《さ》め、気が抜けだして、遂《つひ》に今日《けふ》此頃《このごろ》の此有様《このありさま》となつた……

今の家内の有様を見れば、最早《もはや》以前のやうな和《やは》いだ所も無ければ、沈着《おちつ》いた所も無く、七放心《なげやり》に見渡せば、総《すべ》て華《はなや》かに、賑《にぎや》かで、心配もなく、気八あつかひも無く、浮々《うか〳〵》として面白さうに見えるものゝ、熟々《つら〳〵》視《み》れば、それは皆衣服《みなきもの》で、九躶体《はだかみ》にすれば、見るも汚《けがら》はしい私欲、一〇貪婪《どんらん》、淫褻《いんせつ》、不義、無情の塊《かたまり》で有る。以前人々の心を一致さした同情も無ければ、一一私心《しゝん》の垢《あか》を洗つた愛念もなく。人々己《おのれ》一個の私《わたくし》をのみ思ツて、一二己《おの》が自恣《じし》に物を言ひ、己が自恣に挙動《たちふるま》ふ。欺《あざむ》いたり、欺かれたり、戯言《ぎげん》に託して人の意《こゝろ》を測ツてみたり、二つ意味の有る言《こと》を

六 底本「立入った」を訂した。
七 心をとめずに、注意せずに。「放心」は外物に迷って心がどこかへ抜け出した状態。↓四四四頁注二。当時の訓みには「うかうか」「うつかり」などもある。
八 気をつかうこと。心配り。
九 「躶」は「裸」の俗字。
一〇 非常に欲が深いこと。「淫褻」は、みだらでけがらわしいこと。
一一 利己心のけがれを取り去って、ひろく他者をいつくしむ気持。
一二 めいめい、それぞれ、の意の「己がじし」に、自分の恣(ほしい)ままの意をこめた表記。めいめいが自分勝手に。

云つてみたり、疑ツてみたり、信じてみたり、——いろ〳〵さま〴〵に不徳を尽す。

　お政は、いふまでもなく、死灰《しくわい》[一]の再び燃えぬうちに、早く娘を昇に合せて多年の胸の塊《かたまり》を一時におろして仕舞ひたいが、娘が、思ふやうに、如才《ぢよさい》なくたちまはらんので、それで歯癢《はがゆ》がつて気を揉《も》み散らす。昇はそれを承知してゐるゆゑ、後《のち》の面倒を慮《おも》つて迂闊《うくわつ》に手は出さんが、罠《わな》[二]のと知りつゝ、油鼠《あぶらねずみ》[三]の側《そば》を去られん老狐《ふるぎつね》の如《ごと》くに、遅疑《ちぎ》しながらも、尚《な》ほお勢の身辺を廻《まは》つて、横眼《よこめ》で睨《にら》んでは舌舐《したねぶ》りをする（文三は何故《なぜ》か昇の妻となる者は必ず愚《おろか》で醜《みにく》い代り、権貴《けんき》[四]な人を親に持つた、身柄の善い婦人とのみ思ひこんでゐる）。お政は昇の意《こゝろ》を見抜いてゐ、昇も亦《また》お政の意《こゝろ》を見抜いてゐる。加之《しか》も互《たがひ》に見抜《みぬか》れてゐると略《ほ》ぼ心附《こゝろづ》いてゐる。それゆゑに、故《ことさ》らに無心な顔を作り、思慮の無い言《こと》を云ひ、互《たがひ》に瞞《まん》[五]着《ちやく》しようと力《つと》めあふものゝ、しかし、双方共《とも》力は牛角《ごかく》[六]のしたゝかものゆゑ、優《まさり》もせず、劣《おとり》もせず、挑《いど》み疲れて今はすこし睨合《にらみあひ》の姿となつた。総《すべ》て此等《これら》の動静《やうす》は文三も略《ほ》ぼ察してゐる。それを察してゐるから、お勢がこのやうな危《あやふ》い境に身を処《お》きながら、それには少しも心附かず、私欲と淫欲《いんよく》とが爍《れき》[七]して出来《でか》した、軽く、浮いた、汚《けが》はしい家内《かない》の調子に乗せられて、何心《なにごゝろ》なく物を言つては高笑《たかわらひ》

一　一旦火が消えて灰になったものが、また燃え出さないうちに。ここでは、お勢と文三の仲が復活しないうちに。「死灰復然（しかいまたもゆ＝「然」は「燃」に同じ）」は『史記』韓長孺伝にある言葉。

二　罠とは知りながら、の意。

三　油で揚げた鼠。狐を捉えるえさ。「狐を釣寄せるなら鼠の天ぷら」（尾崎紅葉「紅子戯語」、公売本『我楽多文庫』第十一―十三号、明治二十一年十一―十二月）。

四　権力があり身分の高い人。「身柄」は身分。

五　ごまかす、だます。

六　牛の二本の角が大小、長短のないように、互いの力に優劣がないこと。互角。

七　溶けて作りあげた。「爍」は「鑠」の別体字。金属を溶かす意。音は正しくはシャク、ヤク、ラク。

をする、その様子を見ると、手を束《つか》ねて安座してゐられなくなる。

お勢は今甚だしく迷つてゐる、[八]豕《ゐのこ》を抱《いだ》いて臭きを知らずとかで、境界《きやうがい》の臭みに居ても、おそらくは、その臭味《くさみ》がわかるまい。今の心の状《さま》を察するに、譬《たと》へば酒に酔ツた如《ごと》くで、[九]気は暴《あれ》てゐても、心は妙に昧《くら》んでゐるゆゑ、見る程の物聞く程の事が眼《め》や耳やへ入《はい》ツても底の認識までは届かず、皆《みな》中途で立消《たちぎえ》をして仕舞ふであらう。また徒《た》だ外界《ぐわいかい》と縁遠くなつたのみならず、我内界《わがないかい》とも疎《うと》くなつたやうで、我心《わがこゝろ》ながら我心の心地はせず、始終何《なに》か本体の得知《えし》れぬ、一種不思議な力に誘《いざな》はれて[一〇]言動作息《げんどうさそく》するから、我《われ》にも我が判然とは分るまい、今のお勢の眼には宇宙は[一一]鮮《あざや》いで見え、万物は美しく見え、人は皆我一人《みなわれ(いち)にん》を愛して我一人のために働いてゐるやうに見えよう。若《も》し顔を皺《しか》めて溜息《ためいき》を吐《つ》く者が有れば、此《この》世はこれほど住みよいに、何故《なぜ》人は然《さ》う住み憂《う》く思ふか、殆《ほとん》ど其意《そのこゝろ》を解《かい》し得《え》まい。また人の老《おい》やすく、[一二]色の衰へ易《やす》いことを忘れて、今の若さ、美しさは永劫《えいごふ》続くやうに心得て未来の事などは全く思ふまい、よし思ツたところで、華《はなや》かな、耀《かゞや》いた未来の外《ほか》は夢にも想像に浮ぶまい。昇に[一三]狎《な》れ親《した》しんでから、お勢は[一四]故《もと》の吾《われ》を亡くした、が、それには自分も心附《こゝろづ》くまい。お勢は昇を愛してゐるやうで、実は愛してはゐず、只《たゞ》昇に限らず、総《すべ》て男子に、取分けて、若い、美

八 諺「豕を抱いて臭きを忘る」。「豕」は豚。豚も長いこと抱いているとその臭さがわからなくなるように、悪い環境もそれに染まってしまうとその醜悪さがわからなくなる。「曲れるに似ていと直き春澄を搦(から)めんとて、ものくしく閟(ひし)めくは、豕を抱いて臭きを忘れし時主が惑ひなり」(曲亭馬琴『常夏草紙(とこなつぞうし)』三、文化七年、『江戸語の辞典』による)。

九 気分は高揚していても、精神全体はどこか判断力を失っている、の意。「昧(くら)」(ばい・まい)は暗い。物事がはっきり見分けられないこと。

一〇 物を言い、行動し、呼吸をする。生きていること。

一一 「鮮やぐ」は、色などが際立つ、あざやかに見える意。

一二 容姿。表面にあらわれた美しさ。

一三 「狎(こう)」は犬などと馴れ親しむこと。

一四 本来の姿である(と文三が思っている)かつての「自己」(お勢)。→三七三頁注一〇。

しい男子に慕はれるのが何《なに》となく快いので有らうが、それにもまた自分は心附《こゝろづ》いてゐまい。之《これ》を要するに、お勢の病《やまひ》は外《ほか》から来たばかりではなく、内からも発したので、文三に感染《かぶ》れて少し畏縮《いじけ》た血気が今外界《ぐわいかい》の刺激を受けて一時《（いち）じ》に暴《あ》れだし、理性の口をも閉ぢ、認識の眼《め》を眩《くら》ませて、おそろしい力を以《もつ》て、さまぐ〵の醜態に[一]奮見《ふんけん》するので有らう。若《も》し然《さ》うなれば、今がお勢の一生中で尤《もつと》も大切な時。能《よ》く今の境界《きやうがい》を渡り課《おほ》せれば、此一時《このひとゝき》にさまぐ〵の経験を得て、己《おのれ》の人《ひと》と為《な》りをも知り、[二]所謂放心《いはゆるはうしん》を求め得て始《はじめ》て心で此世《このよ》を渡るやうにならうが、若し躓《つまづ》けばもうそれまで、倒《たふ》れた儘《まゝ》で、再び起上《おきあが》る事も出来まい。[三]物のうちの人となるも此一時《このひとゝき》、人の中《うち》の物となるも亦《また》此一時。今が浮沈の潮界《しほざかひ》、尤も大切な時で有るに、お勢は此危《このあやふ》い境を放心《うつかり》して渡ツてゐて何時《いつ》眼が覚めようとも見えん。

　此儘《このまゝ》にしては置けん。早く、手遅れにならんうちに、お勢の眠《ねぶ》つた本心を覚まさなければならん、が、しかし誰《たれ》がお勢のために此事《このこと》に当らう？

　見渡したところ、[四]孫兵衛は留守、仮令《たとひ》居たとて役にも立たず、お政は、彼《あ》の如《ごと》く、娘を愛する心は有りても、其道《そのみち》を知らんから、娘の[五]道心《だうしん》を縊殺《しめころ》さうとしてゐながら、加之《しかし》も得意顔《したりがほ》でゐるほどゆゑ、固《もと》よりこれは妨《さまたげ》になるばかり、た

一　はばたき、あらわれる。

二　「学問之道無㆑他、求㆓其放心㆒而已矣」（『孟子』告子上）。孟子によれば、人が仁や義や礼などの徳を備えた本心を外物に迷って放出してしまったとき、その放心を取り戻すのが学問の道であるという。↓四四一頁注七。

三　外界の物に取りこまれて本心を失ってしまうのも今という時であるし、逆に外界の物を自分の中に取りこんで、自分でその是非を判断することができるようになるのも、今がその機会である、の意。↓補二五。

四　お勢の父孫兵衛は、横浜へ行っていて留守。↓二一三頁注一二。

五　天から授かった正しい道徳心。

ゞ文三のみは、愚昧《ぐまい》ながらも、まだお勢よりは少しは智識《ちしき》も有り、経験も有れば、若《も》しお勢の眼《め》を覚ます者が必要なら、文三を措《お》いて誰《たれ》がならう？

と、かうお勢を見棄《みすて》たくない計《ばか》りでなく、見棄ては寧《むし》ろ義理[六]に背《そむ》くと思へば、凝性《こりしやう》の文三ゆゑ、もウ余事《よじ》は思ツてゐられん、朝夕只此《あさゆふたゞこの》事ばかりに心を苦《くる》めて悶苦《もだへくるし》んでゐるから、宛《あたか》も感覚が鈍くなつたやうで、お政が顔を皺《しか》めたとて、舌鼓《したつゞみ》を鳴らしたとて、其《その》時ばかり少し居辛《ゐづら》くおもふのみで、久しくそれに拘《かゝづらつ》てはゐられん。それでから邪魔にされると知りつゝ、園田の家《いへ》を去る気にもなれず、いまに六畳の小座舗《こざしき》に気を詰《つま》らして始終壁に対《むか》ツて歎息《たんそく》のみしてゐるので。

　歎息のみしてゐるので、何故《なぜ》なればお勢を救はうといふ志は有つても、其《その》道を求めかねるから。「どうしたものだらう？」といふ問《とひ》は日に幾度《いくたび》となく胸に浮《うか》ぶが、いつも浮ぶばかりで、答を得ずして消えて仕舞ひ、其跡《そのあと》に残るものは只《たゞ》不満足の三字。その不満足の苦《く》を脱《のが》れやうと気をあせるから、健康《すこやか》な智識《ちしき》は縮んで、出過《ですぎ》た妄想《ばうさう》が我から荒出《あれだ》し、抑《おさ》へても抑へ切れなくなツて、遂《つひ》にはまだどうしてといふ手順をも思附《おもひつ》き得ぬうちに、早くもお勢を救ひ得た後《のち》の楽しい光景《ありさま》が眼前《めさき》に隠現《ちらつ》き、払つても去らん事が度々有る。

六　人としての正しい道理。

しかし、始終空想ばかりに耽《ふけ》ツてゐるでも無い。多く考へるうちには少しは稍々《やゝ》行はれさうな工夫を付ける、そのうちでまづ上策といふは此頃《このごろ》の家内《かない》の動静《やうす》を詳《くはし》く叔父の耳へ入れて父親の口から篤《とく》とお勢に云ひ聞かせる、といふ一策で有る。さうしたら、或《あるひ》はお勢も眼《め》が覚めやうかと思はれる。が、また思ひ返せば、他人の身の上なれば兎《と》も角《かく》も、我《われ》と入組《いりく》んだ関繋《くわんけい》の有るお勢の身の上を彼此《かれこれ》心配して其親《そのおや》の叔父に[一]告げるも何《なに》となく後《うしろ》めだくてさうも出来ん。仮使《たとひ》思ひ切ツて然《さ》うしたところで、叔父はお勢を諭《さと》し得ても、我儘《わがまゝ》なお政は説き伏せるを扨置《さてお》き、却《かへ》ツて反対にいひくるめられるも知れん、と思へば、成《な》る可《べ》くは叔父に告げずして事を収めたい。叔父に告げずして事を収めやうと思へば、今一度お勢の袖《そで》を扣《ひか》へて[二]打附《うちつ》けに掻口説《かきくど》く外《ほか》、他《ほか》に仕方もないが、しかし、今の如《ごと》くに、から齟齬《くひちが》ツてゐては言つたとて聴きもすまいし、また[三]毛を吹いて疵《きず》を求めるやうではと思へば、かうと思ひ定《さだ》めぬうちに、まづ気が畏縮《いじ》けて、どうも其気《その》にもなれん。からまた思ひ詰めた心を解《ほご》して、更に他《た》にさま〴〵の手段を思ひ浮べ、いろ〳〵に考へ散《ちら》してみるが、一つとして行はれさうなのも見当らず、回《めぐ》り回ツてまた旧《もと》の思案に戻つて苦しみ悶《もだ》えるうちに、ふと又例の妄《まう》想《さう》が働きだして無益な事を思はせられる。時としては妙な気になツて、総《すべ》て此《この》

一　底本「告げると」を訂した。

二　露骨に、ストレートに。

三　「吹毛求疵（すいもうきゅうし）」（『韓非子』大体）（毛を吹き分けて小さな疵（きず）を探し出すように、小さな過ちもきびしくとがめること）から派生して、日本では、しないでもいいことをしたために、わが身に逆効果をもたらすことの喩え。やぶへび。「彼の税平を殺し給はゞ毛を吹き疵を求むるなり」（曲亭馬琴『松染情史秋七草（しょうせんじょうしあきのななくさ）』四、文化五年、『江戸語の辞典』による）。

頃《ごろ》の事は皆《みな》一時《(いちじ)》の戯《たはぶれ》で、お勢は心から文三に背《そむ》いたのでは無くて、只《たゞ》背いた風《ふり》をして文三を試《こゝろみ》てゐるので、其《その》証拠には今にお勢が上《あが》つて来て例の華《はなや》かな高《たか》笑《わらひ》で今までの葛藤《もだくだ》を笑ひ消して仕舞はうと思はれる事が有る。が、固《もと》より永くは続かん。無慈悲な記憶が働きだして此頃《このごろ》あくたれた時のお勢の顔を憶《おも》ひ出させ、[四]瞬息《しゆんそく》の間《ま》に其快《そのこゝろよ》い夢を破つて仕舞ふ。またかういふ事も有る。ふと気が渝《かは》つて、今から[五]零落《れいらく》してゐながら、此様《このやう》な薬袋《やくたい》も無い事に拘《かゝづら》ツて徒《いたづら》に日を送るは極《きはめ》て愚のやうに思はれ、もうお勢の事は思ふまいと、少時思《しばらくおもひ》の道を絶ツて[六]まじ〳〵としてゐてみるが、それではどうも大切な用事を仕懸《しか》けて罷《や》めたやうで心が[七]落居《おちゐ》ず、狼狽《うろたへ》てまたお勢の事に立戻つて悶《もだ》へ苦しむ。

　人の心といふものは同一の事を間断《かんだん》なく思ツてゐると、遂《つひ》に考へ草臥《くたびれ》て思弁力の弱るもので。文三もその通り、始終お勢の事を心配してゐるうちに、何時《いつ》からともなく注意が散つて一事《ひとこと》には集らぬやうになり、をり〳〵互《たがひ》に何の関係をも持たぬ零々砕々《ちぎれ〳〵》の事を[八]取締《とりしめ》もなく思ふ事も有つた。曾《か》つて両手を頭《かしら》に敷き、仰向《あふむ》けに臥《ふ》しながら天井を凝視《みつ》めて初《はじめ》は例の如《ごと》くお勢の事を彼此《かれこれ》と思つてゐたが、その中《うち》にふと天井の木目《もくめ》が眼《め》に入《い》つて突然妙な事を思つた。「かう見たところは水の流れた痕《あと》のやうだな。」かう思ふと同時にお勢の事は全く忘れて仕

四　瞬きや一呼吸するほどの短い時間。瞬間。

五　落ちぶれる。

六　ここでは「もじもじ」に同じ。「さすがの喜多八まじ〳〵してゐるを」（十返舎一九『道中膝栗毛』続編）。

七　「落ち居る」は心が落ち着く、安心する、の意。「さることなしと聞きて落居たり」（森鷗外『舞姫』明治二十三年）。

八　取りとめもなく、しまりもなく。

舞つた、そして尚《な》ほ熟々《つくぐ》とその木目に視入《みい》つて、「心の取り方に依《よ》つては高低《たかびく》が有るやうにも見えるな。ふゝん、「おぷちかる、いるりゆうじよん」一か。」ふと文三等《ら》に物理を教へた外国教師の立派な髯《ひげ》の生えた顔を憶《おも》ひ出すと、それと同時にまた木目《もくめ》の事は忘れて仕舞つた。続いて眼前《めさき》に七八人の学生が現はれて来たと視《み》れば、皆《みな》同学の生徒等で、或《あるひ》は鉛筆を耳に挿《はさ》んでゐる者も有れば、或は書物を抱へてゐる者も有り又は開《ひら》いて視てゐる者も有る。能《よ》く視れば、どうか文三も其中《そのうち》に雑《まじ》つてゐるやうに思はれる。今越歴《えれき》二の講義が終ッて試験に掛る所で、皆「えれくとりある、ましん」三の周辺《まはり》に集つて、何事とも解《わか》らんが、何《なに》か頻《しき》りに云ひ争ひながら騒いでゐるかと思ふと、忽《たちま》ちその「ましん」も生徒も烟《けぶり》の如《ごと》く痕迹《あとかた》もなく消え失せて、ふとまた木目が眼《め》に入《い》つた。「ふん、「おぷちかる、いるりゆうじよん」か」と云つて、何故《なにゆゑ》四とも莞爾《につこり》した。「「いるりゆうじよん」と云へば、今まで読《よん》だ書物の中《うち》でさるれえ五の「いるりゆうじよんす」ほど面白く思つたものは無いな。二日一晩《ふつかひとばん》に読切つて仕舞つたつけ。あれほどの頭には如何《どう》したらなるだらう。余程《よほど》組織が緻密《ちみつ》に違ひない……」サルレーの脳髄とお勢とは何《なに》の関係も無ささうだが、此時《このとき》突然お勢の事が、噴水の迸《ほとばし》る如くに、胸を突いて騰《あが》る。と、文三は腫物《はれもの》にでも触《さは》られたやうに、あつと叫びなが

一 optical illusion（視覚上の錯覚）。

二 エレキテル（電気）の略。「エレキテル」はオランダ語のエレキテリシテート（elektriciteit）の略訛。『風来六部集』の「放屁論」後編に「ゑれきてる」、福沢諭吉『学問のすゝめ』十五篇（明治九年）に「越歴（エレキ）」などとある。

三 「えれくとりかる、ましん」（電気機械）の誤植、または誤記か。『和英語林集成 第三版』には **ereki-kikai, electrical machine** とある。ここでは発電機を指すか。ただし『言海』（明治二十四年）は「エレキテル〔Elector〕」と誤まって記しているので、この前後にその形容詞を「えれくとりある」と思っていた人もいる可能性はある。『言海』の誤りは山田美妙の『日本大辞書』（明治二十六年）で批判されている。

四 何故ともなく、なぜか。

五 「さるれえ」はサリー（James Sully, 1842-1923）。イギリスの心理学者・哲学者。ロンドン大学教授。心理学によって人間の精神活動を包括的・科学的に観察する立場に立ち、笑いの研究で名高い（*An Essay on Laughter*, 1902）。「いるりゆうじよんす」（*Illusions, a Psychological Study*, 1881）は刊行後まもなく輸入され、和久正辰訳『左氏応用心理学』（明治二十一年）として翻訳された。二葉亭の愛読書の一つ。『思ひ出す人々』に、二葉亭が議論の論拠としてサリーの書を持ち出していたことに関する回想がある。

ら、跳ね起きた。しかし、跳ね起きた時は、もう其《その》事は忘れて仕舞ツた、何《なん》のために跳ね起きたとも解《わか》らん。久《ひさし》く考へて居て、「あ、お勢の事か、」と辛《から》くして憶《おも》ひ出しは憶ひ出しても、宛然《さながら》世を隔てた事の如《ごと》くで、面白くも可笑《をかし》も無く、其儘《そのまゝ》に思ひ棄《す》てた、暫《しばら》くは六惘然《ばうぜん》として気の抜けた顔をしてゐた。

から心の乱れるまでに心配するが、しかし只《たゞ》心配する計《ばかり》で、事実には少しも益《えき》が無いから、七自然は己《おの》が為《す》べき事をさつ〳〵として行つてお勢は益々《ます〳〵》深味《ふかみ》へ陥る。其《その》様子を視《み》て、流石《さすが》の文三も今は殆《ほとん》ど志を挫《くじ》き、迚《とて》も我力《わがちから》にも及ばんと八投首《なげくび》をした。

が、其内《そのうち》にふと嬉《うれ》しく思ひ惑《まど》ふ事に出遇《であ》ツた。といふは他《ほか》の事でも無い、お勢が俄《にはか》に昇と九疎々敷《うと〳〵しく》なつた、その事で。それまではお勢の言動に一々目を注《つ》けて、その狂ふ意《こゝろ》の跟《あと》を随《した》ひながら、我《われ》も意《こゝろ》を狂はしてゐた文三も此《こゝ》に至つて忽《たちま》ち道を失つて暫《しばら》く思念の歩《あゆみ》を留《とゞ》めた。彼《あれ》程までにからんだ両人《ふたり》の関繫《くわんけい》が故《ゆゑ》なくして解《ほつ》れて仕舞ふ筈《はず》は無いから、早まつて安心はならん。けれど、喜ぶまいとしても、喜ばずには居《ゐ》られんはお勢の文三に対する感情の変動で、其頃《そのころ》までは、お政程には無くとも、文三に対して一種の敵意を挾《さしはさ》んでゐたお勢が俄《にはか》に様子を変へて、一〇顔を赧《あか》らめ合《あつ》た事は全く忘れたやうになり、眉《まゆ》を皺《しか》め眼《め》の中《うち》を曇らせ

六 がっかりして、ぼんやりするさま。四五〇頁一六行の「茫然」も、ぼんやりしている様子。
七 (お勢の心は)自然の命ずるままに進行し、の意。
八 思案にくれること。思案投首。
九 疎遠になった。「疎々敷(ウト〳〵)」(『書言字考節用集』)。
一〇 興奮して言い合ったこと。口喧嘩したこと。

る事は扠置《さてお》き、下女と戯《たはぶ》れて笑ひ興じて居る所へ行《ゆ》きがゝりでもすれば、文三を顧みて快気《こゝろよげ》に笑ふ事さへ有る。此分《このぶん》なら、若《も》し文三が物を言ひかけたら、快く返答するかと思はれる。四辺《あたり》に人眼《ひとめ》が無い折などには、文三も数々《しば〳〵》話しかけてみやうかとは思つたが、万一《ばんいち》に危《あやぶ》む心から、暫《しばら》く差控《さしひかへ》てゐた——差控てゐるは寧《むし》ろ愚《ぐ》に近いとは思ひながら、尚《な》ほ差控てゐた。

編物《あみもの》を始めた四五日後《ご》の事で有つた、或日《あるひ》の夕暮、何《なに》か用事が有つて文三は奥座敷へ行《ゆ》かうとて、二階を降りて[一]只見《とみ》ると、お勢が此方《こちら》へ背を向けて椽端《えんばな》に佇立《たゝず》んでゐる。少しうなだれて何《なに》か一心に為《し》てゐたところ、編物かと思はれる。[二]珍しいうちゆゑと思ひながら、文三は何心《なにごゝろ》なくお勢の背後《うしろ》を通り抜けやうとすると、お勢が彼方《あちら》向いた儘《まゝ》で、突然「まだかえ?」といふ。勿論人違《もちろんひとたがへ》と見える。が、此数週《このすしう》の間妄想《あひだばうさう》でなければ言葉を交《まじ》へた事の無いお勢に今思ひ掛《がけ》なくやさしく物を言ひかけられたので、文三ははつと当惑して我にも無く立留《たちどま》る、お勢も返答の無いを不思議に思つてか、ふと此方《こちら》を振向く[三]途端《とたん》に、文三と顔を相視《みあは》しておツと云つて驚いた、しかし驚きは驚いても、狼狽《うろたへ》はせず、徒莞爾《たゞにつこり》したばかりで、また彼方《あちら》向いて、そして編物に取掛《とりかゝ》ツた。文三は酒に酔つた心地、如何仕様《どうしやう》といふ[四]方角もなく、只茫然《たゞばうぜん》として殆《ほとん》ど無想の境《さかひ》に彷徨《さまよ》ツてゐるうちに、

一 ふと見ると。何の気なしに見ると。
二 （編物が）まだ珍しい内だから。
三 底本「塗炭」を訂した。→三四六頁注三。
四 手段、方法。

ふと心附《こゝろづ》いた。[五]は今日お政が留守の事。またと無い上首尾《じやうしゆび》。思ひ切つて物を言つてみやうか……と思ひ掛けてまたそれと思ひ定《さだ》めぬうちに、[六]下女部屋の紙障《しやうじ》がさらりと開《あ》く、その音を聞くと文三は我にも無く突《つ》と奥座敷へ入《はい》ツて仕舞つた——我にも無く、殆《ほとん》ど見られては不可《わるい》とも思はずして。奥座敷へ入《はい》ツて聞いてゐると、頓《やが》てお鍋がお勢の側《そば》まで来て、ちよいと立留《たちどま》ツた光景《けはい》で「お待遠《まちどお》うさま」といふ声が聞えた。お勢は返答をせず、只何《たゞなに》か口疾《くちばや》に囁《さゝや》いた様子で、忍《しのび》音《ね》に笑ふ声が漏れて聞えると、お鍋の調子外《てうしはづれ》の声で「ほんとに内海《うつ》……」「しツ！……まだ其所《そこ》に」と小声《こゞゑ》ながら聞取れるほどに「居《ゐ》るんだよ。」お鍋も小声になりて「ほんたう？」「ほんたうだよ。」

　から成《なツ》て見ると、もう潜《ひそまツ》てゐるも何《なに》となく極《きまり》が悪くなつて来たから、文三が素知《そし》らぬ顔をしてふツと奥座敷を出る、その顔をお鍋は不思議さうに眺めながら、小腰を屈《ひく》めて「ちよいとお湯へ。」と云ツてから、ふと何か思ひ出して、肝《きも》を潰《つぶ》した顔をして周章《あはて》て、「それから、あの、若《も》し御新造《ごしんぞ》さまがお帰《かへん》なすつて御膳《ごぜん》を召上《めしやが》ると仰《おツしや》ツたら、[七]お膳立《ぜんだて》をしてあの戸棚へ入れときましたから、どうぞ……お嬢さま、もう直宜《すぐよ》うござんすか？　それぢやア行つてまゐります。」

お勢は笑ひ出しさうな眼元《めもと》でじろり文三の顔を掠《かす》めながら、手ばしこく手で持

五「それは」の意。「—した。が…」や「—した。から…」と似た語法で、格助詞「は」で前文を受ける。↓三九四頁注一。

六 女中部屋。ここではお鍋が与えられている部屋。台所に近く、家の裏側にあるのが普通。「紙障」は障子。「紙隔」とも表記。

七「膳立」は膳に食物を配置することだが、ここでは食事の用意がしてあること。

つてゐた編物を奥座敷へ投入《なげい》れ、何《なに》やらお鍋に云つて笑ひながら、面白さうに打連《うちつ》れて出て行つた。主従《しゆうじゆう》とは云ひながら、同程《おなじほど》の年頃《としごろ》ゆゑ、双方とも心持は朋友《ほういう》で、尤《もツと》も是《これ》は近頃からなツたので、以前はお勢の心が高ぶ[一]つてゐたから、下女などには容易に言葉をもかけなかつた。

出《で》て行《ゆ》くお勢の後姿を目送《みおく》つて、文三は莞爾《につこり》した。如何《どう》してから様子が渝《かは》つたのか、其《それ》を疑つて居《ゐ》るに遑《いとま》なく、たゞ何《なに》となく心嬉《こゝろうれ》しくなつて、莞爾した。それからは例の妄想《ばうさう》が勃然《ぼつぜん》と首を擡《もた》げて抑《おさ》へても抑へ切れぬやうになり、種々《さま〴〵》の取留《とりとめ》も無い事が続々《ぞく〳〵》胸に浮んで、遂《つひ》には総《すべ》て此頃《このごろ》の事は皆《みな》文三の疑心[二]から出た暗鬼で、実際はさして心配する程の事でも無かつたかとまで思ひ込んだ。が、また心を取直して考へてみれば、故無《ゆゑな》くして文三を辱《はづかし》めたといひ、母親に忤《さから》[三]ひながら、何時《いつ》しか其《その》いふなりに成つたといひ、それほどまで親《したし》かつた昇と俄《にはか》に疎々敷《うと〳〵しく》なつたといひ、――どうも常事《たゞごと》でなくも思はれる。と思へば、喜んで宜《よ》いものか、悲《かな》んで宜いものか、殆《ほとん》ど我にも胡乱《うろん》[四]になつて来たので、宛《あだか》も遠方から擦《こそぐ》[五]る真似《まね》をされたやうに、思ひ切つては笑ふ事も出来ず、泣く事も出来ず、快と不快との間に心を迷《まよは》せながら、暫《しばら》く縁側を往《ゆ》きつ戻《もど》りつしてゐた。が、兎《と》に角《かく》物を云つたら、聞いてゐさうゆゑ、今にも帰ツて来たら、今一度運を試し

一　お高くとまっていた。高慢だった。
二　疑心暗鬼。疑いが起こると、ありもしない恐ろしい鬼の姿が見えるように、何でもないことまで疑わしく、恐ろしく感じること。
三　「忤(ご)」は、さからう意。
四　ここでは、疑わしい、怪しいの意。「うろん」は唐音。
五　「擦(りょ・ろ)」には「さわる」の意がある。くすぐる。

て聴かれたら其通《そのとほ》り、若《も》し聴かれん時には其時《そのとき》こそ断然叔父の家を辞し去らうと、遂《つひ》にかう決心して、そして一《ひ》と先《まづ》二階へ戻つた。

（終[六]）

六 雑誌連載の第三篇の「終」とも、『浮雲』全体の「終」とも解されている。↓解説（五一五頁）。

補注

細君

一　**細君**（三頁注一）　馬淵鹿十郎「妙文字ノ四」（『朝野新聞』明治十九年六月二十九日）に「古往今来未ダ人ノ妻ヲ称シテ細君ト云フコトヲ聞カズ……細君ト云フ語ノ音ノミヲ聞キカヂリ人ノ妻ヲ妻君ト書スル馬鹿モアリ令閨ト書スル処ヲ令荊ト書スル阿房アリ……抱（否）捧腹絶倒ノ至ナリ」とある。大矢森之助『明治之細君』（明治二十年）上編、チャーレス・ドイグ夫人著・井上勤訳『細君の友』（明治二十一年）等の書がある。

二　**小間使**（三頁注四）　末広鉄腸『花間鶯』（明治二十一二十一年）下編第七回に「下宿屋吝蔵の家に下女奉公をなし居たるお松と云ふ女なるが、元とは……小間遣ひ」であったと設定する。逍遙の、『松のうち』（明治二十一年）第二回（『読売新聞』初出時は「第二回上」）の「小間使」は「十五六の小娘」で、『外務大臣』第十三回（『読売新聞』明治二十一年五月八日）では「此邸の小間使（こしもと）二個あり　一個は年増にて一個は少女なり」とある。

三　**寄席**（三頁注九）　「府下寄席の総数は二百四十三（二十一年十二月調）」（永井良知編『東京百事便』明治二十三年）。「明治三十年頃までの寄席はあらゆる平民芸術の演ぜられる壇上であつた」（馬場孤蝶『明治の東京』昭和十七年）。

四　**障紙**（三頁注一四）　「障紙」の同時代例は少ないが、『国民小説』第一集所収の『細君』本文も「障紙」で、『逍遙選集』別冊一所収本より「障子」と改変。ただし、本巻一七頁八行には「障子」とある。『春風情話』（明治十三年）、『小説神髄』（明治十八—十九年）は「障子」のみを使用。

五　**いたづらもの**（三頁注一五）　あだし野の友「春の舎主人の「細君」（『女学雑誌』一四八号、明治二十二年二月九日）は、「鼠をコワガルと云ふは面白し　然るに障子を開けて之を追ふと云ふすら既に過たる言分なるに「膳棚を襲へば梁を走り梁をおそへば」と云ふに至つては過言も亦た極まれりと云ふべし」と批判する。

六　**束髪**（四頁注二）　逍遙が漫遊生の号で執筆した「漫遊をなすべき資力なくば屢々成るべくだけ移転をなすべし」（『読売新聞』明治十九年十二月二十五日）に「浅草の場末に住ひて世間の流行を観察すれば所謂束髪とかいへる頭もあんまり流行せぬやうに見」えるが、「山の手には流行するなり」とあり、大川信吉編『東京百事流行案内』（明治二十六年）には「我邦にても女書生の勢力は束髪の流行を産出（うみいだ）して裏店のおキャン娘にまで頭に髪のトゴロを巻かせ」とある。逍遙夫婦は『旅ごろも』で「始め細君は大和魂なりしが中ごろ試みに（頼母くない）束髪党となりぬ　然るに旅立の間際になりて又々其主義を変じたりと見えて眉を鳥羽絵形に顰め来りて　どうも束髪では変ですから寧ろ丸髷で往きませうよといふ」「主人弁じて曰く　夫れ旅は手軽いのを第一とす　お粧飾（かざり）は主にあらず束髪と丸髷と手軽いこと果して孰れぞ　細君しばし思案して束髪にして置きませうよと答へぬ」（『読売新聞』明治二十年一月二十七日）との問答をしている。

七　**下宿屋**（六頁注八）　「下宿屋」には二種類あり、「別ニ家業」がある「素人家」は「通例一、二人ヨリ四、五人ノ書生」を置き、「純粋ニ下宿ヲ以テ専門ノ商売トナス者」で「通例下宿屋ト称スル者」は「書生少ナキモ五、六人ヨリ多キハ三、四十人ニ及ベリ」（本富安四郎『地方生指針』明治二十年）。「府下各区中　下宿屋営業者の多きは本郷区にて　同区は昨年の三月頃は三百戸以上なりしも　昨年十月頃より帝国大学に寄宿舎の設けあり

し為め　俄に客数の減じ　営業の立行かざるを以て廃業する者多く　昨今の現数は二百二三十軒までに減少したりといふ」(「下宿屋の減少」『時事新報』明治二十年一月八日)。

八　**お背は高し**(一〇頁注九)　逍遙自身は、高学歴、高収入と言えるのだが、「試みに重量を量るに僅(わづか)に十二貫五百何十目(綿入を被て居てサ)薩摩芋のやうなり　あんまり癪筋ゆゑ身の丈を計れば是また外聞が宜しからぬ方なり(五尺二寸七分)　細君に優(まされ)る事重量に於ては僅に九百目強(あま)り　身の丈に於ては九寸あまり嗚呼おはもじや」(『旅ごろも』明治十九年十二月二十八日の条、『読売新聞』明治二十年二月二日)と、背丈の低さを恥ずかしいと述べる。

九　**奥さまの外出嫌ひ**(一一頁注二八)　宇田川文海作とも伝える『社会進歩 蜃気楼』(明治十九年)に「偶(たま〳〵)劇場見物(しばゐけんぶつ)寺院参詣(てらまゐり)さへ良人(ていしゆ)や召仕(めしつか)ひ　世間の人の気までかねて　内を出るのもヤットの思ひ　少しの過失(あやまち)が有ても仰山に七去三従の古文句を引き　やゝともすれば離縁の沙汰　全く主従に等しい有様」とある。一一頁注二六に引用した『読売新聞』の記事は「亭主にばかり我儘をされる筋は無いと」競うようにして遊び歩く「女房」についてのものだが、「奥さま」には、そのような余裕はない。

一〇　**唐土の昔を思へば**……(三〇頁注九)　中国漢の成帝の寵愛を失った班婕妤の詩「怨歌行」(『文選』所収、『玉台新詠集』巻一では「怨詩」)を踏まえる。謡曲「班女」は、この故事を題材としている。『和漢朗詠集』巻上・夏・納涼の大江匡衡の詩序「班婕妤(はんせふよ)が団雪の扇、岸風に代へて長く忘れたり、燕の昭王が招涼の玉、沙月に当つて自(おのづか)ら得たり」。

一一　**五十年**(三〇頁注一五)　「信長卿、人間五十年下天の内を比ぶれば、夢幻の如くなり、一度生を受け滅せぬ者のあるべきかとて、舞」(小瀬甫庵『信長記』「義元合戦の事」)ったのは、幸若舞の「敦盛」。「人間五十年下天一昼夜」は仏典の常套句。「嗚呼人間僅か五十年(先頃四十五年と定められし奇説あれども)」(『横須賀新報』六号、明治二十一年九月二十八日)。

一二　**七去の定め三従の掟は廃れたれど**……(三〇頁注一八)　「女大学」の名を冠した一連の書で力説する教えが「七去三従」である。

「七去」は妻を離縁してよい七つの条件。「此七去は皆聖人の教なり」(『女大学宝箱』享保元年)、「不順父母。無子。淫。妬。悪疾。多言。窃盗」(『書言字考節用集』)。

「三従」は女性が従うべき三つの道。「女子は幼き時は親に従ひ、長じては夫に従ひ、老いては子に従ふ。是れを三従の義と云ふなり」(高田義甫『女訓　一名一新女大学』明治七年)。

「七去三従」は「廃れた」(法律上は無効となった)が、「楽屋を窺へば」(内情をさぐってみると、根強く人々を支配しており、男女同権は「扨も〱」(とてもとても)で、遠いかなたにある。

一三　**シラ、マリヤス、シーザル**(三一頁注二一)　「シラ」はスラ、「マリヤス」はマリウス、「シーザル」はシーザー。

ルキウス・コルネリウス・スラ(紀元前一三八—紀元前七八)はローマ共和制末期の政治家で、紀元前八二年に独裁官となる。文部省図書課編『万国歴史』(明治二十四年)に「殺戮ノ残忍」さはマリウスより「更ニ甚シ」とある。

ガイウス・マリウス(紀元前一五六頃—紀元前八六)はシーザーの叔母の夫。スラと激しく対立し、紀元前八七年のスラからローマを奪還する時の暴力行為は有名。

ジュリアス・シーザー(紀元前一〇二頃—紀元前四四)は、スラの死亡後、全権を掌握する。

一四　**稀臘の碩学が我を折し**(三一頁注二五)　「ソクラテスの伝」(『東京経済雑誌』三四四号、明治十九年十一月二十七日)に「余程に婦徳に欠く所ありしと見へ　夫婦の間　常に琴瑟の和楽なく　ズァンチップの名は夫婦喧嘩の別名の如くになれりと云へり」「ソクラテスが家政を宰するの苛細に渉りしことも又之が一原因ならざるべからずと云へり」とある。逍遙は「孔子とソクラテス」(『中学世界』明治三十三年一月—四月)で、「堪忍の徳を養成しようが為に態(わざ)とあのやうな妻を迎へた」との「言伝へ」を紹介する。

一五　**西洋風の文明は九尺二間の周囲にあり**(三一頁注三二)　田口卯吉に

は明治十三年二月一日の演説「西洋ノ開化ハ日本ノ下等社会ノ開化セル者ナリ」(『嚶鳴雑誌』一〇号、明治十三年三月)で「夫婦間ノ交際ニ於ケルモ我ガ下等人種ハ西洋人ト同一ニシテ上等社会ニ至テハ大ニ差異アリ」と述べている。

一六　**肱笠雨**(三一頁注三六)　「六帖(『古今和歌六帖』)ニ「妹ガ門、行キ過ギカネツ、ヒヂカサノ、雨モ降ラナム、雨隠レセム」催馬楽ニ「妹ガ門、セナガ門、行キ過ギカネテ、我ガ行カバ、ヒヂカサノ、ヒヂカサノ、雨モ降ラナム、云云」源氏、須磨ニ「ヒヂ笠雨トカ、降リ来テ、イトアワタダシケレバ」サレド、コレハ、万葉集ニ「妹ガ門、行キ過ギカネツ、久方ノ、雨モ降ラヌカ、ソヲ因(ヨシ)ニセム」トアルヲ六帖ニ誤リテ、催馬楽以下、皆、其誤ヲ承ケタルナリ、肘ヲ笠ニトイフコト、アルベクモアラズト云」(大槻文彦『言海』明治二十二―二十四年)。

一七　**山の手**(三二頁注一二)　「山の手」は「下町」と対になる語だが、人々が考える下町の範囲は明治期以降拡大し、山の手は郊外へと移動する。当時の山の手は本郷・小石川・牛込・四谷・青山等で、「都下富者の集まれるは概ね下町」(平出鏗二郎『東京風俗志』上巻「族籍及び貧富尊卑」、明治三十二年)である。「段々開けて行くと言つてもまだ山手はさびしい野山で、林があり、森があり、ある邸宅の中に人知れず埋れた池があつたりして、牛込の奥には、狐や狸などが夜毎に出て来た」(田山花袋『東京の三十年』大正六年)。

一八　**写物**(三二頁注一五)　逍遙の「紙幣子の置土産」に「下等社会の内職」の一つ「写字」が「一時間三銭の割」(『読売新聞』明治二十三年三月三十日)とある。明治二十六年、帝国博物館写字生は、日給三十銭(山本政恒『政恒一代記』明治三十四年)。

一九　**ローラン**(三六頁注一三)　逍遙は「仏国大革命の乱にあたりて社会の女皇なりとの名声を全世界に轟かしたる『マダム、ロウラン』(『通俗学芸志林』明治十九年九月)との広告文を草し、『朗蘭夫人伝』(明治十九年十月)、改題して『淑女亀鑑　交際之女王』(明治二十年五月)を翻訳した。

二〇　**ジヤンダーク**(三六頁注一四)　山田美妙は新体詩「じよあん、だあく(貧居の場)」(『いらつめ』明治二十年九月―十二月)を作り、「女丈夫の伝(其二)」の「ジョアン仏国の滅亡を救ひたる事」(『女学雑誌』七十八号、明治二十年十月一日)は「女丈夫と云はゞ先づ指を此の乙女に屈する」とし、『日本之女学』十六―十八号(明治二十一年十二月―二十二年二月)に幻堂居士「ジヤンダークの伝」がある。「時に如安達克といへる女あり。貧しき民の娘にていまだ廿歳に満ざりしが」「女流にして。義気強く。衆に先だち兵を挙げ。仏全国の丈夫をして義勇に進み本国を。愛する心を起さしめ。男児なきの悪声を。後の世までも免れしめ。其身は敵の軍中に。果敢なく命は隕せしも。国を愛する忠勇の。名は万世の後にまで。人々伝へて感激す」(伊藤卓三『修身女学道しるべ』「第八　国を愛する事」明治七年)。

二一　**「漫遊日誌」**(三六頁注一五)　逍遙の『外務大臣』第二十一回に、「西遊中に見聴したる事柄を小説体に綴ッて過日出版せし紀行」(『読売新聞』明治二十一年六月五日)が好評であるとの一節がある。「漫遊」と題する書には、中井弘『漫遊記程』三冊(明治十一年)、小川弘蔵『漫遊記行』(明治十四年)、農商務省『漫遊見聞録』二冊(明治二十一年)、蟠渓仙央『日本漫遊外人膝栗毛』(明治二十一年)などがあり、逍遙も、明治二十年十月の時点では、「想像西京漫遊録」を執筆する予定があった。

二二　**三世相**(三七頁注一九)　「俗間ニ、仏説ニ、人ノ生年ノ五行ノ相生(サウジヤウ)、相剋(サウコク)ナドノ理ヲ交ヘ、人相ヲ以テ前世、現世、後世ノ因果、善悪、吉凶ナド説クモノ」(大槻文彦『言海』明治二十二―二十四年)。近世期より占いの書の代名詞のように「三世相」が使われており、明治以後も、同様の傾向にある。『万代大雑書三世相』(明治十九年)、『三世相解万宝大雑書』(明治二十年)など。

二三　**家政学の講義**(三七頁注二二)　「男子外ニ出デテ若干ノ金銭ヲ利得スルモ婦女内ニ在テ浪(だみ)リニ之ヲ消費スルトキハ家計忽チ欠乏ヲ告ルニ至ルベシ」(藤田久道『家事経済論』明治十四年)に類した説教であろう。「成立学舎女子部講義録」には、逍遙の「賢女伝」とともに、瓜生寅の「家政学」の連載があった。瓜生寅には『女子家政学』(明治十九年)等の著書がある。

春風情話

一　**春風のそよ〳〵と**……（六一頁注一）　「橘槐二郎君の舎兄顕三君の友人であつた処の小川為次郎といふ人と懇意になつた。此人は元来商家の出で学歴は余り無かつたけれども独学でやり通して、各方面に亘つて学問したのみならず、殊に国文には中々深い造詣があつた」（高田早苗『半峰昔ばなし』昭和二年）ということで、小川為次郎（→六二頁注一五）は、以下も和歌や俗謡等での常套句を多用するが、必ずしも由緒正しい典拠があるわけではない。

二　**小川為次郎**（六二頁注一五）　逍遙は「私が拙い馬琴調の非を悟りはじめたのは、小川君の此際の批評からであつた。たしか、三四ヶ処添削して貰つた」（高田早苗『半峰昔ばなし』昭和二年）、「小川氏の添削は主として用字上、成語上に在つた……支那の故事や、『水滸伝』式、『紅楼夢』式の、念入りの叙景や形容は同氏の加筆である……馬琴の文章のわるい癖や間ちがひをいろいろ指摘され」（『逍遙選集』別冊二「緒言」）たと回想する。

三　**物語　因果応報のことわりにもとづき**……（六三頁注二一）　『小説神髄』（明治十八—十九年）の「小説の主眼」に引用された部分でもあるが、本居宣長『源氏物語玉小櫛』「おほむね」に「すべて物語は、世にある事、人の有さま心を、様々書けるものなる故に、読めば、おのづから世の中の有さまを、よくこゝろえ、人のしわざ情（コヽロ）のあるやうを、よく弁へ知る、これぞも物語を読まむ人のむねとおもふべきことなりける」とある。

四　**物のあわれ**（六三頁注二八）　「物のあはれをしるといふ事、まづすべてあはれといふはもと、見るものきく物ふるゝ事に、心の感じて出る、歎息の声にて、今の俗言にも、「あゝ」といひ、「はれ」といふ是也……物といふは……ひろくいふときに、添ることばなり」（本居宣長『源氏物語玉小櫛』「おほむね」）。

五　**後段の伏案　前章の照応**（六四頁注四）　「唐山元明の才子等が作れる稗史には、おのづから法則あり。所謂法則は、一に主客、二に伏線、三に襯染（しんぜん）、四に照応、五に反対、六に省筆、七に隠微……伏線は、後に必出すべき趣向あるを、数回以前に些（ちよと）墨打をして置く事なり……照応は照対ともいふ。譬（たとへ）ば律詩に対句ある如く、彼と此と相照らして趣向に対を取るをいふ」（曲亭馬琴『南総里見八犬伝』第九輯中帙附言）。

六　**目次**（六五頁注一七）　逍遙は「『春風情話』だの『春窓綺話』だのという表題は、其内容とは甚だそぐはない。今の人達は、なぜこんなタイトルを附けたのかと不思議に思ふことだらう。これは、一つは漢文くづし全盛時代の余波でもあるが、一つには、織田純一郎といふ人がリットンの『マルトラヴース』を『花柳春話』と、妙にエロチックな表題を附して漢文くづし式に自由訳をして世に出して大当りを博して以来、西洋小説の訳といへば、いつも「春」とか「花」とか、「情話」とかいふ属の外題を附けねば歓迎されない、と出版書肆がきめてしまつてゐるのだ」（『逍遙選集』別冊二「緒言」）と回想しており、『花柳春話』（明治十一—十二年）の「目録」のスタイルに類似する。

『小説神髄』「文体論」では「漢土の小説の題目にならひて対句やうの漢文字を二行にならぶるは事ふりにたり　さはとて「第一回何何の事」なんどゝあからさまに掲げいだすもあまりに興うすき事なりかし　西洋には古人の詩歌を抄出して題目の代りとなすことあり」と述べているが、ここでは「漢土の小説の題目にならら」い、「対句やうの漢文字を」創作して、第壱套の内容を示すことをしている。

七　**往昔（そのかみ）**（七〇頁注五）　「そのかみ」は「むかし」の同意語（『和英語林集成』第三版、明治十九年）。八四頁一一行・八七頁九行・一二一頁一一行の振り仮名は「そのかみ」だが、七一頁九行は「むかし」。

八　**そは大方「蘇国」の青史に**……（七〇頁注一四）　原文は Their history was frequently involved in that of Scotland itself, in whose annals their feats are recorded.

九　**「丸巣」山と「魯志安」山の間にあり**（七〇頁注一八）　原文は betwixt Berwickshire or the Merse…and the Lothians で、Berwickshire という州名を省略している。betwixt は between の古態。

一〇　**城兵毎によく之を守り**……（七一頁注二〇）　原文は The Castle of

Ravenswood…It was frequently besieged with ardour and defended with obstinacy, and of course, its owners played a conspicuous part in story. で、城主の目覚ましい活躍を前面に出す。

一一 **恁く其家門衰微して**……(七一頁注二九)　原文は far from bending his mind to his new condition of life で、「往昔に同じからぬ」までは new condition of life を敷衍したもの。

一二 **是より後は城主の昔を偲び**……(七一頁注三三)　原文は He was now called Lord Ravenswood only in courtesy で、儀礼上でのみ「「烏林」の侯」と呼ばれるとあるのを、あえて、丁寧に説明して「城主の昔を偲び……」と表現している。

一三 **今回の事も掌璽官が威権あるまゝ**……(七三頁注二四)　原文には In such times, it was not over uncharitable to suppose, that the statesman, practised in courts of law, and a powerful member of a triumphant cabal, might find and use means of advantage over his less skilful and less favoured adversary とあり、一般的趨勢を述べるのみである。

一四 **且又掌璽官が内室は**……(七三頁注二六)　原文には and if it had been supposed that Sir William Ashton' conscience had been too delicate to profit by these advantages, it was believed that his ambition and desire of extending his wealth and consequence, found as strong a stimulus in the exhortations of his lady, as the daring aim of Macbeth in the days of yore とあり、マクベスに比している。

一五 **家門**(七三頁注三一)　『春風情話』で使用される「家門」の振り仮名は、ここより前の三例は「かもん」で、後の一例(八〇頁一四行)は「いへがら」である。

一六 **翡翠の鬢**(七四頁注四)　「金翡翠の宝髻、繡鴛鴦の羅裾、鬢(びんづら)を見ては蟬翼を想ひ黛を見ては遠山を想ふ、わがこのロザリンにまさる国色無し」(坪内逍遙「烏有先生に答ふ(其一)」『早稲田文学』明治二十五年二月十五日)。

一七 **好色の性**(七四頁注六)　原文は strong powers and violent passions で、特に好色というわけではない。逍遙は「アシュトン夫人のパッショネートな性格を叙して、たしか「情慾烈しき」と蕪稿には訳して置いたのを」、小川為次郎(→六二頁注一五)「が誤解して多淫多情といふ意味に敷衍した」(『逍遙選集』別冊二「緒言」)と回想する。

一八 **只顧**(七四頁注一〇)　『西遊記』『水滸伝』『三国志演義』『紅楼夢』等に見える白話語彙で、「ひたすら」の振り仮名を付した用例は曲亭馬琴や高畠藍泉にある。

一九 **常に夫を賤むの意あり**……(七四頁注一五)　原文は the lady looked with some contempt on her husband, and that he regarded her with jealous fear rather than with love or admiration.

二〇 **長子は男にして「短王」と呼ぶ**……(七五頁注一七)　原文は One, the eldest son, was absent on his travels; the second, a girl of seventeen, and the third, a boy about three years younger で、この時点では、まだ三人の子の名は明記されていない。→九二頁注一二。

二一 **案下某生再説**(七五頁注二二)　「それはさておきてふたゝびとく」(『南総里見八犬伝』第七十九回)、「そはおきてふたゝびとく」(同第百七十七回)のような例もあるが、「案下某生再説」の六字で「それはさておき」または「それはさておく」と読ませるのが一般的。

同様の例として、八五頁八行「閑話休題(あだしごとはさておきつ)」(→八五頁注二八)があり、一〇三頁一四行「閑話休題」の振り仮名では「あだしごとはさておきて」と活用させている。一二七頁四行「冉説休題」などの例もある。

他に、話題を転じて別のことを説きはじめる時の、読本等における常套句の例として、八四頁七行の「却説(かへつてとく)」(→八四頁注四)があり、これも『南総里見八犬伝』では回の冒頭に頻出するが、「かくて」もしくは「さてとく」と読ませている。「却説(かへつてとく)其翌朝」(『当世書生気質』第五回、明治十八年)。

二二 **前の城主「阿蘭、烏林」**(七五頁注二三)　原文は Allan Lord Ravenswood, the late proprietor of that ancient mansion and the large estate annexed to it.

二三　「阿蘭」が一子「威童苅」は父が最期の情態を見て……（七五頁注二八）　以下「堅くなりにけり」（七六頁七行）までは、His son witnessed his dying agonies, and heard the curses which he breathed against his adversary, as if they had conveyed to him a legacy of vengeance. Other circumstances happened to exasperate a passion, which was, and had long been, a prevalent vice in the Scottish disposition. を敷衍したもの。

二四　時に北風梢を掃ひ、落葉地上に推き霜月の中頃……（七六頁注四）　原文は It was a November morning, and the cliffs which overlooked the ocean were hung with thick and heavy mist.

二五　家々の旗章は朝風に飜り……（七六頁注八）　原文は Banner after banner, with the various devices and coats of this ancient family and its connections で、Banner は「a military standard or flag……軍旗（イクサバタ）……標旗（シルシバタ）」、Device は「目標（メジルシ）」、coat は「紋印」（棚橋一郎『英和双解字典』明治十八年）。

二六　とく（七七頁注二八）　漢字表記する例があり、「疾く」は七八頁五行・八七頁一五行・一〇八頁六行・一一七頁一〇行に計五例（一〇八頁六行には二例）、「とく」は八一頁四行・一〇一頁九行の計三例。

二七　衆人は……（七七頁注三四）　原文には An insult, which fired the whole assembly with indignation, was particularly and instantly resented by the only son of the deceased, Edgar とあるのみで、「衆人」への直接の言及はない。Indignation は「憤怒」、resent は「怨ム。憎ム。憤ル」（棚橋一郎『英和双解字典』明治十八年）。

二八　那方（八〇頁注四）　振り仮名は、ここのみ「こなた」で、他の三例（一〇七頁四行・一二〇頁五行・一三一頁一四行）は「かなた」。

二九　霎時（八〇頁注一四）　『春風情話』にある全九例のうち、一〇八頁七行・一二八頁一〇行・一二九頁一四行の振り仮名は「しばらく」、他は「しばし」。

三〇　遮莫（八一頁注二二）　『椿説弓張月』は「遮莫」と「さもあらばあれ」の組合せ（全八例）のみだが、『南総里見八犬伝』では「任他」に「さもあらばあれ」の振り仮名を付している。

三一　かゝる非道の所業もて……（八一頁注二五）　原文は It was only he that dug the grave who could have the mean cruelty to disturb the obsequies.

三二　蒼海よりもなほ深く……（八一頁注二九）　「蒼海」はあおあおとした広い海。「泰山」は高く大きな山。「父母の恩は山よりも高く海よりも深し（両親から受けた恩は何物にも比べることができないほど大きいものだ）」をもじったもの。

三三　この恨を報いずば、皇天いかで我身をゆるさん（八一頁注三〇）　原文は Heaven do as much to me and more, if I requite not to this man and his house the ruin and disgrace he has brought on me and mine で、父が受けた無念に匹敵することを敵に対しなすことができなかったら、Heaven から、自分に対し、それ以上の報いがある（requite）と言うのである。

三四　そが中には、密に眉を顰めて後難いかゞと危ぶものもありしとぞ（八一頁注三二）　原文は the more cool and judicious で、冷静に物を見ることができる人々は The fortunes of the heir of Ravenswood を危惧した。

三五　原当国の慣習とて（八一頁注三五）　原文は according to a custom but recently abolished in Scotland（最近では廃れてしまった風習に従って）。

三六　親ら盃盤の間に立て手に瓶子をとり……（八一頁注四一）　原文は He, while passing around the cup which he himself did not taste, soon listened to a thousand exclamations against the Lord Keeper, and passionate protestations of attachment to himself, and to the honour of his house.

三七　彼方此方（八二頁注二）　「彼方此方」は全七例、他の六例も振り仮名は「かなたこなた」。一〇七頁七行・一二〇頁六行の「こなた」は平仮名書きで、「こなた」に「那方」を当てる例がある（→補二八）。

三八　既往久後のこと思ひつゞけて……（八三頁注三一）　原文では客の帰った静けさの中に young Ravenswood は phantoms, which the imagination of the young heir conjured up before him—the tarnished honour and degraded fortunes of his family, the destruction of his own hopes, and the triumph of that family by whom they had been ruined を見て、沈思(meditation)する。「Phantom…幽霊。幻像」(『英和双解字典』)。以下の訳は Ravenswood 家が没落したことの無念さと仇の家の繁栄を呪う気持の部分を敷衍したもの。

三九　**あはれを真十鏡**（八三頁注三五）　「ますかがみ」には、「まそかがみ」の転、「ますみのかがみ」の転の両説があるが、「真澄」ではなく「真十」の表記なので、「まそかがみ」説に立つか。月を鏡に見たてているので、縁語として「くもらぬ」「雲霧の晴るゝ間」が出る。

四〇　**延葛の、弥遠永く**（八三頁注三六）　十年ほど後のことだが、逍遙は弥遠永会を組織し、雑誌『延葛集』を門下生と創刊する。その創刊号に「延葛とは裏見の心をば言の葉の余所にふくませて弥遠永く絶えせであれといふ祝ひの心と世のため人のためには弥が上にも物ほしと思ふ心の限りもなうあれかしと願ふ心とをふたつつるませて名附けて侍れるなり」(「代改題辞の書」明治二十三年十月十二日)と述べる。

四一　**壮夫**（八三頁注三九）　「壮夫」の語は前に一例(八一頁八行)「さうふ」の振り仮名を付して出ていたが、これ以降はすべて「ますらを」の振り仮名。

四二　**夜一夜悶かなしみ**……（八三頁注四〇）　原文には on this fatal night the Master of Ravenswood, by the bitter exclamations of his despair, evoked some evil fiend, under whose malignant influence the future tissue of incidents was woven とあり、この夜は運命を決する夜で、絶望の叫びが悪魔的なものを呼び出し、悲劇を起こすと予告する。

四三　**幾百巻とも算へしられぬ書ども**（八四頁注一五）　原文は ponderous volumes formed the chief and most valued contents of a Scottish library of the period.

四四　**其為人軒昂して**……（八五頁注二二）　原文は His appearance was grave and even noble, well becoming one who held an high office in the state で、より正確に訳すと「外貌より評する時は　其為人軒昂……」。

四五　**面善に至りては**（八五頁注二六）　一〇一頁三行には「面善(らし)ぬ」とある。「和主も面善(み)りてあらんずらん」(『南総里見八犬伝』第百十三回)。

四六　**此人にして此性質あるを**……（八五頁注二七）　原文は he was conscious of its internal influence on his mind, he was, from pride as well as policy, most anxious to conceal from others で、Ashton 自身が自覚して「此性質」を隠すとする。

四七　**那の喪礼の場にて**……（八五頁注二九）　原文は an exaggerated account of the tumult which had taken place at the funeral で、一件についての説明に誇張があることを言う。

四八　**寺法に悖き**……（八五頁注三〇）　原文は the contempt thrown on his own authority, and that of the church and state(彼自身の権威に投げかけた侮蔑ならびに教会と政府へのそれ)。

四九　**一十五十**（八五頁注三一）　『当世書生気質』第四回に「一十伍十」の用例がある。『当世書生気質』第十四回や『細君』(五六頁一行)には「一伍一什」があり、曲亭馬琴は白話小説を踏まえて「一五一十」の表記を多用する。

五〇　**更に此騒動の際**……（八五頁注三三）　原文は the insulting and threatening language which had been uttered by young Ravenswood and others, and obviously directed against himself.

五一　**豎児　濫に虎威を侵して**……（八六頁注三）　原文は Young Ravenswood…is now mine——he is my own——he has placed himself in my hand, and he shall bend or break.

五二　**其絶命の期までも**……（八六頁注六）　原文は his father fought every point to the last, resisted every offer at compromise(その最期の時まで、あらゆる点で戦い、あらゆる和解の提案に抵抗した)。

五三　**其子「威童苅」が愚なる**……（八六頁注八）　原文は this Edgar——this hot-headed, harebrained fool, has wrecked his vessel before she has cleared the harbour.

五四　彼を殺さんは我好む所にあらねば……（八六頁注一三）　原文は God forbid I should prosecute the matter to that extent — No — I will not — I will not touch his life, even if it should be in my power.

五五　報讐の意あるに乗じて……（八六頁注一五）　原文では Restitution — perhaps revenge — I know Athole promised his interest to old Ravenswood と、Edgar が「報讐の意」を持つことに根拠があるらしいことが示されている。

五六　白糸の……（八八頁注一六）　原文は the silver tones of Lucy Ashton's voice mingled with the accompaniment in an ancient and solemn air.

五七　蘆原の人事しげき世の中を……（八八頁注一七）　原文の歌は次のとおり。

Look not thou on Beauty's charming, —
Sit thou still when Kings are arming, —
Taste not when the wine-cup glistens, —
Speak not when the people listens, —
Stop thine ear against the singer, —
From the red gold keep thy finger, —
Vacant heart, and hand, and eye, —
Easy live and quiet die.

五八　唄ひ了れば……（九〇頁注六）　原文は The sounds ceased, and the Keeper entered his daughter's apartment.

五九　そも〳〵この「瑠紫」と云ふは……（九〇頁注九）　原文は for Lucy Ashton's exquisitely beautiful, yet somewhat girlish features, were formed to express peace of mind, serenity, and indifference to the tinsel of worldly pleasure とあり、最初に「一向に清閒をのみ喜びて、世の福を欲せざ」ることを言う。

六〇　堤上の新柳……（九〇頁注一五）　「色映じては新たに籠（こ）む堤柳（ていりう）の黛（まゆずみ）　光焼（も）えては半ば秘す嶺松（れいしょう）の煙」（『新撰朗詠集』巻上・春・霞・藤原基俊）。

六一　嬋娟として歩を移せば……（九〇頁注二三）　軽やかな身のこなしがあでやかな美しさを引き立てるタイプの美女を形容する語なので、引っ込み思案な Lucy（→九二頁注六）にはふさわしくない。

六二　沈魚落雁、閉月羞花（九〇頁注二四）　もとは「毛嬙・麗姫は人の美とする所なるも、魚はこれを見て深く入り、鳥はこれを見て高く飛ぶ」（『荘子』斉物論篇）と、人間には美しくても、魚や鳥はこれを見て驚いて逃げる意であったが、転じて魚や雁も圧倒されるほどの美人の意となり、御伽草子・滑稽本・読本等に頻出する。「閉月羞花」（月が雲間に隠れ、花が恥じてしぼむこと）と併せ使われる例も多い。「沈魚落雁、閉月羞花の、妙年二八の一佳人」（『南総里見八犬伝』第百回）。

六三　その為人に従ひて……（九一頁注三〇）　原文は Left to the impulse of her own taste and feelings, Lucy Ashton was peculiarly accessible to those of a romantic cast. Her secret delight was in the old legendary tales of ardent devotion and unalterable affection, chequered as they so often are with strange adventures and supernatural horrors（彼女は自分自身のことはよそにして物語の人物の好みや感情、行動に特別な親近感を抱いていた。彼女の密かな喜びは熱烈な献身と不変の愛情を描いた古伝説の物語の中に入り込むことにあり、それらの物語はしばしば不思議な冒険と超自然の恐怖に色どられていた）。

六四　兄なりける「短王」は……（九一頁注三四）　原文は Her elder brother, who trode the path of ambition with a haughtier step than his father, had also more of human and domestic affection（父よりも野心家で出世の道を歩む兄は、父以上の人間らしい愛情と家族愛を有していた）。

六五　「瑠紫」もまた弟を憐み愛みて……（九二頁注五）　原文には Lucy が patient and not indifferent attention（辛抱強い思いやりの気持）を持って Henry の details, however trivial（詳細にわたるが瑣末）な話を聞いたとあるが、「教へ導くこと、父母も及ばざる所あり」とまでは述べていない。
六六 **善柔寡断にして**……(九二頁注六) 原文では、母親はLucyのwant of spirit(精神力の欠乏)の原因を父親のplebeian blood(下賤な血)を多く受け継いだからだと考えている。
六七 **長子なる「短王」が卓然として人を凌ぐ精神ある**(九二頁注一一) 原文はher eldest son……had descended a large portion of her own ambitious and undaunted dispositionで、「卓然として人を凌ぐ精神」は母譲りだとする。
六八 **長子「短王」は久後名をも挙げ**……(九二頁注一二) 原文はMy Sholto……will support the untarnished honour of his maternal house, and elevate and support that of his father.
六九 **代々相襲たる門閥には**……(九三頁注二〇) 原文はBefore ancient authorities, men bend, from customary and hereditary deference(昔からの権威に対して人々は慣例や世襲の服従の心から腰を曲げる)。
七〇 **新に成り出たるものは**……(九三頁注二一) 原文はin our presence, they will stand erect, unless they are compelled to prostrate themselves(現在の我々の境遇ではひれ伏すように強制することができなければ人々は直立しているだろう)。
七一 **「瑠紫」の如き、殊に女々敷女子は**……(九三頁注二二) 原文は、A daughter fit for the sheep-fold, or the cloister(羊飼いか修道院にふさわしい娘)は圧制によって得られた尊敬を受けるには不適任だと述べるのみで、Lucyを牧場主か修道院長にするのがよいとまでは明言していない。
七二 **恰も古の予言者が云へる果実の如く**(九四頁注五) 原文はlike the gourd of the prophet(預言者のヒョウタンの実のように)。『旧約聖書』「ヨナ書」に、神がNineveh(ニネベ)の炎天下にいるヘブライの預言者Jonah(ヨナ)を憐れんで一夜のうちにヒョウタンを繁茂させて慰めたが、翌日には一夜のうちにヒョウタンを枯れさせた話がある。
七三 **不慮ける一条の珍事を**……(九四頁注七) 原文はastonish the observer by their unexpected ardour and intensityで、「一条の珍事……」とまで踏み込んだ記述はしていない。
七四 **「瑠紫」が平生の動作を見れば**……(九四頁注八) 原文はLucy's feelings seemed dull, because nothing had occurred to interest or awaken them.
七五 **方僮**(九四頁注一六) 「方僮(いま)飛去(とびさ)りし胡蝶」(仮名垣魯文・柳水亭種清「大久保彦造が難病神力に因て治する霊話」『金比羅霊験広報』明治十七年十二月二十日御届)。
七六 **昔時さるべき雅人のものしたるもの歟**……(九四頁注一八) 原文はdoes your musical philosopher teach you to contemn the world before you know it? で、歌の作者が誰であるかではなく、その厭世的内容を問題にしている。
七七 **「瑠紫」は今更心恥しく**……(九四頁注二五) 原文はLucy blushed(ルシイは顔を赤らめ)、her selection of a song(選曲)する際に何も考えていなかったと弁明するのみで、掛詞で表現されているような部分はない。
七八 **鴉の三つ四つ二つなんど飛びゆくは**(九五頁注三一) 「秋は夕暮れ……烏の寝どころへ行くとて、三つ四つ、二つ三つなど飛び急ぐさへあはれなり」(『枕草子』一段)。
七九 **寒山遠く**……(九五頁注三四) 「遠く寒山に上れば石径斜めなり……車を停めて坐(そぞ)ろに愛す楓林の晩(くれ) 霜葉は二月の花よりも紅なり」(杜牧「山行」)。
八〇 **とり〴〵なる景色を打詠めつゝ**(九五頁注三九) 原文はadmiring the different points of view(違う角度からの景色をほれぼれと眺めながら)。
八一 **人声して**……(九五頁注四〇) 原文はthey were overtaken by the forester, or park-keeper(森林官もしくは猟園の番人に追いつかれた)。
八二 **相公さま**(九五頁注四一) 『通俗伊蘇普物語』(明治六年)は、「相公」に「とのさま」「だんな」「あなた」の振り仮名を付す。
八三 **造化(しあはせ)**(九六頁注三) 『西遊記』や『紅楼夢』に用例があ

る。「けふは幸い初夢に造化（しあはせ）よし」（『郵便報知新聞』明治八年一月十四日）。「段々造化（しあはせ）が悪くなり」（『通俗伊蘇普物語』巻二・八十二話「驢馬と主人の話」明治六年）。

八四　**「瑠紫」の方を見返れば**……（九六頁注四）　原文は looking at his daughter, whose colour fled at the idea of seeing the deer shot（娘を見ると、その顔色は鹿狩りを見物させられると考えて、蒼白だった）。

八五　**性質、世の童に勝れ給ひて**……（九六頁注一二）　原文は his will was very gude to be in the wood from morning till night（朝から晩まで森にいようという気持があったことは非常によいことだった）」。gude はスコットランド方言で、good に同じ。

八六　**しかのみならず、その用ゐたる山太刀を**……（九七頁注一七）　原文は and when the deer fell, the knife was always presented to the knight, and he never gave less than a dollar for the compliment（そして、鹿を倒した時に、ナイフを献呈すれば、少なくとも一ドルの御褒美をもらえた）で、「しかのみならず（それだけではなく）」の「しか」を deer（鹿）との掛詞に使う意図があったようだが、うまく機能していない。

八七　**うめき出たる述懐を、聞ぬ振する**……（九七頁注二三）　原文は There was much in this harangue highly displeasing to the Lord Keeper's feelings（この長広舌には掌璽官を甚だ不機嫌にさせるものが数多くあった）。

八八　**貴人には一芸とも云ふべき山猟**（九七頁注二四）　原文は the taste for sport, which in these times was deemed the natural and indispensible attribute of a real gentleman（この時代においては真の紳士にとっては自然でかつ絶対に必要な属性だと思われていた狩猟の趣味）。

八九　**溢る〻までに笑かまけ**……（九七頁注三二）　原文は with a smile, in which pleasure at the gift is mingled with contempt for the ignorance of the donor（贈り物を得た喜びと無知な贈り主への軽蔑とが一緒になった笑いをして）。

九〇　**今しもいひつる、「鳥林」の若長は**……（九八頁注七）　原文は as if by accident, whether the Master of Ravenswood was actually so brave a man and so good a shooter as the world spoke him.

九一　**大鹿一つ荒出して**……（九八頁注一三）　原文は there was a buck turned to bay made us all stand back; a stout old Trojan of the first-head, ten-tyned branches, and a brow as broad as e'er a bullock's.

九二　**有明の鐘の響や**……（九九頁注二七）　原文に掲げられている詩は次のとおり。

The monk must arise when the matins ring,
　The abbot may sleep to their chime;
But the yeoman must start when the bugles sing,
　'Tis time, my hearts, 'tis time.

There's bucks and raes in Bilhope braes,
　There's a herd in Shortwood Shaw;
But a lily white doe in the garden gaes,
　She's fairly worth them a'

「Monk 和尚。僧」（永峰秀樹『華英辞典』明治十四年）。'tis は it is の短縮形。brae はスコットランド方言で、山腹、丘陵。

九三　**阿女は生平より人の履歴を**……（一〇〇頁注六）　原文は you make it a point of conscience to record the special history of every boor about the castle（おまえは城に関係したあらゆる田舎者の特有の歴史を記録するようにしていた）。

九四　**「騎曼」の「鳥林」に仕へしことは**……（一〇〇頁注七）　原文は Has this fellow……ever served the Ravenswood people, that he seems so much interested in them?（あいつは昔レイヴンスウッド家に仕えていたのか。あまりに彼らと利害関係を持っているように思う）。

九五　**邪猜**（一〇一頁注一三）　幸田露伴の『武田信玄』に「猜（すゐ）しても、余り邪猜でもあるまい」（『露伴全集』十七巻、昭和二十四年）、『芭蕉と西行・杜子美・黄庭堅』に「誤謬や妄議や邪猜（じやすゐ）ばなし」（『露伴全集』二十五巻、昭和三十年）とある。
九六　強面（一〇一頁注一八）　「よも強面（つれなく）はもてなすまじ」（曲亭馬琴『刈萱後伝玉櫛笥』文化四年）。「強面（つれなき）ものは命（いのち）也」（曲亭馬琴『椿説弓張月』続篇巻二、文化五年）。
九七　老女の中の帝（一〇一頁注一九）　原文は the very empress of old women. 訳されてはいないのだが、Alice は「通常の盲人」とは違うとし、その言葉遣いと身のこなし（her language and behaviour）から伯爵夫人（countess）だったのではないかとの推測を述べる。
九八　其身は勿論子供まで、我恩沢を……（一〇二頁注二）　原文は She and her folks eat my bread and drink of my cup, and are lamenting all the while that they are not still under a family which never could do good, either to themselves or any one else.
九九　何くれと己が知りつることを……（一〇二頁注六）　原文は She is only talkative, like all old folks, when you put them upon stories of their youth.
一〇〇　殊更に「烏林」は……（一〇二頁注八）　原文は and she speaks about the Ravenswoods because she lived under them so many years.
一〇一　然るに「瑠紫」は曩に……（一〇三頁注一七）　原文は and she, on the other hand, had, with her mother, resided the whole summer in Ravenswood.
一〇二　荊棘の縦を没めたる……（一〇三頁注二〇）　以下「得知らざるはなかりけり」（一〇三頁一二行）までは原文の she……had……learned to know each lane, alley, dingle, or bushy dell（小道、細道、小渓谷の一つ一つ、または低木の生い茂る小さい谷を学んで知った）を敷衍したもの。
一〇三　寒菊の霜に傲れる（一〇四頁注四）　「寒菊の霜をいたゞき、雪をかづける中に、忽然と精骨を尽したるは、天地造化の行はれざる所はなしと感ぜり」（許六「百花譜」『本朝文選』宝永三年）。
一〇四　ゆきゝて前山の巓に達しぬ（一〇四頁注一一）　原文は path（小道）は suddenly reached an eminence commanding an extensive view of the plains beneath them（突然、広大な平原を眺望できる高所に達した）。
一〇五　遠山は縹緲として……（一〇四頁注一二）　原文には the prospect to lose itself among rocks and thickets（岩と茂みとに囲まれて眺望がきかなくなる風景）と scenes of deeper seclusion（人里遠く離れた風景）とあるのみ。
一〇六　危然たる断巌を脊に片拿て……（一〇四頁注一八）　原文は The cottage was situated immediately under a tall rock, which in some measure beetled over it（高い岩に近接していて、その一部は突き出て家の上方にあった）。
一〇七　屋壁は頽然として崩れ落ち……（一〇四頁注一九）　原文は The hut itself was constructed of turf and stones, and rudely roofed over with thatch, much of which was in a dilapidated condition（粗末な草ぶき屋根の草と石で出来ている小屋は相当荒廃していた）。
一〇八　孟買（一〇五頁注二四）　七九年にベスビオ山の大噴火により火山礫（れき）・火山灰に埋もれたポンペイは、一七四八年に発見され、現在も発掘が進んでいる。リットン（明治の日本ではスコットと並ぶ流行作家）に歴史小説『ポンペイ最後の日』（一八三四年）がある。
一〇九　方術（一〇五頁注二五）　方法、技ぐらいで十分に意味が通るが、スコットが Alice を「神仙女王」と重ね合わせているらしい（→一〇三頁注一三）ことを考えれば、神仙の術の意味を含ませた用法とした方がよいだろう。
一一〇　宛然「寿陀」姫の棕櫚の木の下に坐したるが如く（一〇五頁注二七）　原文は as Judah is represented in coins sitting under her palm-tree（硬貨に表現されているシュロの木の下に座っているユダヤ人のように）。ユダヤ人の反乱を鎮圧し、エル

ウェスパシアヌスの貨幣
（M. メッガー『古代イスラエル史』新地書房, 昭58）

サレム神殿を完全に破壊(ユダヤ戦争=紀元六六—七〇年)したローマ皇帝Vespasianus(ウェスパシアヌス)は、記念貨幣を鋳造した。その貨幣の表にはVespasianusの肖像、裏にはローマ軍兵士とシュロの木の下で泣くユダヤ人女性、Iudaea Capta(征服されたユダヤ)の文字がある。

二一 **白髪は肩のあたりまで打垂れ**……(一〇五頁注三三) 原文は and but little bent by the infirmities of old age で、年をとって、少し腰が曲がっているとのみある。

二二 **着たる衣服は荒栲の**……(一〇五頁注三五) 原文は Her dress, though that of a peasant, was remarkably clean, forming in that particular a strong contrast to those of her rank(彼女の服は田舎者らしいものだったが、現在の身分とは甚だ不相応に驚くほど清潔であった)。

二三 **みづはぐむ**(一〇五頁注四三) 『大和物語』一二六段の、かつて優雅な生活をしていたが、今は没落した檜垣の御の歌「むばたまのわが黒髪は白川のみつはくむまでなりにけるかな」に拠る。

二四 **「阿朱頓」は眉うちひそめ**(一〇八頁注一四) 原文は the old dame, whose conversation, though perfectly civil and respectful, seemed cautiously limited to the unavoidable and necessary task of replying to Sir William で、敬意を払いつつも、最低限の返答に留めようとする老婆の物言いを言うのみで、Sir William の反応については記さない。

二五 **子供等生て居りし日すら**……(一〇九頁注二八) 以下「住べき所は侍らずかし」(一〇九頁一一行)までは、原文の I had no country but theirs while they lived——I have none but theirs now they are no more を敷衍したもの。

二六 **「瑠紫」君、そはようなきおん心もちゐにこそ**……(一〇九頁注三三) 以下「唯打捨て置せ玉へ」(一一〇頁一行)までは、原文の It will last my time, my dear Miss Lucy, ……I would not have my lord give himself the least trouble about it を敷衍したもの。

二七 **貧に沈み**……(一一〇頁注五) 以下「此婆々の節操撓まずば」までは、原文の if my heart has not broken with what I have suffered を敷衍したもの。

二八 **世の変遷を見聞きせしこと**……(一一〇頁注九) 以下「悟りてもあらめ」(一一〇頁一〇行)までは、原文の You must have witnessed many changes, ...but your experience must have taught you to expect them を敷衍したもの。

二九 **さればにて侍り、今君の**……(一一〇頁注一四) 原文は Ay; as I know that the stump, on or beside which you sit, once a tall and lofty tree, must needs one day fall by decay, or by the axe.

三〇 **霰たばしる**(一一一頁注一八) 「ささのうへに霰たばしる冬の夜はいくたびひとの夢さますらむ」(慈円『拾玉集』)。「玉ざさにあられたばしる冬の夜はいとどぞさゆる十ふのすがごも」(『堀河百首』大江匡房)。

三一 **婆々の如くに年老ては**……(一一一頁注三〇) 原文は I thank you for your bounty——it is well intended undoubtedly; but I have all I want, and I cannot accept more at your lordship's hands(あなたの寛大さに感謝しています。十分な御好意です。しかし、欲しいものはみなありますので、あなた様の援助は、これ以上、受けとることができません)。

三二 **此事は前の領主の**……(一一二頁注九) 原文は I believe that was made an article in the sale of Ravenswood to your lordship, though such a trifling circumstance may have escaped your recollection.

三三 **おもふに汝が先刻よりの言葉をきけば**……(一一二頁注一三) 原文は I perceive you are too much attached to your old friends to accept any benefit from their successor.

三四 **さることには侍らず**……(一一三頁注二六) 原文は No, my lord; those who traffic in such commodities do not call into their councils the old, blind, and infirm(いいえ、閣下。そのような商品を売買する者たちは盲目の虚弱な年寄りを協議の場に呼び入れたりはしません)。

三五 **那の「知須令」が**……(一一五頁注二一) 原文は In the hall at Ravenswood, in my presence, and in that of others, he avowed publicly his determination to do the cruelty which he afterwards committed.

二六　**「鳥林」に「知須令」の血筋**……（一一五頁注二七）　原文は There is blood of Chiesley in the veins of Ravenswood, and one drop of it were enough to fire him in the circumstances in which he is placed ——I say beware of him.

二七　**昔今の例ども**……（一一五頁注三〇）　原文は The desperate and dark resource of private assassination, so familiar to a Scottish baron in former times, had even in the present age been too frequently resorted to under the pressure of unusual temptation（かつてスコットランドの豪族にはありふれたものであった私的暗殺に駆り立てる自暴自棄の闇の力は、今もなお異常な誘惑に抗しきれず、あまりにも頻繁に行使されていた）。

二八　**心裏大に恐怖の念を生じたれど**……（一一六頁注二）　原文は Sir William Ashton was aware of this; as also that young Ravenswood had received injuries sufficient to prompt him to that sort of revenge, which becomes a frequent though fearful consequence of the partial administration of justice.

二九　**その性温柔なる「瑠紫」は**……（一一六頁注九）　原文は His daughter, naturally timid and bred up in those ideas of filial awe and implicit obedience which were inculcated upon the youth of that period, did not venture to interrupt his meditations.

三〇　**牛はます〳〵気を得て**……（一一八頁注三）　原文は This was the most injudicious course he could have adopted, for, encouraged by the appearance of flight, the bull began to pursue them at full speed.

三一　**「瑠紫」が事をも打忘れ**（一二〇頁注一）　原文は Her father was almost equally stupefied, so rapid and so unexpected had been the transition from the horrid death which seemed inevitable, to perfect security（避けがたいと思われた忌まわしい死から完全な安全への目まぐるしく予想外の変転に父親はほとんど茫然自失であった）。

三二　**宛然（あたかも）**（一二一頁注一六）　後出（一二七頁八行）の「宛然」の振り仮名も「あたかも」だが、前出の五例（七七頁一行・九四頁五行・九七頁一四行・九八頁一四行・一〇五頁五行）は「さながら」。

三三　**「令門士」といひける「鳥林」の領主**……（一二一頁注二八）　「結びたりけり」（一二二頁五―六行）までは、原文の A beautiful young lady met one of the Lords of Ravenswood while hunting near this spot, and, like a second Egeria, had captivated the affections of the feudal Numa を敷衍したもの。

三四　**楚王の夢に契りし神女**（一二一頁注三〇）　「楚…先王嘗て高唐に遊ぶ…夢に一婦人を見る、曰く巫山の女なり…去る時に曰く、妾は巫山の陽、高丘の岨にあり、旦《あした》に雲となり暮《ゆふべ》に雨となりて、朝朝暮暮に陽台のもとにきたらん…故に廟を立て、号して朝雲と曰ふ」（宋玉「高唐賦」『文選』所収）。

三五　**日ははや山の端に没れて**……（一二五頁注一五）　原文は as soon as the lengthening shadows made her aware that the usual hour of the vesper chime was passed, she tore herself from her lover's arms with a shriek of despair, bid him adieu for ever, and plunging into the fountain, disappeared from his eyes.

三六　**うつくしさ、花の容顔色青ざめ**（一二七頁注二〇）　原文は Beautiful and pale as the fabulous Naiad in the last agony of separation from her lover（恋人と最後の別れをした時に激しく苦悶した伝説上のネイヤドと同様に美しく青ざめて）。

三七　**軈て自己に復りけん**……（一二七頁注二五）　原文は The first moment of recollection brought to her mind the danger which had overpowered her senses.

三八　**恁ては果じと**……（一二九頁注二三）　原文は Yet there was a necessity to speak, or at least she thought so, and in a fluttered accent began to mention her wonderful escape, in which she was sure that the stranger must, under Heaven, have been her father's protector, and her own.

一三九　こは何事の御心にかなはぬことありて……（一二九頁注二八）　原文は I have been unfortunate……in endeavouring to express my thanks——I am sure it must be so, though I cannot recollect what I said——but would you but stay till my father——till the Lord Keeper comes——would you only permit him to pay you his thanks, and to enquire your name——.

稗史家略伝幷に批評

一　稗史家（一三五頁注一）　「稗史」は、「小説家者流、蓋出於稗官」（『漢書』芸文志）とあるように、もともとは中国で「稗官」が集めて記録した民間の話で、「正史」に対するもの。近世の戯作者らが自らの作品を中国小説風に称するのに利用した語で、逍遙の使い方も厳密に定義した上のものではない。

二　文運隆盛（一三五頁注二）　木村黙老『国字小説通』（嘉永二年）の「稗史古今の差別」に「東照神君広大無辺の徳沢にて、海内泰平の化に帰せしより、文運漸々に開け、和漢の学者彬々として出しより稗史小説も亦起りて、読本草双紙の類も出る如く成たり」とあり、その延長上に、例えば、龍泉居士「蔵書家多くして読書家少し」（『読売新聞』明治十七年十月十二日）の「今は昔しと異なりて慶長元和以来世の中穏やかにて文運勃興出板の業も随ツて盛んとなり物足らはぬ事なきに至りしと思ふが上に二十余年前より又活字鉛版の利器世に行はれ出板書数の夥多(おびただ)しきことは内務省図書局より発布の書目月報を見るにさへ眩(めぐる)めく程なり」があるが、逍遙は「文運ますく〵進歩して開明の世となる」（『小説神髄』「小説の変遷」明治十八年）との認識の下で叙述を進めた。

三　小説改良の説（一三五頁注三）　「小説の改良進歩を今より次第に企図(くはだ)てつゝ竟には欧土の那ベル（小説）を凌駕し絵画音楽詩歌と共に美術の壇頭に煥然たる我物語を見まくほりす」（『小説神髄』「小説神髄緒言」明治十八年）。

四　小新聞（一三五頁注四）　「小新聞」は「中の下半より以下の社会に行はれて　半面には政治機関の性質を帯び　又半面には勧善懲悪を主義として　種々の小説を掲げ　婦女子の為めに家庭の良師たらんことを期」するもの（「小新聞の性質」『日本絵入新聞』明治十九年十月二十四日）。王鉄峰「大小新聞ノ説」（『団々珍聞』第五四八号、明治十九年六月十二日）に「大新聞ハ論説ヲ主トシテ稗官小説ヲ混ゼズ　小新聞ハ赤本体ノ継キ物譚ヲ記ス……時代物ハ勤王佐幕ノ軋轢　世話ハ開化因循ノ世態皆以テ数十回ノ長

キニ至ル　小新聞ノ体裁率ネ一途ニ出ヅ　勧懲ノ意　親切ニシテヨク婦人小子ヲ暁スト雖モ　趣向浅近ニシテ大人君子ノ観ニ充ツルニ足ラズ　大新聞ノ大ハ大人君子ノ大ニシテ小新聞ノ小ハ婦人小子ノ小……大新聞ハ大人向キ小新聞ハ小児向キ……海内ノ人民大人君子ハ寡ク婦人小子ハ衆シ　高尚ノ論説ヲ言フモノ少クシテ赤本新聞ヲ好ム者多ク　小新聞ノ時好ニ適シテ売高多ク大新聞ノ高尚ニシテ売高少キハ決シテ怪ムニ足ラズ　浅近ニシテ売高多キモノ小新聞ノ小新聞タル所以ニシテ小新聞購読多キヲ観テ以テ開化ノ程度ヲトスルニ足レリ」とある。

五　新稗史の出る（一三五頁注六）　銀西野史「学問は多書を要せず」（『読売新聞』明治十六年七月十一日）は「書冊全備の今日《こんにち》に於て徒《いたづら》に古書再版のみを事とし適《たま》ま新著出版の書あるも多くは疎漏杜撰にして金銀奪掠を主とし世に益なくして害多き書の往々あるは歎ずべきの至り」だと言う。

六　未だ斬新穿奇古人を凌ぐといふ傑作を見ず（一三五頁注七）　「戯作者といはるゝ輩も極めて小少ならざれども　おほかたは皆翻案家にして　作者をもつて見るべきものは　いまだ一人だもあらざるなり　故に近来刊行せる小説稗史はこれもかれも馬琴種彦の糟粕ならずは一九春水の贋物多かり」（『小説神髄』「小説神髄緒言」明治十八年）。

七　見識ありて意匠に乏し（一三五頁注九）　「世に操觚者流多しと雖も造化の文才を人に附与《あた》ふるや　配剤一様ならざるから　見識の浅きものあり　意匠の足らざる者あり　概して評を下すときには一大奇想の糸を繰りて巧に人間の情を織なし　限《かぎり》なく窮《きはまり》なき隠妙不可思議なる因源《みなもと》よりして又かぎりなく定まりなき駁雑多端《しゆじゆさまざま》なる結果をしもいと美《うるは》しく編いだして　此人生の因果の秘密を見るが如くに　いとあらはに説明《ときあきら》めたる著作はすくなし」（『小説神髄』「小説の主眼」明治十八年）。

八　春水　曲亭に及ばざること遠し（一三五頁注一〇）　「此度おぼろ先生が新案の好稗史　趣向は馬琴京伝をふんまへ　文章は三馬春水を気取りありとあらゆる書生の社会の情態をばおもしろおかしく理窟ッぽく写し出したる臭艸紙」（『当世書生気質』初刊時の広告文の一節）。

九　脚色の荒唐なる（一三五頁注一八）　「小説いまだ発達せずして尚「羅《ら》マンス」たりしころには　其体裁も詩歌に類して　奇異なる事をも叙したりしが　ひとたび小説の体を具備して今日の小説となりたるからにはまた荒唐なる脚色を弄して奇怪の物語をなすべうもあらず」（『小説神髄』「小説の主眼」明治十八年）。

一〇　収載人物の人選（一三六頁注八）　第六（山東京伝并に評判）までの人選は、烏亭焉馬の代わりに為永春水が入っていることを除けば、岩本活東子『戯作六家撰』（安政三年）に一致した穏当なもの。これらの予定は、第三（柳亭種彦并に評判）までは予告通りだが、第四（曲亭馬琴并に評判）は評の途中まで、第五（十返舎一九并に評判）と第六は未着手。↓一九六頁注三。

一一　為永春水の通称鵜鶘正輔（一三七頁注一一）　『誠垓只録』では、「為永春水」の下に、二行割で「本性佐々木　名貞高　多町壱丁目ニテ終ル」、改行して「通称鵜鶘正輔といふ原書賈にして青林堂越前屋長次郎といふ」とある。「鵜鶘」は鳥の名で、古くは「ささき」もしくは「さざき」と呼ばれた「みそさざい」のこと。

一二　為永春水の死（一三七頁注二六）　宮武外骨「為永春水の死因」（『改訂増補　筆禍史』明治四十四年初版、大正十五年増補）に「某書に「春水は天保十三年七月十三日、獄中に於て手鎖中水腫を病みて歿す」とあるは誤なるべし、自宅に於て手鎖の刑を受けつゝありて、所謂ヤケ酒をあふること甚だしく終に病を起して歿せしなるべし、『名人忌辰録』には天保十三年七月十三日歿とあれど、馬琴の『著作堂雑記』には、書肆丁子渥平兵衛の来談なりとて天保十四年癸卯十二月二十三日小柳町の宿所に死す、享年五十四歳とあり、後説是なるが如し」とある、関根正直『小説史稿』（明治二十三年）に「手鎖中水腫を病みて歿す。其年七月十三日なり」とあり、『小説史稿』は、逍遙が序文代わりに「小説の起源」を寄せた書である。↓一三八頁注四・補一三。

一三　誠垓只録（一三八頁注五）　「若き時より読書をいたく好まれて暇あるをりく〵野乗雑書を読みわたし抄録するを生涯の楽みとせられければ其

抄本遂に弐百五拾余巻」(小中村清矩「関根只誠翁の性行」、関根只誠編『名人忌辰録』明治二十七年)。独自の編纂著述から、心覚え程度のものまで多種多様。現存する一五八冊が平成元年一月三十一日付で、只誠の孫、関根俊雄氏より国立劇場へ寄贈。「正直が後年(大正十年前後か)『只誠埃録』と改名」(関根俊雄『せきね文庫選集』第一期「解説」昭和五十九年)、「誠垓只録」の上に「只誠埃録」と貼付した題箋がある。本注釈では「誠垓只録」の表記で統一して示した。

一四 **関根只誠翁曰く……**(一三八頁注六)　『誠垓只録』に、該当記事が、前の記事の上部欄外にある。「深切に質問に答へてくれられた上に、翌日又は数日後に、自家の控へ本又は抄写本中から其部分だけを細字で綺麗に抜書して送つてくれられるのがきまり」(坪内逍遙「失明当時の馬琴と其家庭の暗雲」『改造』大正八年四月)で、『誠垓只録』そのものを逍遙が閲見していないからだろう。

一五 **『誠垓只録』の追記**(一三九頁注二一)　『誠垓只録』には「云々」はなく、改行して「序ニ云」、さらに改行して「乾坤房良斎ハ通称良助　神田松田町の貸本屋商梅沢勘平の男也　初メ元祖三笑亭可楽の門として菅良助と云　後剃髪して軍書読と成て乾坤房良斎と改……万延元申年八月十三日没　行年九十二才　法号乾坤坊良斎画勝天台宗延命院」とある。

一六 **伝奇稗官**(一三九頁注二五)　「稗官伝奇のたぐひは其人々のうまれ得たる才の多少と優劣とによりて重に巧拙を生ずるものゆゑ　天賦の才なき人にありては幾百千の法則をば限なく諳(そら)んじ得たればとて毫も法則規律を知らざる自然の才子に劣りつべし　むかし馬琴が京伝翁の門を叩きて戯作を学ばむと乞ひたりしに　戯述は師伝の技にあらずと翁がいろひて其乞ひをば退けたりしも宜なるかな」(『小説神髄』「小説の変遷」明治十八年)。

一七 **春水の作は野卑猥褻**(一三九頁注二七)　「情史は正教(をしえ)の裨補(たし)にはならで。却て男女(ひと)の心を乱す。毒薬なりとて博識先生(ものしりたち)は。爪弾きして忌厭(いや)がる」(桜田百衛遺稿『阿園民造 自由廼錦袍』自序、明治十四年)。「お嬢さん方が御覧成されて眼の毒に成ものは為永流の人情本」(『読売新聞』明治八年十二月四日・二面一段)。

一八 **此事をば論じ……**(一四〇頁注一)　「為永春水の人情本は概して下流社会の情態を写し時に上流社会のありさまをも写せり」(『小説神髄』「小説の種類」)、「所謂現実派は現に在る人を主公とするにあり　現に在る人を主公とするとは現在社会にありふれたる人の性質を基本として仮空の人物をつくることなり　為永春水を初めとして其流れを汲む人情本作者はみな此流派の者なるべし」(同「主人公の設置」)。

一九 **仏人ウベロン氏の議論**(一四〇頁注四)　ヴェロンの『美学』は、「明治十八年七月廿三日　長原より維氏美学二冊借用す」(逍遙自選日記抄録『幾むかし』)とあるように、『小説神髄』執筆時には参照することができず、「読んだのは『書生気質』を五六号出してからで、長原孝太郎君から借覧したのが最初であった」(「回憶漫談」『早稲田文学』大正十四年七月)。

洋画家の止水長原孝太郎は『当世書生気質』の第六回(第五号)と第九回(第八号)の挿絵各一葉を描いており、逍遙の挿画指定画が残っている。なお、明治十八年七月七日付の長原止水宛書簡に「稗史年表云々拝承。右書は兼々其名を聞伝へ居候故、在学以来、数々知人に嘱託して一見せまほしく存候ひしが　いまだ今日まで右書所有の人にであはず、頗る隔靴の憾ありしに　図らざりき、尊君の御紹介にて此long soughtに相逢はんとはあはれ希くはお序の節に一見おゆるし願はしうこそ」との一節がある。

二〇 **凡ソ詩ノ貴ブ可キハ……**(一四〇頁注八)　『維氏美学』では、この直前には「文芸ノ作ノ美ヲ為ス所以ハ、道徳ノ純粋ナルニ在ラズシテ、作者ノ能ク其感情ヲ発揮シテ、読者ヲシテ明ニ之ヲ解スルコトヲ得セシムルニ在レバナリ、是故ニ純粋ノ理論ニ由リテ言フトキハ、」とある。

二一 **『維氏美学』からの引用(中略)の部分**(一四一頁注一七)　『維氏美学』では「故ニ曰ク文芸ノ作ノ美不美ハ、唯作者ノ能ク自ラ感情ヲ発揮スルト否ラザルトニ在リト、」と続く。第七篇第三章は「文芸ノ作ノ美不美ヲ為ス所以ノ者ハ、作者ノ自ラ其性情意趣ヲ発揮スルコトノ巧拙ニ在ルコトハ、前ニ既ニ之ヲ論ゼリ、然レドモ茲ニ又一事ノ論ズ可キ有リ、」に始まっている。

二二 **『維氏美学』からの引用（下略）の部分**（一四二頁注五）　『維氏美学』では「更ニ一事ノ言フ可キ有リ、蓋シ兇悪ノ状ヲ叙スルコトハ、善良ノ態ヲ写スニ比スルトキハ、其巧ヲ見スコト更ニ易キ者有リ、」と続き、バルザックに言及、「バルザック輩」は、シェークスピア、モリエールに「遠ク及バザル所」があるとする。

二三 **ウベロン氏の議論の如きは真に批評家の言**……（一四三頁注二一）　逍遥は「美とは何ぞや」（『学芸雑誌』五、明治十九年十月二十日）で「大体より批評せんには実に周到なる議論なるのみか頗る正鵠を得たる者に似たれど　惜しや肝要なる定義に至りて甚だ不道理なる解釈を下し極めて茫漠たる文字を用ひぬ」と批判するに至るが、全体としてはヴェロンへの評価は下がっていない。また、内田魯庵『文学一斑』（明治二十五年）など、逍遥以外の人々への影響も無視できない。柳田泉は、『維氏美学』を『明治文化全集』補巻一（昭和四十五年）に収録した主たる理由は「『維氏美学』を全集にひろいもらしたことを重大な見のがし」だとする逍遥の「苦言」（「『維氏美学』解題」）だと言う。

二四 **真の批評家の本分とする所は**……（一四四頁注二）　アディソンは『スペクテーター *Spectator*』の第二九一号（一七一二年二月二日）で 'A true Critick ought to dwell rather upon Excellencies than Imperfections, to discover the concealed Beauties of a Writer, and communicate to the World such things as are worth their Observation.' と述べている。坪内逍遥「妄に誹譏を事とする勿れ」（『中央学術雑誌』明治十九年十一月二十五日）に「世の文章をもてあそべる才子よ　為にする所あらばスヰフトを学ぶべし　滑稽を以て居らんとせば進んでアヂソンの顰にならへ　似而非（えせ）ウボルテヤと為る勿れ　幇間（たいこ）になるな　落語家（はなしか）になるな」とある。

『スペクテーター』はアディソンとスティール Richard Steele によって一七一一年三月一日に創刊された日刊のエッセー・ペーパー。逍遥は「明治廿二年三月九日　仲兄出京　初尾張町に投宿／此頃アヂソンを愛読す彼れのに倣ひて『中央都府』という雑誌を出さんと思ふ」（逍遥自選日記抄録『幾むかし』）と記している。

二五 **代書人**（一四四頁注一一）　鄭澳生・小羊子「サミユエル、リチヤアドソン」（『早稲田文学』五十四号、明治二十六年十二月二十六日）に「娘等が其の情人の許に艶書を送らまく思ふ時、ひそかにリチヤアドソンに代筆を頼み、あるは怪しうものしたるを删潤せさするなど。此の女師直　三（みた）りまでありける、而して此の幼き兼好が如何に得々として、此の奇なる役目を物しけん、思ひやるだに　いと興あり。……彼れは幼心にもよく三少女が心事を察して、曽て一たびも口外せざりきとぞ」とある。

二六 **女子の衷情を穿つに妙なる**……（一四五頁注一三）　不倒生（水谷不倒）「為永春水が小説家としての技倆」に「罵る方からは春水は是迄しばしば論ぜられしも、褒むる方からは僅に二人……末松坪内の二先生なり……後者は春水が「女子の衷情を穿つに妙なる　恐らくリチヤードソンに優るとも劣らじ」と賞賛しぬ。いづれこれ春水が作に死錠を下したる評言にあらずか」（『読売新聞』明治二十八年五月二十七日）と記す。

二七 **半峯居士に見すればとて**……（一四五頁注一六）　高田早苗は、教育家・政治家。安政七年（一八六〇）―昭和十三年（一九三八）。逍遥より一年早く東京大学を卒業、東京専門学校（現早稲田大学）の創設に加わる。『中央学術雑誌』は東京専門学校の有志からなる同攻会の編集で、高田早苗は創刊号の「持主兼印刷人」。「其の誌上で始めて西洋風の批評といふ事を私が試みた。即ち第一着に坪内君の『書生気質』の批評をし」た（『半峰昔ばなし』昭和二年）。逍遥の「莫逆の友」で「外国文学を鑑賞するの目を開かせてくれた最先の益友」（『半峰昔ばなし』の坪内逍遥「跋」）。

半峰は「当世書生気質の批評」其三・上で、「書生気質に就て居士の最も不満足を唱ふる要点は人物の搆造宜しきを得ざるにあり　君看ずや　書生気質の中に現れたる数箇の人物平々凡々たるに非ずんば必ず奇癖あるを」と述べ、「其奇癖を除く時は木偶一般となる」（『中央学術雑誌』第二十二号、明治十九年二月十日）と批判した。

二八 **丹次郎**（一四五頁注二一）　『梅暦』の丹次郎……春水翁の時代には

丹次郎其人の如きものは幾個(らいく)も世の中にありしなるべく」(『小説神髄』「主人公の設置」明治十九年)と述べているが、明治年間においても、美男子、色男の代名詞として使われた。「(任)ヤア丹次郎子。御入来だネ(小)ヲヤ任那君(にんなくん)。おかへりですか。君までが僕を小説視するヨ(任)否。小説視するにあらず。小説の人物視するなり」(『当世書生気質』第五回、明治十八年)。

二九 **坊ちやんだかお蝶だか**(一四五頁注二二) 「坊ちやんだかお蝶だか」は「坊ちやんだかお嬢ちやんだか」のもじりか。「私が坊さんではあるまいし、どふして正坐にお念仏が　くも「となへられれぬといふことか。さッても野暮なおぼこ娘、此節そんな世間見ず、わかりのわりい子があるものか」(『春色梅児誉美』初編第四齣)。

三〇 **ほと〳〵**(一四五頁注二三) 「ほとほと」「ほと〳〵」は、逍遙の多用する語で、『稗史家略伝并に批評』に六例、『小説神髄』に十九例あり、「詩歌の改良」(『読売新聞』明治十八年五月十三日)、「愛佗痴子大人の御注意を謝しまつる」等の初期評論にも頻出する。『当世書生気質』第三回では「殆」に「ほと〳〵」の振り仮名を付している。↓一五一頁注二〇。

三一 **馬琴の八犬士**(一四六頁注六) 「八犬士は曲亭馬琴が理想上の人物」(『小説神髄』「小説の主眼」明治十八年)で、「八犬士は仁義礼智忠信孝悌といふ形而上の性質をば細に解剖分析して形而下の場合に応用なし　しかして作りたる人物……八行といふ無形の物をば有形の人に擬したるなり」(同「主人公の設置」明治十九年)。

三二 **笠頓を評して曰く……**(一四六頁注一五) 明治期のリットンは人気作家で、『花柳春話』『奇想春史』『龍動鬼談』『通俗泰西自来也』等、先行の翻訳書があり、『繋思談』(明治十八年)には藤田鳴鶴撰「李頓侯小伝」がある。逍遙に「莉莚自の外伝」(リットンの『リエンジー *Rienzi*』一八五三年)の翻訳『慨世士伝』があり、『小説神髄』「脚色の法則」に「英国の著作家たる笠頓翁の小説には専ら男女の情事をしも物語れるものいと多かり」「笠頓翁の情史の如きは其物語の性質より其脚色の塩梅まで我が為永派の情史に似」るとある。

三三 **半峯居士も説かれたれば**(一四七頁注二四) 半峰居士「千態万状の稗史小説を大別し給はゞ　編述の目的　社会の道徳を誘掖するにあるものと其目的社会の情態を写し若くは之を嘲誡するにあるものとの二大区別をなし給ふ可きなり」(「当世書生気質の批評」其二、『中央学術雑誌』明治十九年一月二十五日)。

三四 **デホウの小説は……**(一四七頁注二八) 「デホウは小説家の鼻祖といふよりはテールの大成者といふべきものなり　テールは伝記とも訳すべきか……予が独断の説のみにあらず　西洋の中にも此意味の事を言ひしあり　アリボン氏かクレイク氏か　今其論旨と共に評者の名を忘れたれば引かず」(坪内朧(逍遙)「英国小説之変遷」『新小説』明治二十二年六月)。

三五 **其主を代へんと思はゞ……**(一四七頁注三〇) 「愚人と狂人と小児とを除かば勝手にクルーソーと名宣ることを得べし……水夫にても農夫にても書生にても……クルーソーと同様に辛苦し経営し……露命を継ぎ得べし」(坪内朧(逍遙)「英国小説之変遷」『新小説』明治二十二年六月)。

三六 **『天道浮世出星操』と『当世書生気質』の表紙**(一五六頁注一一) 神代種亮「『小説神髄』『書生気質』解題」(『早稲田文学』大正十四年六月)が残した『当世書生気質』の表紙についての「作者直話」、「式亭三馬の善玉悪玉を模して一読三歎の四字を配したるは作者の案にして、下絵を書きたりと記憶す」の「式亭三馬の善玉悪玉」は『天道浮世出星操』のこと。ただし、神代種亮は明治文学名著全集1『当世書生気質』(大正十五年)の「解題」では該当部分を「山東京伝の善玉悪玉」としている。

三七 **三馬が自筆の日記の中に曰く……**(一五八頁注一七) 「赤本は……」以下の記事は、饗庭篁村が寸評を付して紹介した「式亭三馬の日記」(『国民之友』明治二十二年七月二十二日)、「朝倉氏所蔵三馬自筆の日記に拠る」『式亭雑記』(『続燕石十種』第一所収、明治四十一年)と同一。『誠垓只録』「式亭三馬」の最初の丁の上部欄外に朱記された「式亭三馬日記」は、「無物老人」の写しを「再写」抜粋したもので、「吾友南仙笑楚満人　敵討物を著作して」が「楚満人敵討物著」となるような要約、もしくは不正確な部分を含んでいて、逍遙が参看したものとは異なる。「三馬の机と日記」

（『幸田成友著作集』第六巻、昭和四十七年）参照。

三八　三馬は頗る疳癪持にて……（一五九頁注二四）　不倒生（水谷不倒）「式亭三馬（上）」（『早稲田文学』明治二十六年十二月十日）に「『早稲田文学』記者曰ふ　故関根翁の話に曰はく「三馬は頗る疳癪持にて了見の狭かりし男と見えたり　書肆又は画工などゝ屢々争論せし事もありき　通油町の鶴屋喜右衛門方にて　作者　画工などを饗応せし事ありしが……三馬怫然と色を作して忽ち大声に叱して曰はく　京伝を先生と称し　予を三馬子といふは如何、江戸気象の作者といふは　予を除いて誰れぞ云々と、かくて大騒とならんとせしを人々なだめけり云々と、又嘗て西宮新六が『雷太郎物語』の当り振舞をなせしことあり……西宮は他の書肆の主人某と共に　三馬を伴ひて　新吉原の廓に至りぬ。……三馬　聞きもあへず　大に憤り……遂にスタ〳〵と走り去りぬ云々」とある。岡野知十「三馬雑記抄」（『読売新聞』明治三十一年八月二十九日）に「三馬の短気なる　一書肆が、同席の京伝を『先生』と呼び、三馬を『三馬子』といひしを怒り、席上にて大声に言罵れりとの談は、よく人の知るところ」とある。

三九　加藤雀庵の筆記（一六二頁注七）　「俳人雀庵の手になれる本書さへづり草……は天保年間雀庵、三十五六歳の頃より稿を起し、文久三年六十七歳に至るまで、凡三十年間の記事……本名は加藤祀（キヨシ）、或は藤原長房と称し、号は雀庵の外に、堤隣翁、千声、さゝのや墨水白鷗」（室松岩雄『さへづり草　むしの夢の巻』「緒言」明治四十三年）。

四〇　一九の膝栗毛（一六三頁注二六）　「東海道中膝栗毛」が必ずしも正式書名というわけではなく、例えば、初編（享和二年）は「道中膝栗毛」もしくは「浮世道中膝栗毛」である。「金毘羅参詣」「木曾街道」等の続編もある。「作者の見識低き時には間々滑稽の種にくるしみ　詼謔の料を求めかねて　いと賤しむべき事柄をさへに其物語のうちに加へて笑を買はまく望む事あり　一九の膝栗毛　金鶖の七偏人の如き是なり」（『小説神髄』「脚色の法則」明治十八年）。

四一　「オモチヤ」は依然として「オモチヤ」なるべく（一六六頁注八）　不倒生（水谷不倒）「式亭三馬（下）」（『早稲田文学』明治二十六年十二月二十六日）に「春のや主人……穿ちに巧みなれど脚色結構の才無し……おもちや箱をひつくりかへしたるが如しといはれたる、蓋し支離滅裂的性癖の平等を活現するの技倆はあれども、そを特殊なる個性となし、且又かゝる個性を相働かしめて虚空に一小世界を現出し、以て宛然として人間の真相を縮写するの腕前なきことをいはれたるならん」とある。

四二　平賀鳩渓の小説（一六六頁注一一）　「近くしては西鶴　其笑　風来　京伝のともがら前後物語をかき表はして虚名を一世に博してより小説ます〳〵世に行はれて」（『小説神髄』「小説神髄緒言」）。「かやうな陳い題を掲げいだせば　扨こそ春のやは種に窮して例の風来を焼直すならんト読者の思召すも図りがたし」（「非天狗の弁」『読売新聞』明治十九年八月十七日）。「風来を学んで至らざる罵詈小説」（坪内雄蔵（逍遙）「極美小説の事につきて」『社会之顕象』明治二十一年四月）。

四三　三ツ彦の印（一六九頁注二一）　「いはゆる「三ツ彦の印」は、『偐紫田舎源氏』の序文の署名の下、その他に多く用ゐられてゐる。ヒコの仮名を源氏香擬ひに組み合せたたど、大きた味噌だつたのであらう。それをまた双六の賽の三面に出して「三ツヒコ」を利かせたなど、随分凝つたものである。その「三つヒコ」の一つだけの組み合せを花押に用ゐたと仙果はしてゐるのであるが、私の見たものには、ヒの字の後の画を、つの字のやうに持つて来て、跳ねた先に小さくコを添へた花押が書かれてゐた。時によっていろいろに書いたのかも知れない」（森銑三「柳亭種彦（その一）」『森銑三著作集』第一巻　一九七〇年）。「仙果」云々は一六八頁注一三引用の『よしなし言』。

四四　粘落て皺多く……（一七四頁注七）　岩本活東子『戯作六家撰』（安政三年）は「のりけおちて皺多く見苦しきを楽屋に入て後　外の同位の役者は人手にのみかけて畳みもやらず　其まゝに衣装棚へ上げ置て　又明る日其場来たれば　前の素袍を著て出るゆゑに　いと見苦しかりしに　秀鶴一人は衣装を人手にかけず　自ら其素袍を水のしして能く畳み　日毎にかくのごとく丁寧になしおきしかば　翌日著て舞台へ出て列座の戯子と立並びし時も一際勝れて立派にいかにも上手らしく見え　看官の目にもたちけれ

ば　戯場中の役人も目をつけて　彼は一と器量ある者也　後の狂言には夫々の役相当ならんと其役をさせて試んと　衆の中より抽て役割を附たるに案に違はず其役を相応に勤めたれば　次第〳〵によき役を勤め位も昇り終に名人となり今にその誉れを残せり　天下に名を轟かす者は初より其器量衆にこえたり　戯作も此秀鶴が心懸にて常に心を用ひ　一句一章たりともおろそかには書まじきもの也　丁寧反復してつゞまやかに筋の通る様に書たけれ　画わりにも工風をこらすべきかと予に物語られき　此事は墨川亭にも嘶されしとぞ」。

四五　魯文珍報に載せたる馬琴の伝（一八六頁注一）　「曲亭馬琴の伝」は、『魯文珍報』第二十九号（明治十一年十月三十一日）から第三十一号（同年十一月二十二日）にかけて掲載された「技芸名誉小伝　曲亭馬琴の伝」をほぼそのまま利用しており、総振り仮名に近いものが振り仮名僅少になっている以外は、括弧内の注も含めて、本文異同は皆無に近い。

逍遙「回憶漫談」（『早稲田文学』大正十四年七月）に拠れば、「学生間に愛読」される雑誌が『花月新誌』や『東京新誌』であった時代に、逍遙は『魯文珍報』の「常得意」で、「明治九年に初めて東京へ出た当座には、人を介して」仮名垣魯文の「弟子にならうか知らとふら〳〵と思つて見た事もあつた」（「新旧過渡期の回想」『早稲田文学』大正十四年三月）。

『魯文珍報』の「技芸名誉小伝」として、他に「河竹新七の伝」、「山東京伝の伝」、「港崎歌粋翁（今隆達）の伝」、「四代目鶴屋南北叟の伝」、「佐瀬得所翁の伝」の掲載がある。

四六　馬琴の実伝（一八六頁注二）　先行する馬琴伝として、対梅蟬史「曲亭馬琴」（萩原乙彦編纂標注『稗史三大家文集』乾、明治十二年）、依田百川「曲亭馬琴が著述及び吾仏の記　後の為の記の事并天保年間の小説を禁せられし事」（『洋々社談』明治十四年十一月三十日）、松村操「曲亭馬琴小伝」（『東都八大家戯文』上編乾、明治十五年）、松村操「曲亭馬琴翁小伝」（『曲亭遺稿　付馬琴行状記』明治十六年）、菊池三渓「稗史小伝　曲亭馬琴」（『本朝虞初新誌』中、明治十六年）、西村宇吉「曲亭馬琴」（『新編稗史通』明治十六年）、依田百川「馬琴」（『譚海』一、明治十七年）を数え挙げることができる。対梅蟬史は「委しきは魯文珍報第廿九卅三十一号に譲る」とする。百川の前者は「馬琴の逸事」（明治十四年十二月二十七日）との題で『六合雑誌』に再録されていることからもわかる通りの部分的なもの。松村操の二つは文字通りの片々たる「小伝」。依田百川の「馬琴」と、「滝沢馬琴略伝」（明治十六年九月二十九日―十月三十日）との題で『六合雑誌』に再録された三渓のものは漢文体。以上は、そのままの転載が無理なもので、残る西村宇吉の伝は逍遙未見である可能性が大。魯文のものに迫る質と量があり、一言言及があってもよいものだからである。

四七　総角の頃……（一八六頁注一一）　馬琴は「年甫八歳の春二月、両兄と倶に蒙師小柴長雄を師として、手習纔に一年。安永四年、年甫の九歳也。この年乙未春三月廿六日、父興蔵下世す。是よりの後、手習することを得ず、只独学にして字を識る而已」（曲亭馬琴『吾仏の記』文政五年―天保十三年）との記録を残している。

四八　甘泉堂和泉屋市兵衛（一八七頁注三九）　姓は山中。全四十三編（天保十年―慶応四年）に及ぶ長編続き物合巻『児来也豪傑譚』（美図垣笑顔・渓斎英泉・柳水亭種清）を出版するなど、明治まで命脈を保ち、東京稗史出版社から出版された馬琴物の一連の翻刻物にも、その名がある。

四九　蔦屋重三郎（一八七頁注四〇）　蔦唐丸の筆名での戯作・狂歌がある。「寛政九年の春新板の臭草紙増補猿蟹合戦といふ二冊物に唐丸作とあるは馬琴が代作したる也　先にも別人代作の臭草紙一二種あり　その書名は忘れたり　唐丸は寛政九年五月六日に没しぬ」（曲亭馬琴『近世物之本江戸作者部類』天保五年）。幅広い出版活動をしたが、寛政の改革で山東京伝とともに罰せられた。

五〇　勝川春朗（一八七頁注四八）　葛飾北斎。宝暦十年（一七六〇）―嘉永二年（一八四九）。勝川春章の門下。曲亭馬琴との関係では『新編水滸伝』や『椿説弓張月』の挿絵が有名。

五一　加藤千蔭（一八八頁注七）　享保二十年（一七三五）―文化五年（一八〇八）。歌人・国学者。千蔭流の書の祖。山東京山『蛙鳴秘鈔』（文成元年）に「業を替ん心にて千蔭翁の門人となりて書を学び……手習の師をなし」とある。

五三　『**南総里見八犬伝』の流行**（一八八頁注一九）　「「錦絵」には、八犬士を画(ゑが)きたる者、京・江戸・大阪にて、年々に彫(ゑ)りて、今猶出(いだ)すめり。只是のみにあらずして、諸神社の画額及燈籠にも、犬士を画(ゑが)かざるは稀なり。或(あるひ)は篦頭店(かみゆひどこ)の布簾(のれん)、新製の金襴純子(きんらんどんす)、或は煙包(たばこいれ)、団扇、紙鳶(いかのぼり)、小児の肚被(はらかけ)にすら画(ゑが)きしを見き」（蓑笠漁隠「八犬伝第九輯巻之三十六簡端附言」『南総里見八犬伝』）。

五四　**曲亭馬琴の著作**（一八九頁注三五）　それぞれ次の通り。

簑笠雨談　随筆。三巻三冊。文化元年刊。
燕石雑志　随筆。五巻六冊。文化八年刊。
烹雑の記　随筆。二巻四冊。文化八年刊。
俳諧歳時記　俳諧。二巻二冊。享和三年刊。
玄同放言　随筆。二集六巻六冊。文政元年・三年刊。
独考論　只野真葛『独考』への批判。
両子寺縁起　『両子寺大縁起』（六郷山両子寺大縁起）。一冊。文化十二年執筆。
吾仏の記　『吾仏乃記』。伝記。五巻五冊。文政五年―天保十三年成。
稚枝鳩　読本。五巻五冊。文化二年刊。
石言遺響　読本。五巻五冊。文化二年刊。
月氷奇縁　読本。五巻五冊。文化元年刊。
皿々郷談　読本。五巻六冊。文化十二年刊。
四天王勦盗異録　読本。十巻十冊。文化二年刊。
勧善常世物語　読本。五巻五冊。文化三年刊。
三国一夜物語　読本。五巻五冊。文化三年刊。
報讐裏見葛葉　『敵討裏見葛葉』。読本。五巻五冊。文化四年刊。
墨田川梅柳新書　読本。六巻六冊。文化四年刊。
新累解脱物語　読本。五巻五冊。文化四年刊。
雲妙間雨夜月　読本。五巻五冊。文化五年刊。
三七全伝南柯夢　読本。六巻六冊。文化五年刊。
南柯後記　『占夢(ゆめあはせ)南柯後記』。八巻十冊。文化九年刊。
頼豪阿闍梨怪鼠伝　読本。八巻九冊。文化五年刊。
松浦佐用姫石魂録　読本。十巻十冊。前編文化五年刊、後編文政十一年刊。
括頭巾縮緬紙衣　読本。三巻三冊。文化五年刊。
旬殿実々記　読本。十巻十冊。文化五年刊。
俊寛島物語　『俊寛僧都島物語』。読本。八巻八冊。文化五年刊。
松染情史秋七草　読本。五巻五冊。文化六年刊。
常夏草紙　読本。文化七年刊。
標注園の雪　読本。五巻五冊。文化四年刊。
青砥藤綱模稜案　読本。二編十巻十冊。文化八―九年刊。
糸桜春蝶奇縁　読本。八巻八冊。文化九年刊。
八丈綺談　『美濃旧衣(みののふるぎぬ)八丈奇談』。読本。五巻六冊。文化十一年刊。
新編水滸画伝　読本。初編十巻十一冊。文元二年・四年刊。二編以降は高井蘭山著。
椿説弓張月　読本。五編二十八巻二十九冊。文化四―八年。
朝夷巡島記　読本。八編四十巻。文化十二年―文政十年刊。安政二・五年刊。
侠客伝　『開巻驚奇侠客伝』。読本。五集二十五巻二十八冊。天保三―六年、嘉永二年刊。
美少年録　『近世説美少年録』。読本。文政十二年―天保三年。
里見八犬伝　『南総里見八犬伝』。読本。九輯一〇六冊。文化十一年―天保十三年刊。
夢想兵衛（胡蝶物語）　『夢想兵衛胡蝶物語』。読本。二編九巻九冊。文化七年刊。
昔語質屋庫　読本。五巻五冊。文化七年刊。

浮　雲

一　**薔薇の花かんざし**（一九九頁注一）　当時の新風俗の一つ。束髪は中・上流階級や女生徒ばかりでなく、芸娼妓にも広まった。『読売新聞』（明治十八年十月一日）には千住の遊廓が娼妓を洋装させ「髪は流行のイボジリ結に仕立て」という記述があり、吉原の名妓も束髪に薔薇の花かんざしの姿を浮世絵にとどめた（楊州周延画）。吉原の風俗を唱った『芳原余唱』（同二十一年）に、「軽約二香鬟一淡画レ眉　米裙欧帯亦多姿　鬟辺不レ用釵十二　只挿薔薇花一枝」（大平書屋複製本による）とあり、薔薇の花かんざしが大流行したことがわかる。この花かんざしは、生花を用いることもあったが、後出（二〇八頁注六）の出雲屋が従来の花かんざしに代わって薔薇の花かんざしを発売して以来、圧倒的に造花が多くなった。薔薇の色は紅白・黄など各種あり、最高で一円程度。なお当時の「女生徒の拵《こしらえ》」として、「束髪かつら黄色なるバラの簪をさして黄八丈の小袖に黒縮緬の羽織毛糸の肩掛をかけ紫の包を持ちて」（立花屋かほる「吹返浮世秋風」、活字非売本『我楽多文庫』第十五号、同二十年十二月）とある。

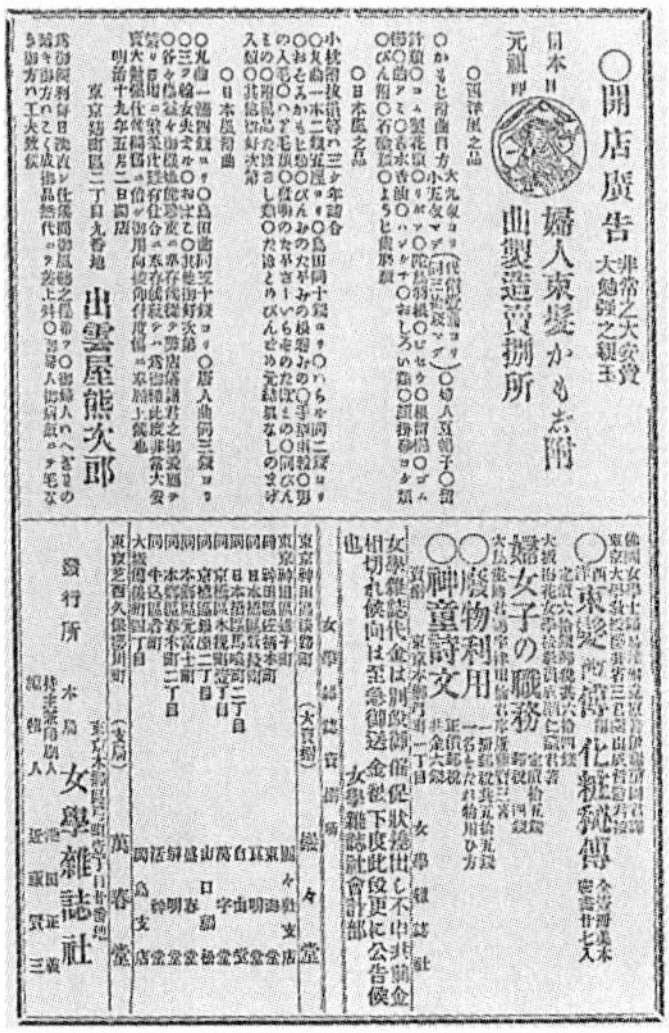

出雲屋の開店広告
（『女学雑誌』第22号，明治19年5月）

出雲屋は同十九年五月二日開店。束髪流行の時流に乗って繁昌し、翌年五月には麻布区飯倉（現、港区）に支店を出した（『女学雑誌』第二十二号、同十九年五月、『改進新聞』同二十年五月二十日など）。

二　**活人画**（一九九頁注二）　明治二十年三月十二日、虎ノ門にあった工科大学（現、東京大学）において博愛社（赤十字）が募金のために興行した「欧洲活人画」が最初。当時の新風俗の一つ。薔薇の花かんざし（→一九九頁注一、補注一）とともに、文明開化の不自然なありさまをひやかす調子が強い。この活人画興行はドイツ人イルクネルの演出で同年三月九日にリハーサル、十二日に本興行が行われたが、この時は有栖川宮夫妻、北白川宮夫妻をはじめ、大臣・公使などの招待客だったので、同月二十六日に第二回、四月二日に第三回を開催した。しかし入場料は二円と高額で一般の人々はなかなか見物できなかった。第二回からは名士・名流女性の箏・胡弓・尺八演奏も加わった。演目は「雪中常磐」など。『やまと新聞』（同年

活人画
（『やまと新聞』明治20年4月3日）

四月三日）は、「昔は画（いか）た画を評して活動の勢ひありと賛（ほ）めたれども此は運動自在なる人間を捉へて毫も生気なきもの丶如し」とひやかしている。

三　お先真闇三宝荒神さま（一九九頁注八）　馬の左右と背に枠をつけて三人乗にした鞍を三宝荒神と称するので、「真闇」から「三宝荒神」への修辞としては、闇（鞍）の流れも考えられる。「あつぱれ明星が茶屋にはねたる三宝荒神、その尾にとりつくおかげ参」（十返舎一九『東海道中膝栗毛』五編後序、文化三年）。

四　角書、題名、著者名（二〇二頁注一）　角書の「新編」は、新しく編集すること。ここでは新作の意。改訂、再板の対。『新編 金瓶梅』（天保二年―弘化四年）、「新編 破魔弓」（明治二十三年）などの例がある。

題名の「浮雲」には「あぶない」（危ない）という訓みがある（一九九頁注一五）。「不義にして富み且つ貴きは我において浮べる雲のごとし」（『論語』述而）。なお三木愛花『百鬼夜行 社会仮粧舞』（明治二十年）に「浮雲国（ふうんこく）」という国があり（海老井英次『開化・恋愛・東京』おうふう、平成十三年による）、『浮雲』同様に文明開化の軽薄さを風刺している。

「篇」の表記が「上篇」と記されているのはこの内題のみで、当初は一、二、三の系と上、中、下の系が混在していたことを窺わせる。また内題では、著者名が「春のや主人／二葉亭四迷 合作」（第二篇では「春の屋主人／二葉亭四迷 合著」）になっているが、第一篇と第二篇の表紙および第一篇の奥付は坪内雄蔵名義（第二篇の奥付は「坪内雄蔵」と「長谷川辰之助」の連名）。

五　千早振る神無月も……（二〇二頁注二）　『浮雲』の書き出しは、坪内逍遙『諷誡 京わらんべ』（明治十九年）第二回冒頭部の影響を受けたと思われる。

千早振神田橋のにぎ〳〵しきは。官員退省（ひきとり）の時刻とやなりけん。頭（かしら）に黒羅紗の高帽子を戴き。右手（めて）に八字做（な）す鬚を捻りて。頻に手車を急がしたまふは。知らず何の省の鯰爵（ねんしやく）さまぞや。お宅で権夫人（ごんふじん）が待兼たまはん。もちつと御車夫（くるまや）をば急がしたまへ。といふは余計なる岡焼なるべし。手に弁当箱携へつつ。双子唐桟（ふたことうざん）の袴をはき。半靴もしくば日和下駄にて。チヨコ〳〵歩みくる四十男は。是や等外（でしもる）の鮹（どじやう）ぬしにやあらん。腰様（こしつき）齢には似ず卑屈に似たるは。低頭（おじぎ）が習慣となりたる故にや。馬車にめす勅任さま。馬にのる奏任がた。洋装の紳士。和服の歴々。思ひおもひに家路へと。別れて帰る退省（たいせう）どき。

六　新暦と旧暦（二〇二頁注二、二八七頁注五）　明治五年（一八七二）十一月九日の詔書で、太陰太陽暦から太陽暦への転換が決定され、この年の十二月三日が明治六年一月一日となった。しかし改革が強引かつ倉卒に行われたため、新旧の対応関係には季節感との矛盾が生じ、混乱は明治二十年代にも残っていた。『浮雲』冒頭の「神無月も最早跡二日の余波となッた廿八日」は、旧暦十月の呼称を用いているが新暦十月のことでないと、第二篇の「旧暦で菊月初旬といふ十一月二日」の観菊と計算が合わない。ただし新暦十月は大の月だから、「跡三日」とあるべきところ。新旧の錯覚による間違いだろう。山田俊雄『詞苑間歩』上（三省堂、平成十一年）によれば、『明治新撰俳諧季寄鑑』（明治十五年）では、神無月は十一月、菊月は十月に対応しているという。架蔵の『万民宝鑑永代年代記』（明治二十九年）にも「改正月の異名」として同様の記載があるから、「神無月」（十一月）を従来の習慣で小の月と考えた誤りと推定される。ちなみに前記『永代年代記』によれば、一月は「初月（ハツヅキ）」、以下二月（萌月＝ムツキ）、三月（衣更着＝キサラギ）、四月（弥生＝ヤヨイ）と続き、現在の異名とは一か月ずれて季節感に近いものとなっている。第二篇でわざわざ暦を繰って旧の菊月（九月）だと断ったのも、書き手の感覚に新旧暦の違和感があったからかもしれない。

なお太陽暦の採用によって新暦の月日は毎年安定したが、その旧暦との対応関係は、年によって多少の差異が生じることになった。ただし当時の天長節や紀元節などの大祭日は、毎年ずれることを避けて、明治六年から固定された。たとえば明治天皇の誕生日（天長節）は、明治六年の一月には十一月十一日（旧九月二十二日）と公布されたが、同年七月には「歴史主義」にもとづき、明治天皇誕生の嘉永五年（一八五二）の九月二十二日を太陽暦に換算して十一月三日に改訂された（岡田芳朗『明治改暦』大修館書店、平成六年による）。お勢らが団子坂に行った翌日は天長節にあたるが、作中にはそれに関する記述は一切なく、十一月二日の次の記述は、十一月四日からとなっている。

七　午後三時頃に神田見附の内より塗渡る蟻……（二〇二頁注四）　当時の官員の服務時間は、基本的には明治六年六月十日の太政官達（番外）によって規定されていた（『法令全書』）。それによると各省とも「午前九時出頭、午後三時退出」である。ただし同年は暑中休暇として八月二日から三十一日までは午前八時出頭、正午十二時退出。この規定は暑中休暇を除いて同二十五年十一月二十二日の閣令第六号まで続いたので、作中、文三や昇の出勤、退省はこの時間枠に支配されている。なお暑中休暇は原則として、同七年七月三日の太政官達第八十四号が生きており、七月十一日から九月十日まで八時出頭、十二時退出、この間職制に応じて休日を願い出ることができた。作中二三一頁三行には暑中休暇が取れなかったとあるが、それはおそらく全日休暇のことで、同十八―二十一年とも例年どおり暑中休暇は実施されている。

同二十五年からは前記閣令によって、四月二十日から七月十日までは午前八時出頭、午後四時退出、七月十一日から九月十日までは午前八時出頭、正午十二時退出（暑中休暇）、九月十一日から四月十九日までは午前九時出頭、午後五時退出と変更になった。照明（電気）の進歩・普及の結果であろう。

八　白木屋（二〇二頁注一二）　明治十九年十月に洋服部を開業し、大盛況で紳士服だけでも需要に応じられぬほどだったので、「女服裁縫」に熟達したイギリス人ミス・カーチスの指導で翌月から女性服部門も開設した（『東京日日新聞』同年十一月七日広告）。なお白木屋と並ぶ三井呉服店（のち三越）は同二十一年一月に洋服店を開業。

白木屋
（『風俗画報』226 号，明治 34 年 2 月）

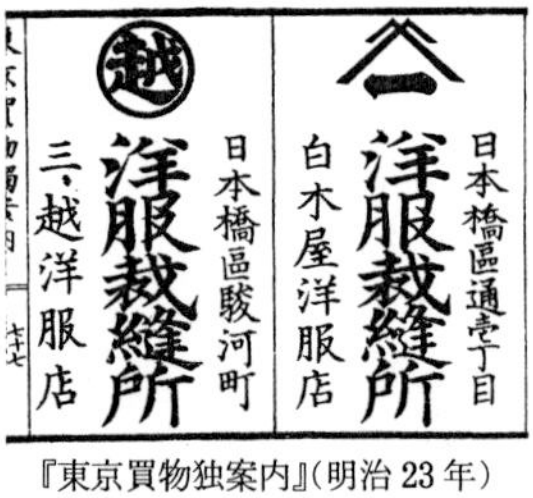

『東京買物独案内』（明治 23 年）

九　黒物づくめ（二〇二頁注一三）　明治十年九月の太政官達第六十五号で、官吏の大礼服と通常礼服とが規定された。勅任官・奏任官の高級官僚は、黒ラシャ地の大礼服に金の飾章、通常礼服は「黒若シクハ紺色ノ上服」（フロックコート）で換用することができた。判任官以下の通常礼服は羽織袴の日本服でもよかった（『法令全書』『明治史要』等による）。

一〇　背皺よると枕詞の付く「スコツチ」の背広（二〇二頁注一六）　スコッチ・ツイードはスコットランド産の厚地のウールを言うが、当時は黒ラシャ以外のウール全般を指していたようである。『郵便報知新聞』（明治十九年十月二十四日）によれば、黒ラシャが二十三―十八円に対して、スコッチは十六―十三円。スコッチを真似た「綿スコッチ」（『やまと新聞』同二十一年十二月十五日）なる織物もあった。「漣山人はスコッチのデイコート（モーニングの古びたるをいふ）」（尾崎紅葉「紅子戯語（こうしけご）」公売本『我楽多文庫』第十一号、同年十一月）。

一一　毛皮靴（二〇二頁注一七）　古靴の形容に、「靴の膨らばみて割れ筋を現はしたる毛髪をどろに乱したる如く乱れたる」（月の舎しのぶ＝巌本善治「白蓮談」『女学雑誌』第九十二号、明治二十一年一月）という表現がある。

一二　**火をくれた木頭と反身ツてお帰り遊ばす**（二〇三頁注二〇）　「木頭」には木の頭（頭のはたらきがにぶい）の意があり（『日本国語大辞典』小学館）、得意になっている愚かさと火をつけた木屑（きくず）のようにそっくりかえっている様子を一緒にした表現か。あるいは単に木屑の当て字か。未詳。

一三　**絵草紙屋**（二〇三頁注二六）　絵草紙屋が売っていたものの中には相当エロ・グロの絵も交じっており（「絵草紙の道徳」『女学雑誌』第十八号、明治十九年三月）、「絵双紙屋の前に、口を開いて絵に見入ってゐた人が多かった」という回想もある（篠田鉱造『明治百話』）。

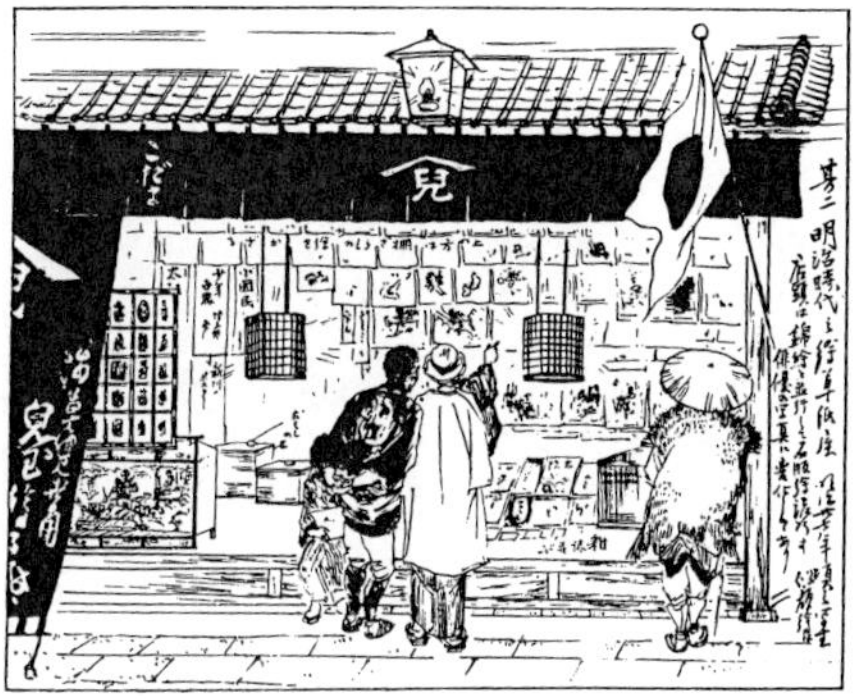

絵草紙屋
（伊藤晴雨画『江戸と東京 風俗野史』国書刊行会，平成 13 年）

一四　**半「フロックコート」**（二〇四頁注一）　『郵便報知新聞』（明治十九年十月二十四日）に「昨今は官吏始め商人に至るまで黒の綾羅紗仕立のフロックコートを好む」とあり、以下本文で列挙される服装は当時の流行。

フロック・コート（中山千代『日本婦人洋装史』吉川弘文館、昭和62年）

一五　**公債**（二一二頁注一、四二八頁注一）　明治政府は秩禄（家禄と賞典禄）を奉還した華士族らに対して、明治六年から七年にかけて秩禄公債を発行し、禄高の半分を現金、半分を公債（利子年八分）として二年間据え置き後、七年間で償還することとした。しかし財政困難と手続きの煩瑣のため、同九年にこれを廃止し、同年八月五日に金禄公債証書発行条例を公布してすべてを金禄公債に切り換えた。この公債は翌十年に交付され、償還は五年間据え置き、利子は永世禄や年限禄などの種類や金額の大小によって違いがあるが、年七分から五分、高禄の者ほど利率・支給率が低く設定されていた。全額が償還されたのは同三十九年である（指原安三編『明治政史』、『明治史要』『国史大事典』等による）。

文三の父親の死亡は明治十年と推定されるから、ちょうど秩禄公債から金禄公債に切り換った年で、同年の『読売新聞』（七月四日）には「明治十年六月中公債証書月表」に秩禄公債の名も見えるから、ややあいまいな点も残るが、いちおう金禄公債の利息と見てよいだろう。文三の父は下士と思われるので、たとえば千円の公債を持っていたとしても最高で年七十円の利子、月割で六円弱、田辺花圃『藪の鶯』（同二十一年）の松島家は千五百円の公債の利子が月に八、九円という設定である。なお二葉亭の父吉数（尾張藩士族、永世禄七石六斗）は、同十七年の時点で三百円二枚、百円四枚、合計千円の金禄公債証書を所有していた。これらの公債は太政官布告第一〇九号（同九年八月五日）で質入・売買を禁じられていたが、同十一年九月九日の太政官布告第二十五号でそれが解除され、同月十一日から兜町の株式取引所に上場されることになった。第十八回でお勢が口にするのは、その取引の価格である。

一六　**唐人髷も束髪に化け**（二一八頁注一一）　洋風の束髪（最初は束（たば）ね髪とも）は明治十八年の夏ごろから次第に流行し、同年七月日本婦人束髪会結成（渡辺鼎（かなえ）、和崎義路（わざきよしみち）、石川暎作（えいさく）ら）によって単なる風俗にとどまらず、女性の生きかたを決定するような大問題となった。束髪会の主張は、一、従来の日本髪は大きな髷を頭上に置き、睡眠中も髷に気を配らねばならず「不便究屈」である。二、髪油で固めるためすぐに異臭を発し、不潔で「衛生上」害がある。髪を引っぱるため「禿髪病」となる。三、髪結銭が毎月二十銭ぐらいもかかるのは経済的に無駄である。などの点にあり、洋風束髪の採用によって女性の心身を苦痛から解放し、清潔・健康な新時代の女性を育成し、家計の助けとなる、と言うものである（村野徳三郎編『洋式婦人束髪法』同十八年）。これに対して日本髪派は、日本女性の伝統的ゆかしさを守るべしとして対抗し（たとえば山田浅女「楳子（うめこ）の君のおまへにまをす」『女学雑誌』第十七号、同十九年三月）、一時的に盛りかえしたが、同年後半には「本年春頃には一時衰退せし束髪も近頃は又非常に流行し山の手小川町本郷辺にては中等以上の婦女子並に学校女生徒は過半束髪にて」という状態となった（『女学雑誌』第四十二号、同年十一月）。渡辺鼎は『女学雑誌』に「束髪図解」（第二十二―四十三号、同年五―十二月）を断続的に連載し、『西洋束髪法』（同二十年）を出版するなど束髪化に大いに貢献した。

一七　**日本婦人の有様束髪の利害さては男女交際の得失**（二二〇頁注四）
束髪については補注一六に記したので、ここでは「日本婦人の有様」と「男女交際の得失」について『浮雲』第一篇発表時までの『女学雑誌』から主な文献を挙げておく。

社説「婦人の地位」（明治十八年八月十日―九月二十五日）
社説「女権の保護を要（もと）む」（同十九年二月二十五日）
社説「妻は夫を知り夫を稗（たす）くべし」（同年三月十五日）
「各国婦人の有様」（同年三月十五日、二十五日）
社説「あめりか婦人の職業」（同年三月二十五日）
社説「今日は婦人立志の秋」（同年四月五日）
社説「婚姻のをしへ」（同年五月五日―六月五日）
「西洋婚姻談」（同年五月二十五日―八月五日）
「男女交済（ママ）論」（同年六月十五日）
「夫婦の心得」（同年七月十五日―九月十五日）
中島俊子「世の良人たるものに望む」（同年七月二十五日、八月十五日）
社説「男女交際論」（同年八月二十五日）
植村正久「女子自尊せざる可らず」（同年九月十五日）
レビット「日本の姉妹に告ぐ」（同年九月二十五日、十月五日、二十五日）
社説「男女の間は兄妹の如くなるべし」（同年十月五日）
社説「女権論者に告ぐ」（同年十月二十五日）
社説「婦人矯風会」（同年十一月十五日）
「加藤弘之君の講演（男尊女卑の是非得失）」（同年十二月十五日、二十五日、同二十年一月五日、十五日）
社説「女権拡張の遠計」（同二十年一月五日）
「矢田部良吉君の演説（女子の教育）」（同年一月十五日、二十二日、二十九日、二月五日）
佐々城豊寿「積年の習慣を破るべし」（同年一月二十二日、二月十九日、三月五日）
西村茂樹演説「男女相択ぶの説」（同年二月五日、十二日、十九日、三月五日、十九日、四月九日、二十三日）
上林敬次郎「婦女の地位に付ての質疑に答ふ」（同年二月十二日、二十六日）
「嶋田三郎君演説（開化に際する婦人の心得）」（同年二月十九日、二十六日、三月五日、十二日）

社説「婦人論」（同年三月十二日）
スピンネル「婦人の教育」（「女子教育論」）（同年三月二十六日、五月七日）
穂積陳重述「女学生に告ぐ」（同年四月二日、九日、十六日）
井深梶之助演説「基督教と婦人の地位」（同年四月二日、九日、十六日）
社説「男女共学の可否」（同年四月二十三日）
中島俊子「婦人歎」（同年五月十四日、二十一日）

論旨は概して穏健で、女性の自覚や独立心を求め、現在の劣等な地位の改善をはかりつつ、急激な女権論、男女平等論には批判的なものが多い。なお本大系二十三巻『女性作家集』には、中島俊子（湘煙）や清水紫琴の評論、福田（景山）英子の回想などが収録されているので、解説とともども参照していただきたい。

一八　団子坂の菊人形（二八四頁注一）　『みやこ新聞』（明治二十一年十一月二十日）に、当時の団子坂菊人形に関して以下の記述がある。

一昨日の日曜は所謂菊日和と言ふ近頃になき好天気なれば休暇当込みの有無に拘らず早朝より先（さき）差当り団子坂の菊見に歩を向ける者多く鉄道馬車人力車等にて陸続（ぞろ〱）押出したるが其中には先生何れの所是塵外菊花の中などゝ隠逸の君子を気取つた連中は同所へ到り見るにイヤハヤ風塵を避るどころか両側の植木屋は高き小屋を設（しつら）ひ往還へ建列（たてつら）ねたる旗は和洋混淆して風に飜り園内入口には木戸番の如き男が座りサア〱御覧なさい是は先々御評判に預りました何々の人形でございと発声（どなつ）て居る様は鳴物こそなけれ宛（さなが）ら昔の両国か今の佐竹が原の観覧物（みせもの）に髣髴たれば此連中（これんぢう）は吃驚（びつくり）して逃出したのか夫（それ）とも一軒に二銭づゝ払つても容易でないと云ふ経済主義より避たのか知らねど何しろ此辺は女子供の見物するには至極適当なり。

なお年によって盛りに違いがあるが、『明治節用大全』（明治二十七年）は「立冬より四五日（十一月十二、三日）の比より開（さ）くべし」とし、若月紫蘭『東京年中行事2』（東洋文庫、昭和四十三年）は天長節から十一月末までとしている。夏目漱石『三四郎』（明治四十一年）の団子坂観菊は天長節の二、三日後らしい。

一九　洋服（二八六頁注二）　女性の洋装は、当初宮中や華族、富豪の夜会用バッスル・ドレスとして上流階級に広まり始めたが、一般的には抵抗感が強く、率先して洋服を着用した女子教員たちにも非難の声が高かった。しかしいわゆる鹿鳴館時代（明治十六年鹿鳴館設立）の全盛期には、かつて女子の洋風を「浮華の流風」として罵倒した『東京日日新聞』（同年五月二十二日）も、「少し有福の家の（然し旧印（きゆうじるし）は度外なり）婦女子は是非とも嗜みに洋服を所持せねば成らぬ」とか「官員の婦女子か中等以上の町家の婦女子等は洋服一具づつは嗜みに備へ置く」勢い（同二十年三月十三日）と報ずることとなった。特に同年一月の皇后の「思召書」によって洋装が奨励された前後から、東京女子高等師範学校を筆頭に地方師範学校女子部でも制服に洋服を採用する学校が増え、東京京橋区には「婦人洋服裁縫女学校」も出来た（『女学雑誌』第八十五号、同年十一月）。ただし国民英学会のイーストレーキのように、洋服が日本女性の体型に合わぬとして反対する意見（『女学雑誌』第七十五号、同年九月）もあり、また洋服は高価だったので、一般化するには至らなかった。園田家程度の家では、まだ贅沢にすぎたのであろう。なお中山千代『日本婦人洋装史』（吉川弘文館、昭和六十二年）を参照。

東京女子高等師範学校制服
（中山千代『日本婦人洋装史』吉川弘文館，昭和62年）

二〇　**束髪……島田……銀杏返し……丸髷……蝶々髷……おケシ**（二九二頁注一）　「束髪」は女学生や西洋風の女性。「島田」にはさまざまな形があるが、年頃の娘に好まれる和風の髪型。「銀杏返し」は少女から年増（としま）にかけて用いられた和風の髪型で、比較的簡単に自分でも結うことができるので、平常の場合に用いられた。明治時代からは三十代ぐらいの女性に多い。髷の形が銀杏の葉に似ているのでこの名がある。「丸髷」は人妻の和風の髪型。さまざまな種類があるが、年とともに髷を小さく結うのが通例。「蝶々髷」は十歳前後の少女の髪型（和風）で形が蝶の羽をひろげた姿に似ている。「おケシ」は幼児の髪型。男女ともに用いる。頂上だけまるく残して周囲の髪を剃り、けしの実のようにする。

①束髪　②島田　③銀杏返し

④丸髷　⑤蝶々髷　⑥おケシ

①『風俗画報』114 号（明治 29 年 5 月）　②③④『風俗画報』387 号（明治 41 年 8 月）　⑤⑥『東京風俗志』

二一　**坊主……散髪……五分刈……チョン髷**（二九二頁注一〇）　「坊主」は坊主頭、イガグリ頭。頭髪を剃った者も、バリカン（明治十六年輸入）で一分、二分に刈りそろえた者もある。「散髪」はジャンギリ、ザンギリとも呼ぶ。元結（もとゆい）を結ばず髪を切り下げたままにしておく髪型。「ジャンギリ頭をたゝいて見れば文明開化の音がする」という明治初期の俗謡に表れているように、文明開化の象徴的風俗。「五分刈」は五分（約一・五センチメートル）に髪を刈りそろえた頭。「チョン髷」は江戸以来の古い髪型。明治四年の散髪脱刀勝手令、同六年の明治天皇の断髪実行によって古いチョン髷はどんどん減っていき、同二十年ごろには、相撲取を除けばほとんど姿を見かけないようになっていたが、中には剣客の榊原健吉や古河銅山の古河市兵衛、画家の服部波山のようにそれに固執した名物男もいた（鶯亭金升『明治のおもかげ』山王書房、昭和二十八年）。

サンパツ，散切
＝ザンギリ
（『東京風俗志』）

二二　**摺附木の函を張りながら**（二九三頁注二二）　服部撫松『教育小説

マッチの箱はり
（文通家たより『古葛籠』挿絵，
『やまと錦』8 号，明治 22 年 7 月）

稚児桜（ちござくら）』（明治二十年）に「摩燧（まっち）の箱や製本（ほんとじ）」の内職をする極貧の一家が出てくる。マッチは最初輸入品だったが、まもなく国産に転じ、明治九年に設立された新燧社（しんすいしゃ）を中心に国内の需要を充たしただけでなく、輸入品を駆逐して、十年代には香港・ウラジオストックなどに輸出するほど発展した。製造にはたくさんの女子・子供が雇われ、箱張りは主に貧民の内職に頼った。やや後の記録だが、横山源之助『日本之下層社会』（明治三十二年）によれば賃銀は千二百箱で十二銭、普通には一日六、七銭だったという。

三三 **『都の花』第十八号に掲載されたあらすじ**（三九三頁注三）　掲載された文章は次のとおり。

浮雲第一篇及び第二篇の趣意摘要。——

内海文三といふ男は小さい時から縁戚（つゞきあひ）の家に養はれて居ると、その家は下宿屋で阿勢（おせい）といふ活潑な娘が有ツて、これも小さい時から文三と一途（いッしよ）に育ツてかれこれ昵（むつ）ましくなツて居たが、しかしこの娘は物に移りやすい気質であツた——文三はつまらぬ官吏に為（な）ツて居たが不図（ふと）免職になると大きに阿勢の母親の阿政（おまさ）に口汚く小言を言はれた——処へ文三の同僚でちと阿諛（あゆ）のやうな気質の男の本田昇といふものも遊びに来て阿政母子（おやこ）にちやほや言はれ、三人揃ツて団子坂の菊見にさへ行ツた……本田も阿勢を見込んでは居た——が、どうも為らなかツた——これらの体（てい）を見る文三は口惜（くや）しがツたが、内気ゆゑ何とも言へない、何か言ふと反対に本田に嘲弄（てうろう）されるので、如何（いか）にも胸苦（むなくる）しくて胸ぐるしくてならない、或は阿勢が我を疎むのかとも疑ツて一寸（ちよつと）言葉を交へると、つひ言ひ合ひになツた。

『都の花』第18号
（明治22年7月7日）

三四 **編物**（四三八頁注一）　明治十八年ごろから毛糸編物がキリスト教会を中心に流行し、東京各地に「あみもの会」が出来た。たとえば『女学雑誌』では「牛込メソデスト教会にては是まで毎水曜日に女教師ガードネル氏が婦人等に編物を教へ傍ら聖書の説明（ときあかし）及び勧話（すゝめ）などをなし居られしが此度同氏は暫時他行せらるゝに付其間は檜山さき姉が代りて其を担当せらるゝ由」（第三十二号、同十九年八月）、「是まで本石町の柳屋にて婦人等が編物の稽固（ママ）をなし居られしが此度都合に依りて両替町の日本橋教会を其稽固場となされしが同会は追々盛んにて会員の数は已に三十四五名に及び且何れも皆熟達せしにより今月第一の水曜日を以て会員の作りし物品を同教会に陳列して諸人の品評を乞はれたるよし」（第三十四号、同年九月五日）などと報じた。女学校でも西洋編物を教科に加える学校が増え、『毛糸編物法』という書物も出た（第六十八号、同二十年七月）。『明治節用大全』（同二十七年）によれば、編まれたのは主に大黒帽子、肩掛（ショール）、袋物、靴下、造花などである。なお田辺花圃『藪の鶯』（同二十一年）の松島秀子は、編物の内職で生計を立てている。

三五 **物のうちの人となるも此一時**（四四四頁注三）　二葉亭の手記『落葉のはきよせ 二籠め』の『浮雲』第十九回執筆直後と思われる箇所に、次のような条がある。

曾て蒼天を仰ぎ瞻（み）ること之を久しくす　乃ち歎じて曰く　深く物に感ずるは尚ほ物に役せらるゝを免れざれば取るに足らず　然れども若「此」脱カ」き人を求むるに鮮（すくな）し　況や物に感ずれど物に役

せらるゝに至らず一切の物を吸ひて之を我胸臆中に包容すること此蒼天の如き者に至りては未だ天下に之れあるを聞かず（適宜濁点を付した）

付録

『浮雲』関連略図　明治20年前後の神田・麴町周辺

〔「東京実測全図」(内務省地理局, 明治19−21年)をもとに作成〕

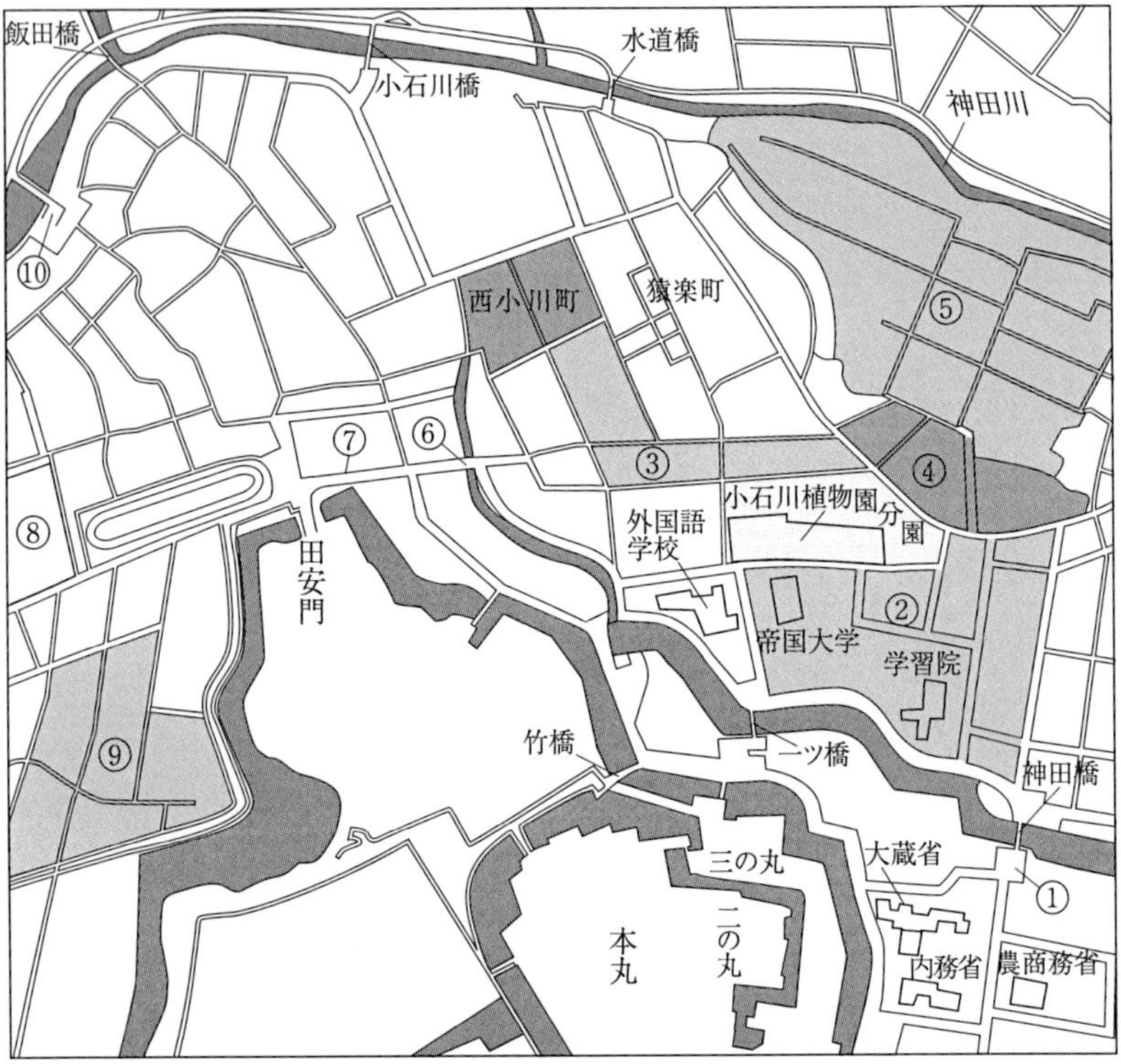

①神田見附(202頁注5)
②錦町(205頁注17)
③神保町(345頁注6)
④小川町(206頁注2)
⑤駿河台(253頁注9)
⑥俎橋(337頁注9)
⑦九段坂(337頁9行)
⑧靖国神社(337頁注7)
⑨一番町(343頁注2)
⑩牛込見附(395頁注8)

『浮雲』関連略図　明治20年前後の上野公園周辺

〔「東京実測全図」(内務省地理局，明治19−21年)をもとに作成〕

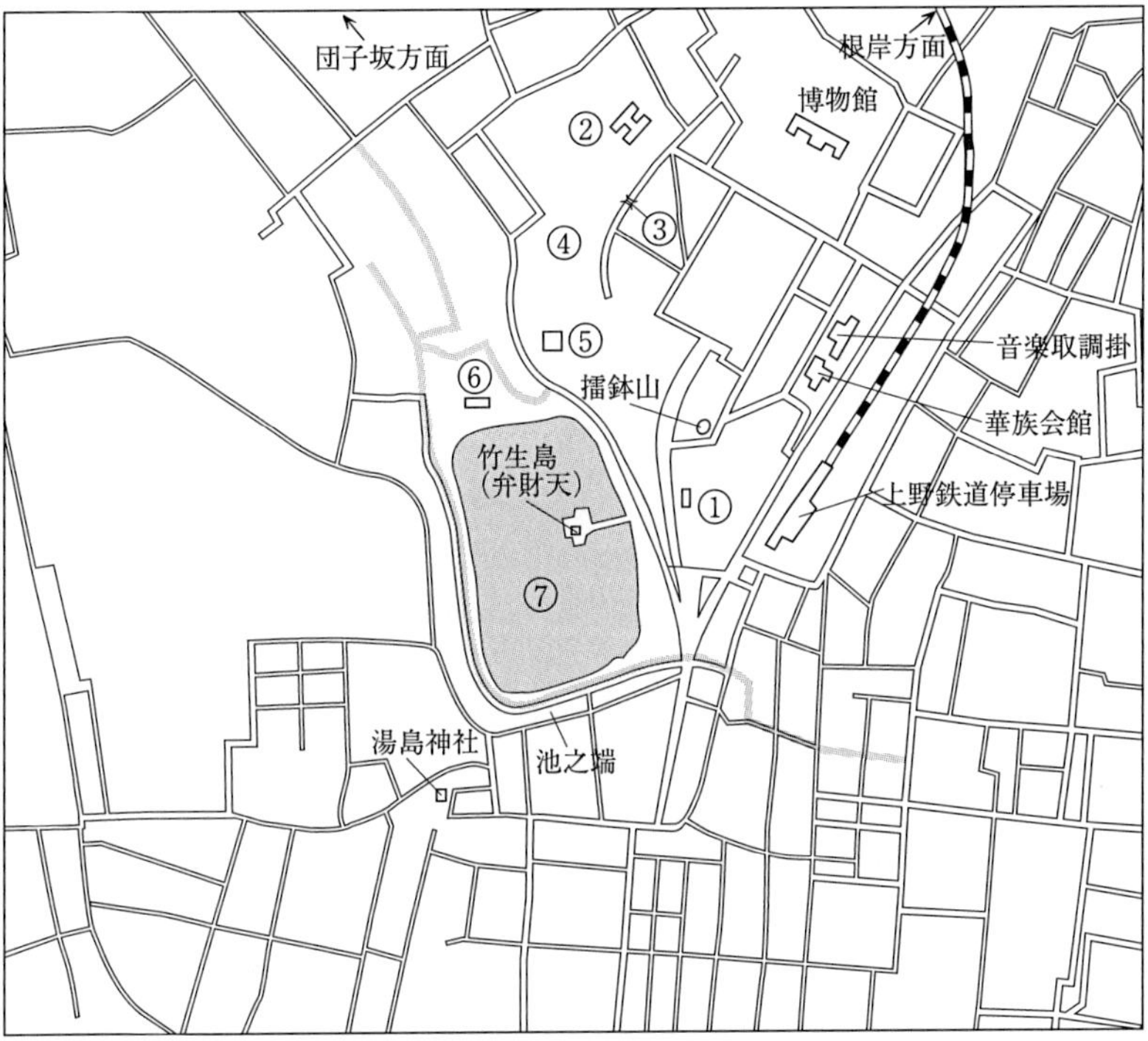

①清水観音堂(301頁注16)
②教育博物館(301頁注14)
③石橋(301頁8行)
④動物園(301頁注15)
⑤東照宮(301頁注18)
⑥馬見所(303頁注5)
⑦不忍池(303頁注3)

解説

「旧悪全書」の時代

青木稔弥

明治期家庭小説の元祖との評価もある坪内逍遙の小説家時代最後の創作『細君』(『国民之友』明治二十二年一月二日)、ウォルター・スコット作品の本邦初の翻訳であり逍遙の処女作である『春風情話』(明治十三年四月)、高田半峰の「当世書生気質の批評」(『中央学術雑誌』明治十九年一月二十五日—二月二十五日)と並ぶ本邦初の近代的作品批評『稗史家略伝幷に批評』(『中央学術雑誌』明治十九年一月二十五日—十月二十五日)の三作品を収録した。

以下、これらの作品の意義と、その受容について、発表年次の古いものから順を追って述べることにするが、まず、最初に断っておかなければならないことは、もし、逍遙自身に選択権があれば、これら三作品のどれをも選びはしなかったであろうということである。数多くある著作の中から、よりにもよってと、逍遙が顔を顰める可能性が高い作品ばかりだと言うべきかもしれない。と言うのは、安政六年(一八五九)に生まれ昭和十年(一九三五)に死歿するまでの逍遙の人生を考えた時、これらの作品が書かれた時代は、むしろ例外的な時代であったからである。

坪内逍遙の小説家時代の代表作としては『小説神髄』『当世書生気質』(明治十八—十九年)をあげるのが定番だが、その時代を「「旧悪全書」を頻りに公けにしてゐた頃」(「失明当時の馬琴と其家庭の暗雲」『改造』創刊号、大正八年四月)だと回想する逍遙は、「全集を発行したいといふ」春陽堂からの「要求」に対し、「創作も、論説も、専ら明治二十二三年以後の物を択ぶ事」等との「方針」を示した上で、「選集としての出版だけを承諾」(「跋に代へて」『逍遙選集』第十二巻、昭和二年)した。後に妥協が成立して、明治二十二年以前の作品の一部は別冊一から別冊三に収録されることになるが、[1]「宿志の演劇博物館建設の資金が幾らかは得られようかとも考へて」いた逍遙自身の意識からすれば、それらは、あくまでも添え物であった。小説家断念以後の逍遙は、文学と演劇の各方面で多彩な活動をし、教育者としても後進の育成に多大な貢献をなすことになるが、本領とするところは国劇改良にあり、『桐一葉』(明治二十七—二十八年)や鎌倉罪悪史三部作等の戯曲、史劇論はもちろんのこととして、舞踊論も、ページェント運動も、児童劇論も、また、ライフワークであるシェークスピア研究も、すべてその一環として企図されたものであった。ある時代以降の逍遙には、明治二十二年以前は回り道をした封印すべき時代との認識があったということだが、もとより、その認識を現在の我々がそのまま受け入れる必要はなく、否、むしろ、逍遙自身が意図していたか否かとは無関係に存する作品そのものの価値に注目し、そのギャップを楽しむべきであろう。

『春風情話』

高田半峰の『半峰昔ばなし』(昭和二年)の「所々に書き入れ」た逍遙の「感想」に拠れば、「生活費の不足を補」う目的で「スコットの『ザ・ブライド・オブ・ラムマームーア』の一部分を訳して」「半峰君に口を利いて貰つて、橘氏の長男顕三君の名を借りて出版した」というのが成立事情である。その結果として、『春風情話』の知名度そのものも低かったが、その訳者が逍遙であることは、大正の末まで、少数の関係者以外には知られていなかった。

処女作に、その作家のすべてがある、というような表現がなされることがあるが、逍遙の場合にも、すべてとは言えないまでも、ある程度はあてはまるようである。柳田泉は『明治文化全集』「翻訳文芸篇」(昭和二年)の解題で以下のような逍遥の発言を紹介する。

自分は馬琴好きから、馬琴とスコットが一脈相通ずるものがあるので、スコットが好きになつた。そして筆ならしとして此の作を訳して見る気になつた。

原作は従来はあまり傑作とされてゐないやうであるが、あの何ともいへず悲劇的なところが自分の気に入つた。あの時の自分の気持にぴつたりと来た。スコットの紹介翻訳に此の作を選んだ点など、或は特異といへばいはれやうか。

あれを訳したのは明治十二年の冬季休業の間で、あの一篇で報酬は十円か十五円ぐらゐでもあつたらうか、勿論大して売れもせなんだので第一篇だけで沙汰やみとなつた。

「馬琴心酔病が、深く膏肓に入つてゐ」て「いよ〳〵此夏は東京へ出るのだとなつた其年なんぞは、二度まで、東京の或家で馬琴に会つた夢を見た」(「馬琴に関する私の追憶」、片上伸・相馬御風編『十六人集』大正九年)と言うのだが、その馬琴評価の問題については、『稗史家略伝并に批評』の章に譲るとして、ここでは悲劇的作品を選んだことに注目しよう。『春風情話』は原著 *The Bride of Lammermoor* の五章(Chapter 5)の途中までを訳したところで中絶し、十分な筋の展開はないが、宿敵の間柄にある「阿朱遁(Ashton)」家の娘(Lucy Ashton)と「烏林(Ravenswood)」家の若《わか》長《おさ》(Edgar Ravenswood)との愛が悲劇に終わるという結末で、シェークスピア(William Shakespeare)の『ロミオとジュリエット(*Romeo and Juliet*)』を連想させる話である。原作者のスコット(Walter Scott)も、その点は十分に意識していたようで、原著の五章の題辞(motto)に『ロミオとジュリエット』の一節が掲げられている。

逍遙が初めて自分の名前（坪内雄蔵）で出版したのがシェークスピアの翻訳『該撒奇談自由太刀余波鋭鋒』（*Julius Caesar*）（明治十七年）で、雑誌『中央学術雑誌』の第九号（同十八年七月十日）と第十号（同年八月十日）には「甸国皇子班烈多物語」（*Hamlet*）を抄出している。『自由太刀余波鋭鋒』は、政治小説全盛期の翻訳であり、逐語的訳を心懸けているにもかかわらず、冒頭に原作にはない「政《まつりごと》、自由なれば、国民和《くにたみくわ》し、国民和《くにたみくわ》すれば、国治《くにおさま》る、一人《いちにん》国を私《わたくし》して、文を舞し、権を弄する時んば、国立地《たちどころ》に乱るてふ、貴き誡《おしえ》を……」を付したのは、出版元の東洋館の意図を体して、政治小説的文脈で捉えられることによって発行部数を増やしたいということであったかもしれないが、全体としては、ブルータス（Brutus）の悲劇に共感がある訳しぶりである。なお、逍遙は大正二年刊の『ジュリヤス・シーザー』で「明治十六年出版の[2]『該撒奇談』（『自由太刀余波鋭鋒』）は予が沙翁劇の最初の翻訳なるが、東京大学在学中の筆にして訳の体式もほしいまゝにして誤訳多く、此回の訳文とは何等の交渉もあらず」と述べている。

さて、ここで『春風情話』の翻訳がどのようなものであるかについて述べることにすると、逍遙自身の大正二年の『自由太刀余波鋭鋒』評に類似することは『春風情話』にもある。大幅に逸脱することはないものの、自序に言う「大意をのみ訳しとりたる」（六四頁三行）箇所は多々あり、それは語り手の独白（高見順の言う「描写のうしろに寝てゐられない」に当たるもの）の排除につながり（スペースの都合で一々注記することはできなかったが、七九頁注一二は一例）、『自由太刀余波鋭鋒』より四年も前の翻訳で、当然と言えば当然のことなのだが、誤訳と思われる箇所も散見する。最も大きな誤訳は、原文に as Judah is represented in coins sitting under her palm-tree とあるのを「宛然《さながら》女神「寿陀《ジュダ》」姫の棕櫚《しゅろ》の木の下に坐したる如く」（一〇五頁五行）と訳したことである。ユダヤ人の反乱を鎮圧したローマ皇帝ウェスパシアヌス（Vespasianus）が鋳造させた記念貨幣の裏にある図柄（補注一一〇）――Iudaea Capta（征服されたユダヤ）の文字にローマ軍兵士とシュロの木の下で泣くユダヤ人女性――を知っていなければどうしようもない箇所で、一〇六頁の挿絵の持つ裏の意味――亡国の民となった蟻巣の媼（Alice）と新たな支配者（Sir William Ashton）――を見逃すことになってしまったのである。

もう一点だけ、原作と異なる箇所について述べておくことにしよう。「いざ来給へと先に立ち」（一三一頁一〇行）、「壮夫《ますらを》」が「瑠紫《ルシイ》」「を扶けて父君の、おはさん処へ連行《つれゆ》」こうとする場面は、原文では **Then, without listening to excuse or apology, and holding fast by the stranger's arm……she was urging, and almost dragging him forward** で、言い訳も弁解も聞かず、手を強く握って離さない**Lucy**の強引さが勝って行くことになっている。誤訳と見ることも可能だが、文弱な父親は承認したものの、「瑠紫」のことを「善柔寡断にして動作の女々敷《めめしき》を深く賤み、常に「瑠紫」を目して「蘭丸守《ランマルムール》の牧乙女《うしかひをんな》」（九二頁八行）と嫌う母親の強引な策略に抗しきれず、二人の仲が裂かれることになる後の展開を考えれば、自序に言う「後段の伏案　前章の照応とも見ゆめる所にはかならず心を用ゐて　一字一句といふともおろそかにせず」（六四頁四行）との配慮から、「善柔寡断」であるように故意に改変した可能性も十二分にあるであろう。

『稗史家略伝并に批評』

『小説神髄』と『当世書生気質』がまだ完結に至っていない明治十九年一月に『稗史家略伝并に批評』の連載を開始した理由の一つに、明言されてはいないが、『当世書生気質』への批判に対抗して、『小説神髄』を補足しておきたいと考えたことがある。「徳川期の戯作者を批評しようとした維新後の最初の試み」（「失明当時の馬琴と其家庭の暗雲」）

にとどまらぬ問題意識の下、小説を実作する者として、自らの立場を鮮明にするとともに、後進を導きたいとの念から企図した切実な試みである。「戯作者」ではなく、戯作者と小説家を含めた呼称「稗史家」を使う理由もそこにあるであろう。

批評といふ事は此時迄は漢学者流の「感々服々」とか「敬々服々」とかいふ種類のものばかりで、上げたり下げたり、分析したりする様な西洋流の批評は全く無かつたのであるから、私の『書生気質』や『佳人の奇遇』の批評其物は、勿論今日から見て取るに足らぬものであるのみならず、自分ながら背に冷汗が出るのであるが、併し我国に於ける西洋風の批評の元祖であるといふ事だけは、言つて言はれぬ事がない様に思ふ。(『半峰昔ばなし』)

とは、半峰の雑誌『中央学術雑誌』についての回想である。この批評のあるべき姿を示すという姿勢は『稗史家略伝并に批評』にも共通するもので、『中央学術雑誌』への連載開始が半峰の「当世書生気質の批評」と同時であるのは偶然のことではないのである。

さて、『稗史家略伝并に批評』の連載を開始する契機となった主たる批評は、愛佗痴子《あいだちこ》「当世書生気質の評判記」(『自由燈』明治十八年七月二十八日)である。さほど長いものでもないので、全文を紹介する。

頃《このご》ろ坪内文学士の新著とて世に公けにせられし書生気質と申す小説は実に蛇《じや》の道は蛇《へび》とやら多少学士の御履歴まで想像せらるゝ心地してなか〳〵おもしろきのみならず前日の訳書(3)とは違ひ全く三馬《ば》体《てい》の戯作文にものせられしは御骨折《おほねを》りの程察し入ります　斯くありてこそ日本の文学士たる腕前が見えました〳〵　然るに痴子が例の婆心で一寸御注意までに申したきは　如何に学問一方に凝りたる書生さんでも少しは佗《た》の社会の事物にも思想を及ぼす所がなくては余り迂遠に過ぐる様なり　喩へば両汽船会社の競争とか各新聞の論説に就《つい》て一二の問答位を加へ

られては如何《いかゞ》のものにや　尤も其辺は学士にも固より御承知なるべけれども　政談に渉《わた》りてはとの御用心かと存ずるが　何も切歯《せつし》扼腕《やくわん》慷慨《かうがい》とはまいらずとも　せめて当世の二字に対する丈の諷喩は之《こ》れありても苦しかるまじく　左もなくば或は地方の読者をして都下の書生は更に政治の思想を持ぬかとの歎息を来《きた》すことならん　文学者幸《さいはひ》に痴子が注意の唐突を咎むることなくんば　第四巻目趣向には一番演説家などの腹をゑぐりヒヤ〳〵と呼ばしめたまへ

一三五頁一三行に「蛇の道はへびとやらん……其専門の本体を定め　且又其専門の難易を悟りて　而して後に評判をなすべし」とあり、『当世書生気質』二冊本の下巻冒頭に付した「緒言にかふるに。嘗て自由の燈に投じて。某《なにがし》が批評に答へたる文をもつてす」は、「愛佗痴子大人《あいだちこうし》の御注意を謝しまつる」(『自由燈』明治十八年七月三十日・三十一日)で、「某が批評」は「当世書生気質の評判記」であった。

『稗史家略伝并に批評』の執筆は、逍遙自選日記抄録『幾むかし』(『坪内逍遙研究資料』第五集、一九七四年)の明治十九年三月二十日の条に「此夜中央学術雑誌の原稿春水の評を終り、三馬の略伝を叙す」と記している第二十五号(明治十九年三月二十五日)掲載分の頃は順調であったが、第二十六号(同年四月十日)に掲載した後は、第二十九号(同年五月二十五日)、第三十四号(同年八月十日)、第三十五号(同年八月二十五日)、第三十九号(同年十月二十五日)と断続連載になり、「曲亭馬琴の評判」の途中で、何の予告もなく中絶し、十返舎一九と山東京伝については、全く手つかずのままに終わってしまう。小説家時代の逍遙には中絶作品が多いのは確かだが、理由もなしに中絶するはずはなく、それはおそらく、現存する「曲亭馬琴の評判」の最後の部分を「当代の徳義をもて徳義の完全なる基本となし　斯くて此おきなの著作に係はる奨誡小説を評せんには　東西無比　古今独歩　空前絶対ぞとほめたゝへて決して過言にてはあらざる可きなり」と絶賛しつつ締め括ったことと関連する。『小説神髄』で「勧懲を主眼として『八犬伝』を評するときには　東西古今に其類なき好稗史《かうはいし》なりといふべけれど　他の人情を主脳として此物語を論《あげつろ》ひなば　瑕《きず》なき玉とは称《たゝ》へがたし」としつつ、「曲亭翁の著作につきては　おのれおのづから別に論あり」（「小説の主眼」）とした「論」の準備が、まだ十分には出来ていなかったということである。その準備不足は、「附言《つけたし》」（明治十九年三月付）で「純粋の小説《せうせつ》とは異なり、小説《ノベル》といはむよりは、寧ろ寓意小説《アレゴリー》ともいふべき者なり」と述べていた『未来之夢』を、ほぼ同時期の明治十九年九月刊の第十号第十四回で中絶させてしまったこととも関係しているに違いない。「当代の徳義」と「奨誠小説を評」した逍遥の評論は一年半後の「極美小説《アイデャルノベル》の事につきて」（『社会之顕象』明治二十一年四月十五日）まで待たなければならないことになったのである。

完結した三人のうち、式亭三馬は「上々吉」位の滑稽家（Humorist）、柳亭種彦は翻案家としての評価で、為永春水のみが、欠点はあるものの、主実稗史家（Realist）の資格を満たすとして、小説家（Novelist）としての評価を受けている。柳亭種彦の評判をしていた時期は、河竹黙阿弥を擁護して論陣を張っていた時期に隣接し、「外形」ばかりを大事にする合巻『正本製《しょうほんじたて》』等への批判は「芝居道の本意にそむける錦絵流義をしも廃止《やめ》たまへ」（「河竹翁よ乞ふ外形を重んずる勿れ」『読売新聞』明治十九年十一月二十六日）との逍遥の河竹黙阿弥への忠告、黙阿弥を批判するものへの批判に重なる部分があり、後年の演劇に生きる逍遥の姿が髣髴として興味深いものがある。

『細　君』

『稗史家略伝并に批評』で取り上げた作家のうち、消去法で春水が残り、「極美小説《アイデャルノベル》の事につきて」を執筆したことで馬琴株が上昇というのが明治二十一年四月の状況だが、それを実作に応用すると、前者を選べば写実小説、後者を選べば壮大な小説が出来上がるという構図になる。逍遙の壮大な小説への試みは既に始められており、市島春城[(4)]が主筆の『新潟新聞』へ連載しようとした歴史小説『赤星屋物語』は「長口上」(明治二十一年一月十二日)と「発端」(明治二十一年一月十二日)のみで中絶し、明治二十一年二月十七日に連載を開始したナポレオン政権下のフランスを舞台とした翻訳「無敵の刃」も四月二十七日限りで立ち消えとなった。さらに、『読売新聞』(主筆は高田半峰)に四月五日より連載を開始した当時の日本の政治情勢を踏まえた意欲的な小説『外務大臣』も二か月後(六月二十九日)には挫折し、逍遙の壮大な小説への試みは惨敗に終わる。またもや、消去法で春水が残ってしまったのである。

さて、『幾むかし』に拠れば『細君』の執筆開始は明治二十一年十一月初旬、脱稿は十二月十四日で、

近来意気沮喪せり、此小品を以て当分の名残となさんとす、筆働かず、中旬に至り辛うじて第一回を書き終りしが心に適せざる事甚し、偶々二葉亭来る、出して見せ、毫末もトリエ無きか　将た幾分のトリエありやと　彼の人の正直なる批評を乞ひたるに、彼の人予が読流すを聴了り、小間使と細君と相語る所佳し、云々と評し、成るべくは細君と里方との関係を実際にして写すかたよからんなどいふ、かくて十二月の初に第三回を脱稿す、初手は三回結局の積なりしが　ふと思ひつきて一回を加へ　小間使を殺すことゝせり(逍遙自選日記抄録『幾むかし』)

との経緯があったが、これを柳田泉による逍遙からの聞き書き(『座談会 坪内逍遙研究』昭和五十一年)で補うと、

○此の頃、新日本の家庭というものが、新しい文学の題になりつつあった……そこで家庭内の事柄を問題にした真の写実小説を書いて一つあてようと思ったが、この写実ということがどうも思うようにいかない。二葉亭のようにやればと思っても、どうも空想が写実より先走りする。それをやっと抑えて、あれだけ写実的のものにした

が、すっかり自信をなくした。自分の小説の方は、実は空想奔放なところにあるので、写実では自らしばられるところがある。これで二葉亭に見せて批評を聞いた。すると二葉亭は、如才なく、ほめるべきところをほめて、ご存じのような批評をしてくれたので、それに勇気を得て、あれを発表した。従来自分には小説を書くことは楽しくてしようのなかった筈であったのに、さて写実中心となると、小説を書くのはいやなものだなと始めて思った。

○然るに、そういう逍遙のいやな思いに追い打ちをかけるように、この『細君』についてイヤな評判が立った。それは、これが逍遙がその友人であり、専門学校の教師仲間である有賀長雄の家庭内の事情を暴露したものだということであった。逍遙にしてはゆめにも知らぬこと、……有賀氏の家庭などと何の関係もない。……有賀氏の家庭には『細君』のある部分にそっくりの事情があって、逍遙がそれをよく観察して写したものとなった。……

○逍遙は自分の写実小説を評して、写実といっていながら教訓的なところがぬけきれぬ云々。

で、すっかり嫌気がさした逍遙は小説家であることを断念し、新たな道を模索することになる。もとより、逍遙自身の受けとめ方と樋口一葉の『十三夜』等への影響が想定される作品そのものの価値とは別物である。

以下、『読売新聞』明治十九年十二月十八日二面に掲載された記事「細君の働き」と比較することで、小説『細君』の意味を問うことにしよう。

夫の恥と我恥を一つに包《つつむ》風呂敷のと紙治《かみぢ》の浄瑠璃にあるは近松の妙文句　兎角女は嫉妬深きが固有《もちまへ》なるに　左《さ》りとては感服なる妻君と同僚までが我《が》を折《おッ》たは　番町の住居にて其姓名は定《さだか》ならねど　或る省へ出仕して　官報を買ふ義務も有る何某《なにがし》と云《いへ》るは最早《もはや》五十に近き年にて学問も相応にある人ながら女には目も鼻もなき性質《たち》と見え

……妻君はよく承知なれど憖《なまじい》に異見などせば嫉妬なりと積《つも》られんも恥しく　且は夫の遊興に耽り給ふも畢竟我心の至らぬ故なり……少しも悋気《りんき》がましき素振もせず……近ごろは日本橋最寄りの芸妓《げいしゃ》に馴染が出来たとやらでしげ〳〵通ひ給ふより月々の給料は残らず其入費に使ひ棄て家《うち》の活計《くらし》へは一銭も廻らぬより　此ごろは車夫下女の給料を始め米薪の料まで妻君が工面し二三ヶ月は支へしかど　大晦日といふ大敵がおひ〳〵近寄る上　新年の洋服を新調する当もなきに主人は急に鬱《ふさ》ぎ出し……お心安く思召下《おぼしめしくだ》さいませと反物を買ふ振をして出入の呉服屋を招き人知《ひとしれ》ず我衣類を質に入れ五十円余り調へ　夫の洋服を新調することに定《さ》だめられしは四五日前の事なりとか

「我衣類を質に入れ」て称賛された「感服なる妻君」の話だが、これを小説『細君』のお種と比較すると、浮気な夫がいて、嫉妬の気持を抑えつつ、年末の金策をするというのは同じだが、質に入れる目的が「夫の洋服を新調」に対し実家の異母弟の不始末の処理、相談する相手が「急に鬱《ふさ》ぎ出し」た主人と「出入の呉服屋」に対し十四歳の小間使、借りることができた金額が「五十円余り」に対し質物を追加しての二十五円（最初は十八円）と、雲泥の差がある。「嫁入後は夢にだに見ぬ爪の星」（四二頁九行）で、結婚後はほとんど新しい衣類を手に入れていないお種が「感服なる妻君」になれるはずはなく、悲劇的結末を迎えるのは至極当然のことだろう。

　逍遙は「劇本の精髄は、個々人物の性格を根本因として、其の周囲の事情、境遇等を縁とし、此の複雑隠微なる因縁の間に成る強大著明なる業果を写破して、以て髣髴として人間事相の真実平等体を見えしむる所にあ」り、「『ハムレット』は性情の悲劇なれども、……誰か其一面の境遇悲劇たるを認めざらん」（「我が国の史劇」『早稲田文学』明治二十六年十一月十日）と述べる。お種は「負惜みの強いのと愛嬌の乏しい」（三五頁八行）がゆえに友人がなく、娘の仕送りで生活する父親も同居する姑も年老いて役に立たず、母は継母、五十円の援助を昨年にした異母弟は今年は不正の借金で厄介事の張本人、「媒介《なかうど》の某氏《なにがし》」は死亡、同居する夫の親戚の阿留《おとめ》は重病と、「個々人物の性格」の問題はあるにせよ、「周囲の事情、境遇」が小間使の阿園《おその》以外に相談相手がない状況を作り出す。悲劇以外の選択肢がない追い込みようだと言えよう。「品のない小さき天人」(一二頁九行)で「性情の悲劇」の要素が薄い阿園の場合はなおのこと救いがない。「ふと思ひつきて一回を加へ　小間使を殺すことゝせり」(『幾むかし』)が不自然でないのは、唯一頼りになると考えていたであろうお種に冷たく見放されたからである。その絶望が井戸への投身自殺という当時の女性としては最も一般な行動に駆り立てる。善良な性格が災いする巻き添えの災難と言えなくもない。

「熟達せし仮声《こはいろ》」(三三頁一四行)、「団洲《だんしう》の女がた」(三四頁二行)、「稲荷町《いなりちやう》」(同三行)のような演劇関係の語彙以外にも芝居仕立て、もしくは朗読に適するであろう箇所は多い。「ふと思ひつ」いた最終回は、劇的効果のためかもしれない。逍遙の小説の時間は終わったのである。

(1)『逍遙選集』は、昭和五十二年から翌年にかけて複刻(第一書房刊)、別冊四と別冊五が新編集・増補されて十二巻・別冊五の全十七巻となったが、逍遙の全体の仕事量からすれば、まだ半分程度で、全集にはほど遠い。
(2)正確には明治十七年。奥付に「明治十六年十月三日版権免許／同年五月出版」とあるがゆえの間違いであろう。
(3)『自由太刀余波鋭鋒』。
(4)逍遙、半峰とともに「兄弟同様の親しみある友誼に立つた三傑」(薄田斬雲『半峰・春城・逍遙三翁　熱海漫談』昭和四年)。

「浮雲」の時代

十川信介

一　表記の多様性

『浮雲』はわが国最初の「近代小説」だと言われてきた。もちろん、小説全体としてはその規定に異存はないし、私自身、その評価に同調してきた一人である（『二葉亭四迷論』一九七一年、増補版一九八四年）。しかし今回この小説の注解を担当して強く印象に残ったのは、従来称揚されてきた「言文一致体」「文明批評」「心理描写」などの特色よりも、むしろもう一つの側面、江戸期・文明開化期の表現がそれらと混在し癒着した奇妙な光景だった。

二葉亭が「言文一途」をめざしたことは「はしがき」（一九九頁）に明らかであり、「日本文章の将来に関する私見」（手記『くち葉集　ひとかごめ』明治二十一年夏ごろ執筆）にも、その実現に向けての決意が表明されている。しかし実際に公刊されたテクストを検討すると、第一・第二篇と第三篇では、かなり大きな相違がある。特に第一篇冒頭の文章などは、句読点による文節化がほとんどなされず、現代の読者から見ると、これが「言文一致体」かと疑わせるほど読みにくい感じがある。これにくらべて第三篇では、句読点のほか会話文の鉤括弧もほぼ整い、白ゴマ点「﹅」の使用で、さらなる文節化もはかられている。それまでの体言止めの多用が減り、「で有る」という文末辞が登場するのも

第三篇である。こういう整斉だけを見れば、たしかに『浮雲』の文章は、現在の口語文の基礎を築いたと言えるのだが、それがかならずしも全面的に「進化」したと断定できないのは、第一に語彙的な面では三篇を通じて変化がなく、数多くの難解な漢語、浄瑠璃・戯作風の言いまわし、通俗的な諺などが用いられているからであり、第二に、第三篇の論理的・分析的な文章が、それまでの文章が持っていた軽快さを失っているからである。

まず第一の点から言うと、「月夜見の神の力の測りなくて断雲一片の翳《かげ》だもない　蒼空《あをぞら》一面にてりわたる清光素色《せいくわうそしよく》唯亭々《てい〳〵》皎々《けう〳〵》として雫《しづく》も滴たるばかり」(第三回、二二八頁七行)とか、山田美妙から批判されたように(「新編浮雲」明治二十一年)、「健羨《けんせん》の府」や「聞覩《ぶんと》に聚《あつ》まる衣香襟影《いかうきんえい》」(第七回、二九二頁一〇・一四行)などの漢語・漢文体は、第三篇にいたっても健在である。というより、「見るも汚《けがら》はしい私欲、貪婪《どんらん》、淫褻《いんせつ》、不義、無情の塊で有る」(第十九回、四四一頁一三行)のような漢語の使用は、むしろ第三篇に目立つのである(漢字表記率自体は、第三篇はやや落ちるが)。「是《こ》れが文三の近来《きんらい》最も傷心な事。半夜《はんや》夢覚めて燈《ともしび》冷《ひやゝ》かなる時、想《おも》ふて此事《このこと》に到《いた》れば、毎《つね》に悵然《ちやうぜん》として太息《たいそく》せられる」(第十六回、四一七頁一四行)などは、類型的な漢文訓読体そのものと言っていいだろう。そればかりでなく、「ほんありがた山の蜀魂《ほとゝぎす》」(第十四回、四〇三頁一四行)、「ちよッくり抱ッこのぐい極《ぎ》め」(同、四〇四頁三行)などの江戸時代の流行語も依然として使われているのだ。その意味では、こと語彙に関するかぎり、このテクストは各篇とも、本質的に大きな変化を見せていないと言えるだろう。これは何を意味するのだろうか。

二葉亭が坪内逍遙から三遊亭円朝の「落語《はなし》」を参考にせよとか、逍遙や徳富蘇峰から「も少し上品に」「言語を文章にした方がよい」(話し言葉を書き言葉に近づけた方がよい)と忠告を受けたことはよく知られている(二葉亭「余が言文一致の由来」、逍遙『柿の蔕《へた》』)。しかしこの回想では、彼は「日本語」としてこなれていない漢語は使わないと述べ、

「成語、熟語、凡て取らない、僅に参考にしたものは、式亭三馬の作中にある所謂深川言葉といふ奴だ」と明言している。注解にもその都度記したとおり、三馬の『浮世風呂』や『浮世床』をはじめ、江戸後期の戯作類に出てくる言いまわしは作中に頻出し、「いかにも下品であるが、併しポエチカル」な効果を上げている。だが成語、熟語、漢語などを採択しなかったというのは、談話・回想につきものの記憶違いでなければ、執筆当初の意気ごみを述べたにすぎないので、実現したテクストがその意図を裏切り、多くの「古風」な要素を残していることは先述のとおりである。

しかしそれならば、こういう「古風」な要素はそのマイナス面を表すのかといえば、これまた全面的にそうとは言い切れない。漢語を例に取ると、小説執筆中の手記に「只の地の文は書きにくしとも思はねど、心の事またははげしき事を書くは大骨なり、さる文章は抑揚頓挫なければ平板となりてはげしき事もをだやかに聞ゆればなり、和文は助にはならず、漢文の語勢はさる文章にはかつこうなるべし」(『くち葉集 ひとかごめ』)とあり、さらに森田思軒の考えを引いて、和文の優しさ、長々しさと、漢文の「壮」「短」を論じた文章もある(「和漢文の性質の異なる所以」『落葉のはきよせ 二籠め』)。つまり彼が重視していたのは、見た目のわかりやすさよりも、まずそれを声に出したときの「抑揚頓挫」であり、そのために漢語の「勢」や卑俗な言葉を取り入れることを辞さなかったのだと思われる。第三篇の心理描写に、漢語が比較的に多用された事情も、それによって理解されよう。

阪倉篤義「『浮雲』の文章」(筑摩書房『二葉亭四迷全集』月報5、一九八六年)は、この小説の「名詞(または名詞＋助詞)止めの文」に注目し、それが第一―三回にくらべて、第十七―十九回では三分の一程度に減少していることを指摘している。氏によれば、この名詞止めは、円朝の人情噺の速記や、三馬の滑稽本の会話には出てこない。むしろそれが想起させるのは、「歌舞伎のセリフ」「浄瑠璃の文句」「西鶴の文章」などであり、「普通の話し言葉ではなく、感情をこめて、一つのリズムをもってトントンと運んで行くように特に作られた文体」なのだという。作中には、たとえば第七回に本田とお勢が芝居の掛け合いのように会話を交わす場面もあるが、氏の指摘どおり、第一回冒頭の髭づくしや文三の部屋の様子、第七回の団子坂の賑わいなどの文章は、見えるものを精密に描写したというよりも、声のリズムに従って「トントンと運んで行く」文体である。ロシア文学に親しんで作家となった二葉亭が、西洋流句読点の文節化を知らなかったはずはないが、それ以上に、彼は「文学」の妙味を東京外国語学校でグレーらの朗読から学んだことを忘れなかった。彼は第一・第二篇では、目に見える文節化よりも、口調による「切れ」を選んだようである(『浮雲』第一篇と同じ月に出た、山田美妙『花の茨、茨の花』には現在同様の句読点が備わっている)。校訂に際しては、読解の便宜のため私に句切れの空白を設けたが、実際には、それは現在の意識では句点とも読点とも区別がつかない面がある。たとえば次の文章。

茲処《こゝ》は六畳の小坐舗《こざしき》一間《(いつ)けん》の床《とこ》に三尺の押入れ付《つき》三方は壁で唯《たゞ》南ばかりが障子になツてゐる床《とこ》に掛けた軸《じく》は隅ゝ《すみぐ》も既に虫喰《むしば》んで床花瓶《とこばないけ》に投入《なげい》れた二本三本《ふたもとみもと》の蝦夷菊《えぞぎく》はうら枯《が》れて枯葉《かれば》がち、(第一回、二〇六頁一五行)

この文章でただ一か所の「、」は、ここまでが一塊りの文章であることを示しているが、それは「。」で表示されてはいない。「茲処《こゝ》は六畳の小坐舗《こざしき》」の次は「、」なのか「。」なのか、「三尺の押入れ付《つき》」も同様である。「障子になツてゐる」の次は、現在ならば明らかに「。」だが、文章はそんな形式は無視して、部屋の様子の大体をまず説明するのである。だがそれにもかかわらず、これを音読すれば、それぞれの箇所で文が休止し、「抑揚頓挫」が感じられることは疑いがない。

先に触れたお勢と本田の掛け合い(第七回、二九一頁二行)の括弧にしてもそうである。

「アノ車が参りましたからよろしくば
「出懸《でか》けませう
「それではお早く

第一・第二篇では会話文の受けの括弧がないのが普通だが、これを現在のマニュアルで括弧を閉じてしまうと、この会話の流れの呼吸は、視覚的にも失われてしまうだろう。

もちろんこれらは典型的な例を挙げたので、中には、単なる不備、欠落と思われるケースもないではない。しかしこれらの例によっても、第一・第二篇から第三篇への移行は、一種の整備であると同時に、その半面で、混沌たる表記の試みにあった可能性を切り捨てる過程でもあったことを否定できない。逍遙とともに二葉亭の最大の理解者だった内田魯庵が、第一篇は未熟、「第三篇は油の十分乗つた第二篇に比べると全部に弛《たる》みがあつて気が抜けて居る」（『思ひ出す人々』大正十四年）と評したのも、恐らくはその文体のリズムや表記の問題と関わっていたに違いないのである。

念のために言えば、私は言葉の統一化や整斉自体に反対しているわけではない。ただそれは、二十世紀以後の学校教育が「国語」として教えこんだような、画一的なかたちではなく、もっとゆるやかな、多様性を含みこんだ姿が望ましいと思うだけである。その意味では、『浮雲』ばかりでなく、明治二十年前後を中心に、十九世紀後半の表現形式には、現在から見ても再評価すべき要素がいくつも残されている。その一つとして、ここでは漢字に仮名の「訓み」をつけた、いわゆる当て字風の表現について触れておきたい。

たとえば作中には、「比周《したし》む」「調戯《なぶ》る」「少選《しばらく》」「嫉妬《じんすけ》」「随意々《まに〱》」などのように、漢語と平仮名を併記した例がある。一般的には、傍訓、「ルビ」と呼ばれる訓み仮名だが、これらの仮名は、はたして漢語が主体の傍訓と言い切ってもよいのだろうか。言うまでもなく、これらの表記は、江戸時代の戯作にも多用され、明治時代にも引き続き愛用された表記である。明治維新以後、新政府は矢継早に通達を出し、そこでは多く漢字が用いられたため、それをわかりやすく説明する必要があった。また、西洋の文献を翻訳する際にも、造語を含めて漢字が当てられるのが普通だった。明治初期には中村正直『西国立志編』(明治四年)のように、「圧《アツ》抑《ヨク》《オシツクル》スル」「薦《セン》挙《キヨ》《スヽメアグ》」と、右側に漢字の訓み、左側にその意味を記す例もあるが、先に挙げた例は、いずれも漢字自体の訓みかたではなく、ある漢語が和語ではどういう言葉と対応するか、あるいは逆に、ある和語にどのような漢字が対応するかを示すものである。たとえば「無言で少選《しばらく》文三を睨《ね》めるやうに視《み》てゐたが」(第十五回、四一三頁一〇行)は、「少選《しようせん》」という漢語の読みかたを記したのではなく、むしろ反対に、「しばらく」という和語は漢語ではこの文字で表すということを意味しているのであろう。当時の節用集の一種、『魁本《さきがけぼん》大字類苑』(谷口松軒編、明治二十二年)には「暫時」など十種あまりの「シバラク」にこの表記も含まれている。「鵠立《たゝず》(む)」なども首を延ばして待つイメージを視覚的に表現するための用字であろう。

これに対して「嫉妬」は、文三の内言「シカシ是《こ》りやァ嫉妬《しつと》ぢやァない……」(第七回、二八八頁一四行)や、本田の言葉「フヽウ嫉妬《しつと》の原素も雑《まざ》ツてゐる」(第十回、三五九頁九行)のように、登場人物の言葉としては「しっと」と訓まれている。ところが「如何《どう》も鉄面皮《あつかま》しく嫉妬《じんすけ》も言ひかねて」(第八回、三二三頁一四行)という地の文では、江戸時代からの俗語が仮名で記されている。ここには、すでに一般的に通用している「嫉妬」をわざわざ「じんすけ」という俗っぽい「声」で訓ませることによって、高尚ぶっている文三の感情をただのやきもちに引き下ろす書き手の姿勢が表れているようだ。

「我他彼此《がたびし》」「狐鼠々々《こそくく》」「論事矩《ロジック》」などについては注記したとおりなので改めて記さないが、これらの例が意味するのは、漢字や英語があってそれに訓みをつけるのではなく、漢字の音と意味を借りて、擬態語や英語を漢字で記そうというアクロバティックな試みである。杉本つとむ氏の言葉を借りれば、「日本語の体系にのっとって真字（漢字）を意味的に用いた」表記法である（「《あて字》概説」『あて字用例辞典』一九九四年）。その点で、同じく漢字と仮名の併記を考えながら、漢字・漢語に比重を置いた矢野龍渓の「両文体」（『日本文体文字新論』明治十九年）と、二葉亭の意図とは逆なのである。

この種の表記は、二葉亭だけでなく逍遥はもちろん、紅葉を筆頭とする硯友社も、露伴も、遅れて登場する漱石も、多くの作家が愛用した。紅葉は「畳字訓」という一種の当て字集成を自家用に作っていたし（岩波版全集、第十二巻）、漱石の特異な表記と言われる「馬穴」（＝バケツ、『三四郎』）や「烏鷺々々」（＝うろうろ、『明暗』）なども、そのイメージにふさわしい漢字を、いかにして日本語の体系に取りこむかという苦心の結果に他ならない。日本語が一方ではマニュアル化して痩せ細り、他方では無秩序に拡散して行く中で、私たちは改めてこのような表記の豊かさを再考すべきではないだろうか。

二　「浮雲」のあやうさ

当て字と言えば、「浮雲」という漢字表記自体が「アブナシ」「あぶない」などの当て字として通用していたことは、よく知られている。この小説の題意も、おそらくは鹿鳴館時代の皮相な西洋化に対する警告を含んでいたのであろう。二葉亭が「三回あたりからは日本の新思想と旧思想をかいて見る気になツた」とか「お政に日本の旧思想を代表させ、昇、文三、お勢などには新思想を代表させて見た」（「作家苦心談」明治三十年五月）と語ったように、ある種の「新旧両思想の衝突」が描かれていることはたしかである(たとえば第五回のお勢とお政の場合、第十一回のお政と文三の場合)。ただここで注意しなければならないのは、新旧とは単に新しいか古いかの区別にすぎず、優劣の差はつけられていないことである。その様相は「根生《ねおひ》の軽躁者《おいそれもの》」(第二回、二一七頁七行)と規定されるお勢や、世渡りのうまい「才子」だが「怠《づるけ》るが性分《しようぶん》で倦《あき》るが病《やまひ》」(第六回、二七三頁一三行)と評される本田昇の「新主義」に明らかだろう。殊に通人ぶった俗っぽい言葉を連発する本田には、新時代というよりも江戸的な遊治郎の感じさえする(戯作的な用語は本田の会話文に多く、漢語的な用法は文三に焦点化したときに多く使用される)。彼らはともに書き手の冷笑、悪罵を受けているから、たとえその立身出世主義が「新思想」だとしても、ここではそのマイナス面が強く打ち出されているわけである。

だがその意味では、「新思想の中でも文三のやうなのは進んでゐるには相違ありません」(「作家苦心談」)と言われる文三にしたところで、書き手から全面的に肯定されてはいない。彼は某校の優等生ではあるが、寝る間も惜しんで得たその「学力」を役所で生かしたとも思われず、といって「条理」に従って課長に反抗したわけでもない。事務能力は抜群だが課長の言に抵抗した山口とは違って、彼の免職は直接の原因が不明で、本田が言うように「已《やむ》を得ない」人員整理の犠牲と言うことになるのかもしれない。その意味で彼の免職が示すのは、官僚機構の都合によっては簡単に運命を狂わされてしまう官吏の不安定な位置であって、テクストの冒頭部、「塗《と》渡《わた》る蟻《あり》、散る蜘蛛《くも》の子」と俯観されるその大群が「孰《いづ》れも顋《おとがい》を気にし給《たま》ふ方《かたぐ》ゝ」と冷やかされるのは、彼らの自己満足が、実は不安定なものにすぎないことを示唆するものであろう。郷里から母を呼び寄せ、お勢と結婚して幸せなホームを築くという文三の将来図が、一瞬に暗転した点に、その浮雲のような運命はまず提示されている。

だが文三の「新思想」とはいったい何だろうか。彼はお勢に「男女交際」のありかたや「日本婦人の有様」「束髪の利害」を説き、彼女を「感染《かぶ》」れさせた。しかしその指導的立場とは裏腹に、彼はお勢への「感情」にうろたえ、逆にかたくるしく、ぎこちない態度を取ることしかできない。「主義」に縛られる彼は、以後の近代小説に多く登場する青年のように、頭で覚えたとおりの「恋愛」作法を実行しようとして身動きがつかないのである。お勢を「女豪《ぢよがう》の萌芽《めばえ》」などと持ち上げている文三の錯覚を、書き手は「恋は曲物《くせもの》」(第十回、三五一頁五行)と昔ながらの言葉で冷やかしている。つまり、役所における「条理」にしても、お勢との「男女交際」にしても、彼はそれを観念的に主張するだけで、実際には順応性に欠け、それを行動に移すことができない青年なのだ。「廉耻」を知る点で、彼はたしかに他の人物より優っているに違いない。だが従来指摘されてきたように、この倫理はかならずしも彼が標榜する「西洋主義」にもとづくよりも、むしろ儒教道徳、あるいは武士的な倫理に近い。本田と「淫哇《みだら》」な悪ふざけをするお勢を見て、彼が「何《なん》の為《た》めに学問をした　先自侮而後人侮レ之《まづみづからあなどるしかうしてのちひとこれをあなどる》　その位の事は承知してゐるだらう」(第十回、三四七頁三行)と怒るのは、彼の価値観を端的に示すものである。ここでも本田の場合と同様に、新旧の価値観は混在、または癒着していると言えよう。しかも彼は、免職と聞くやがらりと変わったお政の態度に憤りつつも、お勢に心惹かれて、お政の勧めに従い、節を曲げて「犬畜生」の本田に復職斡旋を依頼しようかと迷ったりもするのである。

文三の方が本田より「学問」はできると弁護するお勢に対して、お政は「フム学問々々とお言ひだけれども立身出世すればこそ学問だ　居所《ゐど》立所《たちど》に迷惑《まごつ》くやうぢやア些《ちッ》とばかし書物《ほん》が読めたツてねつから難有味《ありがたみ》がない」(第六回、二八五頁四行)と言い放つが、この小説では敵役のように描かれ、「旧思想」とされるお政の方が、「新思想」の文三やお勢の弱点をしっかりと見据えていたことになる。彼女が本田に娘を嫁がせようと思ったとしても、それが彼の性格や学識を買ってのことでないのは、言うまでもない。彼女は「教育」もなく、いわゆる主婦としての嗜みには欠けているかも知れないが、夫の留守を守り、園田家を切りまわす才覚を持つしたたかな生活者であり、お勢を弄ぼうとする本田と「牛角《ごかく》」に「睨合《にらみあひ》」をする「老功」さも備えている。

このように検討してくると、これらの登場人物が新旧にかかわらず、いずれも不完全で、さまざまな価値観が入り混じる時代（たとえば補注六に記した新旧暦の混乱）の中で揺れていることが明らかだろう。言い添えておけば、私はその不完全さを批判しているのではない。逆に、石橋忍月「浮雲の褒貶《ほうへん》」（明治二十年）、「浮雲第二篇の褒貶《ほめおとし》」（同二十一年）が早く指摘したように、これらの「平凡なる、不完全なる人物」の設定を通じて、当時の「文明社会」の混沌を描き出した点を高く評価するのである。

注解にも記したが、内海文三の父は徳川慶喜に従って静岡に蟄居した幕臣であり、実弟の園田孫兵衛は、当時の習慣から言って園田家に養子に行った人物である。その意味でこの物語は、没落士族の嫡男である文三が、苦労が重なって早逝した父の遺志を守って勉学に励み、立身出世して本家の内海家を再興しようとする枠組を持っている。だから彼が幾多の艱難に堪えて学校を卒業し、お勢と結婚して母親を迎え、一家を構えたならば、物語は当時流行の『政治小説 雪中梅』（末広鉄腸、明治十九年）や、『惨風悲雨 世路日記』（菊亭香水、明治十七年）のような立身譚となるはずだった。ところがこの小説は、まず文三の失職から始まり、彼がお勢の心を失うばかりか本田には嘲笑され、自室に孤立するところまで追いつめられている。この展開はいわば反立身小説のものであり、その過程で「文明社会」の「あぶない」実態が暴かれていくわけである。それは一見華やかに見えながら、実は「浮雲」のようにたえず変化し、確乎とした根を持ち得ない、わが国の開化の「浮動性」（中村光夫）である。その寓意性を強調して言えば、舞台となる園田家に、中心となるべき孫兵衛が不在で、そこを取りしきるのが「お摩《さす》りからずる〴〵の後配《のちぞひ》」のお政という設定自体に、「中心点」の欠如は表れているようだ。彼女は世故に長けてはいても、一家の支柱としてお勢や文三を正しく導くだけの「識見」は持ち合わせないからである。

だからこの小説の「文明批評」の基底には、本来、世界を秩序立てる動力であるべき（と文三は信じている）「学問」「智識」が、文三の位置の下落と平行して無力化していく問題がある。先に触れたように、お政にとって「居所《ゐど》立所《たちど》」を保障しない「学問」は無価値であった。お政の発言は、通俗的な生活の保障を意味しているのだが、「居所《ゐど》立所《たちど》」をより本質的な問題として拡大すれば、実際に文三が進退を自分で決断することができない優柔不断に陥っていることはただちに明らかになる。彼は「お勢の心一ッで進退去就を決」しようとするからである（第十一回、三七八頁一六行）。すでにそれ以前、彼は本田との口論でSelf-evident truthを持ち出したために、自分の論理的根拠を説明できず、本田とお勢が声を合わせて笑う声を聞いている。なおかつお勢の心にすがりつき、お勢が自分を励ましてくれるに違いないと信じている彼を、書き手は「斯《か》う信ずる理由が有るから斯う信じてゐたのでは無くて　斯う信じたいから斯う信じてゐたので」と容赦なく突き放すのである（第十一回、三八〇頁一一行）。

お勢の離反が決定的になって、文三は初めて一種の「識認」を得る。しかしそれは園田家およびお勢に関する認識であって、決して自分自身の進路や態度についてではない。本田に侵食されつつある園田家の醜悪さやお勢の「軽躁」が見えてきたことは、たしかに彼の「変生」を示す徴候かもしれない。だがそれらはテクストでは最初から与えられていた特徴であり、「情慾の曇が取れ」たことによって、彼がようやく本来の姿を直視し得たにすぎない。「稍々《やゝ》学問あり智識」ある人間として、彼はお勢を「不潔な境《さかひ》」から救出しようと図るのだが、しかしその方策が見当たらない。にもかかわらず、彼は依然としてその「学問」によってお勢を導かねばならぬと思いこんでいるのである。彼は以前の自分の錯覚を「意味も無い外部の美、それを内部のと混同」した点にあると考えている（第十六回、四一五頁七行）。だがそれ以前、お勢と本田の悪ふざけを目撃して彼女をにらみつけたときに、彼はやはり「美は美だ」と思わざるを得なかったはずだ（第十回、三五一頁六行）。つまりお勢の心が離れたことを知った彼は、「内部」と「外部」という二項対立の図式に倚りかかり、お勢の面影を追い払おうとしているわけである。ここにはとらえどころのない「感情」や、肉体を持って生きているお勢を捨象し、それらを「智識」や「論理」などの整理によって納得させようとする彼の心理が表れている。こういう観念的な処理が、その論理的な整斉に反して、現実の関係を動かす力に乏しいことは言うまでもない。これ以後の彼が見る「妄想」や「おぷちかる、いるりゆうじよん」は、自分の「居《ゐ》所《ど》立《たち》所《ど》」を正視することなく、なお「学問」「論理」「智識」にすがりつこうとする彼の衰弱した精神の所産に他ならない。

しかしこのような「学問」「智識」の偏重は、ひとり文三だけのものではない。福沢諭吉や中村正直らの啓蒙思想の俗流化は、「学問」こそ立身出世の礎という時流を作り上げていた。その有様は小・中学生を中心とする投書雑誌の『穎才新誌』に明らかだが、その無邪気な信仰が崩れ、「近代」を形成する支柱としての「学問」に疑問を投げかけた点にこそ、この物語の真の批評性がある。前半の皮相な文明に呼応する冷やかし気味の批評に対して、第三篇において解体していく文三の「学問」の姿にこそ、まさに浮雲のような近代日本の浮動性がおのずから表れているからである。つけくわえておけば、これに引き続いて、逍遙は『細君』（明治二十二年）で「学問」のほかは取り柄のない女性の敗北を描き、鷗外は『舞姫』（明治二十三年）で「活きたる字書」「活きたる条例」の道に背いて転落するエリート官僚を描いた。官僚機構・教育制度の整備が進み、憲法発布、国会開設を目前に控えた明治二十年前後は、同時に、

『浮雲』第一篇・第二篇　表紙

その基盤としての「学問」や「教育」に疑念が萌しはじめた時期でもあった。

三　小説の「終り」

かねて議論の的になってきた、この小説の中絶・完結の問題にも触れておかなければならない。「解題」(一九八頁)にも記したように、『浮雲』は二年あまりの時間をかけて発表されている。しかもこの二年間は、出版事情はもちろん、さまざまな文化的価値においても大きな変革の時期だった。第一篇と第二篇が同体裁の単行本と言っても、子細に見れば、そこにはいくつかの違いがある。まったく無名の新人だった「二葉亭四迷」に代わって、表紙、扉がともに推薦者「坪内雄蔵」名義になっていることは同様だが、第二篇の奥付には著者として坪内雄蔵と長谷川辰之助(二葉亭の本名)が併記された。これは第一篇の評判を受けた書肆・金港堂の意向だろうが、形式上のより大きな違いは、第一篇が十一行二十三字の組版に対して、第二篇は十二行三十字の組みであることである。前者は本文一六五頁、後者は一五〇頁だが、第二篇は活字が小さいので前者にくらべて約一・三倍の量である。値段も前者は五十五銭、後者は五十銭で、印刷技術の進歩と出版部数の拡大を窺わせる。

こういう些末なことに言及したのは、第三篇の「終」の問題に多少の参考になるかと思うからである。東京都立中央図書館『研究紀要』第二十四号（一九九四年）の、稲岡勝「明治検定期の教科書出版と金港堂の経営」によると、金港堂は教科書出版を中心に発展した大書店であり、明治二十一年十月には文芸雑誌『都の花』（山田美妙編集）を創刊して好評を博していた。『浮雲』第三篇が連載された明治二十二年は、同誌の最盛期である（『学海日録』明治二十一年十二月二十五日によれば、発刊以来約一万四千部）。二葉亭が第三篇前書き（三九三頁）に言う、「都合に依ツて」の内実は不明だが、同じ出版社内のことであり、発行部数も単行本とは段違いに多いので、作者、書店双方に好都合だったのではないかと推測される。

しかし発表の舞台を雑誌に移したことは、書き下ろしの単行本とは別の苦痛を二葉亭に味わわせたようだ。手記『落葉のはきよせ 二籠め』には、第三篇を「書きこじらせた」悩みが所々に記されているが、十分に推敲の時間を得て執筆した前二篇とは違い、雑誌は部分的に原稿を渡せばよい利点はあっても、締め切りに追われて、逆に時間的余裕を持てないからである。事実、第三篇の各回の長さは不定であり、各号の掲載回数も、第十八号（第十三―十五回）、第十九号（第十六・十七回）、第二十号（第十八回）、第二十一号（第十九回）と減少していく。しかも全体の分量は、第一篇と比較して一万字強、第二篇とは二万三千字強も少ないのだ。つまり数値的に見ても第三篇はアンバランスで、筆者が十分に書き切れなかった感じがするのは否めない。

特に、物語の筋、事件の決着を主として読むかぎり、お勢ともう一度だけ話し合って、「若《も》し聴かれん時には其時《その》こそ断然叔父の家を辞し去らうと、遂《つひ》にかう決心して、そして一《ひ》と先《まづ》二階へ戻つた。(終)」という末尾の文は、以後に展開の余地を残し、二人の関係の行方を読者に期待させずにおかない。とすれば、第一篇・第二篇にも「終」とあるから、第三篇の「(終)」も同様にこの篇の「終」ということになる。全三篇の合本、金港堂版(明治二十四年九月)は、表紙に「春の屋主人/二葉亭四迷著　完」とあるが、これはおそらく作者の了解なしに製本され、出版条例にもとづいて内務省に納本された俄か仕立てのものにすぎず(現在、国立国会図書館蔵)、実際には流布しなかったようである。したがってその「完」も「全」の意味でしか受けとることができない。『太陽』の再掲本文(博文館創業十週年紀念臨時増刊、明治三十年六月)も同様で、末尾の「完」は粗雑な本文から見ても(誤植も多く、句読点の部分はすべて「。」)、著者の校閲を経ず、編集部が入れたものと思われる。事実その前月に、二葉亭は前掲「作家苦心談」で、訪問記者(後藤宙外)の「『浮雲』の結尾は奈何《どう》おかきなさるお考なりしや」との問いに答えて、「大躰の筋書見たやうなものを書いたのが遺ツてありましたがね」と、みずから未完を認めているのである。そしてその中絶は、二葉亭没後行方不明であった手記『くち葉集　ひとかごめ』が第二次大戦後に出現し、そこに数種の第三篇「筋立」が残されていたことによって通説となった。それらを総合すれば、本田はお勢を弄んで捨て、文三はそれを傍観するだけでどうすることもできない。しかも彼には静岡の老母の火難やその死、就職失敗などの不運が続き、酒に溺れて遂には発狂するというような結末が用意されていた。つまり、当時の作者、および読者の理解に従うかぎり、この小説は「未成品」(内田魯庵)なのである。

しかし一旦公表されたテクストの読解は、読者の裁量に委ねられ、かならずしも作者の意図に縛られる必要はない。この立場から考えれば、この小説は第三篇で「終」っていると考えることも可能である。ことに手記に残る「筋立」

は、外側の事件、災難によって文三を破滅に追いこもうとする傾向が強く、第三篇に描かれたような状態、生きる根拠としてきた「条理」や「学問」の有効性を疑い、次第に現実と非現実との境を見失っていく文三の「狂気」とは、かなり性質を異にするものである。この構想に従って第二十回以後を書き継いだとしても、それは「事件」に結着をつけるだけで、文三という形象の意味を深めることにはならず、むしろチグハグな感じを与えることになったのではなかろうか。その意味では、強いて物語的な「筋」を終らせるよりも、いわゆるオープン・エンディング的な「終」りかたで読む方が、文学作品としては優っているはずである。おおよそ以上のような趣旨を、私は前掲拙著で述べたことがある。その理解は、今回改めて『浮雲』を読み直しても、訂正の要を認めない。作者の心情としては中絶だとしても、むしろそれによって、近代日本の知識人が抱えこまざるを得なかった不安や矛盾に最初に到達して終ったのが、この小説である。

お勢の心は取かへしがたし　波につられて沖へと出る船に似たり　文三の力之を如何ともしがたし〳〵といひて何事をもせずまたし得ず　是に於て乎文三は беспокойство〔不安〕に煩されたり　そのさまは余が浮雲を読みたる情に同じ

これは『浮雲』を打ち切って内閣官報局に入ったころの二葉亭の感想だが（『落葉のはきよせ　二籠め』）、日本の近代化に警告を発するところから出発した「浮雲」という題意は、この小説自体の不安定で行方定めぬ姿を表すものともなった。

新 日本古典文学大系 明治編 18
坪内逍遙　二葉亭四迷集

2002 年 10 月 25 日　第 1 刷発行
2024 年 12 月 10 日　オンデマンド版発行

校注者　青木《あおき》稔弥《としひろ》　十川《とがわ》信介《しんすけ》

発行者　坂本政謙

発行所　株式会社 岩波書店
〒 101-8002 東京都千代田区一ツ橋 2-5-5
電話案内 03-5210-4000
https://www.iwanami.co.jp/

印刷／製本・法令印刷

ISBN 978-4-00-731510-7　　Printed in Japan